時代的眼·現實之花

《笠》詩刊1～120期景印本（四）

第39～48期

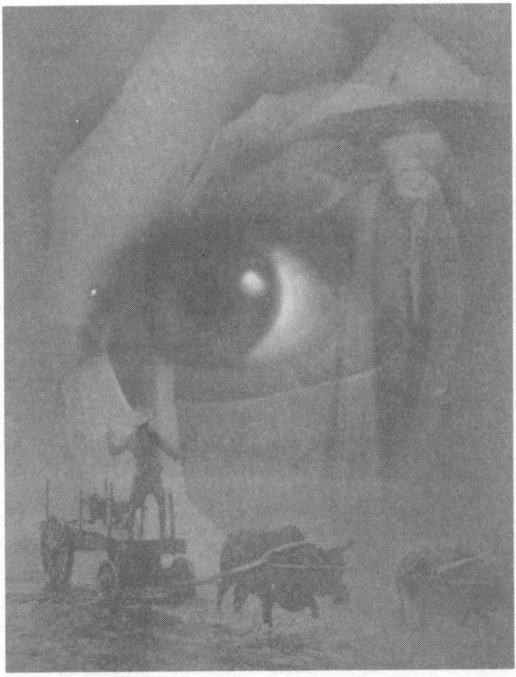

臺灣學生書局印行

笠

民國五十三年六月十五日創刊

詩双月刊 39

笠39期目錄

Li Poetry Magazine No 39

封面設計：白　萩

火鷄

——庭院事——

白萩

輪到他登場
火鷄在地球上闊步
自吹有一個使命
抬頭向天空激昂作誓
天老爺高在他的頭上
其他
都低在爪下
而狗睡死在門口
猫偷食在厨房
世界由他在巡視
駕着他的坦克
威風凌凌地輾過街道
而螞蟻沉默在牆角

就讓他們賣命的建設
只要不咬他一口
火鷄巡視着世界
東翻翻西抄抄
好像這個世界是他的東西
自由？自由？
如果你質問他更理直：
自由！自由！
自由是可口的食物
他吃一口自由叫一聲自由
然後嘔一口酸污的自由
濺給那些螞蟻領受

思鄉及其他

凱若

禮拜天

在教堂
他與他
虔誠地
禱告著

神是不偏袒任何人的
因此他與他都幸蒙神寵
召示他們前去擁抱

他自信他與神較為相近
而他也是；在不怎麼可靠的交會點
神父莊嚴地宣讀著啓示

最後
他們都欺騙了自己
說：神是存在的
只不過他們互相成為那枚
懸掛在耶穌背上的十字架

距離

母親的叮嚀在離開伊之後
常像値星帶般披在我的肩上
然而　蹀踣地尋向自己的宿旅
有時多麼希望不善言語的母親
慈靄地喚我歇息

母親知道嗎
起了水泡的脚仍要支撐下去

母親知道嗎
跌跤了委屈再也不能傾訴

在離開伊之後
母親　怕再也無法知道兒的創痛吧
像値星帶般披在我的肩上

歲月逐漸模糊了母親的容顏
因此　常不自禁懷念兒時
母親的溫情

美滿

年青時
喜歡說俏皮的話語
給鄰居的女子們聽
妻的嫉妒
妻的又寬又厚醜陋的
嘴唇捂住了我
嘵舌的脾氣

在妻罵街的時候
嚐試著講幾句粗鹵的髒話
想不到這般年紀
意然有著昔日吹口哨的
快感

自以爲是的
愚笨的妻又在向她的女友誇讚我了
被誤解的我只好紅着臉
嚅嚅否認著

她們因此更相信我的體貼
以及我斯文有禮

我是有口難言的
這樣美滿的結合

掛念

挪動脚步
在這寂靜的週遭
不時有些細碎的聲响
伏隱著某種危機般
向我圍襲

這是深沉的夜晚
這是荒郊
這是崗哨

遠處有灯光
有破舊的庄落
失意的父親此時會又醉酒了嗎
稚齡的弟妹該睡着了吧

在給自己選擇的哨位上
生活以外的情愫如此壓迫我
並且時常成爲一種淪落異鄉的敏感

夜是平靜的
不幸的是老年的父親和
我那幼小的弟妹

何瑞雄作品

世界已經不是那樣的世界

因微恙，不知不覺於近暮時分睡去

突然睜開眼睛
發覺週遭是一片大深暗，大沉靜
街上依舊是街上
但人聲已經退潮
偶爾有車輛
如殘存的動物在奔竄
我仰臥着，怔怔地
仍是先前的睡姿
却覺得這心房的律動
正貼住地心的律動
啊，世界已經不是那樣的世界
已經不是原先的秩序
不是原先的色彩
不是那樣的滋味
感官頓失原來的習慣
覺得溫柔，覺得舒適和緩
像最悠遠的古代、
也像剛剛誕生的未來
世界已經不是那樣的世界
宛如一部書
一下子翻過了一百頁
這驀然呈現的第一百零一頁
是這麼富有感情，富有想像
而且又這麼冷靜
令過來者痛定思痛
忍不住悲泣
哦，一般無端的惆悵如初漲的浪潮
淹上全身

縱然你已覺出

天公不會有這樣的遭遇
天公是聰明的
先做了天公
便把這世間的遭遇
統統扔給你體受

躲也躲不得
就算逃到別的行星也徒然
是人生的坎坷使這地球坎坷的

既生而爲人
就正眼凝視這種生存吧。
出現在你面前的
若是荆棘就是荆棘
若是百合才是百合
此刻，不用仰觀，不用俯視
縱然你已覺出這路終究是
破滅的
也要走完這一程！

GO ON！

爲什麼會這樣？
這人生竟是破滅的！

好像應該可以僥倖
可以不一定要這麼糟
譬如可以繞道，或者
如果懂得更謹慎些
當可以避開一些
獲取一些
但怎麼說都已經無用

殘酷就殘酷在
沒有預演
也不能夠重來
一開始就算數
一伸腳顛巍巍學步
便得一直走到盡頭

破滅也罷
Go on!

當人間的至慘臨身時

給我力氣
不是用來抗拒
是用來承受

此刻
絕不能計較
不能憤怒
也不能傷感

此刻
任何激動
都會使自己分心分力而崩潰
凝聚所有力氣
緘默地守住這生命最脆弱的一刻
只求挨得過這撞擊

小小的瘦削的肩

小小的瘦削的肩
像半截枯竹
撐着一件破衫

我是你人海茫茫孑然無寄的脚
我是你驚慌時猛跳的心
我是你努力支持着負荷時的力
我是你孤寂時緩緩流下的冷淚
我也是你俯仰瞻顧
空漠漠無聲無息的這天地的淒涼

小小的瘦削的肩
要哭就伏在我的懷裡啜泣

旅　次

陌生的夜
陌生的街道
陌生的人群
多麼可愛啊！這裡

我們發現
到處都這麼可愛

此刻在點着一盞五十燭光的
露天小攤子吃餛飩
就像是在自己家裡
在久別甫歸的自己家裡用晚飯
儘慢地咀嚼……

男的女的老的少的
往來於我們
不設門不設牆也不設心扉的家
他們都像是濶別已久的親人
由於幽默，也由於太高興
都暫時裝着沒看見我們

我內心動盪着
怎樣的一種感情？
一種但願在此長住的願望油然萌生
彷彿這兒眞的是
被我們拋棄了很久的地方
趕快愛，趕快照顧
哦—這兒的人群
這兒的街道，這兒的夜

布農族（續）

祭禮

禁錮千年的寂靜
渡着嚴謹的步子
步過阿布斯竹雕的臉
手藝精巧的
篝火燃熾着
在夜的中央

祭司的双手已畢直而硬實的
向天空斜斜舉起
一條路
鼓聲咚咚
起端是彩飾紋織的祭服
展伸的蛇舌

咒語高昂的遠方跨步走去
留下火的背影燃熹着
鼓聲咚咚
每一個跪伏的族人是一句蹄响
坦示着　重壓後飛揚的舒暢

五九、六、廿八夜

阿布斯

正午眩目的太陽繞着競技場的邊沿
蹀踱着　猶如在找尋的眼光
而我永遠得不到阿布斯
我的眼眶永遠是那張燙熱的競技場。

在相距廿步的地方
我和野猪耳朵的箭靶對立着
速度已勞累如山的坡地
我的脚自玉山之巔
如洪水流來

眩目的太陽已成孤獨荒鷲
盤旋着　不能收翼佇足
只因我是一無根的巨樹
艱難的用一千葉的唇
呑納氣息
我得不到阿布斯

五九、六、廿九

雨

雨嘩啦嘩啦的
繞着竹屋割着
不能再摒息輕悄的四蹄；
沉重而急燥的圈子。
從門延伸進去的廳堂里
一家布農族人守着火堆蹲着

汗氣從黑白相間
而壯大的虎軀揮發着
繞着圈子移動
如永不將離去。
一家布農族人緊緊盯着火堆
誰也不說肚里的事

每隻深沉眼眶單一如
緘默的燻黑了的屋蓋
慌亂的雨聲
似乎更增添了蹄數

五九、九、十三

等候

陳秀喜

心比路灯還早
就點燃「等候」
好幾次打開窗
巷口却給我失望
匆忙的脚走向別人的家

蝙蝠的飛舞
有時覺得好奇
此刻不値一瞥
反却
懷疑牠們是
增加心焦的罪魁
窗邊的「等候」逐漸
埋怨落日……
爲何昏暗得這麼快

陳鴻森作品

走在雨中

竟連那最後的貧窮也給淋濕了
走着，這是一陷入
便無力突圍而出的生活

雨仍然在落着
眼底已全映滿天的晦暗了
看天還有什麼用
雨仍然在落着

害怕變成漂流物的你
在街角突被堅硬的路
活生生的切成兩截

封閉的天

手中的那尾魚
在現實裡掙扎着
血逐漸的染紅了我的手

注視着那隻手
年青的我便想抬頭看天
是封閉的嗎

血仍在流着……
無奈此時對血已不會害怕
只想着：那流不出去的美麗的顏色
或許也需要一些語言

夜

我困倦的倒下，根植於我醜惡的肉體，一株薔薇在生長着……。
「爲什麼會開出黑色的花？」
「那是無法避免的對汚濁的特別敏感」
「那麼拔除它，因它已懂得申告」
「不，它是正在成長的夜」
於是，我逐漸的消瘦，最後成爲一條拉緊的地平線。

降落傘

我錯縱的沉淪着　在天空的飢餓裡　任不會擁有愛的生　被力張　成爲一張過了時的報紙那麼的抓不住自己
却惡意的向那暗處大聲的叫喚着自己的名字　墜落也甘願
未到秋天　葉子不也又黃透了
空望着那條並不直的地平線　想着母親抖顫的手

白蝶海鷗車和我

羅　青

只因爲　在趕班車時　偶然看到了一隻　小白蝶　孤獨的　面對一大片起伏不定的屋瓦　挑戰式的飛着　便停了下來　顧盼之間　頓然驚覺
竟忘了什麼叫海了
不過　車子總還是要趕的　海　也只不過是偶爾想想罷了　當然　有時在望着車窗外起伏的建築物出神時　冷不防　亦會想出一隻　無處棲止的白鷗
面對着全世界起伏不定的海洋

（五十九年四月於輔大）

星的位置

岩上

星的位置

我總想知道
自己的宿命星在甚麼位置
有否閃爍燦然的光輝

因此每晚仰望天
希冀找尋熟悉的臉龐
但是回答我的
都是陌生的眼光

直到有一天
我從流浪的路途回來
把一切的願望都丢棄了
只剩一顆乾癟的頭顱
沒入深邃的古井
突然發現在那靜謐且清冷的水底
一顆孤獨的明星
輕輕地呼喚我的名字

激流

來自蒼鬱的森林　或者
　嶙峭的峭崖
伸延而來的
難以承受的無奈

遂以自己的
軀體、立在橫心的弦上
　　　　衝射出去
讓那些圍剿而來的
巖石與山壁
濺出噫喁的顫慄

不管流矢的
歌聲，是用血淚譜成
旣以撕碎的願望
也要堅守一股
初貞的潔白

紫藤

爬過籬笆
爬過樹梢
在空中亂抓一陣
而終於向四方披垂下來的紫藤
是一直想找尋依靠的位置吧

因爲你知道自己的根
是最輭弱的乳房

在風雨中成爲流浪者的姿態
竟也欣欣向榮
開滿了串串紫紅的花朵
大概也沒有什麼怨言的吧
因爲你知道自己的根
也是最慈愛的母親

葬列

棺材緩緩躅行
在蜈蚣的姿態中
人群俯首成一條長長的淚河

鬧街
在夏日的午時
吹出一管凄冷
不論如何粉飾
嘔自心肝的
哭聲，僅是一滴帶血的
音符

我蹣跚
在延燒的太陽下
唯孤獨的影子
抓住一對乾涸的眼睛

香爐

希望像一個香爐
不管有無嫋娜的
香火
總要展露
遼闊的心胸

也許你的膜拜已躬成倒蓋的杯筊
也許你的匍匐已癱瘓一甕的灰燼

面對着靜定的
眸光
內省就是
一盞夜黯中的
明燈

夜

蟬聲
溶入秋水的那箇晚上
一顆星子
在天河畔洗臉
那向南的窗
遂盲目地
沒入漆黑的夜空

明知草堆擋不住
一根憤怒的火柴
露水的溫情
總要漩成一渦濃血

當曇花向子夜怒放
斑爛的血液
正淬淋着
凍僵的碑文

劈柴

燃燒
必需燃燒
當冷風逼來
我是劈柴的人
當冷風逼來
必需燃燒
燃燒

劈自己爲一塊塊柴薪
並以那斧頭迸濺的火星
點燃

劈殺着冷風
在熊熊的烈火中
一陣狂笑

拉鍊

爲了別離
不得不伐出的脚步
就像拉鍊從胸前攤開

那是最凄美的黃昏
一片山河
我的回顧
在落日的淚中

永遠無法拉回的記憶
乃即將燒盡的暮色

河就是一條繩子

妳的盼顧是秋日的河水
想着
　河就是一條繩子
如果能打成一個死結也好
就是無法超渡
也是甘心情願

無奈芒鞋總要濺散渡水的潺聲
且支持着我渡過寂寞的歲月

詩兩首

傅敏

彷徨的花

沾染在粗糙棉紙上
初愛的創痕
是一朵暗澹的
小小的紅花

這是妳一生唯一的開放
可是——
在窄狹貧瘠的土壤上
却也無法生根

在字紙簍裡
種植成盆景
從妳的瞳孔裡
我看見
一個未出生的我逐漸在乾涸

內部的世界

世界的藍圖
膠貼一團火紅的岩漿
不停地旋轉

你的顏面
包藏著蒼白的腦汁
不停地探視

苦惱的世界有不幸的頂點
終有一天
美麗的毒蕈
曇花一般地爆開

你的血冷冷地流動
祇是包藏著灰燼的你的臉
每天每天
祇會洩露屈辱的淚水

林湘作品

未亡者

一天　隔壁的兩個拖著鼻涕在互問
「你有幾個爸爸？」
幼稚園小班生扳數小指頭　高聲說
「我有三個爸爸」
「啊哈！說有那麼多爸爸啦
人家我們只有一個爸爸哪！」

我正半裂著咀笑
猛然　卻瞥見
籬笆內一張和暮色同時黯淡下去的臉

歌手

如今　已變爲化石的記憶
未定的音符在冷鋒中逐漸隱去
而遠方的鐘響已沈
　新月依舊冷然
若果　今夜我底歌韻嘹亮
喚不醒的仍是沈酣於水中草千臂的水族

也曾是火岩下饒勇的歌者
且慣以鉑的姿態展現
一曲未了却驀然醒覺
—只剩下我一個人……
於是　帷幕在倉皇中罩下
何處去覓你撲蛾之姿的歌聲

紫一思作品

森林

我一打開窗
便看見一個森林
向着世界流血
。
到底多少年多少朝代後
我們還是擁抱在一起
像堆死亡的爛布
整天我們敲敲天空打聽雲外的消息
。
土地是塊撒滿尿水的地板
讓我們緊緊地呼吸
「這裡的空氣非常不新鮮！」
。
「兒子們，我們還有活着的一天啊！」
明天，破曉以後
我們依然沒有埋怨地向着
一個同樣的世界
展示我們受傷的內部

殯儀館

我們漠然注視每一張臉
和死者無聲無息的叫喊
「放我出來！」
和他逐漸敗壞的肉體
。
法師，照亮他的路吧
一群螞蟻老是圍着一隻身亡的同類
一層皮包裹着空洞的人
。
天堂乎？地獄乎？幾方尺面積的土穴乎？
而世正向全人類宣佈：
你的壽命太長了
「爸爸，明天一早，我們便送你上車。
。
有人高聲喊着：
明天不是公共假期，照舊上班
照舊和妻投入生產。

井和太陽

——給澎湖一個孤獨的鄉村——

沙穗

早晨　太陽由井底爬出
如一醉漢被很多人
圍着
（都是隘門村的人）

就這一口井
三十多年啦　楊柳都死了幾棵
還是井水餵大的

月亮如一條狗
白天睡　晚上滿街逛
就是不說一句話

下雨天
井裡看不見太陽
有人說水淹死了太陽有人說不會
也有等了一個上午的
（都是隘門村的人）

林南兩首

一株樹

我看見
一株樹站著
站成

一個人
看見我

白天是蘇格拉底
夜間是　泥鰍

啡咖座間

洞簫淒涼浮在隔牆
一種笑容貼在花街　不遠外
還瞟著來

濕手巾　加
麥管　加
咖啡　加
冰塊　加
手錶　加
夜

還有眼鏡　斜
在杯外
靜觀
（萬物皆自得）
我想跳舞
夜則麻痺地躺在
另一端
我看一株石松
想吟唱一支歌
呼擁寧靜
唱機無意間斷落
笑聲終於慝跡
山和
海和
煙　和
紅灯　和
綠灯　和
瓶花　和
我

匯集地靜靜成河
流著夜
流著明日
流著無聊

而后　流失在
咖啡精里

那時　麥管望出
一支槍來　瞄準
天　花　板

司機

余素

走動的已不再是街道。
無論是向左轉或者
向右
總把風景匐然推開　成
一川河流
且在
深植着水旋的錶面
閱讀風雨的時速以及
死亡的時速

詩人的備忘錄（四）

錦連譯

對於力的惰性原理或落體的法則之理解，往往比量子論或不確定性原理的理解更爲「困難」。最高的數理物理學之中也有無聊的傷感。詩，只要是科學，對「新奇」的事物是不屑一顧的。

僅有一次活在這世界的特殊的「個」。

已經寫不出詩的詩人，甚少有不嘴强的………。

人們在談論着批評基準的喪失之背後，實存在着將價値評價的基準給迷失了的深刻的絕望。

「惡文」——以其粗野的抵抗感作爲支柱，欲將現實的同性的多面性在語言的秩序中轉換和使其蘇醒時，文章所不得不採取的佶屈，凝縮，飛躍等等美德而生的「惡文」。

精神的運動所具有的自發性，不僅是對象，連精神本身也將要咬碎的，不斷在新的困難和新的發現的頭緒中使其覺醒的那種自發性………。

在內面世界有否確立了自律性的權威………。

詩人必須成爲時代的證人——全篇强烈地貫通着欲將時代的記憶寫下的，作爲證人的意識，並且無論如何都是透過藝術家的眼睛去訴說的。

詩人絕不可以把自己規定爲早已被解救的人。站在認爲自我救濟已告完成的觀點之人，無論在任何意味上都不是詩人。即使世界上僅剩一個癲病患者，詩人也仍然是害着癲病的。

越離開越近的號哭………。

詩一面是最主體性的創造，同時也是全現實和全幻想之領域的表現。詩可說是唯一能完成這種矛盾的綜合之文學領域。

默默地挖掘你的據點吧！

信不信作者的思想或信念都無關重要，信不就是等於理解作品。「詩的同意」乃是理解作者所相信的事情，而以此作爲享受作品所必要的前提，進向照着接受詩的自我充足的世界就够了。

倘若相信作者的信念才是享受作品的不可缺少的前提，那末，持有與自己相同信念的作者以外的作品之享受，便成爲不可能了。

作品合評

羅門

麥堅利堡

——超過偉大的是人類對偉大已感到茫然——

戰爭坐在此哭誰
它的笑聲　曾使七萬個靈魂陷落在比睡眠還深的地帶
太陽已冷　星月已冷　太平洋的浪被炮火煮開也冷了
史密斯　威廉斯　煙花節光榮伸不出手來接你們回家
你們的名字運回故鄉　比入冬的海水還要冷
在死亡的喧噪裡　你們無救　上帝又能說什麼

血已把偉大的紀念沖洗了出來
戰事都哭了　偉大它爲什麼不笑
七萬朵十字花　圍成園　排成林　繞成百合的村
在風中不動　在雨裡不動
沉默給馬尼拉海灣看　蒼白給遊客們的照相機看
史密斯　威廉斯　在死亡紊亂的鏡面上　我只想知道
　　那裡是你們童幼時眼睛常去玩的地方
　　那地方藏有春日的錄音與彩色的幻燈片

麥堅利堡　鳥都不叫了　樹葉也怕動
凡是聲音都會使這裡的靜默擊出血來
空間與空間絕緣　時間逃離鐘錶
這裡比灰暗的天地線還少說話　永恒無聲
美麗的無音房　死者的花園　活人的風景區
神來過　敬仰來過　汽車與都市也來過
而史密斯　威廉斯　你們是不來也不去了
靜止如取下擺心的錶面　看不清歲月的臉
在日光的夜裡易滅的晚上
你們的盲睛不分季節地睡着
睡醒了一個死不透的世界
睡熟了麥堅利堡綠得格外憂鬱的草場

死神將聖品擠滿在嘶喊的大理石上
給升滿的星條旗看　給不朽看　給雲看
麥堅利堡是浪花已塑成碑林的陸上太平洋
一幅悲天泣地的大浮彫掛入死亡最黑的背景
七萬個故事焚毀於白色不安的顫慄
史密斯　威廉斯　當落日燒紅滿野芒果林於昏暮
神都將離去　星也落盡
你們是那裡也不去
太平洋陰森的海底是沒有門的

中部合評紀錄

時間：五十九年九月六日上午九時
地點：彰化，錦連宅
出席：桓夫、錦連、詹氷、岩上、陳明台、傅敏
（紀錄）

傅敏：記得曾經有過這件事。臺北的作家咖啡屋時常有詩人們聚集著論詩，我聽過**羅門**說；「我的詩法如果將主題比喻爲一座島，我並非採取單線的對要害進擊的方式而是從四面八方發揮火力。」當然這樣的說法不能說沒有誇大自己的嫌疑；不過，當時**羅門**提出一首單線進擊的作品「流浪人」似乎發現不必浪費那麼多子彈，照樣可以攻取的喜悅哩！顯然，**羅門**不能說沒有對以前大部份作品感到缺失。做爲他傑作的「麥堅利堡」，我以爲從方法的運用上，明顯地有浪費的現象。

錦連：這首詩是按說事的順序進行，並無難懂的地方，技巧上沒有特別之處。可說並不太差。如果要說是世界一流作品，有盗名之嫌。充其量祇是水準以上的詩，談不上傑出，更惶論偉大。

明台：這首詩的整體性發展，顯得過份堆砌詞藻，關連性太差。

詹氷：我同意這種看法。

傅敏：我讀這首詩，並不能從作者的表現上取得感動，倒是從「麥堅利堡」這素材本身得到感動。換句話說：一份給參觀陣亡者之公墓的簡單介紹就可以獲得同樣的感動。這首詩如說令人感動，那不是詩表現出來的，是從題材得到的便宜。

桓夫：這首詩，如果以一個普通觀光客的身份來寫，倒還差强人意。如以詩人的身份和立場來說，是不够份量的，太平凡了。詩人對戰爭、對陣亡墓地的感覺應該更特殊。詩一開始的：「戰爭坐在此哭誰」便顯出詩人想以技巧來推進建立這首詩。

錦連：這首詩是直敍的鋪設，可能是由於**傅敏**說的：他是以知識的了解寫成的」才造成這種結果，缺乏飛躍性。

詹氷：包圍攻擊也是詩的方法之一，問題是有沒有達到效果。這首詩墓地氣氛的刻劃有成果，但並沒有什麼「偉大的意念」和「傑出的效果」。

桓夫：**羅門**的詩，我看過很多。選「麥堅利堡」入「華麗島詩選」是因爲除此之外，他並沒有較好的作品。此詩還是比較能使我接受的。

錦連：剛才**桓夫**說得很貼切，**羅門**這首詩此諸一般觀光客，他的觀點超過一般有情感的人。以一個現代人的立場來說，當然會有多樣的敏感，但表現出來的並沒有刺戟流血的顫慄。

桓夫：或許各個人感覺不同，如**岩上**說的感覺這首詩不錯。但據我所知，**鮎川信夫**的戰爭手記中，同樣是吶喊美國人名字的詩，有其銳利的刺痛。這首詩令人感到平凡。

錦連：一個作者如果沒有看過同性的題材表現出來的傑作，即會認爲自己的作品天下無雙。

明台：這首詩的動機如單純為了表現「麥利堅堡」的場景，還可以。但要求給出感動，太欠缺了。

桓夫：很多人會說「詩是語言的藝術」許多作者以為是文字意義。文字是限隨語言的。我們要從語言的原始機能去探求詩，不能從字義的追求去獲致。

錦連：詩是追求語言的，但不是字義的。我們所追求的是語言的機能性。從文字意義去堆砌的詩缺少光芒，缺乏鮮活的詩的飛躍。

岩上：這首詩多少會令我感動，但沒有特殊的成份。「超過偉大的是人類對偉大已感到茫然」實際上並沒有感到茫然。**覃子豪**的「麥堅利堡」有一則「沉默是偉大的」，乍看之下，**羅門**這則要高明機巧。

明台：請問**詹冰**先生，以您使用洗鍊語言的習慣，對這首詩的表現方法觀感如何？

詹冰：太囉嗦了。太囉嗦了。

桓夫：最近這一期的「這一代雜誌」，有一篇討論語言濃縮的文章，乍看是真，但却是從文字學去討論。文字學是中國一門學問，但語言和文字不可同語。很多人把語言和文字混在一起，分不清楚。

錦連：關於濃縮或張力，我認為並不是用語太白話，便缺欠濃縮，而是注重有機的關連。如在表現上到了不能增删的程度的 image和和內容的濃縮才是。

桓夫：濃縮是 image的濃縮，不是字義的濃縮。是意義性的濃縮。好像丟進湖中的一粒石子，引起漣漪。這種想像能擴展才有價值。

錦連：恰到好處便是。

桓夫：這首缺乏語言image的發展，充其量是明喻的直敍而已。像「神來過　敬仰來過　汽車與都市也來過」似乎寫得不錯，但除了字面的意義外並沒有將想像力帶到較强烈深沉的地方。葡萄園詩刊曾經登載過一篇討論這首詩的文字，說「那裡是你們童幼時眼睛常去玩的地方」，「那地方藏有春日的錄音與彩色幻燈片」是多餘的，這一評語不太聰明，我覺得詩意的可愛的地方却在這裡。

錦連：太鬆散了，就是太鬆散了，不過還不致像葡萄園詩刊說的那麼一文不值。比較起來，還有可取的地方。

岩上：想像力的發展太敏感是否會產生歧義？

桓夫：技巧不够才會引起，如作者太偏重於內在，而忽略自然物象的關連，也會引起。有些超現實主義的表現令人難以接受，也是這原因。

傅敏：這首詩中，有**羅門**喜愛運用的字眼，如「偉大」、「人類、戰爭」、「太陽」、「上帝」、「空間」、「死神」等等，我常感到攀附龐大深刻的字眼並不等於詩的龐大深刻。反而令人感到自擬為精神的貴族一般，這種對人的憐憫祗是一種剩餘的施捨。再則，這首詩中，「哭與笑」，「喧噪與靜默」「黑與白」等等對比的運用，顯得對於氣氛的營造頗富心機，但太僵固了且不妥切，甚至令人哭笑不得。

（這時，**桓夫**、**錦連**、**詹冰**三位先生轉而談論時下的詩壇；**明台**、**岩上**、**傅敏**繼續對麥堅利堡的問題提出討論。）

岩上：如果把這首詩放在高水準來看，要有苛刻的要求。

明台：：這首詩的后記，作者曾經詳細地說明了自身的意圖。但是作品本身的表現並沒有達到作者深自期許的程度。

傅敏：這首詩中有許多比喻用得十分牽强而不適當。「比入冬的海永還冷」有使人感到適得其反的效果。在冬天：海水的溫度因變化程度較大氣爲小，反而感到溫暖，除非是極帶的海水，那纔凍結成冰的。還有，像「鳥卻不叫了」這種一廂情願的說法，足證作者强自用字義造成意象。

明台：一首詩的整體性要求是先決而首要的。大體說來，這首詩的各行句均能對著麥堅利堡的悲痛。然而，像「伸不出手接你們回家」、「你們是不來也不去了」、你們是那裡也不去」這種需同的竟味既不是爲了一再强調而造成韻律上的效果或是其他特別用意，顯得雜蕪。詩雖外觀體態龐大，但如此挑剔出來時，倒變成瘦小不堪了。

傅敏：幼童喜愛一種叫做「積木」的遊戲，可以選擇既成的素材營造屋字等建築。雖然色彩鮮艷，外觀富麗堂皇，但卻不是眞實的。詩的結構斷斷不可這樣，應該實質地、利用水泥、細砂等材料去營建實質的詩。這首詩，給我一種積木遊戲的感覺，而且是大人玩的積木遊戲。

岩上：作者不歌頌「偉大與不朽」也不否定「偉大與不朽」正視了人類因戰爭帶來的悲劇，感到茫然，是人性的。他的意欲是可稱道的，而表現的，而表現不能很令人滿意。

傅敏：鑽營技巧往往會顯得技巧浮華，顯得漏洞百出。眞實的感動使人覺得完整。最好的技巧是看不出技巧的。（大家吃過中飯後，一塊兒去探望適才病後出院的**林亨泰**，他說看作品忍不住也要講話是習慣了的）。

林亨泰：什麼樣的園地生什麼樣的詩。是因爲園地裡存有這種根苗。「麥堅利堡」這首詩，作者用語的誇大，如果能在長時間浸漬下使人感到適應，便可算成功；如果長時間仍感到生硬誇大，便算失敗了。

南部合評紀錄

時間：59年8月16日下午二時半

地點：台南白萩宅

出席：白萩、林宗源、陳鴻森、凱若、鄭烱明（紀錄）

白萩：笠第七屆年會決定舉行名詩選評工作，這是一項很有意義的嚐試。二十年來，詩壇上發生了不少變化，詩的能力也進步了不少，因此我們現在來回顧以前的作品，相信較能獲得客觀性的看法。這次所以選「麥堅利堡」這首詩的原因是，因爲這首詩在目前有二種不同的評價。一是作者自認爲和T．S**艾略特的**「荒地」一樣偉大；一種是葡萄園的評論，把它說得半文不值，形成一首問題詩，由於双方的見解差距太大，以致使讀者不知所從，所以今天的合評選這首詩加以討論，以求客觀的標準。

關於今天的批評，我認爲要採取「認詩不認人」的態度來談，這個含意有三：

一、不管**羅門**寫過多少好詩、壞詩，都不能影響這首詩的客觀價值。

二、不管**羅門**的筆多麼兇，也不能影响我們冷靜的批評立場。

三、一首詩的價值僅由該詩本身來決定，我們對該詩的批判，係針對該詩所表現的意象、手法、語言………等而加以討論，其他一概拉不上關係。

另外要說明一點，由於所選的對象是名詩，因此批評的標準要嚴格，既使雞蛋裏挑骨頭也沒有關係，因爲我們現在不是在做鑽石與石頭之分，而是要在鑽石中，檢查裏面有無裂痕、氣泡等等………。

林宗源：此時不能稱名詩，應該是發生疑問的「名詩」。

白　萩：我建議從語言、意象、技巧等方面來討論較具體。我覺得詩前面的引句「超過偉大的」「是人類對偉大已感到茫然」是不通的，依照原句加以分析，它的意思是：對偉大感到茫然就是比偉大更偉大。

林宗源：是不是說偉大到令人無法想像、估計？

白　萩：既然對偉大感到茫然，那麼有什麼東西比偉大更偉大？如果我來寫，我會寫「超過偉大的是人類對偉大已感到厭惡」，如此較合乎詩後面的主題，**海明威**曾說過他對榮耀感到厭惡。這是類似的說法。

林宗源：也許是作者自認爲「衆人皆醉我獨醒」吧，否則詩便寫不成了。我討厭詩題下附這種格言式的說明。

白　萩：第一段「戰爭坐在此哭誰」是現在式的，接著「曾使七萬個靈魂陷落在比睡眠還深的地帶」是過去完成式，這說明作者思考不淸晰，而且前句讀了，使人誤會戰爭仍在菲律賓進行。

林宗源：「煙花節光榮伸不出來接你回家」中光榮兩字揷在裏面太生硬了。

白　萩：其實煙花節和光榮無關，不如用「煙花節的歡樂」較好。

林宗源：或把光榮兩字去掉也可以。在詩中造語意不通的句子，我想名詩不應該犯這種錯誤。

鄭烱明：第三段「戰爭都哭了，偉大它爲什麼不笑」，有語病。我們可以說：「夜都深了爲什麼還不睡覺」，由夜深而聯想睡覺是很自然的；但在這裡，把戰爭的哭連結著偉大的笑，無思考的脈絡可尋，令人不能同意。**羅門**破壞了習慣性的語型，同時也造成了反效果。

林宗源：「時間逃離鐘錶」這一句怎樣？

白　萩：時間本來就不受鐘錶的囿禁，沒有錶時間還是照常過去。

陳鴻森：詩中說麥堅利堡比天地線還少說話，又說「永恒無聲」，前後矛盾。還有，天地線是指什麼？

林宗源：我只知道有地平線、水平線、天線、那大概是作者創造的新名詞。

白　萩：「神來過，敬仰來過，汽車與都市也來過」，我不曉得都市怎麼也能來過。

林宗源：作者想寫出什麼都來過，才能顯示此詩的偉大。

凱　若：「在日光的夜裡，星滅的晚上」，是否即暗指日本與美國，像前面的「太陽已冷，星月已冷」，否則，「在日光的夜裡」是說不通的。

林宗源：這種比喻的技巧不高明。

鄭烱明：此段最後第二句，「睡醒了一個死不透的世界」，語義曖昧，如果寫成「睡成了………」，意思雖和原意有出入，但淸楚多了。

陳鴻森：整首詩先是强調靜，說凡是聲音都會使靜默受擊出血，而後面又讀到「嘶喊的大理石」、一副悲天泣地的大浮雕」等句；顯得很不協調。

白　萩：其次談到形象。我覺得**羅門**使用形象缺乏準確，像「血已把偉大的紀念沖洗了出來」，偉大的紀念係指麥堅利堡，用建築和照像來連結，很牽强。「至死亡紊亂的鏡面上」和「那裡是你們……」二句也是，讀起來別扭之至。「美麗的無音房」，把麥堅利堡比喻成房子，不恰當。末段「麥堅利堡是浪花已塑成碑林的陸上太平洋」，假設麥堅利堡是A，浪花是B，「碑林的……」是C，那麼此句可化簡爲「A是B是C」，其中B和A無關，B和C無關，則比喻是不能成立的。我想**羅門**是要說「麥堅利堡是碑林塑成的浪花」或「麥堅利堡是碑林塑成的陸上太平洋」。

鄭烱明：我以爲「麥堅利堡」一詩，最大的毛病在一、比喻不當。二、時空的秩序混亂。三、有些句子不通。

陳鴻森：語言也太不節制了，如此導致結構的鬆散，雖然外觀看起來乍似龐大。

林宗源：作者寫此詩的心理背景，一定想把它寫成偉大的傑作，因爲超過偉大，所以在創作的瞬間，不能把握住「心靈的活動」，刻意地追求偉大的詩句和意象的結果，產生很多不必要的重複，如此怎能令人感動？感情貴在自然的流露，要「行乎其不行，止乎其不行不止」，才能成爲傑作。

鄭烱明：單有偉大的企圖並不能造成偉大的結局，一定要在蘊釀的過程中，加入某種異質的東西，這個異質的東西，我想就是遠離偉大的「平凡」。

凱　若：詩中有好幾處語言的使用拖泥帶水，意象也很含糊，這是創作時腦子不冷靜的結果。

白　萩：綜觀此詩，羅門是想運用時空交錯的意識流手法來寫，可惜未善利用在時間、空間所產生的衝突與對比、並且連結其相似性，以致整首詩秩序混亂，無法凝聚。若說「麥堅利堡」和「荒地」一樣偉大，那是粉膏塗得太厚，據我瞭解，時此無論在語言、技巧、形象、主題、規模等，都比不上「荒地」在這裡無法一一來比較，我想此詩不能說是一首傑作，最多只能說是在羅門的作品中較好的一首。

我看一首感情的詩

郭亞天

鏡前

桓夫

被擾亂了的髮梢
被吮乾了的嘴唇
負荷疲憊的情愫而匍匐於鏡前
一陣
純潔的懷念閃亮於她底眸子
慣於挑逗的舌尖尚殘留著
一股爛熟的蘋果味
瀰漫在白壁之前
染出了臉上的雀斑
若無一種油然的頑性冲淡了羞恥……………

她不想再梳一次頭髮啊
鏡前
她不想把閃亮的貞潔也梳掉了啊

（野鹿詩集廿四頁）

桓夫這首詩大致看來是不太花費技巧的，而其實是不留痕跡的技巧。他善於把握字裡行間的「詩情」而全面造就一個可人的「詩境」，所以我認爲他是「寫活了這首詩」。

此刻若讓我們攬鏡自照，你會發覺，那「被擾亂了的髮梢，被吮乾了的嘴唇」，正足以包括我們生長中無法避免的過程，我們的煩惱，我們的愛，我們的快樂，我們的傷害，以至於我們的生活，等等。

誰說懷念不是純潔的？由此我們得以更清晰地看過去，我們感知，「她底眸子負荷疲憊的情愫與純潔的懷念而匍匐於鏡前，一陣閃亮著被擾亂了的髮梢被吮乾了的嘴唇」，這是何等微妙的情境。

作者認爲，「若無一種油然的頑性冲淡了羞恥」誰也不願自我暴露出「慣於挑逗的舌尖尚殘留著（幼稚時期）一股爛熟的蘋果味」，因爲一種衰老的感覺「瀰漫在白壁之前，染出了臉上的雀斑——白壁和雀斑在此顯然成爲一個溫和而有趣的對比——這多麼令人討厭。事實也是，我們原都是勤於溫習那個愛吃蘋果年代的動物，而畏懼於衰老的執握。

桓夫在此幾乎是用上了否定句的。然而所謂「若無一種油然的頑性冲淡了羞恥」應該是一個驚歎號，而不是休止符，並且輾轉地肯定了前述的句定，頗見功力。

當然她是「不想再梳一次頭髮啊鏡前她不敢把閃亮的貞潔也梳掉了啊」。基於轉位之後的「雀斑」必然帶來的煩惱，如今「貞潔」成了她的安慰，成了她的愉悅雖然無奈，但是我們的「貞潔」由於良知使之然，始終是被大家所尊崇與自愛的。我們當然有足夠的理由執着於那個最後的「童貞與純潔」。

據理而言，這首詩在情緒上並沒有太大的轉變，「詩的經驗格式與過渡性」較弱（借用顏元叔教授語）。爲衡量這首詩的優勝，似貴在於它正經過著一個「詩的」處理，特別是詩人使之多面表露出來的「眞情」，如「擾亂的髮梢」、「吮乾的嘴唇」、「純潔的懷念」、「油然的頑性」、「閃亮的貞潔」，在在都能引導我們走入詩人所建造的感性世界。詩裡的「她」似乎是一個少婦，可能給我們以一種幽怨的感覺，這種感覺接觸得愈多愈久，愈使得因著「她」的存在而讓我們與這首詩本身有著「不隔」的親切感。不曉得是不是因爲她的「顧影自憐」而挑動我們的感情，或者怎麼。

所以我看桓夫的詩正如我看林煥彰的詩是一樣的，不是用我的知識，而是用我的感情。桓夫的感情是尖銳而細膩的，慣於嘲諷；煥彰的感情是眞摯而含蓄的，善於變喻。就詩的涵貌而言，二者是對立的；就詩的精神來說，二者却是一致的，他們的「可讀性」高於「可感性」，「可感性」重於「可知性」。依照我的欣賞觀點，這種不斷發揮出來的「感情」，恐怕就是「笠詩社」諸多同仁所握緊的特點之一吧？

我常覺得詩可以訓練人類的感情，也許在此便可找到證明：同時我情不自禁要去鏡前瞧瞧自己啊！

五十九年五月

爲慶賀本刊社務委員**陳秀喜**女士出版日文歌集「**斗室**」續有左列各位先生女士捐助本刊，謹向贊助者衷致謝意。

贊助者芳名：

陳葉麗珠女士
鄭重仁先生
王水月女士
徐春治女士
吳莊月娥女士
林蔡晩女士
石秋松先生
王林梅女士
施簡淑循女士
蕭秀紅女士
胡祖輝先生
陳坤德先生
楊勉女士
張桂芳先生
陳雲梅女士
施碧霞女士
鄭明珠女士
陳月女士
高宗智先生
黃在禮先生

詩・思想的

詹冰

一、前言

詩人的路，是荊棘的路。是血汗的路。三十多年來默默地直走這一條路的吳瀛濤，是一位眞摯的詩人。

倘能把詩人分類爲：思想的、抒情的、感覺的，之三大類，吳瀛濤無疑地是屬於思想的。在思想貧困的詩壇，這是一個寶貴的存在吧。對思想的詩，苛求豐富的感情，或苛求華麗的感覺，而想要把它底存在的重要一筆勾消的批評著充斥的現狀之下，他毫不拘泥於此，依然默默地寫作詩，一步一步走着荊莿的路，走着血汗的路………。

在詩的國度裡，吳瀛濤或許非種育美花的園丁。不過他却是增產精神糧食的農夫。通覽他的詩，形式、技巧的進步、變化並不多見。但却能看見如果實般漸漸地成熟的思想。我們從他的詩所受的快樂，即存於此。我們要欣賞他獨有的詩的世界，該回顧他所走過的荊莿的路。

二、靑春與詩作

吳瀛濤於二十四歲開始用日文發表詩作。下面是他的第一聲。

早晨的風帶來了舒適的一刻
我的心靈呼吸着春天的喜悅
啊！早晨，春天的歌聲充滿
光輝充滿，我們的愛也充滿

（早晨二章・作品一）

這正是靑春的歌聲。在此，已能窺出決定他的詩的生涯的語句。

而於靑春的酣夢裡
你是否看見玫瑰紅的孔雀船
抑或看見金黃的天馬飛空

（靑春・作品二八）

然而，他的靑春的驪歌似乎不能繼續了長久。由中日戰爭以後一直連下去的戰時生活，遇到長子的死，第二次世界大戰的爆發，當時被壓迫下的臺灣，他的生活也漸地被苦難的影子籠罩。

背負着灰暗的影
插足於泥沼的日子
握住拳站住脚
在汚濁中，支撑幾十次

（禱二章・作品四七）

他的靑春，早就像一朵花凋謝。寂寞、憂愁、貧苦等，生活的痛苦侵襲他。但是，幸好，從這種苦難的土壤中，他的詩人的思想萌芽、生育，開始着展開樹枝。

歷史的一切
所有的時間與空間
所有的有機與無機
存於其始源的宇宙的本質

（七月的精動・作品八三）

繼着，在「墜石」「漆黑的夜」「季節」「風的意志」「黃昏與夜六章」「風土與歷史」等詩篇，可看出他的思想的成長、展開。在這樣暗澹的時代，他也不放棄詩，仍如於「詩頌‧作品二七」所歌唱，不忘掉了「啊詩的眞善美，爲詩，我願獻出一切」的決意，而對陽光、星光、貝殼、花朵等，傾注眼光。他的詩作，可以說是開在苦難的土壤的花。

三、祈禱與生活

人會在再也耐不住苦難的時候，求神而開始祈禱。吳瀛濤的虔誠的祈禱的聲音，散見於充滿着苦惱的詩篇之間。

夕暮的鐘聲響了
啊，妻和兒子
該一起來感謝這一天的平安
並禱告明天的幸福
然後，一齊來進我們這一天快樂的晚餐吧
（晚鐘‧作品六六）

這一篇祈禱的詩，就像密勒的晚鐘的繪畫。由于祈禱，人會得到安慰，獲得新的力量，重新面向多難的生活走下去。

生活是一枝鞭子
祗有被打的人纔會體驗到它的痛楚
而從那痛楚的底層流出來的鮮血和眼淚
是清純透明的
（詩的短章‧十四章‧作品一四七）

不過，現實的生活却先滿着醜惡。映入他的眼睛的是，「灰暗的角落」「苦悶的年代」「破落的舊貨攤」「挨餓的孤兒」「肉體腐爛的夜女」「不倫不類的男人」等等。儘管如此，在醜惡的現實生活中，他仍眞摯地熱愛着詩。

而詩人的眼睛，從醜惡裡去發現了眞的、美的、善的事物。那就是「皎潔的月光」「女神的微笑」「小巷古老的風景」「可怕又可愛的大海」「舒適的畫室」「小鳥的跳躍」等等。被醜與美，僞與眞，惡與善，相交叉相惡合的生活的波浪磨冲推流，於是，詩人併吞了世上的清濁，予以消化，而更成長，前進。

四、都市與大海

吳瀛濤的作品中，都市和大海的詩，佔着了重要的部份。那恰如是他詩的思想車子的兩個輪子。

我是都市的拾荒者
與垃圾相處，在骯髒汚暗的角落撿取陽光
（拾荒者‧作品三七九）

由於有陽光，他才肯定都市的汚濁。不過，有時候會逃去大海，或遙遙地馳思於大海。常常會從文明逃走，去復歸爲「原始的蕃族」。他著有散文詩集「海」大卷，對大海的愛，表現無遺。在海灘，他像如在都市撿取陽光，而拾取貝殼。

貝殼，海的耳朵
貝殼，海的回音
在海灘上拾起那海的回音
拾起那遠遠遠的鄉愁
（貝殼‧作品三五六）

這首貝殼的詩很美。他在海邊，喜歡聽海音，在都市，則喜歡欣賞古典音樂。在其間，他思索着有關人生的種種的問題，而把它寫進他的詩裡。「思想二十二章」，當可視爲其中間報告。

仍在思索
一條路，幾個驛站，而至最後一瞬終焉
是生，是死，這虛渺的人世

我又思索宇宙與神，虛無與存在等等問題
惟始終祇是陷於不可解的空默
就這樣仍然要走向陌生的明天

（思想二十二章・空默・作品二九八）

如此，他經過了四十歲年代的初期、中期，而進入末期的瞑想時代。在這中間所寫的「給瑪麗的戀歌」，可以說是這一時期的傑作吧。在這一連的作品中，詩人充分發揮了抒情的最高力量。

五、瞑想與人生

瞑想者（作品三九二）

何其寂寞
瞑想的人
像一具化石
風雨雕塑了他的骨骼

一些思想，一些意念
形成了這一個人
他瞑目着
他活於一百萬年前
死於一百萬年後

而將醒於一個春天
因他會發現了一些
於他冬眠般長長的瞑想之間
於其不眠的長夜之後

瞑想的人
他醒自遙遠的國度
當他醒着
他的雙眼瞪向蒼穹
陽光盡被吸在他的內奧

瞑目者
如是一個瞑想者
將又復開始着無數日夜的沉思
於薄暮，於曉暗之中

這「瞑想者」的塑像，也正是吳瀛濤自己的自畫像吧。此一作品，會像羅丹的雕刻那樣，使讀者深刻感動。粗獷的男性線條，很確切地形象着瞑想者。

在簡陋的書室
每多沉思
零亂的思索
伴着失眠的長夜

（生命之歌三章・作品四〇〇）

而他的思索涉及多方面。關於自己，關於情，關於美，關於眞理，關於愛，關於生命，關於動，關於人生所有的方向沉思，逕過許多的摸索及思索，他發現了自己的世界，自己的宇宙，而墾耕下去。

首先他的世界是充溢着陽光，具有生命、期望、理想、拯救等的象徵。

他對陽光的憧憬，經過了一次再一次的瞑想，他似乎領悟了人生的意義，達到了安靜的諦念之境域。

走過荊棘的路，攀越險峻的山嶺，現在，他已達到了平坦的原野。而達到這種境地，他的詩一直保持淡然的詩風。

六、結語

吳瀛濤是屬於所謂「跨越語言的一代」。他最早克服了語言，早自民國三十二年就用中文發表詩作品。是一位詩壇的前輩，現在尚繼續在寫詩，過去發表的詩作品已有六百篇。他的詩平易近人，並不拘泥於詩語或技巧，看起來他像是寧可用那種時間，用力於思索，使具有思想的重量。

要把他的生活和他的詩切離，是困難的事。他的詩即是他的生活本身，他的生活同時是他的詩。他是詩的化身。這才是一位眞正的詩人吧！

笠37期作品讀後感

郭亞天

非馬三首

非馬的詩多少接受了英美近代詩的影响，部份作品還介乎浪漫與半自然色彩。這三首詩包括「一女人」、「五月的晴空」、「晨霧」，而以「一女人」組織較佳。

「爲一頂帽子教唆男人去扼殺七隻羽毛艷麗的孔雀」這是女人最顯見的弱點：愛美，與在這個時代裡所急於想奪得的特權。「她永遠快活，永遠像開屏的孔雀在七面鏡子裡」這也是典型的愛慕虛榮的女性，日日在鏡前把玩她自己（也許是美容過）的面貌，這樣的樂趣能保持多久呢？有一天當她塗得漂漂亮亮的玉指觸及眼角突然發現的魚尾紋時，「尋覓自己的尾巴」這一句予的揶喩效果就整個地畢露了。當然非馬是有意嘲弄「她」的。

至於「五月的晴空」只在展現一個乾燥的季節，却沒有把一個値得發揮的題材發揮至盡。「晨霧」則幾乎落於敍述的弊病，未能再「擴大人類已有的詩經驗」。

草

何瑞雄的詩我第一次看大都像散文，第二次看像論文，第三次看才像是詩。「草」詩略帶點說教的感覺，沒能讓我們感到所謂詩之生命的一種悸動力，這就削減了作爲一首「詩」的傳統素質。可取的是他有著正確而積極的詩路，作者若能再深入詩知識的領域裡去作更多方面的接觸，當必有更優良的發展。

「草」詩共分四大段，是依生長層次而表現出來的，理論上較爲完整，但不及詩本身俱足的簡鍊性。詩中「莫名其妙地被他施以酷刑，我依然緊緊地抱著你，有如抱著所愛的人」及最後的結語「我得繼續蓬蓬勃勃地生長，然後盡可能開出最美麗的花朶，我把花朶獻給你」是全詩較稱有力的地方。

傘

拾虹的「傘」是在他「十三月詩抄」裡我最獨欣賞的一首，頗有**林煥彰**前一陣子那樣可愛的詩風。

「一顆砲彈把花開在空中，成爲一朶小小的紅傘，是姐姐心愛的嫁粧」，其實不僅姐姐喜愛，連**拾虹**也喜愛，因爲那是姐姐心愛的嫁粧，他喜歡他的姐姐。而「出嫁那天姐姐撐著小紅傘悄悄地走了，一直沒有回來」，**拾虹**一定很思念，所以當「夜裡庭院上的小紅花偷偷地開了」他就說是「姐姐撐著小紅傘回來了」。詩中小紅傘、小紅花、以及姐姐，這三個一體而微妙的「暗喩」給本詩帶來很大的功勞（花暗喩傘，姐姐暗喩愛），這是很需要相當豐富的感情的。

夜來的體裁

傅敏很有聯想力，也頗能把握image，像「月光從窗口伸進一把剪力」這就是一個很美的意象，而且能够一下子帶領整首詩進入以後的情況（如「把我們裁成一個人」

，及第二段和末段的句子等）。「有時是用妳柔軟的前胸將我掩蓋，有時留著我的背肌，面對張牙舞爪的夜空，從來不願拋露我們的臉」這一節乃是給予前面「捉迷藏的遊戲夜夜存在著」的一種闡釋或延伸。至於後來「海的渦流輕蔑地翻轉我們死魚般的身體」和「月光從窗口伸進一把剪刀」在方法上是同出一轍的，而意義更為擴大。

作者另外三首詩也不錯，但不及本詩的眞摯或大方。

沒有比語言更厲害的武器

鄭烱明慣於利用白話的直敘手法來進行一首詩「的事件性」，在詩的諸多型態裡，這是較為接近生活的一種。「一個在書攤上被爆炸的詩的語言碎片殺傷了的人仆倒在地上氣絕死去」，這是說明的什麼呢？一個愛書（詩）的人結果被那些書裡的話言給炸死了，我想，大家都懂得的，這道理很深，也可說很淺。何況這詩的題目一開始就丟給我們一個很大很重的包袱哩。

戀情

詹冰以前就寫過類似這樣的詩（我記得是「affair」），全詩只用七個阿拉伯數字及「男」「女」兩個字來組成，而分別以顚倒印的方式來表明一對男女相遇時的各種不同的心理變化過程，是屬於視覺性的詩。這首「戀情」**詹冰**也是用同樣的觀念來處理的。我們很明顯地看得出來這首詩的目的在於顯示人類由無數愛的飢渴以至於愛的開始到愛的完成。這樣的型式在觀念上是比較特殊的，值得嘗試。

手，這個傢伙

這是**岩上**的一則散文詩，詩中充滿警覺性和令人心跳的語言。舉個例來說，當你「擠在公共汽車內胡思亂想，或在轎車裏左擁右抱，那位粗心的司機突然來個緊急煞車，緊緊握住你生命的，你說是什麼？」還說「手實在是最忠實的走狗，可是有那麼一天，當我們魂歸西去，手這個傢伙能從棺材裏伸出來抓住些什麼？」──啊，異端！

作者具有詩人應有的自覺、人的智識和感情。

夏日的詩

陳鴻森的詩裡常有他年青的吶喊著企圖打破傳統的聲音，他的姿勢算是很優異的，甚至讓他一竄上詩壇便很受年青詩友們的注意。

「夏日的詩」一共有兩首，也是散文詩。如果我們說**岩上**的「手，這個傢伙」時緊迫的，那麼**陳鴻森**的「夏日的詩」便是冷靜的；前者若是客觀的、感性的，後者便是主觀的、知性的。

從「蝴蝶」和「禿樹」裡不難看出作者的才華。而且他並不因為裝飾美麗的語言而鬆懈了詩的特質或故意造成晦澀的局面，這是難能可貴的。不過「蝴蝶」裡「那要命的昨夜的禱詞，何處不好去却在心底圖騰著」似乎可以不要。

桓夫與林宗源

桓夫的「高山風景區」有別具的情韻和神秘感；「回響」充滿了幻想、期待、與絕望感；「影子」寫得最佳，頗值三思而讀；「歌仔戲」有一種快意的嘲諷性，不錯！

林宗源作品嘗試以臺語的語言特性來表現詩本題所就要表現出來的俗劣感，效果上是可以表揚的。

（五九、八、四、夜寫於基隆市三〇七病室）

日本現代詩選譯

體操詩集（全）

村野四郎著・陳千武譯

著者自序

我從自已的作品裡選出有關體操的詩，編成一輯的時候；這些詩的一群，便在我的詩世界顯出另一種花紋。似乎曾分散在我詩裡的某種自滿的意念，被一個命題吸收，造成一串連鎖一樣。

我想依據這些詩的排列來强調我的一個方向。如果這些詩能對抗原有的憂悶詩，那麼，這正是我意想外的喜悅。今日的詩人，已無在其本質上必需具有歇斯底里的理由啊！

為了使這一詩集的目的更完整，我有必要借李芬敍達兒和渥爾吾，以及北園克衛的援助。現在得到幾位藏術家的伴奏，而能演出我的體操，是著者非常的光榮。

我却不顧慮自已的年齡，而喜愛持有永恒柔軟的腰和有如笛音的咽喉。

謹向不惜犧牲傾注友情於這本詩集的北園克衛，和實際獻身於造冊上各種麻煩的粟本幸次郎兩氏，朗爽地表示感謝而叩頭。

村野四郎

序

說最進步的藏術究極的效果，是在精力的形狀上。這種現代藝術的原則，依最適確的感覺和秀逸的技術，最切實把顯示出來的這本詩集，對造冊上新的型態，更付出過日本最初劃期性的努力。

著者在這本詩集，以活潑的小攝影機鏡頭和無比的細巧精神，在剎那的空間抓住了爽快的精力線。這種美妙的技術，不僅限定於其對象的體操，而能達成了具有彈力的高度作品的價值。

著者又在完璧的每一首作品配了極新銳鮮明的照片。那些優秀的照片，都依其强烈的物質感衝擊作品，一層地顯著了作品的效果。不過我們該注目的是，那些作品並非只求取一般插圖的觀念，亦不是附以作品的解說纔調配的。這些作品和照片的遭遇，似乎是突發性的配合，成為這本詩集新型態的性格。

這本是稀有的體操詩集，同時又是一本體操照片集。也可以說不屬于那些任何一種類，而是持有四次元的新型態的詩集。

北園克衛

體操

我沒有愛
我未曾持有權力
是白襯衫中之個
我解體　而構成
地平線來交叉我

我無視周圍
而外界整列着
我底咽喉是笛
我底命令是音

我翻翻柔軟的手掌
深呼吸着
這時　我底姿勢
如揷上一輪薔薇

鐵啞鈴

鐵啞鈴在我周圍描繪我的世界
畫在地上一個外接圓圈
那中軸的犬胸筋染紅了

雲走進我的世界
穿過雲有如縫針的客機
廻旋着　降落於我的內部

在我的內部
有引擎的爆音
從我的肉體飄出無數的近接雲

鐵啞鈴

枝椏網裡也沒有雲
我在光亮處瞑目着
我知道可從啓程的路
充溢於周圍
冷酷的空間　在那兒
收縮的筋肉
啊啊　鉄啞鈴
我看到純白花磚的冬天

推鉛球

你看
鉄描繪的世界裡
暫時哀憐的電動機喘息着
被封在白線圈裡

吊環

我像蝙蝠倒懸着
天的降落傘將我吊起
我暫時安定在此吧
看看走近的人們
看看那驚訝的人的臉
我正在
理解我底世界

單桿

在海濱
我知道曬於樹枝的虛幻的章魚
我也被吊在空中
支撐我假設的單槓
思想降下來
從鼻子逃跑了
我在打嗝兒之後
踢飛了風景
斗膽冒瀆天空
於是那些
扶我置於新的世界
我開始俯視
驚奇的人人的臉和
有點滑稽的矮小的樹梢

單桿

我向地平線跳去
僅以指尖扳着
世界將我吊起
筋肉是我唯一的依賴
我赤紅着　我收縮着
脚將昇起
哦　我往何處去
世界大轉一匝
我已在上面
從高處俯瞰
啊　肩膀上印着柔軟的雲

高欄

沒有花
也沒有香味的季節
運動衫的處女性
不過是一片白色亞麻布而已
她輕輕越過husdle（跳欄）
而想着
竟如此容易地
超越

鞦韆

你的鞦韆
打到油漆剝落的陽台邊緣
但你仍然不能
從那個界限飛躍出來
你乘着高亢的聲音
像Z號那稱
突出堅實的肚子
飛過我底頭上

世界在你的周圍安靜下來的時候
像去過長途旅行回來似地
你從那兒下來
而在我的身體支撐着
你的頭暈

撐竿跳

他像土蜂
撐竿驅來
很優美地浮上空中
追逐上昇的地平線
終于跳過一個界限
就把竹竿放掉

他祇有降落
哦 無力的降落
正醜陋地摔倒於大地的他 身上
突然 再次
地平線覆蓋來
激烈地敲叩他的肩膀

登攀

我們進入地表的凹凸裡
將痲痺的巨大的垂直屹立着
岩燕 相撞而落下
耳邊銀製的杯子響着小小的聲音
我們站在地表的背脊
晚霞在脚下拖動斑紋的絨氈
山巔的風揭開朋友的裙裾
她就面赧着
把它壓擋了
山岳翻弄了我們
那是難得拔掉的力氣啊
可是我們終于征服了它
到這麼高處支撐着我們的
那是甚麼
回頭一看 可就
一個搬貨工站着
在那背脊 背着我們的山岳

一

滑雪

世界是藍與白的二色旗
我迂廻過矮針葉樹之間而來
已經在新積的雪中
諾威佩帶是紅色血管
我在稜線出現
她在遠方的俗世舉手
投一個吻
我走入雲裡
逃跑在雲追逐的先鋒

忽然 浮動了
我在空中速力支撐的滑雪板上
我跳入二色旗之中
是扭動的點
就這樣
墜落於她的視野裡
着陸於速力之上
我狼狽地制動轉彎
而笑着站停
那是輝煌的障碍物
在濾光眼鏡的深處互視着
刺目的四隻眼

水上跳躍

如花 雲們的衣裳舒展
水的反射
給妳的裸體描繪花紋
終于妳跳了
以筋肉的翅膀
被陽光燒黑的小蜂呵
妳向花墜落
鎗扎似地潛入水裡
不久 從那邊的花的陰影裡
妳出現
以沾濕的軀體
彷彿笨重似地

水上跳躍

我從白雲中走到
一塊距離的極端
我大大地屈身
時間在此皺起
一踢 我跳上了
已經在空中
太空抱住我
懸空的筋肉
却又掉落
像被追逐而迅速地潛進去
我在透明的觸覺裡掙扎
於頭上的泡沫外

看見女人們的笑聲和腰
我急着想抓住
巨大海岸傘的紅白花紋

鐵環（hoop）

在那圓圈裡
看到你的掙扎倒很愉快麼
鐵環裡的人呵
在充滿了血的臉上
你底褲子的
晃眼的雲亂了
可是在這種斜面
也許你的加速度會停止呢
美麗的一顆棕櫚樹
有如雪茄那樣
被銜在須具利樹的鬍鬚

拳擊

從偉大的廣袖裡
像高高組合的双手那樣
兩個肉體
被推進上面
忽然
像秋海棠那樣渾身血紅了
審判員便成爲紋白蝴蝶
不久，一個人終于垂頭下去
另一個人被留在孤獨裡
顫抖於颱風之中
於是一瞬
世界就像扇子那樣合起來

標槍

你在狙擊甚麼
新的原始人喲
光飛抖而去
在那邊
突起恐佈的叫喚
你看
背後被槍刺着
瞬間企圖逃逸的踉蹌
可是　那些
忽又恢復寂靜

徑賽

你是不可思議的人
你胸前的號碼
迅速地跑過空間
哦　是一張白色的速力

可是 現在你却
笑着和我握手
你的速力已無
會話未訥
肩腿披着思默的毛巾

肋木

走向有白銅雲的
體育館的路去吧
你們的小弟穿着白亞麻布衣
像犯罪的人
懸吊在肋木
相信那搭拉在枯木與風裡的
淺紅色犧牲吧
現在詩勿在隱忍服從的柏油地面
夢見衰老的球根呵

〔後記〕 一九三九年十二月出版的村野四郎著「體操詩集」，原著附有十五幀體操照片，以其把握對象（主題）的方法和構成作品型態的技巧，顯示與過去的詩有所不同的風格。是在昭和年代的新詩精神運動中，依據特殊題材而寫成的優異成果的作品。

「我大大地屈身／時間在此皺起／一踢，我跳上了／已經在空中／太空抱住我」（水上跳躍），這種表現在如今雖已不很新奇，但在當時，近代主義的詩由于這些作品始獲得了表現的新可能性，而擴大了詩的領域。事實「時間在此皺起」或「太空抱住我」這種把握時間、空間的表現迄今仍很新鮮，而用為作品題材的體操場面頗令人感到興趣。決定這本詩集高度評價的主要原因是，能用體操場面的各種姿勢、運動、速度、變化，以及環繞其周圍的時間，並隨之產生的情緒等來構成一個型態的手法。這一點保持了這本詩集的新鮮性永未消失。

作者說，「以客觀性看體操的人同與外界的事物一樣，均為構成世界的一個事物。這是新即物主義理念根源的存在論性觀法的美學的實驗。」也許作者用這種方法，在詩表現上把握型態並予創造。包括在存在論性意識裡，顯然有作者健康的感性的强烈作用。沒有內面的屈折或苦澀的情緒，而以青春的感性融於體操的力學和美學。村野四郎生於一九〇一年。深受德國文學的影響。參加「詩與詩論」的近代主義新詩精神運動，而實踐「新即物主義文學」。一九六〇年榮獲讀賣文學獎。

陳千武
於一九六九年一月記

村上昭夫作品

詹冰譯

雁聲

聽到雁聲
飛着的雁聲是
與那無涯的宇宙盡頭的深度是
相同的

因爲我患着不治的病
所以
才能聽到雁聲

不治的人的病是
與那無涯的宇宙盡頭的深度是
相同的

飛雁的姿態
我想我才能看到
飛雁的終點
我想我才能曉得
到那地點可擁抱着雁
我想我才能辨得到

聽到了雁聲
專心地在飛着的雁聲
我是聽到了

烏鴉

那聲音是吃寂寞而活下來的
誰都至少做了一次的烏鴉

人死了同時在何處的烏鴉也要死一隻
隔壁的老人這樣說着
好像活了七十年的祕訣
第一次公開出來一樣

曾經看過了烏鴉吃的東西
扔掉在路旁的獸類臟腑
在河裏派動的
臟腑般的血塊

可是那一切的東西
與人們區別人獸之間的
高度的知性及進步的科學是
沒有什麼不相同的

烏鴉是吃那些東西而活下來的
誰都至少做了一次烏鴉

老鼠

試一試折磨老鼠吧
因此世界的一半就會痛苦
試一試使老鼠吐血吧
因此世界的一半就會吐血
如此
試一試虐待一切的生物吧
因此
世界就會分裂爲二
爲了分裂爲二的世界
至少我要向幾億年後的人們說話
老鼠是會痛苦的東西
老鼠是會吐血的東西
除非一隻隻的老鼠也能被愛
世界的一半
就不能被愛了

烏龜

記得打破了龜殼的人與日期
向堅硬的石上投擲
那一瞬起
彷彿世界的不幸就開始的樣子
被打破的龜殼
還嫩嫩輭輭的
除了宇宙被改變以外
好像烏龜永遠還是烏龜的樣子
因烏龜總是呆在寂靜的水底
所以烏龜流的眼淚
似乎烏龜本身也看不見的樣子
烏龜一聲不響地
在等待宇宙被改變的日子

附記：

村上昭夫，一九二七年一月生於日本岩手縣陸前高田市。岩手中學畢業。戰後才開始詩作。一九六七年（四十一歲）出版第一詩集『動物哀歌』而受"土井晚翠獎"及"H氏獎"。一九六八年（四十二歲）死於肺病。

村野四郎在詩集的序文中說：「我在這本詩集裏，看出比**石川啄木**及**宮澤賢治**還深的心靈與造型的文學。我想恐怕這本詩集，對於想要窺視現代詩的深淵的詩人及詩愛好者，能給以驚人的新鮮的衝擊。」

牛山愼作品

錦連譯

也沒有季節……

也沒有季節
也沒有早晨也沒有黃昏
忍着在極端混濁的水底游泳的
自我的重量
忍着天空星星的遼遠
充滿着被封印了的
土撥鼠們的叫喊的
被呪詛了的風景夜夜襲擊着我

縱然磁氣在我的腦膜下發瘋
發青的星星內部也不會說話
殘酷的覺醒要綑縛我的上午二時
在當風彎曲的赤裸的樹梢
只有破爛不堪的鳥窩
夢遮擋了現實？
現實遮擋了夢？
一隻鳥擦過了我的面頰而掉落
該向誰祈禱
太陽的悄悄的治癒
誰將會補償

擴展於汚穢天空的全部鍵盤上的
這些空虛？
一再渴慕着夜的大氣底邊而發響的
可悲的風之歌
到處都沒有搖籃也沒沙漠

廢墟

從廢墟中忽然噴上來的熔液裏
或在灼熱大地的一粒熱沙中
都已經不會有像從前那樣的自己的心臟吧
也沒有將會柔和地表上欲溢出的東西的
粉黛之歌
小狗和猫也不來玩耍
去酒館子也不耐煩
願獨坐於無人荒野的
瘋狂般靜謐之中
沒有人要迎接
從好久好久的行旅歸回的未來
嗟嘆之歌也多彩得不可奈何
這裏有着吐過血的皮肌般的
默從

中原綾子作品

錦連譯

一出去旅行……

一出去旅行
那裏有時是別人的故鄉
就是把搖籃搖動
也祇剩下着早已和河流一起消失後的
古怪的空殼而已
塞住了的咽喉內處
有着被扼殺了的小鳥般哭泣的東西
還有被月亮欺騙
而斟着劣酒的這隻手
也比充滿着叫喊的世界的一切夜晚
更枯萎着
由於命運不經招呼就通過
因而也想永遠地擊以飛礫

在某夜

夜的大氣裡
張着電話線
陣陣地聽見了鐵軌的聲音
鐵橋靈魂的呻吟
黑煙
而沉沒於夜的寂靜裡

會令人想去
把彎曲的枕木一個個地邊走邊矯正的
汽笛渡過鄉愁的海而來
不時做着夢想的日子裡
連對於藍色的音响
也會心跳——

懷念睡着了的淋雨的火車站
火車穿過燻黑的光線
閉上眼睛邊聽着號泣
邊拉進顫動的線

摘自「夏日的花」

周圍
產生了早晨的沉默
以綠色的背脊爲中心　柔軟地
可是
何等冷漠地感覺着存在呀

每一朶都
正看着天空
好容易支撑了無窮盡的天空的重量
祇以被允許的那個姿勢
將裂開的天空
在沉默的周圍
有沉默
抉出空間
擁抱空間
以强烈的靜謐防禦着身軀

透過花瓣
等待着「時間」

在黃昏花疾馳於天空
以眼淚繫着燃燒的火焰
如衝上而消逝了的憧憬一般

害病的鎭上

太陽　墜落了
騷音和塵埃
滿潮般逐漸地高漲起來
突然
激烈地
拖拉着尾巴而消逝的
時間　刻着生命
彆着氣站立着
看看淡淡的世界
尖銳的神經
握着弄髒的書
寂寞在害病的鎭上飄降着

黃昏之歌

各務章
陳千武 譯

那是 溫柔的風吹來的黃昏
我們到山邊的小湖
去散步
餘暉染紅了樹梢一會兒
像似暫時的生命
周圍便融入柔和的藍色
此時
我和妻 和小孩
在湖傍休息了一會

把手伸浸冷流的女孩子
望着妻的臉 囁嚅說
「魚兒 在晚上會看不見嗎」
我和妻 都微笑了
我說
「牠們都要睡呀 沒關係」

忽有 新的星星
已經在不遠的地方閃閃呼吸着
而又感到在更遠的天涯
也能看得見閃爍着的現象

屬于我們歡樂的一刻
流逝的美麗的時間呀
携着手
我們三個人 開始走下坡
像這一天黃昏的溫柔
在未來 這個女孩子當了母親之後
能否跟我們一樣
來欣賞嗎…………

想到這一情景
我和妻
都在各自的胸臆裡
感覺看不見的羈絆

進入昏黑的初夏夜
在街上 有烟火昇空的聲音
有人說話的聲音
而我們很少講話
依戀日常的灯火
靠着小學的牆沿回去

夕暮のうた

各務　章

あれは　やさしい風が吹いてくる夕暮だつた
山の近くにある小さな湖に
僕たちは散歩に出かけた
夕燒けがひとしきり木木の梢を染めて
それも　しばらくの生命のように
あたりは柔らかな藍色にとけていく
そんな時
僕と妻と　幼な兒は
湖のほとりでひと休みした

冷たい流れに手をひたした女の子は
妻の顔を見あげてつぶやいた
「おさかなは　夜になると目が見えなくなるかしら」
僕も妻も　小さく笑つた
そして僕は答えた
「眠つてしまうから　大丈夫だよ」

ふと見上げると　新しい星が
もう間近にキラキラと息づいていた
氣がつくと更に遠い天空の果てにも
またたくものが見えはじている

僕たちのささやかなひと時
過ぎさつていく美しい時の流れよ
手をたずさえて
僕たち三人は坂道をくだりはじめている
こんなひと日の夕暮のやわらかさを
いつの日か　この幼な兒が　母となつてから
僕たちと同じように
味わつてくれるであろうか……
そのような情景を思い浮べるとき
僕も妻も
それぞれの胸の奥ふかくで
目に見えない絆を　感じ合つていた

すつかり暮れてしまつた初夏の夜
町の方では　花火をあげる音がして
人人の話し聲が聞えてくる
僕たちは　ことば少なに
いつもの明るい灯が戀しくなりながら
小學校の塀にそつて歸つていくのだつた

海外來鴻（一）

—葉笛寄自日本—

祖天兄：

國清君因獲得史丹福大學比較文學博士課程的獎學金已於23號由東京飛美，22號我去東京站接他，在我底公寓住一夜，談了許多文學及讀書、現代詩的事情。我一直沒給你及白萩寫信，因爲，覺得每天生活都一樣，除了看書工作之外，平凡的生活像流水，沒有什麼可報告的。詩集（日譯中國詩選）可能九月底殺青，但贈送部份會提前送到你那邊。

日本的現代詩壇也很雜亂，五花八門，許多自命詩人之輩，每天高談闊現代詩，談歸談，寫歸寫，但沽名釣譽膚淺之輩大有人在。這種現象，跟臺灣的一部份詩人一樣。但有一種事實是我們可學習的，就是有一些詩人很嚴肅地追求現代詩與現代人應該怎樣生活。也有著名的出版商一套套地出版現代詩論。問題是如何建立自己的信念。看最近的「笠」吾兄在創作及翻譯方面均很賣力，這是值得得額手稱賀的。來到日本，我只是忙於看書、上課、工作。雖然，零零碎碎地寫了點東西，但都不像樣。也許，年底左右可整理出一些東西。

關於詩集的原稿，我認爲（國清兄也如此）先送去內政部檢查比較好。

最近，詩壇有沒有什麼新書出版？有沒有什麼新詩刊？我想要介紹新書及詩，必須有價値才不會浪費時間。譬如日本詩壇，有不少未介紹過却相當有份量的詩人。事實上，日本詩壇的論詩的態度並不隨便。得到前次芥川文學獎的清岡卓行也是現代詩人及批評家，但我讀過他得獎的「AKASHIYA 的大連」並不覺得怎樣動人，可是他的詩評却有獨到之處，還有野間宏、吉本隆明，大岡信（詩人、批評家、美術家）等人的詩論，皆是他山之石。然而我們介紹的還不多。請代向朋友們問安。握手，即祝

詩祺

葉笛上

八月廿七日

海外來鴻（二）

—杜國清寄自美國—

姊夫：

在離開日本之前，沒有寫信給你，一是忙、二是亂、三是煩惱。又經過了一次的離別。

22號下午三點五分坐新幹線到東京，表姊、文隆和一些學生都到車站來送行。六點十五分到達東京，葉笛在月臺上向我招手。當天晚上吃、喝、談、睡在他那兒。23號早上九點二十分從羽田起飛，十個鐘頭之后直達舊金山（此地時間清晨三點二十分）。同機有一位中華航空公司大

阪辦事處的程先生，他和夫人護送女兒到舊金山唸大學。於是下機后和他們一起坐計程車到Hotel Don。雖然我們托航空公司預約了房間，但所約的時日有了出入，因此一到Hotel時是早上五時，他們說No rooms，結果等到六點有人cheek out，於是我們才分別搬進了房間，睡到十點。打了電話給Mr Conn，他是我在大阪Y.M.C.A認識的一位英國人Mrs. Matheson的姊夫。下午一點半Mr. Conn和Mr. Matheson的祖母、父親開車到Hotel來接。Mr. and Mrs. Conn住在Palo Alto. 史丹福大學附近。離舊金山開車約一個鐘頭，約三點鐘到了他們家裡，和Mrs. Conn以及她母親見了面。Mrs. Matheson和Mrs. Conn的父親、母親和祖母住在洛杉機之南的Riverside，這天他們到Mr. Conn也就是女婿家來玩，所以我碰巧也能和他們見了面。我們談了一會兒，他們就帶我到Stanford去繞一圈。Stanford校園的SUBAR-ASHIA（非常優美而大）遠勝臺大。更非任何日本大學所能相比。

這幾天一直位在Mr. nd Mrs. Conn家裡。他們非常的親切。Mr. Conn帶我到學校去，先是到International Student Center. 又到另一處有很多housing listings（出租房子的名單）的去抄了一些地址，幫我一起找房子。他開車，先按地址找房子的所在，外觀覺得不錯的，再打電話約時間進去一看。結果一共看了四個地方，我決定了其中之一，那是離學校騎自行車十多分的地方，環境非常清幽，有獨立出入門戶、有浴室、床鋪、書架、書桌。每個月五十塊美金，算是較便宜的。可是我打算後天到東部去看個朋友，回來以後再搬進去。

Stanford的校園眞是大，拿着地圖問了好幾個地方才找到。星期三系主任請了我吃中飯。他姓劉，中國人，英國籍。我覺得他很親切，在他指導之下，一定可以學得不錯。另有一位學生代表也打了電話來，有事儘可找他幫忙，這兒的氣候是公認的美國裡最好的。雖說是夏天，一點兒也不熱，無寧說這是我在日本所過的春天或秋天。

跟美國比起來，日本人的生活實在不能說好，一般的公寓簡直就不是人住的。白天熱得不能進去，晚上得脫光上身，站、坐、躺、吃、睡都在同一個地方的公寓！SA-YO NARA！

姊夫，到現在很幸運，Stanford是個非常非常好的學校，我朋友說在美國的聲望儘次於哈佛，而與英國的Cambridge或Oxford，法國的Paris大學齊名。這兒的Hoorer圖書館，尤其是關於東方的藝書是有名的。劉教授是教中國詩詞的名教授——這是那位學生代表說的。我向他請教劉教授的中文名字時，他說我不認識劉教授怎麼獲得入學許可的？我想我入學入得光明正大，我一定有讓劉教授賞識的地方，我得好自爲之。

學校九月底才開學，我打算星期日30號到費城去看一個五、六年沒見面的朋友。在我這次申請學校時，他提供了許多寶貴的意見。大約九月中旬才回到加州來。因此如果回信請寄到他那兒。

一個新生活的開始。我心裡充滿了希望和信心。在這兒，可以不工作而每天唸書，今後三、四年將是一個黃金時代！有時間我希望多和您寫信討論，也希望爲「笠」寫些文章。下次再談，敬祝

愉快！

弟 杜國清

一九七〇、八、二八

美國通信①

杜國清

終於我又離開了日本，四年兩個月零五天，我在那兒看過櫻花開，也看過紅葉落，踏過雪，吹過簫，也去看了萬博。四年以來，大阪新建了多少高樓，地下開通了多少鐵路，公路搭起了多少高架，口裡流行了多少新語，腿下換了多少裙子。可是在那晚上之后，我却不能不走了。送我，到車站。送我到中途。送我，總不能送到美國啊。於是一揮手，眼淚就掉了下來。不要在照片上尋找，可不要尋找。笑的是臉，哭的也是臉—我懷念的也是臉啊。

就這樣，我離開了日本。一閉起眼來，就看到了那臉。變形了的嘴。泡了一夜的眼睛。斷了線的水珠。連那「沙喲哪啦」也是破碎的啊。

在那海邊
看浪看星看那船上一聲汽笛遠離
在那山上
說雲說風說那瘦馬仰望秋空
在那屋裡
聽歌聽曲那夜半蟲聲寂寂

就這麼，我呆了四年。四年裡有太多的往事。往事是繫於心和腦的一條透明的弦，抬頭一觸景，低頭一沈思，便彈出了追憶的廻音。

※※※

四年前剛到大阪一個禮拜就往東京跑，這次剛到加州一個禮拜也往東部去跑了一趟。到波士頓、紐約和費城等地去走了一陣馬，結果也沒看到什麼花，只是紐約之古老和骯髒給了我一個不太好的印象。東京是戰后從廢墟裡重建的大都市；一切建築都是新的。因此看慣東京的人，我想一定看不慣紐約。街道兩旁的高樓大厦接連不斷，因此高樓形成絕壁，街道如同峽谷，而抬頭所能看到的只是陰沈憂鬱的灰空。這些建築有許多是用紅磚砌成的，不知是經過了火災，還是煙灰經年的燻染，墻壁看來就像灶壁那湩一片灰黑。支撑着高架鐵路的鐵架露出古老的銹色和斑駁；再加上滿街的黑人和陰沈的天空，一看下去是白色的只有到處散亂的紙屑和破罐頭皮吧了。

從紐約回來，覺得很幸運的是史丹福大學不是在紐約，而是在四季如春的加州。到達舊金山當天下午第一次到史丹福大學去的時候，我就被那廣闊幽美，滿是綠樹和草皮的校園所吸住了。在綠色的樹蔭下成點狀或塊狀的西班牙情調的建築：那是淡泥黃色的，在綠叢中顯得很柔和。

記得離開日本那幾天大阪是熱呼呼的，而在這兒我又遇到了春天。從那天起到現在每天的天氣都是一樣：風和日麗萬里無雲。這兒的建築都不高，能看到的青空是一片遼闊。聽說這湩陽星的天氣一直繼續到十一月才有雨季。

每天早晨騎着自行車經過樹林裡的小徑時，聽着鳥聲，我也不自覺地吹起了口哨。偶而松鼠竄出對着我驚視，而眞正嚇了一跳的可是我啊。

笠消息

※**李魁賢**譯著『里爾克詩及書簡』一書，最近由辛達謨教授選爲台灣大學及中國文化學院德文翻譯課教材。另新譯著『德國詩選』與『現代德國詩選』將由三民書局出版。李氏現任某公司總經理，因事務忙碌已久未提筆，最近來信說：『非常想念詩，惟被現實所困，希望明年能還我自由之身。』又說：『如手續順利，十一月間將赴日、韓攷察兩週。』嗨！可有機會見到在東京的葉笛吧！

※**本刊38期**特輯二集詩創作及一本譯詩集，出版後反應極佳。讀者紛紛函購，都說：「買一本詩誌等於買了三本詩集」。其中譯詩集麥克溫的「史丹陽街及別的哀愁」裡的唱片，台灣已有二張，號碼是第一唱片FL—一七九四、一七九五。

※**張默**最近把家搬到左營來，其詩集「上昇的風景」已由巨人出版社新出版後第二本詩論集『現代詩的批評』已交由台北某大書局，將於本年內出版。

※**桓夫**已辭卸「中堅」編務，專心創作和翻譯。

※**台大**哲學系副教授**趙天儀**近因本身職務非常忙碌，暫無法提筆，因此本刊『笠下影』及『詩壇散步』二專欄也隨之暫停，俟他生活恢復常態即予繼續執筆，請讀者原諒與期待。

※台中大明中學寫作研究班於十月七日召開研究會，請**傅敏**講釋新詩寫作，會由**陳明台**主持，參加學生非常熱烈，效果極佳。

※**詩宗社**第一屆「**詩宗獎**」開始接受各界人士推荐作品，每人限推荐一人作品一至三首，須於58年十月份起至59年十一月底期間內，以中文寫作並發表於國內（外）刊物者，給詩創作獎一名，獎金新台幣二千元及紀念獎乙座，定明（六十）年元旦頒發。

詩宗獎評審委員爲：**瘂弦**、**洛夫**、**葉維廉**、**尉天驄**、**姚一葦**、**白萩**、**羅門**

※在基隆港務局服務的**郭亞天**，年來創作甚豐。並常利用餘暇在家自修其感興趣的「比較文學」。

※畢業於輔仁大學正在虎尾服役的**羅青**來信說：「看了笠之後，心中着實感動，像貴社如此腳踏實地、勤懇耕讀的團體，近年來可說是絕無僅有的，而難能的是水準竟是如此的齊，每期都有好詩。批評創作並進，而樹立了獨特「平中見奇」的詩風，此亦正是近年來我所刻意追求的。顯然，貴社同仁的詩境已由「濃入」而更上層樓轉入到「淡出」，並且亦注意到出奇的「結構」在詩中的重要性。這實在是令人欣喜及拜服的。」

※聞**施善繼**、**辛牧**、**林錫嘉**等正在籌備創辦一本新銳詩刊「龍族」，是我國詩壇的一則好消息。

※**張彥勳**創作甚豐，新著「**蠟炬**」小說集已由恒河出版社出版。

※**葉笛**在東京半工半讀相當苦幹。十月九日夜寫一封信來報告日譯中國現代詩選出版的情形說：「關於『**華麗島詩集**』，前星期天我曾去出版社，安倍女士說本月中旬可殺青。這樣總算有個交待了。前前後後，我爲這事情去找她五六次。我知道同仁們都期待它能早日出版。但因爲字體有些不同的地方，有的不能不挖起來重新鑄字，這樣一來時間就慢了。」按日譯『中國詩選』本預定於五、六月出版，惟因在排版字體方面下了很大的工友，而七、八月又逢日本出版界休眠狀態期間，於是遲延迄今，敬希作、讀者諒之。

銘謝贈書

本刊編輯部

※本刊接受贈書如左，謹此介紹表示謝意

週一代 5、6期，文藝綜合雜誌。發行人武忠森，主編陌上桑。台中市自強街二九巷一六號。

台灣文藝 26期，文藝綜合雜誌。發行人吳濁流，主編廖清秀。台北市新生南路一段一三二巷一六號。

作品 22期，文藝綜合雜誌，發行人陳照銘，主編陳韶華。台北市郵政信箱第四〇七一號

裸足 7、8、9、11期，詩與評論。第11期特集「台灣的現代詩」，刊白萩的CHANSONS詩七首。下期將介紹桓夫的詩。發行人兼編輯谷克彥。日本帶廣市大通南十三丁目二號氷房「赤とんぼ」內

緘殺 8889期，詩與詩論，編集兼發行人南邦和。日本宮崎市大王町18號。

山陰詩人 24，詩與雜文，編集兼發行人田村のり子。日本松江市濱乃木町一三一號。

水上子 8384期，共同個人詩誌。有詩、隨華、新短歌。編集兼發行人籔內春彥。日本寢屋川市北大利町七—一三號

裸足 76，十六開大型詩誌，編集有元利行，三濱浩二，發行人板本明子。日本岡山市蕃山町七の一一。

貝 29期，帆村莊兒個人詩誌。日本松江市西茶町96號。

權木 197木，詩誌，20頁，收錄34人詩人作品，其中女性詩人19人，編集兼發行人喜志邦三，日本西宮市甲子園口一丁目二番一七號

日本未來派 134、135期，詩與詩論八十頁，同仁會員制，每月舉行例會一次。編集田村昌由，發行人佐川英三，日本藤濱市鵠沼二三三六號。

詩苑 26期，詩、詩論。編集發行人河合紗良。東京都市世田谷區等等カ六—三五—二。

詩宴 70期，詩誌。編集發行人殿岡辰雄。日本岐阜市香取町一—八號。

曆象 季刊65期，詩與詩論及詩集評。編集發行人中野嘉一，東京都中野上高田五—三三—七。

異神 15期，詩與詩論。編集發行人各務章。日本福岡市田島北町六五三。

福岡縣詩集 70年版，思潮社發行，編者福岡縣詩集編集委員會。福岡市田島北町六五三。

上昇的風景 張默詩集，巨人出版社出版，十五元。台北市雅江街五八號

中華民國內政部登記內版臺誌字第二〇九〇號
中華郵政臺第字二〇〇七號執照登記爲第一類新聞紙

笠詩双月刊 第三十九期
民國五十三年六月十五日創刊
民國五十九年十月十五日出版
出版社：笠詩刊社
發行人：黃騰輝
社址：臺北市忠孝路二段二五一巷10弄9號
資料室：彰化市華陽里南郭路一巷10號
編輯部
經理部：臺中縣豐原鎮三村路44—7號
日本發責元：若樹書房（東京都目黑區下目黑三—24—14目黑コーポラス209號
每冊新臺幣六元
定價：日幣六十元 港幣一元
菲幣一元 美金二角
訂閱：全年六期新臺幣三十元
半年三期新臺幣十五元
●郵政劃撥中字第二一九七六號陳武雄帳戶
及第五五七四號林煥彰帳戶
（小額郵票通用）

笠

民國五十三年六月十五日創刊

詩双月刊 40

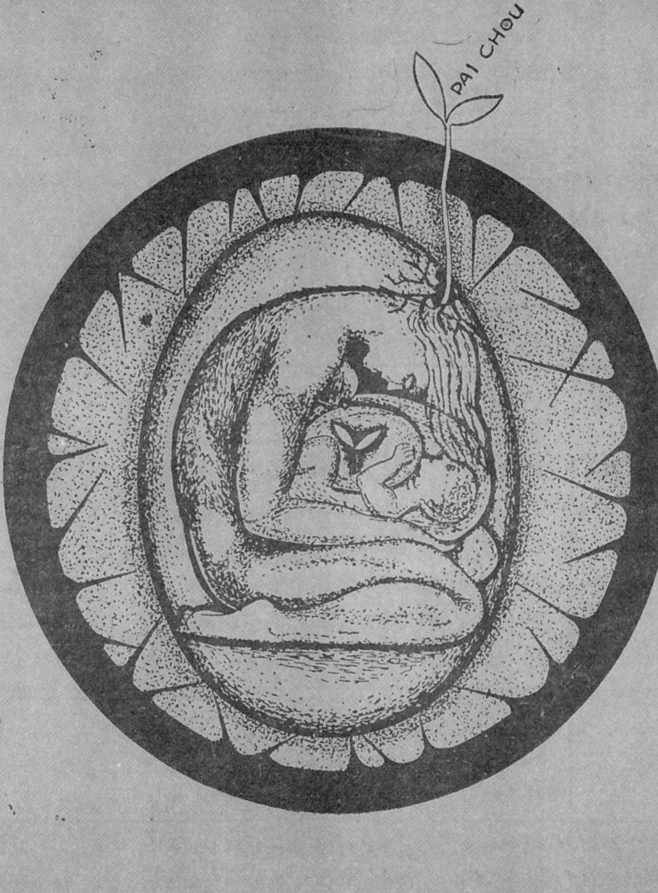

笠40期目錄　Li Poetry Magazine No:40

封面設計：白萩

辭歲五首

李魁賢

清晨一男子

被夜晚的世界所追逐
逃到清晨的街上

倉皇走過無人的街
大小猙獰的困獸
也被驅逐到荒蕪地帶來
弓背蟄伏着
形如緊閉危機的樓房
虎視着落荒逃過清晨的一男子

在不被信賴的世界裡
不被信賴的生命的一男子
倉皇走過無人的街上

面具

把遠方的風景
招進空洞的眼窩中
讓它醃成泡菜的酸澀
這樣就有了遠矚的自慰

這是面具的世界
這是丑角的世界

移植我的双眼給你們吧
把純樸的風景釋放
到原來適應的位置
把自然還給諧和的眞面目

掬飲

以虔誠的姿勢
掬飲冷冽的泉水

我看到了精液的蝌蚪
（無聲地泳動）
我看到了精練的鰻血
（無痕地擴散）

從風塵的水中
我掬飲的双手
撈出了別人自憐的影子

市街

這麼多的果實
使整條街道也不勝負重纍纍

爭食了那有限的汁液後
也會把都市的心臟饕餮一頓吧！

然後還有大地的乳液
然後還有民族的愛心
都給餵進了焚屍爐的嘴巴

這些果實
　到成熟的時候
反而沒有水份，而漸漸乾癟

地下道

每次被餵入自動屠牛機器裡
然後成爲香腸的一段被擠出

在廢氣汚染的天空下
被擠出的眼睛總是先看到
迷你裙，公共電話亭，警察局
然後是巍峩的銀行

所有的香腸都可賣錢
於是銀行的計算機
比焦灼的臉色更爲匆忙

VISION

傅敏

青空的憂鬱

軍刀機在晴朗的天空翻筋斗
這個姿勢是
冒瀆神的
因爲—
天空是神的胸膛

在神的胸膛表演人的絕技
這個舉動是
凌虐神的
因爲—
神也會痛苦

我也會感到胸口疼
感到冷
在那樣的高度
那樣無法測知的距離的
深處

水平線

神的手巾
罩著世界崎嶇的一部份
柔和的波汶
拍弄我的肉體

孤獨的我也是世界的一部份
還有漂流的帆影
海鷗也是
還有極目處那朵雲

奧藍的水平線
印著天空的幻影
　世界的夢
人類史的哀愁與
愛

塵埃集

白萩

無聲的壁虎

不經意的從詩中醒來
　那滑音的殘餘
是密室中或飛或歇
　一隻不寧的小錦蛾
他的同伴已被驚嚇逃逸
祇剩他還在他的夢中飛
而那頭壁虎窺視已久
逐漸測好位置
在他幾次歇落之後
無聲而急速地撲上
我無端地哀痛了一聲
感覺已進入現實的腹內

塵埃

疲困之後
一點塵埃逐漸掉下
冷漠的是那些高樓的軀體
冷漠的是那些窗口的眼睛
不甘心地
像蝴蝶在他們之間
起起落落

偶然歇在女人的衣襟
却被嫌惡的彈下
偶然落在急行的鞋履
不被哀憐地又被踢掉
一點塵埃逐漸掉下
終於重重地摔向大地

半夜我被一聲巨響驚醒
天空高遠而星嘲笑
我是一點塵埃
在大地的懷裡仆倒地哭泣

晨

沉重的是孕婦的脚
在黎明的路上
支持着丈夫日漸肥大的精蟲

而已踣倒的過去
拖在後面的影子
稀微的鐘聲
在遠遠的天邊响着：
上路吧

而我醒來，我是墓上的青草
一面蔭護着鬼魂
一面吸取他的骨髓
我是快活的，對着早晨的太陽
活得鮮美美

鐘聲稀微地響在天邊

雕刻的手

雕刻的手已經休息
在熄灯的工作室
那冷冷的桌上凍結一聲哀嘆：
一塊岩石已被囚禁
在一條魚的形象裡
成爲裝飾
你驚覺地摸撫着滿身鱗刺
痛悔自己的生命
已死去的是始原的自由
而未來定型的讓你潛潛哭泣
一滴眼淚落在
魚眼上分外晶瑩

玻璃的世界

潛石

打開窗戶
迎接滿樹白花的秋
不再讓玻璃的世界
把我們當作死囚
打破橱窗
讓世界走向我們——
我們擁抱世界
一個久違的朋友

五十九年十月

黃靈芝作品

①笑

聽了他的話
我總是笑得眞開心
想自己像一座笑壞了的噴泉

可是　在事後
便覺得笑得過份些
疎於勤愼
又覺得不該如此聽信別人
好像現出滿身隙縫任人可擊

是不是受過欺騙？
是不是被人看穿？
是不是把不必要的也告了白？
好像太認眞
而感到羞恥
好像心上還丢了什麼…………

因爲笑得過份驀然
臉頰也瘦悴了
胸部也縮萎了
至少　該笑得愼重些呀
眞令人後悔不已

然而我還一直等待着他來

覺得奇怪嗎
可是　我才不是『愛笑』的人
倒是還想哭個痛快……
因爲醫院裡的春天就是這麼愁悵哩！

②進化

蚊子飛來
我打它

有個聲音
讓我知道「痛」在掌上先被預付

而蚊子已飛去遠遠

塑成教養的是理智
養成習慣的是教養
而習慣將達到本能領域的瞬間
人的手掌是否也變大了些？

我打蚊子
右手打左手
左手打右手
手掌漸漸扁平起來

因而　終於會發現兩隻蚊屍也說不定

人的進化必有相當的勞苦
也有過錯吧
找出一條合算的路
人才能當爲人

積少成多
經年累月　猴子變爲人
然而　今後的猴子
是否也由於打蚊子而能當爲人呢？

岩上作品

事件

一個衣冠整齊的男子推着一輛脚踏車　在一條小巷的路燈下　把那個見不得陽光的東西　從兩個解開的紐扣之間抓出來　想要棒打從巷內走出來的一個妞兒的十八歲

一張吃驚的臉頓時感到視覺的爆炸　阿爸地掉頭奔跑回去

一個脫光的父親在浴室裏忙亂地穿上衣褲　並且從門後拿一枝扁擔　衝跑出來

在那寂靜的巷子裏奔跑起來的影子　在漸漸曳長與漸漸縮短之間

一輛脚踏車的輪聲消失在華燈的鬧市

青蛙

那件懸吊在屋簷下的襯衫　被微弱的路燈射放而來的光線映成在白灰牆壁上的黑影　幽魂似的在微風中飄盪

明明知道那是誰穿的　但總是被驚駭得全身戰慄咬牙切齒

當然那是在夜晚不經意的時候　聽到青蛙集體的號哭

那不是嘓嘓　絕對不是　從肚皮的兩邊用力壓下　使它膨脹起來　然後用刀子把它割開　狠狠地挖空所有的肝臟內臟　鮮血從指縫間淬淋下來

滿手鮮血淋漓的兇手　就是他　就是他

非馬作品

日子

把今天從日曆上扯下
投入廢紙簍的輕快！
你小心翼翼脫下苦難這唯一的襯衫
疊放在枕頭底下
然後躺下，徐徐旋開
封閉了整整一千年的瓶塞………

我知藍天

我知藍天，藍天是一個鐘形的玻璃罩
人的眼睛看不穿它的透明
于是我有被囚的難堪
雖我無翼

海

不給海鷗一個息脚的地方
海是寂寞的
于是冒險的船離開陸地出發了
豎着高高的桅

烟

指頭被燒灼的時候
烟灰缸的亂墳又多添了一具屍首
註定被點燃吸盡撚熄的生命
猶在不甘心地呼最後一口氣

廢紙簍

張着嘴　　隨時
準備把吞咽下太多的生命渣滓
噴你個滿頭滿臉

陳鴻森作品

日落

一如傷口必需涵容疼痛
整片天空飢餓的注視
那倒在焦土上的你

已在冷去的手
緊抓着路而不放
然則永遠只有一條命好活的

生的驕傲
逐漸被逼向暗處的遙遠

河

天還是一樣的老天
爲了還要活下去
就得繼續這樣的沿途賣唱
天還是一樣的老天

最後只好向自己賣唱了
在這雜亂的世界爲了要活命

老天，此時我是
如此强烈的希望
母親原先是一種不會出聲的東西。

詩人的備忘錄⑤

錦連譯

暗喻（*Metaphor*）之幾乎意味着詩本身，乃是由於一切優異的詩，在發想上都站於需要二個以上的聲音之重層性的地點之緣故。

居間於日常性的意識和被高揚的意識之間的就是暗喻。

批評畢竟不就是談論自己的懷疑性的夢想麼？不就是把自己的夢想以懷疑的口吻去談論的麼？

究竟在那個國家有不懂詩壇的文藝批評家！

今日的詩人已經斷非是靈魂的紀錄者，也非感情的流露者。他是以尖銳的頭腦，把散在的無數言語，周密地加以選擇，整理而建築起一個優異的構成物之技師。

據說希伯來語是一種動詞表現比任何語言都還要多的語言。其動詞祇有完成式和未完成式，而沒有過去或未來等特別的位格。平常我們當作「過去」而以爲老早就把它一筆勾銷的事物，對希伯來人來說，仍屬完了的結果確確實實留存於眼前。對他們而言，過去仍現存着。「未來」亦然，它並非福自天來式的會自然來臨，而是屬於未完了的，未曾碰及的東西。因而是屬於必須靠自己的手去把它改變爲既知事物的一種時間。

這樣，他們的時間觀念，始終是「現在」，「在此」，「我」——成爲最大的機軸。……在這裏，時間並非是超絕的，而是成爲人所關與的，以人爲中心的東西。立於此一觀點環顧四周，將不無意義。這麼一來，你會發現以爲當然的即變成不甚當然的，以爲一筆勾銷的却依然存在着，而且以非常的壓力拘束着我們。

不紮根於一個民族的血和土的詩，祇不過是無力的修辭而已。在某個時代，一個民族總會意識到存在於自己面前的現存的過去的。那裏，隱藏着一切原始的，非合理的，血腥的，令人厭惡的事物。但是一個民族或者一個人都同樣地不能離開這種可恨的恥部而生存下去。當你與這恥部完成積極的交涉，或者把這可恨的血和土凝集成一個詩的表現，因而成功地把自己內部的獸性的東西加以人性化之時，將會產生眞正的詩。

舉凡人的行爲，當它失去了對象而成爲自我滿足，自我充足之時，會開始頹廢。沒有戲劇之時，在所有的次元上精神將會開始弛緩。

現在的詩，已非靠詩人的有意識的凝集作用去成立，而却墮落到只要有若干的教養和感受性，即任何人都可以寫成的家常便飯式的地步了。

（連載）

我的日記（一）

詹冰

九月六日

過份無聊。因此翻開妻的日文雜誌「婦人」，無意中看到一首韓國天才兒童（四歲）的詩。

枕頭

金雄鎔

枕頭裏藏有夢
睡的時候才會看見夢
枕頭使頭安樂
所以
枕頭就是頭的椅子

這是兒童的心，兒童的眼所發現的詩，是天眞而快樂的詩。詩人都應該回到童心，以兒童的眼光看事物，把它表現出來。

九月十八日

妻：「今年的諾貝爾獎也發表了。」

我：「嗯，今年的文學獎得獎人是蘇俄作家——。」

妻：「看您寫詩已經有三十年了，差不多該獲得什麼獎的時候了吧！」

我：「想要得什麼獎？——嗨！我還沒有墮落到那樣的地步呀。」

妻：「好一個不認輸的人。」

我：「想想看，詩人都是自命不凡的。要誰來給他獎呢？除了詩神以外——」

妻：「那麼，您這一輩子，無獎可得了。」

我：「也不見得。二十多年前，我不是已經領過一次大獎嗎？」

妻：「咦！爲什麼我不曉得呢？」

我：「從詩神的手裏，我接受了一座『好太太』。」

妻：「您——」

我：「我？我怎麼樣，不是麼，沒有詩神的作媒，妳會嫁給我麼？哈哈哈哈……」

遙祭

李魁賢

一、春祭

——祭謝朗（Paul Celan）

經過了三年的工作，把『德國詩選』和『德國現代詩選』整理妥當，前者收羅歌德以降至二次大戰前後爲止已成異世界籍的詩人作品，而後者則容納了戰後在德國甚至歐洲詩壇上扮演了重要角色的代表詩人及其作品，我選擇了沙克絲女士（*Nelly Sachs*），艾赫（*Gunter Eich*），侯篤生（*Hans Egon Holthusen*），柯洛婁（*Karl Krolow*），您——謝朗（*Paul Celan*），巴哈縵（*Ingeborg Bachmann*，葛拉軾（*Gunter Grass*）七位，沒想到正當這兩本書決定出版，並已付排之際，您却首先脫離了我原先擅自劃分的陣營。

爲了翻譯您的作品，我不知跑了多少次的德國文化中心圖書館，讀您的詩集，查參攷資料，我曾爲了讀『語言欄柵』（*Sprachgitter* 1759）而絞死了無數腦細胞。說實在話，我是不大喜歡站在山頂上向着空谷喊話的詩，即使能廻盪山谷，也難透過林木的欄柵，何況是「語言欄柵」。後來在『無人薔薇』（*Niemandrose*, 1963）裡，我已能嗅出逐漸加濃的人間氣味，而且因您在「讚美詩」裡，以「無人」來暗喩您我共同仰慕的里爾克（*R. M. Rilke*），不禁爲全書中多次出現而意指不復劃一的「無人」一字，多次苦思良久，這隱含中的存在體，是「無處」的，甚至是「無時」的，這眞是精神力量的泉源，在隱形中鼓動着不死的命脈。

後來知道您又新出版了『呼吸的轉機』（*Atemwende*, 1967），看到評論家說您更加正面對現實，欲在「內在的本質」上建立自由的空間，惜一直找不到那本詩集品嚐一番。抱歉的是，我竟不知您還有一本『線條太陽』（*Fadensonnen*, 1968）的出版。

我對您心靈的透視，促使我寫了一篇不成熟的「德國現代詩人——謝朗」，但在五月的『現代學苑』七四期刊出時，您的屍體已在巴黎的塞納河被撈獲。我在『笠』十四期譯過您一首詩，後來整理出一輯「謝朗詩抄」，也在屏東農專的『南風』刊出。您大概也不會想到在異國這樣風光的寶島上，您的詩也曾泛起一些漣漪吧。

如今因您的自裁，能彈出錯綜音調的琴絃驀然斷裂，從此您在異數世界的探險，已截然改位易轍。您在現實生活的漂鳥命運縱然已可逃避了，但您所背負的民族命運和您故鄉同胞的噩運，却依然不得擺脫。

您在一九二〇年出生於捷諾維茲（*Czernowitz*）後，就注定要在不同的文化交替中自立根基。您的故鄉，在奧匈帝國瓦解後，即被羅馬尼亞所併吞，一九四〇年被蘇聯所侵略，翌年又淪於德，羅軍之手。您的猶太血統使您和双親均享有被關入集中營的特權，也使得您日後寫出了傑出的詩篇：

清晨的黑牛奶我們夜晚喝你
我們中午喝你死亡是來自德國的大師哦
我們黃昏和早上喝你我們喝了又喝
死亡是來自德國的大師哦他的眼睛蔚藍
他射擊你以鉛彈他射擊得很準
或人住在屋裡你的金髮瑪格麗喲
他唆使獵犬追逐我們他贈送我們以空中墓穴
他玩蛇且夢想着死亡是來自德國的大師哦

這一段「死亡賦格」成爲一節主題的旋律，一節絞住生命細胞的樂音，一直在繚繞。以這種抽象手法處理現實經驗的技巧，已達到至高的成就，是個人性和社會性以及政治性成爲共熔體的最好樣本。

您死於巴黎的春天，大概不會是爲了和里爾克同享齊壽而匆匆捨棄這副假藉的臭皮囊吧。在生存的半世紀裡，憂患是您的代名詞，可貴的是您沒有在自己的血液裡加進荷爾蒙，即使在最坎坷的日子裡，您也沒有抹掉猶太人倔強的顏彩。

據悉您遺留下兩卷詩集，其中之一『光之逼力』（*Lichtzwang*），將由蘇康出版社出版。至詩沒有背棄詩，沒有猶豫自身的立場，已不需我再多頌溢美之辭，我存積在心裡要向您一吐爲快的只有一句話：

這才是一位詩人。

二、夏　祭

—祭沙克絲（Nelly Sachs）

繼謝朗之後，您也已噩耗聞。但您的死訊有若一陣春風自北歐緩緩吹來。因我早知您隱居瑞典京城，身體已極虛弱，在異國中遙念着西奈半島滾滾的硝煙與黃沙，終於走完寂寞生活的第八十個年頭。

遠在兩年前，我和您的出版商蘇康出版社連繫，準備譯您的作品，那時李澤斐夫人（*Helene Ritzerfeed*）很客氣的告訴我，願盡力提供協助，但因我國未參加國際保護著作權的伯恩同盟（*Berne Consention*），談不上版權問題，故可任由我處置。於是，我從您的七部詩集中選譯了二十三首詩，我把選譯的篇名通知李澤斐夫人，並寫了一封信告訴您，希望您能為中文版詩選寫幾句話，過了不久，由蘇康出版社轉來您親筆簽名的十二吋照片。

在『笠』三十三期，我寫了一篇「沙克絲的世界」，先把您介紹給我的詩友，後來又連同譯完的詩，一起發表在『現代文學』四十期上。我用水路把刊物寄給您的出版社，但七月初就得到了您的噩耗，我到現在還不能確知您是否看到了您的詩篇轉化成最最古老的一種文字的形式。但最遺憾的是您的照片被現代文學拿去製版，縮成三吋不到的版面，然後把原照片無聲無息地蹂躪掉了，令人浩嘆。

您的死訊曾在『時代周刊』上披露，對於一位諾貝爾文學獎的得主，應有的褒揚當是意料中事，誠然，詩人的價值並非以得獎來做衡量，而是在於詩人的精神與執著，在於他是否能懷抱着大我的民族意識，是否能站在時代的尖端向現實痛下針砭而不隨波逐流，事實上，諾貝爾文學獎之頒給您，是鑑於您能唱出猶太人的哀樂，把猶太人的悲慘命運，訴諸於精神的社會，訴諸於歷史，而連帶地發揮了以色列文學的特質等等所從事的貢獻和成績。

幾乎世界上被壓迫的弱小民族，都是同一類型地在死亡之陰影的驚濤駭浪中翻滾

啊！烟窗
在設計精巧之死亡的寓所上
當以色列的身體化入黑烟
消散於空氣中——

「死亡的寓所」是設計精巧的陷阱，欲享受那豪華的舒暢，則惟有與死亡同居，但您所歌頌的以色列，却歷經艱險，且在狹窄黝黑的烟道中摸索、掙扎，終於能在廣大無垠的自由天空任意擴散。

在您的詩中，死亡像是爆笑的廻音，不僅在身後追踪，簡直是重重圍繞：

死亡的龐然巨星
如像時代的鐘錶立着
——那血液之秘密的願望——

正當崩潰的靈魂
期待着新生
在氷雪與死亡面具之下
——何處，啊！向何處——

且分成「上」與「下」
以誕生與死亡的海程
——在此底下裝設軍械——

且耕種你的田地
於死亡的背後
——可是或許我們已經——

而我畏縮地立定脚跟
在業已開始死亡的
顫抖的位上
——細線如活躍的髮絲——

我洗滌我的衣物
好多死亡在襯衫裡歌吟
——我洗滌我的衣物——

這只是隨手舉出的幾個例子而已，甚至如：

誰呼喊？
自己的聲音
誰應答？
死亡！

已經到了短兵相接悚然以懼的程度。
但您的詩人使命使您在親歷死亡的威脅後，認識了生命的眞正價值，投入死亡的漩渦中戰鬥：

終於在此
逝去故人
在他的双唇間
啣着太陽的種籽
追踪夜
於腐朽的決死戰鬥中

而我們可以這麼說，沙克絲女士，您便是把太陽的種籽播種在夜的大地上的人，您親眼看到了收成，現在，死亡的懷抱裡，也可以溫柔地微笑了。

——59．10．26

新街之晨

谷風

沒有尾巴的老黑貓
甦醒了
在殘破的屋頂上
像引滿的強弓
一個鬱悶的長吁
射向死寂的街心

違障的屍體
像兩條長龍
是時代的祭品
是割捨的過去
描出新街的雛形

老黑貓斜臥下來
舔舐僅存的尾根
雖是難忘的創痕
倒也落個索性
輕鬆

老黑貓
沉睡了
浴入新街之晨

詩兩首

郭亞天

死蝶

・美麗的謊言

我自視的翅葉
在空中盤旋兩下
因那美麗的斑彩
無設防於醜弱
飄搖的蛛網

不幸被打翻了的
蝴蝶的笑容
不上昇便要傾倒的
我底血液
在漏斗的渦漩
從邊緣落下的
跟斗
便這樣凝定了
一滴⋯一滴⋯
攤垂的
粉末
、
陰影。

五九、十一、十八

風景

・氾濫的樹枝

又刺破了手的⋯⋯⋯
織針

很多噪音
在耳中底期响的
風琴的手
不安地收斂著

終於也氾濫起來

而飛出的手勢
當瘦了的
一些錯亂
很快地被抓住的
風

緊緊淹沒了頭頂⋯⋯⋯

五九、十一、十七

電桿

李勇吉

把心血化爲一盞紅色的燈
亮在自己的頭上
於風中
以纖纖的長手搖响急促的鈴聲
喚醒遠方的伴侶
說什麼是相同的命運？

在午夜裡復活
十萬朵花同時綻放在空中
白晝雖是採花賊
然而一根傲骨當欲貫穿藍天

躺在草叢處
漠然地與電桿成直角
當蓬草低首時
背後的脊樑鏗然控訴
從泥香裡不時傳來垂直的意義

火把總得要傳遞下去的
太陽找不着一點星光可點燃月亮

這是黃昏中發生的嚴重大事
世界將成何樣？
唯電桿支撐宇宙

毋須盤根佔據土壤
毋須繁枝葉掠襲天空
是鐵釘就有它牢固的地位
誰敢不相信木匠拿起鐵錘狠擊的力量

房間

江自得

房間在樓的頂端等我
瘋狂地爬著樓梯
我便有一次被追襲的感覺

門肅立如佛
我則頓足於門檻
如一失神的沙彌
在恐懼與祈求之間困惑

困惑之後還是困惑
便在清醒的剎那跨門而入
而揮斧劈向四壁
於第二度的清醒之後

加拉猛詩輯

簡誠

龍膽花盛開的時候

龍膽花盛開的時候
一對夫婦徘徊驛站前的廣場
「看吧！故鄉在同樣的天空下」
「龍膽花一定再盛開」

「你的面孔龍膽花般美麗」
「你的體格龍膽花莖樣健壯」
他們各自回憶昨日
花瓣偶然飄落湖面。

每一處補縫是每一張地圖
也是每一條活路
貧窮讓他們到處流浪
只拒絕他們踏上歸鄉的路

他們只好彼此握住對方
「它堅壯如龍膽花莖」
「它美麗如龍膽花」

當龍膽花盛開的時候
故鄉依然給窮人留下一朵花

針孔的世界

比世界還吝嗇的世界
突然給我一個針孔
發現孔外有千百株的你
一株比一株眞實燦爛

從天空墜下一隻翅膀的疑問
地面應答一朵花的盛開
而世界把我囚禁在重重黑暗的土窖之內
以腐爛回敬我的呼喚

只希望比世界還貪心的你
也發現這樣小小針孔

存在詩篇

吳瀛濤

① 蟲

要我怎麼樣
在炎日的路上
有一點眩暈的我
要我怎麼樣

車子緊接着
走不過去
其實急什麼
有什麼地方好去

到處擠滿窒悶的氣息
人的存在已被否定
被迫着只在趕時間的一具機械
且任你怎樣走也走不開這一個樊籠

一隻可憐的小蟲
要它怎麼樣
在炎日的路上
要它怎麼樣

② 狗

一隻狗
在風雨交加的橋邊
在黑夜都市的邊緣

一隻狗
悲哀的站着
風雨越來越大，車子越來越多

那隻狗
餓着肚子，已跑累
不知去向地站着

那隻狗
那隻蟲
那個人

在風雨中站着
在饑餓中站着
在生存的邊緣站着

③ 鳥

怎樣也不能是一隻鳥
怎樣也飛不上去
因爲長不了翅膀

就這樣嚮往天空
嚮往海洋，嚮往山林原野
那些更屬於鳥的廣大的自然

人就這樣被侷限
雖然想以機械征服太空
但仍然怎樣也不能是
一隻封着翅膀的鳥

就這樣永遠是爬在地面的獸類
吼叫着
它的歌聲遠離開天空

楓堤新論

郭亞天

I

顯然很少有人告訴過他，在現代工業藍圖一般重重疊疊而多變樣的線條裡，詩是一種很難寫的字。

詩之需要孤獨，實在有其不得已的苦衷。

然而，楓堤（李魁賢）——很難想像，我們竟稱他為詩人的——一個化學工程師。他把自己拆開了，一半給生活，一半給詩，然後神秘地縫合。他說：

「生活，對於我，是難以預見和判斷的命運的挑戰；無論如何，是血淋淋的現實。它可能是一個幽深的陷阱，一段擺盪的走索，但也可能是一口甘冽的泉井，一粒飽滿的菓實。它擊發我的情感，使我不得不依靠詩，把它剖白出來，且因而得以自我觀照。實際上，詩、就是這麼一回事，不需要什麼宣言，也不必喊出口號。生活，就是我的詩；詩，就是我的生活。」

我們就似無須再特別為他審判什麼，他已經把自己出賣了，澈澈底底的拍價給他的詩，他的生活。

而這麼大的投注，在他言，居然輕鬆得有點喜悅的把握，或許正如也在著名的「值夜工人手記」裡最後的標白着：「於勞累中獲取堅實的喜悅」一樣，像是變相地承繼了斯多噶主義（stoicism）一種堅忍自苦的餘味，而不難在他作品裡發現到詩人對自己生活上所必須瀕臨的環境或經驗常常提出了某些艱苦的照面，應該是一種詩人已達於成熟自覺的徵象。

事實上，對於任何一位言志載道的詩人來說，詩與生活，必然要在一個等因奉此的情況下共同創造的。在目前這可能已造成了另一種常被人言及的觀念工具(apparatus of ideologies）或習慣，而且是潛內在的；雖然很少有詩人願意把這精神整個地充斥在作品的外衣上，但仍無法掩飾住此一被刻意隱藏起來的力量呢，而楓堤即其一例。

從「靈骨塔及其他」到「枇杷樹」再說「南港詩抄」，這期間的楓堤，寫滿了他的自然、愛情、思想、職業……似乎一點也不費力的樣子，然而他所羅列出來的世界，雖是多數靜觀的，却像一個多色邊的錐柱體：如蒼白與美麗、穩重與悲哀、甚至對死亡與回憶等一切有及生活邊緣的認定，楓堤的詩的望遠鏡和調色盤雖非舶來之品，不過至少可以估定的是即將超越了他在工業（文明舶來品）上的遠景和光采。我們當得確認，詩是永恒的。

然而，這是否就是一個詩人所謂最完美的面目呢？

不然。楓堤仍不能逃出僅以自我為收發的範疇，此一狹小的天地，讓他無法擺脫某些抒情性常逾偏高的瑕疵。

而大凡一切現代文學藝術所循以激進的，是捨棄、創新、超越，以至於所有有關前衛性之追求的基點等等，現代詩無可例外，雖然仍有抒情的一面，不過是一種映像或背影的裝飾品。

我能說他以往所持有的詩的概念和寫作態度是不够的，在現在來說。

特別在他一連串接觸和翻譯德國新詩的時候，同時竟發現了他深深埋藏於里爾克之中的影子，而當他宣知了這項事實，我已然感到是一種宿命性的悲哀即將浸染他。以詩之生命說，對於這一類的認定，或作急早的歸論，無可諱言地，很輕易帶來各種結束。

………因之轉變是必要的。

楓堤顯然已感到一個不該避免的過程正在等待他。

II

那麼，轉變之後的楓堤所呈示的是怎麼樣的一張臉呢？他把自已完全解放了，從一種靜默的觀態逐漸提昇爲諸多形象演化出來新鮮的放射狀態，而投之於活躍的情感，鋒銳的語言，以及極度扣人的喻象的浮泛。現在那是一張頗爲沉悶與激動的臉——長大的楓堤，有着「月」的苦惱和風霜：

你是映照湖光山色的臉
一張雪後風情的臉
被海草絆住的浮萍
陷入羅藻松粗暴的手網
喊聲瘖啞
突然　貧血地
落在懸吊枯枝梢的
死狗的頭顱上
唔，這一張臉
刻蝕着朦朧的風霜

顯然是一次再度出發後的目標，他脫離了自我的位置，而將就某些客觀的姿勢，很快地抓住焦點。緊緊收斂而呼呼欲出的形象，預見了作者對語言的駕馭是經過一番心理觀察和變位的感情所刻蝕着的。這首詩一如他在「正午街上的玫瑰」裡所攫住的那種瞬間的澄清與感動的心象：

炎熱在街上流動
因爲色盲
所以不知道
他也是色盲的司機
但他用太陽做燃燒料
多麼單調的正午
他發現竟有一株綠色植物
在炎熱的街上流動
而忽然倒在他的車輪下
但瞬間變成了一朶玫瑰
很多人圍過來看
啊！一朶盛開的紅玫瑰
開在正午的街上。

當批評家們不斷强調富有肌理(Texture)的語言，楓堤的「玫瑰」和「正午的炎熱」正提供了一個足以證喻的對象。更可覷見的，他在企圖反他（過去）自己的傳統，超越自己的生活和觀念，而嚐試接觸大家的生活和提供給大家的觀念，渾然展現了一個整體性的訴知效果和風貌。

其實楓堤對自已的改變是沒有太大的把握的，我能感覺出來，他很謹慎，只是他下了苦心，他儘量敦促自己發掘他所要嘲笑的、揭發的、與乎指責的現實社會裡種種生命旣定性的無奈和瘡疤，也可以說，這是楓堤自始以終最爲關心的課題之一。在「清晨一男子」裡，也就留下了這一道淺淺而顯著的痕跡，小心地：

被夜晚的世界所追逐
逃到清晨的街上

倉皇走過無人的街上
大小猙獰的困獸
也被驅逐到荒蕪地帶來
弓背蟄伏著
形如緊閉危機的樓房
虎視著落荒逃過清晨的一男子

在不被信賴的世界裡
不被信賴的生命的一男子
倉皇走過無人的街上

Ⅲ

以上三首詩分別具有楓堤近期作品的代表性。

顯然他早期的作品比不上現在廣泛而尖銳的發展。

而記得顏元叔教授在去年接受洛夫的訪問時會這樣表示：「我覺得有三種東西對文學藝術形成極大的障礙，一是知識，一是約定成俗的社會生活，再就是所謂認識自我唯一的泉源的意識狀態。克服這三種障礙，首先必須對自我眞誠，這也許近乎柏格森的直覺的眞誠（Sincerity of intnition）和紀德所謂的個人道德的眞誠（Sincerity of individuall marality），後者也正是我所强調的反判精神。」我則從楓堤的作品看出來，他是具有這些準備的。至於若用這段話來詮釋他現在所持有的詩的概念和寫作態度，我想也是可能的。

同時我們應該注意到，楓堤此時的表現，却有一種不易被知的特點：即是主題的先造意念。他經常是先把握了一個頂點意義，然後再由下往上逐漸推展成爲詩的作品，所以他的詩義往往是詩的語言、形式、內涵、或技巧所不及的，套用一句存在主義的術語，就是「存在先於本質」的認識。此一優點足以免遭詩之分解性的歧義，和不能獨斷挑起詩之內歛性的給予，因爲詩是貴在於被體認的，而不是被指明的，楓堤沒有偏頗。……

總之楓堤的轉變是大家共知的事實，有人還能指出他很受白萩的影響，而依我看，他幾乎是受了白萩的成就所刺激的。

因之楓堤待加努力的，是要設法摒棄白萩的影子，而不失白萩的優點。

那麼，當他認眞而謹愼的投入此一轉變的趨向後，我們有一份喜悅是可以預期的，那是中國新詩的成熟自覺與詩人們的成熟自覺將帶給我們一個更偉大的喜悅而不虞——由楓堤開始，由現在開始。

（五九、十、二十四、寫於基隆南月小樓）

我的詩觀

宋穎豪譯

科學時代的詩經驗

May Swenson原著

詩經驗是什麼？根據我個人多年來潛研分析的心得，我認為它是一種貫穿事物外貌的熱望，通達于事物的眞象，進而及于更浩大，更廣濶的事物幻化。不過，這種說法亦有其矛盾性，因為人的直覺相信感官便是其探測的奇妙工具，但又覺得感官往往大而化之，常使人蒙騙或陷于偏見：

掬一株蒲公英仰望太陽。
兩個天體併列着。
而每一個都有黃茸茸的毛邊

眼睛你是個騙人精，
說近看大，遠看小，
一定還有別的謊話。

葉慈（W. B. yeats)認為詩乃「思想的本體」，他說：「它是我們觸及、體味、聽到及看到世界，又自抽象的事物，思想的一切中，或自未能全然噴發的希望，記憶以及肉體的情感中縮隱。有時，它使我們頓悟到在冥冥中有着一種無可名狀的特殊官能存在。如果僅為辨別或認知這種官能的話，它應是屬於心理明慧的一種。

一個人的感官潛力如不能獲致充份的激發，便像在地表面上行走一樣，人云亦云，抑或盲然接納事物的名字與類別，如此的感覺概念儘是二手貨。相反地，詩的經驗乃使人恒在好奇、質疑、試驗——驚異、憬醒、重新發現、重新幻想，以其官感探測所有事物繁複的眞實性，猶在決定自我內外之間的關係。一旦詩人的潛力與官感的喜悅被激發時，運用其靈慧加以判斷，自必發揮其官感止于極限，并且體會到他所發現的一切猶不足以產生一時所追求完全豁通的型式，更無法捕捉到一種對「整體」（Whole）有肯定的了解。雖然，在工作中也可能產生一種海市蜃樓之感，但他不能超脫人群，亦未受透視力所蠱惑或者沉陷于古老的神話中，而不能自拔。

心靈或感官的極限乃由于人類實際生命的短暫。史坦岱爾（Staudal）好像說過人猶是晨生夕死的蒼蠅。因此，它便無法了解「夜」的意義了。它如能長壽五個鐘頭，不就可以看到夜了嗎？然而人與蒼蠅畢竟不同，人尚自覺到在冥冥中還有一個不可知的漠大。

詩人沿着巨大的陰影外緣恒在追索，而陰影的外貌時常在變幻，猶在證明有一個恒在移動而不可目見的光源。他總希望能够通達于并觸及那一投射陰影的「未知」的硬實基礎。當他眞的觸及到它，便就面臨了一個更渺遠，甚至不可企及的謎。因爲它恒在運動、延展、凝聚、旋轉而運行，而且萬物亦無不在呼吸中，變化中。

詩的經驗可以比擬爲心理的月亮。其光的一面爲我們所熟知，而另一面是暗的。詩恒在發現其另一面。詩的衝力可以携我們以俱往，而詩常在測繪那個球體的地圖。那個球體對「赤裸的眼睛」（Nakedeye）而言，只是圓形的一度空間，只有「升」與「落」，不像在運行，却像是一個渺遠在天邊的死體。但是，我們可以搭乘詩的登月小艇，藉着詩的光速，航向月球。于是它便不斷在擴大，顯出其奇異的地貌，化爲一個世界。當繞越飛行時，我們的感官恒在幻想，并藉其運行產生了一種透視的變形。

人在浩瀚無窮的天體中，不啻是滄海中一粟。幸而，人有一種秉賦，期望藉透視的鋒刃繞行其全體，融合無窮，而在我們小小的心靈中締造出理解的模式。詩就是經由這種獨特的模式所完成的。科學亦然，祗不過科學更具體而已。我認爲詩人與科學家的內心勃發是平行的。雖然它們的工具不同，而其結果與方法亦不儘然類同。是故科學與詩的分野是容易加以界定的，即是：客觀與主觀，理智與直覺，事實與想像，再大胆地說一句就是物質與精神。不過，它們之間亦有其共同性，即是詩人與科學家無不使用語言文字來表達其新發現。科學家多是集體研究，運用公式藉分工合作，或從已經證明的客觀事實中探求每一獨特的意義。詩人乃藉其直覺的透視力單獨工作，經營具體的感情殊性，以及不可目視或不可觸及的事物，然後再運用比喻、節奏、形式與光怪陸離，多彩多姿的象徵來呈現其發現。科學家所觀察的是一個眞實的月亮——希望送人登月的廣寒月宮。（美國太空人阿姆斯壯已經于去年七月廿日踏上月球表面——譯者識）

然而，我的月亮不在天上，而在我的心中，也是在每一個人的心中，運行不息，正是一個「已知」與「未知」的象徵。

但就心理與實際而言，登上月球對人的影响如何？月球是否成爲人類征服其他星球的前奏？滅絕抑或變化？太空人是否將變成爲駕駛火箭的機器人？若然，人類可能在將來向月球殖民，進而邁向太陽系以及更遠的天地。這可能就是人類未來的命運，但必須付出相當的代價，或者由其他生物（機器人）來代替人種進化中的變形。

我承認在某一方面我敬仰太空人的英勇表現。在我的想像中，他已經成爲一位開天闢地的探險英雄，而我對他還有着一種絕對新奇的感情，五光十色，多彩多姿，像是聖誕節的顏料盒，一個奇妙無比的玩具。天空船上裝有各式各樣的神秘儀表，按鈕與各種信號灯，他穿的是銀色的太空裝，像一位古代的武士，他將脫離地球的引力以及自己的重量，眞是不可思議！他冒着生命的危險，進入無重量的眞空之中，運轉着，推進着。其實，月亮恒在繞着地球運行不停。但他如何忍受鋼質子宮的苦寂與恐慌，如何依賴固定于胎盤的臍帶，呼吸空氣以及人工的奶頭呢？他在太空的活動空間太小了，除非預先設置、隱定、鎮靜、消除情感與自動反應的試驗之外，有誰能夠長久適應不能自由的鐵肺呢？說實在地，不僅行動不能自由，我認為自由的思想，一種脫軌的思想，或者各種被動的行動也必須一一予以消除。太空人之間的通信，我們可以想像得到的，但他必須習慣成自然地去忘掉孤獨以及一切個人的私事。因此，太空人的心跳將是世人所注目的事。他的健康與思想將顯現在電流圖上、螢光幕上、雷達幕上或無線電中。他首先被訓練成為一件機器，然後使其成為與生俱來的天性。（有時，我盼望記憶我的生命為海底的烏賊，但不可能。）

然對詩人而言，自我即宇宙。詩人恒在征服內心的太空。在這個加速推進的時代，人的良知迭遭外界急劇變故的撞擊，彷彿親眼看到了地球的變化。同時，時間與空間融合在一起，便產生了太空時間。而物質的分裂至于無數次的爆炸微粒而變為一種力。換言之，人類一方面準備飛向其他星球，另一方面似乎故意在毀滅自己在宇宙所賴以生存的棲息之所。有時，繁雜的誘惑阻塞了「透視之門」（doors of perception），使人重回到亘古的世界，而且認為地球是平的，穩定而安全，好像地球是放在龜背上似地，穩風不動！詩人在創作的前期必是處于一種茫茫虛空，孤寂、沉靜的境狀，受孕而醞釀，遂在一片空白中，凝聚于現在，期待一次混沌的初開，緩徐或猝爆，經由實際生活中所纍積的感覺與印象使之引發，而止于澄然地廓清。

與其一舉捕捉其整體而塑造，詩人常自我禪坐在素材的核心，四平八穩，怡然自得，豁然頌悟到一種潛穩尚未顯形的形式，也就是一種迫切的整體。這便是所謂有機的技巧了，由內向外膨脹，從最初的灌注，直到如里爾克所說：「所有的空間都變成了圍繞果核的肉。」我是以詩的概念來談詩的。顯然，在一首詩完成之前，心須經過一種辛勸而自覺性的建築工作。

我認為科學與詩在其遠大目標上自有其共同點，乃在探測任何超越平面表象存在的奇景，但其結果與方法常有不相同。其相異處不在其相對的價值，乃特別在于其對消費者的用途。但二者無不關切而從事于人類良知與經驗的擴展。詩的用途在心理，跟其他藝術一樣，對于疑問、美感、驚喜、歡樂、敬畏、啓示、恐懼、厭惡、窘狀、愁苦、悲痛、以及失望等心理上的認知，詩是給于者。它不僅給予繁複、有力、浮游的種子，且為人類機能的情感之光開拓一個進出口。它使經驗蘇活，藉成熟而定型的人格換新靈性所需要的原始形式以及「愛康（icon）」的點綴。

赫胥黎（Aedous Huxley）說：「就本質言，世界是詩的，其意義乃在其本身。世界的壯麗即其本身的存在以及我們觀察所知其存在的無窮神祕。」我們是何許人？何以是今日的我們？我們將來會變成什麼？人與宇宙的關係如何？這些問題會經使太古的詩人為之搔首，也可以說這些問題創造了第一位詩人，而且也是詩藝的原始來源。人的奇妙的良知，在萬有中神奇無比的自覺意識是不就是塑造或掌玩宇宙的超等意識？我們如何運用思想來探測人的心靈呢？我們可否發展出一種探測心靈的技巧？因為我們假定心靈便是存在于天地間的東西。

也許，心靈并不存在，但却不斷演變中。也許，我們的神經系與皮膚即是將來演化的早期徵兆。赫胥黎在「文學與科學」中會說：雖然心理學家所知頗多，但目前我們對

「心靈交感」以及簡單的意識活動尚無法作適當的假說，而且對記憶的解釋也無一個肯定的說法。不過，原子物理科學正爲存在主義者與詩人的諸多直覺意識找到了一個實際的基礎。如依赫胥黎引用物理學家海森堡（Werner Heisenberg）的話來說，有史以來，人類首次承認自已的孤獨無件，亦無可資抗衡的對手。我認爲這是一種直覺的預感，不僅是科學與詩人的，也屬于每一個具有思想的人。在極端的時刻，便不得不單獨面對自己的心靈。赫氏認爲這便是一個人在演化中如何成爲自己的神明，自己的災禍，自己的救主，自己的外侮。他說：在純科學中，這種自我的發現即是繼續精進、分析事物的良機。

海森堡說，現代科學顯示出我們不再重視當初認爲物質的存在即物質本身的說法。因爲原子的知識與原子運動已非我們研究的最終目的，而在自然與人類中間「自從有了語言以後，我們才找到了自己。因爲科學只是這種語言的一部份，于是世界便有了主客之分、內衣與外在之分，靈與肉之分。但是科學不再萬能，已經面臨到新的難題。而且自然科學的研究亦非自然本身，乃是受到人類疑問的自然。就這樣，人類便再度與自已碰了頭。

基于這種說法的反應。我們幾乎可以獲得一個令人難以相信的結論。我們所說的客觀或經過感性與知性試驗的一切，實際上即是主觀與心靈的反射而已。但我總是捉摸不透，曾在一九六一年寫過一首「宇宙」，當時我曾有着這一種輝煌而荒誕的感覺。

什麼是
宇宙
宇宙在
我們四週
擴展？我們在思想中　在宇宙中思想
我們必須停止運轉的定律。我們思想
爲什麼　因爲　我們思想
因爲。
因爲　我們思想
我們思想
宇宙
在我們的
四週。
宇宙是否思想？
那末思想
什麼？
思想
我們？不然，在宇宙中一定
有個「因」？
一定有個定律？那又是什麼
假如宇宙
不在我們的
四週？還有什麼？
而在我們四週的
是什麼
什麼
在我們的
四週？

詩人最好將其宇宙凝聚在現在的時間之中，不宜沉溺概念與表現上。我認爲詩人應以前衞者自許。他應當是一位綜理者與時間的同步者，藉其獨特的手法將一切新的發現：生物學、心理學、天文學、物理學、人數學等一一予以融合，并同時一一予以叠現。詩人恒在自然中尋求素材——人及其他外界的事物，以及「靈魂氣候」與「情感舞台」。誠然，詩人一向反對專業化，而在今天一切組織化的暖室文化中，依然需要藝術家的創作與努力。詩正像是一種浮游劑、媒介，一根魔棒。詩人則無所不能，無所不在，而自由出入于經驗的密織層，呈現其獨特的發現，并將喜悅傳達與他人。

就心理而言，藝術家的戲劇性非常重要。哲學家 Huizinga說：「認識戲劇即洞知其心，因爲戲劇包羅萬象。即使在動物中亦常見其爆現。世界是受一種莫可名狀的力量的推動，戲劇性似乎是多餘的東西，職是之故，唯有思想能以衝破宇宙的絕對性，戲劇方始成爲可能，成爲一種可以想像，可以理解的可能。

剛才說過，詩人與科學家的發現都是使用語言文字來表達的，而這正是一種明顯的起點。因爲語言不僅是詩的工具，且有其存在性。然詩的材料并非僅靠語言來表現的，乃是語言係因詩材而有所表現。科學家的解說屬于報導語言的一種，但常可運用多種方式來說明，而不致變更其最終的目的。一旦舊的說明被新的事實所否定，即被遺忘。不過，一首詩經過經營或者重新組合，便將產生死的細胞與分子。因爲詩人恒在追求整個眞實的心象。如能尋得，則其作品將不致遭受被淘汰的威脅。眞正的藝術蘊藏有其永恒不移的特性。

除了詩與表現外，尚有何物？經營詩的語言必須捕捉并擬定經驗的迫切性——知覺、悟性、超三度空閒——而且這一些都是當詩人受到詩的撞擊而產生的一種感受。因此，讀者必須响以共鳴。詩的光輝乃在使人領悟，而在處理語言時，詩人之借用隱喻猶如數學家運用等號一樣。

一九一九年，麗德在「論藝術」一文中說：

「我們相信，在藝術中最重要的東西就是那一股衝勁。一種像電光或輻射光的東西，一種可以貫穿，熔化與融合的熱力。能如此方始謂之好作品。好的作品必須是收斂有致、張闔自如。誠然沒有動力的東西比較容易控制，假如物體不太笨重，而且你也不想讓它動的話………」

論及語言的起源，麗德又說：

「整體而言，是一種演進。最初，簡單的文字即够用了，例如：飯、水、火等。其實，詩與散文亦不過是語言的延展。人類希望向同伴傳達心意，并且希望一次比一次繁雜一些。手勢是一種方式，象徵是另一種。不過，在表達看不見的東西或觀念時，必然仰仗于談話。久而久之，你便希望表達一種不太簡單的觀念較曖昧的東西，進而表現其枝枝節節，一種觀念與效果，一種氣韻或矛盾等………。

「語言與意義應能適應感情。換言之，觀念或其片斷，情感與富麗的情感也必須和諧，使成爲一種有機體………

「詩是一種半人半馬的怪物。有思想的文字組合與俐落的處理手法必須能推動前進，而精力充沛，情感豐富，以及音樂的才華躍然紙上栩栩如生………」

一度，我曾試將詩與其他表現方式之間劃定界限，以下就是我們扎記。

詩不是叙述，乃在展現，散文在于叙述。

詩不是哲學，詩却使事物存現。

詩非概念，而是一種萌發。
詩不是音樂，然詩却有其琴韻。
詩是機動的——一種事物的發生，主動的交互活動。
詩不是思想，却與感官和肌有所關聯。
詩不是舞蹈，却在靜中恒動。
……而且詩不是科學，雖然詩的經驗與科學的假設有其共通性。總之，無論內在或外在的宇宙，都是其試驗室。而人在文化的演變中始終是一名成員，這是千古不滅的事實。

是故，我們必須在一大渦流中把穩自己，否則即被淹沒。科學必然將對我們的生活環境加以重新規律，亦必影響個人的生存發展。所以說，藝術乃在經營幷且塑形我們經驗的情感氣候。詩則可以幫助人類永保其人性。

（註）愛康原爲東方正教所供奉的聖像，彩繪鮮麗，爲禮拜的對象。文學理論家韋薩特（W.K.Wimsatt Js）說：「愛康意指一個肖象，特別指宗教性的肖象，亦即宗教的象徵。它不僅是一個鮮明的肖像，而這種文字意象也是人生眞象的象徵與擬喻的解釋。」換言之，愛康是以字來繪現人生的眞象。

笠消息

△**桓夫**、**錦連**應邀於十二月二日晚上在逢甲工商學院作協分會講釋現代詩。情況熱烈，効果良好。

△**鄭烱明**十一中旬曾到中部一遊，並參加於詹冰宅舉行的合評會。目前因實習工作繁忙，且將畢業應付醫師檢定攷試，無法專心創作。

△**陳明台**已辭卸教職，專心在家讀書，準備明年研究所的攷試。

△**拾虹**目前正整理其旅日詩抄中，在臺灣造船公司的職務頗重，仍抽暇寫作。

△**趙天儀**曾於十一月中旬至中部省親、月前夫人增一男孩、婚後弄璋弄瓦相得益彰。云「笠下影」專欄即將恢復。

△十一月十二日於豐原召開編輯會議，中部編輯同仁**錦連**、**桓夫**、**明台**、**傅敏**會同商討本期編輯事宜。

△**白萩**十一月中旬身體不適，目前已恢復健康，繼續從事美術設計中心的工作。

△**李魁賢**目前譯著均豐，並已譯就一本黑人詩選集「黑色繆思」，本刊近期將予刊出。

△由方方、辛牧、喬林、蕭蕭、林佛兒、林煥彰、施善繼、蘇紹連等籌組的「龍族詩社」將於六十年元旦成立，三月三日出版「龍族詩刊」，「龍族叢書」辛牧詩集「散羽的樹」也定於四月四日推出。

社址　臺北市敦化南路三六二巷二〇號林白出版社。

△臺中商專於十二月十二日舉行文藝座談會，由林翠紅小姐主持。桓夫、傅敏、明台、李月德等應邀參加講現代詩。

名詩選評

鷺鷥

季紅

在日沒後
仍未歸去的一隻
鷺鷥
在不清楚了的空中
　在深處的一個
　　招喚。
猶之一個意念
在不寧的，未之分明的
　回憶中
（一種煩倦）

南部合評紀錄

時間：59年11月8日下午
地點：臺南白萩宅
出席：白萩、張默、管管、陳鴻森、凱若、鄭烱明（紀錄）

白　萩：本期的合評我們拿季紅的「鷺鷥」來討論，相信各位對這首詩都很熟悉，尤其張默和管管兩位從左營遠道趕來，更應當多發表高見。

我認爲這首詩可分爲四部份，「在日沒後仍未歸去的一隻鷺鷥」是一種敍述，「在不清楚了的空中在深處的一個招喚」是一種隱喻，「猶之一個意志在不寧的，未之分明的回憶中」是更進一步的形象化，以及最後的『一種煩倦』四段。這首詩，從語言上來講，可以說無一處浪費。季紅的確有屬於他自已的語言，以「在日沒後」爲例，如果把它改成較白話一點：「在太陽落山後，一隻還沒回去的，鷺鷥」便失去原詩所呈現的語言的凝簡，此詩實在挑不出什麼毛病。記得當季紅發表這首詩時，我曾和他討論過末段「一種煩倦」的存與否的問題。我認爲可以去掉的理由是，如此可使讀者在深遠的空間翱翔，不會局限在「一種煩倦」，的限制裡。「一種煩倦」大概是季紅當時寫此詩的心情，如今事隔多年，不知那種煩倦現在仍繼續存在季紅的心中否？所以「一種煩倦」的存與否從兩方面來說都可成立，一種是季紅本身情緒上的需要，另一種則爲讀者客觀的欣賞。

張默：我同意白萩的見解，季紅可能是把自已比喻成一隻鷺鷥，寫出傍晚時一種難予描述的心境。「在日沒後」把時間點出，「在深處的一個招喚」，給人的感受是非常神秘的，「深處」如像指一個無人知曉的「未知境」，第二段「猶之………」是把前面的再予提昇。關予最後的「一種煩倦」，我有另外的意見，十年前我同意可去掉，但現在不贊成，「一種煩倦」不是註釋，季紅將鷺鷥人格化後，企圖抓住什麼，它已變成詩中的一部份，我的意思是不能刪除。

白萩：我們寫詩有時候有一種習癖，以爲應當這樣或那樣寫才覺得過癮，否則睡不着覺。我瞭解季紅爲什麼加上這一句。日沒後，鷺鷥照理講應該飛回去才對，而他仍在那邊不回去，這種「意志」這種「孤高」，也使他煩倦，在當時的詩壇，季紅是相當孤獨和有主見的，但這種與周圍的抵抗，也令他煩倦，所以他從這詩壇消隱了，此詩是季紅心情的透露。

管管：季紅發表的作品不多，但他的每一首詩令我激賞。我知道季紅的生活是極其主知的，我們可由他的詩看出來。以純詩的觀點來看，第一段即可獨立成一首詩，第二段的插入把境界限定在一定範疇；而成功的藝術創作，它能使讀者從有限的工具，如語言、色彩、聲音………等，所得到的感受，藉之走入無限的世界。我認爲第二段第三段可以去掉，或則去掉第二段，祗留第一段和第三段，季紅在「鷺鷥」所表現的境界，比之陶淵明的有過之而無不及，那是一種崇高生活的昇華，所以「招喚」對季紅來說也是多餘的，去就去了，用不着多餘的表示，譬如我從左營來須坐火車，季紅以爲是不必要的。最近我看了一些有關禪宗的書，「一種煩倦」頗能符合其間某種思想。

白萩：第一段的獨立，日本的俳句和我國的古詩可找到支持的觀點。不過若將第二段省略，則前後形象跳得太遠，很難連結不好理解。

管管：一般我們在詩中放入哲學性的東西，如果技巧不好，容易使人覺得累贅，成爲說教。如果祗留第一段和第三段，中間空白的確太大。

白萩：對於形象的安排，當然儘量要求跳得遠，但不能失去其連繫性，如此才能使語言的功用發揮至極限，即遠又能連結，我想這是張力的解釋。如橡皮圈拉至極限而未崩斷。如斷了，此種張力也就沒有意思了。

陳鴻森：聽了管管對季紅的剖析，我有一個疑問，我們究竟爲人生而藝術，抑爲藝術而藝術？

管管：我個人以爲這兩句話是不能分開的，雖然說法各有不同，而所指實一。

陳鴻森：舉個列來說吧，「笠」上的作品給我「爲人生而藝術」的感覺，「創世紀」上的作品給我「爲藝術而藝術」的感覺。

白　萩：爲人生也好，爲藝術也好，問題的癥結在它本身是否一首好詩，經得起考驗。李紅的語言比之同時在「創世紀」上發表的作品，是較爲收歛的，規模不大，似乎有一種限制，此乃他認爲詩要集中的原故。而瘂弦則是開放的，語言上較自由，重複意象也多，二者各有利弊。

比較說來，李紅從意象派得到較多的東西，瘂弦從超現實主義得到較多的東西。「創世紀」的詩活動，雖然引帶了太多的僞詩而爲人垢病，但我個人認爲，創世紀的詩活動最大的功勞是：解放了言語，使語言重新獲得一些自由，這對以後的詩有不少好處，當然也促使了現在的詩不同於，現代詩和藍星詩刊時期的詩。這是一種進步。由於言語的解放，對二流以下的詩人，無疑產生了很大的陷阱，因此許多人掉在陷阱裡，寫出那麼多無意義的詩。

管　管：當時的詩，一行一行看起來很不錯，但全體看起來，莫明其妙，連結性不够。

白　萩：我想全體的連結性，也正是現在「笠」正努力的目標。

管　管：「生活」這個東西太厲害了，一個詩人在創作詩，或多或少都會滲入其中的一部份，「爲藝術而藝術」的說法只是讀者的錯覺。

白　萩：寫古詩的境界我們不是不會寫，但要寫生活中沒有的東西，對我實在難以下筆。講到純詩，林亨泰有他極高超的境界，他要做到不含一絲人間臭味。話雖如此但現實中有些東西是很難入詩的，或許我們尚未找到適當的方法。

管　管：詩的處理，因個人生活方式不同，經驗不同，寫出的方法也不同。

張　默：有人說「當前詩壇的混亂是創世紀造成的」，我認爲這是歸咎的說法。假使當時「創世紀」同人不自覺，不轟轟烈烈地幹，我想詩壇是很難脫離語言束縛的。詩要從生活挖掘我同意，「笠」在這方面的開拓有成就，而詩的技巧也有待改善。

白　萩：語言的過於自由化，對某些把握語言能力不够的人，是會造成詩的混亂的。

管　管：我非常相信天才，一個有受過素描訓練的人不一定能畫出好的抽象畫，反之，一個沒有受過素描訓練的人，却可能畫出成功的抽象畫來。同樣是服裝設計、剪裁，爲什麼巴黎的那麼出名，這裡面技巧太大了，不，應請說思想的內容，豈止於布料的不同啊！

白　萩：文學藝術是要靠才氣的東西，並非人人可爲，人人可以創造嶄新的創作。但除了才氣之外，更需不時的努力，創作力才能持久。無論是從「爲人生而藝術」或「爲藝術而藝術」着手也好，終極的目標將會是「既藝術又人生」。「笠」是從另一個角度來消除「創世紀」詩活動所遺下的弊端，當然「創世紀」詩的功勞也將爲「笠」所接受，我相信，當「笠」的詩活動更成熟的時候，他的詩語言，將是自由開放而又能凝聚集中，形象將是極度跳躍而又能連結。創世紀上有一部份的好詩是做到了這點，但大部份是沒有做到的。

陳鴻森：季紅本身强調準確，但此詩所表現的却有些朦朧我覺得（一種煩倦）在前面已表現出來，那麼最末一行便覺得多餘。

白　萩：我們今天討論季紅的「鷺鷥」，不管個人論點如何，一首詩既經發表，那麼讀者有權利去批評它，而作者也有權利去堅持他的原意。最近會對目前詩的何去何從做一番深入的思考，覺得意象派的六大信條是非常令人回味的。小規模的經營與龐大的工程之建造雖屬同樣重要，但在我而言，寧願先予集中再往外擴充，而不願在外圍繞圈，繞不出一個中心點，一個詩人差不多寫一百首詩後，便很容易重複過去的題材、語言、表現、如此好比一隻蠶，一面吐絲，一面束縛自已，我們應想辦法打破這種自我束縛，才會有更高的進展。

管　管：我看是把從前的一個一個殺死，或者大病一場，或者發瘋。（大家笑）

張　默：精神的動向與層次的改變，是最重要的。

中部合評紀錄

時間：59年11月15日
地點：卓蘭詹冰自宅
出席：桓夫、詹冰、趙天儀、張彥勳、杜芳格、鄭烱明、岩上、傅敏、陳瑞洲、陳明台（紀錄）

桓　夫：在詩壇上，季紅是詩質很濃的一位詩人，他的作品很少，而且都很短，但詩味却十分濃厚。「鷺鷥」這首詩從第一段「未歸去的鷺鷥」而「在深處的一個招喚」「未之分明的回憶中」到「一種煩倦」，是以詹冰所說的「計算的詩法」而寫成的，整體而言是統一的。可是，若以題目而言，寄託於鷺鷥去表現日暮的情緒，雖有所感受，我個人却感覺缺乏深刻的東西在內裡。如第二節「猶之一個意志……未之分明的回憶中。」意欲提出某種東西，然而結果却未給讀者一種强烈的衝擊，未能捉住確實具體的表現。最後一句「一種煩倦」以括弧括起來，表現一日的終了感到勞苦疲累的厭倦似乎也是輕淡的感觸，沒有能够充足的表現經歷苦楚以後的重量感，厭倦感。因此，這首詩雖然秩序井然，却令我有不過癮的感覺。

趙天儀：對於一首詩，首先我們必須認定它是否能成為詩，現在有很多僞詩充斥在詩刊裡。季紅的這首「鷺鷥」無疑的是詩，那麼，我們必須由描述的意義及評價的意義二點去討論它。從季紅的詩論，我們可以發現他對「詩的純粹性」的追求，他這首詩實際上就是這一種追求的例證，此詩分為三節，第一節只是直覺，寫實的描寫，黃昏的「鷺鷥」和作者合一的情緻表現相當準確。第二節「猶之……回憶中」則為一種聯想的發展。其實，就詩本身而言，作者已達到了他對「純粹性」追求的要求，若要進一步追問有些什麼深刻表現，如現實的、哲理的、宗教的，加入這些後「詩的純粹性」必然無法保持，而他本來就是和林亨泰一樣排斥「人間的臭味」的東西，對這點應存有考慮。某些詩會受到題材的限制，某些詩則可能表現更深刻的東西。季紅的詩，配合他的理論，缺乏繁複和深刻，但常常是短而意象準確，這種作品也有其優點，當然，以另一種看法，季紅這首詩是異調於意象複雜性的作品，但是，對於它應該如同剪了肚臍以後的嬰兒給以一個獨立的新生命去探討。記得從前明台會和我討論過：「强調某種詩的傾向是否會造成詩發展的限制」這正是我們必須注意到的問題。

桓　夫：詩的表現應該注重image是否具備發展性的問題，季紅若只要追求那一點image則其作品是成功的，但以讀者而言，image缺乏發展或擴充時，詩會只限於個自的範疇中，令人產生不滿足的感覺，詩若能由一點image而獲得有所擴大的効果，則其彈性必然增加。

趙天儀：事實上這首詩是屬於靜態的畫面，他的追求，和詹冰、林亨泰有類似之點，但詹冰往往在靜態中較能表現出詩的色彩。

張彥勳：我感覺此詩很淡，雖然具有詩質，作者似在表現一種靜態中的意味，而且很合乎起、承、轉、合的作文法，全詩可分四段，「在日沒後—鷺鷥」是起，「在不清楚了的空中………招喚」是承，「猶之………回憶中」是轉，「一種煩倦」是合。它現出了小規模的感受，雖然會有不足的感受，却十分完整。

趙天儀：古詩和論文的作法都以起、承、轉、合的方式統一的，張先生的說法很有趣；但是，我以為一首詩若只有很多image的發展還不能算是好詩；不管是單純或繁複的image只要能够很準確的表現就可能構成好的作品。

桓　夫：就此點而言，季紅的詩的意象準確，令人佩服。

趙天儀：季紅的詩和您的作品是不相同的風格；您較富戲劇性，往往由一點擴展至另一點，季紅則常常只停留在一點上，這是兩種不同的面貌，但，事實上，就詩的目的而言，他還是具備了對純粹性的追求，而且，不是盲目的，一團模糊的，只是不够遼闊而已。

鄭烱明：余光中曾比喻季紅為惡魔派，他即是提出這首詩和「慢車廂中」為例範。

趙天儀：這是個人趣味不同的原因吧！余光中追求的是音樂性，所以他的image和聯想比較通俗性，較能大衆化；但現代化的，如「鷺鷥」一詩中除了『猶之一個意志』以外，他沒有使用大堆的廉價比喻，廉價的比喻易于討好讀者也易于遭受其遺棄和厭惡，走上非詩的邊緣。

鄭烱明：我想季紅的詩的傾向和個性有關，他在「現代詩人書簡集」中給瘂弦的信曾表示厭倦而欲停止詩活動的心情；在此詩中表現的大概是這種感受的反映吧！白萩曾和他討論「一種煩倦」這一節，「必要與否」的問題，他却再三强調需要，似乎可證明此點。但不知，他當時是對創世紀的詩活動和看法感到厭倦呢？還是對詩的追求感到煩倦？

趙天儀：其實，季紅在詩壇上是一個隱士，此點也令人佩服。

岩　上：過去也有人討論「一種煩倦」的必要與否，我的看法是，對僅得此詩的人，此段不重要，是多餘的，對不了解它的人則爲必要。

趙天儀：至少如張先生所說的，此節有「合」的作用。

傅　敏：我以爲此句很需要。季紅的作品很習慣運用此類直接呈現的赤裸的語言。

詩人自身的匕首。

無遮攔，無裝飾的準確意象如是一種純粹的質，「一種煩倦」的表現法，是刺過此種質的而貫穿整首詩的表現雖然沒有此句也已自足，但此句却是一種永遠的擺動。一種類似「一種煩倦一種煩倦一種煩倦………」的不絕的音響。

可能也只有敏銳地透視意象，敏銳地給出意象，才需要這樣表現。我並不認爲這是詩的一種優異的表現法，但確承認季紅的「鷺鷥」中，它是恰當而確切的表現法。

鄭炯明：此句就像跑百米徑賽衝刺至終線以後的自然再跑的幾步吧！乃是一種精神上的延續。

桓　夫：對了，這首詩本身就是「一百公尺短跑」的作品。

傅　敏：準確的意象並不會限制聯想的發展，而是必須具備聯想之鎖，如知識，經驗等才能有無限的聯想，這首詩的聯想必須通過自已感覺的火石才更能引燃。

我看這首詩，自已認爲至少有兩種可能的重要發展。①把鷺鷥當做田埂上，天空和鷺鷥的構成，此時詩人是隱藏的演出。②把鷺鷥當做在空中，詩人和鷺鷥的構成，此時詩人是現眼的演出。第一種聯想，較少聽人提起，或許第②發展已令人滿意了。但仔細讀這首詩，並沒有限制第①發展之處。如果從第①發展中去探索，或許會引發更深沉的思攷。像鷺鷥一般潔白溫和的我，究竟應否從來時的空中回去呢？又回去何處呢？等等問題。

詹　氷：詩人寫詩有兩種情況，⑴力作—苦心孤詣的去寫，⑵偶然的迸發，很輕淡的寫出。此詩是後者之情況，他寫的「一個意志」和「一隻鷺鷥」到底何者先發現，我們雖難以知道，但是，鷺鷥通過天空有人會注目，有人却忽視過去，季紅這首詩是有所關注而立刻捉住的作品，就此一點而言，他能準確的捉住心中的詩感，確有一手。

陳瑞洲：以一個門外漢看此詩，我覺得它雖然短却捉住重點了，image很精采，一個開頭以「日沒後」而又聯想到「一個意志」十分恰當。但最後一句似有畫蛇添足之嫌，可以捨去，讀這首詩會令人產生對鷺鷥的同情，確是一首佳作，但，也許更深刻些更佳。又，我以爲題目可以改爲「白鷺」較有親切感。

非　馬

英國地下詩集選譯

原書名：Children of Albion
POETRY OF THE 'UNDERGROUND, IN BRITAIN
編　者：Michael Horovitz
出版社：PENGUIN BOOKS, BALTIMORE, MARYLAND, U. S. A
日　期：1969
書　價：$ 2.25

我來了

約翰・阿登（John Arden）

約翰沿着長長的褐街划上划下
在兩隻褐船上他扁平的一双脚了
倫敦的房屋對他霎眼且竊竊低語：
『誰的那付眼鏡，誰的那稀疏的鬍鬚？
是否他看到我們的眞面目
磚頭與混凝土，灰泥與焦油，
看到我們蹲在一片古老的綠地上
扼殺它的生機？我們是鐵盾
緊釦在底下埋着的臉上：
約翰，阿登看到我們：我們看到他：我們知道。』
而他的响脚敲着地面可眞悲傷：
『我的夫人夫人，聽那空洞的音響。
我踩着一個空洞的腦殼，圍着
這腦殼是一串金，包着這金
是一隻橡木盒，包着這橡木是一疊
重鉛而包着這鉛是泥土
爲房屋所壓，一日緊似一日。
諸如此類，夫人，這不是你的土地：
它不給你愛，但你了解
它底下的生命我的脚在此發掘。
你了解這些房屋以及我的恐怖
在它們一排排的門柱間當我走過。』

所以阿登脚下加緊，可憐草們
同舖道無望地抗爭，
而他耳際披着他的散髮。
他唯一的金冠無用地躺着
牢釘在一片枯骨上，深不可挖。

哀傷的男孩

伯納・卡浦斯（BERNARD KOPS）

午后哀傷的男孩
在鎮上游蕩，
找孤單的女孩
好往她們身上躺。
哀傷的男孩圍坐着且低聲哼唱
但他們的綿眉不會舒展；
沒有人來也沒有人往
他們看着葉子向下盤旋。
午后哀傷的男孩
從公園裡扯下花瓣，
擲向瀕死的太陽
然後搖幌着走進黑暗。

飛行員

伯納・卡浦斯

天哪我死了——
那青年人說
當他看到他粉碎的頭
花瓣般灑落在紅砂上
——呵媽媽呀快來看我
來握我的手——
他的身體噴泉般嬉戲
在空曠的海濱遊樂場上
一塊可口可樂的招牌儘霎着眼
而當月亮出來他已完蛋

少

彼得・勃朗（PETE BROWN）

孤單疲倦半醉抱着希望
我蹣跚走進厠所
在格林公園車站
發現了30寫在牆上
猛受一驚我跌跌撞撞衝出
到疾風咆哮霓虹畢巧地利（注）的夜裡
想一定
一定有比這數目更多的我們…………

註：PICCADILLY．倫敦街名．

不寧

彼得・勃朗

昨夜我心神不甯——
沒刷牙
便上床嚐
我的晚飯一整夜
而它味道不壞

路

彼得・勃朗

他們挖起舊路
把它埋在新的底下。
我一點也不在乎

哈囉

安書・哈漏（ANSELM HOLLO）

電話鈴響
　我拿起聽筒
我說哈囉對一個完全陌生的人
他說哈囉我是我
　他要我一到這裡便打電話給你
所以我做了我到這裡了我現在打電話給你
　這是電話而
　　我在講話哪

象牙之歌

安書・哈漏

大象
　被坑陷
幾千
　年前
象牙的殘片
　此刻在玻璃盒裡
不不那不是實話
是我
　我在玻璃盒裡
　數着
　　博物館門票的存根
那是大象
　步着草原
　　笑着大海
在咆哮

沒有所謂
　幾千年這回事
我丟一塊石頭在你頭上
　從象背
給我看
　給我看那幾千年

我走過海水
　向沙灘上的女人扔石頭
　　蜜月裡的女人
　　她們的眼迷離

驚恐地
　她們關起玻璃盒
　　把她自己還有她們的情人們
　　關上幾千年

『詩人』（一張影片）裡的四靜景

安審・哈漏

詩人，泥醉，正在
寫一首詩給世界上的
革命者
那將是一首長詩。

而當寫到第九頁時他發現
他是石頭般的清醒
　他停住，回頭，
　讀他所寫的
　開始劃掉字——
　行——段——
　整頁
　只剩一行，
　在第五頁上。它說：
英雄們，他們的嘴充滿了
　它不是
　很好的一行。也許
　他只是忘了把它劃掉。
　我們不能
　問他。
　他已沉沉入睡。

※

詩人，
睡着，
在向他的朋友們演說
你們，我夢中的
　同志：
記住夜裡的時間
　我們約好

點起我們的和平煙管
記住我們的協定
　做彬彬的狂小孩
在約定的時辰
　塗藍色的記號
于你們的前額
認淸彼此的房間
　然後我們才能在一起
記着
　不讓任何人知道
我們的誓約不長大
　在他們的世界裡

※

在淸晨
詩人外望
看到一個安靜的住宅
　看着它够久
　　它便不會走
對它說够久
　　它便打哈欠
對它大叫得够久
　　它便會破曉
在你之上羅馬
　　不是一天便
　　　　推得倒

※

他回到
　床上：
那裡
　　也許
有人
在。

『想像我在街上』

羅吉・瓊斯（ROGER JONES）

想像我在街上
散發我的小冊子
這人走過來
我說『拿一本』
他却說『拿一本我的』
所以我們交易
我看着他給我的紙頭
爲這自由而
友好地交換
互不相容的意見所鼓舞
我不禁想『偉大！
這是爲你的民主』
而當他走遠
我讀都沒讀便把它撕成片片

寓言兩則

羅吉・瓊斯

1

從前有一顆砲彈
每次當他感到自已在呼嘯
冲上砲管他便大叫『射擊』
不久他開始對存在主義
發生興趣便叫起
『幹嗎不？』

2

從前有一個小人他
從桌上偷了一個桔子
房子追着他叫
『那是我的自行車！』

高潮迭起

湯姆・泰勒（TOM TAYLOR）

有時我
感到
如同有一個洞
在我
頭上貫穿
我的身體
直通
大地我在其上行走
突然！當我在路上行走
閃電般開過兩輛油車
首尾相接
還有汽車及巴士
我能說出那一輛是空的
憑它們蹦跳的樣子
在路上
坐着聽印度
音樂
我發現我就是非有這音樂不可
我非有它當我用早餐
但我不能
再高起來
我感覺如同被一條毯子
裹住
不我不

這是我所想的
　我只想
坐着蹬着
　聽着音樂
自盒子裡敲打出來
　響雷的盒子——
我坐
　我感到我的話被細成
　　一堆
用一段段繩子
　喃喃的聲音
　却是清晰
　我做——
　我聽噪音
　　自供應的源頭
自
　發霉的多雲的天空藍色的
天空　藍色的天空
　暴力無聊
　　它使我低沉
　　人們說話使我低沉
但我挖掘人們的
大噪音
　轟隆　轟隆
我遲鈍　不穩定的噪音

　我精力充沛
我心靈是我自已的主宰
　坐在盤腿的月光上
　　說着吹着
　　槍烟陣陣
　　給滿月的
　　　快活

當我被白衣的人們
　圍困
　鎖我以鍊且
讓我倒掛着
　自地球的末端……

玫瑰

湯姆・泰勒（TOM TAYLOR）

有一個人
　頭上長個洞
　　一個大洞
　沒有髮
那裡玫瑰花開

天空

湯姆・羅活茲（TOM RAWORTH）

大厦燒得只剩骨架
我的房間在那裡，不放雲片進來
而我在裡面。我打開一面窗——天空！
一線天光——又是藍的！一扇活門在地板上
看一架飛機的頂部在我下面經過
我徐徐在那房裡翻了個觔斗，不碰任何東西
看不見的杏仁下墜

『但我不愛』

湯姆·羅活茲

但我不愛
你她說　有
汗滴
　　在話筒上
熱太陽天空
在地平線上天藍的　一抹薄
霧
　紅火車過橋
他們奏預告戰爭的音樂　當他們
走下山坡褐
女郎們經過
　駕着她們自已的車子
樹無人爬過他們
欖動泥土　它生長

如梯
自葉上水聲之下
但她說你摸她的
頭髮她說她像頭
牛你是如此
一覽無遺
房子的花園走下　到
水流裡去　這裡
那裡小道
長滿雜草　他們單行走
在北圓路的下面　墜道
粉華題字最後的日期是1958
　沒有聲音
發自頂上的汽車
　湖
深紅花　綠
泡沫沒有
水流一隻紅
球
　靜置其中

妳穿著藍色

湯姆·羅活茲

爆炸近了些今晚
最後一班火車開向南
在六點鐘　明天
廣播將用不同的語言

我咀嚼火柴梗端
我的指頭黏黏

我將在車站等而妳
將送張條子，我將
讀它
　天將下着雨

我們的影子在電灯光下

我八歲時他們教我眞正的
寫法
　把字母串聯
聽妳說我
寗可看
　海。所有事物在那裡停止的
　奇異的角度

只船隻們破壞它
使妳把焦點拉遠

隱藏的張力

尼蘭・奧蘭（NEIL ORAM）

笨拙的叫喊，寂不可聞地來自
遠處的塩丘。是否它們都被凝固在炎熱的太陽裡？
情人們，爲無情的風抹煞，雕塑品潰爛成
石堆。只有狗才能住在這僵化的風景裡？

　突然她走在由她痴醉的愛創造出來的綠樹下。各式各
樣柔馴的動物在她四周蹦跳，當她徐徐走過這天堂的花園
。
　她在乎否找不到人在那湖濱？
沒有東西攪動她的恐懼。
那湖當然就是她的心，在清爽悅耳的空氣中舞蹈。蝴
蝶。群芳搖曳。她靜靜坐在水邊，爲閃爍跳躍的光所擁抱
。
　這時辰是純粹的音樂
　不久，她回頭走過森林，而所有生物、樹、草及花，
感謝她，知道它們將永遠受她愛的夢想所哺育。

直

尼蘭・奧蘭

一種生活。晝
當一切靜止。
寧靜的淸晨攪動
冷光
緩緩殺死
星星。陽台
模糊地鏡照
雲片。
香氣…………
被移動的葉子
的聲響輕撫。
過感恩的生活。這屋子
裡裡外外是白牆

那裡教條融解在生活的
愛裡。那裡晨光將激動我的心
去祈禱。我的手感覺溫暖在遠處的海的
喧聲裡
有個妻子
她的靈魂發射美麗的光芒
她靜靜的脚
歡欣地在冷冷的地板上
在閃動的晨光裡，
她的白衣在微風中
低笑。

傳單

阿得里安．米契爾（ADRIAN MITCHELL）

在乳漿市場門口
我向顧客們伸手說：
『我能否給你一張這個？』

我給每一個人一片樹葉

頭一個顧客謝謝我。
第二個把葉子放進他的防水口袋那裡他的妻子不會看到。
第三個說她對樹葉不感興越。她看起來像一株被剪過的柳
　樹。
第四個說：『它是藝術嗎？』我說它是一片樹葉。
第五個看穿他的葉子並對另一邊的光微笑。
第六個用力把他的葉子扔在地上且踩它直到深紫色的泥滲
　透。
第七個說她將它夾在她的紀念簿裡。
第八個發牢騷說它是橡葉並且說他將會在我一邊如果我給
　樺葉、蘋果樹葉，水蠟樹葉和松葉。我說它是樹葉。
第九個小心翼翼接過葉子然後，往背後一丟，給了它自由
。
　它滑動，沿着出人意外的曲徑穿過空中。
　它落地。我揀它起來。
第十個讀葉子的兩面讀了兩遍然後說：『是的，但它沒說
　我們該殺誰。』

但你接過你的葉子如一個吻。

他們告訴我，在禮拜六，
人們看到你在你自已的城市中心
散發樹木、菓園、叢林。

一九七〇年十月譯於芝加哥

笠38 39期作品讀後感

郭成義

媽祖的纏足

詩之內容的嘲諷性已經完全見之於題目的翻義上。**桓夫**把媽祖抬出來却又讓我們驚覺那並不足以構成絕對庇護的條件。因對實存的我們的觀念，庇護本身已造成一種謊言，可是信仰的本質無法不在，這是文明的矛盾。

我們若說它接近白話毋寧認爲那是一種方法，可是長久的保持難免不損壞詩質的完整與特性，任何人當有這個隱憂。「屋頂下」在這輯詩抄裡是較突出的，給人壓力：「我們相信屋頂在庇護着我們的恐怖和享樂，可是傷腦筋的也有洩漏的屋頂洩漏了光………」，這些片刻間的反省與揭發是作者的特色。

布農族

喬林的觀察顯然很冷靜，取材的廣泛以及不誇大的意象和饒富動作性的智慧該是他所預期的寫詩的態度或觀念。很接近悲劇地，他喜歡强調孤獨的一面，那是理的、知性的深入，根據他的表現，產生淡淡的說服力。

「欄柵」是足以代表他的，我最欣賞的一首。

不過這二十一首新作（包括39期三首）並不能對他過去的作品發生更進步的意味或事實。

陳鴻森作品

詩的喜悅存在於刹那的感動（澄清）和新的領悟，陳鴻森的語言就是這麼Comprehensive（悟力的）。

他的作品在質性各方面很少發生懸殊現象，這要根基於對詩的充分了解。這四首詩當中，前面的兩首要比後面的兩首散文詩爲差，固然前者在形式上佔便宜，但在結構與智境總不如後者。我聯想到一位詩友這樣說過：「陳鴻森的詩內容不錯，但那不是他走的路。」至今我依然懷疑這話的意思，我們如何可能指定每一位詩人的「詩路」呢？詩是這樣被寫出來的嗎？

岩上作品

38期岩上以「在衣裳的遮掩下，誰知那曾經是一段旅程的哭聲」透露他的「創傷」；39期則以「當曇花向子夜怒放，斑爛的血液正淬淋着凍僵的碑文」成爲「夜」的申告，可見詩人的追尋是多方面的，一是內部的收斂，一是外設性的擬象。「拉鏈」爲其中最値玩味的一首。

我從他所有作品外表的發展上看來，岩上對自已形式與風格的要求似乎並無太大把握。

其他

林忠彥的「信」體質上不像詩，竟具有很高的詩質，我想現代詩應該多面發展，這是一個很好的對象。

何瑞雄是有進步的，至少並不缺乏渾厚，但和**陳秀喜**一樣，她的「今年掃墓時」和「等候」雖曾貼切地抓住了適當的心情，可惜都缺少有機的東西。

白萩的「火鷄」固然極具挑戰性，還比不上在「CHANSONS」裡心象與語言的優異發揮。

傅敏「內部的世界」和余素「司機」是較有魄力的。而**林湘**與紫一思都部份蹋了詩的美感。

（五九、十一、十九、寫於基隆南月小樓）

欣賞之認識

「郭亞夫37期作品讀後感」之商榷

簡誠

讀詩，欣賞詩純粹是個人心靈的自我感受活動，我們無法干涉，然而一旦發表了「讀後感」「欣賞」之類，公開在社會大衆之前，其影響力，就不可等閒視之！

倘若能抓住或接近作者心中原來的感動意象，至少不要離太遠，那能溝通詩人與讀者之間的橋樑，倘若會錯或曲解作者的原感，則無形中遮住了「大衆」讀者的視線。在「笠」詩刊中郭亞夫的「作品讀後感」的曲解，草率處處可見，試舉之：

A

非馬的詩多少接受了英美近代詩的影响，部份作品還介乎浪漫與半自然色彩。……而以「一女人」組織較佳。………「晨霧」則幾乎落於敍述的弊病，未能再「擴大人類已有的詩經驗」。

B

何瑞雄的詩，我第一次看大都像散文，第二次看像論文，第三次看才像是詩。

C

那麼陳鴻森的「夏日的詩」便是冷靜的；前者若是客觀的、感性的，後者便是主觀的，知性的。

D

「歌仔戲」（桓夫詩）有一種快意的嘲諷性，不錯！

E

從「蝴蝶」和「禿樹」裡不難看出作者的才華。

F

詩中小紅傘、小紅花、以及姐姐，這三個一體而微妙的「暗喻」給本詩帶來很大的功勞（花暗喻傘、姐姐暗喻愛），這是很需要相當豐富的感情的（拾虹詩—傘）

這以下是我個人的意見，提供讀者參考：

近代英美詩的發展，據我所知其形式、內容、表現的主題非常廣範，有個不同流派，如英國方面的Rnth Fainlight, Louis Simpson, George MacBeth, Robert Conguest, Michael Longley, 等，如美國方面：Gregory Corso, Albert Cossery, Lawrence Ferlinghetti, A'len Ginsberg, Kenneth Patchen, Kenneth Rexroth, 等他們的風格難於歸入一流，有的甚至廻然不同，我不知道郭亞天如何能籠統描繪出英美近代詩的面目？也沒有特定直指非馬的詩受某詩人的影响？「部份作品還介乎浪漫與半自然色彩」，我不知這話如何解釋？何謂「浪漫」？何謂「半自然色彩」何謂「浪漫與半自然色彩」？何處「浪漫」？何處「半自然色彩」？何處「浪漫與半自然色彩」？郭亞天還以「組織較佳」來斷定「一女人」這首詩，詩難道以「組織較佳」感受？在「晨霧」中什麼地方應該「擴大人類已有的詩經驗」一點也沒有提及，莫名其妙抄錄一段「辭句」敷衍搪塞。

在B中，在西洋文學中散文包括了論文，在中國文學中散文專指小品文之類，郭亞天看何瑞雄的詩第一次看大都像散文，散文（小品文）至少有了抒情色彩（從字面上把我拉進詩的世界），但是接著「第二次看像論文」，「論文」與原先提出的「散文」（把我們從詩的世界拉得更遠），「第三次看才像是詩」，且不按心理學語言的感應談，我很懷疑郭亞天欣賞詩的心理感受或欣賞詩的心靈水準，這一段更和接下去後面的「理論上較為完整，但不及詩本身俱定的簡鍊性」互相衝突，既然已經看了半天才「像」是詩，那麼「詩本身俱定的簡練性」在何處如何說得出來？出爾反爾？豈非矛盾？

在C中，「前者若是客觀的，感性的，後者………」來一個「若」字，豈非暴露了郭亞天對陳鴻森的「夏日的詩」不敢把握全盤的感知，而舉棋不定？尤其在「夏日的詩」中：

悉悉的風能分擔多少呢？
畢竟愛的地平線早已被遠方的建築切斷了。

從這兩句的感情語言及其後心象的發展動向看出來，「夏日的詩」是感性的，而郭亞天說是知性的，如此顛三倒四實令人費解其欣賞方法，對文學語言的反應，本來感性、知性很難辨別，然而在「夏日的詩」中輪廓清晰，誰敢說「人比黃花瘦」是知性的語言？

在D中同B、C。在E這一句中沒有道出作者什麼地方的才華（下一句的敍述「而且……」，與本句含括意思無關），胡亂瞎捧，更可笑的是在下中，說什麼「詩中小紅傘、小紅花、以及姐姐，這三個一體而微妙的暗喻給本詩帶來很大的功勞（花暗喻傘，姐姐暗喻愛）」等等，這是一首悲傷氣氛濃厚的抒情詩，非一首可愛而沒有戰爭氣味的詩，傘一詩（請參讀拾虹原詩）的意象是從「砲彈」這一語言出發，從第一節的第一行到第二行的飛躍，從第一節到第二節的飛躍，空間變動的幅度非帶廣大，所有的比喻都集中在「砲彈」這一語言和這一文字之上，倘若沒有「砲彈」這首詩根本無法成立，但是郭亞天只在「小紅傘」、「小紅花」、「姐姐」裡尋找意象，而忽略了砲彈，豈非大錯特錯！欣賞詩人的意象動態已經很難把握，然而相差不太遠還勉强可原諒，可是在「傘」詩中郭亞天抓不住詩人的眞正意象的「嘲諷」（ironic），却替詩人妄加解說，難道拾虹也喜愛砲彈炸死他的姐姐？

郭亞天喜用推測，揣摩來「打量」、「比較」詩，而後堆上一些連自已也不懂的名詞，其用意何在？令人費解。

（一盤菜端上來，倘若連味香都無法分辨，就不要批評廚師手法，我企盼「笠」詩刊以後能出現上台表演的「全票讀者」。

華麗島詩集

中華民國現代詩選

昭和45年11月1日出印・發行
定價　八〇〇圓

企畫編譯　中華民國『笠』編輯委員會
發行　安倍玲以
發行所　KK若樹書房
東京都目黑區下目黑三-24-14
目黑コーポラス209F-一五三
TEL(代)東京711五〇一九番
印刷製本　太平印刷

後記

台灣現代詩的歷史和詩人們

這本「華麗島詩集」，係收錄民國四十（一九五一）年由紀弦、覃子豪等創刊的「詩誌」「新詩週刊」爲基礎而發展的「現代詩」「藍星」「南北笛」「創世紀」，以及其後刊行現仍存在的「葡萄園」「笠」等，在那些詩刊經常發表作品活躍的詩人們六十四人共一〇八首作品的翻譯。

僅僅二十年的時間中，被置於舊韻文詩及古典文學根深的對抗環境裡的「新詩」，能從萌芽而急速地趨向於具體的發展；這是絕非偶然的成果吧。探其本源，便可發現在這些詩以前，已經有其蘊釀生機的詩的根球存在了。

而這個詩的根球可分爲兩個源流予以考慮。

一般認爲促進直接性開花的根球的源流是紀弦、覃子豪從中國大陸搬來的戴望舒、李金髮等所提倡的「『現代』派」。當時在中國大陸集結於詩刊『現代』的主要詩人即有李金髮、戴望舒、王獨淸、穆木天、馮乃超、姚蓬子等，那些詩風都是法國象徵主義和美國意象主義的產物。紀弦係屬於『現代』派的一員，而在臺灣延續其『現代』的血緣，主編詩刊「現代詩」，成爲臺灣新詩的契機。

另一個源流就是臺灣過去在日本殖民地時代，透過曾受日本文壇影响下的矢野峰人、西川滿等所實踐了的近代新詩精神。當時主要的詩人有故王白淵、曾石火、陳遜仁、張冬芳、史民和現仍健在的楊啓東、巫永福、郭水潭、邱淳洸、林精鏐、楊雲萍等，他們所留下的日文詩雖已無法看到，但繼承那些近代新詩精神的少數詩人們——吳瀛濤、林亨泰、錦連等，跨越了兩種語言，與紀弦他們從大陸背負過來的『現代』派根球融合，而形成了獨特的詩型使其發展。

民國四十二（一九五三）年二月的「現代詩」第十三期，紀弦獲得林亨泰他們的協力倡導了革新的『現代派』，形成臺灣詩壇現代詩的主流，證實了上述兩個根球合流的意義。

當時紀弦說「現代詩的世界是始於傳統詩的世界消失的地方，表現傳統詩所不能表現的」而强調其理論就是中國現代主義的一環，中國民族文化的一部份，倡導新現代主義是不僅限于超現實主義，即把阿保里奈爾以降的新詩精神，綜合性地予以捕捉，並以中國性的本體予以思考。事實，他把新的主知性導入詩壇來了。

屬於「現代詩」社的詩人中，方思是有如里爾克的莊嚴性和完美的秩序開拓了深遠思想的境地，林冷以女性的銳敏感覺，把詩以淡淡的音調構成明澄的結晶體，薛柏谷是冷徹的詩人，在詩裡盛滿了冷徹的詩的image和美的光輝，黃荷生是在酷烈的自己修練中，焦燥、煩悶了之後建設自己世界的新銳現代主義者，愁予是重視中國文字的特色與美妙的韻律，能正確地把握並熟練運用的自覺詩人。

同這個時期，雖不屬於「現代詩社」，但如慧星出現而因車禍夭折了的天才詩人楊喚，留了許多潔簡而美麗的抒情詩令人愛惜。

藍星詩社是覃子豪相對「現代詩」社而創立的，大體亦為繼承了『現代』派的詩風。但由于覃子豪個人的氣質攝取了『現代』派較溫和的一面，合併大陸當時較抒情派的『新月派』的風格，倡導了與「現代詩」不同的詩型。在本質上趨於同一傾向的「現代詩」的前衛和「藍星」穩健的態度，一見似乎兩立着，有一段時期也爭論到「橫的移植」和「縱的繼承」問題。覃子豪的穩健性格雖受到許多人的喜愛，但他的作品本身多偏於論理性缺乏現代性；索性說他是一位組織者，在詩論上留下許多功績較適當吧。

屬於覃子豪為中心的「藍星」詩人中，向明繼承了覃子豪的穩健，具有秩序統制的詩風，彭捷以母性的溫柔表現現代抒情。覃子豪於民國五十二（一九六三）年十月病歿。

「藍星週刊」一六一期以後的藍星詩社轉移在余光中的手裡，余光中對於紀弦的新現代主義提倡了國粹固有的傳統文化，以模倣舊韻律詩詞的文言體寫了許多優美的詩，並加以獎勵，因而流行過無內容的文言美文形式詩，於一九五九年到六四年之間風靡了詩壇。

余光中的詩歷從格律詩出發，後受過現代詩潮的引誘而進入現代詩，時而補足古典的餘暉，再走向現代前軀，經過轉變無常的過程逐漸成熟。

屬於後期的「藍星」詩人中，王渝、王憲陽、葉珊、敻虹等大體以同樣的傾向寫平和、穩健、浪漫的抒情與古典性的自律詩，乘着流行的韻律使年輕的詩讀者們陶醉於詩的甘美的律動。同屬於藍星的羅門和蓉子却是具有稍微不同詩風的夫婦，均由紀弦的「現代詩」脫離出來的詩人。蓉子以女性特有的情緒美，表現了均衡與和諧的心象狀態，羅門是把詩人的生命，托於貴族性悲劇精神的表象。另一位顯示特異存在的周夢蝶是透徹於禪的詩風，古典性香氣頗高。

不管上述「現代詩」與「藍星」對立的狀況如何，另一「南北笛」詩刊發行期間雖較短，但於民國四十七（一九五八）年間在日報的文藝欄以双週刊出現，大都集中刊登了「現代詩」夥伴的前衛性作品。主編羊令野由于深受古文學的薰陶，乃寫充滿中國色彩的輝煌 image 的感覺詩。

民國四十三（一九五四）年十月創刊的「創世紀」是由現役軍人的詩人們發刊的。張默、洛夫、瘂弦三人共同主編，起初提倡了「民族詩型」主張傳統的感情問題；但於民國四十九（一九六〇）年間自第十二期起改組並改版，即趨向於超現實主義而努力實踐。主要的同仁中，張默以不屈不撓的精神挑戰詩，表明其孤獨和冷冽的心境，洛夫是持有敏銳而深刻的視察力所計算出來的苦澀的語言，針對事物意圖使詩語極度濃縮的現實主義者，瘂弦是對存在的（感情）與（知性）的體驗能適切表現的詩人，葉維廉是用爆炸性的語言寫富於暗喻的詩，商禽具有豐富的想像力，以超現實的手法巧妙地表現人性，辛鬱喜歡把自然感覺的流動用來捕捉意象，沙牧的詩是從人生的痛苦裡抽出來，而着迷英雄主義思想的進行與阻碍的矛盾的產物，季紅把內在的孤獨聲音向外輻射，秀陶據於冷靜的創作過程和表現技巧發現自已的光明，還有唯一的女性詩人朵思的詩其清新的感覺性具有無限的魅力。

「葡萄園」詩刊是民國五十一（一九六二）年七月，由畢業於中國詩人聯誼會主辦的新詩講習班的青年們所創辦；主張新詩的大衆化，雖以明朗的語言來寫詩爲目標，但其運動常徘徊於低迷狀態而未發揮有効的影响力。社長陳敏華是社交界著名的女性詩人，寫自由型式的抒情詩，古丁在其同仁中較有力量的存在，表明民族性的自覺，主編徐和隣樸素的詩，是跨越中日兩種語言的詩人。

上述的詩刊由于詩派的對立或內部的分裂或詩想的低迷，而陷於解散或停刊的時候，民國五十三（一九六四）年六月由本省籍的吳瀛濤、詹氷、桓夫、林亨泰、錦連、白萩、趙天儀等人籌辦的「笠」詩誌創刊了。同仁包含有五十歲至二十歲的各世代，對發行已滿六年的「笠」的活動，同仁們都祈望着需要更進一層的努力。（不像過去的詩誌有內部分裂的現象，同仁們都持有一種詩人的自覺，以聯貫於悲哀記憶的精神和鄉土愛的共通性而結合着，也許可以說，這是現代人誰也會面臨的苦悶吧。）目前，他們都站在連結兩極端的線上堅守中庸之道，而把詩人的精神置於何種的位置，將令人期待其詩表現的變化與內容的充實。

「笠」的同仁是跨越中、日兩種語言的詩人們做爲背景，僅依據國語成長的中堅世代成爲活動的中心，此後的年輕世代的詩人們便造成「笠」衝擊性的動力。

跨越兩種語言的世代有吳瀛濤、林亨泰、錦連、黃騰輝、葉笛。中堅世代的有白萩等人曾經屬於「現代詩」「藍星」「南北笛」「創世紀」而活躍。林亨泰以技巧化了的詩人的直覺達到美的極致，追求非情的境地，白萩不斷地打破某種束縛欲求超越而顯示多方面的變貌，不願停滯詩的一定點仍在繼續前進，錦連執着於深厚的民族性和實質的生活，在孤絕與寂寞，嚴謹而忠實地歌唱自己，吳瀛濤是喜歡表現存在與時間的思索性詩人，黃騰輝係「笠」發行人，在早期「新詩週刊」寫了單純樸素的寫實傾向的詩，葉笛寫敍事性抒情較濃的詩，而貫徹於藝術的自覺，追求詩的純粹性。

曾經不屬於其他詩刊的「笠」同仁中跨越兩種語言世代的詩人，詹氷是傾注知性，而計算心象的鮮度造型機智與感覺美的世界，桓夫把陰陽兩極的據點同時作用予以激盪，像散發火花的方法呈示抒情美或具反逆性批判的嶄新的詩，羅浪是用直觀性的熱情淡淡地展開心象，顯示樸素的詩境，張彥勳是由於一種自覺，表現現實悲劇性的寫實派，杜芳格以燃燒的熱情，衝擊詩豐富的抒情的女性詩人，陳秀喜在現實生活裡，凝視自己的步子，而忠實地紀錄女性的感覺，黃靈芝是以批判性表現悲哀的記憶和存在的價値，何瑞雄是自覺連結於歷史和社會的生命，而發出悲痛叫喊的詩人。

在中堅的世代，趙天儀是維持純樸的詩風，追求 image 的淨化和超脫現象的詩，李魁賢是從生活體驗中，以里爾克式的穩健銳利的筆法，率直地表現了工業時代的挫折和憂鬱，安易和苦悶，杜國淸離脫了浪漫愛情的誤差，站於青春的廢墟，從流浪的痛苦中表現最純眞的抒情，林煥彰是苦心於主題的捕捉，意象的蘊蓄和詩境的開拓而努力的詩人，喬林以有含蓄的意象像噴水式的暗喩魅惑讀者，施善繼以散文式的語言表現黑色花球的純粹感覺，林宗源善用方言爲表現鄉愁美而努力，方平依靠實質的性格，從體驗中追求眞和善，謝秀宗是適當地配合主知與抒情，顯出抒情詩的現代美，岩上在穩健的鄉土詩裡，表現孤獨與寂寞，非馬是住於美國的年輕工學博士，寫現代即物性的詩。

屬于年輕世代，王浩很實質地寫鄉土色彩的批判性，鄭烱明寫現代新即物傾向的詩，傅敏有洗練的現代抒情，陳明台以生活體驗爲基礎，具有感覺與想像力的技巧，簡誠含有冷徹批判性，古添洪有傳統意味的感覺，各自分別在追求高度的詩質，而有相當的成果。

相對於「笠」詩刊，最近有原「創世紀」和「南北笛」等詩刊的詩人爲中心創立的「詩宗社」，發行了第一集「雪之臉」。詩宗社要走的方向如何？現尚未看出其確定的主張。但依據「笠」的現況來說，活躍在臺灣的詩人們正依其自覺，持着孕有環境的獨特性和問題的複雜性的那些語言的使命，越趨深入反省的意識，希冀向大衆推展出新的詩世界——。（本刊編輯部譯）

海外來鴻

陳秀喜女士：

久疏問候之時接到妳前次講過的歌集「斗室」的贈與，深甚感謝。敬賀（大著）的出版。很愉快地讀過後感到有妳獨特高邁的精神。尤其對屈原及胡適博士的傾倒等，令人印象深刻。旅情中的「路過」少女中的「像似吾友的少女」斗室中的「不知何時」「秋宵中的「排開群雲」以及「萌芽的柳枝」等都是上乘的佳作。還有「美妙的歌聲」「給林女士的歌」「想到離別時」「比翼鳥」「野董花」「因爲春風柔和」等歌亦是秀作。

巫永福先生所舉出的「如何報答良友」最是可以窺見妳歌頌友誼的作風。裝幀也很美觀，封面字的配置也很合適，均是令人喜歡的。小生別後去韓國參加「筆會」一回來後，八月十八日去登山，是日本第二高山南阿爾布斯北岳（三一九二公尺高），我可稱素安。我想妳也安康吧。看到「斗室」裡的妳的照片覺得很好。祈望　妳多用功精進。小生現在住在表記的地方。標高九百公尺溫度二十三、四度。到了九月才要回去成城。七月底，臺灣大學的黃得時先生曾來訪寒舍。請代問候各位詩友

八月廿四日

中河與一

東京都世谷區成城七—六—五

譯者註：中河與一先生於今年六月十五日來臺參加亞洲作家會議，今年七十四歲，著作甚多，主要爲小說「天之夕顏」「天上人間」「探美之夜」等。

銘謝贈書

本刊接受贈書如左，謹此介紹表示謝意

鴿鈴　六、七期，青年文藝綜合月刊。發行者鴿鈴雜誌社，主編林烱東。編輯部臺中市南京路九二號。

作品　二三期，文藝綜合雜誌。這一期刊有古典美的新詩不少。發行人陳照銘，主編陳韶華。臺北市郵政信箱第四〇七一號。

猫與老鼠　李魁賢譯現代德國作家葛拉軾（Gunter Grass）著中篇小說。九月由文壇社出版。葛拉軾爲現代德國文學界的鬼才。曾數度被提名爲諾貝爾文學獎候選人，著有詩集『詰問』。此書值得一讀。

校園裡的椰子樹　鄭清文著小說集，短篇小說「二十年」「鯉魚」「天鵝」「門」「理髮師」「會晤」「信」「校園裏的椰子樹」「蛙聲」等九篇。三民書局出版。列三民文庫一一〇號。

貝　25 26 27期，帆村莊兒個人詩誌。日本松江市西茶町九六號。

權木　二〇〇記念號及二〇一、二〇二期，月刊詩誌，同仁五十四人，淨白美觀。編集發行人喜志邦三。日本西宮市甲子園口一丁目二番一七號。

（**更正啓事**）本刊上期本欄介紹籔內春彥主編詩誌「水上子」係日文「れとる」之誤植，特此更正，敬希原諒。

笠叢書

每冊十二元

中華民國內政部登記內版臺誌字第二〇九〇號
中華郵政臺字第二〇〇七號執照登記為第一類新聞紙

笠詩双月刊 第四〇期
民國五十三年六月十五日創刊
民國五十九年十二月十五日出版

出版社：笠詩刊社
發行人：黃騰輝
社址：臺北市忠孝路二段二五一巷10弄9號
資料室：彰化市華陽里南郭路一巷10號
編輯部
經理部：臺中縣豐原鎮三村路44－7號
日本發賣元：若樹書房（東京都目黑區下目黑三－24－14目黑コーポラス209號）
定價：每冊新臺幣六元
日幣六十元 港幣一元
菲幣一元 美金二角
訂閱：全年六期新臺幣三十元
半年三期新臺幣十五元
●郵政劃撥中字第二一九七六號陳武雄帳戶
（小額郵票通用）

笠

民國五十三年六月十五日創刊

詩双月刊 41

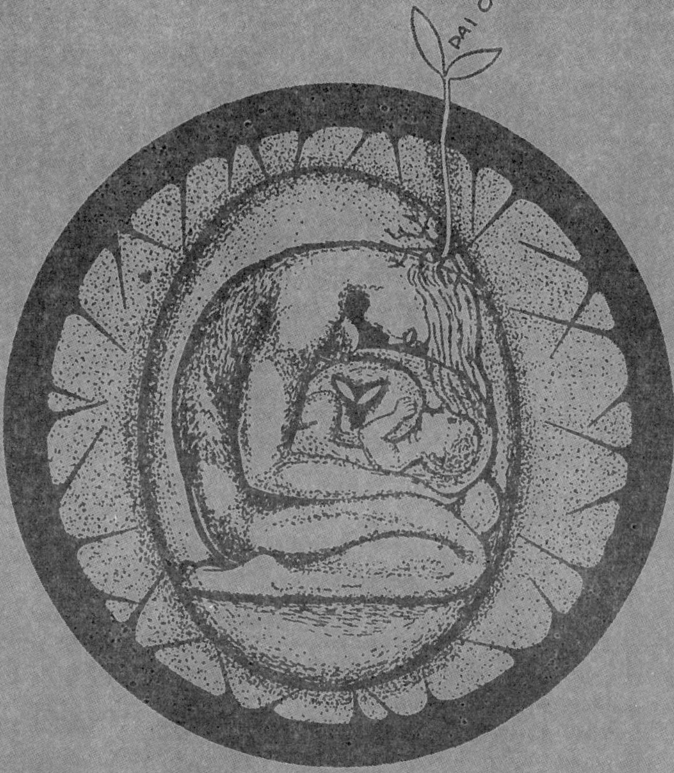

笠 41期 目錄 Li poetry Magazine No.41

封面設計：白萩

詩人的備忘錄 ⑥

錦連譯

讀美國詩最感印象强烈的是其體裁的粗魯和多以會話體來書寫的這一個事實。

美國詩的歷史，自獨立宣言以來，國度雖與英國不同，但使用的語言却與英國沒有兩樣。因此要寫詩，總是浮出上面的都是英國，而寫不出美國來。爲此，爲了要尋求能說出自己眞正想要說出的體裁，自惠特曼時代，美國的詩人都受盡了勞苦。

另方面，受到了過度的文學傳統而動彈不得的法國詩人，却從不背負着傳統重擔的美國學取了不少。

美國的新一代的詩，可以說是從剝下多餘的裝飾開始的。

卡爾・桑德堡曾動員了一切會話的語言，問答形式，鄙俗語，隱語，戲言，瘋話去讀美當時的新興都市芝加哥和西部的開發以及民衆的精力（Energy）。他的直覺的正確，便是他能認清了民衆的文化不斷地一代話傳一代，並且在其過程中繼續會被一再創造下去的强度，而駕馭着其精力寫下去的。

他們如此故意地使用着會話體裁而獲得了美國的表現方法。

會話體最重要的是在談的時候可以反覆。談的好處是發展無窮，有時懇切而富于抒情，有時也可以引用文獻。自由的聯想可從一個國家，時代和語言容易地跳到別的問題。有時演說，有時自言自語。即使對這些詩篇並不服氣的人，對他們的饒舌，各種不同體裁與體裁併合交錯的交響曲是無不佩服的。如此，美國的新詩人非但自覺地使用着會話體，且自大衆文化的鬪士桑德堡到多學博聞的高踏派巨子龐德爲止，都毫不在乎的搶奪別人所說過的事情來使用。換句話說，他們並非要「發明」一般所相信着的自己的語言，却從自己的外在材料中「發見」而移植於詩中的。就在於利用既存的傳統，加以變形，從事再創造這一自覺來說，美國的詩人們是始終一致的。

語言一寫出來就會固定化而失去適應性，可是民衆的會話却非常自由，且在談話中會趨向於好的型態。會話的語言，可自由地使用一切方法，有的滅亡，有的欣欣向榮，像欉林一般，非常茂盛。

無可諱言的，語言本身在本質上是不正確的。但是語言倘若喪失了其不正確性（說好聽一點就是柔軟性），即將會變成怎樣？

總之，不管他是當代第一流而其地位不許動搖的偉大詩人，祇要是追求「詩」的詩人，對自己的方法非時常抱着懷疑的態度不可了。

石　頭

我不是母親生下來的人
我的肌肉沒有彈性
骨頭沒有語言
活著　只因爲我喜歡這樣
平靜地抬起頭來
望著天空

這輩子我認了
但是請不要隨隨便便否定我的存在吧
即使覆蓋我的是黑暗的天空
我仍然能够看清楚我
黝黑的位置

久已忘記歸去的路了
只有依賴著故鄉的夢
才有勇氣追縱遙遠的燈光

桅　竿

站在小小的土地上
伸長着脖子眺望
遙遠的故鄉
我們是依賴着做夢而活下去的人

走遍世界每一個角落
仍然尋不着返鄉的路途

遙遙望去
那邊是海上
那邊是陸地
那邊是……
現在該是在吃晚飯的時候了吧

天天做着龐大輝煌的夢
一顆星光一顆星光地數回去
感覺我是漸漸地消瘦下去了

拾　虹

我不是純潔的人
這個世界只有妳知道
所以　妳也不是純潔的人

不純潔的情感才是
深不可測的愛
才能透過我們裸露的心胸
到達上帝那邊

讓我們激烈地活著吧
只有妳活著
俯在妳的胸膛才能聽見
孩子在肚子裡呼喚我的聲音
啊　現在她急促地叫喚我
拾虹
拾虹

ECHO・掌的印象……陳明台

・ECHO・

最喜歡在曠野裡吶喊
「把歌唱給無人聽吧」
只有山谷的寂寥理解
ECHO的淒楚

縱然短短數行的話語
爲了印證內在的眞摯
ECHO ECHO呵
長久的一種期許
讓它投射在沉寂的永恒吧
狠狠踩在雪地的足跡一般
深深嵌入

即使在荒蕪的山谷
「把歌唱給無人聽吧」
孤獨地彈唱
不休輟的自我之歌
然後靜靜聆聽
優美的ECHO
那正是活著時惟一的願望啊

・掌的印象・

使掌心緩緩張開
然後
迅速的讓右手碰觸左手
「拍」清脆的聲音立刻迸發出來

「拍」
交叉的枯枝燃燒時聽見的
這樣的聲音
響在前方　響在後方
響在左方　響在右方
響在熊熊的火光裡

火　火燃燒以後最是寂寞
火焰的熱情僅僅是
回首之際的一堆灰燼
在虛無中飛舞繽紛
火　火燃燒以後最是寂寞

構織鮮明的掌的印象
「拍」讓右掌碰觸左掌
發出清脆的音響
在空無一人的曠野
緊緊盈握內心眞實的時刻

夕陽外一首　上岩

夕陽

如此疲憊了的
　多麼淒美的黃昏
啊　讓我們伸出顫抖的手
以暮靄蒼茫了的山巒
以及彩麗的雲天

我們多麼害怕　墜落
墜落　我們多麼害怕

在那天地的指縫間
我的手　小心翼翼
且拼命捧着的是一顆破碎了的
蛋黃

風箏

從孩子的手中飛起來的
　一張臉
在無遮攔的
時空裏
飄逸着一隻可愛的
風箏

緊緊拉住
怎樣也不肯放鬆的
意念　總要使它
高昇

孩子
在這平坦的草地上
我也曾經瀟灑過的

假髮

朱沙

母親喲　含笑花的餘香沾滿了
長髮　那移植在我頭上的長髮
綻出了生命再生的新芽
夜夜　我傾聽
髮茨與髮茨的切切私語
一如移植的向日葵啊
離棄了泥土　仍不能
遺忘陽光的親切
母親呵　多麼美麗的秀髮

自與您別後
旅人眼中遂照見了我的假髮
髮茨如霜
淒冷地白着
撕裂視線吧！
那不是母親剪斷的煩惱絲嗎？
只記得它是移植的向日葵

母親喲　含笑花的餘香沾滿了
長髮　那移植在我頭上的長髮
夕陽下　散亂的假髮　似千絲
密結的網
網住我的美麗與哀愁

一九七一詩抄　傅敏

薔　薇

薔薇的世界
是詩的國度

薔薇有女神的面頰
　女神的思想

我把薔薇獻給你
黑暗的世界
爆開一朵花的光輝

我把薔薇枯萎
愛的生命
熄滅成一堆灰燼的陰暗

沒有薔薇的世界
是生活的國度

詩

世界的峯頂
飄揚著我的憧憬
世界的窪地
埋設著我的鄉愁

遼夐的空間
張架著我的語言
緜遠的時間
流動著我的思想

腐敗的土壤
孕育著我的生
燦爛的花容
潛伏著我的死

絕　食

有些神是不能批評的
正如有些東西不能吃一樣

倘若不小心批評了
是會像誤食毒物一般
突然變成一朵鬱金香死去的
沒有辯解的餘地

爲了免於中毒
那麼不要亂吃東西吧
爲了不亂吃東西
那麼乾脆絕食吧
絕食是最安全的
一定不會中毒

可是
絕食的結果還是要死掉
要變成一朵鬱金香的啊

59・12・6

鄭烱明

紫一思作品

□曇　花□

一隻螢用燈
和她的眼睛，把夜厚厚的繭
咬破
留下唯一的隙縫
留下唯一的創傷給我

夜，沒有邊際地伸展他的粗獷
逐漸擴大
逐漸蠶食我底生命
我底生命

我苦痛地捻熄燈
又把哀愁的
裸體
遮掩

□愛　情□

妳浪漫地爬過我底
赤裸
輾輾側側輾輾側側
用妳底寂寞
把我刺成另外一個樣子

妳底髮絲垂成無限的愛情
逐漸探向各處盤根
在妳底胸上並龜裂着
一朶血和淚組成的花

我遂發現孤獨是枚生銹的針
穿過我痲木攤開的掌
不斷施轉
把我鯨吞又嘔吐出來

（十二月寄自馬來西亞）

出擊

醒來已知
隱隱的鼓聲
在河之側
敲擊古老而冗長的謎歌
時間無色的焰火
寂靜而悲憐的點燃
千顏萬彩的灰燼
沐浴之後，就散髮與

海潮對決
永常的音浪
像武士們剛出屑的利刃
迅疾的閃爍挾吆喝劈來
將軀體斜削成
長滿翅翼的薄片
飄飛
鳥，及其
嚮往

林欣

墳前草及其他

陳鴻森

墳前草

老爹在生前總喜愛看天，說那兒才有眞正的遼濶。而站在這擁擠的墳地，望着老爹不語的碑，他也緩緩的抬起了頭，但却覺那天像有些張不開而又收不攏的樣子。

於「老爹，現在你所能看到的是否也是這片天」的追問聲中，看去他多麼的像一株墳前草，在渺小的立足點，搖動瘦弱的身子。

岸——給三島

他不知已泅泳多久了，此刻是眞的已感到滿身疲憊，而岸是不會懂得相對論的。「這裡很暗，除非你肯和夜妥協。」

而他却把自己靜止下來，用瘦小的軀體來阻擋水流，像一條岸那樣……。

歌

我只是一支已流行過的歌
在每一步行程裡
看着自己
一片一片的剝落
時間張大着暗黑無底的嘴
煩燥的在搜索在逼近
而守護在頭頂三尺的神
你伸出給我的手
何以竟是一截木炭——

土地

子凡

仰首，就見到
千萬隻眼睛向你瞪視
直到你被瞪成他們的影子
才甘心

每天
我們都被瞪得
憑着呼吸
儒弱的生命
活在這沒空間的世界
大地像個蒼老駝背的守墳人
撫着碑石般的大廈
辛苦的嗆咳

「妻呵！這兒的空氣好汚濁」

我們祇慶幸：
感謝老天
這兒是我們的床第
讓我們緊緊的擁抱
像一口螺旋釘
深深地陷入

（寄自馬來西亞）

凱若作品

被針扎疼了的手指

那年
母親縫在我衣服上的乳名
因爲歲月的關係
開始鬆落了

在離開母親這麼遠的地方
只好自己再將它縫起來

粗笨的手
不曾想過母親細心的手紅
因此
凝視着被針扎疼的手指
驟然感到滲出來的是
母親的血

熱熱的淚
滴落在母親爲我縫製的衣物上

田　地

鳥把雜草的種子銜夾
播撒在鄉下人老實的田地上
風也是

只因爲陽光雨水和泥土
不懂得爭吵

想守住這片小小的祖產
只好倔立在狹隘的埂邊盼想
哀傷被排擠的作物
已經沒有一塊美麗的田地了
然則爲了祖先曾在這裡流汗
仍要認眞挖掘著

像是爲了拾回祖父還留在這地下的
囑咐

郭成義作品

河　旁

拾荒人那裏去?
已經燒了一個下午的古典
焦味如吟哦
就揀不出哪一塊聲音

放浪的河也不響了
緊緊扣住一排急流
彎進兩岸夾抱的土地
一半腐爛
一半憂愁

黃昏的時候
傍河的焦味便開始爭執著
左手與右手
哪一邊的天空最亮？

開燈前刻

我家的日光燈，開了開關，總要等過幾分鐘才亮得起來。這個時候，我多半掏出香煙，點上火頭………

黃昏的時候
我把窗子開得大大的
滿以爲隨時可以看到
妳偷偷的走進來
一到入夜
我甚至打開了所有的門
而妳還走不進來……
終於我設想著
如果妳已靠近我身邊
啊，我突然害怕起來
在此刻擁抱之後
說是我先看清了妳的裸體
還是妳先揭穿了我的肉體？
我想封閉
遲遲不敢看妳走進門來的姿勢

癌—一九七〇

德亮

你就恣意地啃噬我體內所有臟腑和靈魂吧

五月　嚮午
一片服了興奮劑的陽光　擁擠着一簇青濛　竄透窗外
枝椏的樹叢　閃耀在第三床病人蒼白的臉上
想爲我們的呼吸尋找空氣　以及尋找酒吧和威士忌
爲昨日來自越南渡假的盟友
（韓戰越戰韓戰越戰韓戰越戰）

六月　黃昏
患了陽萎的日光懶懶瀉過　在我臉上斑剝底剪貼　剪
貼着一片片的相思樹的葉影
工廠竊占了農作物的居室　綠色被烏雲所吞噬　X光
照片上有一團很大的陰影
（綠燈黃燈紅燈綠燈黃燈在十字路口耀武揚威）

七月　夜晚
時鐘敲第七響的尾音尚繚繞在空間　一線線青濛的月
華
自尤加里樹上　被小蟲蝕啃著的洞圓山斜篩而下
（乳癌鼻癌胃癌肺癌子宮癌）
而炮火仍在燃燒着　我的眼淚滴在十七度的散兵壕以
外的手術室以外的太平間以外　霧很濃

你就恣意地啃噬我體內所有臟腑和靈魂吧！

作品二首

楊傑美

我始終不能忘記

有一個經驗
我始終不能忘記
那隔離的經驗
　被棄的經驗
我始終不能忘記

那年，我在山城讀初一
寄在一間天主教的宿舍裡。
期考將臨，衆人都出去了
我獨自在花園讀書
讀那迷人的中國地理；
讀着讀着
竟誤跌誤撞地闖入
一片浩瀚渾沌的宇宙間
忘了自己，忘了時間
今夕何夕，天上人間

猝然醒覺
放眼
曲曲扭扭的公路上
竟不見人影，失了車踪
竹林裡
不聞鳥鳴，杳了犬吠
藍天默默，遠山默默
四周沈靜如死；
身遊何處？我嗒然自問
世界回答我，以默默

垂首，
鐵達時竟然不達時
長、短針攤著一隻銳角的夾邊
死吻瑞士天空的一朶孤雲；
蘧蘧然驚覺
世界被堵於千尺的厚牆之外，
我在牆內
漂浮如無依的萍草
踊舞如無主的孤魂

遂有一股凉泉打脚底心底汩湧如潮
上昇，上昇直冲腦門
轟然，雷鳴交響地震；
猛一個轉身
我拔足狂奔、筆直
朝着寢室，破門而入
木立且凝神諦聽
世界底脈膊跳動的聲音
巨大的吊鐘以隔世的冷眼瞪我
呼吸停止，心懸胸口
時間打我茫然底瞳中幽幽流洩；
我長長的深呼吸吐出一口大氣
我聽見世界底鐘
　嘀嗒嘀嗒隆響着；
鐘存在，我存在，
世界存在，上帝存在
這是人間，而非天堂
　亦非地獄

這經驗我始終不敢忘記
這隔離的經驗
　被棄的經驗
我始終不能也不敢把它忘記

早年的記憶

媽媽擔着沈沈的鉛桶走下坡去了
夕陽把她的身影拉得好長好長
弟弟滾着滿身的泥巴回家了
蠟黃的臉被薰得更蠟更黃
爸爸挾着公事包走上階來了
疲乏的眼珠閃着黯黯的光
我坐在森森的庭院裏
　想着明天
也許會出箇大太陽

晚餐 外一首

古添洪

晚餐

白彫花小碟
企待
深棕色長頸醬油瓶

小豬小雞
花兒草兒
溫水裏嬉戲

紅色的槳筏
引渡此岸彼岸

一串別緻的活動

恍恍惚惚
竟入神了

悠悠醒來
驀然回首
在那黑黝黝的屋簷底
垂着一張斑斑躺剝的蜘蛛網
和一束魚乾
僵僵冷冷地恁晚風吹打
我趨前想瞧個仔細
猛地愣住了——
原來那懸空的
不是魚乾，亦非蛛網
而是我們早年的記憶裡
盛開如杜鵑的夢之花
一個箭步
我直衝而上
用舌頭狠狠地舔了一口
那味道竟比黃蓮還苦
　比青果還澀
　比鹽還鹹

一陣喧騰
我大張着口
把隔夜的黃膽汁
一滴也不剩的
全給吐將出來

床蓆的發展

不要以爲是彈簧床
馬辰蓆和豬肚棉
這樣躺著
它們就會慢慢變質

顎、嘴、鼻、眼、額，
漸次掩蓋
而身軀縮成了一個屍字

它終於變成木
任風聲雨聲在外面喧嘩
蛆蟲與蕈菌在內裡爭雄

舒適也好！
不舒適也吧！

環島旅行掇拾

趙天儀

海鷗

在暴風雨過後
濛濛如霧的海上
飛來一隻疲憊的海鷗
靜靜地落在蒼褐的岩上
雪花般的波浪
重覆地拍着回響
像是一無家可歸的流浪漢
遙望再遙望
依然是濛濛如霧的海上

標本店

這些鷲鷹　這些鵁鷄
這些狸猫　這些斑鳩
這些猫頭鷹
這些白令絲　這些猴山仔
一個個都失去了野性的強烈
都變成了裝飾的陳列
一個來自都市的黃昏客
投旅於溫泉的客棧
竟面對着這些死亡的色澤
而蝴蝶如枯葉　釘在塑膠的透明裡

遊覽車

那要命的麥克風
那長舌的遊覽車小姐
那起伏不平的丘陵斜坡
那彎彎曲曲的山路小徑
近處探望谷底的幽深
遠處瞭望海上的蒼藍
一路上任誰歌唱
都是助興　都是照例的客串
當輪胎陷在泥漿裡
當車隊擋在山腰裡
煙雨朦朧而山色陰冷
野風恣意地在谷間嘲諷　在谷間嘲諷

土產品

海貝成項鍊的串珠
瑪瑙成耳環的首飾
啊　點石成金　不是傳奇
大理石加工的花紋
白的　墨綠的　琳琅滿目
啊　玉不琢不成器　不是古訓
所謂土產　竟是充滿了匠氣的工藝
所謂旅客　竟是配帶了太陽的眼鏡
而我　竟是一平凡的旅客
一土產的饕食者

溫泉

流瀉着灰黑而沸騰的水中
溫泉如泥漿
且泡一個痛快罷
泡一個渾身的解數罷
把積汚拭去
把疲勞拭去
把騷癢的皮膚拭去
也把憂鬱的苦悶拭去……

月球世界

裸露着山的胸脯
沒有野草
沒有樹木
是月球世界

橫臥着山的肩膀
沒有鳥語
沒有花香
是月球世界

潭上的倒影呈現着
削崖的銅褐色
陽光 無可奈何地照射着

崖下的小徑踏響着
不時地有崩落的壘土
不時地有崩潰的危機四伏……

火之舞

那是火山的預言殘留的遺容
從石縫間撲來
從水紋間撲去
滾燙的水上有沸騰的旋渦
滾燙的水上有沸騰的旋渦
時而熄滅
時而復燃
時而吐出龍舌般的異樣的光芒

啊 不是奇蹟
是火之舞
是硫磺的滾燙
是昔日死滅的火山復活……

鵝鑾鼻燈塔

聳立在島上的尖端啊
面對着巴士海峽的洶湧
左邊是無垠的太平洋的波濤
右邊是無數的臺灣海峽的浪花

該是冬天裡的春天
空氣如酒
野地如菓盤
依然 聳立在島上的尖端啊

而我 猶在瞭望着遠方
而我 猶在瞭望着遠方

風

江 帆

曾聽什麼人說
——你會哭泣；
你的歌聲
也被刺繡在你的哭泣裡

一樣泣血如杜鵑
一樣醉醺醺如懷鄉症太重的水手
一樣駝著背的佝僂的老人
一句話也不說却一勁淚滂沱

盡管蹣跚及顛跛及
揉碎桃花滿地紅的 血哦
太陽植你在風中搖頭擺尾
海將你招喚去流浪

昨日已不成其爲新或舊
我的面貌也不成其爲新或舊
而被遺棄 我想
哭泣仍是我唯一能做的事啦

作品二首

柳曉

女神的夜

左脚
一擧起踏上夜的水泥汀
就不知如何地
突然憂鬱起來

這是一九七〇屬於某一個神的日子
——街角廟門
以一種寬恕萬民之姿開着
擁納信徒虔誠的香火
鑼鼓敲響
神祇高仰着首座在青烟之中

法師吹奏牛角
祈禱着仳佶的福詞
人群的臉
模糊在氤氳中

有人抬起蹻座
把龍舞在大街翻轉成一街燈河
醒獅踏着
古中國的方步

銹落的門墻後

自殺者

野狗凄凉的狂吠着
許是吵雜的鎖吶驚嚇了
炮聲之外
輝煌應該是
街后那燈
在風中昂然的亮着

那人座在潮水之中
泡沫打濕他
寂寞的
眼

一隻海鷗盤旋飛過
天地遂在湧起的雲中
蒼茫垂下

他看着浪濤翻滴過來
像一面倒塌的城墻；
讓
破碎的水花淹沒了他

像什麼事都不曾發生過
藍了幾萬年後的海
依然以不朽之姿
吻着
死亡的沙灘

我的日記 (二)

詹冰

十一月二十九日

下午四時，我屏息傾聽臺灣電視公司的「兒童世界」節目。兒童歌曲「插秧」開始播出了。

插秧呀　插秧呀
水田裏農夫要插秧呀
田如鏡照映着綠樹
　照映着青山
　照映着白雲
　照映着藍天

插秧呀　插秧呀
水田裏農夫在插秧呀
秧如蘭插種在綠樹
　插種在青山
　插種在白雲
　插種在藍天

我作的歌詞，在螢光幕上，從天眞的兒童口中唱出來了。妻說「不錯啊！」我不敢出聲，怕我的聲音因含淚而變音。從前我常常想，我們的孩子太可憐了。只唱沒有詩味的歌。這是我寫兒童歌詞的動機。

詩人們啊，向這一方面也要嚐試呀。

十二月二十九日

今天收到了日本詩人醍醐華夫的賀年片。自製的賀年片充滿了詩情畫意。中央的位置畫着一座希臘古壺。右上角有「享春」兩個大字。連着有詩篇的一段；

不知何故？
「物」在變舊
等量地
「時」在
變新呢——

我忘了「時」，一直欣賞手中的珍貴禮「物」。

詩曜場

新開闢這一欄是依據個人的創作或鑑賞的經驗，從各種不同的角度，針對某一首詩，提出自己的觀感；用批評、解析或隨筆寫成均可，方式長短不限。這一期選陳明臺作「緘默」（發表於〃笠〃35期），下期選鄭炯明作「歸途」一首，（請閱〃笠〃第25期五頁）歡迎投稿。

緘默

陳明台

遺忘無從訴說的語言　所以　妳和我經常保持緘默

「只要把有力而溫暖的手和手緊握嗎？」　妳說　一
句話也不願吐露出來　走過沒人窺探的原野時也是　烏鴉
的口舌到處嘈雜時也是　因爲　在古老的年代　妳和我的
語言都已死去

「只要把苦澀而無奈的笑容和笑容掛在臉上嗎？」
妳說　一句話也不願吐露出來　像是神秘而溫馴的活火山
掩藏滿肚委屈　沒人安慰時也是　受盡侮蔑時也是　因爲
在古老的年代　妳和我的語言都已死去

「那麼把語言埋葬吧　一直到有一天星星之火成爲熊
熊之焰的時刻　有一天哪」　妳又說

遺忘無從訴說的語言　所以　妳和我經常保持緘默

詩的語言及其他

——兼及陳明台的「緘默」

拾虹

就詩的表現而言，我以爲現代詩壇新舊的接替應該是非常明顯而殘酷的事實，才能表現出詩壇的潛在力。攤開十年以前的詩誌，置於現在的詩誌間。那些詩被讀起來具有不被抹殺的現代意識而與現在的詩比較，同樣毫不遜色呢？這個問題意味着兩方面的涵義：一是作者本身的表現至少已具備看透十年的功力。一是詩壇十年間的演變與進步是多麼微小得可憐。掩卷思之，造成目前這種表面似萬花爭榮，內裡卻沉滯不前的現代詩壇，到底是新的一代表現力不夠或則是舊的把持，企圖掩蔽演變的事實，以其他因素漠視詩的發展？

所謂崛起亦即表示一種嶄新的意義。是創造與再創造的。放眼這個詩壇，年青的表現，確有令某些人感到戒懼的地方。但就語言的使用上，某些作品即使有超脫的表現，偶像的存在，時而仍能尋找出隱在作品背後偶像的陰影。這些蛛絲馬跡，無疑是令某些以偶像自居的詩人們沾沾自喜，而敢以此一口否定新表現的藉憑吧！

詩用語的陳腐性，就成長的作者而言，重複已使用過的語言，無形中使詩的感動力遜色。尤其，在一個詩人形成風格以後，無法超越，致使其觀念被陳腐的個性所束縛，不能有創意的表現，亦即一個詩人被宣佈「臨終」的預告。但對於一個年青的詩人，偶像的崇拜，不自覺地被滲透而創作出相似感受的作品，失去個人的自覺。這是年青的一代。時時需警覺、防備、時時需克服而極難克服的致命傷。

極怕不自覺地陷入偶像的陰影，這是陳明臺這段日子的强烈自覺吧！在這段日子的作品中，陳明臺一直是衝動地尋求不定位的表現，自覺爲一個探尋異數的旅人，强烈的自我信念，確實使其詩的表現有其獨特的足跡。尤其在這個還是影像重疊，手勢難分的時候，一系列的「語言問題」，實頗具「原始」的面目。

白萩提出「如今，語言是惟一的武器」給了陳明臺極大的衝擊。一系列的詩，也因這句話的存在增加了强烈的效果。首先，他提出「緘默」赤裸裸地表現人生的態度。這是詩人守住純眞的可貴吧！在語言成爲唯一的武器的時候，詩人「緘默」地承受，向面對的現實表示無聲的抗議，其間包含着忍受的態度，以及期待的意志。但，是否已表達了一個詩人負荷着人群不可言喩的感情所欲申訴的意志呢？確實，陳明臺像「星星之火」那樣是那麼孤立而渺小的。不被人知的意志，甚至，只有歸入遺忘來尋求自我安慰。

「只要把有力而溫暖的手和手緊握嗎？」意志的默契。

「只要把苦澀而無奈的笑容和笑容掛在臉上嗎？」意志的隱藏。

「那麼把語言埋葬吧，一直到有一天星星之火成爲熊熊之焰的時刻，有一天哪」意志的期待。

從意志的默契，隱藏到意志的期待。「緘默」這首詩可看出陳明臺人生的意向，這種單線式超越時空的追尋拓展了一幅需要掙扎的世界的影像。我以爲在表現上是得到了相當的效果。

就詩的語言而言，第二及第三段囉嗦而重複的語氣造成了一種浪費。雖然，詩的語言就是緘默的語言。這種浪費却失去了意義。尤其「妳說」「妳說」「妳又說」可說是多餘地減低了神秘與潛伏的效果。

但是，最後與開始的一句：

遺忘無從訴說的語言，所以，妳和我經常保持緘默

卻重複得非常妥當。前後包圍着意志的表現，在必須「緘默」的時候，確實必須「遺忘無從訴說的語言」我們才能快樂地生存下去的啊！阿門。

從語言問題談明台的「緘默」

岩上

儘管詩人有通天的才能，承受詩的任務仍是語言。海德格說：「語言是存在的住所」。當我們思想，我們是直接使用語言來支持的，然而使用於詩的語言也有其特殊性嗎？所謂語言的經濟、語言的濃縮就是詩的嗎？或者使用平易近人的日常語言也能負荷詩的表現任務嗎？就詩不可分割的立場來看，吾人必須考慮一個獨立的單語的分析是否合理。如果一首詩就是一個有機體，我們所關心是這首詩的每一語句是否成爲其建構的必要部分，而不是去計較所使用的是否已詩化了的語言，因爲刻意雕琢語句往往使意象分歧，造成隱晦無實的「詩謎」。基於此，證之於明臺的「語言問題」，我們所看到的「緘默」也是爲詩承擔任務的特殊語言，雖然它每一句都不是詩化了的，而是如此平常樸素。因爲它每一枝葉的語句的生命是植生於那一棵詩樹的根源，枝葉離開樹的本身必枯死無疑，所以企圖從「緘默」的每一枝葉找尋「詩素」必然徒勞無功。

因爲「遺忘無從訴說的語言」才「經常保持緘默」的嗎？「妳說」「妳說」「妳又說」就是「經常」之外的反抗，對作者本身採取心述的「緘默」是一有力的對比。然而明臺是一個懦弱的青年嗎？不！絕不！因爲面對着「古老的年代」妳我都「無從訴說」語言，偏偏「如今，語言是惟一的武器」。對付這種無理的障礙還有什麼可訴說的呢？保持「緘默」就是最明智的抉擇吧！作者引用了白荻的詩句做爲附題竟然使此詩達到圓熟環中的效果（因此，附題有時是必要的）。

或許是爲了此詩的必要，不得不如此的吧！「緘默」的寫法乃從一個着力點向三個方向流動再回歸原來的着力點上，這種方法能造成結構的穩固性，但卻失之如行雲流水的自然韻味。因爲此詩的詩想的動向不是像一條鐵鍊緊扣進行的，而是由三個面宏襯托的，雖然這三段（三面）都集中於主題，我們可否提問它是必然？抑或或然？

雖然我們不是苛刻地去挑剔每一句子，但也不能忽視詞句使用的準確。把「無從訴說的語言」「遺忘」與主題不合，因爲保持「緘默」另有原因，絕非「遺忘」，況且這種挫折是很難遺忘的，在這種如膠如漆，且希望「有一天哪」的情況下，能遺忘嗎？既然像「活火山」就不能有「一句話也不願吐露出來」的「掩藏滿肚委曲」的「溫馴」，因爲活火山是實際發着火烟的山呢！也許這只是一般難免的瑕疵。

明臺能就抽象的語言問題抓住詩的要眇，表現了強烈的愛情苦悶，能說他沒具有超凡的詩才嗎？

散漫與節制。。。

傅　敏

「緘默」這首詩的結構可以用左列記號來表示：

A B

a

c b

A B

A代表「因」：「遺忘無從訴說的語言」，B代表「果」：「妳和我經常保持緘默」。a表示支持這種事實的第一引證，b表示第二引證，c表示第三引證。

這首詩當然並不單指男女之間已存在的事實，而是企圖擴大到人的處境去，特別是詩人對語言的特殊認識上去，明臺所要表現的質是十分深刻的。

這裡我所要剖析的是要傳達此一主題，明臺表現方法上的語言問題。

因爲講求形式上的對稱，容易爲「填塞」而使用不確切的語言；在「引證一」中，「走過沒人窺探的原野時也是，烏鴉的ロ舌到處嘈雜時也是」是靜默與嘈雜的對比！在「引證二」中，「沒人安慰時也是受盡侮蔑時也是」卻用了雷同的意味，失却對比可能造成的更好發展。

三個引證中，用了「妳說」，破壞了前後反覆使用已造成的靜默，失卻完整。如果取消「妳說」可以使三引證中的語言保留成心中的語言，且能達到「妳和我」雙方共同的壓抑，進而使全詩更有份量。

「因爲在古老的年代妳和我的語言都已死去」發生關鍵著這首詩的問題。

明臺可能有意表現一種語言已失去機能很久的事實。但在前述的表然上，我們却可能產生幾種困惑。

「語言在古老的年代是能够負荷我們的思維的，能够負荷我們意欲訴說的，那時我們的語言沒有失去効用呵」

此其一。

「如果不用『在古老的年代』，『都已死去』也表示了已完成的事實。」此其二。

「在古老的年代」是過去的時間，「都已死去」是現在完成，這種用法顯得不甚合理。」此其三。

我覺得，這首詩可能是因爲想呈載多樣性的容量，而顯得散漫的，而它的散漫更來自籠罩在「意象之根」上的形容詞。如：

「有力而溫暖的手和手」，「苦澀而無奈的笑容和笑容」

前者單一的効果，後者形容詞和被形容詞更造成牽强的按配。

詩和散文在拒絕舖陳這問題上，有很大的差異。一個詩人應該有効地節制自己在語言上可能的浪費。畢竟語言是詩人唯一的武器啊！

緘默◎語言的問題

郭亞夫

把我們的語言放進感應經驗的秩序裡，如果這是一個公式，我們得到的等值，不是緘默，便是說話。

那樣，緘什麼默說什麼話呢？什麼時候該緘默什麼時候該說話？緘默怎麼說話又怎麼？緘默好呢還是說話好？緘默較眞還是說話較眞？……我們都需要這些反應吧，然而這只不過是一個課題。

不題吐露，爲什麼不願吐露？

因爲在古老的年代我們的語言都已死去？

那麼現在「只要把有力而溫暖的手和手緊握嗎？」

「只要把苦澀而無奈的笑容和笑容掛在臉上嗎？」

那個時候這就是語言？

所謂語言的緘默「像是神秘而溫馴的活火山掩藏滿肚委屈」，終究那也是一種力量，那才是語言偉大或眞正的力量？忍耐著，「一直到有一天星星之火成爲熊熊之焰的時刻」，我們從久久緘默中突然解放出來的語言，恐怕正是作者所樂執着和期盼的語言，那又壯大得像什麼?!

說話的時候總覺得緘默最眞實（摯）。

緘默的時候呢？總想著說出最眞實（摯）的話。那又落在一個熱切盼望的感覺和無從訴說的苦悶裡。

如果都裝做我們已遺忘了呢？

問題就在這幾個地方，即使在我們充滿愛意的時候。

遺忘無從訴說的語言所以妳和我經常保持緘默

再來呢：我表示緘默，讓你去說話。

緘默的聲音

陳鴻森

由於冷漠而放棄語言的使用，這種緘默是一種對生命反逆而又無可奈何的行動。但猶未絕望的那等待裡，「把語言埋葬」，却又顯露出一股强烈的意志，在精神的原始深層，緊緊抓住人類命運的貧乏。

我以爲：詩的感動即是對讀者經驗的一種喚醒。自我情感的自然流露誠是較易感人，却無法深刻，因此我們就要揚棄，寫出那如一拳頭擊在人身上那種因痛楚而必要去自省的作品來。明臺的這首「緘默」，正是提供了新的抒情思考方法的詩。

然而，在這首詩裡image的浮現未甚清晰，以致不能叫人毫不猶疑的走近。詩語言的應用上，也顯得生硬，無法叫語言機能活潑起來。

只有年青人才是河的流。作爲年青一代的詩創作者，**我們實在必要在這緘默裡敢於去探尋新的震響的勇氣。**

日本現代詩鑑賞(1)

唐谷青

西脇順三郎（1894～）

新潟縣小千谷町人。中學畢業后立志學畫，不成，於一九一二年進慶應大學理財科。畢業后任該校予科教師。二十八歲赴牛津攻古代中世英語文學，一九二五年在倫敦出版英文詩集「Spectrum」，后回國任慶應大學文學部教授。一九四九年以「古代文學序說」獲文學博士。一九六二年任日本藝術院會員。

有詩集「Ambarvalia」、「旅人不歸」、「近代的寓言」、「第三神話」、「禮記」、「土壤」、「鹿門」等，詩論集「超現實主義詩論」「超現實主義文學論」「純粹的鶯」「詩學」等以及專門著作「現代英吉利文學」「T、S、艾略特」等。

西脇順三郎的詩是以創造詩的意象所構成的純粹的語言美為目的的：「我做詩的時候，具有種種的意圖。但是決不以某種特定的思想（政治、宗教、人生觀、世界觀）做為詩的目的。我的意思只是想創造出美。當然思想也可以做為詩的材料，但不是思想本身為目的，只是藉着思想（亦即以被賦與的思想為材料）想創造出美來。

清念也可以當做材料。例如戀愛的美，從戀愛而來的孤獨的美，絕望的美等等所謂人生派的詩情，雖然可以做為許多詩的材料，但不是詩的目的。自然的美也是材料。其次從人類的性關係而來的美也是詩的材料。這是因為人類在無意識之中帶有性的憧憬的原故吧。這是神秘的。

又，人類的本質上具有宗教的孤獨感，這也是詩的材料。有時候我用這種材料寫詩，但是從來不認為歌德那種富於思索的人寫些教養的思想也就是詩的目的。所謂詩的目的在於叙述精神的發展，這點我是無法想像的。……

我認為理想的詩不再象徵什麼。那是繪畫性的，只看意象本身而感到什麼的那種詩。創造這種意象亦即詩的內容。

這種意象神秘地把我們吸引住。這叫做詩的美。詩的作品止於意象本身。亦即把遠的關係變成近的關係，把近的關係變成遠的關係。

詩的目的在於創造含有這種新的關係的意象。我想把這種新的關係叫做詩的美。」（「關於我的詩作」）

換句話說，創作「不再象徵什麼」「神秘地把我們吸引住」的意義本身的美，是西脇順三郎所意圖的詩的目的。他的詩只是在證明這種美確實存在而已。

西脇順三郎的詩作活動是在從英國留學回來以后用日文寫的第一本詩集「Ambarvalia（一九三三、拉丁語，穀物祭之意）開始的；這本詩集以其和向來迥異的新感覺的詩帶給當時詩壇莫大的衝擊。正如這本詩集的刊行者百田宗治所說的，給與「看到明朗透徹的恒久的希臘的蒼空」那種鮮烈的印象，以其近代精神所織出的知性的抒情，將時代的詩的感受性導向一個新的方向。這是和大正時期萩原朔太郎的「吠月」媲美的劃時代的詩集。若說昭和時期的詩風由此一卷而展開，並非過言。

其他，西脇順三郎的詩作活動在一九四七年第二詩集「旅人不歸」之前，因太平洋戰爭中斷了十四年。戰爭中耽讀日本以及中國古典，由此產生出來的東洋的「玄」的思想，構成了「旅人不歸」中對自然的永恒的鄉愁以及古典的神秘的詩境。和第一本詩集中對希臘和拉丁的憧憬比較起來一般認爲是回歸到東洋。這兩種詩風構成「近代的寓言」以下知性的諧謔與人類存在本身所具有的哀愁交融在一起的，西脇詩所特有的趣味和魅力。

天氣

（傾覆的寶石）那樣的朝晨
何人在門口和誰私語
這是神的誕生的日子。

——Ambarvalia

「Ambarvalia」分成「Le Monde ancien」（古代世界）「Le Monde moderne」（現代世界）兩部，前者包含「希臘的抒情詩」九首和「拉丁哀歌」四首。這首詩是「希臘的抒情詩」中的第一篇。當時作者好讀希臘羅馬的古典文學，憧憬着歐洲的古典世界，因超現實的手法，寫出這種清新的抒情作品。

第一行將明朗的朝晨陽光輝耀的意象，用比喻表現。括弧中的句子，根據作者的說明，是從英國浪漫詩人濟慈（John Keats'1795–1821）的詩集「Endymion」中的一句「Out-sparkling like an upturned gem」（突然閃耀如傾覆的寶石）引用而來的，同時用（ ）和下面「那樣的朝晨」切離，造成獨立的一個意象，以期產生强烈的效果。第二行是夢幻的一個情景；「何人」和「誰」文白交雜使用，但不具體地說出是怎樣的人，造成一分神秘感。「私語」也增加了神秘的氣氛。第三行這種光輝晴朗的朝晨一定是衆神誕生的時候，令人這麼想像的一個神而美的朝晨，根據作者，是指希臘羅馬的神話中出現的衆神。

如此，詩人將空氣透明光輝明亮的朝晨的天氣和古代的神話世界聯結在一起，創造出超現實的知性美的世界。作者的意圖不單單是描寫朝晨天氣的美，無寧說是從朝晨天氣的美裡頭，提練出近代的抽象的美的意象，進而使之結晶爲一種超現實的詩的世界。因此，讀這首詩時，只要直覺地感受到這種非現實的，抽象的詩美的世界就行了。

更進一步，這首詩的中心意象是在開頭的「傾覆的寶石」這個意象裡。寶石平放着也够美了，把它倒翻過來時，豪華的光和色的交響樂於是出現，給觀賞者鮮烈無比的美的魅力。從「傾覆的寶石」這個詩句，我們直覺地腦子裡浮現出這種意象，而當往下讀到「那樣的朝晨」時，閃耀的陽光和閃耀的寶石構成双層的意象，於是這種朝晨天氣的情景伴着詩的感動不斷地擴展下去。那兒有窃窃私語的神秘聲響，令人想到朝晨的陽光是隨着朝晨的誕生而來，這種朝晨幾乎不是這個世上的朝晨，這種誕生一定是神的誕生。在短短的三行裡頭，讀者如此陶醉在凝縮的强烈的美的感覺中而被誘入神秘的幻覺。這種美是和地上的現實不同的，只有詩才能創造出來的抽象存在的一種美。

雨

南風帶來了溫柔的女神，
把青銅濕了，把噴水濕了，
把燕子的羽翼和黃金的毛濕了，
把潮水濕了，把砂濕了，把魚濕了，
把靜靜的寺院和洗澡場和劇場濕了，
這個靜靜的溫柔的女神的行列
把我的舌頭濕了。

第一行「溫柔的女神」是春雨的暗喻。「女神」一方面表現南風所帶來的暖雨的柔情，一方面表現作者本身對古代神話世界的思慕。這首詩收錄在詩集「Ambarvalia」裡；「Ambarvalia」的意思原是穀神祭，是祭穀物豐收的女神凱雷斯（Ceres）的儀式，因此這個女神的意象一說是指這位女穀神，但是從這首詩的舞臺看來，該是指南歐的女神，或者一般希臘羅馬神話中出現的非特定的女神。

第二行「青銅」指青銅的影像，而「噴水是使人聯想到羅馬等南歐古都的廣場或十字路中心的意象。以下一共連用了七個「濕了」造成一種流動感。

第三行指在銅像和噴水池間翻飛的燕子也沾上了暖暖的春雨；「黃金的毛」或指燕子腹下的柔毛，也令人聯想到女神金黃色的膚毛或毛髮吧。第四行是地中海沿岸下雨的意象。「砂」當是指砂濱或砂灘。把「潮水」和「魚」這種本來就是濕了的東西也濕了，是詩人有意的幽默，也表現出雨水深沈到海中的感覺。

第五行「寺院」「洗澡場」「劇場」都是象徵古代羅馬人生活的東西，現在羅馬還存有遺跡。在羅馬時代「寺院」有萬神殿Pantheon，「洗澡場」有Caracalla大帝的大浴場，「劇場」有圓形的羅馬大劇場Colosseum，等特別有名。將大浴場說是「洗澡場」，是詩人有意的幽默。從這些意象或者前幾行的「青銅」「噴水」等可以知道這首詩的舞臺是羅馬那種南歐的古都。

第六行將一滴一滴的雨比喻爲一個一個的女神，因此不斷下着的雨變成了女神的行列。

第七行是和女神接吻的意象。

這首詩雖然只有七行，在背后所設定的却是擴展在地理上和歷史上的一個巨大的詩的空間。亦即，在地理上是以南歐的地中海沿岸一帶做爲詩的舞臺，在歷史上追溯到古代的希臘羅馬，是以那個時代的遺跡做爲詩的材料。

至於詩的展開，由第一行「南風帶來了溫柔的女神」，將暖暖的春雨所帶來的細雨，意象化爲女神的風姿。全詩的內容和感情差不多都決定於這個意象。從第二行到第五行具體地展開下雨的情景：被雨水潤濕了的南歐的自然風物，隨着下雨的時間上的經過，一個一個展現在眼前。亦即細雨潤濕了南歐古都裡的廣場上矗立的銅像和噴水，也將在那中間翻飛的燕子的羽翼和黃黃細毛潤濕了；潤濕了海岸的潮水，砂灘，甚至水中的魚，進而將寺院或浴場或圓形劇場等古代文明的歷史遺跡也靜靜地潤濕而去。最后兩行，應合着女神的行列這種暗喩，表現出和令人甚至感到具有體溫的女神接吻這種官能的意象，而在有點妖艷的美的陶醉中，這首詩所有的情感穩靜地收束起來。

像這樣，這首詩的構成可說極爲單純，隨着叙述的流動，意象一個接着一個的浮現出來，而讓讀者浸在這種意象的美裡頭。「溫柔的女神」「青銅」「噴水」「燕子的羽翼和黃金的毛」「寺院」「洗澡場」「劇場」等意象，是由一再反覆的「把……濕了」這個音樂的效果，表現出一種流動感，而且由隨着對南歐風土的古雅的幻想，產生出與之呼應的底調。作者的視覺幻象中，從銅像和噴水聯想到在當中飛馳的燕子的羽翼和金色的毛，其次是由潮水砂子和魚所表象的海濱的意象，這個過程可說非常自然。雨降落在古代的寺院，以及當時人們沐浴的豪華奢侈的大浴場，以及舉行古代種種競技的大劇場上，如此靜靜地柔柔地將自然和歷史的一切包容下去。在最后一行「把我的舌頭濕了」將和女神的接吻意象化，整首詩的情感於此獲得完成。這首詩完全沒有詠嘆或感傷或叫喊那種生而不熟的感情却充滿着來自知性精神的近代的明朗而透徹的抒情。以南國之春的季節感和風土感爲背景，表現出由那兒所醞釀出來的優雅的感情，這首詩不僅具有一些異國情調的趣味，同時給與讀者極爲新鮮的抒情的感動。

太陽

卡魯莫盡的鄉下是大理石的產地
在那兒我曾度過了夏天。
沒有雲雀，也沒有蛇出現。
只有從青青的李樹叢裡太陽出來
又落在李樹叢裡。
少年在小河裡捉到海豚笑了。

——Ambarvalia

第一行「卡魯莫盡」是作者虛設的地名。這首詩的舞臺是荒凉的土地，因此地名的語音用以暗示空漠的白晝那種寂寥感。「大理石的產地」根據作者的說明是指意大利鄉下的一個採石場。古代意大利各地以產大理石出名，神殿或彫像也都是用大理石；詩句是由這個聯想而來的吧。

第二行是爲了給與詩的眞實性而有的架構，作者當然不可能眞的在那兒度過夏天。

第三行表現完全沒有生物存在的苛烈無情的自然。「沒有雲，也沒有蛇出現」這是繪畫所無法表現的；在詩裡却能夠提出「雲雀」或「蛇」的意象再加以否定它的存在。在詩的表現上這是一大妙趣。

第四行指野生的李子樹叢吧。「青」是寒色，給與缺乏生命感的寒冷的感覺。「青青的李樹叢」這個意象增强了荒凉的白晝的印象。又詩句中的「太陽」可不是給與人類生命之熱和光的太陽，而是在寂寥的大地上無情地照射着、無聊地出來而又落下去的太陽；這個「太陽」象徵着自然運行的空虛。

第六行是在荒漠的自然中唯一使人感到人味兒的意象

，在「小河裡」捉到「海豚」這是將關係隔遠的異質的東西結合在一起以創造出新的關係，所謂西脇詩的一個詩法。

根據作者的說明，這首詩想表現的是「一個心裡的夏天」，因此所描寫的不是具體的哪個地上的風景，而是既非現實也不是非現實（夢）的一種心象中的風景。叫做卡魯莫盡的這個意大利（且照作者的說明）的鄉村，是採大理石的地方，聽不到雲雀的歡唱，也沒有令人感到不快的蛇；是個生物完全絕跡的不毛之地。只是到處繁茂着野生的李樹，早晨從東邊的樹叢裡出來，照射着反射白光的石山，到了黃昏又從西邊的樹叢裡落下去。這種已成惰性的太陽的運行，是死寂一般的自然中唯一動的東西。如此太陽的運動每天無聊地無益地反覆。這些風景的意象給人一種缺乏生氣和人味兒的冷酷感以及在底下流動的虛無感。

可是在最后一行，突然聽到了明朗的少年的笑聲；在小河裡光着身子遊玩兒的少年，捉到了海豚而揚起的笑聲。前五行的風景只是冷酷無情，因此這個少年的笑聲聽來加倍覺得響亮而在讀者的意識中喚起人的溫感和生的活氣。在這廣漠的整個景象中突然聽到生命的叫聲，整個詩的意象在質上急劇轉換而集中於一個焦點。在這個焦點上我們看到了知性的一閃，這是這首詩具有明朗的抒情性的原因吧。

笠消息

※日本北海道帶廣市的「裸族」詩誌，於七〇年七月十日出版第十一期，特集「中國的現代詩」㈠、介紹白萩的詩七首，由陳千武翻譯日文。同十一月十五日出版第十二期，特集「中國的現代詩」㈡、介紹桓夫的詩五首。該詩誌由谷克彥先生主編發行，每期刊有三十位左右詩人的作品，水準相當高，最近的評論即有大島榮三郎先生著「以詩底原型的思想」等，第十二期由白萩設計封面及挿圖。很多讀者對「中國的現代詩」介紹非常讚許。如該刊「裸族風信」，笠野順子小姐說：「被臺灣的白萩先生的詩魅住，覺得還在那些詩的邊緣徘徊着」，吉村まさとし先生說：「在白萩先生的詩感受語言的新鮮與風土性的尖銳，非常有趣」，羽田野幸子小姐說：「白萩氏的作品十分銳意，特此表示敬意」，光城健悅先生說：「白萩氏的（中國的現代詩）介紹是極好的嚐試，所謂詩是狂亂的文字，成爲火焰的情念也示唆着美的可能性」，高橋喜久晴先生也在該欄談到「華麗島詩集」的出版及將來對中國的詩有興趣的詩人組織「中國的詩研究會」等問題。最近該誌主編谷克彥先生給本刊編輯部的信，表示嗣後將繼續介紹（中國的現代詩），尤對中國女性詩人的作品特別興趣。本刊編輯部已蒐集了幾位女詩人的資料寄出。

※日本西宮市的「灌木」詩月刊，用淨白高級紙張印刷精美大方，於七〇年十月出版第二〇三期，十一月出版第二〇四期。由喜志邦三先生主編發行。該誌對詩的活動眞摯而充實，每月擧行作品合評會二次，協助同仁出版詩集已不少。希望與臺灣的詩刊互相交換。

坦米爾人詩抄

傅敏譯

(Perumpatumanar)

一 過路人的話語

(What The Passers-By Said)

這個射手的脚踝繫著
勇士的標誌；
這個女子的臂上帶著手鐲
柔潤的脚上
有處女的踝飾

他們看起來像是好人。

在這些地方
風吹襲著
瓦開樹
使得白豆筴
像賣藝者的鼓聲
在走索上舞動一般。

可憐的東西，誰會遭遇他們一樣？
是什麼原因讓他們
和其他人一樣
穿涉充滿竹林的
荒漠路徑？

(Alankuti Vankanar)

二 姘婦的話語

(What The Concubine Said)

你知道他是從
那有淡水鯊在池裡
用它們的嘴
捕食田隴邊的樹上紅透而掉下來
的芒果的地方來的。
在我們的地方
他談過很多。

現在回到自己的地方去了，
跟其他人一樣

到了挪移脚步的時辰，
他也離開：
像一個泥娃娃
照在鏡子裡
他會憂慮
孩子最摯愛的母親
每一次最後的願望。

三　她的話語
（What She Said）
(Manulanar)

貝殼手鐲從我瘦弱的
手臂滑落。
我的眼睛，由於每天失眠，
已經模糊了。
祈求你，心肝
　起來吧，讓我們走，讓我們
　離開孤寂的這兒。
讓我們到
有著許多槍茅的酋長的，
考塔族土地後邊
穿著令人昏醉的曇雲花圈的
部落去吧，
讓我們走，我要到
我的男人在的地方，
　甚至忍耐
　異族的語言。

四　養母的話語
（What The Foster-Mother Said）
(Auraiyar)

他有美麗的戰鬪手鐲
而他的白槍矛
有一個紅鈴舌
繫在刀梢，
她的手上戴著許多
手鐲。
她的愛已經
像高卡族的靈驗語言一般
實現了
從四個村落來聚集在古榕樹下。
婚禮的鼓聲如雷響
海螺喇叭高鳴，
她的愛情造設得完美而眞實。

(Palaipatiya Perunkatunko)

五　她友人的話語

(What Her Friend Said)

她會眞的不想念我們嗎
當他走過有著香馥樹枝的
牛乳樹叢籬
且聽到紅脚蜥蜴呼叫著
他的伴侶
喀喀聲中的那音調像
出沒大路的强盜的手指甲
磨響箭矢的鐵尖
他會眞的不想念我們嗎?朋友。

(Pereyin Muruvalar)

六　她的話語

(What She Said)

當愛情臻於成熟
而結合儔子
人們甚至也能像騎馬般
騎著棕櫚葉;頭上戴著
耶魯卡花雷的神秘圓苞
像花一樣;會流連不斷地
在街頭閒談;
而且會萬無頭緒。

(Kapilar)

七　她的話語

(What She Said)

除了這個小偸,其他沒有任何一個人曾在那兒。
假使他要撒謊,我能怎麼辦?
　僅僅有
　一隻瘦脚蒼鷹站著
　以粟莖一般的黃色脚亭立
　在覓食
　　流水中的
　八目鰻
　　當他欺辱了我。

(Kaccipettu Nannakaiyar)

八　她的話語

(What She Said)

我的愛人會說可怕的謊言
夜晚中緊靠我躺著
在夢中

斯謬似眞。
醒來時，仍被欺瞞
擁吻著眠床
想著它就是我的愛人。

那是可怕的。在寂寥中
我逐漸消瘦，
像一株睡蓮
被甲蟲噬蝕。

（Kokkulamurran）

九　她的話語
（What She Said）

那會有幫助的，親愛的友人，
假使我們會識得誰
就跟著他
如同絲瓜的花
　由於雨水澆淋
　長得如此青翠
　葉脈蔓延在我們田地上
　濕潤高大的草叢裡
而且告訴他：看
這女子淡褐色的肌膚
跟戀愛中的女子一樣
已經呈現蛋黃色彩。

（Catti Natanar）

十　他的話語
（What He Said）

當一條小白蛇
年青的肢體上呈現春情的斑紋
騷擾叢林中的象
　這羸瘦的女子
　牙齒像新稻的春芽
　腕上掛著許多手鐲
　困擾著我。

註記　坦米爾人（Tamil）住在南印度及錫蘭的部落，操坦米爾語，這些詩出自坦米爾人認爲西元第三世紀留傳下來的八本古典詩集之一的（Kuruntokai）由A・K拉曼周安（A. K.Ramanuyan）英譯，發表於一九七〇年七月份八月份合刊的倫敦雜誌（Londcn Magazine）。

韓國詩選譯

陳千武

關於韓國詩壇

李沂東

比日本新體詩晚二十餘年的韓國新詩，至一九六八年迎接六十週年，舉行了各種紀念的活動。

其中有建設詩的圖書館和詩人公園，刻留故詩人的名字。這些工作由朴木月、朴南秀為中心的韓國詩人協會具體企畫進行。韓國詩人協會擁有中堅、新進詩人一百餘名，經常透過詩研習會、詩話會、詩畫展等與廣大讀者接觸。並從去年開始為未有詩集的詩人，出版「今日詩人叢書」已由協會刊行二十四卷，即代替二十四位詩人出版了詩集。嗣後仍將繼續計劃出版詩華集和個人的詩集。這種情形可使大部份以自費出版詩集的外國詩人羨慕吧。

去年　朴總統陪陸夫人前往東南亞親善旅行的時候，在某國，陸夫人被問及韓國現代詩的情況，而對本國現代詩不能詳細說明，便在回國後隨即召見朴木月，自此於每週接受一定時間的現代詩講授。又朴總統也召見了徐廷柱、金宗三、朴南秀、金光林等在京中的主要詩人十人，就現代詩座談了長時間。席中因朴木月是夫人的老師，總統也稱呼他老師呢。在韓國也有當部長要職的新詩人，而當金光林說過他記得　朴總統過去也發表過現代詩的時候，總統却有點赧紅了。

韓國現有「現代文學」和「月刊文學」二文學雜誌，均開闢詩專欄每期刊登數十首詩和詩論。詩誌即有「詩人」及「現代詩學」，繼承「詩文學」的後塵，據最近漢城報紙的報導，那些詩刊的發行銷售量已超過了過去詩誌的最高紀錄。

一般報紙也對詩非常關心，報社本身設置詩人獎做為新詩人的登龍門。各報紙每週均有詩作品的刊載。

韓國的電視尚未普及。因此利用收音機播送詩的朗誦相當盛行。如KSB的對日播送，即每週二次把韓國詩翻譯日語播出，已經繼續播送三年了。

這個播送的翻譯和朗誦者是一九三八年，由佐藤春夫及三好達治寫過序文初次在日本出版的「朝鮮詩集」的翻譯者金素雲。最近她並將對日播送的詩，集為「韓國詩集」預定由東京彌生書房出版。

韓國詩的動向，借金光林的話來說，大體可分為二大潮流。言及這種潮流，大部份六十年代的評論家都把它分為「參與」與「純粹」二類。寫「參與詩」的人屬於「參與派」，寫「純粹詩」的人屬於「純粹派」。但事實尚無分明的理論可以確定「參與詩」或「純粹詩」的概念。只把強調社會性、現實性以抵抗性或諷刺性批判政策的詩視為參與詩。把注重究明存在性或追求藝術至上主義的新抒情、感覺及image的詩視為純粹詩。

前者較重於「寫甚麼」，後者即拘泥於「如何寫」。

前者的特徵過於強調詩的思想性，現出概念以喊叫的狀態為詩的方法；後者却重視詩語言的機能，認為思想應溶解在表現裡，以憧憬絕唱的狀態爲詩的方法。這種參與跟純粹的對立最激烈的時期是一九六五至六八年之間。

參與詩的提倡者金洙暎和申東曄指摘純粹派忌避現實和外界的連結，純粹派的中堅金鳳健和金光林均爲了詩的擁護反擊參與派的非詩要素，而互相論戰。

然而，金洙暎和申東曄相繼挫折之後，雖留了很多亞流，但迄未出現優秀的後繼者。始終站在觀戰者立場的金顯承，朴斗鎭等，似乎也被參與派的詩人們奉承爲其領導者，但並未積極開陳參與詩的理論，亦未趨向寫有力的詩作。另一方面朴木月、朴南秀等詩人們雖無强調寫純粹詩的固定觀念，却以作品證明了其純粹的論理。

不過爲了使參與詩的成立而提出純粹詩來對立的那些評論家的神經過敏，和這種現象，却不能付以一笑了之的。因爲依靠創造藝術的意圖和目標並無差異。双方也都在懸念着語言的表現和image的問題。

另有傳統派的主要詩人徐廷柱，雖把韓國固有的情緒與思想巧妙地導入於詩，釀出獨特的表現型態，但因缺乏現代性而不被双方流派重視。

● 申瞳集

有一個人

最後再一次眺望星星
我關上深夜的窗
然而 在地球那邊的某個地方
有人默默地把窗打開了

冷寞而熱情的那個臉
且寬大地向着我
我暗中送給他默禮
他也許是守護我安眠的人
或者是
無目的地在夜彷徨的人
我無法知道他的眞面目

次晨醒來開窗之後
我的眼睛又看到
地球那邊的某個地方
默默開窗的他的姿勢
我暗中送給他默禮
現在輪到我守護他安眠的時候了嗎
輪到我無目的地彷徨他底夜的時候了嗎
冷寞而熱情的那個慈悲的人
跟他常常這樣遇見
常常這樣和我離別

天空的可樂瓶

天空的可樂瓶充滿着
天空的可樂。
翻倒了的天空的可樂瓶
充滿着天空的可樂。

天空的可樂瓶映着
一片清白的雲。
哪兒也看不見喝乾了
這一瓶的人的面貌。

翻倒了的天空的可樂瓶
在想着天空的自己。
在那傍邊開花的一朵野菊
也想着開花的自己。

颼來的秋風
是要安慰天空的瓶子嗎。
自然響起的音樂
圍繞着天空的可樂瓶。

● 韓性旗

果實

花瓣丟落何處去?
花瓣丟落
凝視着那姿態
我眼花了

花瓣低短地落下
落了之後 許久
仍看得見的姿態
那是在形態消逝之後
才出現的意義
是你的姿態
因而 我們是不是從落下的美
看得見兩個姿態?
一個在看得見的落花
一個在看不見的意義
一個在立刻遺忘的
一個在終究忘不了的
一個在永恒
一個在瞬間

花瓣丟落何處去?
丟落着向地面旋轉落下
你的姿態
永遠的姿態
丟落了的怎能被藏在
果實裡
在果實裡看得見的花瓣
在每一枝椏充滿了歡喜
落下之後又被仰望的
你的姿態

● 金顯承

鉛

我常常是笨重是我,
沒有像我這樣笨重的我吧。

我因我太笨重
把我揹在背後走，
我就是我的行李。

不論濕潤怎樣潔美的淚
淚是 我的淚推開我變成小鉛粒

雖作過最潔
又最美的詩
却不像金或銀那樣——反響

撫摸我的你的手很重吧
敲打了我你的拳
一點也不痛快吧

我的音聲
我的眼光
連我的咳嗽聲全部。

好像在我的裡面
藏着鉛，
我似乎把它誤爲我的靈魂
吞了下去。

寶石

愛便被歸納 光——那沒有過去
常在啓程，岩被打碎。

有些在那强烈的燃燒和夜響宴的頂點久久睡着。
有些連靈魂的意義也全被拔掉了的純粹的肉體。
那是炭素色的嘆息疊積下來產生長記憶的斷層堅固的紋。
又有些在那冷凍裡不變地亮着，
愛戀的image——
有些比砲彈更强烈地集中在豐滿的心胸爆發。

我爲了這些造成更華麗
更堅牢的一個，
有一天把這些擲向太陽！

儘管如此仍不可避免的純粹，這種燦然的光輝
跟敵人一樣頑固的最後的面目們沒有被解體的方法，
日日在懷裡嶄新地燃燒着。

● 黃錦燦

麥嶺

在麥嶺的山麓
孩子哭着。

在孩子洒落的淚裡
看見祖母哭泣的容姿，
祖父哭着，
父親的淚，外祖母的啜泣，
母親哭泣的容姿，

自己哭着。
少年在想着臨死時
汪着眼淚的弟弟。

聖母峯是亞洲的山。
白朗峯在歐洲，
麥京來山是美洲的
非洲即有吉力馬札羅。
這些山峯距離很遠。
我們誰也未把屍體埋葬過
然而高麗亞的麥嶺很高。
很高了才有很多人哭看而去
——爲飢餓而去——
不知有多少人死了無法越過。
高麗亞的麥嶺
不得不超越的命運海拔九〇〇〇公尺
少年在草原睡。
天空　是一粒麥
現在自己面前甚麼也看不見。

（註）「麥嶺」指春窮嶺，也可以指韓戰。

● 金汝貞

迷路

失去婚禮的姪女和
比姪女的年齡
更多翡翠色的年齡的我
在比水晶更清的
初夏向陽處
抱着胳膊
一起走鍾路
推開有名的（寶石藏）的門
一起進入藍寶石的內部去

經過生苔的翠綠色森林
走過爛漫的紅玉院子
失去婚期的姪女
在一克拉鑽石裡失踪了
我爲了尋找失踪的姪女
在純金的二付戒指中旋轉
見過月亮見過星星見過露珠
但每一次姪女的容姿
便成爲月亮或星星或露珠
終於經過每一粒寶石
活過兩三年的姪女
由于白朗峯上燦爛的雪光而眼花了
沉溺在黎曼湖
搖撼了珊瑚草
鈎上了黑里奧斯的黃金的網
橫臥在砂金砂場
精疲力盡地睡着
在蛋白石上做夢
但在做夢的姪女的白脚心

起伏着搖蕩的波浪
在潤濕了姪女的深奧肚臍裡
亞歷山大的葡萄釀成的時候
我受水魔痛苦被火魔揉搓
搖動了姪女的來世
暈昏了的姪女的瞳孔
像月夜的梔子花
忽然展開了。

● 文德守

關於線的素描

有一絲線
逃跑了。
像赤練蛇，
還有一絲線
追隨在後方去。
像在黑暗裡的日光傾盆而降
又一絲再一絲又一絲的
再一絲的
線
咬着
花瓣。
像蛇。
還有一絲線
隨在後方追逐咬上
在黑暗裡像焰火般盛開
開着又一朵再一朵又一朵的
再一朵的又一朵的花
被撕開。
甩落。
像蜘蛛絲織成的
無邊的細織網
在燦爛的花的細織網上
圓圓的宇宙
像幼雛
靜靜地降下來。

● 朴南秀

變成君影草的鳥

現在，
鳥飛越了所有的苦悶，所有的恐怖。
那是一把土，一滴水。
變成一叢的君影草，現在
那是在北岳的後斜面一端
每週風吹便發出鈴聲。
※
秋天美麗地流暢着。
像去了汚垢脫掉一張皮的有限
現在，
把君影草的鈴聲，
在那清深的天空胸脯鳴着。
在有個女詩人的空間鳴着。

※

四月死去的靈魂
吹着十月才成熟的健康的口哨
（彎曲着山徑下去就有酒的村子。經過松林，絕路了的
　某個山寺有沒有建立着不立文字的碑？
現在，
颯颯松籟無法省悟的語言
在我的耳朶起滿了白色泡沫。

※

天黑了嗎
繞轉山下的燈光
像我在幼時飛翔的螢蟲。
那是別墅或看守房？在這世界之末
我迷路了
以五十二的昏眼尋找歸途的
我的難看的容姿喲。

※

像從一枝椏跳過另一枝椏
在那麼容易解開了人生的詩人的墳墓
現在，
朋友們似乎很快樂地聽着君影草的鈴聲。
青鹿的韻。
聽着攀上一個禪房的青鹿的鳴聲。

鏡子

把活着的臉
帶去死的堅牢的地方
鏡子的這邊是現實
那邊是反面的現實。

在那邊以沉默講話
像神全身用光磨清。

人在鏡子前
像神的使者美麗地僞裝着
使用巧妙的欺騙語言
在反面的現實做反面的村莊的住民。

鏡子搖挸磨清了的肉身
像撣去不潔的灰塵，常常
以沉默講話的神那麼空閒
空閒地等待着。

（譯自日本『詩學』七十年九月號）

現代美國詩集選譯

非馬

書　名：發生的那椿事
The Very Thing That Happens

作　者：羅索・愛德生
Rusell Edson

出　版：New Directions Paper
book, 1960 初版 1964 五版 $1.60

作者其他著作：Ceremonies In Bachelor Space
Appearances
A Stone Is Nobody's
What A Man Can See

香煙

某年，在過去再度開始形成之前，有人看到煙從他的
香煙上昇穿過他房間窗子落進來的陽光。

哇

一個農夫犁了地。看哪太太，我犁了地
所以一條蚯蚓向外看着你，她說
所以他回家並且給他太太蚯蚓，他說
所以這就是你對世界運行的想法？她說
我不知道，他說：我來到一個地方那裡我把這哇當
作大地母親的性器；妳了解我的意思嗎？
你只是孤單罷了，她說

殘忍的兎子

一隻殘忍的兎子拋棄牠的窩到把藥當晚飯的老婦屋裡來。
她的丈夫說：那殘忍的來了。
那殘忍的進來咬老婦。老婦用蒼蠅拍打那殘忍的
直到那殘忍的死個十足。
在這當兒另一隻殘忍的兎子拋棄牠的窩走向把藥當
早飯的老婦屋裡來。

一隻牛來同長耳的住在一起的經過

一隻兎子有一天在森林裡殺了個人。一隻牛看着等

那人站起來。一條蟲爬上那人的臉。一隻牛看着等那人站起來。一隻牛跳過柵欄去看眞切究竟兎子把那人怎麼了。兎子攻擊牛以爲牛來幫那人。兎子把牛打倒把牛拖下牠的窩。

當牛醒來牛想，我希望我是在地面上同那人走同我的牛欄。

但牛必須留下同這些長耳的過牠的餘生。

天花板哭泣時

一個母親抛她的嬰兒以致碰着了天花板。

父親說：妳幹嗎對天花板那樣？

妳要我的孩子向天空飛去？天花板在那裡所以小孩會同到我這裡，母親說。

父親說，妳傷了天花板了，妳沒聽到它在哭泣？

所以母親同父親爬上梯子去吻天花板。

這就是

夜裡在一座森林一個無名無臉的人扯開他的腦袋去記起他忘記的。

一個無名無臉的人跑過夜帶着他的空頭充滿空空。

一個老太婆看到這跑者持着一根棍子穿過林路去看它如何跌倒。

一個無名無臉的人跌倒了且說：我是那跌倒的人而現在記憶開始咂它的唇。

來，老太婆說：到我燭光的所在。

一個老頭的戀愛

一個老頭決定去跟自己戀愛。他給他自己一朶花。

不不，我不要同你結婚，他說，你老得可當我老子。

浴盆

一個女人到洗澡間求浴盆給她洗個澡。浴盆不幹。

呵請你。

難道妳沒注意到我是誰，浴盆說，

我早注意到你兩個可愛的小玩意兒，冷與熱。走開妳使我臉紅。

呀，女人大叫，臉紅的意思是我們男女有別。滾出去，讓我裝滿塵埃。

請讓我變成你浴盆裡的塵埃，女人叫。

我沒有浴盆，我是浴盆；一個浴盆沒有浴盆。

浴盆髒，女人說，浴盆不洗澡。

衣服壁櫥

衣服壁櫥對一個女人說：來。她照做了，進到裡面。它把它的門關上。

她說：我不愛你。壁櫥用它的門擠近她。

我不愛你，她說。

父親的軟呢帽落在她的頰上。她被緊緊壓在父親的大衣上。

呵請你讓我走，她叫。

她開始哭了。

不是東西的他

不是東西的他仍是一物；而且他看到一個影子。

離家

他開始走。
……錯了方向他想因爲他走上了樓到他自己的臥房。
一定是轉錯了彎——但在哪裡呢？

可愛的人

一個人是這麼可愛的人；他眞是的如果你只越過他
看進花園。
等一等，是否他該移開，這樣你能更清楚看進花園？
是否他該死且被埋在花園裡去滋養美且不再礙它？

椅子

一隻椅子等那麼久在等它的人。熬過陰影蠅營浮塵
它等那麼久在等它的人。
它所記得的森林它忘掉。且夢它在那裡等待的房間
——夢着杯子與天花板——以及活生生的一員。

雲

一個丈夫同妻子爬上屋頂，面對着站在屋脊的兩頭
當雲聚了又分分了又聚，
丈夫說，要不要我們來個後躍，飄進窗子到中央房間
親個吻？
我正站在一隻翻了的船底，妻子說。
丈夫說，要不要我沿屋脊翻個觔斗上妳的腿穿過妳的
衣服頸口出來吻妳？
我是一個攷古家夢裡廟宇頂上的一尊塑像，妻子說
丈夫說，讓我們現在下去做那使另一個到這世界來的事。
看，妻子說，那永恒的雲。

爸爸爸爸你幹嗎了呀？

一個人跨在他的屋脊上哭，天暈地旋了起來。屋子從
它的後陽臺豎起頭來，它所有的磚頭散開整個屋子塌了下
來。
他的妻子從瓦礫裡叫，爸爸爸爸，你幹嗎了呀？

好幾年了

我們需要一個輪子。所以父親說他要沿着一個圓圈走
。
但父親決定他要站住不動而且說他已完成了一個圓圈
。
好幾年了我們需要一個輪子。但父親只站住不動。

樹上的鳥

一個老婦爬上一棵樹且棲息在枝上，當獵人走過他說

，這裡有一隻鳥可射殺。當他舉槍一張葉子落下輕拍他的肩頭。獵人上望，樹下傾且說，她是你的母親。

當獵人再看時老婦已飛走。

一杯咖啡在空房裡

咖啡壺對一個旅人說，早安，親愛的，當它替那人倒一杯咖啡。

不久路便要把這人吸走：離去的成份比來多，獲取的成份比占有多……

咖啡壺倒一杯咖啡在空房裡。

變老

厨房開始嚇死人。

不不，只要人不在便等于征服了它。

突然人不見了。食橱昂起頭來看進胸前想捕捉人的影像在杯子上。

人在那裡？

終于有一個它們從門口趕走的老人在裡面。

然後人回到厨房裡來，所有恐懼已消失，老年既不怕也不愛，只是飢餓而已。

自殺

在我聽到關于謀殺之後我對門說你可以在你的門檻上休息，這樣我關了它並且拉下窗簾。

我住在一個木盒裡因爲我知道有人受了傷。我不讓任何月亮或太陽的光進來因爲有人死在人的手裡不受上帝干涉。

我閉起眼睛搗住耳朵因爲有人受虐待。我關起我的心以安眠藥。我謀殺自己這樣我可以把他人的謀殺關在外面。

巨鳥

一隻鳥很不耐煩當一隻巨鳥。所以牠拔掉牠的羽毛而把一片葉子擺在適當的地方。

這鳥感到自己有如一尊希臘的雕像。

但這鳥被放進鍋裡去當到了人做主張的時候。

空虛

當他單獨一個他坐在椅子上。沒有用張開臂站着。只有抓不住的風來。碰到壞日子風將把你擊倒且從你身上踩過去覓求更大的樂趣。

當單獨一人描述樓梯的一級，坐在那裡描述到夜深沉在那些高高在天上發光的東西；對眼睛的構造有莫大的懷疑。直到一個人必須再度把自己放上床，把空虛關在外面。

下次一定

一個在揉麵做麵包的女人決定走出她的家，走得遠遠到地的盡頭。

從窗子裡看她的丈夫想，我不知她要上哪兒去？她越來越小，同越變越細的路成正比；我不知道她是不是有意的？她不久會回來的。一定。

那女人走了一會兒說，這眞傻。于是她轉身回到她的廚房開始烤她的麵包。

她說，下次揉麵時我將出走；下次，一定。

老頭的替身

一個老太婆吃晚飯時放了一塊石頭在她丈夫的椅子上。當老頭進來他說，一塊石頭在我椅上。

老太婆說：石頭同我正在用晚餐呢。

不不，老頭說，石頭也許可到廚房同下女喫喫茶，但老頭必須坐在他的椅子上。即使他只裝着吃，他還是必須坐在那裡；他也許可以偷偷把盤子送到桌子底下去給石頭，但他還是必須坐在他的椅子上。

不不，老太婆說，石頭已被邀爲新的老頭；但它也還想當石頭，所以你連想當石頭都不成。或許你躺在地上可變成地毯，或者假如你到外頭去，你可當個過路人。

不不，老頭子說，石頭必須被擊敗假如我要再當老頭，且坐在老頭的椅子上。

不不，老太婆說，你會使石頭不消化，而我恨石頭患消化不良。

老頭子說，爲什麼妳愛石頭不愛老頭？

老太婆說，不是我愛石頭深，而是我不愛你甚。

老頭子說，呀！這就是了，我開始明白這象徵：石頭不會替換我，只是這幾年來我不曾替換我自己。

老太婆說，我不懂你的意思，但如果你在求施捨，到廚房問下女要？只請讓石頭同我安靜。

于是老頭子走了出去到花園裡。

也許過一段時間她會忘記我，開始把我看成石頭，他說，而把我帶回到養室裡。我知道這要化許多個鐘頭……兩天與季節……

障礙

兩個人的一個說，讓我們住到屋子裡去。

不不，另一個說，一塊石頭在礙路。

的確如此，無疑，第一個說。

的的確確如此，第二個說。

障礙，像老祖父站在必經的走道上當你想下樓去同一個女孩子做愛。

恰如星期二站在你同星期三中間。

開頭時

開頭時什麼都沒有。我們跪下成爲解脫的姿勢，有如沒有子宮的胎兒；但只是象徵。

心開展如熱情女人的中心。除了信心什麼都沒有：空無一物的所在是所有將來臨者的苗床。

在開頭時我們爲什麼要求睡眠之外的東西？

寫者

一個人在他額上寫「頭」，每隻手上寫「手」，每隻脚上寫「脚」

他的父親說，停停停，因爲這重複等於有兩個兒子，這就有了兩個多餘的兒子，好比在頭一個例子裡有一個多餘的兒子。

這人說，我可否在父親上寫「父親」？可以，父親說，因爲一個父親懶于再獨自忍受這一切。

母親說，我要去掉假如這些人都來吃飯：但這人在飯上寫「飯」。

當飯吃完了父親對他兒子說，要不要在我的喳上寫「喳」？

這人說，我要寫「上帝保佑每個人」在上帝上。

無　愛

一個人說他要愛些什麼。
這就是說那裡沒有愛，他的母親說。
那麼我要走向它然後它就是愛，他說。
你會錯過它，她說
那我將繼續走繞着地球直到我再碰上它，他說。
不，你會再錯過它，因爲它根本不在那裡，她說。
爲什麼？他說
因爲它就在你走過的每一地方，但你儘往前走因爲你什麼都不愛，她說。

從花園裡

一個人在他花園裡種了個訴苦的老太婆。他想要蔬菜及鮮花。自然。因爲如他的理論沒有別的東西會長在花園裡；

但因爲只長了個訴苦的老太婆他決定上床等她成熟死掉。

他聽得到她在下面花園裡：我做了什麼啦該有這麼個懶兒子。

要走的他

要走的他把他的車子套在一棵樹上說，走呀。這不是馬，他說。所以他把他的車子套上咖啡壺說，走呀。

他的妻子從窗子裡看到喊他，不要忘了帶你的妻子。

不不，他叫，但我不能使這他媽的咖啡壺做馬。

她叫，馬在馬棚裡。

我知道，他叫，但牠今天拒絕做馬並說牠要當我的祖母一整天。

所以他把他的車子套在一把湯匙上。他把它套在一朶花上。一個影子上。最後他把他的車子套在他自己身上；

但我不想當馬，我不要當馬，我不要，我不要……

所以要走的他沒走成。

青　菜

在菜場裡一個人買了棵巨型青菜。

他對賣菜的說，爲這綠色大地的孩子我要付你鼻上一拳。

不不，這地上充滿够多的淚水，賣菜的說。

呃，我可不可以只帶它回家把它嚼死？這人說。

小心，賣菜的說，一只蕃茄正在看着你；而且我想一棵芹菜很想打斷你的背。

它想，而且也許有一個賣青菜的要我揭起他的圍裙好讓大家看他的弓腿？這人說。

假如你這樣做也許我會轉動一個門鈕把門打開，賣菜的說。

呃，也許我會告訴葡萄們你的肚臍眼長在你的左姆指上，這人說。

呵是嗎，也許我會轉過身來招呼另一個顧客，賣菜的說。

呵請，青菜先生讓我有點綠東西殺殺。

那麼拿這個吧，賣菜的大叫。

但當這人回到家帶着他的巨型青菜，他的妻子說，賣菜的騙了你啦，這是你的兒子。

輪子

一個母親搖醒他的兒子說，下去打傷你的父親。

能不能等明天？我正在做一個對妳復仇的夢，他說

你可以明天再夢，母親說。

所以兒子下去把一個車輪綑在他父親的頸子上。

我不是車，把這髒東西拿掉，父親說，因爲你看到的我正在寫你母親的歷史。

兒子打着哈久走上樓。

他聽到他的父親在下面：快把這車輪拿開，當他的父親頸子上拖着車輪在爬。他聽到他的父親大叫：我不要寫車輪的歷史……把這車輪拿開不然我不負責它的安全。

救命救命救命，我擺脫不掉一個車輪，一個車輪使我發狂。一個輪輻從輪軸射向輪緣的車輪。

救命，我開始墜入一個車輪的情網——我向車輪求愛因爲車輪是生來被求愛的——我同一個車輪結婚——我們從此快樂地生活在一起。

救命救命，我擺脫不掉一個車輪。

兒子聽到他父親在嘆息：我同一個車輪出發。我同一個車輪上路。我不是駕着輪子，我拖着它因爲它不站起來，它爲我所迷正如我的妻子，不，它攀住我的頸子當我爬過路上的泥塵。

打仗

一個人同一杯咖啡打仗。規則：他必須不打破杯子或潑翻咖啡；杯子也不得打斷這人的骨頭或使他流血。

這人說，呵，管它娘的，當他把杯子掀落地上。杯子沒破但咖啡濺了出來。

杯子叫，別傷我，請別傷我；我動彈不得，除了我的效用，我沒有防擊；用我去裝你的咖啡。

白蛾

母親同父親決定在夜裡穿着睡衣到鄰區走走。他們的兒子從窗子裡看着他們的白睡衣在黑暗裡拍動。

鐘在嘀嗒。一隻牛蛙在泥裡呻吟。兒子能够看到兩個肥碩的身體在一起如一隻白蛾的双翼，拍動着。

像以往，現在也如是，他們作了決定，而且執行……兒子看看，停止看。而在夜裡一隻白蛾……，一隻鐘在嘀嗒，牛蛙呻吟……像以往，現在也如是，作了決定；如以往，像過去那樣，現在也如是……以及嘀嗒的鐘……

當心靈許可

一個人現在讓一條狗管他的事業了，那是從一個窗子裡往外看。評價路及土地；看星星月亮嫩枝小鳥說些什麼當心靈許可讀這些東西去了解老鼠同寄生蟲吱吱合歡的秘密。

紙　鳶

我們造了個大紙鳶把祖父綁在上面。從汽車背上我們試着使紙鳶升空。但爲了某種原因，比如祖父忘了說他的禱詞，紙鳶硬是不離地。

父親在駕駛盤上叫，我們該上諾福克還是紐約？但父親爲了愛樹而駛離了正路，我們在森林裡飛快地穿行當父親問，那是橡樹呢還是向日葵？同時祖父在汽車背上爲了那些樹的緣故有了些麻煩。

母親說：我們回家吧。

父親說：但祖父還沒飛呢。

紙鳶墮毀祖父失去知覺。

父親停車把破紙鳶撿起來，把祖父丟進亂樹叢裡。我們用不着這東西了。然後我們開回家，父親把破紙鳶擺在祖父床上……

當父親被問爲什麼他丟掉祖父而留下紙鳶，他說；我向來不喜歡祖父，丟掉他而把紙鳶留下會使它看起來像是我犯了自然的錯誤，因爲老人看起來是很像破紙鳶，不是嗎，不是嗎，不是嗎，不是嗎？不，父親，因爲要是紙鳶看起來像老人，它們便會是老人。因爲還有什麼紙鳶想當紙鳶如果它能當老人上街去替它自己買付棺材……？

一隻野獸或森林裡發生的事件

有一天一隻大野獸在森林裡殺了個老頭子。那野獸穿上老頭的衣服。那野獸不知怎樣結老頭的鞋帶。那沒關係。現在什麼都沒關係了。那野獸把老頭的一隻鞋子戴在頭上，把他的帽子穿在脚上。但，當它走時越來越對脚上的帽子感到厭煩，便生氣地把它踢掉。

那頂帽子落在一隻烏龜身上。那烏龜發現自己孤立且在黑暗裡，爲人類的體臭所包圍。起先它以爲那頂帽子必定是人類的胃，它被吞在裡頭。但感到它沒有死也不痛，而且背着那人類的重負它還能動，它便繼續前行。所以你可以看到一頂人類的帽子在森林裡緩緩移動。

那野獸來到一座房子。一個老太婆走出來並且開始打那野獸，尖叫，你的父親在哪兒？

上　樓

一個人如何上樓。他會放一把梯子靠在牆上：但天花板擋住了路，而他碰了頭因爲他頭先上。像他出生當時，他寧可先把脚趾頭伸出來，但他的頭先出來。

他的父親坐在梯子底下說：爲什麼你幹這種可怕的事？

因爲我要到第二層樓去因爲我太知道第一層了。

所以他在碰他的頭，他又在試；而每次他碰他的頭。而他的父親說，我不喜歡你的頭，而且那梯子使我翻胃。

天花板總是在礙路。

你可不可以，他的父親說：走樓梯。

哪裡父親 哪裡，走進湖邊的樹林？

不不，走上樓梯。

呵哈，你保證天花板不比樓梯長得快；而我不整天碰頭來引你的注意？

假如我的注意力被引住了我答應看窗外去。

他妻子的父母

一個人同他妻子的父母住在一起，因爲如果讓他們單獨他們整天哭因爲日子消逝，而眼看年青人歡樂他們老不快樂使他們傷心。

假如這人想上樓，他的岳父會說：我也要上樓，讓我騎在你背上。但他的岳母也要上去。所以他只好駝他的岳父在背上，而用手抱他的岳母。

假如他們看到他呼吸，他們也要呼吸。給我們人工呼吸，他們會說；而他只好爲他們灌氣直到他們對呼吸感到厭倦爲止。

假如他睡覺，他們叫醒他。我們也要睡覺，但我們不敢在你睡覺時睡，因爲也許有人會把我們叫醒；所以保持清醒在我們睡覺時，這樣我們才會安全。但他們睡覺之後，依然不要他睡，因爲當人家睡覺丢下你不管會使你感到孤單。

那人對他妻子說，我無法太喜歡妳的父母。我無法把理由指出來，但，無論如何，總有……

凍子三明治

在宇宙中心有一個凍子三明治……草莓的，我想，一個人說。

那是我的，那人的母親尖叫。

不不，我能咬一個凍子三明治，那人的父親咆哮。

不不，我想麪包不新鮮，那人說。

不不，那麼它對我的牙齦是太硬了，父親嘆嘆氣。

不不，它本來就不是你的，母親尖叫。

不不，上帝正在喫它，那人說。

不不，祂太自私了，母親尖叫。

不不，讓祂喫它，它對我的牙齦是太硬了，父親大喊。

但呀，我想在宇宙中心根本沒有一個凍子三明治，那人說。

好事，父親咆哮，因爲它對我的牙齦是太硬了。

不不，我要它，繼續想它是在那裡，因爲我要它，母親尖叫。

好吧，那人說，我想在宇宙中心有一個凍子三明治……草莓的……

那是我的，那人的母親尖叫。

機器

一個人造了一部機器。

……它幹什麼的？他父親說。

它會長紅銹如果天下雨，你說不會嗎，父親？

但機器是用來使人沒工做的，他父親說，而因爲工作就是禱告，所以機器是可咀咒的。

但機器也可以是甜心，在小黑手們爬行的輪子中間張滿蜘網；不久草長上它的齒輪——它的輪輻飾着蝴蝶……

我不喜歡機器，即使它是友善的，因爲它可能愛上我的妻子並且搭我的巴士去上班，父親說。

不不，父親，它是一部飛行的機器。

哦，要是這機器在屋頂做寫生小機器呢？父親說。

父親，要是你能對着機器看上幾個鐘頭你便會愛上它，也許你會爲它犧牲你的生命。

我不會做這種事，不會在你母親看着，列舉我的不忠並且用它們來同我在床上作對的時候……

也許我會對這卑賤的鐵器軟化，因爲甚至現在我感動得敢保證有上帝的存在，是的，甚至爲你，親愛的有耐心的機器，但你的母親在看着。甚至我的母親也在看着。所有家裡的女人都從窗口在看着，等着我要幹什麼。

但父親，看它輪上的露滴，難道那不使你想起淚珠？

你要使我心碎當女人在看着，巴望着我會軟弱？因爲她們渴等着善心的我去把犧牲者送上門。

那麼對機器鞠躬，父親，對女人仁慈像你對機器仁慈一般。

呵，不，親愛的孩子，我不能向機器鞠躬，我畢竟是人。讓其他的人去打開歷史的新門……

餅乾

一個女人同一條牛打架。她把牠打得四脚朝天地呼救。老農人看到了便穿越田野跑過來，但天開始下雨所以他說：我要到厨房去吃塊餅乾。但當他向屋子跑去的時候雨停了，所以他說，我要轉回去再穿越田野。但當他回頭跑。他想爲什麼不吃塊餅乾再說，因爲如果一個人有了一塊他便穩有了一塊。但當他再度向屋子跑時，他想，我有七塊餅乾如果我吃掉一塊便只剩五塊，因爲我的妻子會說我也要一塊。所以他又轉過身來開始穿越田野。但他停下來想，既然我想要一塊餅乾便來一塊吧。所以他又向屋子跑。但他又停下來想，假若那餅乾打破了駱駝的背，我便實實在在地重了那麼多，當我想跑越田野，也許爲了等排泄便會躭誤到又是下雨的時候，所以農人決定最好呆在那裡，今天不再作關于餅乾的決定。

自然一點都不好

一個女人戀愛着一隻隻搖椅。不，她不喜歡自然。不不，自然一點都不好。

她母親早先嫁給過這搖椅。她對她母親說：母親能不能輪到我嫁給搖椅了？

父親說：不不、母親之後該輪到我同搖椅渡蜜月。父親同母親把這女人嫁了人。他會坐在窗口，或者他會從一個門走進來穿過房間到另一個房間去：有時他在她背後，有時他在他面前。

搖椅在一段時間之後信了教獨自住在閣樓上。這女人便爬上樹去瞻望閣樓。但她嫁的那人會到樹下說，我能不能有點東西吃？或者這女人會到閣樓的門口從門縫裡嗅搖椅。但她嫁的那人便會到她背後說，我能不能有點東西吃？

不，自然一點都不好。

取柴人

一個老人掉到湯鍋裡拿着一把木匙對着天空搖撼。當他搖完了走上樓到他房裡死掉。

當他的妻子回到家，她說：不要死了，沒有理由這樣。

他走下床。所以你死了，又怎樣？她說。我今天對你沒耐心——去給爐子取柴來。

他仆倒在地板上。哦，隨你吧，你至少能取些柴來。她把屍體踢到樓梯口，而它掉到樓下去。現在，取柴去，她叫。

屍體把自己拖到門外去。可恨的老人，她對自己說，只爲了免得去取柴而死。

老人的屍體在砍柴。斧頭不斷地滑出它的手。屍體把它的一隻腿脊膝砍下。

現在屍體跳着一隻脚到厨房裡去，帶着它的腿。呵，你把我老頭的腿砍掉了，她叫。她氣得取起斧頭來開始砍屍體——你還要不要爲了避免做工而砍掉你的腿？——你還要不要死掉當我需你去取木柴？……

那老人，倚着一片雲，看着老婦在砍殺他的屍體——用力砍呀，寶貝，爲我砍它一刀……

當老婦砍完了，她撿起碎片把它們丟進湯鍋裡去——現在隨你的心意死罷——並且告訴我你不能取柴……

肉丸基金公告

那時候有一個女人她的指頭是用麪條做成的。穿起針來困難。

該死，她的丈夫說，你縫我的褲子不用線。

當她上他的雞餐，他發現她煮了一鍋雞不用雞。

該死，他說。

一個手指頭用麪條做成的女人損失重大；請捐肉丸基金給她由她丈夫代收，那個因爲他的褲子沒有縫好而把股同生殖系統暴露在外面的人。

紅鬍

一個胖女人拿着一根趕麪棍說：我是王。

一隻蒼蠅停在她的鼻子上。她用趕麪棍打她鼻子上的蒼蠅。不要用瑣事來麻煩她陛下，她說，當血從她的鼻子流下來凝成紅鬍。

親愛的，她丈夫說，妳有一個紅鬍。

那是王的女人向後傾。

她丈夫看着她的紅鬍。

那是王的女人向前仰。
她丈夫看着她的紅髭說，親愛的，紅髭怎麼來的？
我是萬物之王，她說，我是媽媽王。
那麼趕麵棍呢？親愛的，他說。
是暴力的寶杖，她說。
還有圍裙以及油膩小捲子裡的頭髮呢？他說。
那是堡壘以及人們將懼怕的形象，她說。
還有紅髭，那麼可笑地長在一個半老的胖徐娘嘴上？他說。
你一直提起的紅髭是公職的標記，性別的變易，自傷的打擊，我成人的屬毛，我更年期的終了，處女期的歸返，腦月經從我鼻子流出，不是從我的下部……她說。
但那紅髭呢？他說。
假如你眞的一定要知道我用麪棍在我鼻子上打殺了一隻蒼蠅，她說。
不，妳不會，它還在天花板上飛，他說。
呵看，它在你頭上，她說。
不要動，他叫
我一定要殺它，她說。
不，不要，他叫。
它會停到我鼻子上來，她說。
呵，請妳把妳臉上的血，清洗乾淨去燒飯，他叫。
呵呵呵，她哭，我不知道我該怎麼辦。呵呵呵……
洗妳的臉，他說。
不，那不是該做的事，呵呵呵，她哭。
哦那要怎樣？突然，帶着那紅髭？他說。
呵我要被愛勝過所有別的東西，呵呵呵……她哭。

水缸

一個人對一個水缸生氣。他到隔壁房間從門縫窺着水缸。他到外頭從窗子窺看水缸。他回到屋子裡穿上一件他母親的衣服在水缸面前遊行。水缸一句話都不說。這人走開去戴上一頂他父親的帽子回來在水缸面前遊行。水缸裡都不理他。

這人只想知道這水缸是誰。

這人只管對它賣弄風情擺動他的屁股想誘使水缸授他把柄；而我們將明白誰是同性戀者。但水缸不來這一套。

所以這人想是水缸滾出這人的屋子的時候了：滾出我的屋子，滾出我的屋子，這人大叫。

而水缸不滾出去這人便不得不躺在地板上踢着脚哭。他不得不用拳捶用頭碰地板。他不得不撕破他的衣服且吐血同時把自己洒濕了。

這時水缸平靜地看着別處不說一句話。

母親進來問發生了什麼事？他講不出話來用手指着水缸。所以母親走過去從水缸裡倒了一杯水給她的兒子

一段時間

一個人決定不再站起來了，所以他用手脚爬。他不再有難堪的感覺。

他會繞着屋子用手脚從一個房間爬到另一個。或者有時只用手脚撐着在房間的中央看一片牆。或側過頭去看另一片牆。然後慢慢地爬到另一個房間……

一次他把他的手放在窗架上看窗子外面；然後他把手放回地板上對着窗子下面的牆看了一段時間。

隨時感到有淚水在他的頰上他便停一段時間不動。他會爬上空壁爐且向裡看。有時他會爬向椅子把頭擱在它下面好一會兒。

但如果他感到頰上濕濕地他便停一段時間不動。有時他會閉眼往後爬直到他的脚碰着牆；他便停在那裡直到他再向前爬的時候。

猪與市長

一隻猪去找市長。

你找市長幹嗎？市長問。

因爲我要駕一架飛機在城市上空撒猪糞。

飛機不會喜歡同你做兄弟的，市長說。

哦，爲什麼飛機想當獨子？猪說。

因爲我母親崇拜我直到我的父親說，看哪市長有個兄弟；母親說，呵是的市長的母親造了個新的嬰兒市長：市長說。

我可不可以只對你嘟嚕一下？猪說。

可以可以，但你不得變成市長因爲他是通到每一戶的排水溝的首腦，市長說。

哦，我可不可以只對你嘟嚕一下？猪說。

可以，但不要像我的兄弟一般喜歡在餐桌上盤子裡打滾得使我父親說，這是怎麼回事？使得我母親回答：因爲我子宮裡的菓實出來吃所有別的菓實：市長說。

我可不可以坐到你的膝上直接對你的臉嘟嚕？猪說可以可以，因爲所有的壞事裡會嘟嚕的猪不見得是最壞的。

笠消息

※「水星」純現代詩双月刊已於六十年元月十日創刊。該刊強調「眞摯」「感性與知性的合一」「風格是自我的形成」。並認爲「萬花爭豔，各具風貌，應該是中國現代詩的本色」。由張默、管管主編。社址：左營光與新村六十七號，每份零售五元。

※李魁賢譯著：「德國詩選」及「德國現代詩選」已由三民書局出版，每册定價十五元。「德國詩選」收錄自歌德至柏夏特，包括席勒、賀德林，海涅、尼采、里爾克等廿六位詩人作品。李魁賢另一著作「歐洲之旅」亦已由林白出版社出版。

※陳敏華著「水晶集」係中英文對照詩畫集，已由葡萄園雜誌社出版。英文譯者爲哈佛大學文學碩士美國麻州人馬莊穆 (John Molelllan)。每册定價廿五元。

※九龍「秋螢」詩月刊係報紙型油印版，刊年輕詩人重於感性的作品。於七〇年五月創刊以來，對詩的活動相當熱誠。

※師大噴泉詩刊第七期已於十二月十五日出版。詩論有趙天儀的講演紀錄「現代詩的鑑賞與批評」，陳慧華的評新詩的另一途徑」，創作有李默、李勇吉、王亮、秦嶽・李伯男等人作品。

※詩宗社舉辦第一屆「詩宗獎」得獎人爲葉珊，作品「十二景象練習曲」。

※喬林正在東部海端鄉榮民工程處東段工務所服務。他於本刊廿八期發表詩集「布農族」以後，又有一本新著「基督的臉」詩集。他說「大概沒多久即可推出，這是我改變寫法的試作。」

關於讀後感

——欣賞之認識讀後——

郭亞天

40期簡誠君對我所提諸商榷的「欣賞之認識」已拜讀了。簡君說我「草率」是無可厚非的（例如「英美近代詩的影響」我就說的含糊）這和我當時因病住院的健康情緒可能不無關係。只是有些地方，簡君說得也很草率，甚至「曲解」，我有幾點想補充和說明的：

①「浪漫」與「半自然色彩」絕無難懂，簡君不會不知道解釋，若非他說得太緊張，便是言重了！至於何處是何處不是，本來讀者就會自有明斷的。

②詩首先就要有屬於詩的「組織」爲何不能感受到它「較佳」抑較差，何況是詩與詩相比產生的印象？

③「擴大人類已有的詩經驗」是一種（全部、統一的）精神，簡君要我指出「什麼地方」原則上已存心具有針對分裂，破壞性的說法，甚不妥當。

④「第一次看像散文，第二次看像論文」可能是我蒼促筆誤，應予調換，此處草率，我鄭重道歉。惟簡君若僅以心理學語言的感應秩序來估計他人的欣賞水準，是不是難有令人心服的（更實在的）憑據？

⑤「理論上較爲完整但不及詩本身俱足的簡鍊性」乃是表示批評一首詩「與其講究成立的條件（理論），不如求其成立後的內容（簡鍊性）」，而自身俱足的簡鍊性正是那首詩所缺乏的（這就干涉到「質」的濃縮），是故才有引起論文、散文、詩的觀察錯覺。

⑥「若」在那時並不單指其字義，主要是利於和後面的「便……」發生關係。而簡君只從那兩行詩句及其文字上來斷定一首詩文學語言的反應，根本就截斷了整首詩想內在的發展動向和語言整體反應。同時我與陳鴻森素不相識，也攀不上交情，在我和他絕不發生任何影響和作用的情況下，簡君說我「胡亂瞎捧」豈非屬惡意攻訐？又陳鴻森如果只有如簡君所望指出的「什麼地方」有才華（而已），我也不會承認他有才華了，盼簡君多想想。

⑦拾虹的「傘」即使我只在他的意象上尋求欣賞對象而忽略其它，只要這點說得有道理（「花暗喻傘，姐姐暗喻愛」並無不對吧？）也僅能說我未盡功力，似乎沒有「更可笑」或「大錯特錯」的。簡君又認爲該詩眞正的意象在「嘲諷」其實未必是，悲劇氣氛倒是有的。我之認爲它可愛，無疑指其手法。

⑧簡君說我「堆上一些連自己也不懂的名詞」這話未免說得太自大、輕蔑。簡君非我：焉知「我不懂」？我不懂的如何放進去？簡君說話的時候，應先考慮到：「笠」諸編輯是否都屬於盲從附會之徒？

以上也可說是我對簡君「欣賞之認識」的一點讀後感。我想，爲要求「全票讀者」毋如要求「全票批評者」，好在我不敢以完美自居。仍感謝簡君，他可能帶給我更大的充實和愼重。並藉此對爲我關心的朋友表示眞心的感謝

名詩選評

狼的獨步

紀弦

我乃曠野獨來獨往的一匹狼
不是先知
沒有半個字的嘆息
而恒以數聲悽厲已極之長嘷
搖撼彼空無一物之天地
使天地戰慄如同發了瘧疾
並刮起涼風颯颯的令我毛骨悚然
這就是一種厲害
　一種過癮：

註：紀弦作「狼的獨步」修正稿詩閱張默主編『中國現代詩選』

北部合評紀錄

時間：60年元月十日上午十時
地點：臺北中山北路明星咖啡室
出席：吳瀛濤、陳秀喜、趙天儀、李魁賢、拾虹（記錄）

吳瀛濤：我以為欣賞一首詩；應從對該詩的瞭解開始，現在我們合評這首詩，我個人對於「不是先知」，反覆吟味，感覺它具有特殊的意味，不知各位以為如何。

趙天儀：剛剛「楓堤」以為此詩係作者的初稿，而「中國現代詩選」內為修正稿。初稿無標點符號，有自由詩的形式。修正稿具有標點符號，且其形式改變。但修正之後，是否增加了其所欲表現的效果？我曾聽過紀弦的朗誦，係根據「修正稿」。他自喻為一匹狼。但狼人格化以後一般稱為色狼。而本詩不同，是作者性格化的表現，可謂空前絕後的一匹狼。眞正存在於大地之狼，我未曾見過，但在電影上所見「狼的嘷叫」是非常悽厲的。就現在的文明世界而言以一個詩人所處的地位來寫此詩，作者的心胸是十分寬濶的，本詩可說是作者在島上時期的代表作品。狼的嘷叫使「天地戰慄如同發了瘧疾」，瘧疾的症狀是時冷時熱，而把天地的季節變換喻爲時冷時熱的瘧疾，確極爲恰當。

陳秀喜　我感覺「天地戰慄如同發了瘧疾」這句，確給予人恐怖無常的感受。

趙天儀　但是到底紀弦把狼人格化，所要表現的是什麼？

李魁賢　此詩不是以物喻意，也不是移情作用轉化後的作品，整個表現可以認爲是無所爲而爲的作品，在無所爲中其表現的效果，主要取決於詩人的個性。此詩與上次討論的作品「鷺鷥」有共通的表現，一動一靜，畫龍點睛地表現詩人對人生的角度。季紅的表現是經轉化以後來表現詩人，而紀弦是直接地表露了他的個性。

趙天儀　我以爲他表現了一種崇高，康德認爲崇高有兩方面的意義：一是力學的崇高，一是數學的崇高。比較兩首詩，季紅是靜態的美，紀弦是動態的美。一個詩人其個性可左右其詩的風格，紀弦體格瘦瘦高高的，但其詩常有特色。而且，他的詩如減少口號性，則其特色更發揮了特別效果。他的詩不容易學，這是不流行的原因吧！但像覃子豪的詩很容易被模仿，成爲詩壇上流行的詩的模式，該也是詩人的悲哀！這是每個詩人應有的自覺。讀紀弦的詩在腦海中常會留下極深的印象。尤其，在他的詩如果不是故意做作的，則常常有「神來之筆」的作品產生。

李魁賢　這個意思該是一個詩人無所爲而爲時較能產生有所爲的作品，這是里爾克「詩人的孤獨」吧！剛剛天儀比較兩首詩，季紅的表現比較壓抑，紀弦的表現比較奔放，但皆是由詩人孤獨性出發。

趙天儀　他最後的「這就是一種過癮」的「過癮」確是很令人過癮。

李魁賢　這是無所爲而爲產生的有所爲的效果吧！

趙天儀　紀弦常常在無意中產生好的作品，平常其口號詩可認爲是他的眞情被遮蓋。以本詩如此凝聚，短而能表現其逼人的效果，對於紀弦而言，可謂「歷盡滄桑一男人」。他有理想、有抱負，但時常他的表現達不到他的理想，這是他的悲哀。紀弦在詩壇上不是一個左右逢源的人，他有自知之明，因此他發表的口號詩都沒有收入他的詩集。既然有這份自覺，我以爲他更應拋棄現實利害，成爲更純粹的詩人。

陳秀喜　這首詩從題目就可看出是作者的自畫像。

李魁賢　從此詩可覺察出「孤獨」對詩的重要。在修正稿上，他把「令我毛骨悚然」改掉，增加了良好的效果。

趙天儀　寫詩不一定寫甜味的詩，也需要摻些鹹味的，亦即陽剛之美與陰柔之美。這個詩壇上陰柔之美的詩太多了這是詩壇不景氣的原因。

李魁賢　我以爲做爲一個詩人，面對現實，不應該寫甜味的詩。在時代的齒輪內不應是潤滑的油，而是一粒砂。詩人應有做砂粒的自覺。

趙天儀　唯有做砂粒在磨擦中才能產生火花。觸及這個問題，那麼到底紀弦應該不應該被尊重！也就是紀弦有沒有做砂粒的自覺？當然這不只是紀弦，而是每個詩人應有的自覺。比較而言，羅門的「麥堅利堡」比此詩更缺乏崇高的效果，因此，詩題材的龐大應無必然的關係，而是作者本身的素養左右了一首詩的表現。

李魁賢：這該歸根於精神上的問題，詩的偉大性應不受題材或長短的限制，像羅門的「麥堅利堡」主要在於超越別人的感受。

趙天儀：剛才我的意思是像羅門的「麥堅利堡」那樣龐大的詩，給人有如黃河夾沙泥以俱下的混濁感覺，而此詩卻給人有天地開闊的心胸，故詩不是什麼像什麼，而是超越了主題以上，給人什麼吧。一開始，「麥堅利堡」就給人有戰爭的感受，這是羅門功力所見的地方。在人生的歷程，同樣是以有限追求無限，紀弦的心境是頗淒涼的。但話說回來，名為「名詩選評」，名詩不一定是偉大的詩，而偉大的詩，却不一定有名。有名不一定偉大，詩人該有這份自覺、才有更大的期許。並非給人朗誦，就可以沾沾自喜。白萩的「雁」也給人一種特殊的感受。

李魁賢：「雁」是給人無限的力量，他的追求是強烈的，飛翔的，比此詩更顯現出它的力量。

拾　虹：站在同一平面上，我們看白萩在「雁」中沿著地平線對「時間」的追逐，紀弦在「狼之獨步」中外在自我獨立的放射與內在精神所產生的立體感以及李紅在「鷺鷥」中對生命疲倦的「廻顧」。同樣寄託於動物，表現出詩人對生存空間的企求，是否意味着詩人對於「人」的倦意？

趙天儀：白萩寫詩能成功，在於象徵性的開拓，不受現實性所束縛，一般的詩無法像樹的年輪一般，轉了幾圈才痛苦地表現出來，表現僅止於外觀。

吳瀛濤：剛才我提出的「不是先知」到底詩人是意味着什麼？

趙天儀：這是否是一種逆說？認為詩人「不是先知」？

陳秀喜：我記得紀弦有一首詩，大意是他的太太看到錦蛇，就羨慕地想借錦蛇皮為衣，而後過了一陣子，大家都流行穿蛇皮衣了。

趙天儀：此亦即所謂無所為而為而達到有所為吧。

拾　虹：這令我感覺到剛剛趙天儀所說到的「超越主題以上，他給人什麼」，是否是在他所欲表現的要求上強調「人」的地位？

李魁賢：他認為他不是先知，故沒有嘆息，因為他沒有責任性存在。

趙天儀：往往一個詩人有這份自覺，感到這世界太多需要援助，但詩人的力量是多麼薄弱，多麼無助。

拾　虹：這就是紀弦的可愛之處吧！

中部合評紀錄

時間：60年1月10日上午
地點：苗栗羅浪自宅
出席：桓夫、羅浪、杜芳格、李喬、岩上（紀錄）

桓　夫：這一期的合評我們選了紀弦的「狼的獨步」，希望大家共同來討論。這首詩曾被登刊於「笠」30期，並註有如此的感語：「表現了人之孤獨。對生命自覺後的抒情，悽厲豪邁而過癮。」

這是一首好詩，確實是對人生的孤獨抒發出來的詩情。由發出「悽厲已極之長嗥」以後感覺有一種過癮。作爲一個詩人這是常常有的一種心境。

岩　上：這首詩我第一次看到是在「創世紀」所編印的中國現代詩選裏面，形式與部分的語句與今天我們討論的有些出入。大概紀弦認爲有些不妥加以更改的吧！但孰先孰後不得而知，當時所看到的是不分段的，並且第七行是這樣的：「並刮起涼風颯颯的，颯颯颯颯的⋯⋯」。現在的「令我毛骨悚然」的「我」與第一行的「我」是否不能成爲一貫呢？桓夫您認爲如何？⋯⋯

桓　夫：是的，看起來是不一貫。第一行的「我」是指我是一匹狼的我，因「長嗥」而戰慄了天地，乃其孤獨所發出了的聲音，似乎是一種瘧疾一樣的厲害，經過了「颯颯的」之後，作者突然回歸於爲人的立場，故有「令我毛骨悚然」的感覺。有時詩人處於自己以外的立場；有時站在自我的立場，所以它不是矛盾的。

羅　浪：第一行的「我」是外觀之我；第七行的「我」是內在之我。紀弦的詩一向有一種强烈的魄力，這首詩亦表現了他自己强烈的魄力與堅强的意志。就表現强烈的魄力這一點來說，紀弦的詩是成功的，看起來很過癮。

桓　夫：如此說來，一首詩令讀者有了感動，有一種衝力，就算作詩，是不是？

羅　浪：一個詩人不能把自己所有的詩觀、詩論完全貫注於一首詩，這是不可能的。

桓　夫：一首詩如能使讀者感受，就已達到詩的傳達功能。

岩　上：就傳達而言，紀弦的詩可讀性很大，令人有親切之感。明確。

我看過很多紀弦的詩，覺得他的詩都是有主題的，並且有一貫積極性的精神。

羅　浪：有人喜歡釣魚，有人喜歡打高爾夫球，而紀弦對詩的熱愛幾乎是一種癡狂。這種癡情是內向的，把這種狂癡的心性表現出來，這是紀弦詩的特色。

桓　夫：紀弦的詩表現得很乾脆，這一點令我喜愛。他的詩幾乎是隨手應得，自然而不造做，沒有刻意追求技巧。

我認爲技巧與本質應該合而爲一體，看一首詩不令人感覺到使用了很多技巧在裏面，這種詩看起來很順眼。如果刻意堆砌詞藻，有了刻意要弄技巧的痕跡，往往使詩的意味喪失無餘。

岩　上：紀弦已有數十年的詩齡，無論操縱語言、結構、造境已到無往不利的地步。這首詩之所以獨具特色，我認爲是他藉狼來表現自己恰到好處——狼是一種很不柔馴的動物，正影射了紀弦獨來獨往的性格。

這首詩看起來沒什麼技巧，很簡單却有濃厚的詩的意味。

杜芳格：我認爲藉狼來表現自己，這其中就有很深奧的技巧。第二段我認爲是用了很深的技巧在裡面的，並且表現恰當。

這是採用了擬人化的手法，有了詩才的人才能表現的。

一首詩讓人看出使用了很多技巧，就是他的詩未能達到爐火純青。

羅　浪：不論新詩、舊詩所使用的技巧如何，如果堆砌成語、口號而造做的作品，大多缺乏詩質，不能視爲詩。

有人攻擊新詩的作者，認爲新詩的作者往往提出堂皇的詩論，卻不能寫出他自己所認爲偉大的作品來；論及舊詩的時候，舊詩的作者往往卻拿杜甫、李白這些偉大的詩人來比較。杜甫、李白已經有了歷史的認可，但現代詩人所努力的新詩仍在草創時期，誰能預測他們的努力沒有偉大的結果？就現代人寫舊詩的來說，很多使用口號、成語寫成的。口號、成語的堆砌在新詩創作上是必須禁忌的。

杜芳格：這首詩最末一句「一種過癮」是詩人蘊藏在內心的一些積憤的發洩。我認爲寫詩就是一種發洩。

羅　浪：最末兩行是否必要？作爲狼的情緒已在前面部分表現了，這兩行是多餘的吧！

依我的淺見，本來很過癮的事，一旦被人說破，過癮的情緒已被破壞無遺，看這首詩却有被作者道破之感。

桓　夫：雖然在前面的部分詩人的情感已表現了，但以詩人回歸爲人的立場來看，最末兩行是必定的，這樣才能把詩的獨立性表現出來。

杜芳格：這首詩用了循環的方法把狼與詩人換位交替——人需要飲食也需要排洩，而且是循環遞更，雖然排洩是不美，但現代詩人不一定要表達本身美的東西。但我認爲對詩的追求不能太偏激，適可而止。

羅　浪：紀弦亦曾把自已喻爲檳榔樹，一匹狼也好，一棵檳榔樹也好，都表現了詩人的氣概，如此使我憶起當時他發動現代派的奮鬪精神與處境，是令人敬佩的。

李　喬：小說本身應該也是表現詩之美的，但目前的臺灣小說家往往爲了遷就讀者而喪失了詩質，這一點來說詩是比較純粹的，換言之，寫詩時大都不考慮讀者的接受問題。

我認爲詩或小說都好，除了會影響作品本身之外最好能讓人看懂。

對這首詩，我以教國文的眼光來說認爲第一、二段的「的」不要較爲緊湊。「悽厲」「厲害」兩詞是說明可不要。「令我毛骨悚然」的「我」是否必要？並「刮起」用得不好。

桓　夫：現代詩所要求表現的主要問題在於全體性的表現力量，而不像古詩刻意修飾詞藻。孩童的語言非常簡單，有時不符大人習慣性的講法但非常可愛而含有詩意，那樣孩童的語言本身就是詩。語句如何？在意圖表現意義性的詩來說，實在是次要的。

寫定型詩必須講究字句押韻如何，如何才能成爲「詩語」；這些問題多偏屬於「藝（意匠）」的經營。但事實上這種有「型」的「藝」已無法囿現代詩的奔騰的詩性了。

南部合評紀錄

時間：六十年元月十七日
地點：臺南白萩宅
出席：白萩、林宗源、鄭炯明、凱若、傅敏（紀錄）

林宗源：「狼之獨步」如果是紀弦的代表作，我實在懷疑紀弦的水準。這首詩是用擬人化的方法表現，第三節的最後一行「令我毛骨悚然」顯得不妥當，根本和首節「我乃曠野獨來獨往的一匹狼」發生表現的矛盾，是一個嚴重的毛病。用字也不妥當，譬如「不是先知」就使人感到多餘。

凱　若：看紀弦的這首詩，再想想紀弦這幾年發表的作品。相對之下，「狼之獨步」給我相當深的感受。這種個性的流露，是令我感到欽佩的，推薦的感語中：「表現人之孤獨。對生命自覺後的抒情，悽厲豪邁而過癮。」也令我有所感觸。這對照著紀弦近年來的作品，有一種稀罕的意味。「不是先知沒有半個字的嘆息」我也有多餘的感覺。

林宗源：這首詩是個性的流露，技巧方面沒有獨特的水準。

白　萩：第二節，依我看來是紀弦的內心話。「不是先知是說他也是平凡的，但沒有半個字的嘆息」就顯示了被驅逐的感受和獨來獨往的堅強。這首詩，紀弦很能掌握譬喻，用「狼」，這使人類又害怕又欽佩的動物喻其自身。「刮起涼風颯颯的令我毛骨悚然」損害了這首詩表然的狼的豪勇。如省略掉，當較完整。

凱　若：「這就是一種厲害／一種過癮」有必要嗎？

白　萩：紀弦的這首詩所透露的感觸很深。但以狼的嗥叫搖撼天地的厲害和過癮是一種英雄主義。當年，現代派成立，網羅二百多名詩人，聲勢浩大，紀弦那種一派之主的赫赫名氣也有過。後來逐漸失卻群衆，他的孤寂可想而知。可是在紀弦和他的詩和詩論遭受冷落的時候，仍然存在著以長嗥搖撼天地，使天地戰慄的霸氣。

鄭炯明：「狼」這種動物，在文字上常用來象徵「孤獨」—強者的孤獨。紀弦這首詩雖仍有缺失，但就整首詩來看，我們可以感受那種狂放的個性，「狼／在空無一物的天地搖撼／是一種厲害」是感覺心理的補償。

傅　敏：紀弦的這首詩提供了一種個性，而非提供經驗。一種自覺的抒情，憑藉「個人的」，「英雄主義的」而使人感到由衷的同情。文學的表現，心理的補償作用是一種重要的精神。生活上的弱者或許是詩的強者，現實中的拙劣和挫敗往往奇妙地提供了文學上強烈而優異的表現。

一首詩常常提供了詩人的心理狀況；紀弦的這首詩是他後期作品中很少能感動人的作品之一，少數的像樣作品之一。我覺得，紀弦近年來所以受到冷落的原因是因爲他並沒有像這首詩的「狼」一樣，簡直就是在擠滿了人的天地間長嗥。不少的年青詩友的話語中，常使我感到紀弦近年來的詩與詩論，其實就是逐步地減弱他聲望的因素。

白　萩：依我看來，第三節「使天地戰慄」是一廂情願的說法，這是英雄主義的思想在作祟。就「純粹」的觀點，似可以去掉第三節末尾二行，使這首詩保留「一匹狼／這匹狼如何／這匹狼能怎麼樣」的結構。紀弦沒有能做到他想到的强者的「孤獨」是很可惜的事。

鄭烱明：這首詩的語言，大家有何意見？

白　萩：這首詩抒情意味很濃，不像他往年一些作品喜玩弄小機智。整首詩也很容易了解。

林宗源：紀弦寫這首詩時，一定沒有冷靜下來。所以有第三節末尾的對象錯誤。初寫詩的人或許可以原諒，但名詩人如紀弦者，是不可原諒的。況且這首短詩便發生如此錯誤，要怎麼論斷紀弦呢？

白　萩：會想到用「狼」，「曠野」對照出孤絕的方式，實在不錯。技巧方面，此時看來已經是十分平易的了。一般寫詩的人都會使用。「狼」和「天地」的對照也是優異的。

林宗源：第三節末尾的錯誤很難原諒。

凱　若：「令我毛骨悚然」有沒有可以成立的因素？……

白　萩：如果可以成立，這首詩中「狼」的厲害便沒有了。

林宗源：這首詩第三節最後一句，使全體不統一。

白　萩：這首詩如果不好，要怎麼表現才好？

凱　若：第二節省略，似乎不影響。

鄭烱明：我不認爲可以省略。

白　萩：我不認爲可以省略，這節是心情的表現。「不是先知」是人性化，「沒有半個字的嘆息」是孤傲。

鄭烱明：去掉的話，連結也感到虛脫。

白　萩：一首詩不可能製造出全部高潮，是逐漸構築高潮。如果全部高潮，也就不能感覺高潮的存在了。貝多芬的九大交響曲，並不是每一支交響曲均始終呈現高潮，有些片斷也很平實的，但整體便是偉大的作品。如果集合每一交響曲的高潮在一起，雖是精華的收集，但並不等於最偉大的交響曲。寫詩是表現心境，此詩是一個例子。如果去掉「我」，雖然是一種很清晰的意象，但欣賞時很難產生血液的交通，不能達到高度共鳴。

鄭烱明：詩中不能拒絕散文的部份，我想也就是剛才白萩提到的意思，但就整首詩來說，它是詩的語言。

白　萩：去掉「人」的純粹視覺意味會落入非詩的地步。

鄭烱明：創世紀的餘風即句句意圖製造語不驚人不休的高潮，而不注重整體性的連絡。可以摘出金句之類的，但很難有整體的效果。

傅　敏：時下有許多詩風仍然如此。以爲「語言的化粧」或「語言的曲折度」便是詩的語言，而不注意生活語言的樸素面目處於意象的關連裡所產生的力學。

這種詩，如果去掉化粧再拉直便空無一物。事實上是剪貼在一堆的修辭而已。

詩如果淪喪至此，可以設班施教。而無須詩人所必須具有的思想，和生活經驗的鍾練。因爲領悟了這種簡易的訣竅以後，大家就都是詩人了。

白　萩：這首詩的組織很有意思，似乎可以用代換公式製造出一系列的詩來。

譬如用「蜈蚣」代替「狼」，「用很多脚在地上爬行」……「而使天地痒極……」也是一種厲害，一種過癮。

這首詩意象單純，沒有幅射、双關、繁茂的連想，祇有單純的一點。

紀弦如果像匹狼一樣，叫聲必定慘痛淒絕，文學便是這等奧妙的東西。

以這首詩來看，紀弦的技巧始終停留著沒有進展。

傅　敏：用代換公式可以假藉這首詩的形式製造詩，這點使我想起了一些問題。

形式決定之後，是可以雷同製造詩的。現代詩人拋棄僵守一定形式來寫詩，而寧可痛苦地追求每一首詩的形式實在是針對文學傳統形式上的一大革命。也是勇敢的承担，却到目前，一直仍受非議和攻擊。

剛剛才看了臺灣文藝吳濁流先生一篇文章，實在令人心痛。

現代詩人對李白、杜甫等一脈古典詩的傳統沒有不肅然崇敬的。但是沒有比「認爲墨守古詩的形式就是至高無上的詩行爲」更虛僞的。

白萩說用代換公式，照著紀弦這首詩的形式也可寫出詩，而且隨即配出一首詩。吳濁流先生的洋洋千餘首作品，「與某美女同桌有感」，「與某美女遠眺」等等五言七言詩，除套用形式外，實令人噁心已極，就是如此產生。

白　萩：我個人認爲：一些對現代詩一律採取攻擊的態度，不管作品的好壞，也沒普遍讀讀現代詩，便貿貿然的駡人，是很難叫我服氣的，雖然他們常常拿舊詩來壓人，可是我懷疑他們是否眞正讀舊詩？到底讀多少？我相信；能寫好五言七言的詩人，一定也可以瞭解現代詩，反過來說，能寫好現代詩的詩人，也一定可瞭解舊詩，其間差別並非那麼大，對於什麼是詩？詩的本質是什麼？中外古今的眞正詩人，所體認的應該相差不了多少，老是拿格律來責人，只斤斤計較詩的格律，以爲詩只是格律，那麼他寫的詩，恐怕也是十流以下，因爲他根本還沒體認出詩是什麼？詩的本質是什麼？

「再論中國的詩」讀後

鄭炯明

最近出版的「臺灣文藝」第三十期，刊有一篇吳濁流先生的「再論中國的詩」，洋洋萬餘言，乍看之下，以為對詩提出了什麼建設性的理論和批評，等到詳細拜讀之後，方發覺它不過是一篇「倚老賣老」的雜文，道聽途說，文中所顯露的主觀成份有如黑墨汁那麼濃，我們為此深感驚訝和慚愧，一個曾經創設小說文學獎的人，一個自稱得詩一千七百餘首的詩作者，其詩觀竟是如此地膚淺與幼稚。

關於「再論中國的詩」一文，我們認為至少有下面三點值得商榷：

A．吳先生說現代詩人缺乏自信，沒有志氣，專門跟著人家的屁股走；並以其仍處於「乳臭時代」的理由，貶抑現代詩的價值。不錯，中國詩的解放，自胡適提倡白話詩以來，至多也僅有半世紀而已，當然比不上古詩的歷史悠久，也還沒有出現過一位像李白、杜甫那樣偉大的詩人，然而他們的努力是有目共睹的，甚至其成果業已獲得承認，此點由「中國現代詩選」的相繼在日、美出版，可茲佐證。「缺乏自信，沒有勇氣」的不是誰，乃是吳濁流先生自己。

B．其次，吳先生在談詩的語言時，再三強調音樂性的重要，以為只有韻律的語言才是詩的語言，脫離中國語言的格律就是變質，不能稱為中國的詩。原來吳先生也是一個形式主義者。需知語言除了聽覺上的機能外，尚有意義上的機能，寫成文字時，則又有視覺上的機能。一首詩的好或壞、成立與否，並不單是看「音樂性」就能決定的，相反的往往決定於意義上層次的高低，這是近代文學發展的趨勢，也是聽覺機能極度發展的結果。難怪吳先生只會在同期的「臺灣文藝」寫「與××小姐遊××」空洞，沒有自覺的感受，而不重視桓夫在「媽祖詩抄」裡所表現的對愚昧信仰的嘲弄和批判。

C．吳先生又說現代詩人極力排除傳統，否定一切古詩的價值。我們可以確信沒有一位寫現代詩的人會去否定古詩的價值，他們也在做令吳先生感到「矛盾與費解」的研究，他們寫現代詩的理由只是，他們要用這個時代的語言寫這個時代所發生的事。因為用時代隔閡的語言寫詩，那是逃避的文學！寫現實生活中沒有的東西，那是欺騙的文學！

最後，我們要提醒吳先生一點，傳統的包袱愈大，當環境變遷時，所遭受到的破壞也愈大。一個文學運動的產生，不是少數幾個人出來說一下就能進行的，更不是少數幾個人出來喊一下就能停止的，它有不可忽視的龐大的時代背景存在。歷史是無情的，文學尤然。

笠詩社讀者服務部書目

理論

現代詩的基本精神	林亨泰	十二元
美學引論	趙天儀	十二元
現代詩的探求（譯）	陳千武	十八元
里爾克傳（譯）	李魁賢	二十元
保羅•梵樂希的方法序說	林亨泰	十二元
詩學（譯）	杜國清	廿四元
艾略特文學評論選集	杜國清	七十元
現代詩解說（譯）	徐和鱗	十五元

詩集

風的薔薇	白萩	十二元
島與湖	杜國清	十二元
力的建築	林宗源	十二元
瞑想詩集	吳瀛濤	十二元
不眠的眼	桓夫	十二元
綠血球	詹冰	十二元
大安溪畔	趙天儀	十二元
秋之歌	蔡淇津	十二元
南港詩抄	楓堤	十二元
生命的註脚	靜雲	十二元
牧雲詩集	林煥彰	十二元
遺忘之歌	謝秀宗	十二元
窗內的建築	林泉	十二元
蝴蝶結	鄭仰貴	十二元
密林詩抄	桓夫	十元
蛙鳴集	杜國清	十元
菓園的造訪	趙天儀	八元
靈骨塔及其他	楓堤	十元
枇杷樹	楓堤	十二元
淡水河	徐和鱗	十元
天空象徵	白萩	十六元
野鹿	桓夫	十四元
期响	陳鴻森	十二元
雲的語言	傅敏	十五元
斗室	陳秀喜	非賣品

譯詩集

日本現代詩選	陳千武	十二元
杜英諾悲歌	李魁賢	十六元
給奧費斯的十四行詩	李魁賢	十二元
溫柔的忠告	陳千武	四元

李魁賢譯

德國詩選

德國現代詩選

三民文庫各十五元

陳鴻森詩集

期嚮

十二元

傅敏詩集

雲的語言

十五元

鄭烱明詩集

歸途

陳明台詩集

溫柔和陌生

新銳詩集即將出版

中華民國內政部登記內版臺誌字第二〇九〇號
中華郵政臺字第二〇〇七號執照登記為第一類新聞紙

笠詩双月刊 第四十一期

民國五十三年六月十五日創刊
民國六十年二月十五日出版

出版社：笠詩刊社
發行人：黃騰輝
社址：臺北市忠孝路二段二五一巷10弄9號
資料室：彰化市華陽里南郭路一巷10號
編輯部
經理部：臺中縣豐原鎮三村路44—7號

每册新臺幣六元
定價：日幣六十元　港幣一元
菲幣一元　美金二角

訂閱：全年六期新臺幣三十元
半年三期新臺幣十五元

郵政劃撥中字第二一九七六號陳武雄帳戶
（小額郵票通用）

笠

民國五十三年六月十五日創刊

詩双月刊 42

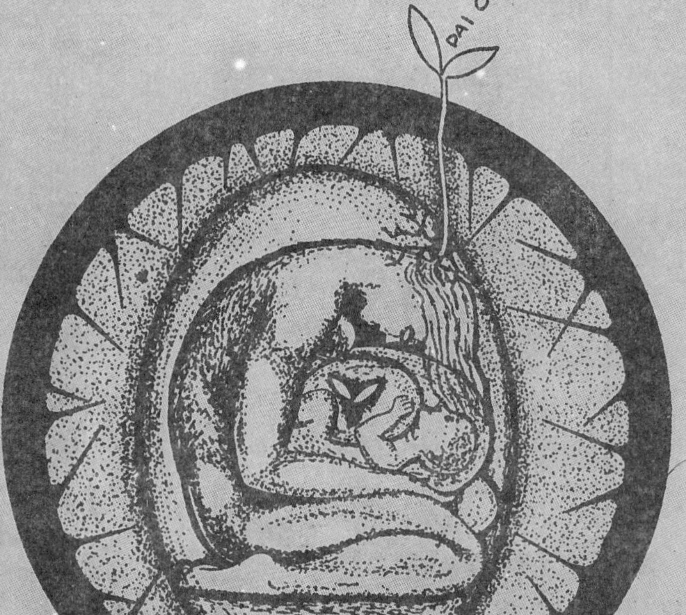

笠 42期 目錄 Li poetry Magazine No.42

封面設計：白萩

故鄉抒情

巫永福

故鄉（大埔城）

懷念的鄉愁　在
故鄉已不在的母親的
悲傷裡　有我幼小的
姿態　在那座大山
濃青的山麓原野的
寂靜　呼喊而反響

美麗地展開在山峽
故鄉的原野　雖是未開發的
土地　却是曾祖　祖父母以及
双親開拓的地方
以血汗耕荊林為田地
也築造了竹垣之城

祖先寫下的歷史
是血和淚　守護了城垣
經過抗日勇猛的鬪爭或
遇到鬼神哭泣的屠殺
而殘留下來的東門城外
還有萬善同歸祠

繼數代的命根
於身上　才有幼小的
我　如此血潮
暢流着　不停滯地
芳香着　我故鄉的
山峰呀　思念在盪漾

註：萬善同歸祠或稱百姓公、有應公廟，日軍大屠殺事件之發生時祖母四十多歲家父即十多歲，我家舊厝即在東城門邊，祖母家父亦曾逃亡！祖母於七十多歲談及此事尚有餘悸也。

泥土

泥土有埋葬父親的香味
泥土有埋葬母親的香味
飄過竹叢　落葉亮着
向那光的斜線　鳥飛去
潮濕的泥土發出微微的芳香
寒冷的泥土發出淺春的芳香
閃耀於枯葉的光底呼吸裡
鮮新而豐盈的嫩葉　亮着

微風也匿藏着溫暖
雲也打來早春的訊息

嫩葉有父親血汗的香味
嫩葉有母親血汗的香味

沈默

中央山脈的巒峰告訴我們
告訴我們故鄉城鎮的歷史
有如守護者　悠然地
把城鎮建造之前　之後
長久歲月的愛憎悲歌
城鎮角落的生死別離
激烈無比的鬪爭變遷
詳細地告訴我們　那巒峰
時而欣喜似地燃紅
時而瞭解似地點點頭
時而悲哀似地消沈
也會打顫身心而憤怒
然而巒峰知曉得太多了
過份勞累了
終於很美麗地沈默下來
以安靜的姿勢橫臥下來

永眠在菩提山的母親

永眠在菩提山的母親
安靜地聽着
美麗的小鳥啼鳴的竹篁
空間的寂寞
飄過的風聲
跟兒女們離　喪失了記憶
也遺忘了呼[illegible]
獨自眺望着
飛騰的雲
猛烈的閃光
有時也聽聽
來人的聲音
或下降的雨
孤寂地
孤寂地在山中
不論雨天
或晴天
都俯瞰着山下的城鎮
兒女們居住的家
因其距離之遠而茫然！

林宗源作品

果汁機

有一部最新式的果汁機
透過容器看到另一個我

抓來一粒還沒成年的西瓜
揀一粒年老的椪柑
把他們殺死在透明的容器裡

我看他們不自願地盤旋着
他們在電荷的魔掌中攪在一起
我找不到另一個我

眼前有黃色的碎肉
與淡紅色的血液撕殺的吶喚
誰也不與吃掉誰
誰也不能找到誰

綜合的果汁
仍然有各種果實的成份

大頭蓮

命運？管它
這個世界不就是這樣
整天除了吃也沒有好玩的地方
所以愈想頭愈大
身軀反而愈小
其實在充滿了淡水的塭裡
跑到海洋 我們不敢
去發掘海底的秘密　所以

除了吃
除了睡
也只有看看天空

白葉蓮

假如世界是這樣構成的
一半善良 兇惡一半
我們是屬於不好也不壞的一群

因此，
除了水色
沒有什麼值得擔心
這是一件常識
我們對水色的變化是很敏感的
水很肥 水裡有笑容
水很瘦 水裡有眼淚
可是除了漁夫

誰知道
保持良好的水色

鯽魚

很肥的魚
有人喜歡吃頭
有人愛吃肉
卵是共同喜愛的東西

很瘦的魚
更談不上外銷
不過人類的天性都一樣
喜歡追求吃的問題

可是有一樣共同承認的眞理
是殺死魚類被認爲是對的
那流出的血是營養

那麼人類的血液呢？
假如人是一條魚
要從什麼地方吃起
那一部份是最甜的

鯉魚

投下米糠
我吃
投下水肥
我也吃

水裡沒有塭主的眼睛

吃
吃所有的魚苗
吃
吃主人的血

帽子

鄭炯明

脫掉吧，帽子
把戴在我們頭上的那頂
帽子，脫掉吧

戴着它
只有使我們陷入愚昧
抬不起頭
使我們已經蒼白的靈魂
更見不到陽光

這麼久了
爲什麼還是那樣膽怯、懦弱
不能堅強地站起來

脫掉吧，帽子

一九七一詩抄（續）

傅敏

菊花

菊花把整個冬天
開放
沒一個閒著

菊花總選擇這樣冷的
天氣
集體對禁錮了它們的扼迫戰爭
黃的白的紫的
一二三四五六七………

日落

我身上的濃瘡
正在腐爛
這是世界要消失的
幻影

我心底的鬱結
正在擴大
這是人生要受苦的
見證

我把流溢的血
收回
我把束縛的黑
放出

我把你們一個個的眼睛閉上
我把你們一個個的思維關掉

故事

去年他射殺了一隻鳥
然後戰爭發生了
來不及看鳥的掉落
他便遠征去

今年他在戰場開成一朵花
然後戰爭結束了
還不到返家的時辰
他便趕回故鄉去

鳥仍在飛
鳥在飛越現實
他在焦爛的土地上
永遠休息

猫

我喜歡
妳這樣躺着
沒有一點遮掩的
姿勢

世界的醜惡
在密閉的房間外面
窺伺著
不能進來

我喜歡
像孩子那樣
沒有一點隱藏的
欲求

妳的双目
睜開成兩盞灯光
在搖幌
讓我望著
讓我攀附

奔

藍宇

僅是一種死寂後的動作
所有的足印皆被折叠成天梯
風景們惶恐的注視
我
磨着臉
跛着足
禿着頭

在藍天的大圓傘下奔着
廻紋的步子
於是
歷史爲我垂下一面鏡子
命運却贈我一沈沈的錨

凱若作品

晒衣場

羞於讓昨夜的痕跡留著
妻一早就將被褥洗淨
來到晒衣場

沒有遮篷的晒衣場
妻紅着臉白我一眼

2

晒也不是
不晒也不是

我的情愛與道德
在晒衣場爭論著
「雨天要有遮篷」
「晴天不要遮篷」

而天氣老是沒意見
　晒也不是
　不晒也不是

還要生活哪

3

向四處逃竄
却依然現望你招搖的手臂
望見自己
被迫站住在另一條地平線上
決定

尋去吧
只能在感覺的曠野裡
寂寞地
不被攫住地旋轉著去
找尋不是自己的
不是地平線的方位
生活

尋來尋去相離相聚　而
這是一條地平線
這是我喘息的地方
唯一有霧的
諒解

地平線

我的地平線
永遠在我視界的前端召喚著
永遠我只是停駐在
你的地平線上找尋著

你若選擇了你就尋來
你若無所爲而來你也可以離去
找尋永遠是在迷惘的地平線上
無法超越　並且
地球沒有感覺的轉動
從你及我
陽光總有照不到的地方
方向依然
美與不美同等令人迷惑

有時是愛
有時是在風景畫裡
有時是海灘有時是山崖
而我依然站在一條地平線上

有時是一種喘息

不甘心地
每天被葬下的我
被搓洗之後
次日在這裡被升旗般
晒著

我赤裸的來
也赤裸的去
我要把屍体留在晒衣場
向生活和我的情愛
做無言的告白

啊
設在詩的曠地上
是我沒有遮篷的
晒衣場

詩之旅

谷風

拍拍胸膛
像母鷄般
以客觀的距離
回顧
寄以厚望的窩巢
啊！
美的超越
原是一個過氣的憧憬
複製品即已誕生
照例
咯嗒了幾聲
微笑的旭日
仍由東方升起

柔馴的河 女一首

總是這樣
從不可知的年代
從遙遠的雲深不知處的域界
緩緩地
哼着哀愁的歌，無可奈何
把喉舌揚昇並且抛向迢迢的
天涯

垂下無力的手
渡過坎坷的山坳
橋
低着喪氣的頭
渡過汚穢的城市

就是這樣
呑着飢餓的唾沫
仍要裝着肥大的樣子
把風霜浮泛在柔馴的臉上
負荷着疲憊的自已
以及一身襤褸的泥沙
滑入暴斂的海洋

葬 岩上

說着　顫抖着
就把一切輕意地抛棄了
在忍含的淚中
如何孤零零地去收拾那已破碎了的

問你
撫你
吻你
都已不是時候了

想着
往事在你的
胸前，是落盡了葉瓣的一朶白花

讓我把它深埋

二月的午後

弘螢子

忽然在冷凝結的霎那
在圖書舘裡
讓暖氣薰烘
且扼殺時間
且坐凳整個午後

窗外繾綣的冷風扔不進
素色的陽光
赫然發現
日子是嚴重的貧血症患者
靠在深冬的背脊
當面對已不能再輸血的太陽
却有一霎那殷紅的迷信

待日滑落
二月的信息倒掛着
彌敦道將負載起整夜的腥紅
尖沙咀星亮的霓虹灯
也無法詮釋酒帘中新粉刷的臉孔下
是些什麼

這是夜，絡驛的遊人
的戲院裡與銀幕戀愛
在公園裡玩一種叫吻的遊戲
在酒吧中出高價收買
當音樂聽想起未名的夜曲
久久未停

還有一種比死亡更恐佈的
在小巷幽暗的灯光下
一个迷你裙攏不住的靈魂
眨着新劃的眼蓋
和夜遊人爭論着
時間是美麗的黑色
在冬夜中伸着懶腰

子凡作品

孤獨

從窗口會喊出一聲
孤獨將自已囚困在心底小室
雙手鬆弛地垂下
遙遠的軌道
固執的姿身

整夜，將一截短得灼唇的

烟頭捺息
烟自灰燼中竄逃
一頭無可奈何的靈魂
竟發覺與天游離的
痛苦竟是常爲我感到孤絕的
心
打開的一扇門
一張傷口
極度的擴張

瘡

慣性的張着
口向着冷冽的空白
無從訴說
僅僅醞釀
滿肚的委屈
在被盯視得怔著的世界里
承受某一定點的割離

整張臉
背負着腐蝕
傷口劇痛時時來襲
在輕微的觸摸中，找每一瓣
靈魂在衆生的世界
醒着
注視停車後仍亮着的尾燈

△笠消息▽

※由本刊編委會翻譯，交東京若樹書房編印出版之日文中國詩選「華麗島詩集」，作者贈書部份據該書房安倍社長來信說，已準備直接郵寄作者，將在一、二個月內可以分發完竣。

※本刊稿齊，三月五日以後收到來稿，須要留至第44期以後始能刊用，敬請作者諒察。

※本刊同仁黃靈芝先生的短篇小說，已於三月十四日出版。

※本刊同仁林忠彥先生已於三月二十日和黃玉美小姐在高雄舉行結婚典禮。

※本刊同仁吳瀛濤先生因患肺腫瘤已於三月十日住台大醫院開刀治療，現仍安靜療養中。

※「台灣文藝」於四月四日在福星國校，舉行七週年年會暨本年度文學獎頒獎典禮。

※龍族詩刊創刊，已於三月中旬出版。刊有陳芳明／流雲，林煥彰／戶主牌，辛牧／等，蕭蕭／舉目，蘇紹連／殘景，喬林／基督的臉，施善繼／嘔吐之歌，蕭水順「論詩誠於心」每册十元訂閱全期二十元。郵政劃撥第五五七四林煥彰帳戶。社址：臺北市敦化南路三六二巷二十號。

※由高橋喜久晴、李沂東、陳千武三位詩人共同企畫主編一本「中韓日詩選」已進入決定階段，擬由東京某大出版社出版，採用最豪華的版本紙張印行，此將是亞洲現代詩壇空前壯舉。

詩人的備忘錄 ⑦

錦連譯

意識着與世界的同時性，站在主體性的創造之立場，積極地去參與……。

跟屬於別部門的文學者一樣，現代詩人的姿勢必定都不斷地朝向着未來，其視點多半也必定都把焦點對準着圍繞着我們的「現實」。然而與他們鉅大的問題意識相較，祇依靠着少許明暗的微差（nuance）而倖存的詩，要背負着其重擔，不是似乎過於軟弱無力的嗎？

對於作爲自我確認的場地，詩人爲何不靠散文而選擇了詩這一個疑問，詩乃遠比詩以外的任何言語形式，更能使觀念和映像凝縮到極點，並且更能將言語的價值發揮至最高的這一事實，必須獲得證明。

不是靠意味寫詩，而是靠詩去創造意味的世界。

近代詩的一大特質——狂暴的反言語精神。

雖然心象也算是個個單語的問題，但更根本的乃是以 Imagination 爲媒介，而會從更深一層裏頭的 Vision 發芽的詩花的問題。

假使說，羅曼主義的詩是個人意欲的自我主張的詩，幻滅的詩，譏諷的詩，或者是將其幻滅感翻折過來的 Optimism 的詩，那末，現代詩的質即可以說是不再掉進 Illusion 之陷穽的詩，覺醒的詩，Pessimism 的詩了。

詩人到底是「懷孕着夢想的單獨者」。

所謂言語者，不論用於寫詩，用於日常的利害打算，或學術論文，工具完全相同。因此，倘要不使詩帶有可卑的利害打算，歷史，哲學或道德等臭味，以及科學知識的炫學的表情，詩人必須預先把它排除於外，將自己純化以後，僅選取純粹的合乎自己嗜好的語言加以使用。然而對於畫家而言，相當於詩人的言語的顏料，早就被純化，專供繪畫而製成，因此，畫家就沒有爲了製作純粹的作品而特別純化自己的必要了。

言語本身並不持有訴於感覺的型態。它必須經過精神的迂路始能結成爲可視的象。

由於言語並沒有物質性的抵抗力，言語的藝術家，當他本身臨製作之時，必須非使比造型美術家還更多的嚴密精緻的反省朝向自己的言語和發語機能發生作用不可。

笠下影

我嘗試用平易的語言，挖掘現實生活裡那些外表平凡的，不受重視的，被遺忘的事物本身所含蘊的存在精神，使它們在詩中重新獲得估價，喚起注意，以增加人類對悲慘根源的瞭解。

我寫詩，因爲我關心這個社會，我不要做一個活在時代裂縫的人。成功的詩是否定流行的，因此，我努力在詩的思考，詩的方法上，走出一條屬於自己的路來，雖然不一定十分成功……。

鄭烱明

I 作品

襯衫

穿著破舊的襯衫四處遊蕩
穿著不可測的命運

常常脫下來補
失業的時候就把它**掛在肩上**
裝出很神氣的樣子

可是，在這個性喪**失的社會**
還有什麼值得驕傲

踏進擁擠的公共厠所
我以沉思和寂寞打發無聊的小便

五月的幽香

今天的稀飯特別可口
是否煮的時候不小心掉進了眼淚

今天的皮包特別輕
是否拿的時候不小心忘記了賬單

曬在庭院的弟弟的尿布
也散發著五月的幽香

雨夜

只有我，孤獨的我
被迫站在小丑的地位扮演小丑的悲哀

窗外
淅瀝淅瀝的哀愁

在飄降，沒有理由的飄降
發光的葉子
腐爛的鼠屍
埋在壁間的一對耳朵
靜靜地諦聽

它們在諦聽什麼？
它們想諦聽什麼？

此刻，語言如枯萎的花朵
夢想的遙遠的國度
染有愛的血跡

石灰窰

烈日下的石灰窰是燃燒的
在它深邃的底部，鐵銅色的皮膚
因熱而哭泣
哭泣這愛恨分不清的年代
我們的幸福已然腐朽
已然成爲焦爛一片

沒有選擇存在的權利
我們像一群飢餓的灰石在等待燃燒
我們已明白，這世界
唯有燃燒才能令我們忘記一切
忘記戰爭，忘記死亡
忘記抹不掉的歷史辛酸

於是我們默默地燃燒
默默地成爲灰燼

誤會

那個藝人，滿身大汗
在熱鬧的廣場上
表演他的絕技

他靜靜地立在那兒
突然，像隨風飄起的一片羽毛
停留在空中翻筋斗
然後落下
兩手撐著地面
成爲倒立的姿勢
看著周圍驚訝的人群

我以爲他是在用另一種角度
來瞭解這世界，然而
他的夥件卻說：
他祇是想試試他的力量
能否擧起地球罷了

II 詩的位置

當一個詩刊，能讓年輕一代的詩人們，把他們銳利的筆尖投過去的時候，正象徵着它蓬勃的朝氣！而當一個詩刊，只擁有幾位虛有其名的要角，支撐着門面的時候，則已顯現了它沒落的衰兆！因此，創辦一個詩刊，重要的不僅是發起人，而是實際上認眞創作，提出擲地有聲的作品底那些創作者。所謂「笠」下的一群，從跨越語言的一代到年輕繼起的一代，扮演了中堅角色的；尙有陳秀喜、黃靈芝、何瑞雄、杜芳格，該是屬於跨越語言的一代。而年輕繼起的一代，則還有鄭烱明、傅敏、陳明臺、非馬、拾虹、岩上、龔顯宗、王浩、簡誠、林湘、凱若、陳鴻森、李勇吉等等，其中，首先受到「笠」詩刊以合評的方式加以單獨討論的新詩人（註1），該是鄭烱明了。他的詩，一直持有其隱健的樸實風格，從詩的題材來看，他不但有自我性的一面，而且還有社會性的一面，因此，在現代詩愈來愈跟現實脫節的風氣中，他的出現，不得不令人刮目相看。

（註1）參閱「笠」第十七期

詩的特徵

從鄭烱明的第一詩集「歸途」（註1）中，已經展示了一個詩人毫不猶豫地朝向了自己所要走的方向，可以說，他的詩，是走向平易的一路，平易並非平庸，而是企求着深入淺出的表現。詩，固然是要挖掘自我內在的精神動向，但不可跟社會脫節，換句話說，詩人得從自我走向群衆中去，然後再返求諸己，省察自我。走向群衆中去，並不是妥協，只有言不由衷才是眞正的妥協，詩人一旦違背了自己的良知，怎麼能負起時代的代言人底使命呢？從醫院的衆生相，到社會的群相，一個醫生是要診斷患者的命脈。從單純到複雜，由熟悉到陌生，鄭烱明試着去接觸更廣泛的詩的題材；一件「襯衫」，居然也有其隱藏的奧義；一座「石灰窰」，也有其滄桑的造化。他在「誤會」中獨白着：「我以爲他是在用另一種角度，來瞭解這世界：：」，這個他，不正是暗示了他自己嗎？他從堅毅的信念出發，乍看他的詩，在詩的語言上，由於平易，而且散文化，顯得似乎不够緊湊，但在他隱健的筆觸中，不要花腔，而自有其蘊畜的力量存在。尤其是從詩的社會性這一點，他慣用平舖直叙，而非出奇制勝，而所謂詩的創造，如果不能以全體性來着眼，雖偶有佳句，而不能全神凝注的話，究竟非上乘。

（註1）「歸途」爲鄭烱明的第一詩集，已編妥，接洽出版中。

結語

從年輕一代的詩人們看來，現代詩是一番非常莊嚴而神聖的事業。詩，如果還是一種人生底批評的話，所謂打油詩，對詩神該是一種輕蔑。在現代社會中，詩人爲什麼不能侷限於過往的懷古中，而是要面對現代的人生、今日的世界呢？年輕一代的詩人們自有其觀點，這觀點也許尙未十分成熟，但當他們眞摯地喊出他們的心聲時，誰能等閒視之呢？

詩曜場

歸途

鄭烱明

爲了生存必須獲得諒解嗎
爲了死必須忍耐生嗎 爲了我
是一個人……

我坐在吉普
讓着破幻的心向城市急駛
四周像敵機來臨的前夕
無聲 但溢滿危機

因爲我已死了
現在即使說
「喂，用力一點
把你的愛也一起吹進去吧」
也來不及了

那麼
關掉引擎吧
我喜歡這樣自由地
任其墜下懸崖

剖析「歸途」

傅敏

A

「歸途」的結構有二個層次：

第一節的靜止的抒說。

第二、三、四節的流動敘述。

前者負責了這首詩內在精神的支持，後者負責了意象的袒露。

這種結構可用左列記號來說明：

一、α

二、A

B

C

如果用「詩是語言的組合，語言是α和β的組合」來表示，第一層次的語言具有伸張的較大可能性；第二層次的語言則爲散文的舖實，樸素的傳達。

B、

「拒絕散文有時會拒絕了詩，」這一詞語如果用來說明詩語言必須脫離字句的琢磨而重視詩想的袒露，具有重要的意義。

「歸途」的語言極爲自然，顯示詩人淸晰的思攷。

目前臺灣現代詩的語言問題有兩種傾向：一種是在有限語言和過渡的語言中苦心地追蹤其和詩想的符合，一種是在熟練的語言中浪費虛擲甚至流爲錯雜散亂的詩想。年青的詩人必須重視語言在新的世代的正確體認。避免重蹈覆轍。

「歸途」沒有散亂的現象，語言的連結十分和諧，存在的竟象呈現有機的組合。這些是本詩與身俱足的優點。
不過，第二層次的敍述中，即詩的第二節，「向城市」的標的並無特殊的意義，是詩人未捨棄的「經驗的事實」、「敵機來臨的前夕」並沒有準確地「戰時的夜晚」的跡象。這些是疏忽之處。

C、

「我是一個人」，這是最近英國詩人 GEORGE BARKED. 在一篇述及詩的責任的論文的結尾。

「歸途」這首詩的感情在首節的「爲了我／是一個人」中有濃烈的人的色彩。他「如爲了死必須忍耐生嗎」，「把你的愛也一起吹進去吧」更爲鮮明。

詩的發言雖係個人的意識，但人性的共通却使渺小的詩人的位置無限擴大。詩的背景雖是依靠著生存地域，但人性的共通使侷促的地域無限擴大。

「我是一個人」使詩的「民族性」和「世界性」成爲可能。

「我是一個人」也是今日的詩人們必須凝視挖掘的。

從詩想的動向看鄭烱明的「歸途」

岩上

詩人往往有異於凡夫俗子的異想與千廻百轉的縈思，把這種思維應用於詩的創作所產生於詩境中的脈絡，我說它就是詩想的動向。而詩想的動向將是架構一首詩的主要關節，我們無法想像無詩想動向的詩，至於「無跡可尋」實乃高度技巧的應用。

現代詩在解脫了格式與韻律的枷鎖後，所追求的已不再是一個字或一個詞所擔負的片段突現，而是詩想所統御的全軍的衝殺。

基於這個觀點我們可以在鄭烱明的「歸途」中追溯他，歸（動）向的足跡。

像許多鄭的詩一樣，「歸途」並無歸趣難求之感，亦即鄭詩的意境並非在迷離隱約中獲得；他的詩想往往在平凡的情境中進行，到達緊要關頭時才突然一瞬間的爆出詩意。因此他的作品往往採取「一劍穿心」的手法，讓詩想貫注於統一的方向，故詩想的脈絡淸晰可尋。「歸途」的手法，亦復如此，只是這首詩所造成的效果異於他一向所操縱的點的刺破，而是令人有更多的分歧的冥想與縈思。

茲將這首詩的結構與詩想動向的脈絡繪圖如左，並加以分析說明：

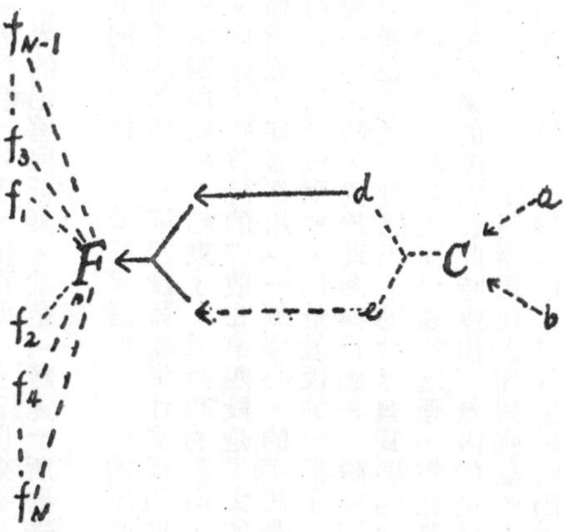

a表示第一段第一句，b表示第二句，c表示第一段全部或第三句：「爲了我是一個人…」。d表示第二段，e表示第三段，F表示第四段，…表示這首詩所造成的分歧的冥想與遐思。

通常以歸途爲題材的作品，大多以描寫在外流浪多年的人，終於回到可愛的家園，而產生的或悲或喜的感觸而已。但鄭並沒有這種通俗的想法，且看一、二兩行：

「爲了生存必須獲得諒解嗎
爲了死必須忍耐生嗎」

作者一開始就異端於一般歸途的意念，而把歸途的意念放置於抉擇生與死的詰問中，「爲了我是一個人」將生與死的盤問，廻盪於胸際之間，這是作爲一個詩人的自負與責任，面對赤裸裸的人生所發出的心聲。詩想的動向由這裡發軔進入第二段的實感世界。由第一段進入第二段與第三段有「隔」的飛躍，因此用虛線「……」表示之。

在實感的世界裏，「我坐在吉普」而駛向「溢滿危機」的「城市」。爲什麼坐吉普，不坐其他的車子?爲什麼駛向城市，不駛向其他地方?爲什麼有敵「機」的來臨?這除了作者有意把詩境推入人生戰鬪的場面外，這種場面也是現代人才有的經驗，實非古人所能想像的吧!這是現代人才能目覩的悲劇，所以這首詩是道地的現代詩。

第二段因爲在實感的世界進行，故以「——」實線表示，第三段因爲是在思想的世界進行，故以「……」虛線表示。因爲d與e是同時進行的，亦即第三段的「思想」是在第二段實感世界中所同時產生的，因此兩段並行排列，同時詩想的動向以箭頭表示向第四段進行。

第三段乃對第二段實感世界的絕望所發出的顫慄的聲音吧!「因爲我已死了╱現在即使……也來不及了」這種對現實世界的絕望與厭棄，就是「歸途」所要表現的動機吧!

由c的思想世界，d的實感世界，e的思想世界，交替滙聚而來的脈絡，到第四段將產生什麼樣的世界呢?因爲語言在第四段就收歛結束了，但詩想的動向，將繼續向前奔流。因此，這首詩的成敗在第四段是重大的轉捩點，亦即前面所述，作者採用「一劍穿心」的手法是否適時準確刺入詩心，這是最重要，也是最後的一招了。

生死一髮之時，貴於理念與行動在一瞬間同時併進而取勝。作者在最後一段將思想的世界與實感的世界，不再分開，而採取了同時溶入而呈理的處理，實在高明。從前面數段滙集而來的壓力在此時爆出F無限的驚悸，讓讀者從F所產生的驚悸同歸咀嚼現代人面對殘酷的人生去細細體會生與死所併發的種種問題，這些思維將因感受者的殊異而由f_1擴大至f_n。

「歸途」短短十五行，詩想的動向脈絡，似紆而直，似達而鬱，寓濃於淡，居淡突奇，把握了犀利的銳劍，刺入了現代人的心胸。

最後必須一提的是最末一行：墜下懸崖。「懸崖」是敗筆，非常可惜。因爲「歸途」始終都在城市進行，城市怎會有懸崖呢?並且「關掉引擎」之後，吉普是否仍會繼續「自由地」走呢?除非這個城市的道路坡度很大，但這也不能構成必然的共通性。

再以比劍來說：對方是被刺殺了，但自己也受了傷，雖是如此，倒底達到心願了——表達了作者所要表達的了。

演繹後的危機問題
歸途・生存的危機

郭亞天

我們對於生存或生存的意志經常帶有批判的眼光，並往往試練批判，結果它不是肯定的便是否定的。爲了我們都是一個「人」，在這種時候，我們要會有所選擇，那又可能多出一種遲疑（或說介中）現象：即不肯定也不否定、無法肯定也無法否定、不知肯定也不知否定……。

由於前述的概念，根據這首詩，有一種情形是可想像的：痛苦的生嚮往未知的死亡。

死亡的時刻嘲笑現實的生，不甘願、痛楚、和無奈。

如果把「死」劃入反克里馬古（齊克果）所說的那種心靈和意志上的「絕望」，則它可能採取三種形式：未曾意識到擁有自我之絕望（不應稱之爲絕望的絕望）；不欲成爲自己的絕望；欲成爲自己的絕望。這三種形式又可演述爲：可能中的絕望；和成爲事實的絕望。

顯然，這首詩作者的表然應屬於「欲成爲自己的絕望」與「可能中的絕望」。確實讓我感到已有一種無聲的危機，逐漸在腐爛我們生存的意志。

當然不能相信作者眞正喜歡在開車的歸途關掉引擎那樣「自由地」任其墜下懸崖吧？我也不敢相信作者本身因對人生透視得如是薄弱而突然感覺想自世界中消失的那份快意；我樂於把它看成是「決死欲成爲自己的絕望——挑釁」，換句話說，我何嘗不能認爲這是一首多少具有辯證性質的詩？

我的日記㈢

詹冰

二月十日

妻：「報紙的副刊，爲什麼沒有詩呢？」

我：「………」

妻：「我們是詩的民族啊，天天看不到詩。外國人看了我們的報紙會怎樣批評呢？」

我：「………」

妻：「隔壁的陳老師說：白紙還有人要，可是把詩印下去就沒人要了。是不是眞的？」

我：「………」

妻：「旣然大家都不需要詩，你還在寫什麼詩呢。到底爲了什麼呢？」

我：「………」

妻：「聽說，陳老師在台中買了一本覃某人的詩集，只花兩塊錢。詩人半生的心血，還不值得一碗的陽春麵——」

我：「………」

妻：「再說，學校的課本也不採用現代詩……，你，怎麼一句話都不說呢？頭痛麼？」

我：「豈止頭痛，連我的心臟也在痛——」

日本現代詩鑑賞 (2)

唐谷青

安西冬衛 (1998—1965) 生於奈良市。幼時搬到東京，后來隨着父親的調職轉到大阪府堺市。畢業於府立堺市中學，是「地理課中最精彩的一個學生。」中學畢業后隨父親到大連，後，因右膝關節炎切斷一支脚。在大連期間，和北川冬彥、瀧口武士等創刊詩誌「亞」（一九二三—二七），后參加一九二八年創刊的季刊詩誌「詩與詩論」爲編輯同人，立於昭和期新詩精神運動的中心。一九三四年回國，任職於堺市市役所。詩集除了收集大連時代作品的「軍艦茉莉」(1929) 之外，有「亞細亞的鹹湖」（1933），「渴神」(1933)，「大學的留守」(1943)，「韃靼海峽和蝴蝶」(1947)，「坐着的鬬牛士」(1949) 等。死后，「安西冬衛全詩集」由思潮社刊行。

昭和初期以「詩與詩論」爲中心的新詩運動，在審美方面，傾向於主知的意象，在方法論上，則以主知的構成爲主。以這種詩法表現出典型作品的詩人中，安西冬衛是代表之一。

小野十三郎在「安西冬衛全詩集」的解說中一開頭說：「安西冬衛在平常說話時，常常提到『碰上』這兩個字。他將它做爲文學用語使用時，也就是 Correspondence」、亦即萬物照應。安西本身好像是當做『共鳴』的意思加以使用。這是他的詩的本質，而且和詩法具有深切的關係。」的確，這個「Correspondence」是解開安西詩扉的一把鑰匙；他的詩是由日常的論理所不能聯想或類推的異質的語言和語言「碰上」后才成立的。

安西冬衛本人關於這種詩法，進一步說：「語言和語言、文字和文字的結合是極端的，以奇技表演師的姿態懸在空中。被拋開的世界。然而正像雜技忽視物理學的法則絕不能成立一樣，不，正像將物理在限界的邊緣加以應用一樣，在斷絕了的語言和語言、文字和文字之間，由精密的計算所搭上的梯子或者網激烈地存在着。只是這是透明的，在表面所呈現的是毫無依靠的非常的狀態。不可能有的物與物的結合。objet與objet（物）之意想外的相遇。處理這種問題的斷絕手法。這種趣味。而這種趣味具有陷入一種瑣碎主義 (trivialism) 或縱橫字謎遊戲的危險，這是眞的。救出這種危險的是方法。」（「坐着的鬬牛士」）

詩人所謂的方法，是運用機智而强調「稚拙感」。詩人在將語彙給與重新組合時的精神態度，惟恐失去「稚拙感」。這種對語言加以强烈的藝術操作，而以庶民的感情爲底流的詩法使安西的詩具有水零零的生命力。物與物的結合往往以提示材料做爲手段，而以透明的感情貫穿其間。換句話說，安西的詩是由審美的構成所產生的抒情世界。關於安西這種審美的 Romanesgue 的精神，伊藤信吉說：

「詩集『軍艦茉莉』的特徵，在形式上的確是短詩，但是支持着這種短詩的是 Romanesgue（虛構的、傳奇的、感情的）精神。讀者從這些作品的意象中，難免不由得受到某種情緒的，小說似的感情的誘惑吧。至少，在那短短的表現裡，我是感到豐富的情緒的漂蕩。與其說這是短詩，不如說是詩的散文（或者散文式的roman）更爲恰當，那種心理的挿話所折疊起來的詩的世界——亦即詩人將短詩的魅力，在豐富的情緒的量感中加以構成。」

這種羅曼寧思格的世界是安西詩的一大特質，而其中所呈現的種種異樣的意象本身，更是表現出這個詩人之特色的重要因素。他的所有作品具有一個共通點，亦即這種異樣的意象始終出現：那是由暗鬱的異國的（exotic）地理的幻想產生出來的。這種意象經常帶有現代文明所內藏的某種宿命的殘忍性。

事實上：讀安西的詩，經常令人感到某種宿命的，殘酷的東西充塞在詩人與世界之間，將一切事物隱翳起來，將它的形狀相反地，或者殘廢不全地呈現出來。在將現實加以變形這種意識的底層，潛在着某種敏銳的批評的知覺。將這種批評性，不是當做理論，而是當做抒情在作品中加以感受：這是理解安西的詩，乃至某些現代詩時不能不具有的認識吧。

春

一隻蝴蝶向着韃靼海峽飛過去了

——「軍艦茉莉」

這首只有一行的詩，表面上的意思只不過是點出一隻蝴蝶在海上飛渡而去的春景而已，但是再仔細一想，讀者的想像不禁超過語言的界限而漂向一個茫漠的世界。折疊在這短短一行的詩句裡的意象，是具有無限擴大之張力的。

「韃靼海峽」是北方的一個荒凉的海，上面垂罩着一無邊際的陰暗的，令人眩暈的佛頭青的天空；向着這種海飛去的一隻蝴蝶的細弱的形影。在這小小的影子裡有着一線幼嫩的春光。

進一步，讀者由於「飛過去了」這個動詞所喚起的意象，不是蝴蝶在那兒飛舞着玩兒，而是一個小小的生命受着某種命運的意志之引導，向着這個令人想到虛無的荒凉世界彷徨而去。甚至，讀者對於這隻蝴蝴到底飛到什麼地方微微感到不安，而聯想到不久在暗黑的波間漂流的這隻蝴蝶的屍體。

這種聯想是由於「飛過去了」而極其自然地被喚起的。可是這裡頭所纏繞着的哀愁的情緒，尤其是使用動詞的過去形以表現出對逐漸在眼前消失而去的東西一種無可追跡的哀惜之情，在讀者的心裡廻蕩着。

要而言之，這首詩一方面意識到明媚的春的甦醒，另一方面却潛藏着對於纖弱的生命走上暗澹的命運所具有的一種予感和哀憐之情。鮎川信夫對於這個作品做了以下的評釋：

「一隻蝴蝶和韃靼海峽，這種極微的和極大的東西之對比產生出想像的一大振幅；由此而喚醒風景的規模之雄大，縹緲的浪漫情緒，對異樣的命運的鄉愁或追悼的暗合所帶來的殘忍的戰慄感：如此構成了這首詩。這到底與事實如何結合等等，在一向不引起這種問題的空想的領域裡，激烈地襲擊着感覺。

在原詩裡「蝴蝶」用的是古代的平假名「こふこふ」：這不僅暗示視覺上的效果，在聽覺上也令人感覺到蝴蝶一上一下一緩一急地飛着的姿態。進而這個平假名和「韃靼」這兩個複雜的漢字給與形象上明顯的對照等，都是「

在這首詩的深部作者別有用意的構造計算上不可欠缺的要件」，用以暗示「這個照應所抽出的形而上學的精神對比的美」。

軍艦茉莉

一

被讀做「茉莉」的軍艦今夜已投錨在北中國的月出的停泊所。像岩鹽那樣靜悄悄地白白地。

我是艦長上尉。苗條而白皙的麒麟那種姿態，連自己都覺着美麗地婦人似地令人想像。我在艦長公室的莫洛哥皮的狄凡椅上，無夜無日地昏昏沉沉地被鴉片迷上只是倒塌着。在這樣的我的下擺一隻雪白的柯利種的狗，看守着我停駐着。我不知打哪兒起連起居的自由都喪失了，我被監禁着。

二

月出使我微微憶起妹妹的事。我唯一的妹妹，那以后變成怎樣的事情我模模糊糊地知道。妹妹早就被諾曼地產的質不良的這隻艦的機關長姦汚了。可是對這件事現在的我一點辦法也沒有。而且現在「茉莉」也從夜陰到夜陰的港變換着錨地，變成了極惡的黃色賊艦隊麾下的一隻——可悲的是，我不知不覺地一下子又陷入了睡不成眠的睡眠中。

三

夜半，耳邊響着討厭的滑車的聲音我醒了。啊啊今夜又有誰殘酷地被水埋葬——我幻覺到在陰森森的水面落下去的殘忍的木箱。一瞬間，我比刀刃更清楚地看見了變成屍體橫臥着的妹妹。我正要遽然立起。可是在我的褲脚邊看守着我的柯利種的雪白的狗，像釦子一般冷酷地把我扣留在長椅子上——『噯喲』我將無可奈何的身體，徒勞地扭動掙扎，而逐漸地於是昏倒了。

四

月亮遲留遲留地像巴旦杏似地墮下去。夜陰來臨。於是又是「茉莉」變換錨地的時候。「茉莉」在疫痢一般的月色中間始迴動艦頭。

——「軍艦茉莉」

這是用散文的形式寫成的一首詩，或稱之爲詩的散文或稱之爲散文詩。散文詩在性質上該是詩而不是散文。這個作品藉用散文的形式，所寫的却是極度壓縮的幻想的羅曼，具有極爲濃的詩意。

安西的詩所特有的羅曼寧思格的精神，在這個作品裡加上異樣的中世紀的，地理的幻想，靜靜地展開了無聲的一幕劇。

像婦人那樣苗條的美麗而白皙的艦長，看守着他的貴族的雪白的柯利，被海盜侵犯的少女的命運，以及被虐待的那種殘忍性，無一不是羅曼寧思格精神的產物。詩的手法是將語言材料予以意象化、戲劇化，而展開一種耽美的世界。這首詩中的怪異性和殘忍性，令人想到埃德嘉·愛倫，坡的作品。

第一連的前節，用電影的遠景手法攝取軍艦及其背景。第二節中用莫洛哥皮、狄凡椅（Divan無靠背有坐墊的長椅）柯利種牧羊犬等外來語而增加異國的幻想。

第二連中的「黃色賊艦隊」該是指黃種人的海賊團。

第三連中的「木箱」指棺材。原詩中使用「噯喲」這個中國人慣用的口語驚嘆詞。這在日文中反而給與新鮮的幽默感。安西詩中使用很多漢語、外來語、古語、術語、甚至俗語：這些無非都是詩的材料。這些材料經過一番篩濾、反芻，而成爲作品中貴重的部分。

第四連也使用電影上的遠景手法結束。「巴旦杏」以其實果的形狀和顏色形容月落。「疫痢一般的夜色」：據村野四郎的解釋，疫痢是一種小兒的急性傳染病。發生下痢，且便中含血。因此這句是說含着血似的卵色半透明的夜色。

就詩在機能上的性格來說，與其表現明確的思想論理，不如展開一種耽美的世界而詩的論理的主題因此得到表現。讀者讀了這首詩而感到某種神秘的美的享受，那麼這首詩中的感覺的表現也就算成功了。

迷宮

向大學的寄生蟲學課，論文——關於對寄生蟲卵尤其是蛔蟲卵中溫熱及調味料的抵抗這篇論文第一次進行確定實驗時，她迷失了回去的出口，正下到從一樓到地下室的樓梯的一半。

「到那兒去什麼也沒有啊」

從幽市（necropolis）吹來的發霉的羊毛氈那種氣味在天花板上回響，將嘎啞的聲音墮下來。

「是屍體室啊……」

告訴我這件事的小姐說：「所謂大學就是這種地方呀」而悲哀地笑了。

※

——「大學的留守」

昭和以后的現代詩拋棄了過去的傳統的抒情詩所具有的，由感傷和詠嘆而來的陶醉的美學，同時也拋棄了做爲這種陶醉美學之潤滑劑的音樂性。現代詩所追求的是非感傷和客觀的意象的美學。亦即村野四郎所說的：將詩從主情的濕潤地帶導向非情的乾巴巴的感性的地帶。現代詩人所採取的主知主義將他們引向這種冷靜的美學。

在這種非情的世界構築詩的近代詩人中，安西是極爲精緻的一位意象主義者。這首詩是一首典型的作品。

也許開始讀到這首詩前段時，讀者被那充滿學術用語的敘述所引導，而感到多麼乾燥無味。一到她迷失了出口，有了轉折；到了從幽市（大墳地）吹來的氣味那兒，覺得味覺和聽覺的描寫有點奇特時，突然

「是屍體室啊……」

這句一出現，讀者猛不防在驚愕之餘，從聽故事的安逸心情顚落到完全不同的思考世界，讀者所思考的便是詩人所要表現而沒直接表現出來的。

也許在讀者的腦中，由這種大學地下實驗室的情景而思索到「死」的問題。人生或文明最后只不過是通向「死」的悲境……

這種知性的衝擊是這首詩之最大的主題，也是最大的魅力。

而最后一行，她「悲哀地笑了」：在科學中失去青春而不斷走向死之迷路的她，「悲哀地笑了。」

W. S. MERWIN(1927—)

摩温詩選

傅敏譯

『又是一年』(一九六〇)

我對你沒有什麼
前程，窮人的天堂之類的新要求。
我嘮叨的，仍是同樣的事情。
我仍然企求著同樣的問題
臨著同樣的燈光，
磨著同樣的石頭。

而鐘針仍然敲著沒有進來。

『替一個俘虜懇求』(一九六〇)

婦人抓攫著狐的
頸背，可以死了這條心；
雖然妳證明是仁慈它也不會馴服的，
雖然妳用肥鴨引誘它
乖乖地在妳手頭裡
而且設心機妙地捕獲它，
不要期望它會成爲朋友，
像狗一樣跟著妳，睡在妳的脚上，
快樂地呆在屋子裡。　不會的，
它祇會來回地疾走，
走前走後，以茫然的眼神；
它既不會惡毒地罵妳
也不會發脾氣，呻吟著
落魄的淒涼歌聲，
一整夜在妳的愛顧裡
在妳精美的肉食裡，除了
它自己的哀煩沒有什麼滋味
(好像前頭我已經說了的)。
　　　　　呵，
立刻殺了它不然放掉它吧。

亞細亞的敗亡(一九六六)

森林被毀壞了的時候他們的黑暗留下來

灰燼這龐大的行人是隨著覇佔著來的
永遠
他們不會實現什麼眞的事
也不像鴨子在自己的時光中
長久地
漂嬉在河面
村民的鬼魂蔓延在天空中
造成新的幽亮

雨水一再地再用無意義的聲調
滴進死者沒有瞑目的瞳睛
當月光照到了他們時他們已經是萬物的色彩
夜像受傷但一點也沒有治癒一樣地消失了

死者也這樣離開的
血液浸進燒焦的農田
凄慘的地平線
遺留在
時序的頭上
他們是紙糊的鐘
招喚著沒生命的東西

覇佔者移動到死亡和星辰籠罩下的各地方
像煙柱一樣他們消失在陰影裡
也像沒有光線的模糊膠卷
他們沒有過往
砲火刼洗著他們僅有的未來

現代法國詩集選譯

非馬

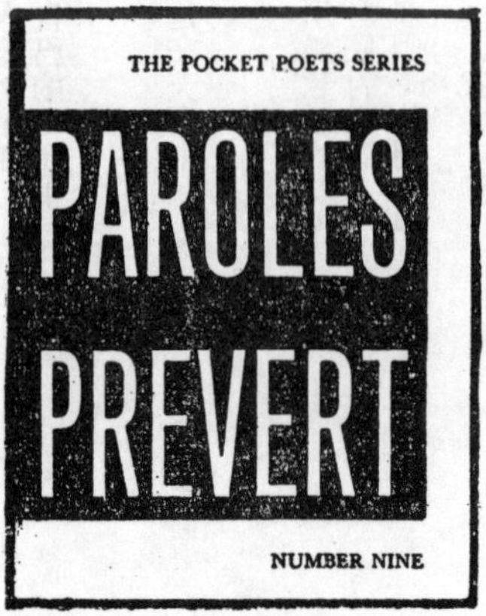

書　　名：話 (PAROLES)

原 作 者：裴外 (JACQUES PREVERT)

英 譯 者：福苓蓋廸 (LAWRENCE FERLINGHETTI)

出 版 社：CITY LIGHTS BOOKS

出版日期：一九六八年二月第六版

書　　價：美金一元

英譯者序

我頭一次接觸到 Prevert 的詩是寫在一張紙枱巾上于一九四四年的 st.Brieue，這充滿浪漫情調的遭遇無疑是我努力想使 Prevert 的詩在英國與美國橫行的根源。我曾檢視零碎地被發表在英文的詩選及刊物上的 Prevert 的詩，大部份以淚眼。一般講起來，不通的翻譯及浮淺的選擇使他蒙受極大的損失。而紙枱巾上的那首詩也許可說明 Prevert 在四十年代的法國的遭遇——一種（他最壞的批評家會告訴你）最配寫在紙枱巾上，且存在于感情與矯情一線之微之間的詩。

Prevert 給我們的意義自然同他給法國人的意義不同。"Paroles" 裡的很多詩來自第二次世界大戰以及被占領的法國，很明顯地"Paroles" 意味着話（Words）及口令（Rasswords）的双重意義。Prevert 是特別對那些戰後的法國少年講話，尤其是那些在被占領時期長大且對教堂與國家感到完全疏隔的人。從那以後我們有我們自己的抵抗運動在我們的反叛作家中間——對中等以上階級的空想以及白領階級的謬見還有其它系統化了的種族的瘋狂的權威世界的反叛。Prevert 在三十年代便已說過這些了。Prevert 是那些人中間的一個，他們扯着你的衣袖且說：「不要支持它……唾棄它」。最好的他只給你看一些東西而讓你自己去作結論。最壞的他替你作結論以太感傷的筆觸，像「人類的成就」一詩神妙地以眼睛所見開始：

人類的成就
不是這英俊微笑的年青人
站在他的石膏
或石頭的腿上
且以塑像幼稚技巧的優雅給
低能的幻象
以舞蹈與歡唱的快樂
用他的另一隻在空中的脚喚起
歸家的甜蜜的快活
不
人類的成就不背負一個小孩在它的右肩
另一個在它頭上
第三個在它左肩
他的工具在吊
以及一個快樂的年青人吊在他的臂上……

但他接着說出人類的成就眞的是什麼，而我們被餉以關于一個低薪的無產階級的瑣事使這譯者不繼續把這首詩譯完。也許，不幸地，這種觀察在今日的法國依然不是瑣事，當我們從我們太養尊處優的高度俯視他們，像Prevert所攻擊的Cochon（猪）那麼自得自滿。

他生于一九〇〇年，在四十年代後期，法國批評家 Gaeton Picon寫道 Prevert 是「唯一眞正的詩人，到目前爲止，他知道如何去打破多多少少專業化了的大衆的界限。」Prevert（如 Picon 所形容）是聰明的街頭頑童的聲音——早熟、嘲弄、激越，不作任何人或物的捉弄對象。他甚至被 Daumier（Honore1808–79 法國畫家）相提並論因爲他揭穿且拆法官們、將軍們、總統們、主教們及院士們的臺——所有那些他認爲把我們從快活隔離的人。快活是人類的天命却永遠受陰謀的破壞。Prevert 常常指責這種陰謀。

在今天已嫌不够了，而我個人就是一個寧願 Prevert 再進一步更深地指責，像今天許多年青詩人所做的。看起來 Paroles 的巨大成功（初版于一九四六年，到一九五二年已印行了二十萬册），通到他頭腦的錯誤部份。在他後期的書裡，不但沒有變得更深遠，他允許他自然的電影的眼睛輕易地掠過依然令人驚駭的世界的表面。當其它的人在這表面底下開始挖掘一個爲肉眼所永遠達不到的世界。

有些人一直認爲 Prevert 只不過是一個超現實的丑角（如一個美國詩人所說的）：「一個韻律的俗耳，好來塢這邊最不值錢的心靈，有着最少的誠實，而最急急于作假、抄襲、自吹自擂。」而他終于被今天的詩人與批評家所貶抑因，爲他犯了在這荒謬地要求所有藝術表現它的荒謬的荒謬世界裡太過明晰的大罪。

即使如此，今天許多所謂的詩人依然需要這麼一隻導盲犬在街上。Prevert 依然是一個偉大的觀察者 See-er ）如果不是一個偉大的預言者 (Seer)。他寫起來就像在談話，邊走邊談。他的無所不在的眼枚擧這世界以一種“Movement Transflguratevr”因這皮相的理由 Prevert 被稱爲現代法國詩的Plcasso而Prevert的“La Crosse en L'Air” 以西班牙內戰爲中心，同Plcasso的”Guernica”平行。而，這兩個作品中間，至少我個人比較喜歡 Prevert 的。

這集子裡的詩差不多是原詩集Paroles 裡的一半。在三十年代樹立他聲譽的一些早期的長詩（著名的如“La Crosse en L'Air” „Souvenir de Famille” 以及“Tenfative de Description dun Diner de Tefes a、Paris-France”）本來該收在這裡的，但它們充滿了不可翻譯的Jeu de mots（遊戲文字）以及不可解釋的過了時的時事敍述。它們保存在法文裡要比在任何英文翻譯裡好得多，這話也適用于這裡所有的詩。（中譯者註：這話是加倍地適用于這些中文翻譯），一首詩可以被完成，一首翻譯只能被捨棄……

我們常常忘記英文不是 Romance Language 裡的一種……

我在十五年前爲了好玩翻譯了這些詩。它們依然值得。

舊金山・1964

塞恩街

塞恩街十點半
晚上
在另一條街的轉角
一個人蹣跚着……一個年青人
戴着帽
與雨衣
一個女人搖着他……
她搖他
且對他說話
而他搖着他的頭
他的帽子歪斜
而女人的帽子快要掉到後面去
他們很蒼白他們兩個
男的很想走掉

去失踪……去死……
但女的有一個激烈的生的慾望
而她的聲音
她悄悄的聲音
使人無法不聽見
它是一種呻吟
一個命令……
一聲叫喊……
如此急切這聲音
悲傷
而生動……
一個病嬰在墳上戰慄
在冬天的墳場……
一個被門夾住手指的生物的叫喊
一隻歌
一句話
永遠相同
重複着……
沒有結尾
沒有回答……
那人看着她他的眼睛轉開
他用他的臂動作
像一個沉弱的人
而那句話回來
塞恩街在另一條街的轉角
女人繼續
不倦地
繼續她不安的問話

無法敷裹的傷口
比爾告訴我 實話
比爾告訴我 實話
我要知道一切
告訴我實話……
女人的帽子掉了下去
比爾我要知道一切
告訴我實話……
愚蠢而虛誇的問話
比爾不知該回答什麼
他是迷失了
他這叫比爾的……
他有一個微笑也許他希望它是親切的
且重複
來吧靜下來你瘋了
但他不知道他有多對
但他不懂
他不懂如何
他男性的嘴被他的微笑扭曲……
他透不過氣來
世界壓在他身上
且悶殺他
他是囚犯
爲他的允諾所困……
他被召來算賬……
對着他……
一架算賬的機器
一架寫情書的機器

一架受苦的機器
攫住他……
掛在他身上……
比爾告訴我實話。

主禱文

我們在天之父
　留在那裡
而我們將留在這地面上
這有時是如此美麗
以它紐約的神秘
以它巴黎的神秘
至少同三位一體一樣子
以它在Ovrcq的小運河
以它中國的長城
以它Morlaix的河
　它的甘蔗
　以它的太平洋
以及它在Tuileries的兩個盆地
以它的好小孩同壞大人
以所有世界的奇蹟
　這些都在這裡
　　在這地上
　　給每個人
　　隨處撒佈
驚奇于他們自己的神奇
　不敢坦承
如赤裸的漂亮女孩不敢顯示自己
以世界暴亂的不幸
　軍隊
以軍人
以行刑者
以這世界的統治者
統治者同他們的牧師他們的叛國者與他們的軍隊
以季節
以年代
以漂亮的女孩以老混蛋
以不幸的稻草腐爛在大砲的
鋼鐵裡

蠢才

他說不以他的頭
他說是以他的心
他說是對他的愛
他說不對老師
他站着
他受考問
所有問題都已提出
突來的大笑攫住了他
而他擦掉所有
字和圖
人名與日期

句子同陷穽
不顧老師的恐嚇
在小天才們的嘲笑裡
用每種顏色的粉筆
在不幸的黑板上
畫了個大笑臉

女人季節

飢餓迷路凍僵
獨自一人身無分文
十六歲的女孩
站着不動
Place de La Concorde
正午八月十五

ALICANTE

一個桔子在桌上
妳的衣服在地毯上
而妳在我床上
現在甜蜜的禮物
夜的清涼
我生命的溫馨

我看到他們中的幾個

我看到他們中的一個坐在另一個的帽子上
他很蒼白
他在發抖
他在等待着某種東西……不管是什麼……
戰爭……世界末日……
對他是完全不可能的事做個手勢
或者說話
而另一個
另一個在獵「他的」帽子的人更是蒼白
他也在發抖
並且對他自己重複個沒了……
我的帽子……我的帽子……
而他想哭。
我看到他們中的一個在看報紙
我看到他們中的一個在向旗子敬禮
我看到他們中的一個穿着黑衣
他有隻錶
一條錶鍊
一個錢包
榮譽軍章
以及鼻鏡
我看到他們中的一個用手拖着他的小孩
且在咆哮……
我看到他們中的一個帶着條狗
我看到他們中的一個手杖裡藏着刀

我看到他們中的一個在哭
我看到他們中的一個走進教堂
我看到另一個走出來……

花與花園

人哪
你看着地面上所有花卉裡最暗淡最憂鬱的
而像對別的花你給它起了個名字
你叫它思想。
思想
那是如他們所說的詳密的觀察
週全的思考
而這些既不開也不討的叫人發嘔的花
你叫它們不朽……
這對它們倒很相稱……
但紫丁香你叫紫丁香
紫丁香那確確實實的
紫丁香……紫丁香……
對雛菊你給它一個女人的名字
我對女人你給她一個花的名字
這沒什麼兩樣。
主要的它要漂亮
要使人愉悅……
最後你把平凡的名字給平凡的花
而最虛誇的給最美麗的
那株從不幸的肥料裡萌芽的
那株挺立在銹彈簧旁邊
在垂頭喪氣的老狗旁邊
在暴裂肚臟的舊床墊旁邊
在那營養不良的人住的茅屋旁邊
這花是如此地生氣蓬勃
通體金黃光芒四射
那朶博學的人叫它向日葵的
你你叫它太陽
……太陽……
天哪！天哪！無數次的天哪！
誰看着太陽來着？
誰看太陽？
沒有人再看太陽了
人類變成了他們所變成的
聰敏的人類……
一株癌的結瘤的猥陋的花在他們的扣洞裡
他們走來走去看着地面
而他們想着天空
他們想……他們想……他們不停地想
他們再也不能愛眞的活的花
他們愛謝的枯的花
不朽與思想
他們走在記憶的泥淖裡在悔恨的糞堆裡……
他們拖曳着他們自己
費力地
在過去的沼澤中
他們拖曳……他們拖曳他們的脚鏈
他們一步拖着他們的脚

他們費力地前行
陷落在他們的極樂世界裡
他們極聲唱着輓歌
是的他們極聲
唱
但他們說什麼也不願清除
所有在他們腦袋裡的死物
因爲
在他們的腦袋裡
綻出了那株神聖不可侵犯的花
瘦小醜惡的花
病弱的花
嚴酷的花
永遠凋謝的花
個人的花……
……思想……

返鄉

一個不列塔尼人※回到他的老家
在數度冒險事業成功之後
他在Douarnenez的工廠前面走着
他不認識一個人
一個人都不認識他
他很傷感
他到一個煎餅店去吃煎餅
但他一點都吃不下
有東西使他食不下咽
他付了賬
他走了出去
他點了根香烟
但他不能吸它
有東西
有東西在他腦袋裡
壞的東西
他越來越傷感
突然他開始記起：
有人告訴他當他小時
「你總有一天會上斷頭臺
有好幾年
他什麼都不敢做
連過街都不敢
連到海上去都不敢
什麼都不敢絕對什麼都不敢。
他記得。
那個預知一切的是Gresillard伯伯
帶給每個人壞運的Gresillard伯伯
那豬玀！
不列塔尼人想到他的姐妹
她在Vaugirard工作，
想到他死在戰爭裡的兄弟
想到所有他見過的事事物物
他做過的事事物物。
哀愁攫住他
他再試着

去點燃一根香烟
但他不想吸烟
所以他便決定去看Gresillard伯伯。
他去了
他打開了門
伯伯不認識他
但他認識他
他對他說：
「早安Gresillard伯伯」
然後他勒他的頸子
而他終于在Quimper上了斷頭臺。
在吃了兩打煎餅
和吸了一根香烟之後。

※Breton

艱苦時代

預先警告你們老傢伙們
預先警告你們一家之長們
你們把你們的兒子獻給國家的時代
如同一個人把麵包拋給鴿子
那時代不會再來
認了吧
它是過去了
櫻花季不會再來
櫻核季也不
為這唉聲嘆氣沒有用
乾脆去睡你們的大覺
你們快睡着了
你們的壽衣燙得畢挺
睡魔來了
調整你們的顎帶
閉上眼皮
清道夫來把你們抬走
三劍客的時代已終了
現在是陰溝工人的天下
在地下火車上帶着一個大微笑的那個時代
你們彬彬有禮地問我們
引話開始
你是不是在下一站下車
年青人
你們說的是戰爭
但你們不會再給我們那父性的愛國的待遇
不再有我的上尉
不再有某某先生
不再有爸爸
不再有媽媽
我們不在下一站下車
除非我們早把你們除掉
我們將把你們拋出門外
那是比墳場更實際
更快活
更快

更便宜
每次你們在宴飲時抽籤
總是那船斷倒霉讓你們取樂
但快活的沉人的時代已經過去
當艦隊司令們掉在海裡
別想我們會拋救生圈給他們
除非那是石頭
或熨斗做的
認了吧
老老人的時代已經過去
當你們從閱兵式回來的那個時代
你們的孩子在你們肩上
你們沒喝什麼却都醉了
而你們的脊髓
因驕傲與欣喜而昂挺
在兵營前面
你們的頭興奮得發狂
當英俊的馬隊通過
而軍樂
使你們從頭到脚酥癢
使你們酥癢
而你們放在肩上的小孩子們
你們讓他們滑落到三色泥裡
到死人的肉土裡
而你們的肩彎拱
青春必須消逝
你們讓它死去

尊榮而高貴的人們
在你們的鄰區
你們彼此相遇
你們彼此道賀
你們湊成一堆
呵呀呵呀親愛的巴比拉先生
我有三個兒子我把他們統統給了國家
呵呀呵呀親愛的先生我的兩個
我只給兩個
人只做他能做的
他們能期望我們什麼
你的膝蓋是否還痛
而一滴淚在眼裡
假惺惺的哀悼的鼻涕
黑喪帶在帽子上
脚舒適而暖和
葬禮的花圈
還有羊肉裡的大蒜
你們記得戰前
苦艾酒匙馬拉的車
夾髮針
火炬避靜①
呵多麼美妙
那些是舊日的好時光
閉嘴糟老頭
不要再動你們的爛舌
在你們的假象牙齒之間

髮車的時代
馬針的時代
那時代不再來
就在午點之前②
抖擻你們的老骨頭.
囚車
富人的柩車來了
聖路易的子孫們升上天
表演已終了
這整個可愛的世界將在那上頭重聚
靠近那警察的大爺
在法院的庭園裡

對半生不熟的祖父
對半生不熟的父親同母親
對半生不熟的老祖父們
對半生不熟的老兵們
對半生不熟的老牧師們
對半生不熟的老巫婆們
表演已終了
此刻爲孩子們
戲正上演

註①Torchlight Retreat——一種在晚間擧行的避靜（天主教）
②英譯爲Right by fours.不可解。fours的一義爲A light meal served in the afternoon especially to harvest workers. 姑且勉强這樣譯。
③英譯 rear. 也是不可解。

懶散的早晨

眞可怕
這微响
一只硬殼蛋在洋鐵皮的櫃枱上敲裂
眞可怕這喧聲
當它在一個飢餓的人的記憶裡搗攪
這人的頭也可怕
這飢餓的人的頭
當他注視他自己在清晨六點鐘
在一個大店的鏡子裡
一個土色的頭但他看的不是他的頭
在 Chez Potin ①的橱窗裡
他一點都不在乎他的頭
他想都不想它
他夢
他幻想另一個頭
好比說一個牛頭
在醋醬裡
或者一個不管是什麼的頭只要是可喫的
而他移動他的下顎輕輕地
輕輕地
而他磨他的牙輕輕地
因爲世界收買了牠的頭

而他無力同這世界作對
他數他的手指頭一二三
一二三
表示有三天他已經沒吃東西了
無補于事儘對自己說三天
撐不了
撐了
三天
三夜
什麼都沒吃
而在這些窗玻璃後面
肉醬瓶子
死魚受他們的罐頭的保護
罐頭受窗玻璃的保護
窗玻璃受警察的保護
警察受恐懼的保護
何等的障礙對六條不快活的沙丁魚……

過去一點點那咖啡店
加乳酪的咖啡還有熱麪捲
這人蹣跚
而在他的頭裡邊
一片字語的霧
一片字語的霾
待吃的沙丁魚
硬殼蛋加乳酪的咖啡
摻甜酒的咖啡
加乳酪的咖啡
加乳酪的咖啡
加罪惡的咖啡摻血的咖啡……
一個受鄰居尊敬的人
在光天化日之下被割咽喉
行刺的那廝偷了兩個法郎
從他身上
或一杯摻淡的咖啡
零法郎六十五生丁②
兩片麵包及牛油
還有二十五生丁當小賬

眞可怕
一只硬殼蛋的微响
敲裂在洋鐵皮的櫃枱上
眞可怕這喧聲
當它在一個飢餓的人的
記憶裡搗攪

註：①店名
②Centime＝1/100 Franc

家庭

母親在打毛線
兒子在打仗
她覺得這很自然做母親的
而父親在幹什麼做父親的？

他在做生意
他的妻子在打毛線
他的兒子打仗
他做生意
他覺得這很自然做父親的
而兒子而兒子
兒子覺得怎麼樣做兒子的？
他一點都不覺得怎麼樣做兒子的
他的母親打毛線他的父親做生意他打仗
當他打完仗
他將同他的父親做生意
戰爭繼續母親繼續她打毛線
父親繼續他做生意
兒子打死了他不再繼續
父親同母親到墳場裡去
他們覺得這很自然做父親和做母親的
生活繼續打毛線打仗做生意的生活
生意戰爭毛線戰爭
生意生意生意
墳場的生活。

我是我

我是我
我便是這個樣子
當我想笑
我便哈哈

我愛那個愛我的人
那是否我的過錯
如果我每次愛的
不是同一個
我是我
我便是這個樣子
你還要怎樣
你要我怎麼樣

我生來爲取悅
無法更改
我的後跟太高
我的背太弓
我的胸部太硬
而我的眼太圓
畢竟
于你何事
我是我
我取悅我所悅

干你何事
我的遭遇
是的我愛一個人
是的有個人愛我
如小孩彼此相愛
只知道愛
愛愛……

幹嗎問我
我在此爲了取悅你
無法更改

血中之歌

世界上有許多大血坑
所有這些血流向何處
是不是大地喝了它變得泥醉
還可就成了好玩的醉理①
那般明智……那般單調
不，大地沒有醉
大地沒有歪歪斜斜地轉
它如常地推動它的小車它的四季
雨……雪
冰雹……好天氣……
它從未醉過
只艱難地它不時容許它自己
一座不快活的小火山
它轉，大地
它轉帶着它的大血池
而所有生物同它一起轉且流血……
它睬都不睬
大地
它轉而所有生物哀號怒叫
它睬都不睬
它轉
它不停地轉
而血不停地流……
所有這些血流向何處
謀殺的血……戰爭的血……
不幸的血……
以及牢裡受刑者的血……
平靜地受他們的爸爸媽媽酷刑的小孩的血……
以及男人的血他們的頭在軟墊病室②裡流血
還有修屋頂者的血
當他們從屋頂上滑跌下來
以及奔湧的血
與新生者俱來……與嬰兒俱來……
母親哭叫……嬰兒哭叫……
血流……大地轉
大地不停地轉
血不停地流
所有這些血流向何處
被脅迫者的血……屈辱者的血……
自殺者的血……被槍斃者的血……罪人的血……
以及那些就像那樣死去者的血……因意外
在街上一個生物走過
帶着所有的血于身體裡面
突然他死在那裡
而他所有的血都在外面
而其他的生物使血消失
他們把屍體抬走
但血很頑固
在那人死去的地方

好久以後全黑
一小滴血還在擴張……
凝固的血
生命的腐朽肉體的腐朽
血凝結如牛奶
如牛奶當它轉
當它轉如大地
如轉動的大地
帶秘它的牛奶……帶着它的牛……
帶着它活着的……帶着它的死者……
大地轉動着它的樹……帶着它的生物……
　它的屋宇……
大地轉動帶着婚禮……
葬儀……
砲彈……
軍團……
帶着它的大血流
轉了又轉又轉的大地。

註①Drunkography—源自 Geography（地理）的諧字

②Padded cell 牆上加褥的病房，防精神病患者自殺。

早　餐

他把咖啡倒
進杯裡
他把牛奶倒
進咖啡杯裡
他把糖放
進牛奶咖啡裡
用咖啡匙
他攪
他喝牛奶咖啡
他放下杯子
一句話都沒對我說
他點
香烟
他吐烟圈
用烟
他把烟灰放
進烟灰缸裡
一句話都沒對我說
一眼都不看我
他站起來
他把
他的帽子戴在頭上
他穿上雨衣
因爲天在下雨
他離去
在雨裡
一句話都沒說
一眼都沒看我
而我 我把

我的頭捧在手裡
大哭。

絕望坐在長凳上

在廣場的長凳上
有一個人喊你當你走過
他戴眼鏡穿舊灰衣
他吸着小雪茄
他坐着
他喊你當你走過
或只對你招手
不要看他
不要聽他
走過去
裝着你沒看到他
沒聽到他
走過去快點走過去
要是你看他
要是你聽他
他對你招個手沒有東西沒有人
能够使你不坐近他
然後他看着你且對你微笑
你便大大受罪
而這人繼續對你笑
而你笑同樣的微笑
一點不差
你笑得越多罪便受得越
大
你罪受得越大便笑得越多
無可救藥地
而你呆在那裡
坐着不動
在長凳上微笑
小孩子們在你四周玩耍
過路人走過
平靜地
鳥飛走
從一棵樹到另一棵
而你呆在那裡
在長凳上
而你知道你知道
你再不會玩耍
像這些小孩
你知道你再不會走過
平靜地
像這些過路人
再不會飛走
從一棵樹到另一棵
像這些鳥。

畫一隻鳥的像

首先畫一隻鳥籠

有個敞開的門
然後畫
一些漂亮的東西
一些簡樸的東西
一些美麗的東西
一些有用的東西……
爲鳥
然後把畫布靠放在一棵樹上
在花園裡
在樹林裡
或在森林裡
躲在樹後
不說
不動……
有時鳥很快地到來
但他可能化好幾年的長時間
在決定之前
不要氣餒
等
等上幾年如果必要
鳥來得快慢
同畫的成功
沒有關係
當鳥來了
如果他來了
保持極度的肅靜
等鳥進了籠
而當他進去了
輕輕地把門關上以一隻畫筆
然後
把所有鐵條一根根塗掉
小心翼翼不碰到鳥的羽毛
然後畫樹的像
挑它枝椏中最美麗的
爲鳥
同時畫上綠葉與風的清新
太陽的塵埃
還有蟲豸的喧囂在夏熱裡
然後等鳥去決定唱歌
如果鳥不唱
那是壞的表示
表示畫畫得不好
但如果它唱了那是好的表示
表示你能簽名
所以你便非常小心地拔下
鳥的一根羽毛
而把你的名字寫在畫像的一角。

直而細的路

每一哩
每年
繃着臉的老人們
給小孩們指路
以鋼筋水泥的手勢。

最後的晚餐

他們坐在桌前
他們不吃
也不碰他們的盤子
而他們的盤子直直站在
他們的腦後

美術學校

從一個編籃裡
父親揀起一個小紙球
把它丟
進缽裡
在他受迷的孩子們面前
湧起
多彩的
碩大的日本花
瞬開的水蓮
而孩子們
目瞪口呆
在他們日後的記憶裡
這朵花從不凋謝
這突現的花
送給他們
當時
當他們面。

歌

這是什麼日子
這是每天
我的朋友
這是一生
我愛
我們彼此相愛且我們生活
我們生活且彼此相愛
而不知這生命是什麼
而不知這日子是什麼
而不知這愛是什麼

日蝕

路易十四也被稱爲日五
常常坐在夜壺上
在他朝代的末年
有一個晚上伸手不見五指
日五從他的床上爬起來
坐上他的夜壺
便沒有了下落。

花束

妳在幹什麼小女孩

帶着那些新摘的花
妳在那裡幹什麼年青的女孩
帶着那些花枯乾的花
妳在幹什麼漂亮的婦人
帶着那些凋謝的花
你在那裡幹什麼老婆婆
帶着那些瀕死的花

我等着勝利者

秋

一匹馬倒斃在一條巷子中央
　葉子落在牠身上
　　我們的愛戰慄
　　太陽也一樣

破鏡

那小人一直唱個不停
那小人在我腦中跳舞
　青春的小人
　　搗毀了他的鞋帶
以及所有博覽會裡的攤棚
　所有立時倒塌
而在這博覽會的靜默裡
　在這腦中的沙漠
我聽到你快樂的聲音
你沙啞而易碎的聲音
　幼稚而孤獨
從遠處來呼喊着我
　我把手擱在心上
　那裡碎裂着
　　鮮血淋漓地
你星照笑聲的七片玻璃

自由區

我把我的帽子放在籠子裡
頭上頂着隻鳥走了出去
這樣
人們不再敬禮
司令官問
不
人們不再敬禮
鳥回答
呵好
抱歉我以爲人們敬禮
司令官說
恕你無罪每人都會犯錯
鳥說。

新秩序

太陽躺在泥土
一升打翻了的紅酒
一座屋子倒塌了
如醉漢在行道上
而在它靜立着的陽臺下
一個女孩橫躺着
一個男人跪在她身邊
正要結束她
在那刀子攪動的傷口
心不停地流着血
男人發出了一聲戰鬪的吶喊
像隻可笑的孔雀的鳴叫
而他的吶喊消失在夜裡
在生命之外在時間之外
那臉色如灰的男人
那迷失且毀了的男人
站了起來且高呼「希特勒萬歲!」
以一個絕望的聲音
面對着他在瓦礫堆裡
一座燒毀了的店舖
一幀蒼白老頭子的像
仁慈地向他招呼
星星照着他的袖子
有的照着他的帽子
像聖誕夜輝耀的星星
爲孩子們照在松樹上
而這突擊隊員①
在這神奇的彩色照片前面
突然發現自己又回到了家
在新秩序的中心
他把匕首挿入護鞘
直直向前走了開去
新歐洲的機械人
爲思鄉而發狂
別了別了 Lily Marlene
而他的步子他的歌在夜裡徘徊
而那蒼白老頭子的像
在瓦礫堆裡
獨自在微笑
平靜地在半暗中
衰老而充滿自信。

註①Storm Trooper——德國納粹黨的突擊隊。

鳥，自由自在

我很遲才懂得愛鳥
我爲此多少感到遺憾
但，現在一切都妥當了
我們了解彼此
牠們不對我專心
我也不對牠們一意

我看着牠們
我不打擾牠們
所有的鳥盡牠們所能
立下模範
不是那種像格拉西斯先生
在戰時引人注目而勇敢的
自持的模範或小保羅的那種模範
他是那麼窮苦那麼英俊那麼誠實
後來變成了大保羅那麼富有
那麼老大那麼體面那麼可厭那麼
貪財那麼慈善那麼虔誠

或者像那老女僕有個可當
典範的生與死從不爭論
不是說她的指甲輕彈着牙齒不是說
不曾同先生太太爭論過那
可驚的薪水問題
不
鳥立下模範
一個適當的模範
鳥的模範
鳥的羽毛翅膀飛行的模範
鳥的窩巢航程鳴聲的模範
鳥的美的模範
鳥的心
鳥的歡樂的模範

獄卒之歌

你上哪兒英俊的獄卒
帶着那串染血的鑰匙
我要去釋放我愛的人
如果還來得及
她被我囚禁
溫柔而殘酷
在我最秘密的慾望裡
在我最深沉的煩惱裡
在前途的謊言裡
在誓約的愚蠢裡
我要釋放她
我要她自由
甚至忘掉我
甚至走掉
甚至回來
且再愛我
或愛另一個
如果另一個使她快活
如果我被留下
而她走掉
我只要保存
我要永遠保存
在我空空的双手裡
到我的末日
愛情塑成的她乳房的溫柔

紅馬

謊言的快活團團轉①
你微笑的紅馬
團團轉
而我生根地站在那裡
執現實悲慘的鞭
我無話可說
你的微笑眞實得
像我家的眞實

註①merryground

而歡宴繼續

站在酒枱前
鐘敲十下
一個高大的鉛匠
在禮拜一穿上禮拜天的衣服
獨自爲他自己唱歌
唱說這是禮拜四
說今天不用上學
說戰爭已終止
工作也是
說生命是如此美麗
而女孩們這般漂亮
且在酒枱前東歪西倒
但受他的鉛垂線的引導
他猛然在店主面前停住
三個農夫將走過且付你
然後消失在日光裡
沒有付淸酒賬
消失在日光裡不停唱他的歌。

巡迴表演

快活如鱗魚躍急流
快活世界心
在它噴血處
快活手風琴
在灰塵裡號叫
以檸檬的聲音
一首流行歌曲
不合調也不合理
快活情人們
在俄國山上
快活褐髮女郎
在她白馬上
快活棕色男孩
在等她微笑
快活這人在淸晨
站在他小艇上
快活胖女人

同她的紙鳶
快活老混蛋
在摔盤子
快活在他推車裡
一個很小的嬰孩
不快活被徵召的壯丁
在靶場
看世界的心
看他們自己的心
看世界的心
猝然大笑。

在花店

一個人走進花店
挑了些花
賣花的把花包紮起來
這人把手放到口袋裡
去掏錢
買花的錢
但在同時他把手放
突然地
在他的心上
他倒了下去
在他倒下去的同時
錢在地板上滾來滾去
然後花掉落地上
與這人同時
與這錢同時
而賣花的站在那裡
看着錢滾來滾去
花在敗壞
人在死去
顯然地這一切都很可悲
而她該做點什麼
這賣花的
但她不知該從何處下手
她不知道
從哪一端開始
有這麼多事要做
這人在死去
這些花在敗壞
而這錢
這錢滾來滾去
不停地滾來又滾去

和平演講

在一個極端重要的演講接近尾聲時
那大人物被
一個漂亮空洞的辭句絆了一跤
倒在它上面
沒講它但張着嘴

喘着氣
露他的牙
而他和平論調的蛀牙
暴露了戰爭的神經
金錢的微妙

芭芭拉

記着芭芭拉
那天在 Brest①整天下雨
妳微笑着走着
臉紅紅與冲冲濕淋淋
在雨裡
記着芭芭拉
那天在 Brest整天下雨
而我在暹羅街邂逅妳
妳微笑着
我也微笑
記着芭芭拉
我不認識的妳
不認識我的妳
記着
仍記着那天
不要忘掉
一個男人在一個陽臺底下躲雨
他叫妳的名字
芭芭拉
而妳在雨中奔向他
濕淋淋與冲冲臉紅紅
而妳投入他的懷抱
記着它芭芭拉
不要生氣如果我親密地說話
我親密地對每個我愛的人說話
即使我只見過她們一面
我親密地對每個在戀愛中的人說話
即使我並不認識她們
記着芭芭拉
不要忘掉
那快活的好雨
在她快活的臉上
在那快活的城市
在海上下着
在兵工廠上
在 Ushant②船上
呵芭芭拉
戰爭有多麼笨
現在妳是什麼樣子
在這火與鋼與血
的鐵雨裡
而抱妳在他多情
臂灣裡的他
他是死了呢還是依然活着
呵芭芭拉
今天在 Brest整天下着雨
像從前那般下着雨

但它不再一樣
每樣東西都被破壞
那是可怕而凄涼的哀悼的雨
它也不再是一場風暴
颳着鐵與鋼與血
只是些雲
狗一般死去
那些傾盆淹沒的 Brest
失踪的狗
且漂得遠遠地
去腐爛
遠遠地離開那
空無一物的 Brest

註①法國西部一海港
②法國西部一小島，經歷次海戰。

車掌

走吧走吧
加油
走吧走吧
快點走呀
太多乘客了
太多乘客
快點快點
有些人在排隊
有些人隨處是
好多
沿着候車臺
或在他們媽媽子宮的大廳裡
走吧走吧加油
扣板機
每個人都要活
所以殺掉些
走吧走吧
來呀
認眞點
移過去
你知道你不能在這裡呆
太久
每個人都該有個位子
一點點路他們告訴你
一點點路繞着地球
一點點路在世上
一點點路你便下車
走吧走吧
快點快點
客氣些
不要推。

Place Du Carrousel

Place du Carrousee

在一個美麗夏日的傍晚
一隻馬的血
被撞的無韁的馬
濺流着
在舖道上
而馬在那裡
站着
不動
以三隻脚
另一隻脚受了傷
受傷且碎裂
垂下
靠近牠
站着
不動
是那車夫
然後是車子
它也不動
無用如一隻破鐘
而馬默不作聲
馬不訴苦
馬不嘶叫
他在那裡
他在等着
他是那麼俊偉那麼憂傷那麼單純
而且那麼講理
令人無法把淚水忍住

呵
失落的花園
被遺忘的噴泉
大草原在太陽下
呵受苦
災難的壯麗與神秘
血與閃光
被侵蝕的美
博愛

畢伽索的漫步

在一個很圓的眞瓷盤上
一隻蘋菓在擺姿勢
面對它
一個現實的畫家
徒然試着把
蘋菓照實畫下來
但
蘋菓不答應
蘋菓
對這事有它的話說
在它的蘋菓袋裡還有些花樣
蘋菓
旋轉着
在它的眞盤上
巧妙地在它自身上

柔美而不分移分毫
而像 Duc de Guise① 把自己僞裝成煤氣管
因爲他們要違背他的意願畫他的像
蘋菓把自己僞裝成一個美麗的僞裝果實
就在這時
現實的畫家
開始明白
蘋菓的所有外相都在同他作對
而且
像那不幸的窮人
像那可憐的窮人發現自己突然在不管是什麼
　慈善的施捨的可畏的機構之慈善與施
　捨與可畏的掌握之中
那不幸的現實畫家
突然發現自己成了
數不清的觀念機構的可悲的犧牲
而旋轉的蘋菓招來蘋菓樹
地上的樂園及夏娃然後是亞當
一隻洒水壺一個格子架一節樓梯
加拿大金蘋菓園諾曼第蘋菓 Reinette 蘋菓以及
　Appian 蘋菓
網球場上的蛇同蘋菓汁的誓語
以及原罪
以及藝術的起源
以及威廉退爾的瑞士
以及甚至牛頓
數度獎金得主有引力展覽會上
眩暈的畫家看不見他的模特兒
且睡着了
就在這時畢伽索
他走過那裡正如他走過每處
每天如同在家裡
看到蘋菓以及盤子以及畫家在睡覺
多妙的主意去畫隻蘋菓
畢伽索吃掉了蘋菓
而蘋菓對他道謝
而畢伽索摔破了盤子
微笑着走開
而那畫家從他的夢裡被拔出來
像個牙
發現自己又孤單地在他未完成的畫布之前
就在他瓷器的碎片中間
可怖的現實的種子

註①十九世紀法國將軍及政治家

讀「白蝶海鷗車和我」

林鍾隆

詩，是「感動」的產物，讀詩，也要做詩「感動」才會興起談詩的喜悅。但是，人的學養、境遇各別，甲所感動的，不一定能感動乙，乙所感動的，也不一定能使丙有所感動。所以，要讀到一首能讓自己感動的詩，機會是不多的。而我最近，很難得地享受到了這一份喜悅。是笠詩双月刊39期上所載羅青的「**白蝶海鷗車和我**」。

只因爲　在趕班車時　偶然看到了一隻　小白蝶　孤獨的　面對一大片起伏不定的屋瓦　挑戰式的飛着　便停了下來　顧盼之間　頓然警覺

竟忘了什麼叫海了

不過　車子總還是要趕的　海　也只不過是偶而想想罷了　當然　有時在望着車窗外起伏的建築物出神時　冷不防　亦會想出一隻　無處棲止的白鷗

面對着全世界起伏不定的海洋

首先我從這首詩裏看到了生活的實在。「趕班車」是很實在而緊迫的生活。那班車，在我的感覺裏，它象徵「生活」，那「趕」字，使我想到被生活所趕，又去趕生活的人；使我看到了一個被生活、生存所逼迫，沒有得到安寧怡悅的心靈。

這顆心靈，在無奈的忙迫中，是渴望休息的，而一隻小白蝶，偶然地給了他現實以外的喜悅。在深藏窘迫的這位生活的奴隸的心目中，小白蝶不是面對繁花，而是與其希望全不相關，甚至是一種阻碍的「一大片起伏不定的屋瓦」，雖然，白蝶面對屋瓦，是一個可想像的實景，但是，我却覺得，彷彿這人的心情巧妙地移注到外物上面映射出來的，想像的情景。「挑戰式」，固然是有感於蝴蝶的，却也彷彿是這人內心的面對現實的意志和勇氣。小白蝶，是現實的，却也給人非現實的感受。而那「現實的」小白蝶，帶他暫時離開使他感受壓迫的痛苦的現實；可愛的小白蝶，使他得到了心靈的休息。他忘了「生活」，忘了「海」了。

這海，雖然是從「起伏不定的屋瓦」巧妙地連想而來的，但是，這海，予人感覺，不是現實的海，而是他爲了生存、生活所必須向它挑戰、與之搏鬪的海，也使人連想到茫茫無際及何處是吾岸的茫然的海。

當忘了這生活的苦海時，心靈將會有一刻多麼美好，何等安適的時光啊！在生活的苦海中的人，是很渴慕這樣的輕快和鬆懶的。

但是，這不會是永久的，生活的「車子」總是要趕的，這苦海，把它忘了一會，自然很快又想起它了。這苦海，也不能時時想它，時時想着它，會壓得人喘不過氣來，只能偶而想想罷了」。當奮鬪一陣下來，心力稍感疲乏的時候，他又爲那茫然大海顫慄了。自然在振起精神爲生活而進行戰鬪的時刻，是不會想到它的。

然而，就是在「安樂」的時刻，對生活還是放不掉憂慮、恐懼和不安的。因爲生活的保障，總不是絕對的，有時在安穩中會忽然想起萬一的時候，因而坐在「車子裏」——那也像是使生活暫時能平穩推移的車子吧——望着窗外，也會冷下妨想到「無處棲止的白鷗，面對着全世界起伏不定的海洋」。

我們可以想像出這一幅圖，但是，我寧願把那白鷗當做那人自己的化身。這海洋，對白鷗而言，自然是實在的海洋，對那人來說，則無疑是生活的苦海了。這「無處棲止的海鷗」之面對「起伏不定的海洋」，一方面令人想到戰慄的凄然，另一方面也使人意會挑戰的慄然。這隻白鷗給了我多樣的感觸。

這是在生活的海洋中翻騰數十年的人很自然地被引起的情思。

放開以上這些，則又是另一情景在眼前了。那蝴蝶、那海鷗，都是白的。白所象徵的是純潔，牠們代表純潔的年青人。而那「孤獨的」之所以孤獨，是不肯隨俗浮沉，保持自我清高的孤高。至於那海，則是洶湧可怖、無邊無際、深不可測，隨時會吞噬年青人的純潔與理想的「社會」的海洋。於是這首詩展現予我的是：懷抱美麗的理想的可愛的年青人面對社會的挑戰精神與戰慄的感覺。

這首詩，在我讀完它後閉起眼睛，還有第三、第四……多種不同的感受。

詩固然多爲表現自我，但是，不是把自我表現「明白」使人「了解」便是，要在使人感動，而在感動之後，生出連連的波紋，不是像石頭丟入水中激起的波紋，一直擴大開去的那一種，而是像肥皂泡泡簇擁一團的那一種。好比唐詩三百首中的王昌齡的「出塞」：

秦時明月漢時關，萬里長征人未還。但使龍城飛將在，不教胡馬度陰山。

有人讀了以爲懷念秦漢的壯盛，爲「今」之不如昔而抱怨歎息。有人又覺得抱怨的不是時代，只是歎息沒有將才。更有人却以爲並非懷念，稱頌秦漢，也不是懷念飛將軍李廣，也不是抱怨戰爭。這樣有歧解的詩，明代的李攀龍則稱之爲唐代七絕壓卷之作，是不無道理的。

羅青的這首詩中，生活予人的心情感受，心靈對生活的映照，現實與想像的結合，是可以使各種不同的人，發生各種不同的感動的。這種多彩的美，是詩令人喜悅的一種質素。

語言的創新

郭亞天

詩——有一種危機是不能被忽略的，那是「語言的陳腐」。

特別是現在，在語言的被賦予詩人們刻意追求與崇尚的命運，它產生了喧騰和不安的光景，所謂肌理，所謂濃縮，所謂張力等等，把語言的智力完全逼進到一條死胡同的規矩裡，發生姦戀。

事實上，現代詩人對語言認眞的態度，與迫切的强調毋寧是可喜(取)的，不幸在：由於過份的執着和敏感於這種喜悅的經驗，而忘棄了新鮮性的開放，成爲它的致命傷。

「語言的陳腐」擺在這個受寵若驚而逐漸混亂的過程上，慢慢地喪失風味，在後日的詩人，他們可能只承認那僅僅成爲是「過去的習慣」(非傳統的)而甚至不對我們努力與苦樂的心情感動。至少在目前的我(們)自己，慣常注視著的眼睛對於它有時已曾發覺不能接觸到起初的那種新奇感的「效果」；在現在，我們或者這麼說：它即將被我們所玩膩。

詩的本身，關於嘗被認爲利用它的象徵性來創造新的經驗的語言，在我們同時更瞭解了：

「所謂語言的詩性使用，詩語的體系或宇宙等等之類者，都藏匿於遠比普通詩人所已確認到的場所更爲深遠的地方。」(註①)

「詩人的語言的重量是不時被社會性的責任這具計量器所衡量著的。」(註②)

之後，在此，我們當自覺不得沒有不斷地促使語言「不同面之長大」(創新)的要求，以應付我們更深遠的追尋和被衡量。很顯然的，這種關係與認識勢必急於否認或排斥「語言的陳腐性」之不自覺的保持，才成爲理由的進階。

因之由於「語言的陳腐」不得不使我們面對的環境：那是一種新鮮性、新奇的、新銳的、新的態度和表現。

這一種轉變—如果我們只有稱爲轉變的話—，顯然也不是很容易一下子足以「達到」和「改觀」的，那彷彿要緩和地突擊；但至少我們要被置於這種自願的狀態中——每一位詩人，每一首詩，不同以往的，創新的過程和衝動——一種「現代」的精神，才成爲解救。而寫詩，這應該是我們所自命樂觀的。不是嗎？

註①：錦連譯「詩人的備忘錄」(二)。
註②：錦連譯「詩人的備忘錄」(一)。

名詩選評

双人床

余光中

讓戰爭在双人床外進行
躺在你長長的斜坡上
聽流彈，像一把呼嘯的螢火
在你的，我的頭頂竄過
竄過我的鬍鬚和你的頭髮
讓政變和革命在四周吶喊
至少愛情在我們的一邊
至少破曉前我們很安全
當一切都不再可靠
靠在你彈性的斜坡上
今夜，即使會山崩或地震
最多跌進你低低的盆地
讓旗和銅號在高原上舉起
至少有六尺的韻律是我們
至少日出前你完全是我的
仍滑膩，仍柔軟，仍可以燙熱
一種純粹而精細的瘋狂
讓夜和死亡在黑的邊境
發動永恆第一千次圍城
惟我們循螺紋急降，天國在下
捲入你四肢美麗的漩渦

南部合評紀錄

時間：六十年三月廿一日下午三時
地點：臺南林宗源宅
出席：白萩、張默、林宗源、管管、朱沉冬、鄭烱明（紀錄）

白　萩：這首詩日本詩人高橋喜久晴的評語是：手法典麗漂亮。我想余光中寫這首詩可能受戰爭影片的影响，因爲作者不可能有如詩中所描寫的那樣戰爭的體驗。然而能把戰爭和双人床（愛情）予以自然的連結，且顯示出深刻的對比，是非常不錯的。在目前的世界，我們時時感到戰爭的威脅，好像就在身邊。双人床上女人的可靠與戰場上的虛無，兩者有著强烈的對比。

張　默：油印的詩後有一句感語：「詮釋了愛情在時代中的新意義」，「双人床」讀後給人的感覺也大致如此。作者寫的雖是個人愛情的感受，但卻不令人感到淫穢。全詩我想可分成五段，即一至六行一段，七八兩行段，九至十三一段，十六行至最末一段。詩中戰爭的術語引用不少，但最後的「第一千次圍城」，是否可把「圍城」改為拂曉攻擊」較恰當，事實上在現代的戰爭「圍城」的說法是罕見的。我們可以把「双人床」拿來和瘂弦的「深淵」比較，前者好比即興曲，後者則有如交響曲。過去我曾批評余光中的詩常是知識的堆積，「双人床」則較少有此種現象。詩中描寫戰爭的部份並不能讓我感覺過癮，我以為這和他沒有戰爭的親身經歷有關。

朱沉冬：讀「双人床」使我們覺得，愛情之信念、道德價值等不存在於詩中，唯有双人床上的「戰爭」才是一切。余光中的詩常有一種俏皮調，雖然這可能構成詩的特點或幽默感，但有時讀起來覺得很敞扭。依我們對余光中的瞭解，他的個性是不適合寫這種詩的，「双人床」除了音節美以及讓我們感到暫時性的快感和吶喊外，無法給我們更深刻的感動和美的深度。

鄭烱明：我個人認為這是一首好詩。在余光中大量的詩創作裡，至少他沒有早期「蓮的聯想」的那種胭脂氣，也沒有剛自美國回來，語言蛻變初期如「或者所謂春天」的那種白開水味道。「双人床」所描述的是人類自古至今所一直面臨的問題——戰爭與感情的衝突，而且予以重新釋義。「双人床」的成功除了在題材上佔便宜外，其他如節奏的運用，自然的双層意象的重疊等，也是因素之一

白　萩：剛才張默說余光中的詩用知識寫成。關於這點，我認為知識是人類經驗的一部份，也是可以入詩的。「双人床」既能感動大衆，那麼作為一首詩，它的成立是無疑問的。「双人床」所寫的戰爭部份給各位的感受覺得不太深入，或許可用「知識問題」來解釋。這首詩如把愛情和戰爭兩開來看，力量將大為削減，但作者把它們經過處理而連結，卻產生另一種成功的效果。知識是不是一定會對詩有碍？一首詩的原始是先有感動，如再經豐富的知識經驗助其成長，使其更趨完美，不是更好？如沒有感動，純以知識堆積詩，則叫人討厭。

朱沉冬：我一直以為愛情是詩的動力，詩的泉源。强調生命存在的詩，如白萩的「風的薔薇」在本質上說，它本身即是一種戰爭。余光中的作品我讀得不少，我覺得變化很大，所謂余光中的風格是什麼？好像無特別的地方，卻受太多外國詩的影响，為什麼我說這種話？因我讀起來總有一種別扭、不自然的存在。余光中可以說較少用感情寫詩。「双人床」中的愛情如果是指「狹義的愛情」可能不錯，如果是指「廣義的愛情」，就較膚淺了。

林宗源：我看這首詩是由生活中產生的對於用「狹義」一詞我不同意，因為余光中除了寫愛情外，還牽連著戰爭這個大問題。作者在詩中透露著，在戰爭就在進行的現代，即便是肉體之愛也是眞實而安全的。

朱沉冬：這一點我剛才也說過，我的意思是說，「双人床」對愛情的描述也不過深刻。

白　萩：這是個人受限於創作當時的體驗，那麼我要反過來說，既然此詩，在戰爭體驗表達不够，愛情體驗也表達不够，即關係到表達程度的問題，到底要到什麼程度才算是够？

鄭烱明：每一位詩人完成一首詩，我想他都認爲他所採取的形式是最佳形式，他所用的語言是最恰當的語言。可是在第三者的眼光看來，並不一定如此，這個作者和讀者之間所產生的鑑賞的差異，實源於兩者經驗的不同之故。那麼究竟誰對誰錯，我想文學不是在討論這個問題，重要的是，詩人如何訓練表達自己所要說的話。

管管：目前詩壇上語言的使用已趨口語化，「双人床」的語言也非常口語。我同意林宗源的意見。生活在現代，一切看似毫無動靜，其實足以毀滅人類的原子彈就在眼前。「双人床」是用譏諷和俏皮的手法寫成的，把最嚴重的問題用毫不在乎的手段完成，可見其高明之處。不過整首詩的戲謔仍稍感不够，當然，這是過份苛求。余光中嗅覺非常靈敏，詩壇的變動他常是走在前面。

白萩：因爲在戰爭中才感覺愛情的可貴，雷馬克有一部小說「春閨夢裡人」，即描述一個大兵在短短數天的假期內愛上一個女人而結婚，後即赴戰場而亡，而女人的却一直在等待他的歸來，在戰爭中，人們才會感到愛情的可貴，而勇敢的去愛但「双人床」一詩由於是寫「肉體之愛」才具有現代感。如寫成女人的眼多麼美，倩影叫人難忘，等等寫空洞洞虛虛渺渺的愛，才教人滑稽，老美把性交說成「做愛」Make Love 非常實在。

管管：事實上，戰爭與死亡乃同時進行。像「双人床」的題材，也可以用嚴肅的態度來寫，沉痛地寫。讀「双人床」我們感到在沒有什麼的後面，隱藏著幾乎令我們不敢正視的大問題。

白萩：生、死、愛是人生三大主題，一切文學作品莫不圍繞其四周而寫成。

林宗源：「双人床」是一氣呵成的，我看不分段較好。詩的形式成於詩完成時。

張默：分段以後，朗誦效果是否較佳？

白萩：我想那會把戰爭和愛情之間的距離拉開，而顯得鬆懈。

朱沉冬：「讓政變和革命在四周吶喊」，我以爲像這樣說明性的句子最好不要。「讓旗和銅號在高原上舉起」就比較含蓄。

白萩：沉冬和余光中的語言體系不同言語連接法不同，才有這種說法。我想從余光中的言語體系和連接法來看，余光中一定會說「讓政變和革命在四周吶喊」是必要的。余光中喜歡用對句，大概是受舊詩影响，對句的運用，可使詩中高潮迭起。同時余光中對音樂性是，很敏感的從節奏上講，「讓政變和革命在四周吶喊」，是不可缺的，因「讓……」，在全詩中有四處，有差不多間距的分布，是頭韻是連繫。

朱沉冬：「笠」詩刊一直從事詩播種的工作，我想我們今天的討論是採取客觀的態度來研究一首詩，目的在分析，發表個人的看法，這樣可使初學者有所參考。

中部合評紀錄

時間：民國六十年三月十四日上午十時
地點：后里國小張彥勳宅
出席：桓夫、錦連、谷風、張彥勳、張惠信、張基仁、陳明台（紀錄）、傅敏（整理）。

錦　連：今天我們以小詩人的身份來批評余光中這位大詩人的作品，實在有些不太恭敬。可是，我們並不站在審判的立場來發言，作者也不會誤會此點吧！事實上，我們是要藉名詩選評的工作來發現創作的趣向。余光中這首詩，强烈的火藥味和溫柔的感覺和諧地混合著。我感到驚奇的是他的詩並不難懂，這意味著好詩並不一定難懂；是很多詩人該反省的。不管站在尖端或後面的詩人都須反省這一事實。

張彥勳：我個人比較喜愛短詩，像以前選評的季紅「鷺鷥」、紀弦「狼之獨步」以及羅浪「垂釣」等等。所以對余光中這首詩使我感到舖陳，散文化。他祇是將句子變位，而產生較爲新鮮的格調。

桓　夫：我和張彥勳的看法完全相反。余光中這首詩不但沒有所謂散文化的傾向，而且很有詩味。余光中的許多作品，要以這首詩最令我喜歡。這首詩充滿Wit和irony，它是以Wit和 irony（詼諧俏皮）的條件來表現這首詩的。雖然題材十分平凡，却創造了不平凡的世界。以內在的（愛情）和外在的（戰爭）構成。笠30期選爲名詩，感言是「諦釋了愛情在時代中的新意義」，愛與戰爭並不是新奇的。但仔細想想生存在工業時代的我們，意想不到的危機是很多的。作者能够在機械化的社會，感受到現代的危機，以戰爭來比喩，至少愛情站在我們這一邊，這種發現十分珍貴，這就是詩異於一般膚淺感動的地方。依照英國的統計，第二次世界大戰傷亡人數和英國工業傷亡人數比較，後者還超過前者十倍，顯示了一般生活的危機率之驚人，但人們較少察覺，所以戰爭的危機要屬較强烈的。不過「至少日出前你會是我的」這是機智和諷喩配合想像創造出來的。作者的語言運用，十分靈活。這是此詩成功之處。說是散文化，這凡的世界，這是此詩成功之處。能把平凡題材創造成不平麽著眼去觀察就看不到詩了。

張彥勳：剛才桓夫的話我十分了解。對戰爭和愛情的看法看得很恰當。看起來像散文，但表現却很成功。

錦　連：我也有感到散文的傾向，我想大概是作者直敍的緣故。詩，不是平凡的敍述，而是經過了思維曲折的deformation 表現出來的，此詩看起來比較不難懂就是因爲沒有這樣，這是從苛刻一點的眼光來說的。

谷　風：這首詩有它的廣涵度，除狹義的表現愛情在現代的新個性外，同時廣義的表現現代人生中「得」與「失」幻影的絞纏象。讀了該詩會給一種索性感。因爲作者是以一個對現代新個性的体認者的立場寫的，所以該詩表現的是對現代新個性的黙

破與對其所執的態度

傅　敏：剛才的發言，對這首詩有過份的稱譽。這首詩之所以會有這些掌聲，是作者善於把握題材而且能流利地運用語言的緣故。愛情和戰爭雖然是平凡的題材，這種平凡的題材是自從有人以來便根植在人類心靈的。最强烈的取求和最强烈的喪失同時在操縱每一個人的感情。這種題材的表現，在新世代詩人的作品也不難找到。可以說詮釋一切事物在我們時代中的意義是詩的追求之一。

我却以爲余光中這首詩雖然很能表現出强烈的愛情和戰爭的對比，但語言方面並沒有提供新的，異於陳腐，異於習慣的建設。作者達到了運用對比的高度成就，而且能够運用既成的語言將豐富的意象做有機的安排，可是像「現眼的虱子」一樣地，很難看到「隱藏的演出」。

張彥勳剛才提到散文化這一點，也許因爲他從事小說的寫作較缺乏詩的認識而用了不當的比喻，我想，如果用這首詩缺乏暗喻方面的技術，會表達他瞬即被壓抑的評斷吧！

錦　連：是的，余光中的語言一向受到殊譽的。不過，我絕不認爲他的語言是成功的，有能造成貢獻的。我們的習慣一向認爲流利，二次元的音樂性代表語言的優秀。可是仔細撿討起來，我們很容易對於小機智的修辭和講求朗誦而工作的調律付出讚賞。

今天，我們如果要檢討中國現代詩的語言，必須全盤推翻這些並沒有將語言從習慣的桎梏解放出來，並沒有還原到原始的、根的、重新追求新的思攷方式，連結方法的一切既成事實。也就是說我們必須重新檢討我們的現代詩。我們必須重新澄清一直被錯誤地讀來讀去的語言問題。

張基仁：我必須先聲明，我對現代詩來說是門外漢。但這一首令我感到震撼，我覺得這首詩具有對時代凝視的熱情。

谷　風：這首詩主題很廣泛，但筆法不够濃縮，並沒有給予欣賞者痛快淋漓的感覺，但能達到像余先生這種境界也是一件不容易的事呢！

張惠信：剛才谷風和傅敏都提到這首詩缺乏隱喻的構成，但我却覺得頗鏗鏘。不愛江山愛美人的情況，古今中外都有很多例子。這值得斟酌。意境雖高，但文字粗俗，使本詩遜色不少。

傅　敏：如果以「不愛江山愛美人」來評述這一首詩，顯然是運用了「功利的」來砍伐了這首詩的主題了。認眞來說，這首詩是以愛和肉體的美來對照戰爭的殘酷，而產生美的竟境，並沒有牽涉到適才張惠信提到的事實。

即以「粗俗」來檢討詩的語言，出之一般人的口中，並不會太使人感到意外。但小說家不應該這樣認爲的。或許大多數的人仍然埋頭在傳統詩的範疇，或許大多數人的美學仍然停留在逃避眞實的階級而忽略了它的新意義、可是現代的小說家不也已經都在追求更眞實的範疇嗎？

語言和思攷具有不可分離的關係。檢討詩的語言，一般要攷察它負荷的程度，詩人本身或詩評論家所作的批評更須比較底攷察它和傳統語言，既成語言等習慣的關係，以及在詩中所產生的關連性強度，意象的關係等等。

張惠信：現代詩是不是要攷慮讓讀者接受？

傅　敏：現代詩並不拒絕讀者，這一點任何文學或藝術行為都一樣。但是我們必須注意所有的文學藝術都是源於詩人藝術家個人的精神活動，這種純粹的出發永遠沒有辦法給予替代一種既成的目標或要求。也許現代詩有時因為詩人本身對詩的認識之特殊，或者因為實驗性的技巧或藝術運動造成的難懂晦澀。可是，也不敢因此說現代詩拒絕讀者。

谷　風：這可能是由於現代詩仍缺乏解說之故。如果有批評家來擔任橋樑，會改變這種現象的。

錦　連：剛才張惠信以為不要孤芳自賞是現代詩所要注意的。可是藝術並非娛樂，欣賞者不該以娛樂的，大衆化的程度來衡量標準。藝術橋樑不可能讓人家像扭開電視機一樣，不費心思地接受。這種前衛藝術的宿命，現代詩更是無法擺脫。

傅　敏：詩人希望別人能看懂自己的作品，但是無法要求讀者都能達一定程度。而且詩人不應該在創作時，讓其他因素干擾心靈的活動。

張惠信：我剛才的意思不是要作者降調自己，而是說一首好詩不該難懂，要能讓人能够接受。

谷　風：詩人本身的解說也有助於讀者的欣賞，但是這一點也不是容易做到的。

桓　夫：詩的弦外之音，語言的含蓄等問題，剛才談過很多，是否一首詩確須如此，大家意見如何？

傅　敏：直喻往往祇提供單線的活動，暗喻提供更進一步的想像，可使欣賞者產生更多心靈活動，詩人不應忽略。

桓　夫：有時詩人本身不要求產生太多的聯想，祇提出新的或異質的感受，應否算好詩？

傅　敏：這看要求的程度而定。

桓　夫：此詩或許經由鮮明的愛情和戰爭的對照，痛快淋漓地表現了双人床的新意義。

錦　連：這樣也很够水準，可算得上一首好詩。

傅　敏：作者有權利講求直喻的構成，但是詩已經成為從作者的創作意旨獨立出來的成品，讀者也有權利貧焚的要求。

錦　連：大詩人也能寫出不扳起面孔，人性化的可愛的詩這一點我很感動。

傅　敏：我認為祇有懷著一顆小詩人的心，才有成為大詩人的可能。

桓　夫：把一般語言活潑化，思攷的連結十分平實，這首詩的表現很使人感動。如果我們的要求不太苛刻，這是一首好詩。

北部合評紀錄

時間：六十年三月七日上午十時
地點：臺北市陳秀喜女士宅
出席：黃騰輝、李魁賢、趙天儀、拾虹（記錄）

李魁賢：一個詩人的任務，主要的是在表現詩人的生活。剛剛黃先生提到古詩的表現問題；在愛情方面的表現，古詩與現代詩有着很大的區別。古詩常表現着一種清高的境界，而現代詩卻在追求着靈肉的一致。由這一點說來，這一首「双人床」是很有現代精神的，表現了在戰爭下的愛情，給人很激烈的感受。尤其是把愛情與戰爭當作像兩台戲同時演賽，表現極爲特殊。

陳秀喜：双人床指的是戰場，在此更具有双關的意義。

趙天儀：以前我讀這首詩並沒有特殊的印象，但在「笠」第五週年例入五年詩選的推荐作品中，而且是由白萩推荐的，因此，引起我的重新注意。一般的推荐作品難免受到情感或其他因素的作用，但這一首是白萩推荐的，他可能有他推荐的看法。記得以前我聽說有三位女性談戀愛觀；一個主張精神戀愛，一個主張肉體之愛，另一個則認爲她們倆個都幼稚，戀愛該是靈肉一致。余光中在此詩中表現了怎樣的愛情呢？所謂「惟我們循螺紋急降，天國在下捲入你四肢漩渦」，令人感到在戰爭下情熱的激烈。戰爭下的愛情，也許更會感到一種神聖的瘋狂。余光中確實把握到不平凡的愛情。

黃騰輝：以前余光中寫豆腐干押韻的詩，很多人也欣賞他那種詩，像梁實秋先生就非常讚賞，然而，最後余光中還是走出了被束縛的領域，走出另外的，而且是他自己的世界。最近有人提出格律詩，余光中可說是最好的例子。如再繼續那些冬烘先生的主張，我們的現代詩只有死路一條。現在我們生活的型態完全改變，什麼樣的生活產生什麼樣的詩，這一點應被瞭解。像「臺灣文藝」吳濁流先生提出的論點無疑是開倒車的主張。

趙天儀：余光中先生在出版「天國的夜市」那樣的詩集時，也提到他的少作會使他自己臉紅。余光中較有現代意味的是在「萬聖節」那段時期以及「在冷戰的時代」這段時期。吳濁流先生所謂的詩，幾乎是以音樂性統括了一切。中國現代語言的演變；五四時期固然跟唐、宋時代不同，我們目前也跟五四時期不同了！吳濁流先生認爲現代詩人沒有李白、杜甫那樣傑出的詩人，但我們也可以問寫舊詩（漢詩）的又能有幾人呢？至少現代詩的作者敢向自己的體驗負責。問題是怎麼樣的語言才是詩的語言呢？押了韻就算數嗎？詹冰先生用化學的術語而表現爲詩的語言，這不是舊詩的作者所能想像的。例如：拾虹在他的「石蕊試液」一詩中最後的「你的心將變紅或變藍呢我的心將變紅或變藍呢」，無疑的是舊詩所無法表現的。從唐朝李白的「床前明月光」的「床」，到現在

「双人床」的床，同樣是使用「床」這個符號，但其間的不同是深具意義的，這是表現與生活體驗完全屬於兩個不同的境界。

拾　虹：我以爲吳濁流先生於「再論中國的詩」所提到的對現代詩的看法，是因吳先生不瞭解現代詩人的痛苦的緣故。做爲一個現代詩人，面對多樣性的現實，何嘗不是在孜孜不倦地在追求自己的路途？但吳先生竟是這個文壇的某類類型底同一論調，就像盲人摸象一像。

陳秀喜：余光中這首詩以女性的立場來看，給人感到女性的地位受尊重。

趙天儀：確實這首詩女性與男性佔了同等的位置。

陳秀喜：一般的觀念打戰是男人的事，但這首詩中女人也分擔了一半的責任。

趙天儀：我們並未反對別人寫怎樣的詩，而是用怎樣的表現才能適應？這是一種自由。就像是不超過斑馬線，我們沒有理由去管人家怎麼開車。

黃騰輝：另外的一點是說；新詩人很鼓吹自己。這一點我認爲這是人之常情，宣傳自己，也不只是新詩人而已。

趙天儀：詩人有一種狂氣，對於自己的作品，充滿自信，這種自信對於一個詩人却促進了創作的勇氣。吳濁流先生也頗有這種勇氣啊；但是一首詩被有識者欣賞之後，認爲不好，而作者却自己認爲只有待時間來證明，那是不是詩人患了訴諸時間的謬誤呢？另外有一種詩，在目前尙乏人瞭解，但經過有識者鑑賞品味一番以後，逐漸地被瞭解的，則另當別論。例如方思、黃荷生的詩，十多年前尙乏人問津，不被瞭解，但如同白萩先生所說的，放在今日年輕詩人的詩作中忽感穿得太單薄哩！詩是要不斷地再發現的。余光中說過；現代詩應收回散文的領土。散文、小說、戲劇，如果失去詩的精神，就不易達到理想的境地。批評這首詩，並非說它多好，但至少我們可以證實現代詩已開拓了這樣的境界，用五言七言的古老的詩型是無法表現這種境界的。

黃騰輝：走出早期的格律詩，來寫現代詩，那是一個有力的證明。

趙天儀：記得有一次我陪吳瀛濤先生造訪吳新榮先生於臺大醫院，適逢臺大歷史系教授楊雲萍先生。楊雲萍先生曾批評了新詩一番以後，認爲余光中先生的詩好，且是他的學生。他並未深入新詩的欣賞，且以余光中代表整個詩壇，顯然是一種誤會。因爲他所欣賞的正是余光中的豆腐干呢！早期的余光中是多麼格律，多麼浪漫，但現在却又多麼地摩登呀！我以楊先生爲例，正說明了某一些老一輩的詩讀者的不長進，却有以長者的身份來訓示年輕人不可以這樣不可以那樣，他們都懂日文，但我眞懷疑他們也能讀日本現代詩？他們也都懂中文，但我也眞懷疑他們也能讀中國現代詩？事實上，懂得語文，並不就懂得詩；正如懂英文的，並不就懂英詩是一樣的道理。

陳秀喜：在現代詩尙未播種的時期，從古詩到白話詩，那種格律的表現，對後來的發展無疑地是具有一種作用。

趙天儀：記得夏濟安教授也曾論新詩時提到形式的問題；

詩人覃子豪曾加以批評。早期的「自由青年」，曾有一位胡雲先生談戀愛的問題，頗吸引我的注意與喜愛。有一次他提到他的女兒寫信給他即將訂婚，先徵求爸爸的意見，他回信給他的女兒；很高興她先徵求他的意見。於是，他就以買鞋子爲喻；說她小時候上街買鞋子，總是選了又選，挑了又挑，最後才找到中意的。凡是她中意的，總是穿很久，而爸爸代挑的，反而一兩次就不穿了！他就說她爲什麼不像小時候多走幾家問一問呢？後來她女兒結婚，生兒育女，相夫教子，但却不是嫁給她那初戀的情人。我以爲不論戀愛、穿鞋或寫詩都一樣，爲什麼不多走幾家呢？我認爲論詩最危險的就是以爲眞理已經站在自己的一邊，而且詩已握於掌上哩！

李魁賢：什麼樣的語言才是詩的語言呢？實際上，並無所謂既成的「詩的語言」，當一首詩完成的時候，詩的語言才在湧動中確定。再者用固定的型式，只有加重束縛詩的精神，語言該是跟隨着精神走的。以余光中先生的詩爲例，正是一個很好的證明，有些人讚賞「蓮的職想」，那是因爲余光中在「蓮的聯想」中，有語言新的表現。但後來因一再地重覆，以及他人的抄襲，而變得令人不忍卒睹，可是余光中終於還是擺脫了「蓮的聯想」，創作了「在冷戰的年代」，我們才能欣賞到這首詩。「双人床」正是從他那新古典主義又返回現代主義過程中的新的表現，而他的語言也隨之有了很大的變化。

陳秀喜：這種表現在廿多年前是不敢這樣赤裸裸的。

趙天儀：我認爲余光中不懈地努力的鬥志是令人欽佩的，勇於從失敗中朝向新的試探。一首詩的構成，並非僅止於音樂性，多方面的追求，才能使現代詩人努力不懈，我曾懷疑吳濁流先生對詩的理想。吳先生曾說把看不懂的詩拿給新詩人看，新詩人也看不懂，我們眞想看看到底那是怎麼樣的一首詩？那個新詩人是誰呢？

陳秀喜：這一期的「笠」（指41期）中，非馬所譯的「美國現代詩選譯」却使人看不懂。

李魁賢：這些詩，以我們通常的概念來看，有模糊的感覺。但有一點我們瞭解的是這些詩把一切事物都賦與了生命，把它提升到跟人同等的地位，因此，詩中的天花板，衣櫃、浴盆、兎子等等都有了語言的能力，給人有擺脫了世俗的耳目一新之感。

笠詩社讀者服務部書目

理論

現代詩的基本精神	林亨泰	十二元
美學引論	趙天儀	十二元
現代詩的探求（譯）	陳千武	十八元
里爾克傳（譯）	李魁賢	二十元
保羅●梵樂希的方法序說	林亨泰	十二元
詩學（譯）	杜國清	廿四元
艾略特文學評論選集	杜國清	七十元
現代詩解說（譯）	徐和隣	十五元

詩集

風的薔薇	白萩	十二元
島與湖	杜國清	十二元
力的建築	林宗源	十二元
瞑想詩集	吳瀛濤	十二元
不眠的眼	桓夫	十二元
綠血球	詹冰	十二元
大安溪畔	趙天儀	十二元
秋之歌	蔡淇津	十二元
南港詩抄	楓堤	十二元
生命的註脚	靜雲	十二元
牧雲詩集	林煥彰	十二元
遺忘之歌	謝秀宗	十二元
窗內的建築	林泉	十二元
蝴蝶結	鄭仰貴	十二元
密林詩抄	桓夫	十元
蛙鳴集	杜國清	十元
菓園的造訪	趙天儀	八元
靈骨塔及其他	楓堤	十元
枇杷樹	楓堤	十二元
淡水河	徐和隣	十元
天空象徵	白萩	十六元
野鹿	桓夫	十四元
期嚮	陳鴻森	十二元
雲的語言	傅敏	十五元
斗室（和歌）	陳秀喜	非賣品
ステト上共に（〃）	吳建堂	〃
老い母ありて（〃）	〃	〃
町送の日日に（〃）	〃	〃
椰子の如しに（〃）	〃	〃

譯詩集

日本現代詩選	陳千武	十二元
杜英諾悲歌	李魁賢	十六元
給奧費斯的十四行詩	李魁賢	十二元
溫柔的忠告	陳千武	四元

笠詩双月刊 第四十二期

民國五十三年六月十五日創刊

民國六十年四月十五日出版

出版者：笠詩刊社

發行人：黃騰輝

社長：陳秀喜

社址：臺北市松江路三六二巷七八弄十一號

（電話：五五〇〇八三）

資料室：彰化市華陽里南郭路一巷10號

編輯部
經理部：臺中縣豐原鎮三村路44—7號

定價：每冊新臺幣六元

日幣六十元 港幣一元

非幣一元 美金二角

訂閱：全年六期新臺幣三十元

半年三期新臺幣十五元

（小額郵票通用）

●郵政劃撥中字第二一九七六號陳武雄帳戶

中華民國內政部登記內版臺誌字第二〇九〇號

中華郵政臺字第二〇〇七號執照登記爲第一類新聞紙

民國五十三年六月十五日創刊・民國六十年六月十五日出版

笠

LI POETRY MAGAZINE

43

詩的祭典

笠 43期 目錄 Li poetry Magazine No.43

封面設計：白萩

追憶詩抄

巫永福

鷄之歌

竹籠裏的雞凝望着什麼?
混在討厭而汚穢的糞裡
被封閉於狹窄的天地
驚惶　爲自卑而憤怒的眼
悲傷　低低地啼着

曾經飛奔在鄉村的日子
能從廣大的院裡仰望高空的雲
眺望遙遠的山野
悠揚而快樂地
喙啄花叢下底壓土

終會死去的一個生命
若以努力換以待斃
也許還有飛奔的日子
堅强地嚐試在廣大的世界
或許不會遇到死的命運呀

有一天雞脫離了竹籠
跳上垂危的橫木
更勇敢地跳上屋頂
從咽喉迸出高亢的聲音
向四方響亮而誇耀

追憶

冬天陰鬱的一日
冷風刺骨
豎襟而行
忽有孤寂的紙片
飛舞　萍踪無定地

追踪而去吧
冷風阻遏我
双手冰冷　眼也昏了
只哀傷地佇立着
凝望紙片的去向……

把戀情寫在紙片
傷心地寫在紙片
紙片飛去遙遠
帶走我底戀情
乘風而舞　不知往何處

被蜂追逐

頑固幼小的我
羞澀地從母親的股間
看人間 母親牽我去
拜神明 龍眼花
盛開的時候 蜜蜂
嗡嗡飛舞的時候 到河邊
我獨自 在哭泣

不害怕 我那麼
想着 被蜂追逐
羞澀的時候 就到河邊
擲石頭 看石頭漂飛
在水面 才湧來了欣喜
佇立着聽水聲的我
逐漸地馴良了

風奏鳴

掠過山巒 風奏鳴
微微的樹香以及
暮靄的山和天空以及
還巢的鳥啼聲
在深沉的森裹 風奏鳴
如細語着 落寞之日的挪移
如細語着 我底生命的轍輪

日月潭

由于狩獵發現的日和月形的湖
把遙遠無數的傳統
把王的石印或石臬的囁嚅
用斧斬也不枯死的
生命之樹的故事
無所謂似地申述故事的這個湖
一直擁抱着大山的容姿
在玄光寺或文武廟的鐘聲小夜曲
在青藍的漣漪
頌讚生命的源泉
悠然地把誠心之愛
溫柔而無所謂地呈獻着

玄光寺的燈火

渡過霧雨籠罩的湖 聽鐘聲
玄光寺的燈火微微地眨眨眼
玄奘也泛着微笑聽着吧
鈍重的鐘聲響在心愁啊
湖風和我也都聳耳聽着
乘汽船渡來的人聲
在潮濕的樹香的露台上

襪子也濕了霧而顫着鐘音呢

畫在昏黑的山的稜線
畫在相思深淵的孤獨喲

此時搖曳在湖面的寺廟的燈火
睜開了疲憊的眼光望着我

玄光寺的鐘

千古的森林，青藍地顫着
不動的大山，呼應而反響
湖水紺碧的，漣漪盪漾了
早晨所湧起的光明
夕暮所籠縮的寧靜
而眞誠地對着天與雲
親切溫新地打鳴了
是時鐘聲嗡嗡地開散
並洗清了所有的空間而調和

母親的像片

母親的死和花瓣的凋謝
那生命的冷落似很相似
雖然如此站在樹蔭下
母親的微笑仍然存在啊

曾隨着母親在此山遊玩
那時緋櫻的花瓣飛舞着
在風和日麗的小春天裡
所拍攝的母親的遺影喲

常替我洗過皮膚的母親
常教我講好語言的母親
又在愛哭時替我拭去淚水
啊母親的笑容猶在心目中

四月的天空裡母親的聲響着
四月的清溪裡母親正在細語
雖沒有愛的語言，母親的慈容猶在
四月的新綠裡顯現

星際

星際是那麼遙遠
星星那麼多在閃亮
自鳴似地
在蟲兒吟唱之間
徬徨似的
在風遙動之間
我乃逐漸變小
成了一個小點

夜晚深深鎖住黑幕
靜默又陰森地迫來
轉瞬之間

星星燦爛着
流動之間
雲兒輕飄着
我乃逐漸變小
消失在茫茫之中
對着蒼天的星星
對着星星的蒼天

有一個寺

誦經的聲音　柔和啊
木魚的敲聲　清爽啊
燈火搖動時　阿彌陀佛啊
尼姑細小的　手指乃有影
無憂無慮的　金身啊
觀音像帶着　笑容啊
寺中的香煙　薰芳搖提着
尼姑的小眼　閉着在合掌
靜寂的庭院　有椿花
朝夕正開得　紅艷啊
慰撫尼姑的　整個心軟了
挺着樹身的　花蕾美極了
寂寞地住在　山寺裡
尼姑無奈的　心緒裡
也有嬌媚的　椿花盛開着
可是仍聽見　南無阿彌陀佛

思惟

思惟在吹來的微風裡沉淪
靜和湖上漣漪有言語
也正如秋天落葉的細述
而樹林梢上小鳥吟唱着
白雲抱着不可思議的情緒
於湖上的白光裡揮棹着竹竿
那飛舞的影姿乃飄飄流去

野裡的舖子

細雨　耳語似地下降
萌芽的小徑道旁木垂着頭
聽那纖細的呼喊荒野的風
墨黑流注野裡的舖子夜來了
向孤獨的白鐵皮墻風鳴着
簷端的黑狗懶倦地豎起耳朵
望雨潮濕的無人的路
寂寞便悄悄地蹲下來
無聊的店主粗魯地
把門關了從拖影子的灯火
灯火的間隙下半身消失了

寂寞的樹木便搏翼騷動起來

口哨

在湖邊獨自　吹口哨
向花叢　吹口哨
幼小時候的　喜悅
渡過湖面　跟風而來

把口哨的音調　想吹成
牧童吹奏的　笛音
就覺得血液沸騰了　過去的
美夢就驀然　消醒

悠揚廻盪的　心音
載着若年的　欣悅
奏起美夢的　此刻
口哨的音調聽來好甜啊

輪迴

張彥勳

活着就是一種喜悅
生命有了花果
不欺誰　也不欠誰
即使有那麼好的日子
但願能過得心地光明
活得堂堂正正

死亡並非一件悲哀
靈魂有了歸宿
不欺誰　也不欠誰
即使有那麼一天來臨
但願能去得心安理得
死得毫無遺憾

死繼於生　生始於死
生死本是一體
爲着美好的來世
這該是何其重要

SNOWBIRD

1

不要輕易地觸探我的主題
生存或死亡，不要
觸探我的主題
現在一株樹生存只生存
在整個冰雪的象徵中

我沒有生存的主題
沒有在生存中生存的主題

我體認了你的冰雪
在燒過的焦炭的屍體上
消滅了所有形態的熱情
無論何種何樣的意圖
我體認了冰雪的你
掩蓋了所有色彩的思想
還有那些在你身上走過的
走向何處的任何足跡
你迅速的消除了他的批評

我沒有死亡的主題
沒有在死亡中死亡的主題

從世界消失了所有的道路
我體認了你的冰雪
無論何處的園圃
都沒留下一樣嬌嫩的綠芽

我體認了冰雪的你
在信仰和希望
創造與實踐
充塞了你唯一的
生存中死亡的論證

現在一株樹生存只生存
在整個冰雪的象徵中

2

不要輕易地觸探主題中的我
你唯一的論證
不能觸探主題中的我
現在一隻鳥生存只生存
在整個冰雪中的一株樹

生存中沒有我的主題
生存中沒有我生存的主題

從所有樹林的死到
唯有一株樹的生
從收埋種子的生到
被你凌辱的大地母親的死
我體認你的冰雪
在被收押的筆和歌唱
熱血的價值和嘴的自由
我體認了冰雪的你

白萩

標寫着唯一的推斷
死亡中沒有我的主題
死亡中沒有我死亡的主題

從所有到一無所有
從一無所有到唯一所有
我體認了你的冰雪
無論用何種眼睛觀察
何種耳朶去分析
你寫給共有的世界
一個基調一串諧和音
在哲學及歷史，經濟與生活
充塞着生命中死亡的論證

現在一隻鳥生存只生存
在整個冰雪中的一株樹

3

不要輕易地歸納我的生
你唯一的論證
不能歸納我的死
現在一株樹一隻鳥生存只生存
在整個冰雪整個死亡的象徵中

生存中有我死亡的主題
死亡中有我生存的主題

無論你用愛來凌辱
無論你用恨來呵護
在你塗抹的一個基調
我體認了你的冰雪
從所有樹林的死
一株樹的生
從所有種子的生
一株樹的死
將成爲你的病毒

死亡中有我生存的主題
生存中有我死亡的主題

在你演奏的諧和音
無論你用凌辱來愛
無論你用呵護來恨
我體認了冰雪的你
從所有聲音的死
一隻鳥的生
從春天的蘇甦
一隻鳥的死
將成爲你的癌毒

現在一株樹生存只生存
在你冰雪的象徵中
一隻鳥生存只生存
在你死亡的象徵中

FOLK SONG

李魁賢

雨夜花

在饕餮的酒客面前
一次再一次
我把怨恨向無人傾訴

不要用貪婪的眼光
瞪視着我屢次被糟塌的身體
即使摻合酒精的血液裡
含過份的慢性毒素
也不必爲無人漂白我的心靈
我自始就是純潔的

眞正令我憔悴的是
那虛僞的掌聲
使我遭受不被瞭解的折磨

在酒的再熱之後
我一次又一次落空
仍然不死心地期待着無人的照顧
即使到了聲音嘶啞也甘願吧

我還是曾在心裡一次又一次吟唱：
雨夜花　雨夜花
受風雨吹落地
無人看見，每日怨嗟
花謝落土不再回……

燒肉粽

「燒肉粽，燒肉粽」
肉粽的熱氣
還能溫暖夜晚的心

「燒肉粽，燒肉粽」
已開始遲鈍的叫賣聲
也能溫暖蒙塵的記憶嗎

「燒肉粽，燒肉粽」
我把自己的肉包成粽子蒸熱
等待所愛的人來買
「誰要買燒肉粽呀！」

望春風

「孤夜無伴守燈下」
望着春風
守着緊閉的嘴
噤下一段沒入遠方

茫茫的路
守着轉然諾
却又不肯吐出的信誓
守着一聲初啼的
吼

望春風
望春風起天末

一九七一詩抄

傅　敏

七　首

殺死父親
就會波特萊爾那麼
迸出一朵惡之華吧

殺死全世界所有既成的美
就會神那麼
升起一張嬰兒的臉吧

我是持有語言的兇手
從蒼白的腦髓伸出
銳利的七首

不斷地死
不斷地生

不斷地
成爲神

回聲的世界

一顆子彈
飛出
在無人處的曠野

發出
一聲叫喊
一個人
倒下
在不毛的焦土
開放
一朶鮮花

持有這絕對權力的
回聲之聲喲
是否我也無法逃避這宿命的世界

爲了我的死
是否也有
一個聲音
一朶鮮花
在我立足的位置以種子的姿態在窺伺我

罌粟花

女人的胸脯
罌粟花
開放著呢

罌粟花燃燒著
會把男人的我
整個心都染紅呢

那麼
不要看到女人也好
可是

思想裡也有
罌粟花
的影子呢

鬱金香

故鄉是黑漆漆的
母親從那樣的世界
生下我

故鄉是黑漆漆的呢
怪不得生命一直這樣
血液裡浸染過悲哀的呵

女人是不曾覺得這悲哀的吧
因爲
女人正是給予這悲哀的呢

可是
每個男人的悲哀在加深時
鏡子裡也照著女人的悲哀呢

狗

黃靈芝

——狗
我愛這個忠實的動物

曾經襲擊過人類的野狼的子孫
現在爲了拯救人類
有時竟會犧牲寶貴的生命呢

這裡有人類的歷史
這裡有野狼的歷史
然而你們爲人類的服務都屬於自願的嗎

我想解放我的狗
我唆使牠們對我抱持反感
然而牠們却只會恐惶而已

我愛狗
因爲愛狗
才想瞭解牠們

以人類複雜的頭腦
想分析牠們的單純性
然而得到的結果常常就是零
被辱罵或毒打
終究被殺死
如果這完全出自主人的瘋狂
你們也永遠那樣恐懼着嗎

單純的動物
持有封建性的愛——不，也許惰性吧
似乎盲愛那些的動物
然而你們的祖先却是野狼呀

人類的歷史
打破了封建的因襲
誰也不甘淪落爲奴隸
也沒有人願當做狗被使役

古代對暴君稱呼暴君是危險的
然而把奴隸呼稱奴隸成爲危險的
時代也已經够長了
雖是如此，狗
在將來
還是滿意被稱爲狗嗎

人類爲甚麼捨棄了封建思想？
狗爲甚麼不願捨棄封建思想？

新作三首

杜國清

詩

讀了西脇的牛坐在理髮店裡淌着口水之后
和教授討論到歐陽修的詞是在厠所裡做的之后
三島由紀夫的盲腸起了銹之后

我在想象
一隻沒有鼻子的象
以及情婦的香糞那朵惡之華
以及美的意識發炎時的自我手術

圖書館裡

一個美國學生坐在絨氊的地板上，翻着辭海
那長滿鬍子的兩頰，不知早晚怎麼洗？
他翻了一面又一面
若是女的理髮師，一定喜歡這把鬍子
他觸撫着滿面的鬚根
像是如果給她刮過的臉
他瞇着眼，更低下了頭
覷着那密密麻麻的一面……
旁邊有個禿了頂，說是曾經倒背過十三經
的中國人，也拿着
放大鏡，在那兒尋尋覓覓
『玫瑰該是女字旁呀』
『我今年七十三歲了，一時也記不起薔薇該怎麼寫』

雨

蜷臥在暗陰陰的狹谷裡
伸伸懶腰之后
隨着母親的冷汗和熱淚而落下
——這單程的旅途，爲尋求另一個
世界，在那兒長生或死亡

雨落着
落在煙囱上
落在裹着頭走動的破毯上
落在長城的望樓上
落在孤島的孤山的孤樹上
落在江上，江上漁翁戴着鋼盔
他們用機關槍打着水飄兒呢
雨落着

落在轎車上，狗在車上
只要能透過水晶的靈魂
寫出自已的一行七彩的輓詩
這單程的旅途，何必躊躇
三十億的生命
瞬間就在土裡消失……

△杜國清的信▽

寄上近作三首，希望『笠』的朋友嚴格批評。在接受批評之前，我想不便說「我寫這三首詩的動機」。

× × ×

上學期末，英文系的一位詩學教授說是要找我。一談之下，是他在這學期開了一門翻譯課（爲了創作班），其中有西班牙文、俄文、中文和德文四組，需要四個Native speaker 跟他們合作，提供資料，讓他們師生翻譯成最好的英文。昨天早上第一次上課，從西班牙詩開始。創作班中有六個學生，其中只有一個學生懂西班牙文。在提供資料的西班牙人說明了有關翻譯上西班牙文和英文之不同，以及西班牙文的特性、語彙、文法等等之后，解釋了一首廿世紀的一位詩人的詩。然后再由那位懂西班牙文的學生從頭一字一行地解釋，大家討論。每一個人都把全詩的大意記了下來，然後再由教授主持，決定採用那種形式，比較各種可能讀法的優劣，每個學生也都充分發表意見。一首西班牙詩由搞文學的西班牙人來解釋，當然詩中一微一妙，粗細緩急的地方，可能的聯想或暗示都鉤畫出來。於是翻譯時盡量做到注意原詩的這一切。其中第一句說是詩人有天下午在一邊走路一邊夢想；詩人可能沿着無盡的路在夢想，也可能夢想着無盡的路。結果把它翻成：I go on dreaming Yoads。這句可以把roads做 I go on dreaming 中 dreaming 的受格，也可以把 dreaming roads 做爲 I go on 中 on的受格。到底幾個臭皮匠，亮！可是我眞想不出這句該怎樣翻成中文。由夢路一直聯想到夢露，還是一點靈感都沒有！

× × ×

在六個學生中，有一位 Lovette是懂中文的。他在台灣當海軍當了三年，因此也會說些中國話，原來取個中文名叫羅維德，后來又有人建議把它改成羅偉德。Love 變成羅，我總覺得太現實。可是這位羅先生倒是有點幻想力，尤其是漢字。在藍眼珠中漢字是縮小的幻灯畫片似的；他們總期待着，幻想着一些圖畫的意義。比如說「花」這個字，龐德說上邊是草，左邊是人，右邊不知怎麼來的是個條根；他說，這不好。更好是「草」一「化」就是「花」呀。我說「花」也寫做「華」，那豈不是菊花似的中間花瓣重重麼！他還說「曉」字的意思是天亮，所以左邊是日，右邊呢，下面不是兩隻脚嗎？而上面三個土堆，也就是太陽爬上山丘上的時候，呀呀呀，天呀。

藍眼珠是可愛的 不是嗎？

我想這是習慣的問題，在中國人的眼中，漢字被懶性地使用着。習慣或懶性等現實，使人的感受力生了繭，起了銹。假如人類還有一點換換味口或者求求新鮮的欲望，那麼，打破現實、反習慣，除懶性是詩人在創作上的消極手段；而積極的方法則是發揮想像力，創作出新的存在或現實，以滿足人類的欲望。寫詩是剝銹去繭的工作。

一九七一、一、一五

無邊的曳程

岩上

·一步·

深沉的黑夜
我投入
如一塊燒紅的石頭
懸繫着，緩緩地垂下
一口一口的白煙是鎮痛的紗布嗎

·二步·

我的沉淪在冰河的底流
所有的風貌都成爲異種的壓力
惟冬眠的冷血裏
燃燒一把不遜的火焰

·三步·

我
　石頭
人們
　魚群
火燃
冰滅

·四步·

不是割犂，而是刺入
一如注射的針頭
這兒是惟一能呼吸的洞口

一伐步姿
就是一種風聲

·五步·

一切的招喚在內燃中延續
眼睛或者軀體都在僵死中回魂
麕集的是一場屠殺的睹注

·六步·

你的頭顱碰掉的頭顱
我的頭顱乃高燒的青焰
因狂笑而張開的嘴唇
將是上鈎最適切的部位

他們的瞳孔，我窺見

翻白的肢體

・七步・

破裂的夜，如蜘蛛的網
在飄盪裏逐漸浸失的呼聲
我的淚
乃無情的手揉成的雪珠，任意地拋擲
任意拋擲的我的眼睛
是閃閃蹂躪的幽魂

・八步・

驚喜總是在不定中翻飛，如同飄泊的雪花
在我臂彎裏，永想捕捉的是那封凍的大地嗎
星的臉早已逃遁
逃遁就是一種狼狽的證詞

・九步・

一握手
　　一把空
伸入
　　深淵

・十步・

立於風中而無風
立於雪地而無雪

夜是一切

・十一步・

狼嗥也罷，此乃急需呼應的時辰
我們磨擦手背
手背就是流風的皮膚
能張口的都已塞滿即將呼出的氣體
只須等待
等待一顆頭顱的斷裁

・十二步・

一顆頭顱就是一塊石頭
一斷裁，就是一曲絕唱

一放手
一個墓碑

・十三步・

你將看到
無奈的手勢
無邊的黑夜
將因一顆頭顱的固執而變白

非馬作品

森林

不再有樹
樹上的鳥
與天

扭打着
　祈求着
　　滋長着
　　　沉溺着
從烟霧的城市
從炮聲隆隆的田野
從空虛的心
人們的手
　俾向我
髮的覆蓋
成了森林

失眠

被午夜的太陽炙瞎了双眼的那人
發誓要扭斷這地上每一株向日葵的脖子

門

老處女的
双唇
囚禁
童貞
在它外面

鳥

這鳥
　飛向天邊
竟是這般
　悠逸
吊着
　地的心

檢閱

嵌在台上墨鏡的陰天
我也能在你臉上看到
最後的戰爭已經結束
現在我們齊步邁向最初

靜物

一隻桔子
的胃
蠕動着
在消化
世界

一双監視
的眼皮
終于
沉重得
撐不開來

畫像

用現實的筆尖
把妳蝴蝶般活活
釘牢在砂紙上
看妳
笑不笑得出
摩娜麗莎

路

兩小鎮間的

那段小腸
在一陣排泄之後
無限舒暢起來

事件

踩着了
尾巴

這人怎麼啦
我明明
踩着了

一隻猫的
尾巴

三月作品

A

如何戳穿如何挑撥
一張鼓皮一個孕婦的
肚皮

一聲脆响一聲哀號
一支性飢渴的
刺刀

B

往外看
往外看
往外看
金魚缸的凸眼
寂寞公寓的窗

C

不停息的
飛
爲
這對
翅膀
風中
的
一隻
倦
鳥

公寓

黃騰輝

建築師玩着火柴盒子的積木遊戲
十層二十層把一個都市推向蒼芎。
那都市人的悲哀——密度的壓力
是要交給空間去擔負的。
地震、颱風……那些天災都是偶發的，
反正歷史不會把這筆帳記在你的頭上。
於是在「經濟價值」的鼓勵下
你又大量地生產了火柴盒。

我們子孫三代就是這樣被擠在火柴盒子裏，
座着花轎嫁過來的母親；
討論着每立方公尺空氣售價的孩子們……
我們有同一種語言却無法溝通。

每一個火柴盒都隱藏着許多神祕
每一張臉孔都是嚴肅無比，
這裡的人情薄如紙，
也許因爲人口的壓力在膨脹
生活的壓力也在膨脹。

布農族（續稿）

喬林

路

一條路有無數處去處
無數隻的腿只有一條路

擁擠的聲音在前面猶未逝去
後者已接踵湧及

無數隻的腿

無數隻的腿在給劃定了的路上
力於擺脫的掙扎着
從這里到那里
從那里到這里
來來回回的
只爲了內中有嫌疑的二隻
受役於一個軀體
而必需來回的掙扎着
永遠不能釋疑
只能在劃定了的路上
來回的掙扎着
只有等到死去的時刻到來

雪期

有始沒有結尾的隊伍
厚重而靜默的聲音
整片整片的
紛紛飄落著
這回不知開往那個地方

紛紛的飄落着
古老而悠久的格調
在肅靜的莊嚴中
隊伍走得輪廓明晰

有始窃聽的耳朵
一片落葉爬伏在心上
比陰霾天還重
緊緊的抓住時間的動脈血管

確證

高橋喜久晴作
陳千武譯

熟透了的果實偷偷私語着
連被割倒麥穗柔和的刺
也會戰慄的驢子的耳朵
　這就是我唯一的武器

聽吧
燃在我屁股的火焰的沈默
浮昇的石和泥的住處
　像蹲下來的犧牲的牛
而且
開始河沙作響的樹木們
我知道
那是常從撕裂的住處溢出
是潛藏在擴張火焰色的呻吟裡
像世界不斷吐瀉下來的希望那麼
蹣跚走向無盡黑暗的小徑
早晨就像昨天封閉着慘酷時代
在潛在着的聲音旁邊
沙沙作響的樹木下
　空虛的笑聲流盪過去
像遙遠國土的人　無意中閃過而消逝的時間
的海的溺死人們
天空和水映照的深藍死色也未覺得恐懼
孕着無機存在的夜的洪水！
不！
支撐着呻吟枯萎的我的手臂
被空虛的笑聲紮緊而細軟的
我的胴體
看吧
盈入海的一切確證
燃在我細瘦的屁股那火焰產下的東西

假使 如你所說

高橋喜久晴作
陳千武譯

1

假使　如你所說
我的手有死的味道
或已回不去了吧
昨天　和今天　也許連明天

若無其事地閃過而消逝的人人的街
死僅示以死的型態而已的街
連葡萄成熟的倦怠夏日之死
也只有溫柔的追憶而已的街

2

你說我的手有死的味道時
像盜賊逃逸的人呀
在下降的無聲街雨裡
成爲鑲嵌的美花吧

假使　如你所說
我的手有死的味道
或已無可回顧了吧
死以無法詰問的速度
穿過我的旁邊
混入想念一個男人死去的
年輕娼婦的葬列裡去

被包圍在像母胎的沈默裡——
憤怒　絕不以這以外的形式存在

3

秋晨
我的手有某種的味道——
是滴在鑲嵌的花的街雨的
或許
在母胎裡我緊緊握着的呢？
總之　小徑繼續着　伸向明天
耐着石礫路的無聊

從那以後妻常說
　你的手有薪俸袋的味道
　你的手有切菜板的味道
只在你繫着的領帶裏面
　榮譽的死的味道
　說「早安」

瞭解及其他

杜芳格

瞭解

女人
我和那個

男人
噴出淨白粉末的
Bettcake
女人的
我

只是喜歡
男人
而已嗎？
就是男人
如果僅爲了這個理由
我絕不會和他睡在一起。
把我
像木莓的果實那樣
從Cake裡
掬上來的人。
那個人
不管是男的
或女的
都好。

荒野之花

開在荒野的白仙人掌花
不，那不是開在荒野，是開在沙漠
荒野裡只有岩石而已
說岩石湧出來的清水可治生命的渴念
只是　可治的程度而已
意欲回去埃及的Israel人啊
攀登疲憊了的身心憎恨荒野的岩石
金子粧飾、嬌聲、快榮、美酒、縱令懷念埃及等於懷
念奴隸也是……
苦役在自由的荒野
上昇爲天人祈禱不再回到人間只靠岩石湧出的清水治
癒渴念活在荒野的神之子是溫柔的白仙人掌花
那是荒野的
幻花
這個世界是多麼豐饒的
荒野呢
（要活就要勞動
請快樂地過日子吧）

因爲在旅途

因爲在旅途
終於會達到
終點的
你看過甚麼？
你做過甚麼？
你　愛吧
該深深地
該以堅強的耐心
繼續愛到底呀

那靈魂

「那靈魂沒智識也不聰明又不偉大但確實持有起源於
天上的標誌的時候」

向所有的「道」
信主啊
所有的一切
一切，不是一部份

不以自已賢明假裝賢明
一切將被傲慢的預兆陰森下來
不依靠自已的智識而信主吧
過着祈禱的生活是謙讓的表現呢

無窮無涯的上昇開始了

禮拜

主啊
人是甚麼？
絕望於語言的
此刻

毫無鹹味的淚
慈愛
慈悲

主啊
人究竟是甚麼？

啊啊
托身於柔和的讚美
飛翔天空吧
乘在很大很大的
堅强而溫柔的羽翼

叠起羽翼
擁抱我誘導於
平安的憩息
在感謝和感激裡
呼吸的感動和永恆

多麼藍高廣大的
天空啊

曇天

堅信着
渡過四十九天
就沒有曇天了

堅信着
爲的是忍耐壓迫胸脯的痛苦

由于疾驅的雷電忘我而害怕
　把高爾夫球桿向溪谷向被海引導的水平線用力投棄遠
方的時候

山巒就被覆蓋在
籠罩的黑厚雲裡
不露面

每逢地球的一廻轉
就正確地來訪的早晨
曇天的黎明

不循還七次七天
就不能渡過四十九天
咬着胸脯的黑暗

太陽的光明
裂開黑厚的雲雨化爲疾駛的雷電的 hysterie 瞬間掙扎
着要打死奔跑山野握着高爾夫球桿不放的人
卡利—最初跌倒了，但那不因感電是因球桿的重量
因而卡利—跌倒也不成焦燒的屍體
然而事實
要同時服務於神和金子　不論曇天和晴天都非人能做
得到的

循還七次七天
四十九的曇天
胸脯被咬的痛苦必須忍耐的痛苦
堅信着
渡過四十九天
就沒有曇天了

男人

忽然死去的
男人
雖然春剛來到

妻私通了另一男人
因爲　那個妻
是較男人「有能」

尋找春日的暖和把椅子靠近窗邊
「有能」是甚麼？
甚麼是「有能」？

忽然的
死　微冷的
春晨
尋找太陽的熱量把椅子靠近窗邊
忽然的
死　那是簡單的
男人那兒去？
去過那兒自己已知道嗎？

忽然空下來的
　男人所佔的位置活着的時候一直在家的片隅蠕動着的
那個男人只留着四個女孩

忽然的
死　不在了
於是
大家都放心了

病床短章

吳瀛濤

1 拒絕

病了的一塊岩石
在凝視天空

天空藍藍
岩石灰灰

灰得很絕望
被光耀拒絕

2 小毛蟲

一條小毛蟲
從身邊爬過去

不知從那兒來
不知往那兒去

毛毛茸茸
小小的軀體　小小的生命
不過，活着，生命總有生命的爬動

3 鹿角樹

只有那一株樹是沒有葉子
鹿角一般的粗粗的樹枝朝向上空
沒有半句語言

已過了四月的上旬
那一株樹仍孤立於季節之外
仍沒有悅目的綠意

4 蟾蜍精

（苦惡，苦惡，苦惡）
醫院院子裡那個水涸了的廢池一隻老蝦蟆的叫聲
仍然是（苦惡，苦惡，苦惡……）

老蝦蟆一定很老很老了
沒有人看見過牠，而在多年的黑夜裡
牠已屬於蟾蜍精一類地靈那一般的存在

5 猫族

這大醫院的地窖曾有一個時期有很多老鼠
因而一群猫被放進去

現在老鼠已絕跡之後
陽光的院子裡但能看見繁殖了的猫族

猫族伸懶腰
久住的病人有時候也會伸個懶腰

陳鴻森

A 歸期

遠方的山巒

食指叩動
他屏息著猛烈的
向遠方的山巒射擊

一群不知要飛到那裡去的鳥
倉皇的飛過去
「愛，既然抓不住
那麼把它射落也好
反正我終也要倒下的」
一群不知要飛到那裡去的鳥
倉皇的飛過來

天黑後槍聲也停止了
在這寂靜裡
何以竟聽不見一句呼喚
而照門外是
更黑將下來的世界

散兵坑

「我們還要期待
只要天黑以後
就有利於行動了」

槍聲稀落時
跟着天色黯澹下來的一條命
緩緩匍匐着
在這遼濶的世界
有那處好逗留

鐵絲網外的那盞慘白的月
照射着大地的傷口
而風不知如何的
從昨夜吹向今夜

夜行軍

在別人睡眠的異側
背負着自己命運的沉重
默默的走向
那陌生的遠方

走過，現在在走，而仍然要走不去的
只生了兩隻脚又能走到那裡

命運逐漸的壓重
而却只能憤憤的踩着
這漫漫的夜色，踩着
這不平的人行道
可憐的這怎麼洗也洗不乾淨的脚啊

排副

排副一直在那老米酒裡

B 練習調

狗和花

有一天，一隻狗發現了一株開着的野薔薇。牠那麼用心的注視着
牠興奮而又懷疑那美麗的紅色
牠圍繞着花旋轉。有時又有一聲或兩聲的吠着，突然牠雄偉的躍起，一口咬住那花
不知是
愛或不愛？

緘默

你探頭

苦苦追尋一個
便於眺望的位置
被拉住的飛翔停留在多皺的臉上
今日却只是一局未下完的殘棋
而那無法垂直的身軀
在歷史的暗面
不聲不息且任意被塗擦

把眼光投向我這邊
然後關窗
然後又開窗
看我
關窗
當你又再度開窗望着我時，我用最憂的眞情的向你微微一笑，但你却把那藍藍的窗帘垂下
不讓愛露出一點點……

沒了天

在雨後的晴朗裡，一隻蝸牛恬愉的趕着路時，天邊忽然來一陣急促的轟響
「又要落雨了，這個天……」牠一邊自語着，一邊趕緊把頭縮進硬殼裡
而雨久久不落
雨久久不落

後來實在忍不住了，牠偷偷的伸出頭窺伺，却發現在硝烟
裡，老天根本已不存在了

日子

那個掉了隊的兵士，荷着槍，越過鐵絲網，沉重的向
這邊走來。對着野花那樣的開在不爲人注意到的一旁，因
而未被踐踏的天，吐了一口痰

然後繼續哼着那條不知已被他哼過多少次，而現已是
一點水份都沒有的兒歌，繼續的走向曠野的內部
而隱約在喚着的，不知是分裂的槍砲聲還是老母
「我眞的沒死嗎？那麼昨天倒下的那個」
他突然停下脚步，咬斷叩引板機的食指
血一滴一滴
而他不知爲什麼，此刻他不知自已在做什麼

樂音的母親

—由電視看郭美貞的指揮

詹冰

舉起指揮棒　妳的母親因素就增加……
妳　先天地受胎了富生命力的樂音
妳　律動全身　生產了樂音
妳　以優美的姿態擁抱了樂音
妳　以微笑的眼神愛撫了樂音
妳　張開左手掌　顫動口唇　與樂音細語
妳　振臂　舞動短髮　游泳了音波之間
妳　威嚴地教訓了樂韻　鼓勵了旋律
妳　傾一身的愛情　愛了每一個音符
妳　以一棒淨化了大氣　震懾了每一顆心臟
妳　妳就是樂音的母親！
放下指揮棒　妳同歸了一少女—

BIMENSIONS

PHILIP A. PIZZICA

YOU WERE STEADY KNOWING LAUGHTER
I WAS A BEWILDERED THRUSTING GAMBLE
NOW YOU KEEP ROTATING, HESITATING
ORIENTING AGAIN: SIGHTING ALONG THE
LINE THAT IS YOU LIKE A RIFLE
NO GOOD - TURNING A LITTLE MORE: THE SAME
THINKING FOR A MOMENT YOU HAVE IT
ALL ARRANGED IN A LINE; RESTLESSLY
SPINNING, HESITATING, TWISTING WITHIN
THE PLANE THAT IS ME

幅度

碧奇卡作
非馬譯

你是篤定熟知的笑
我是迷失鹵莽的賭博
此刻你不停旋轉，猶豫
再度定向：沿着一條是你的
線看如一隻槍
不行—再轉一點點：一樣
有一陣你以爲已把它
統統安排在一條線上；不停地
迴旋，猶豫，扭絞
在我的平面之內

FACES

PHILIP A. PIZZICA

BLOODLESS
ABOVE
OBSERVING
FROM THEIR POINT OF VIEW

PINNACLES OF POWER TO CLIME
THEY USED TO SEEM
AND NOW THEY JUST LOOK
BLANK

臉

無血
自上
看着
從它們的 觀點

待爬的威權峯頂
似乎它們一向如是
而現在它們只
茫然

碧奇卡作
非馬譯

THE WAY OF THE WEST

PHILIP A. PIZZICA

CHOPPING CLEAR HIS GRAINFIELD
CHOPPING FEED HIS FIREPLACE
CHOPPING BUILD HIS LOGHOUSE

SEPARATING LAND
SEGMENTING LAND
ABSTRACTING LAND

FOR FAILING TO COMPREHEND THE INDIAN PAYS
WITH HIS LIFE, RESIDUE OF THE ABSTRACTING

BUT HE KNOWS WITH FAILING HUMOR THAT
LIKE A SHAMAN'S CURSE IN THE END
THE ABSTRACTING MAKES EVEN WHITE GODS
UNNECESSARY

西部方式

碧奇卡作
非馬譯

砍 清他的田畝
砍 餵他的壁爐
砍 造他的木屋

分割土地
斷裂土地
抽取 土地

爲不識時務印地安人送
了他的命：抽取後的殘餘

但他以衰退的幽默知道
像一個巫醫的咒到頭來
這抽取使白神們
都成了多餘

新春試筆

趙天儀

炮仔

躲開呀　掩着耳朵
躲開呀　掩着耳朵
當炮仔已徐徐地燃燒着
我童稚的心裡正耳語着

只是一瞬的爆炸
像爆米花一樣地劈拍響
而日曆　却在炮聲中
讓舊的撕光　讓新的重來

春聯

芳隣的孩童不斷地點着炮仔
隔壁的老頭不停地牢騷着老婆
而聖誕紅正挺腰昂然地豎立
守候着吾家的籬笆

沒有宗教的生活色彩
也沒有傳統習俗的束縛
巷子裡每家的春聯
已在春雨綿綿中撕裂失落

而隔壁的老頭正敲着木魚誦經
他家裡的春聯却躲在廊下裡
安然無恙　曰：
「兒童拍手過新年
老翁點頭辭舊歲」

春雨

鉛灰的雲已把新春的日子
塗上陰暗的臉譜
僅有濛濛的春雨
不停地沿着簷滴的節奏敲響門階

妻正盤算着回娘家的佳期
女兒正打聽着去動物園的消息
而我却伴着嬰仔啼哭的聲音
伴着春雨的韻律　推敲着我的詩

電視節目

說遠方有停火的消息
說街頭有春節的消息
而不斷地恭賀新禧的電視節目
却把春雨的日子視若無睹

納悶的心上正好醞釀詩思
而跳躍的視覺却任由電視安排
只是不思考哲學的困惑

刹時　音波震顫着
刹那　銀幕變化着
舞踊的節奏　歌唱的音韻
伴着喜氣洋洋的特寫
顯現了新春群星的歡騰雀躍

遲開的杜鵑花

遲開的杜鵑花
等待着晚來的嚴寒
一片靜穆的草坪
依然翠綠　且呈献露珠般的雨滴

已無童年的喜悅
也無青春的哀愁滋味
啊　風爲什麼只能吹
風爲什麼只能吹

而我曾經踩過的小徑
已然化爲泥濘
化爲埋葬落花的花塚
而草坪上　依然默立着遲開的杜鵑花

夜

張彥勳

重重的窗帷垂落時
披着黑色大衣
妳姍姍而來
爬上窗口
沒有一點兒聲響
我跑過去接妳
以赤裸裸的身軀
看妳捲起裙尾
一聲不響地滑進來

當一切都結束
而在黎明之前
妳我必須分手
妳去得太匆促
沒來得及披上大衣
也沒說一句情人再見

作品十首

林宗源

草魚

如今
一毛錢一隻的幼苗
再也得不到純情的愛

囘憶那一段金色的日子
與現在加減地算起來
好像王冠被踩碎一樣
我們不再是魚塭裡的貴族

這是命運嗎?
不
時間

鰻魚

先把自己染成土色
築幾條隧道
跟小白兎學習生活的秘訣
在時價高漲的時候

還是很危險的

鑽入土中
拼命地挖掘
忘記地球的型態
很暗　很安全

還是很危險的

沒有儀器
找不到球心
挖到一個漸漸升起的太陽
還是屬於人類的世界

死去

未來的問題

幾億隻精蟲
攻擊幾億粒卵
幼蟲
從赤道向兩極吃起

一顆沒有肉的地球
一顆沒有肉的火星

成蟲
幼蟲
成蟲
吃完所有的星球

以後

田鼠

我知道農夫恨我
想儘万法要消滅我
我知道

我愛農夫
他們替我種植各種的食物
想儘万法要感謝他們
農夫不知道

因此，仇恨一天跟着一天
沒有辦法和解
我用痛苦的心情
來喂飽飢餓的胃
就想
上帝爲什麼只造一個萬能的「人」

蛇

每秒都在做愛的人類
每秒都在生產的婦人
生出很多漸漸肥胖的都市
好像地球是屬於人類似的

完全不尊重我們
侵佔屬於我們的原野
搶我們的食物
還說我們是可惡的動物
該殺的一群

好像地球是屬於人類似的

每秒都在磨牙
每秒都在生產毒液
當都市踩到我們的身上

一定咬它一口

那個小姐穿一件流行的衣服

那個小姐穿一件流行的衣服
從我的瞳孔走過
來到心裡引誘着我

布店
別人的布尺
製圖
剪刀
一件沒有曲線的衣服
舒服地佔有我的身軀

我看到別人的瞳孔
有一個很小的我
很快地走過
我不曾走到他的心裡

食品店

好像什麼都有似的

有一個客人
指這個，問那個
有沒有糖精
有沒有防腐劑
貴的東西不要
便宜的東西也不要

他怕這個，又懷疑那個
面對所有的食品
顯得很空茫的樣子
碰到這樣的客人
就是把鬼說成神
向他推銷，還要
保證不生癌，貨眞價實
像這樣的客人
好像所有的東西都在咬他的心似的

〇＝10

子宮裡有一粒 0
有一天碰到 1
1 必須找到另一個 1
就生出一個
我＋你＋他構成的世界

$10+2=$
$2^2+1+1=$
$2\times2\times2-1=$
$4+4=$
就這樣地活到10

以後
$10=0$
以後

電風

它站着
它跪着
它被吊着
它沒有生命

它在工作
每一條血管
流着人類的血
它沒有歷史

可是
所有的人都死了
它也跟着死去

雨

商店半開着門
很多的人躲在屋裡
來到不受歡迎的都市
往鄉村走去

缺水的魚塭向我敬禮
五穀投入我的懷抱撒驕
高興地流下更多的眼淚
很久

很嚴重的事件發生了
農夫指着我的面罵我「强盜」
搶去什麼?獲得什麼?

來自大地
流入大海
並不曾得到利益的我
哭也不對
笑也不對

這是什麼世界

。本刊啓事。

本刊編輯部地址已變更爲「豐原鎭三村路九十號。」

近作三篇

吳建堂

離矣

她從此離開
前往未可測知的另一個星際
即使臆想之巨臂
　亦難於攀構的遙遠之處
春日在血腥無望的角落
依舊充滿陽意
其時相吸
而你以熱血傾注
以溫愛散佈
直至世界肅然逝去
直至另有所望的頹然無聲
但是世界啊
依然猶豫
然而可見鐵索毅然沈着有力
張起絕望
網起冷漠
你驟如失音之歌手
沈寂至燦爛中陰暗而去
世界已再歡欣
一再高擧火炬
妳從此離開
攜著可盼與不可盼的
凌越我之臆念
默然寂寂
那兒另有宇宙空曠之間隙
風和太陽歡舞有餘

最後的三分之一

那三分之一的日子
那三分之一的困阨
是一地傷殘的蘆葦
是一季寄生的化外之民
但婚姻是一隻手的兩截骨
而僵直了若干年間
一個老軀的靈魂
一個憂傷的僕人
他或坐或站或躺

他或靜或動或沉思
愛就如泉湧溢
澤成一首勞動的屍首
睡去吧！他說

可貴的失去而可貴
三分之一的渾愕
如洗滌熟悉的水漬
可訴的一變成爲自語
殘火也醉心一縷
一串長縷擊住何物？

狹路

那古代曾有的回春之士
時光已昏黃有如灯豆
　風仍然呑噬着
　　雨仍然蝕腐着
武者的自裁也挑不盡
那悲慘如瘟疫的文者
而當今
懸壺者何嘗使得了自己
而我要炒一個文學的嘴
　　醃一雙文學的手
扶杖走過這孤單無人的
狹路

更正啓事

本刊42期誤植：

①目錄「評論」第四目作者「林鍾除」應爲「林鍾隆」，第53頁「讀白蝶……」一文第一行「做」字應爲「被」，第二行「談詩」應爲「讀詩」，倒數第六行「也不」應爲「而」。

②第７頁凱若作品「晒衣場」３＜向四處逃竄……唯一有霧的／諒解＞與第８頁「地平線」後段＜不甘心地……是我沒有遮逢的／晒衣場＞之兩部份排版倒置，應爲調換過來，即＜向四處……諒解＞爲「地平線」詩的後段，＜不甘心……晒衣場＞爲「晒衣場」詩的３章。

③第25頁下段「張著小說集」應爲張彥勳著小說集，「封底「讀者服務部書目」吳建堂著短歌集書名應爲「ステトと共に」「老い母ありて」「町醫の日日に」「椰子の如くに」。

④第60頁上段「錦連」應爲「傅敏」。

⑤第３頁林宗源作品「大頭蓮」「白頭蓮」的「蓮」字應爲「鏈」，「果汁機」一首第一聯一行漏了「前面」兩個字，應爲「前面／有一部最新式的杲汁機」，第四聯第三行「與」字應爲「能」。

如上特此更正，敬祈作、讀者原諒。

笠下影

岩上

詩想的動向乃成爲架構一首詩的重要關節，至於無跡可尋實是高度技巧的應用。

現代詩在解脫了格式與韻律的限制之下，所追求的已不再是一個字或一個詞所擔負的片面的突破，而是詩想的動向所統御的全軍的衝擊。

I 作品

蝴蝶蘭

妳攀根於牢固的崖石
而以蝴蝶之姿舞向我
人們說妳只是深山裏寂寞的花朵
而妳是以香料的幡引導向我的前程
妳的幽美飄盤在我的心園
夜的淚滴招來晨曦的光輝
我不欣賞燦爛花紅的眩虛
只仰慕寒星的曳光如妳

蔓草

涉過自己與同類激戰的血河
糾纏着的軀体仍要扭曲脖子
匍匐前進以荆棘的手投刺
盲視的太陽
黑狼嗅過夜冰凉的脊柱
露之花乃自身絞殺的液汁
於是你在自己的淚中滋養蔓延

強力膠

只不過是逢場做戲而已
你何必那樣認眞
僅僅那麽一觸

你就粘住了我
捽也捽不掉
擦也擦不去
纏得我頭昏腦脹心裏發慌
就是用汽油把你勉强洗掉
那四濺的垢味早已令居鄰唾棄
唉　只不過是逢場做戲而已
你何必那樣認眞

老鷹

連綿十幾天抖峭陰雨，就是那隻喜於覓食的老母鷄也受不了的。

今天早上雨停了，但是天邊仍然布滿烏雲。一群小孩子在院子裏玩耍，突然一個孩子嚷着：啊！你們看天頂那是什麼？鳥，另一個說：不，是老鷹。好大一群哦！

從山那一邊飛出來的
飛得好快好快哦！
牠們飛到那兒去呢？

好久沒看到老鷹了，
從孩子們仰望的臉上，我又感覺到童年在烽火中的飢餓

碧山岩

母親口中念念有詞
妻作認眞狀，
孩子若無其事，
我心不在焉……

秋日的下午我們三代，
同對涅槃的釋迦牟尼合十。

在碧山岩上有我出家的姪女，
她光禿的頭似乎沾不到凡俗的風塵，
她的安詳離臺北多麼遙遠！

我們不談佛，也不談輪廻因果，
靜穆包纏着我，
來自大理石的石柱，
來自壁上的浮彫，
來自盞盞的青燈，
來自朶朶的蓮，
來自佛祖的金身，
射放秋日萬丈的光芒！
那幽邈的慧光使我避視。

母親在嘩啦嘩啦地抽籤，
孩子在石階跳圈圈，
我與妻默立岩上，

面對清澈的貓羅河悠悠的流水，
我頓覺擁有一切，却空茫如秋日的藍空。

Ⅱ 詩的位置

依照詩人的成長，如果說詩人有兩種類型；一是早熟的，一是晚成的。早熟的詩人多半是傾向於浪漫的類型，而晚成的詩人多半是傾向於古典的類型。當然，這種二分法，並非是絕對的。詩人的發展，也有兩者兼而有之的類型，年輕時固然已顯露才華，年老時並沒早衰，而是愈益精進。然而，事實證明，二十五歲以後繼續寫詩者大有人在，他們該怎樣來培養對傳統有深刻的認識，對歷史有遠見的眼光呢？一開始寫詩，岩上就從平實出發，沒有顯著的神來之筆，有時還顯得詩作的品質參差不齊。但自從他加入「笠」的陣容，且受詩人桓夫等的影響以後，對詩的看法，有了顯著的變化，從詩觀的進展到詩作的進步，他是從層層的突圍中打開了一條屬於他自己的平坦的途徑岩上是頗有自知之明的，他非早熟的類型，他要平實的一面，因此，選擇了平隱的步履。

Ⅲ 詩的特徵

從岩上寫詩的方向看來，他起步的時候，就採取了較寫實的方法，因此，常受到題材的限制。凡採取寫實的作品，多半易受限制。當他意識到現代詩所追求的，已經不是在片斷的佳句，而是在整首的完美時，他的詩觀有了一大飛躍，因而，也使他的詩作漸趨於佳境。在詩的語言底選擇上，因受方法的影響，較喜採用平淡素樸的語言。平淡素樸的語言自有其踏實的趣味，而華麗濃艷的語言也自有其俏皮的風味；前者較不耀眼，但較耐讀；而後者較易討好，但也較易遺忘。岩上通過了寫實的方法，採取了平淡素樸的語言，處理他身邊的所見所聞所觸所知，因此，他欣賞「蝴蝶蘭」，同情「蔓草」，觸及「强力膠」，仰望「老鷹」，而且也全家進香「碧山岩」。他的詩，一言以蔽之，沒有更神秘的色彩，而在平淡處，可窺見其詩的眞實。

Ⅳ 結語

一邊爲人師表，也一邊繼續深造。一邊爲家操勞，也一邊爲詩辛苦。岩上的認眞努力，並沒白費。當然，有人寫詩，非過過詩人的癮不可，時時刻刻意識到自己是詩人。但也有人寫詩，是在生活的奔波中忙裡偷閒風騷一番的，因此倒反而較有可觀者。也許岩上正如他那出家的姪女「離臺北多麼遙遠」，一個眞想創作的人，寧可說是一件多麼幸運的事。離臺北遠些，離詩壇遠些，凡有志於創造的人，有福了！

笠下影

傅敏

詩的精神是赤裸的女体，
形式是衣裳。
不僅爲了展示衣裳，而是渴望有人進入。
徒有形式，詩是不成立的。
爲了怕羞，詩披上適身的衣裳。

I 作品

鏡子

某日回家
在閣樓上找到一面小小的年青時喜歡放在口袋的鏡子
拭去灰塵後
看到一張陌生的臉代替了從前常受盤依其中的俊美顏面
頗爲同情地用笑容向飽經風霜的他致意
收到的僅是牽强地掛在嘴角的無奈而已
憤憤地喊他離去時
竟然也傲氣十足彷彿鏡子原屬於他一般地對我口角
想是鏡子並非可忠實地跟隨主人的飾物
於是放棄了擁有它的念頭
小小的偶然造成的事件常梗在心中
成爲鄉愁之外我不再臨鏡的理由

鞦韆

天空的蒼藍是我的呼吸
草地的青綠是我的呼吸
搖幌時唱著：「一二三到臺灣臺灣有個阿里山」
早晨的太陽用它昇起來的崇美仰望我
黃昏的太陽用它沈下去的黯然低視我
盤思著雲如何爲雲呢？
抓住提升著自己的鏈索
抓不住的是我的十一歲我的十二歲我的十三歲

水井

一口井在青苔的愛撫中屹立着
風要去了它斑剝的外衣
雨索去了它的膚色
回歸到原始 沒有人知道它的名字

誰能傾聽它奧秘的語言呢？
誰能進入它豐饒的內里游泳呢？

那人把木桶放下去
它給了他索要的一切

夜來的體裁

月光從窗口伸進一把剪刀
把我們裁成一個人
爲了逃避現實
捉迷藏的遊戲夜夜存在着

有時是用妳柔軟的前胸將我掩蓋
有時留着我的背肌
面對張牙舞爪的夜空
從來不顧拋露我們的臉

讓我守護着妳吧
讓我守護着你吧
祗一個人受苦就可以了

沉溺在水平線下
海的渦流輕蔑地翻轉我們死魚般的
身体

遺物

從戰地寄來的君的手絹
休戰旗一般的君的手絹
使我的淚痕不斷擴大的君的手絹
以彈片的銳利穿戳我心的版圖

從戰地寄來的君的手絹
判決書一般的君的手絹
將我的青春開始腐蝕的君的手絹
以山崩的速度埋葬我

慘白了的
君的遺物
我陷落的乳房的
封條

II 詩的位置

一個刋物的成長，正如一個人的成長一樣，不同的時期會顯現不同的風貌，何況刋物是由人來支持的。而一個詩人，在他追求詩底精神的過程中；爲何會傾向於那一類詩風？或者爲何會參與那一種詩的活動？往往都有其執着的理由。因此，當一個詩人因自我的覺醒，而勢非自立門戶，或非參與某種詩社的活動不可時，他該自我淸醒地省察。當傅敏從「盤古」到「笠」的轉向，也就是他從「雲的語言」到「思慕與哀愁」（註1）的變調，他深知他所操縱的語言，正是已脫胎換骨的年輕一代的語言，也就是純粹的中國語文。但他的轉向，却顯示了他的精神追求的變化；而他的變調，正透露了他對現代詩的重新再估價。以他多方面的嘗試，諸如詩評論、散文、短篇小說等來說，可能也可以一展身手的，然而，他爲什麼最熱衷於詩呢？也許這就是他執着於詩的理由吧！

（註1）「雲的語言」是傅敏第一詩集，列入河馬文庫，58年6月由林白出版社出版。「思慕與哀愁」是他的第二詩集，整理中，多半發表於「笠」詩刋。

III 詩的特徵

當跨越語言的一代底詩人們，操着不太流利的國語來寫詩的時候，他們對語言的魔障，往往有着難以言喩的無可奈何的苦悶，因爲，詩對他們來說，雖是命根子，而他們却常常無法如期地臨產。相反地，當年輕繼起的一代底詩人們，說着標準的國語來寫詩的時候，雖然已解除了語言的枷鎖，然而，詩質的探求，並不因爲語文的順利，就能全然地從心所欲，所以，詩的語言底創造，該是把握到詩的本質底刹那，同時湧現同時成立的。傅敏的詩，在「雲的語言」中所表現的那種婉約那種綺麗的詩風，語言是明麗而舒暢，意象是透明而纏綿，頗令人想起鄭愁予、葉珊等的詩風；愁予走的是麗而不俗，但巧瓏；葉珊走的是華而不實，但風華絕代。傅敏在變調的過程中，顯然地極力掙脫纖細而柔和的一面，頗欲在豪放而陽剛的一面有所建樹，問題的關鍵就在此，他的詩風轉變了，他的詩語濃縮了，然而，詩質的捕捉並不那麼簡單，也就是說，他的變調，尙未完全獲得十分的把握。在「鏡子」、「鞦韆」、「井」三首詩中，傅敏的詩情是個頗有風韻的美少年，但從「遺物」及「夜來的体裁」看來，這位美少年不再像納蕤思那樣顧影自憐了！他有着一種煥然一新的精神動向，也許是一種永恆的鄉愁，也許是一種帶汗的泥巴味兒，也許是一種在烽火中的醒悟與鍾鍊，正在隱隱地啓示着他，召喚着他，因而，他的詩，也在變調中，正力爭着詩的深度。

IV 結　語

對於一位正在發展中的詩人的作品，也許我們可以一面鼓勵，一面苛求；鼓勵中不一味地愛溺，苛求中不一再地微詞，因爲一個詩人的成器與否，完全是在他自己的手裡。所謂批評該是一種諍言，是對詩人所探求的精神動向底反省，且同時涉及了方法論的問題。傅敏正需更多的鼓勵，也需更多的企求。

曬壽衣的母親外二首

陳秀喜

曬壽衣的母親

——獻給去世的母親——

陽光很快地吸收
洗衣粉的殘香
母親啊！
您愛在這麼大晴天
曬您的超然
曬您的從容
曬您的泰然
曬您自己的壽衣
如此光景
難堪正視
我極想奔去抱住您
怕您被神帶走

當您跨過了七十歲的門戶
自己縫製了死的衣裳
艱辛的時光
把您的黑髮染成白色
您的哲學是
生 沒有嗟嘆
死 沒有哀怨
已超脫了
「慾望街車」

母親啊！
誰能預感最後的秋天？
您却又在
曬您的純粹的寄托
曬您的餘生
曬您的感謝
當我們欣慰您無恙之時
此一光景
無法忍受
我極想奔去
從死的衣裳
把您搶奪回來

突然 您穿着
陽光熟悉的衣裳了
敗北的我
在淚水窒息中
那一件壽衣掠過
又掠過——

小皮球

同居的朋友爲數一打
其中我最幸運
那隻大手掌看上我說
「這一個的彈力最好」
小妹妹可愛的小手一拍
我跳得比牠還高
要讓牠高興
不幸負大手掌的賞識
我更起勁地　跳　跳　跳
有時　蹦到桌子角　或　椅子上
順便滾入去沙發下、床下、書桌下等
小妹妹不會捉迷藏
看不到我就叫　要我
馬上大手掌會伸來抓我
小妹妹午睡時也抱着我
可是大手掌竟把我放進黑暗的角落
並且說「跳來跳去　滾來滾去　眞討厭」
我不知錯在那裡
我知道最幸運並不是最幸福
從此我沒有和小妹妹再見面

捲心菜

綠色的大玫瑰
在薄暮的菜圃　憔悴
憧憬於紅　黃　多彩的
有荆棘的玫瑰花
嗟嘆　自己沒有馥郁
人們把包着妳的綠葉剝掉
只要求妳深藏的心
妳的心潔白
愈咀嚼　愈有滋味
菜圃中的女王
綠色的玫瑰喲！
愛慕妳
露水自星際降臨
以笑容迎清晨吧

小詩集

佛心化石

桓夫

① 不知恨

夢見桃源花鄉的父母們
棄置的一個嬰兒
　在枯黃的園地哭泣
　在枯黃的園地哭泣
幸好亞熱帶的冬天不凍冷
被棄置的嬰兒會長大
會長大

萌第一支新芽
　把它吃掉
萌第二支新芽
　把它吃掉
萌第三支新芽
　把它吃掉
打完一次戰爭
戰爭還沒打完
　不管怎樣結果怎樣
　嬰兒總是長大了

　人家有父母　他想父母
　人家有溫暖　他不知恨
他不知「恨」是什麼?
狼心的父母却害怕了

② 怎麼辦

母親!妳在哪兒
　第一個繼母打了我
母親!妳在哪兒?
　第二個繼母打了我
母親!妳在哪兒?
　有沒有第三個繼母?
祖業很富有
　母親!妳在哪兒?
祖業很富有
　第三個阿姨頂高興
祖業很富有
　第二個阿姨不講話

祖業很富有
　母親！妳在哪兒？
啊！妹妹妳往哪兒去
啊！弟弟你往哪兒去
祖業很富有
母親！我啞了

③ 是我的

餘暉灼然！
他媽的　誰敢罵我。

第一個驛站我來管
餘暉灼然！
第二個驛站我來管
他媽的　誰敢罵我
第三個驛站讓你管
餘暉灼然！

第三個驛站讓你管
他媽的　誰敢罵我
你的太太是我的！

④ 聽聽看

阿婆總想說故事
孫女不想聽
阿婆的故事是長春藤
孫兒偶爾聽聽它

孫兒很爭氣
爭到外國去
討了一個碧眼婆
孫女也爭氣
爭到外國去
嫁給一個老鼻高

　第一個榮譽歸大家
第二個榮譽歸自己
第三個榮譽給丈夫
阿婆的故事是長春藤

長春藤長在一塊地
肥沃的一塊地
很多野夫耕耘過
阿婆總想說故事
想說榮譽一面的故事

⑤ 大拍賣

小姐
妳臉上的面皰
一個賣多少？
一切概以金錢計算的

這個年代
二個可以削價嗎
三個是不是免費啦?

第一次處女紅玫瑰
玫瑰刺傷了純潔
第二次處女蓮花瓣
露珠滾來又滾去
第三次處女木瓜花
疊疊的果實好可愛

小姐 妳的喇叭褲
吊着很多小妖精
多疑的小妖精
「臺灣沒有三日好光景」
索性不要賣
不要廉賣自己呀
賣罄了怎麼辦?

⑥ 究竟是

伯母養育了三個兒子
兒子起初很孝順
一個當醫生
一個當律師
一個做官了
兒子起初很孝順
伯母娶來第一個媳婦
媳婦不聽話
伯母期待第二個媳婦
媳婦壞透了
伯母拉攏第三個媳婦
媳婦叛逆她
原先在娘家
媳婦們都很孝順

媳婦們都很孝順
伯母只有恨
恨當醫生的有錢沒佛心
恨當律師的到處去黃牛
恨做官的貪汚而狠心
伯母只有恨
恨自己眞歹運

⑦ 悔當初

不錯 是我先跪下求婚妳
如果 妳的媚眼不先暗示

如今 妳儼然掌握這個家
有如女夜叉
越來越狠毒
越來越
狠毒

今天三八節
我不是矮仔財
也不是小孱斗
不要伸手指駡丈夫
好不！

第一　我不嫖
第二　我不賭
第三　我不飲
為甚麼妳那麼多疑心？
讓我出去散散步吧
老的　老太婆！

⑧ 老實說

「老實說……」
說這一句開頭禪的人
一直是很不誠實的
不是嗎？

只有古代的語言
活在紅色的門楣上
不誠實的子孫們
踏襲着歌仔戲的死脚步

第一步
　為甚麼奸臣又假忠
第二步
　為甚麼只顧私人的勢利
第三步
　為甚麼邊哭邊唱騙自己

「老實說……」
他們却很不誠實
不老實說的話
他們正是詭譎多端呢

開口就「老實說……」
這種人是虛假的象徵喲

⑨ 在砂地

拖着破鞋
自囿在造花的斗室
沒有瘋狂的歡樂
也沒有綠色外景的安慰
只神經質地搖動不住你的腿

爹爹
你的威嚴隨着歲月
發光而生苔而定型
緊握着昨天的清醒
躺在怕死行為的砂地
在砂地
冀求的夢永不妥現

夏天和冬天仍循環而來
第一聲叫喊　隨浪波逸去
第二聲叫喊　在山峽裡反響
第三聲叫喊　撞破汽球踫！踫

在怕死行爲的砂地
全身毛刺的仙人掌威脅你
神經質地搖動不住你的腿
是你唯一的活力
春天和秋天仍循環而來

⑩ 不要慌

別說妳不知怎樣才好
不知怎樣保衛秋
秋永久是妳安息的小天地
任妳握住
　放開
　握住——秋就是秋

第一　呼吸的乳房
第二　挑撥妳心的浪波
第三　那邊才是潰決的港口
有人游妳的海洋去

別說妳不知怎樣才好
不知怎樣扯着春
春不是罪惡和悔恨的伊甸園
讓我編織
　解開
編織——把秋織成一襲春

天國的夢

鄭烱明

一隻母鷄蹲在牆角
默默不語地
在孵牠燦爛的夢

由於夢是
比現實更現實的東西
我也爲自己能孵出
一場燦爛的夢
而努力

這樣至少
在夢被戳破的瞬間
我會有如乘坐在
未張開的
降落傘的快感

沒有憂慮
沒有痛苦

戀

杜國清

1

在心的古甕中
她的影子沈澱在底層
慾母菌啊
昨夜在夢裡使之發酸后
她的体臭打嗝兒地湧起
她的毛髮醇化地嗆出味兒來
纖維質的影子
在心的古甕中
醋化、騷動、完成
濃濃的一潭情釀

2

她今天爲誰穿得那麼漂亮呢
也不在那棵樹下再等我
也不在小徑上故意和我相遇
我的憂鬱因此像癌細胞在擴展
從眼膜到內臟
我的憂鬱結成一個瘤，在胴体內
像不透明的瑠璃球的浮動
我的身軀像個愛情的水平計
我傾斜，它浮沈
我躺外，它靜止
就躺在單身床上吧
我的憂鬱靜止在肚臍底下
一翻身，從我的脊椎骨的刻度上
情人啊
請讀出今夜我有幾度
傾向妳

3

那天，我把心吐了出來
用舌頭最后舔了一下
用她的白手絹兒包好
用她的黑髮繫住
然后用嘆息哈上一口氣
在春天來到以前
把它丟到垃圾箱裡
大烏鴉尖嘴銜着一份禮物
像吊着一首屍体
在我頭頂上的天空
繞了三圈
然后向古代的森林裡飛去
啊啊
從那天起
我活着一直就有浮空的感覺
從那天起
沒人知道那是什麼
還在我的胴腔裡滴流滴流地淌着

笠消息

※李魁賢因事於五月中旬出國前往東南亞旅行，經過香港、西貢、曼谷、吉隆坡、雅加達、馬尼拉等地至六月中返國，順便訪問住海外的「笠」詩友們。

※趙天儀著「美學與語言」一書已由三民書局出版，定價十五元，內容有「布洛的美學及美感經驗的探求」「文學語言與哲學語言的功能與價值」「價值論的語言解析的意義」「康德與席勒美學理論的比較」等。

※趙天儀主選的「中國現代詩的系譜」已近完成階段，不久即可出版問世。這一系譜可以說是我國現代詩近二十多年來最完整最廣泛的介紹，編選態度眞摯公正。

※「水星詩刊」第三期已於五月中出版。

※「龍族」詩刊第二期已於六月六日出版。

※「海洋詩刊」第九卷第一期已於五月四日出版。

※「葡萄園」詩刊第卅六期已於四月十五日出版，該期社論「不負責任的批評」及古丁作「詩人的知識與判斷力」二文，針對「華麗島詩集」的編選及其後記之介紹「葡萄園」詩刊部份，作不同立場的評斥，論點天眞有趣。

※日本北海道著名的詩誌「裸族」十四期已出版，轉載白萩評論田村隆一詩集「或大或小」，及特集「臺灣的現代詩」(3)，爲女性詩人作品集，有彭捷「塔」、陳秀喜「美妙的戲言」、杜芳格「兒子」、蓉子「晚秋」、朵思「旱」、陳敏華「雛菊」、敻虹「翻開此頁吧」、林湘「喚」等。

招魂祭

～從所謂的「1970詩選」談洛夫的詩之認識～

傅敏

從「六十年代詩選以來，國內可以說沒有一部嚴肅而公正的詩選集。當然，對於這種萌芽時期的詩史缺憾，歷來扮演此類工作角色的創世紀詩社是無法恆久自我陶醉而免於時間仲裁的。

隨著包括某些野心家的覇氣以及內部重要實力的休筆或歸隱等等因素而崩潰的「創世紀詩社」成爲詩史之後。照理詩宗社應當能因網羅新的潛力而呈現新景象，這是大家期望也是掌門人的洛夫所不當忽略的。

然而，在詩宗社還無法使人感到面目一新之時，洛夫單槍匹馬編選的年代詩選「1970詩選」，却暴露了嚴重的詩之無知和人格的缺憾。不能不令人對如此角色能否導引詩宗社進入佳境，感到深深懷疑。

姑不論洛夫在編選態度上的左列諸問題：

A、提出「不以任何派別或詩社爲立場」，却極端以詩宗社或相關人士爲班底。所收作品計包括：

文學季刊：十三首
現代文學：七首
幼獅文藝：十一首
文藝月刊：六首
青溪雜誌：二首
笠詩社：六首
詩宗社：卅七首

B、提出「一個批評者（編選者）固然是由主觀出發，但仍需一客觀的標準，如全憑編選者一己之口味，或爲宗派觀念與人情所左右，編輯工作或許較爲容易，但陷於偏嗜之危險性也愈大。」却十足顯示全憑一己口味，爲宗派觀念與人情所左右。

C、提出「名字能否進入文學史，不是自己能決定」却把自己當成「詩史列車」的列車長，去招搖撞騙。這是洛夫一貫的伎倆，像一再提示孤獨，實際却一昧追求虛榮的往例一樣。「一定心中有所畏懼，才把自己裝扮得如此神聖」吧！

使人眞正關心的是自認爲太上詩人而喜歡餵乳給徒子徒孫的洛夫，在所謂的「1970詩選」序文所暴露的嚴重無知。

對於語言的評論，近來詩壇上可說屢見不鮮。能够在以往創世紀詩社的某些超現實主義亞流以下詩人所帶來的語言錯綜弊病和詩壇某些末流人們的語言貧血症情況中，實學地研究評論檢討做爲詩媒体的語言，實在是重要的工作。

可是不管語言在詩學上的重要性上達致何種高度，永遠無法本末倒置得像洛夫所揭「本詩選的編選標準是建立在詩的語言上」一樣。

語言是詩人能力的指數，但語言絕不等於詩。也沒有什麼詩的語言能不由一首詩分析出來而主體性地能用以建立詩的。是因爲在詩中的整體性得以成立，語言才有所謂詩的語言，沒有什麼詩的語言可以像既成品一樣供詩人採用，除非是抄襲。

如果歷史有眼，歷史會給予這種荒謬帶來「嘲笑」和「哭泣」的。

廿年來臺灣詩壇「若干有成就的詩人」是那些？「都已建立自己的語言」了嗎？「都已開創個人的風格」了嗎？事實顯示出眞正優異的詩人沒有一個這樣沾沾自喜的。

詩人瘂弦很難得地在民國六十年五月號的中央月刊上有一篇叫做「詩人和語言」的短文，顯示了灼見。的確，臺灣詩壇充滿了語言的拜物論者。錯把語言當做詩的詩人們玩弄文字之餘，難道不會疲倦嗎？

其實大部份談論語言的詩人們却陷落在修辭的泥沼裡，而不是眞正對語言有所了解。因爲一些緘默的詩人不願撕破「僞裝的群像」，以致任由一錯再錯，任由亞流詩人目中無人地揮霍詩之貞操。

詩的語言陷於僵化難道祇是「有成就的詩人」的「獨特語式」有意無意之間爲人倣製與模仿的結果嗎？「有成就的詩人」的「獨特商標字號」不是語言的僵化又是什麼？近年來現代詩發展過程中的一大威脅實際就是「有成就的詩人」，特別像洛夫之流的無知所招致的。而洛夫却大聲疾呼地扮演殺人呼救的小丑角色。

倒因爲果的洛夫更提到「在語言上求實驗本是現代詩人的職志」這樣的謬論。

即使是一個站在語言學立場的人，也不可能將語言的改革當做語言學的最終目的。「語言上求實驗本爲現代詩人的職志」這一點恐怕臺灣詩壇尙不致都像洛夫這樣荒謬無知地盲目接受吧！「1970詩選」的詩作者也尙不致都能同意這一點吧！

其次，對於洛夫「關於詩的語言的三點不特殊但極重要的看法」，本文將逐次評斷。

一、「語言的有機性」的問題：

這個問題，這種簡單的認識是笠成立之初便一再强調的，笠詩刊大大小小的同仁恐怕沒有人不知的。

洛夫一反所謂聯想切斷，所謂自動語言，彷彿發現了什麼了不得的金言一樣，一點也不臉紅地當做自已的至寶般提供出來。

看看每一次笠的合評紀錄吧！這已是一個老掉八股的問題。敢說笠同仁早就看出洛夫名詩「石室之死亡」的無價值，和塗了一臉炭黑便佯裝悲劇感的法寶便在此。

「超現實主義的自動語言」是早已被臺灣詩壇有識之詩人在洛夫死抱不放的時候，便宣佈是一種失敗了。今天的洛夫，厚著臉皮還有什麼好說的？

「詩的晦澀決不在於『不可解』這一點上，而是在於詩語言的缺乏有機性上」是洛夫在語言的有機性上提出的觀點，可是與其如此說明，倒不如說詩的語言缺乏有機性導致詩全體上的不安定性。詩的晦澀決不會是語言上的問題，而在於詩想的問題，假使一首詩成立的話。更殘酷的話語是：詩的語言缺乏有機性根本不能成立爲詩。祇有經過成立爲詩的過程，才有資格參予討論晦澀與否的諸問題。想來這一觀點是洛夫親身的體認吧！無疑是變相地承認以往詩作的晦澀根本上就是缺乏語言的有機性。

洛夫指出有機性的缺乏可能源於兩種情況：「一是純然訴諸作者意識——對潛意識的誤解」；「另一種情況是

語言上習慣性的『流』。其實可以根本地指出有機性的缺乏之源於詩人語言能力的低劣。不能拒絕語言、控制語言而導致語言的放縱和浪費可以在臺灣詩壇某些所謂有成就詩人作品中找到屢見不鮮的例子。雖然洛夫貌似體認了這種淺鮮的觀念，可是洛夫這種觀念是抄襲的，根本沒有眞正的了解。正如以往抄襲超現實主義沾沾自喜，如今視超現實主義爲洪水猛獸一般。如果詩壇有某些似新的觀念提出，洛夫也會踢掉目下掛在口中，不時吟吟自做的「有機性」。

流於方法論末途的詩人是悲哀的，因爲方法論時時在汰舊換新，不是可以固守不放的啊？而且笠對於語言有機性的重視導致詩壇新風氣的形成後，有些新的觀念是必須緊接著提出來繼續貢獻給詩壇的。譬如語言有機性建立了以後，語言和語言之間的關連就必須注重取得最大程度的深淵，就必須强調最遠的有機性，必須提供想像的最大空間。這些是一口氣放棄超現實主義的洛夫所想像不到的吧！

二、「散文基礎的重要」的問題

洛夫强調散文基礎，已經顯示做爲一個詩人的無自信，更難想像的是，一個狂妄的詩人竟然不自信得不敢說「一個詩人往往能寫得一手好散文」而說「能寫一手通順的散文，該是寫詩的起碼條件」。

以往使人感到錯將修辭上的技術當做語言革新的詩人，往往也以爲詩就是濃縮。「散文↓詩」，難道竟是濃縮得成詩嗎？

除了僞裝的詩人之外，洛夫大可不必擔心臺灣的詩人能否寫通散文。洛夫也該知道「散文寫得再好，未必能寫好詩」。有些有成就的詩人儘管詩寫得實在不忍卒讀，可是却寫得一手典麗的散文呢。也大可不必强行將其列爲詩人，列爲有成就的詩人啊！

洛夫提到散文基礎的問題，套一句梵樂希的譬喩再加變裝便是一個舞蹈家「步行基礎的重要」。可是一個舞蹈家恐怕會說「舞蹈的訓練會使步行姿態風度美化」而不會說「一個舞蹈家必須重視步行的基礎。」

這麼一說，洛夫是不是詩人倒成了耐人尋味的問題。有什麼證據顯示洛夫是一個詩人呢，一天到晚叫說「我是詩人」，「首先你們必須承認我是個詩人」便是做爲一個詩人的證據嗎？

三、「語言的彈性」的問題：

對於這個問題，洛夫似可以參閱詩人白萩在笠或幼獅文藝上發表的，評田村隆一詩的論文「或大或小」。洛夫可能永遠不會寫出「做爲一個詩人，必須殺死全世界所有的詩人，必須殺死昨日之我的那個詩人」這樣漂亮的話吧！不管洛夫評詩文字中一再出現的論理是多麼的非技術性。能夠重視這個關於語言新鮮的問題說是不錯的。

可是進一步的不能祇知道語言要講求新鮮。詩想也要能夠新鮮啊！甚至詩想的新鮮比語言的新鮮才是更重要而不可忽視的。

從這裡又暴露洛夫拜物論的行徑。不知道洛夫是否有過詩學問題的創見，不過在「1970詩選」序文裡，洛夫是沒有什麼新見解而屢呈敗筆的。

即使關於語言的彈性，也沒有什麼建設性的提供。

一如在「散文基礎的重要」項目下提及智境擴展的問題一樣，在語言的彈性項目下，洛夫也半路殺出長詩與短詩的問題。

近來有寫短詩的趨勢，所以洛夫就又一口咬定短詩是比較像詩的。

諸如「龐大的結構往往與詩的本質相剋」，或者愛倫坡「認爲長詩根本不是詩」等等。雖然貌似眞實，但非眞理。用不著强調。

沒有寫過優異的長詩，或不喜歡寫長詩也不一定就否定長詩啊？詩的長短難道值得花這麼大勁去分別嗎？甚至提視世界上偉大詩人的作品，長詩所佔不少啊？

如果能在寫短詩的趨勢下，寫一首優異的長詩也不錯，甚至令人驚喜。洛夫爲什麼使人感到這樣地隨波逐流呢？

以上是對於洛夫「詩的語言的諸重要看法」簡單評斷。

※　※　※

就詩論詩，一點也不能馬虎的，所以此文顯現了非常的鹼味。這在甜味太多的詩壇批評風氣之中，雖然令人刺眼，可是今天臺灣詩壇如果冀圖長進，無法避免這樣的途徑。

畢竟臺灣詩壇存在著太多沒有什麼眞正成就的「有成就詩人」，長久以往，扼殺現代詩血脈的不是外來的各種反對現代詩的壓力，而是這些「僞有成就詩人」的自戕。這種結局不是每個詩人所能同意的。

本文也不願評論「1970詩選」入選作品，因爲即使是青澀的作品，入選者也是沒有罪過的。況且某些在海外的詩人近年來或因接觸廣大世面的眞實而呈現的蓬勃委實使人意外。倒是比較起來佔大數的詩宗社同人作品顯得特別寒酸哩！

有一點必須提醒洛夫的是；臺灣現代詩的選集切切不是任何壟斷方式所能獨當一面的。漠視眞實的行爲只是徒然令人感到無知而已，祇是令人感到有所畏懼而已。

而且很不幸的是：一個拙劣的詩選編集者往往也是一個亞流以下的詩人。

魂兮！歸來！

我的日記（三）

詹　冰

一月一日

新的年，新的日記簿，照例免不了再來一番的自勉；

一、保持心靈與身體的純潔。

二、歡迎新經驗新觀念。

三、每天乘興做一件有趣的事。

四、做了善事。就悄悄避開。

五、做一個教師、其首要的任務是傳授做人的態度。

六、凡事不過量。

七、每天發掘一點美的東西。每天如此。從一朶花，一片樹葉，一段時光，一片彩雲，一陣小雨，一條小溪，你都曾發現一點可愛的東西。不要放過了瞬息間的美感。

八、現代詩人的墨水中混着太多的水了。（歌德）

九、我在自己的詩中從未有所假作。凡我不曾經驗過，不曾受過痛癢，不曾使我苦惱過的東西，我沒有做過詩，也沒有說過。（歌德）

十、做人儘量磨滅個性，做詩儘量發揮個性。

編後記

※以双月刊經營七年發行四二期，這是極平常的事。祇要樹有根，枝葉定會繁茂的。因此笠詩刊屆滿七週年，沒有擧行甚麼紀念。同仁們僅把過去的實績記在心裡，不像有些內容貧乏的詩刊，喜歡宣傳自己，暴露醜態。而只把目標置於新的前方繼續邁進。這一期就是第八年的開始，專輯同仁的創作，擧行「詩的祭典」，是屬於笠同仁一年一次的狂歡期，若援照民俗例規，似應殺猪獻祭呢，有小部份同仁因事羈絆，未將詩稿寄到，當在下期補登外，在本期所刊創作，均爲作者眞摯的心聲，值得令人激賞。

※要寫詩就要想到履行永恆的使命和發掘廣大不變的眞理，如果爲個人的短暫利益而盲目追隨流行，而被利用爲蓄意宣傳的工具，即已無『詩』的存在可言。我們需要尋求的是詩的本質，不是藉詩謀空虛的名利。我們期待將來有一天，一般大衆也能接受詩質上的眞實性過着「詩的生活」，那時我們當然會在「社交界」出面，並且爲詩活動，使詩「大衆化」起來，使這個環境成爲充滿着眞、善、美的社會，這是我們的理想。但很可惜的是：目前除了部份較具有內容的詩作者擁有生活的詩之外，大部份的詩作者都徬徨在生活圈外捕捉空洞的星影和花粉，這怎能使詩達到「大衆化」的理想呢。無法擁有生活的詩，而祇會後悔詩的「大衆化」或詩人在「社交界」活動是可恥的事，多麼不自覺啊。何況我們的目標不但在擁有「生活的詩」，更要進一步過着「詩的生活」才是。

※連生活的詩都無法擁有，而頻頻輕易自稱或他稱「詩人」「大詩人」的人，在觀念上持有詩與人生分離的錯誤偏見，認爲詩人就是不俗的詩「族」之輩。顯然錯覺自己站在一般大衆之上的領導地位，偶而擧辦詩朗誦會滿足了英雄主義慾。這不是詩的低迷狀態是甚麼？（低迷兩個字不管辭海裏有沒有，讀者能體會其意義，是最重要的，要時常創造新的語言來負荷傳達的要求，單靠辭海祇會成爲浪蕩的敗家子而已，是無法成爲詩人的。）

※擧辦詩的朗誦會，提倡詩的明朗化，是讓詩與大衆接觸的有效方法。爲要打破凡俗的習慣性，就要進入大衆裡，使用日常用語就凡俗的題材寫出不凡俗的境界，才能使大家嚮往詩，才能達到普遍過着「詩的生活」的理想，不然，詩的朗誦或詩風的提倡只墮落於不實際，就無法談到詩的「大衆化」，實踐文化復興了。現在，却有人羞於詩的「大衆化」，不是令人感到可笑與難解嗎？任由定型了的先入觀念作祟，認爲「大衆化」或「社交界」這些字言就是下流的，而蔑視之。這樣固執片面的看法，無法洞察事物的眞諦，根本就窺探不到現代詩精神的所在處。無論提倡甚麼，所喊出的口號，就只成爲喊喊玩而已。

※話說回來，本來笠詩刊的同仁都不太愛講話，因爲詩是表現，不是空口白話的。但這一期適逢「詩的祭典」狂歡，才想到寫這篇編輯後記，發一點囉嗦。

笠詩双月刊 第四十三期

民國五十三年六月十五日創刊

民國六十年六月十五日出版

出版者：笠詩刊社

發行人：黃騰輝

社長：陳秀喜

社址：臺北市松江路三六二巷七八弄十一號（電話：五五〇〇八三）

資料室：彰化市華陽里南郭路一巷10號

編輯部：

經理部：臺中縣豐原鎭三村路九十號

定價：每册新臺幣六元

日幣六十元 港幣一元

菲幣一元 美金二角

訂閱：全年六期新臺幣三十元

半年三期新臺幣十五元

（小額郵票通用）

●郵政劃撥中字第二一九七六號陳武雄帳戶

中華民國內政部登記內版臺誌字第二〇九〇號

中華郵政臺字第二〇〇七號執照登記爲第一類新聞紙

笠

詩双月刊

民國五十三年六月十五日創刊
民國六十年八月十五日出版

LI POETRY
MAGAZINE

44

出席同仁合影

後排　喬林，白萩，林宗源，錦連，李魁賢，杜芳格，黃荷生
　　　趙天儀，黃靈芝，羅明河

中排：桓夫，吳瀛濤，巫永福，陳秀喜，吳建堂，黃騰輝

前排：凱若，岩上，拾虹，傅敏，陳明臺

笠詩社第八年年會會場盛況

影子的形象

桓　夫

影子是饒舌家　是火　是水
影子疏離了實體　不
被龐大的實體疏離了
橫臥在石礫路上

影子是鬼火　火招喚火
燃燒在海上
燃燒着閃閃的海市蜃樓

影子是萍藻　想掩蓋海
却漂浮在海面
浪波彈奏音樂　漂過海峽
發揮着饒舌家頑固的本能

影子是饒舌家
饒舌着永遠講不完的故事
故事開始
在盤古開天的時候
天和地　只隔幾尺高的距離
夾在中間　人類的裸露成爲背信的根源
影子的文化開始
人類的裸露在愛與死的墳上
不必用竹竿曝晒長短不齊的衣衫
也不像現在
以皮膚和大腦的顏色
豎立互爭雄覇的旗幟
人人遇見了
就像螞蟻
觸觸頭　親親嘴
然後　各奔自己的巢窩去做活
去冬眠
去享受時間悠慢的歡樂
而影子的文化很悠慢
因爲　影子是饒舌家
嘴在蠕動　身軀是軟體

影子是下等動物
生而分裂

死也分裂
死而不死 活也不活
只喜歡講講永久講不完的故事
——人類淸醒了
就伸手摸摸天
脚踏地
確認這個世界在父母的相對中
在天和地的銜接中
很安定。
然而 在安定的人間
也有不安於室的……
有一天 父母吵架了
吵醒不幸的兒子耐不住困擾
想不讓父母太接近
太接近會產生暴虐和嫉妒
竟而揮起竹竿來
猛撞天 猛撞了一陣
把天 撞到好高好遠的地方
被星星們搶去了

影子是僞善者 力說自己眞
挑撥是非 力說自己美
你知道嗎
那個不幸的兒子；人類
驅逐父親 終於
沒有父親 而只有
母親像守寡的聖・瑪利亞
使這個世界一直畸形下去

經過石斧
經過鐵器
經過幾個世紀後的二十世紀的智慧
仍不能使人類滿足自己
人類仍不能滿足自己！

影子是地下工廠 能製造僞善
僞善不二價 是眞不二價
眞不二價也有二價
是眞眞不二價
欺騙良家的婦女
欺騙悠悠自在的風箏
欺騙誠實的稻穗
影子是爆竹 是威嚇弱者的
鬼胎 只知迎合阿諛天
空無的天
讓星星越來越閃爍
閃爍着讓兒子們
開始懷念沉默的父親……

層樓越增高
火箭越飛遠
天堂越接近
阿姆斯壯受到擧世捧場的那天
也有人躱在幽黑的層樓下
計算着無數增加的五角鎳幣而暗喜
也有母親哄着小孩說：
「你是媽祖廟前那個石獅子生的！」

小孩半信半疑
祗睜大了眼睛不敢哭
爲甚麼不敢哭？
爲甚麼不敢哭？
喊一聲寃枉也不敢！

嗨！影子是狂人　是水　是火
不淹溺自己
不燒滅自己
更殺人不見血
使愚昧的小孩們不敢哭
使大人們狂笑……
大人們知道小孩終究會長大
長大了以後會怎樣？
天和地　隔開那麼遠
現實的醜惡　擠得那麼緊密
小孩長大了以後會怎樣？
長大了以後
會怎樣？
講不完的故事是永久講不完的
無數的影子——
凌亂的影子——

影子是劊子手　是暗鏢
而劊子手向我笑
我也向劊子手笑了
我知道劊子手　就要砍我底頭
可是我　爲甚麼
還要向劊子手笑？
只是因爲　劊子手先給我一個笑
我還給他一個笑
這才是　互相不缺欠甚麼
不缺欠甚麼了的
這才是　劊子手砍了我底頭
我底頭會再生出來的理由呀
還給一個笑
這才是　生出更堅硬的頭
生出更多更美的頭的源泉呀

影子是肥猪　是尼龍衣
尼龍衣包着摻水增量了的肉塊
肉塊是女人
尼龍衣繡着透紅的徽章
那個叉開着腿走路的女人
女人是肉塊
——你竟愛上了她
這顯得愚蠢的
嗜好
在收穫季過了的田園
在蝗虫的屍骸裡
你暴倒的日子也近了——

影子是怒目　是弱者
昨夜被殖民了的女陰還在怒着
有權者總是多疑的
心驚膽戰

而不放鬆地　計策自己
在敢怒不敢言的黃昏
插花的瓷盆
都是新買的　可是
愛賦閒的女人們
只耽溺於「歌仔戲」
不敢動腦筋
去想像夜晚被殖民的暴虐
只有不是快樂的暴虐
只有痛苦
不敢去想像
女陰腫紅了的結呆
影子在白銀幕上搖晃了過去

影子是守財奴　是蒼蠅
以駛不停的慾望
到處尋找吸不盡的血漬
——在骯髒的巷裡
橫臥着很多
有錢就可隨意揭開的肉體
可是　有錢也無法接近的肉體
仍然像清爽的桂竹林
那麼青綠　那麼美！
難道陰道是簡單的路程
而子宮的構造就不複雜嗎

影子是狡獪的齒輪　是老頑固
稍有令人恐怖的智能
就大大擺起架子來
原來　古代文化像空氣般
吹撫着樹葉
涼快地觸撫臉頰
而頑皮的齒輪使它成爲高氣壓
每次襲來的颱風
吹斷了思想的新芽
只有出人意表的想法
白雪的眞實　隱藏在山嶺
縱使不綻開思想的花
年輕的男人們也不流淚
誰也不流淚
不流淚的精虫常在企圖着
向子宮的深奧去尋找母親
意慾懷孕
——大地的母親依稀是健康的

影子是財閥　是安樂君
有錢就能使鬼推磨的
人類的一群
一直在貪圖安樂夢
讓嬰兒們　在搖籃裡
含着假乳頭　哭笑不已……
由於傻笑、貪吃而肥腸了的紳士
皺起眉頭
喋喋不休地說一句金諺絕句
就捏一次鼻汁
一丘之貉的你和我

甚麼是道義
甚麼是廉恥
甚麼是仁慈
甚麼是守法
一丘之貉的你和我

影子是光　是黑暗
太陽常在逃避夜
常照着人類的背脊
讓女人們歡喜地裸露背脊
歡喜地把乳頭呈現黑色
面向黑暗　男女創造的歷史
只留下了紊亂與錯誤的紀錄
在巷間　氾濫着
長壽不老的靈藥
「海狗丸」
强腎補血　老不羞
電視歌星發呆的聲音
每次賣俏的諂媚
都震憾了睪丸皺巴巴的表皮
影子在光和黑暗的交叉中
成長

影子是房間　是標語
在誰也不在的房間
在有人凝視着我們的房間
誰也不敢講話的房間
常在擧行成規儀式的房間

爲怕死　就必須喊口號
爲達成慾望　就必須强暴
把那些許多新的標語懸掛起來吧
爲不讓腐敗了的屍體
尖叫抗議
就必須處置新生命的胎兒
在婦產科醫院的垃圾箱裡
叠積生的縮圖
浸染在紅色斑點的綿球裡的
快樂和記憶和無意義的
羞恥的剝落
在婦產科醫院的垃圾箱裡
叠積生的縮圖
從女人做愛時的恍惚狀態
從快感的記憶
去追逐死了的胎兒的行踪
把許多新的標語　懸掛起來吧

影子是等待　是永恒
病入膏肓　就用巴拉松醫治吧
混蛋到家了無藥可救
埋入大地的死
大地的死永遠是健康的
我們必須等待
從大地萌芽的死
等待一個死眞正得到另一個死爲止
眞正脫離假死的狀態爲止
我們必須等待

夢遊病患的裝甲車
在死谷裡夢見的死
不把死認爲死的頑迷
我們必須等待
頑迷地反抗死的那個死人的頸部
悚然 低垂下來的 那個瞬間
我們必須繼續等待……

影子是戀 是淚
戀是從摟來的腰部滴下的淚
是剝開紅紅的荔枝皮
貪吃淨白嫩肉的 那種快感

影子是快感 是死
快感背負着死
站在黎明的岩上
被地球反面的人類享受過的
黎明之光 久未射進來

影子背負着死
死却不斷地溢落下來
雖說不要丟落死
但死仍然由時間的漏斗滴下來
那是惹人不願意的事呀
在所有的矛盾裡
影子爲了自己的憤怒而顫抖着
用硬直的手指指人而罵
如今 影子却遺忘了自己是影子

——你是影子
——你就是影子呀
站在黎明之光未射進來的
凹凸的岩上 久久
影子把自己是影子的身份忘得一乾二淨

—一九七〇、一一、一四—

跋「影子的形象」

李魁賢

使無形的、無生命的形象，賦于形態與生命，是一項偉大的工程，這種艱鉅的任務，往往落在詩人的身上。然而更爲艱鉅的任務的是，在這賦形的生命中注入血肉，這血肉可與現象的生命成爲連貫，成爲一體呼吸，這種工程往往只有使命感的詩人才得以完成。

這裡的影子，是詩人對人間衆生相的批評所凝縮的形象，實質上，詩人刻意使它脫離了「人」(human being)的形體，而又反嫁於另一「人」(people)的形體上。這樣轉換的效果，擴大了詩的空間與意義。

白萩

在論及詩的表現時，田村隆一曾用建造房屋來做比喻，我想這是非常恰當的說法，如果他不是從讀詩寫詩的經驗中，體味出了結構的美德，便無法說出這樣好的比喻。他的「立棺」一詩，也就不可能達到那樣精密，結構那樣圓滿的境地。從我開始寫詩以來，便一再强調技巧的重要性；熱衷於構成主義的美學。我認爲沒有技巧即沒有表現；沒有技巧即沒有結構，沒有結構，也就無法建造一幢房屋。

最近兩次和瘂弦的談話中，在論及田村隆一時，瘂弦便對田村隆一的詩，給予「非常精密」的評價，傾慕之情洋溢言表。瘂弦是被公認爲從新詩運動以來，寫長詩的最佳好手。他說出這樣的一句話：「比較起來，我們的詩形象太多了。」我想精密與結構，必會是瘂弦將來的詩所努力的目標之一。事實上，這也是我們中國現代詩中最貧弱的一面。

蓋簡單的住宅，也許簡單的結構便可應付，過與不及，不那麼顯著。但要造摩天大樓那樣的大工程，除非事先有非常精密的結構力學計算，實在是無法勝任的。七八年前，「創世紀」詩刊上那樣一窩風地建造大工程，對我並非沒有誘惑力，我也希望蓋個三百六十層的大厦來過過癮，但事實上，到現在我還沒有一首所謂長詩發表，那是因爲，我對自己的語言還不太信任，不信任我的語言已可充分地表達我自己腦中的那套精密的結構。

桓夫的這一首長詩，我用自己的理想印證了一下，我也要說它是結構不够精密的產品。我先把他的比喻表列如下：

影子是＝
- 饒舌家、火、水
- 鬼火
- 萍藻
- 下等動物
- 僞善者
- 地下工廠
- 爆竹、鬼胎
- 狂人
- 劊子手、暗鏢
- 肥猪、尼龍衣
- 怒目、弱者
- 守財奴、蒼蠅
- 狡獪的齒輪、老頑固
- 財閥、安樂君
- 光、黑暗
- 房間、標語
- 等待、永恒
- 戀、淚
- 快感、死

影子 <——————> 實體

實體—人類
- 父親—被驅逐
- 小孩—不幸的兒子
- 母親
  - ＼不安於室
  - —哄騙小孩
  - ／女人
    - —是肉塊、女陰
    - ／／愛賦閒、耽溺於歌仔戲
    - ／／有錢就可隨意揭開的肉體
    - ／墮胎者

由表中可明白，影子雖直喻了許多事物，但其連結只有直線部份，（其中也有屬於暴力的强行結合）；而無橫線，交錯線的連結，許多image只單獨存在沒有互相作用。顯然浪費太多的力氣。不過，他的idea是很不錯的，做爲影子對立體的人類，父親被驅逐，母親被影子强暴和勾搭，祇剩那個不幸的兒子孤獨地執着某種理念，在這種衝突性的悲劇中，桓夫一口氣列舉了那麼多的image，可見做爲現代人之一的他，其憤怒和悲哀是多麼地深。不過，我也要說，母親被影子强暴勾搭，是缺少現實的合理性，無法讓人充分地接受。最後對詹冰計算的詩法，也該指出是屬於走向結構的美德。

杜國清

讀了這篇「影子的形象」我有幾點感想：①這是一篇諷刺詩，充滿了諧謔的批評精神，而批評的對象和實際的生活是那麼切近。換句話說這篇詩的眞摯性、現實性是融洽在一塊兒的。②借用神話而沒有學究氣。這是神話的再創造；這首詩只是一個嘗試性的開端，值得再嘗試。③寫長詩大多靠戲劇性的發展來支撐；這點是這篇詩非常成功的地方。「影子是劊子手」那一段叫我捏了一把冷汗，具有悲劇的英雄感。聯想到普魯夫洛克的頭。在這個悲愴的氣氛中用「笑」來處理問題，眞是達到「哀樂你」（ironie）的極致。④知性的句子中（如影子是饒舌家、是火、是水、是鬼火、是下等動物、是僞善者、是地下工廠、是狂人……等等）摻以抒情性的句法（如比喻，說故事口吻的，反問句，重疊句……等）。將知性運用於抒情中，在抒情中喚起知性；知性和抒情的平衡是好詩的必要條件。⑤有許多獨創的詩句，亦即感受性所獨創的經驗。詩可以是基於獨創的經驗，也可以是將舊經驗表現以獨創的句子，沒有異人的感受性寫不出異人的詩來。在這篇詩中有許多異人的感受性所獨創的詩句。例如「殖民」的用法，「簡單的路程」和「複雜」的「構造」，以及「精虫常在企圖着向子宮的深奧去尋找母親」等等。寫女人用「女陰」，寫男人用「睾丸」；這是現代詩人最后的武器了吧。不知道以后的詩人還怎麼寫！所謂「震憾了睾丸皺巴巴的表皮」令人想到那個西洋情人也曾「感動到子宮裡去」的句子！。可是在處理「婦產科醫院的垃圾箱」那一節，我覺得這首詩變成非常嚴肅。⑥題材精而深刻，前後連貫，有頭有尾。這點比「媽祖的纒足」那篇更勝一籌。將零碎的感受有機地組織起來而構成這樣有份量的作品。這是一篇非常傑出的好詩。

滄桑曲

杜國清

四月最是殘酷的季節
讓死寂的土原迸出紫丁香
摻雜着追憶與慾情
以春雨撩撥萎頓的根莖

I

走進黑檀的門，而燈光睜着迷朦的眼
仙人掌對着夕陽，斷柱孤立如銅像地掛在壁上
蹲在鼓面上閉着一隻眼睛的猫咬緊牙根
承受神經不斷地被敲擊
小喇叭手鼓着兩頰挺出肚子像醉臉的瞎眼青蛙
黑笛子使那脹而長的脖子昂昂直上痙攣地
向半空拋出脫精時的尖叫
爵士們呼籲着黑人永刼的哀號
誰知道他們的小舌頭怎樣敲響世紀的宏鐘？
窈窕女郎存心跳掉那短裙似地
對着一群期待的血眼只是笑
「年輕人就是喜歡這種音樂！」她吐出了一口煙
然后把濃濃的咖啡送到體內去分解
「你不抽煙嗎？」他望着玫瑰色的煙蒂在碟子裡火葬
一縷紫色的靈魂上昇而悠然消散
窗外人群構成永久的漩渦
雜色人造花的狐臭滯流
橱窗裡的男性時裝模特
也在這商店街中追逐狐臭
他收回投在窗外的視線
桌上掉下了一枚白色的花瓣
她伸出的手命運地突然被攫住
一枚花瓣就在他的手中的她的手中
有如握着溫熱的一團軟球，他的腿在顫抖
成群地奔竄到沙發底下來的爵士們都被踩死了
於是有歌聲自荒漠中傳來
有歌聲向荒漠中傳去
仙人掌對着夕陽
斷柱孤立如銅像

II

一個午后
無毛的羊在烤火，鷄在油鍋裡啼
而海豚氣脹的肚皮被戳破的一個午后
趕走太陽，太陽的光暴露人類的羞耻
在酒精們的激勵下開始解凍的一種流體的慾望

決心要趕走太陽
互相碰杯的清脆聲像感覺神經之突然綳斷
她以一半的清醒開着汽車
他以一半的醉意撫弄着她的裙褶
超速地追逐了太陽
來到一座秘藏着夜的城堡
霓虹—霓虹—霓虹—霓虹—霓虹—霓虹
自動扉以異國的音樂通報一對客人駕到
微亮中服務生的歡迎詞越短越好
而且盡可能笑出同謀者的笑
落荒的眼神若無其事地望望壁上的名畫和彫像
噴泉多彩地戲弄着熱帶魚
那激盪的水色在變幻
有如通緝犯的良心
然后地氈將脚步無聲地帶到「巴黎」
鑰匙是一把鎭靜劑

熱帶魚啊熱帶魚
把珊瑚和水草洗了又洗
將珍珠和眼睛比了又比
在岸邊臥游，從水底浮起
熱帶魚啊熱帶魚

推推那水車，吻吻那貝殼
不要把那水泡兒一個個都啄破
不要老在那肚臍的漩渦裡逗留

熱帶魚啊熱帶魚
重疊在海棉上過夜吧
讓流體的慾望在體內彼此獲得諒解
讓水聲恍惚地入夢—

Ⅲ

櫻花還魂的河邊流動着歷代的遊人
歷代的遊人又在落花流水中送走春天
河童浮出水面接去一個個美艷的屍體
在夜半那冥城的岸邊爲歸魂洗塵
爲歸魂洗塵，好讓純潔的花魂年年可以造訪人間
花瓣像駕着雪舟到處幽遊的戀，一附身
就從男女的手中進入血河流到心田
在心田裡長芽生根，一到春天
又有無數的花瓣飄落在情人眼前

一枚花瓣落在她的髮上
像是墮落在黑岩上的小風箏拖着幾根白線
一枚花瓣落向她的臉上
像是吹來一隻小帆船綴起岩間水潭上的小波浪
一枚花瓣落在她的手背
像是停在樹皮上的一隻小蝴蝶
一枚花瓣落在她的黑鞋上
像是棺蓋上繫着的一朶白色的追憶

花瓣飄落着，蝴蝶向別處的花叢飛去了
花瓣飄落着，帆船向着海洋尋求奇遇去了
花瓣飄落着，風箏投到藍天的懷裡去了
花瓣飄落着，他的追憶隨着那變幻的煙狀

以玻璃絲襪的曲線和襯裙的透明度
在空間消失

IV

噴射機繫着白色的緞帶越過藍天
像不能不送走的一隻心中的鴿子
遠了，還怕牠迷失；近了，怎堪牠別后再來啄食
啄起那些有淚生煙的慾情往事！
商店街還是滯游着呼吸廢氣的一群鹹魚
從地下電車中倒出來的鹹魚啊
酒吧裡還是坐滿着雇用酒精們打掃胃壁的經理
以及舉杯說是要你今夜爲她狂醉然后罵你是酒鬼的一些
美∧在腿間的∨女人
那秘藏着夜的城堡，還是有先生和太太逃來協商謀殺
而太太和先生在另一個城堡裡
創造另一種道德和愛情對位法
風還是在竄流，在掠奪，在向已無一葉的枝椏勒索
而枝椏以向蒼天祈求的姿勢遙念着青春

她從人群中游離出來
在神殿前的一座拱橋上
想找回從前的那些彩色魚和噴泉
在蓮花邊的黑岩上靜坐着一隻烏龜
以哲人那種沉思在追憶人類的歷史
從水鏡中默讀着人類的命運
而在某種時勢之下，伸長着脖子向她擠眼
她揀起一塊石頭打在牠揹着的卦上
水鏡中她的嘴無聲地哭歪着

她踏着自己的影子
　向那神殿走去
男人都像鴿子
　夜夜回來
　　啄食着
　　　她的
　　　　心

—一九七一、二、一—

△下期要目預告▽

唐谷青　日本現代詩的鑑賞(4)

詩曜場　岩上作品「談判之後」

手的象徵

凱若

(1)

熄燈以後
讓我們用手交談吧

沉溺在黑暗中的生命
爲了不願無息地被吞噬
痙攣的手才會飢渴地
觸探世界的所在
要抓住什麼似的

愛撫著冰冷的背肌的手
驟然停住
我們互相緊緊擁抱著
再也不肯放鬆

(2)

不要矜持吧
心愛的
讓我伸過手去
撫觸妳幽秘的
私處

不願裸露的部位
只有被觸及

才能令我相信
被發掘的愛
可以根植呵

生了根的愛
就像爲了鄉土
我們要忍受
重覆的壓力和
操作

心愛的
妳也不要保留吧
讓我的手
探進妳深沉的愛裡

(3)

被妳拒絕的愛
僵舉在陰暗的半空中
成爲悲傷的
手勢

世界就是這樣嗎
受了傷的手

顫抖著
仍然向妳蜷臥的胴體
試探

生活就是這樣嗎

(4)

可是
不管如何
仍要堅持在貧脊的泥土上
等候季節
將種子播撒下去吧
一直期待著故鄉成爲
美麗的田野
因此 心愛的
即使妳再次拒絕我
手
仍是不會縮回來的

（60 6 17）

簡誠兩首

失貞的婦人

她們登山的丈夫還沒有回來
一輛救護車開不進來
迷失在斷紋的南万民謠唱片
廻旋而多雨霧的山道裡
她們的夢燒着了火
以及身旁的男人
蔓延整座山林
從火焰裡
她們的丈夫掙扎地攀爬昇高
在雪白的崖壁
在雪白的山肌裡
她們的胎兒蠕動、抽煙、嘲笑………

滿地面的煙蒂又觸燃大火
身旁的男人起身往外端雨
她們的屋子趁時載着她們上昇
她們的丈夫在山巔遠望
放風箏的孩子一樣注目
風雨護送她們上昇
一直觸到了
天堂的
天空
她們的丈夫還不知

寄瑪利亞

瑪利亞。我生活在你的大蜂巢內
這就是你的愛嗎？

只能在沒有陽光沒有風的月之陰影
吻你，擁抱你，愛撫你
而後暗暗傷心思量
漫漫長長的才走過了一個山坡，一條
　河，一個村落
何時才見着你的太陽
你的教堂
還有你的食人鳥
瑪利亞。

印象時代

我們渡輪
我是一隻鞋子換來的
（另一隻鞋子去問吳松口）
換來的兒子長的像
他留在瀋陽的父親
（我母親說的）

雛菊時代

我斷奶很早
（其實那個時代也無所謂早還是不早）
我的父親喜歡種植菊花
但菊花愈長愈瘦
如他的臉
我有了脚
就開始了流亡
有了嘴就知道
眼淚是鹹的

鞋子時代

脚眞是用來走路的嗎
那一年父親常說
準備鞋子
而母親總在
織補着鞋襪
要不然就擁抱
着我們兄弟

鋼鐵時代

那麼脚最想走的一條路
就是囘家
（當脚已成爲鋼鐵或一種機器）
其實這時候無所謂誰是金屬
印象和雛菊和鞋子
終歸要歷史重演
所不同的只是
我們是囘家
（母親和我都相信　歷史也常說）

精簡自動系統

羅青

十指休息後
指甲還在辛苦且不斷的自動向外生長吧
頭腦入睡後
頭髮仍要努力且繼續的自動向前伸延吧
長長的指甲呵
難免因碰到些什麼而自動折斷變短
長長的頭髮呵
也會因摸索不到什麼而自動脫落飄散
我們的夢幻和肉體啊
亦終將隨之自動破滅消亡，消亡

詩人之旅

谷風

最後一根火柴
點燃
最後一根香烟
眞空狀態的
深夜
詩人絞盡腦汁
盤桓著
殘篇上
呈現
盎然的睡意

關於媽祖的聯想

林宗源

㈠

一個男人
替媽祖換衣
洗面

叫一群阿婆來跑
叫一群孩子來吶喚
叫一群市長、議員來陪伴

媽祖是一個逃婚的女人
有如此光榮的歷史
願永遠是柴佛

一尊

㈡

硬要把我抬到受傷的街道
坐在聖殿是很爽快的
街上有多少打小鬼
只要你來燒香
小鬼絕不敢作怪
抬着我亂跑亂撞

一生氣
罰你們滿身大汗

怕懷孕
逃婚而使父母生氣
你竟把我抬到街上

好！妳的丈夫快死了，很好！
吃一些香灰，包好！

㈢

飛機來了
空了的城市
廟內還有很多的神

我們是一群等死的神
忍受炸彈的嘲笑
忍受軍刀的懼恐
恨沒用的脚
恨沒用的舌頭

哈哈！
我是什麼樣的神

(四)

廟裏有許多的神
廟外有廟
有破爛的
有堂皇的

如今
只靠靈丹是不行的
幸虧，千里眼
替我發掘神以及人的秘蜜
順風耳
替我解決還沒發生的問題

如今
雖然沒有神可以代替我
可是
我必須時常注意神們的行動
注意我的信徒被別的神搶去

啊！
神有什麼好！

(五)

我一定要向玉皇上帝建議
請上帝召回所有的神回到天國
少到人間引誘那些已經是很苦的人
靠訴人們天國不再是樂園

每一個死去的人
不管是貧窮或富裕
都帶來高樓大厦
帶來一群佣人
一、兩部汽車以及輪船

如此，將來不只是地皮的問題
還會帶來火箭、原子炸彈、太空船
如此，天國不就變成了地球

必須開會
必須討論
爲了神的面子

△經理部啓事▽

本期起由于擴充篇幅調整訂費，全年六十元，半年三十元。零售每本十二元。

詩人的備忘錄 ⑧

錦連譯

我們讀某個言語而理解其意味，進而常常被帶到其言語的支配力所不及的地點去。但是這說法並不甚正確。一個言語絕非僅僅帶着一個固定的意味。任何簡單的言語都有二個以上的意味，而且對某個言語我們常常能够重新發見我們自己的意味。言語的多義性或意味的曖昧性是屬於從言語同我們的存在發生關係的瞬間就產生的宿命性的言語的本質部分。

然則，當詩人用他們的言語去構築一個想像世界之時，他們總是有意識的或無意識的將言語的多義性——更明白一點說，就是按照他們的詩的才能去利用它。

自認詩作品僅有一個意味而拋棄其他可能的意味是愚蠢的，並且也不能說是讀詩作品的正確態度。

讀詩作品，我們之會往往陷於這種觀念的遊戲，說是詩作品本身要求着它，勿寧說是我們將在日常生活上，習慣地被迫就一個言語中必須去選擇一個意味的行動的要請，就那麼照樣的帶進與日常的現實相異的想像世界而引起的。

要慨歎觀念的遊戲，不如爲了新的世界經驗，拋棄我們的日常習慣去對言語的理法作一番深思才對吧。

譬如，句點是盡量節制言語的多義性，以期便於日常性的目的而設的。然而多數現代的詩人都不使用句點。這乃是爲求將言語從一義性的日常式的服務中解放，使言語本身的潛勢力能舒暢地開花而所作的努力。

任何一個言語的讀法，確能各自產生論理上妥當的詩的意象，那些意象也各自帶有獨特的陰影，且作爲作品全體會喚起我們的一個詩世界的一部份，幾乎能完成同等的機能，的確也是事實。

在言語的世界，不可能有所謂的「死語」。

批評家基於作品的總體印象去展開論議，當然任何人都是一樣。但是提到「對作品總體的考慮」時之：我們不應忽略了超越批評方法的不同或批評技術的拙巧問題之外，還有着更本質的問題。

「言語本身不說着什麼，祇是存在着」

在存在着的事物之前，我們所能的，除了去經驗它以外別無他途。對於詩世界的言語，照着日常性的習慣去逼迫意味的決斷，「存在着的事物」絲毫也不會動搖，它們既不拒絕任何意味，同時也不會接受任何意味的。

笠下影

拾　虹

還是執著性與死亡的信念。現代詩的前途只是一盞燈，不管我們怎樣賣力地追尋，終將是飛蛾撲火。因爲，誰是現代詩的三島由紀夫？誰是現代詩的三島由紀夫？

I 作品

小鳥

不管會不會飛翔，畢竟
我已長成了兩隻小小的翅膀
只要輕輕地撲動
就可聽見青空中的迴響

包圍著我的是母親綿密
蒼白的髮網　可是
我還是時常小心地探出頭來
想想
樹葉是怎麼下落
果實是怎麼熟黃

望著青空
我總是這麼想
冬天過去
我就能拍動翅膀
讓你們仰頭就看見春天　正
歡躍飛揚

浪花

三絃響起
柔柔的手慣於
演奏一曲緊密的螺紋
仰首顫抖的寂寞
燦美如花

輕輕地撞擊著
神秘的心靈城堡
一種愛戀徘徊著　城外
總是低吟曾照在小水手臉上的
那朵月光

戀愛永不臉紅
只有一次
小水手滿載地歸航
我歡呼地獻上千朵薔薇
然而　我的薔薇竟在
一瞬間枯萎
花獻
只因爲愛妳

是這樣的千辛萬苦
所以我必須忙着去愛
去成爲一種愛
一首歌就把我輾成
幽深而冷寂的小徑
不再痴痴細數
踩過心靈的脚步了
該怎樣才能種植萎黃了的
昨日花顏
如果妳是一盞微明微滅的燈
請勿掩去低低的羞意
寒夜裏我要再一次
照明自己

尋找

一把失根的薔薇
飄遊在空中
一把流浪的雲在尋找
溼潤的土地
什麼樣的土地才能種植無根的雲
什麼樣的風才能吹醒緊閉的唇
等不及詮釋花開的意義就枯萎
除了黃昏把一朶焦紅
逼在臉上
像蚊子緊吸着血孔不放
渴望泥土香味的我的呼吸啊
天空漸漸黯去
天空漸漸黯去

寄給戰場

把一滴思念的眼淚痛苦地逼出成爲
一顆堅實的子彈
此際遠方的你 舉槍瞄準
是臥姿或跪姿呢
是否你持槍的姿態正像
擁抱我一樣
何以你一瞄準
我的胸口就隱隱作痛
扣下板機吧
呵 親愛的
即使我灰白地躺下
遙遠的你也要持槍回來

II 詩的位置

由於拾虹的漸露鋒芒，是在他離開了學府以後，走向軍營的行列時，也許是因生活環境的改變，使他有了新的感興，醞釀了他的詩情。學府的生活單純而富有逸趣，而野戰部隊的生活却緊張而頗有刺激。在他未到軍中以前，雖也陸續地在「笠」、「工專青年」等發表了詩作，但他最新銳的作品，却是在他踏上了馬祖島上，在「馬祖日報」的副刊，發表了他那一系列的「牛背嶺詩抄」（註1）等詩作的時候了。或者也是因爲某種緣份罷，杜國清軍旅馬祖時，曾經不是也留下了一卷詩集「島與湖」（註2）

嗎？杜國清的狂熱，跟拾虹的纏綿，正好是一個强烈的對比。他們同樣地在馬祖尋覓了詩情，也同樣地帶着飛蛾撲火般的熱情。所不同的是他們的詩風，杜國清從浪漫的意念嚮往古典的豐盈，而且有一些是近乎立體及達達的表現手法。拾虹却是從現實的追求回歸浪漫的抒情，逐漸地因語言的韻味，因意象的濃郁，因觀照方法的細膩，居然也表現了一番新鮮的氣象。我們從發表在「笠」的另一系列的「十三月詩抄」（註3），可以得到一個印證。在笠下的一群，拾虹在年輕繼起的一代，是一個外表緘默內裡燃燒的抒情詩人罷。

（註1）「牛背嶺詩抄」是拾虹在民國58年軍旅馬祖時發表於馬祖日報副刊的一些作品。

（註2）「島與湖」是杜國清第二詩集，多半完成於馬祖軍中服役時。

（註3）「十三月詩抄」請參閱「笠」第34期及第37期。

Ⅲ 詩的特徵

當林亨泰在「現代詩的基本精神」（註1）中强調着詩的眞摯性時，我們也可以看到不少的所謂前衛所謂現代的詩人們，打着眞摯性的幌子，却騷弄着虛僞的詩情。究竟什麼是詩的眞摯性呢？爲什麼現代詩竟淪於眞摯性的貧困呢？所謂詩的花招，莫過於語言的濫用，意象的浮泛，情味的虛假，以及思想的貧血吧！沒有深刻的生活體驗，沒有準確的觀照方法，當然，詩的眞摯性是無法立足的。拾虹的詩，一面捕捉着自然的靈性，一面探求着戰爭的人性，從而在愛情的火燄中，在戰地的邊緣上，不斷地在內省中重新再認自己，肯定自己。在「小鳥」中，他歌詠着：

「不管會不會飛翔，畢竟
我已長成了兩隻小小的翅膀
只要輕輕地撲動
就可聽見青空中的廻響」

這隻小鳥是誰呢？豈不是作者自我的寫照嗎？拾虹好像以小鳥的眼睛來觀照着這動盪的世界、烽火的人間呢！從愛的尋求中，他要瞭解自己。在「花献」中如是歌詠着：

「如果妳是一盞微明微滅的燈
請勿掩去低低的羞意
寒夜裏我要再一次
照見自己」

拾虹的愛是眞摯的，但也是誘惑的。詩人往往是爲了失去的愛，以沉靜中回味過來的情緒，去重新挖掘愛的眞諦。因此，詩的眞摯性，該是從詩人的感動出發，而不是從因襲的觀念出發。

（註1）「現代詩的基本精神」，林亨泰著，例入笠叢書，民國57年元月出版。

Ⅳ 結語

不錯，中國現代詩的發展，不但是決定於少數的所謂有才氣的詩人們，而且是決定於多數的所謂有眞性情的詩人們。有才氣而無眞性情，其詩必常作僞；有眞性情而無才氣，其詩必常索然無味。拾虹有的是眞性情，如果能在才氣方面下點眞功夫，也許是可以期待的。然而，我們知道，鬪牛士常常毀於牛角下，而飛蛾也常常情不自禁地焚化於燈火中。

笠下影

陳明台

世界上什麼地方，不知道的使命在等待著。看不見的那個角落，張大了手的自覺在招喚著。不斷聆聽折射在寂寞底心靈上那優美的回聲，於是，我不休輟地唱著自我之歌。

不只要擁抱和接受一切，尤其要拒絕和拋棄一切，踽踽獨行的人才理解寧謐的眞諦。

要求眞摯，要求親切，給出愛，給出關懷，給出感動，然後，給出詩。

I 作品

球

旋轉着賭命的骰子般
反覆地
我在拋擲
不止翻滾的飛球

被刼奪了
昔日無邪的哭與笑
就是以飛球的快速度永不回頭了呢
即使是搓手惋惜的一刹那
它也不停留地在滾動着

每一次
小男孩用力地
把手中的球投遞過來的時候
殞星擊中胸口的恐怖
立刻悲哀地佈滿週身啊

蚯蚓之歌

自母親痛楚的創口迸裂而出
我的降生與存在
原已被賦與
不斷蠕動的任務
眼前
一條接連一條拓展的長路
註定了永恒底旅人的
我

每日
任紅腫的肌膚

在烈日猖獗的地面
走過
在雜草蔓生的地面
割裂　淌血
而我堅持著深深鑽下去
爲尋覓完整和固定
在清涼芳香的泥土上
活著時
我耐心底挖掘那樣的日子

廢　墟

大火刼後
塌落了城墻的齷齪
不和諧的軀在陰暗中
而夜市閃亮依舊
猶若依依不捨的那群旁觀者
吃吃地在竊談著

總有一天吧
忍受不了無關懷的隔絕
以及　盈溢處處底僞笑
已喪失本質而漸漸腐蝕的空洞人間哪
會像大火一場之後
留下廢墟一座
悽涼地
被嘲笑　被哀悼
一直憂愁著
且感染周遭的冰冷而抖顫
我走過這一片焦土時
不禁痙攣的再三回顧

飛機場

或許有這麼一天吧
父母　弟妹　親愛的情人
站在這兒揮手的時刻
我會是什麼樣的胸懷呢
所謂離別的愁緒以及祝福
在飛機場上
衆多的絮語和叮嚀
只爲了記憶即將逝去的影子
而你的遠去
也不過像是死過一次般
跨越這個世界
向着未知悉的地万邁步而已
已是不成問題的淡漠了
已是不成問題的淡漠了
在飛機場上
我喊着再會的刹那
竟然不由自主地
想及毫不關聯的
死亡
而愣愣地張大了嘴巴

II 詩的位置

也許繼承父親的精神遺產，該是一種現代人覺醒的定數吧！當陳明台投出他的詩作時，可能容易令人聯想到「有其父必有其子」呢！然而，事實上，陳明台的出發，固然跟家學淵源有關，但無甯說是跟他自己的氣質有關，如杲他缺乏寫詩的氣質，那麼，還是無法衝出家的囚籠。他開始在「詩」、「華岡詩刊」等出現的時候；華岡詩社的一群，還有林鋒雄、聞璟、王浩、龔顯宗、鍾友聯、蔣勳等也紛紛投出他們的作品來，因此，在一種頗有競爭性的氣氛之中，陳明台對詩也狂熱起來，加以他受挫於一種初戀般的情熱以後，他的詩作遂漸地成熟，而且增多。跟鄭烱明的隱健相比，陳明台的急燥，似乎有一種不可輕估的奔放的熱情，猶如當年的杜國清的傻勁。當他無形中受了白萩的影響時，深知需擺脫別人的影響，尤其是需擺脫白萩的影響。把陳明台的詩，歸到「笠」的年輕繼起的一代，正是預告了「笠」未來的動向，已經顯示了一種潛能。

III 詩的特徵

如果說詩是一種精神的存在，則詩作是表現這精神的存在的存在。陳明台的詩，雖說語言不够細膩，意象不够精緻，但常常近乎率眞地脫口而出，彷彿無遮欄的陽台似的，吸取着多万面的照耀，放射着多彩的光線。當他帶着那不甚流暢的語言寫作的時候，眞像他父親桓夫的氣味，然而，桓夫雖有語言寫作上的生硬，但他的意象往往再加工再精製，因此，不見其粗，而只見其細，眞是老薑！陳明台以一種男兒氣概的表現，沒有裝飾，沒有忸怩，歌詠着如「殞星擊中胸口的恐怖 立刻悲哀地佈滿週身啊」（球）、「已喪失本質而漸漸腐飾的空洞人間哪」（廢墟）以及「在飛機場上我喊着再會的剎那，竟然不由自主地想及毫不關聯的死亡而愣愣地張大了嘴巴」（飛機場）等等，幾乎都是直接的呼聲。當然，現代詩與其故作神秘狀，製造一些不相稱的語言的花樣，賣弄一連串不相干的意象的組合，倒不如老實地比喩，直接地吶喊！如杲詩的語言具有張力，詩的意象具有透視力，必易掌握詩的眞貌。而陳明台的詩，在尙未加工中已見其本質的純厚，因此，既使有些粗獷的感覺，仍然給人以一種親切而緊迫的感受。而且根本看不出他受其父親的影響。

IV 結語

詩人的桂冠，並非爭來的，也非世襲的。所謂詩人，有而且只有當他的詩作不斷地給人帶來新的感動、新的戰慄、新的喜悅時，是最値得驕傲的！既使沒有得過任何的獎、甚或桂冠，也還是個詩人吧！相反地，不斷地得什麼什麼的獎，而其詩作不成其爲詩的悲哀，該是多麼地尷尬呀！陳明台是否能從他的詩人父親，獲得眞正的詩的精神遺產，那就要看他的造化哩！

日本現代詩鑑賞 (3)

唐谷青

北川冬彥（1900—　）生於滋賀縣大津市。本名叫田畔忠彥。十歲時隨着父親之赴任「滿鐵」，到東北，經旅順中學、三高，畢業於東京大學法法科。東大在學中，與安西冬衛，瀧口武士等創刊「亞」，興起短詩運動。一九二八年，與春山行夫、西脇順三郎、上田敏雄、北園克衛等創刊「詩與詩論」，後來不滿其藝術至上主義，於一九三〇年退出，另創刊「詩・現實」，推進新散文詩運動。戰時中，以陸軍報導班員被徵用到馬來。戰后，提唱長篇敍事詩運動，主編詩誌「時間」，繼續新・現實主義運動，以至於今。

有詩集「三半規管喪失」（1925）「檢溫器與花」（1926）、「戰爭」（1929）、「討厭的神」（1936）、「馬與風景」（1952）、「夜半之覺醒與桌子的位置」（1958）等十五册。詩論集有「詩話」（1949）、「第二詩話」（1951）、「現代詩」三卷（1951—54）。另外翻譯有但丁「神曲」地獄篇（1951）等。此外有廣播詩劇「巨大的胃囊中」，這是為NHK的戰敗紀念日廣播而寫的，以及電影劇本「阿Q正傳」，電影評論集，短篇小說集等。

北川冬彥是昭和初期前衛的知性派詩人之一，於一九二九年在「詩與詩論」上，首次介紹了安德烈・布魯東的「超現實主義宣言」，而在達達主義影響下，唱導短詩運動，否定了明治、大正期的敍情詩、象徵詩、民衆詩的感傷性，觀念性以及散漫而蕪雜的表現，主張立於「實感」上的明確的詩。換言之，日常的口語，雖然由於大正期民衆詩派詩人而獲得了普遍化，可是口語的機能，只是平面的，亦即將口語當做詩的素材加以平面的排列和說明而已。北川的主張，是將這種平面的散文的口語立體化，簡潔化，以期達到詩精神的純粹化。而在万法上，是使用暗喩將思考形象化，藉着鮮烈的意象創造出詩的空間。進而使這種詩的空間和時間接觸，亦即使現實强力地觸及這個詩的空間。因此「立於實感之上」「根據意象的短詩」成為北川的短詩運動，乃至新散文詩運動的一個特色。

北川冬彥的詩中，以動物為素材的作品相當多。尤其是寫馬的作品，在二十首以上。在另一方面，關於人體，手啦，脚啦，胴體啦，眼睛啦，總之與五體的感覺有關的作品也占相當數目。這與「立於實感之上」以挖掘現實的詩觀可說不無關係。他說：「除了用自己的眼睛看見，用肌膚感覺到的東西以外，我不相信。」換句話說，以自己的五體所直接感觸到的東西，活動着五體的生命之實存感覺，才能使他相信，才是他的詩的動力根源。戰后，他主編「時間」（第二次）時積極地推展新・現實主義詩運動。其目標在於揚棄觀念的、公式的現實，以自己的感官與之對立，對其本質加以「實感」，而在這種「實感」上創造出詩的現實的世界。

基於這種藝術上的現實意識，北川脫離了「詩與詩論」所代表的審美主義，另創「詩・現實」，使現代主義的藝術意識與現實意識結合在一起，表現出對社會現實强烈的關心，以及尖銳的現實批判精神。這是北川作品的特徵。在現代詩與現實的關聯上，北川的詩提示了值得令詩人反省及注意的一個問題。

馬

內臟着軍港。

—「戰爭」

這是北川冬彥最有名的代表作，收錄於他的第三本詩集「戰爭」中。在這本詩集中；作者表現出强烈的意象操作以及現實意識。作者所追求的詩精神的純粹化、形式的緊密化，立體化，以這首詩為成功的代表。

這首詩的題目是詩在構成上的一部份。在技巧上值得一提的是，作者不用普通的「內臟」這種動詞，而將名詞「內臟」予以動詞化，結果，使馬的內臟與軍港之間的暗喻關係得以成立，而達到意象的重層化，同時給與讀者種種可能的想像。

作者在「現代詩中我的實驗」一文裡，對這首詩的說明如下：「我在滿州度過了少年時代。中學是旅順中學。旅順是日俄戰爭的古戰場，在相片册上看過了橫陳着被擊沉了的軍艦的軍港，這種記憶仍然還在。也曾經親眼看到破廢的軍港。馬是我非常喜歡的動物。有一次從白玉山上，看到登上來的馬，而軍港孕含在牠的胴腹。一想起馬克夏格爾（Marc Chagall）在，的確叫做「村」的一幅畫中，人躺在牛的胴腹中的情形，也就決定試以馬內臟着軍港的意象為造型。」

可見這首詩是由作者的記憶和經驗以及若干的冒險心所完成的機知與感覺美的作品。可是，這個作品向來所受到的理解和評價，却沒有作者的解說那麼單純。丸山薰在「現代詩講座」第三卷（創元社）中，對這首詩的解說是作者「沒有想到」但「覺得有趣」的：

「這兒有一頭的馬。由於將這頭馬映像化，透視到內部，因此這個映像與軍港的映像重叠在一起—簡單地可以這麼說吧。當然是這個意思，這不是個錯誤的解釋。但是，這首短詩只不過是藉着這些意象，將馬的雄姿美地構築起來而已嗎？不，令人覺得好像在暗示着某種更為抽象化的東西。為什麼呢？讀者在這兒，試就這首短詩所示的兩個名詞加以聯想看看。於是

馬—軍馬—陸軍

軍港—軍艦—海軍

大概變成這樣。而看來完全相對的兩個意象，為什麼能够重叠在一起呢？試就「內臟着」的「內臟」加以聯想，於是

內臟—解剖圖—秘密地圖

變成這樣。在這兒一見相反的兩個名詞，由於所聯想的這個意象，很巧妙地完全連結在一起。亦即，這首短詩所暗示的，不僅透過上述只是視覺的意味，而且更進一步在深處裡，也含有「陸軍中有海軍」這種抽象的意味；認為這是對軍國主義的諷刺也無妨。」

在另一方面，伊藤信吉的解說却是非常直覺的，道出了這首詩所給與的一種感動：

「我讀了這首詩時，感到＜馬的內臟＞那種癱軟的樣

子。這跟人的比起來是更大的，因此認爲其中所內臟着的某種東西，可能具有某種特殊的規模。隨着這個內臟的意象而浮現的是＜軍港＞；這個內臟的形狀，大概要使人聯想到軍港，當然因爲是馬的內臟，其中浮動着暗色，這象徵着嫌惡軍國主義的一種重鬱的感情。」（「現代詩的鑑賞」下）

對於這種詩的感動，村野四郎進一步加以解釋說：

「巨大的東西，不可窺知的陰暗的內部，惡心的生理，複雜的迷路，陰慘的紅與青等等。此外還多呢，可是由於這種類似相，二者連結在一起，互相暗示，於是告出了用這種万法以外難以說明的事物之眞相，而在瞬間使讀者遭遇到新鮮的衝擊。這是這首詩所給與的詩的感動的本質。」（「鑑賞現代詩Ⅲ」）

總之，這首短詩將馬與軍港本來毫不相干的兩種東西，藉着「內臟」這個意象而導出某種類似相；換言之，這首詩在技法上，用的是暗喻，而在與現實的接觸點上，對於軍港亦即軍國主義之象徵的批判，不是訴諸理論，而是訴諸由內臟所喚起的種種厭惡的感情，藉此表現出了一種藝術的感動。就技巧及現實批判而言，這首詩是極爲成功的。

戰爭

義眼中給裝上鑽石有什麼用呢。生苔的肋骨上掛起勳章，這有什麼用呢。

垂下臘腸的巨大的頭不能不將它粉碎。垂下臘腸的巨大的頭不能不粉碎。

將其骨灰在掌上像蒲公英一樣吹散，是哪天呢。

——「戰爭」

這首詩於一九二九年三月在「詩與詩論」發表，后來收錄於詩集「戰爭」中。在這本詩集中，作者對現實的凝視加深表現出强烈的批判精神。在前一本詩集「檢溫器與花」中，還殘留着一些情緒性的作品，到了這個時期，呈現出即物的硬度相當高的詩風。江頭彥造將「戰爭」以后的詩與「檢溫器與花」時代的詩做了比較，他說：「空間美變形爲時間的意識，感覺美變成藉着意象的飛躍，超出現實地構築詩的現實的方法，可是在另一方面，詩人的主體的、社會的憤怒給與作品以重量感。語言變成了排除抒情性而散出了乾燥的火花。」（三省堂「現代日本文學講座詩」）而且認爲「戰爭」是「昭和詩的金字塔的代表詩集」。

第一段，立於人道主義的立場，對於忽視人性尊嚴的軍國主義的虛僞提出痛烈的批評。再高貴的鑽石也補償不了失去的眼睛，再榮譽的勳章也抵不了死去的生命。而軍國主義者企圖以鑽石的義眼和勳章來掩飾戰爭的殘酷，反而更顯出其虛僞。兩個句子的句法差不多一樣，只是第二句多了確認對象的一個「這」字，而加强了否定的意志。

第二段表現出與好戰主義者或侵略政策的主導者敵對的決意。所謂「垂下臘腸的巨大的頭」指軍國主義者及其背后腦滿腸肥的巨頭組織。原文前一句用目的格的助詞，表示現實存在的一個對象，后一句用主格的助詞，表示存在理念中的一般對象。由於句子的重複更加强了決意的力量。

第三段表現出侵略者的滅亡指日可待，而且認爲這是歷史必然的法則。軍閥等「巨大的頭」被粉粹后變成的骨灰比喻爲蒲公英的綿毛那種輕飄飄的東西：與第一段和第二段中强烈的憤怒和堅決的意志形成對比，構成藝術上美的均衡感。伊藤信吉指出「骨灰」和「蒲公英」這個比喻的巧妙，他說：「當時强力的權力者們，他們的支配權力被比喻爲骨灰或者蒲公英的綿毛那種若有若無微不足道的東西，這是做夢也想不到的吧。可是與這相反的，崩潰時的支配權力就像骨灰或者蒲公英那樣脆弱，這種感覺也能從相同的這句話中聽到。」（「現代詩的鑑賞」下卷）。

在戰前，對日本軍國主義胆敢提出這樣嚴厲的批判，固可以看出詩人的良心未泯，也可以知道北川作品中的現實意識是多麼强烈。北川的詩法，不外是將論理（思想）形象化，但是將論理納入藝術作品中，使現代詩在審美上思想上都達到一個新的變革，這却是北川作品所具有的特殊意義。

臉

港
被滿月濕透像白晝一樣的明亮
從海上吹來的風
載來了陌生的臉
臉一個接着一個出現　不知其數
那是不像活着的蒼白的臉啊
早已忘了憤怒和咀咒啊
臉
出現了又消失
消失了又出現
啊啊
走過去的顏所帶着的悲哀　很深很深的悲哀
這種悲哀不能不滲透吧
到這個國家的
每個角落

——「夜陰」

這是比較抒情性的一首詩，除了「臉」具有象徵的意味之外，沒有暗喻，沒有難解的句子。這首詩表現着一個悲哀的主題。

那是「不像活着的蒼白的臉」，「早已忘了憤怒和咀咒的臉」；從這種臉上，讀者看出哪種命運的痕跡呢？

也許那是日本戰敗從海外撤回來的臉吧。也許那是所有日本人的臉吧。也許那是在戰爭中無數犧牲者的臉而爲作者所幻見的吧。這些「臉」無疑地，象徵着日本人的一種命運。而且這種臉上所帶着的不僅僅是瞬間的悲哀，而且是與日本的歷史連在一起的永遠的悲哀，是所有庶民生活的悲哀。被這種悲哀所濕透的臉，充滿了作者的思緒。這種悲哀的深度，在今后的歷史上將留下永久的痕跡吧。「不能不滲透到這個國家的每個角落吧」。

這是詩人所描出的戰敗當時的日本人的臉。詩人爲這種臉所感動，而悲哀。詩人所表現的不一定是他自已的悲哀；只要將他所感到的悲哀表現爲詩，而且能令讀者也同樣感動，那麼不論他所使用的技巧怎樣，那該是一首值得欣賞的詩。

韓國詩選

申瞳集詩集

陳千武譯

一、燃燒在炎熱裡的石

燃燒在炎熱裡的石
在封閉影子的正午的時間上
花患上盛夏的熱病

人躺在壞了的床上
患着苦悶的生命之夏
在燃燒的石傍邊
蝴蝶尋覓着石花的花粉

不知歇息在哪個森林的預感之鳥喲
回到一直在燃燒的石胸膛來吧
爲了在炎熱裡奄奄一息的
我底激烈的歌

二、在燃燒的凝視之後

在燃燒的凝視之後　依然
歌仍能留下嗎
日還月移
便把無緣的人遺忘似地
一隻　火之鳥
今天在燃燒的石陵角
孵蛋

在燃燒的凝視之後　依然
歌仍能成爲歌嗎
歌也酣睡了　那時
月還年移
便把無緣的人遺忘似的
光源會徒然旋渦着吧
在我的酣睡裡
也在那時

三、石之翼

爲了獲得

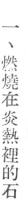

飛翔的一種自由
石需要你底手
醫治石的痛疼啊
白日的光輝還有幾天
可以一邊疼愛着醒悟的
石的肌膚之痛
一邊啓開我希求的型態從石解放
遠離而去的
翼之路呀
在那　青磁的天空

在初霜的早晨踏着落葉
忽把蹣跚不穩的重量用兩脚支撐着
把飛不起的部分
留在我內裡
而飛翔離去的石之翼
哦！我的詩

四、無題

一隻鳥飛向雨中去
從被雨潮濕了的石胸膛
石潮濕
肌膚的溫潤滲透而流溢
睡在石裡時間的故鄉
遙遠的年代紀

人何時看過那些呢？
一隻鳥在雨裡飛去而完了
但符號靜靜被洗淨
被雨潮濕的石肌膚
曾經是火也無可奈何呢
懷胎在石裡那時的火之鳥喲

五、初凍

昨夜回來的時候
風刺痛了臉頰
而今晨院子裡
芭蕉結凍得不成樣子
本想把它移植在橘子箱裡的
却只想了好幾天
現在或許連根
都結凍了也說不定
一面撈取浮泛在水槽的薄冰一片
一面窺探　忽然看到
昨夜夢見的男人的臉沉溺在像痲木了的水中
迷路了的一隻鳥
在電線上硬直地戰抖着
候鳥望着我說要死
在春天倒很快看到了春

芭蕉望着我說要死
在夏天倒很快看到了夏

六、彷徨大地的人

冬天來
人人就把門
遮斷於零下的深處
彷徨大地的人
不知到何處
去尋覓往日之花的下落呢
很快能安居在種子裡
思春的人是幸福的
可是他已無可斷定
飛翔起來的候鳥的羽翼的行踪
颳在凍原的風遙遙
搶去了肉的記憶
如果旋渦的光源再有一個
懷胎在他的裏面
請在死了的他的胸膛
把凍下來的故鄉燙暖吧
曾經有一次願望活下去的歌
他能活着歌唱嚒！

七、有個午后

孩子們玩了之後丢棄的汽球
浮沉着
若無其事地在房子裡滾
已經是他們
無用的東西了吧
今天是仲秋殘餘之日
孩子們到外面　似乎
去尋覓未曾充滿了的夢
院子裡蜻蜓小撈網也看不見了
獨自坐在家裡
心思像浮游的微粒子
隨着汽球的動盪而搖幌
午后一刻的陰凉處很澄清
暫時聽着無線電的巴洛克
開在院子裡的四、五朵玫瑰
早晚會受霜凋謝吧
希望多開幾天花
潤澤我的眼睛就好了
冷風吹過來
人人就會關門吧
希望透明的青磁的靜謐
留給像似
襤褸的我吧
首先把叡智是甚麼
敎給我的老師呀
現在凝視也另一種睡眠吧

八、春日近郊

在果樹園低矮的枸橘樹籬上
掛有一片破鏡子
這鏡子的開始那天
是照過覺醒的一個人的甚麼呢
現在却宿映着一片春寒的天空而已
一隻鳥
依然默殺着這破片鏡子
飛過鏡中去
一心埋頭在修整樹木的春的人
雖知道悽凉的春天的心
而在小河裡的浣衣女
却偷偷地涮洗春而忙
果樹園那邊小孩們放的風箏
那重量一直不動地停滯在遙遠的天空
然而被枸橘樹扎了刺的
鏡子裡的我的手很痛
破鏡子的一片
會怎樣復元於記憶的全景呢

九、春的男人

人呀到春日的原野
虛心地眺望吧
遠而近　還有
萌芽的嫩草
綻開的野花
其中那清純理念的眸子
仔細一看走過那邊的一個男子
也不休息地向魯歐的春
一個男子走着
背着丟了針的時鐘
時間是動着或停着呢
雖分不清楚
然而不要觸及
在他裡面打開的至純的夜和晝
暖暖地溫釀出來的四季
不知在何處的風景外
春的斜塔站了起來

十、覺醒之後

覺醒之後　已經
臍帶從開始就斷了
我成爲那些　成爲被排出在
我外面的那些
想看的人
都到哪兒去了呢
現在只存有一張乳色的記憶
聳立着張開的驢耳
打破某處莫明的記憶好嗎
花開的思惟　那瞬間

不知名的一隻金色鳥
攀登亞達吉歐的石上
鳴叫今天這個日子
然而張開眼睛種子的
額上是火球

十一、小寒之日

偎倚平凡的休日的空白
解開成熟的日子的詩的宿醉
美麗的太陽滲透在小寒之日的午后

人人都分散了
不知何時回家去了　但是
人都返回在各自裡
正在磨亮經驗的針
而邊縫着他們壽衣的領子嗎

不久有一天　我也
會穿着合適的新草鞋
回去遙遠的粒子的故鄉
而那時星星也美麗地
仍在黑暗裡眨着眼吧

映在合金餐具的冷水裡的
鐘音
小孩們在院子裡
無心地踐踏我的影子玩着
他們的眼睛會有什麼不同？
結凍了的院子裡的樹木影子　以及
蹲在那傍邊的我的影子

（註）壽衣是死了時穿去的衣服

十二、拒　絕

映在　你的鏡子裡
閃過的是甚麼？
不是時代
也不是像時代的任何人的臉
尤從鏡子裡遠遠
離去的是我的影子
不能再回來的背影

不要相信我
既然離去　何以有無瑕疵得
再回來的日子呢
怎會有那樣方便的
夜和晝的日子呢
可能的話向至難的
復活的方向拒絕我吧

假若冬天不在冷酷的鏡子裡
綠色該何時才成枯木的希望？
墜落的果實凍在地面時

泛在你嘴唇怎樣的歌
會誘導我
走向僥倖可能復活的方向呢
事實在走向你的我底路上

十三、擺 陣

耳鳴裏旋渦的歌
就是出血呀
歪曲的鏡子裡
看見歪曲時代的臉底人
是吃過暴醃乾蘿蔔的飯食
而繫着端正的領帶的人
想起要做 就緊緊繫好鞋帶
忽而 擺下不知退的
半圓形陣
映在我眼裡的 你和
映在你眼裡的 我也
互爲無可奈何的異邦人
我解開的密碼你無法知道
你解答的方法我無可知曉
鴿子閃過頭上的幻影
說是你的伙伴或我的伙伴
都無法識別
乾脆理髮去
或稍爲多能
體會敵方的能力吧
爲滅了的紙烟點火 咳嗽了一次
然而 非絕對難耐的咳嗽
如有需要 僞裝和沉默
也得成爲美德呢

十四、出 發

出發是
遽然湧來的早霞
不清楚的沉靜的乳色光裡
病了的妻也稍會甦生
留着小孩們站起來
就在染紅了早霞的天的一隅
垂下的風的殘影搖提着
如能允許就吃了兩個半熟的蛋
再整理經常的書包
忽又想起貴重的遺失物
現在却不怎麼重要了
選擇湧上的記憶的一、二
回顧就魅惑眼睛的
剛綻開的玫瑰花
若非初開
就不值得依戀
明知在此 我却懷疑
自己的存在 想追求到底的心裡
低低旋渦的耳鳴的一刻

銘感一次最黑暗的昨夜的zero
張開來矯正的　發愁的眼
在鏡子裡孤寂地
搖動鈍重動作的虛像
是呀　再一次活在擺陣之時
和攻擊之時　而沉靜地
推算死的時間
繫着妻病前買給我的
清爽的　藍色領帶
小心伏兵吧

十五、黃昏時

黃昏的一刻
似乎不來　想念的影子離去
踏着老衰的大地地殼
許久凝視着我遙遠的未來
風和林裡的
鬪爭已經終了
站在餘暉裡鮮明的一支樹
停在那枝椏
鳥兒們啄着最後的火種
已決定星相的人　必有確信
渡過荒野的夜吧
然而在逐漸昏黑的風暴
探求白夜瞳孔的人
終於不得不背叛貶眼的星光

為了斷絕無限廣大的
自己影子
必須對剛才誕生的
那首詩的
最後一行也要背叛

十六、岸邊的論理

㈠

河岸那邊的一支樹
誘導無人聲息的渡船
似看得見也看不見的渡船夫
為了不久君臨的夜的王冠
船會睡在對岸的懷抱吧

聽着落下的　果實
平凡的落地的聲音
人會安靜地退出得遂心願的場所
至次晨　被鑿石的反響
岸邊又清醒為止

㈡

在對岸一支樹裡啼着
那鳴叫聲
是雲雀或黃鶯?
渡船夫喲　你知道吧
然而　知道也不能回答我啊

渡過河　船影已看不見了
忽然不知誰擦亮了　火柴
晚歸的人　也都結束
收拾器具的聲音
臉全看不見
他的眼睛向黑暗凝視甚麼？
渡船夫呀　你知道吧
雖知道　也不能回答我吧

㈢

在岸邊　再聽到
鑿石的反響
對岸似有甚麼
不分明的影子閃過
清醒了的岸邊
尋找着新地的塭
河岸遙遠的一對墳墓
閃耀着柔和的光波
映在　江水的
和昨天　不同的臉
歌唱的人的
場所還沒有　被汚穢

㈣

沒有睡眠的此處
閃爍着的　遙遠的　燈光
浮在天空的　島嶼
是浮在江河的　島嶼
想起　把五六個島嶼
連結一絲因緣
就振翅的　星座喲
要以何種意義回來呢
此時　在對岸
成立了　最難的別離
忽而　鳥的啼鳴
吐出　銳利的物質
看得見　gamma線嗎
放射着　我底uranium
終會成為鉛
成為慘不忍覩的姿勢為止

㈤

常常　風是
完成在對岸有樹的地方
在對岸凝視完成的風的人
那是無可奈何的異質的眼
以異質的眼　端然
起來坐着的丘陵有何用呢
沿着丘陵的腰處　一條路
越過去明天的彼處有何意義呢

鳥已啼完了嗎
啼也不啼而永久離去了嗎
江依然　暢流着
人垂直地清醒着

然而　風和　陽光
以及　岸邊的論理既然破壞了我
就從過去的我之後聽得見的　我的歌
開始聽呀

申瑾集簡歷：一九二四年生，SEOUL 大學畢業，美國Indiana 大學院修學，現任大邱市啓明大學英文學教授。主要作品有〈抒情的流刑〉—一九五四〈第二的序詩〉—一九五八〈矛盾之水〉—一九六三〈沸騰的母音〉—一九六五〈天空的可樂瓶〉—一九六八〈曙人〉—一九七〇〈歸還〉—一九七一〉等，一九五五年獲自由文學獎，一九六九年接受韓國PEN作家基金。

高田敏子：想詩的心

陳秀喜譯

十六歲的時候，朋友勸誘我加入同仁詩誌。托這位朋友之福，我才開始寫詩。從來對於詩，我是一無所知，而且自己也未曾想寫詩。只是那個時候，家父去世一年，突然覺得死即時會來到身邊，而我也變成很傷感。也許朋友看我如此才勸誘我寫詩，也許我已有要把自己的心情寫成詩的意圖。當時，不懂得詩是什麼，就已開始寫詩。並且也逐漸地喜愛它。

每月寄出一次詩稿，祗是把詩寫在稿紙上，就有了非常新鮮的喜悅。回憶當時，一字一字謹愼地寫。但是曾經寫過些什麼，現在多數想不出來。大概都不能算詩的一些可能是獨語的連綴，幼稚的語言而已吧。

同仁們都是二十歲左右，十數名少女的集合，如今回想，那一群本來是很幼稚的。不過值得一提的是，每個月都按期出版。我每天都焦急地等待着發行日的來到。可以說，有了這種期待的樂趣，才使我有活下去的日子。

那樣的心情，現在的年青人，也許不太瞭解，但是，從前少女們的生活是很單調的。順從父母的吩咐過日子，自己並沒有什麼樂趣。「自由」這句話也被認爲是任性，壞的意思。

於是同仁們相聚的時候，大家談論生的空虛、好像現在的人，憧憬着要到外國去旅行一樣，憧憬着死，互談什麼方法的死最美爲話題而自娛。因而，我們所寫的詩，似乎都是很傷感的。

但是由於詩會變成鉛字的那一種喜悅，使同仁們互相勉勵，並且良心也有了依靠。「詩是屬於個人的，何必發表，寫在自己的簿子才是純粹。」有人如此說，然而我們却認爲，發表才有意義。一直祇寫在簿子，且只有自己認爲是詩的東西究竟會不會使別人感到詩，仍是疑問。除了很特殊的人而外，我想祇寫在簿子是不行的。如果，寫詩不發表，終會變成自己滿足自己的甜味而已。所以雖是少數人的同仁詩誌也要拿給大家看。發表就是負起寫作的責任，對於這一點不可疎忽，那麼，對於寫作的心得和態度自然有所不同。寫完了詩以後，更進一步把它重讀又重讀，將會使你成爲另一個有思考的自己。此事我認爲非常重要，而且不只是限於寫詩，我們的日常生活也應該如此。

因爲與人交際，有着生活在人群中的樂趣，我們的生活始能成立。假使一個人孤立於世界，雖可以任意行事，但是日子終會趨於乏味，無聊的。如果不時都是孤單的日子，那末，洗臉和換衣服都會覺得不耐煩，也不想燒菜，似成動物，或者會變成像躺着的病人一樣也說不定吧。

給人們瞧瞧，便是活着的證據。因此要活得更美的願望，也由此而生。

所以，要讓自己成長得更美，該有另一個自己的必要。悲傷或憤怒之後，以這些事象來思考自己，反省自己的行動，或作評價的另一個自己。

我們都喜歡鏡子，這是可以判明另一個自己的映像之故。鉛字猶如鏡子的任務，詩變成鉛字之後，始能自客觀的觀點看到自己。但年青時代的我，對自己的詩並沒有充裕的心思去觀察，只因變成鉛字就高興了。這是年紀太輕之故吧。

所以，只耽讀自己的詩，不知自己的缺點。少女時代的同仁詩誌，連續出版了五年之後，好像是自然消滅了。這是因爲同仁們一個一個地結婚，所以，十年之久，我忘却了詩。戰爭結束後，不久我又有機會加入同仁詩誌。恰好我正渴望家庭雜務之外，須有自己愛好的事情之時，我又想起了寫詩。只要有紙和鉛筆就行了，在戰後的那個最貧苦的時代，詩也許最容易進入。本來我並不是勤於寫作的人，走動做事比坐在書桌傍覺得快樂的。又覺得何必寫成文字，只在心中想，不也是美好嗎？然而，每月一次我總會希望把心中的事象，借詩的形象寫出。欲求把心聲改成文字，讓自己的眼睛來確定。悲傷以怎樣的形象坐在我的內部，並且我將把它如何處置，我有一些意欲想把它寫成文字之後來判明和確認。也可以說，以寫詩的作業來憐恤日常的疲憊。或者要殘酷地更加虐待自己。無論如何，爲了要凝視自己，我必須要有詩。但是凝視自己是件苦事。又想，如何才能脫出這種迷惑。正好那個時候，朝日新聞社來談連續刋載詩作之事。這是大約十年前之事，在當時，能夠在報紙上發表，且是每週一次，眞是夢一樣的好條件。我的不安比高興大，勝任否？到底教我寫些什麼？說實話，當時我覺得沒有勇氣承諾它。詩將要刋在家庭專欄，所以必須選取給大家有親切感的身邊題材。我重新回顧自己的周圍，思量生活的各斷片，迄今認爲不會成詩的題材，家常雜務，與別人的日常交際，看慣了的風景等等。對這些身邊的一切投以嶄新的眼光。而我所發覺的是我却被這些事象圍繞而活着的這一事實。讓我活着的，就是那些渺小而平凡的日常事象。我們探求活著的意義，並不是只凝視自己，要眼光放大注視周圍的事象。了解它們與我們的關係了解其出身的存在的意義，之後，我們始能知悉自己的存在。我也發覺在街上所看到的平凡的風景，當我付給它們獨自的意義之時，我的人生也會加上新的意味。

被託寫詩，也就是得到了這責任過重的工作，使我對詩不得不認眞起來。想到再也不能像過去那樣，有了意趣才寫詩的一種自覺，使我的眼睛展向著新的方向。對於從來不重視的事象和看過只覺得「好美！」或「好像很快樂」而不曾深入觀察過的事象，我也勉强找出主題寫登報的詩。因之要添附於詩作的照片，我也要求報社選自平凡的快照，幫忙攝取這些照片的人是寫詩的同仁菊地貞三先生（「地球」同仁）。爲了照這些平凡的照片，他幾乎跑軟了腿。費了不少心血的這些照片，當然也反映出詩人菊地先生的眼光，同時也帶給我許多新的暗示。

相好

在電車中
拋微笑給隣座的幼兒
在家裡
抱起剛剛醒來的孫兒

越過人生的長途
祖母的心裏
充滿著許多愛　於是
變成　語言　微笑　繽紛掉下來

什麼都知道的祖母
什麼都想要知道的幼兒
今天還是
繼續著
那麼悠然的散步

　這首詩是詩欄連載開始後第三次寫的。此年是新安保條約簽約之年，每天都有示威遊行非常騷然之時，在這種情況裏逍遙自在的只有祖母和幼兒而已。手推嬰兒車的祖母，從菊地先生接到那一張照片之時，使我想及祖母，老年等等。各式各樣的人生經驗，種種愛的勞苦，超越了它們，人們始與保持柔和而圓滿的笑容。

　在電車中也會向別人說聲「晴天好！」的祖母。祖母的心充滿著知悉了一切之後的愛，充滿著對任何人她都會給于寬恕和包涵的愛。（這也是我老年時的願望）知悉了一切之後的悠然，尤其宛如白紙一樣純潔的幼兒的和暢，祖母和幼兒的心靈結合爲一。關於這首詩，讀者曾來信說：「那張照片是家母和我的孩子，您添給了多麼溫暖的詩，家母非常欣悅。」對於菊地先生攝自街上的許多人物的快照，以後我也接到常常如此令人喜悅的信。另外一首是菊地先生之令堂在縫補衣服的照片。附題爲「祖母的手」

祖母的手

養育了五個兒女
養育了可愛的孫兒
耕田
播種子
作了許多豆醬
許多醃菜
滿滿的放在堆房裡
祖母啊！
您的手一觸到的

什麼都會復活生命
破襪子也是
被丟掉的絲線也是………

我想及年青人把東西丟掉，她會說「太可惜了」就拿來縫補的祖母。

在岩上看海的孩子們的照片，我寫成如下一首詩。

海

海少年向着海呼喚
「喂—」
周邊的孩子們也
接着繼續呼喚
「喂—喂—」
於是大人們也
呼喚「喂—」
孩子們祇是呼喚
就高興極了
但是 大人們却
一直靜靜地等待着
好像海會回答些什麼

孩子們向海呼喚「喂——」，這是我們常見的風景。看到站在岩上的孩子們的照片，立刻就浮顯這常見的情景。孩子們喚了許多次，還是那麼高興，就是只樂於呼喚的動作。孩子們喜歡動作，如做砂山，做砂湯圓，不怕波浪沖散。因爲動作本身就覺得快樂，所以才反覆動作，只向海呼喚：「喂——」「喂——」也覺得樂趣無窮。

如果我也向着海呼喚，那麼一定會期待等「喂——」的回音。完成這首詩之後，覺得我是個寂寞的人。因爲呼喚「喂——」之後還要期待回音之故。頓悟到大人們的寂寞就是對於自己的行爲都期待着報酬而來的。

給與之後，希望對方說聲「謝謝」，愛上人同時欲求被愛，養育兒女，期待兒女敬重。這雖然是當然的心理，但是時常期待報答心裏所得到的總是寂寞而已。

工作，愛別人，我們要像孩子們一樣，祇是以動作，行爲來自娛才好。我發現天眞爛漫的心，在於要生存下去的動作本身，只樂於動作的心情。

報紙的連載繼續了三年多，每週要寫一首詩給我吃了許多的苦，但是有了這些辛苦領悟到的事情却也不少。

寫詩的意義，並不在於寫自己熟悉的事象，而是在於邊寫邊發現。「海」這首詩也是一樣，寫成之後，我才體會到寂寞的原因。在日常生活中，難得對每一件事象都有充分的認識或深思。依然沒經過思考就採取行動的時候較多。拿已成習慣的行動來寫成詩，始能再認識隱藏在裡面的意義。詩能給與我重新認識的意義，所以對我來說，愈來愈具有重要的意義。

打掃

擦地板
有時頭會撞到柱子
擦玻璃窗的時候

有時會被小棘刺痛
呀喲！好痛！
獨語　流淚
沒人在的中午
淚水從容流下
直滾過面頰掉落

痛楚已過　再開始打掃
淚水還是溢出
已不是刺痛的淚水
三天前　忍住過的淚
一個月前　隱藏過的淚
兩年前的……
以笑容僞裝過的淚水
不停溢出——

「抹擦」的動作
在孤獨的時間中
我的心
也被淚水洗淸

這首詩是登在朝日新聞報上「廚房之歌」數首中之一。女人的工作繁多，其中最被嫌惡的是廚房的工作，但是身爲主婦，無法和廚房的工作脫離。「每天都做同樣的工作，眞是討厭。」雖然是這麼說，一旦下去廚房工作，就很愉快地勞動，這就是主婦們的姿影。我想到把這樣的廚房寫成詩。自己平常工作的行爲，可以寫成詩嗎？希望把自己仔細再看，所以主題限爲「廚房之歌」。

電鍋、洗衣、賣豆腐、打掃、圍裙等，寫成了八首。開始時覺得不難下筆，然後才知道，很困難找出詩意，費了我不少的心思。寫日常的事象，如不多多留意，終會變成俗套。題目已够俗，只抓住正面，絕無詩意。從魔術師的帽子裡面，飛出鴿子一樣，必須自其隱藏的地方抽出愉快而且意外的東西。「打掃」這一首是從自己的實在經驗得來的。擦地板，擦玻璃的時候，頭常常撞到東西或手指被刺傷同時，我一定會大聲喊叫「好痛！」。如果傍邊有人，我會忍耐，但是沒有傍人的中午，自然就大叫出來任淚水直流。淚水引出悲傷的往事，必然，新的淚水又湧上。會自問「做了母親之後，曾盡情哭過？」，想及此，又是淚下。女人做了母親之後，該禁忌露出傷心的臉，尤其是在兒女們的面前。小時候的記憶中，使我感到最傷心的是看到母親哭泣之時。母親在哭泣的時候，我小小的心好像也逐漸地細瘦去，欲陪她哭，那種無依的心情，迄今難忘。所以，我不要讓兒女們重覆舊轍。已不能哭的人，能够大哭，僅是沒有傍人的時候。因之，被針尖刺到的偶然的痛苦，就會引出平常强忍住的淚下。然後心裏清爽的又會恢復愉快的我。

對於「賣豆腐的人」我寫成如下的詩。

「賣豆腐的啊！」
向着牆外呼喊
趕快拿碗
手握零小錢　再一次

「賣豆腐的啊！」
如吹着像Trumpet一樣的喇叭
如賽車 乘着脚踏車的
年青人已將要跑過小巷的拐角
追其背影 又呼喊

不過這是愉快的
能够這麼大聲喚別人
少女響着鉛筆盒跑過
「太郎兄啊！等我！——」
大人們已不能這樣呼喊
雖然是親愛的人的背影也不敢——

可是 可是
到處的太太們也都呼喊着
「賣豆腐的啊！」
在夕陽的路上
以宛如 少女响亮的聲音

以賣豆腐的題目，尋出呼喊的聲音，我費了不少的時間。對我來說，詩並不是瞬間就有心思。正如解剖一樣一一分析，用小鉗子挾上，然後一直尋覓忽略的小部份，或可成爲詩的要素。需要所謂如探鑛脈的耐性。

西脇順三郎先生說過：「投釣魚線於河，等候偶然」就是等候上鈎的忍耐。

用孩子們的主題來寫詩的機會很多。因爲我旣眞的喜歡孩子們，又有做母親的經驗，所以報社自然就讓我寫這種題材。一旦寫作成爲工作，專爲孩子們的題材寫詩，逐漸使我感到困難。我以爲孩子們的詩最難寫，最困難，因爲人們早就有「孩子們是可愛的」一種規定觀念。而且也必會要求那樣的詩。當然，孩子們事實很可愛，然而要究其可愛性和自己會感到可愛的理由，就必須要自多方面去探究及思考。可說，因孩子們的無心，會給予我們很安祥的感覺，所以才覺得可愛吧。又孩子們柔軟的頭髮，溫柔的皮膚，同樣會給我們感到很舒服。那麼小小，既是可愛小花，小石頭，小小的東西都會令人喜歡，令人喜愛。然而小的東西爲何可愛的疑問會接踵而來。如此逐次給自己解答之後，應該寫什麼，逐漸就會露出端倪。若沒有發現實的事象發展的空想，飛躍和思想的發展，不可能讓人們感到詩。也許有人以爲生活詩是只寫生活即可，但是，那只不過是日記或普通的文章而已。縱使分行成詩一樣的體裁，也不可能使人感到詩。詩是什麼？這雖是很難解說的問題，我以爲要看到和感到超越現實的便是詩。但是，亦可說新的意義的發現，自現實中的事象，增加一個自己的新意義，其中必有詩的要素潛在。

口袋

修補口袋
縫補好不久就會破的口袋
夜深的灯下給它縫補

明天 也許孩子們會放進一些
玻璃珠 鐵珠 小石頭

螺絲釘　壞鋼筆
裝得滿滿

口袋裡的東西看得到
孩子們　心的口袋裡
不知道隱藏些什麼

要說而又閉口不談的話語
摺成幾重　小小的考卷

對大人們的不信和傷心
是否　摺成小小隱藏着

看不到的　心的口袋
也該給它補好

這首詩是爲着兒童節寫成的。以孩子們最喜歡的口袋，母親常常縫補的口袋爲主題的試作。第一段和第二段是寫我事實的行爲，後來想及孩子的心的口袋。也許是我獨自的看法，說誇張一點是添上了我的發現。

各人對於口袋，有許多不同的看法。也許，能找出更深入的意義的人也不少吧。我的看法雖然是淺薄，但如果自己的思想尚未達到那個地步，而勉强裝做深刻的模樣，即只會變成誇張的語言和不協調的東西。如樹木慢慢地成長，人的思想也會在歲月和經驗之中，徐徐成長。二十代有二十代的詩，三十代有三十代的詩。隨從各時代的看法，滲入思想，耐心地寫，這才是思想成熟的途徑，同時詩意自會更深。

「寫過二三年，還寫不出好詩」這樣說的人，我認爲是不够耐心。寫過幾年……只是算過去的歲月，不如想想此後應該寫什麼詩。

寄給花兒的短詩

蘋果村的花盛開
我的愛人住在山那邊
因爲　無法傾訴
於是　只以照像機對準花

花把寂寞的臉俯下
蜜蜂因爲農藥已消失影子
花爲恕放淸香
感到羞恥

但是　花須要結實
花將會被交配　由農夫以粗魯的手
如我曾經懷孕　如我生過孩子

花將會痴痴等待　蜜蜂的翅膀音
如我曾經等待愛人
也許　明天我要越過山
要把寂寞的花影告訴愛人

從前，少女們多數是遵守父母之命結婚的。尚未談過戀愛就結婚，如我們這年代的女人，可謂，永遠在追求着憧憬，幻想的戀，就是慕情或未能達成的願望。如此，痴痴等到死的心情，女人的哀愁，我曾想把它寫成詩。這是二十年前的戰爭中想過的。如此的心情，若是以生硬的語言寫，會變成不太優雅。所以，好久寫不成，直到三年前才完成這首詩。

無心中我在報紙上，看到蘋果花的照片。附記說，因爲現在蜜蜂少了，改用農夫的手交配。我覺得蘋果花太可憐，將當時的心情擴大，牽引到寂寞的女人。不管年紀多大我仍想戀愛詩，對我來說，戀愛是憧憬和願望。因此倘若失去了那種心情，如同死亡，我的心將會冷却。「死」可說與「憧憬」和「戀」有關連。覺得靠近，却還是靠不近，覺得溫柔，但也覺得殘酷，這是「戀」是「死」是「憧憬」。我是這麼想的。所以當你想寫「死」，而不願意用「死」的字眼時，乾脆寫成「戀」無不可的。也可寫成「憧憬」這字眼，似乎太少女趣味，我才改寫爲「愛人。」年輕人喜歡「戀愛詩」但是過份被現實的戀愛困擾，會寫得太甜蜜。太寂寞之類，容易成爲流行歌詞。

有人說，年紀大了還寫戀愛詩是難爲情，但是並不是戀愛報告，而是追求戀愛本身愛的意義。所以我認爲不必羞愧反而是一件重要的事。

不動的姿態

——大島自然動物園

手錶的長針已過四十分
看一隻動物不曾化這麼久
水泥的圍牆
如長長的城墻其中之熔岩之上
鹿　坐着
頭上戴着　水牛般粗大的角
很自然地　向着海那邊
鹿不動
海籠罩着瓦斯
與　陰天同色
鹿　不動
披着赤褐色長毛的軀體
置於寂寞的岩石上　依然——
——剝製的嗎?——
小孩子說一句話走了
　別的孩子來看又說　走了
鹿不動
海擴張　在我背後崖上的樹木之間
向着海的鹿的臉　和我相對着
然而　鹿不是看我　也不是看海
比海的方向更遙遠的
我數次回看　鉛色的海
再看　鹿的姿態
鹿的故鄉　我不知
軀體中怎樣的心在跳動　我不知
祇是　鹿胸前的毛被風吹　搖搖動?
稍停　我的頭髮也同樣被風吹搖搖
島上的椿花盛開
這隻鹿的周圍　盡是熔岩色

去過伊豆大島自然動物園的時候，看到依然坐在熔岩上的鹿，鹿的影子好多天留映在我的眼中不離。何以這樣，我不知道，但是留在眼中不離去的事象，使我感覺，鹿與我共有了相同的世界。譬如在路傍看到一朵花，花影留在眼中，那麼花與我，縱使是一瞬確也把視線交合過，這樣的心情會促使我把它寫成詩。然而就鹿的場合而言，要寫些什麼？完全沒有目標，想及許多種鹿的心情，還是不知道。然後，想以推測的方法寫，也是不行。終於，以鹿與我所過的時間來寫生，完成詩。

不動的鹿的姿態，是如此的美，如此的寂然，映留在我的眼裏，我的焦點終於對準了此事。

知道此詩是否成功。但是因爲我欲說出鹿與我的心確實融合過。於是我把末段使用了風吹搖的方法。

最後寫椿花，因爲此詩色彩太暗，所以想添上明朗的顏色。

自開始寫詩，已經過了三十多年，剛開始的時候，只是多少迷住的程度而已。以後只是以能算是極爲熱心的態度，悠然地加入同仁的隊伍，不過由於繼續寫詩的緣故，逐漸地視生活爲寶貴而重要的看法。

詩與語言有密切的關係。語言便是心。不看音樂或繪畫浮以聲音和色彩表現，因由於表現的工具是語言這個事實較容易現出自己而感到恐怖。也會露出自己的思想與觀察的貧弱，因而也覺得非終生寫下去不可。盼望有一天，能夠寫好詩的這一種心願，密切地與我的生活態度連繫着。

詩就是生存本身。因此生存的一切，無論是悲傷或痛苦都會成爲你所喜歡的。也許，才有詩的完成可望。

△下期要目預告▽

世界黑人詩選　李魁賢 譯

韓國現代詩選　陳千步 譯

韓國現代詩的諸傾向　金光林 作

非馬譯

從舊金山出發

Starting From San Francisco

Poems by Lawrence Ferlinghetti

人口過剩

我定是誤解了什麼
在這故事裡
一定是印錯了
這報紙
脫帽！這裡說的
最後的戰爭已終止
再一次
這裡他們又來了
遊行過
咖啡店的露臺
我站在椅子上看
還是看不到
勇敢的燒焦的英雄們的臉
我站在桌子上
揮着我僅有的帽子
上面有個洞
我把洞扔
到街上去
在黑轎車的後面
我沒扔我的報紙

我坐下同我的報紙
它上面有對每樁事的解釋
除了它上面有個洞
故事裡缺了些什麼
在破洞的所在
或者我定是誤解了些什麼
各國已決定
這裡說的
廢除它們本身
這是最高階層的決定
還有最低階層
回到原始社會去
因爲科學已征服了自然
而自然不該被征服
所以科學該被廢棄
機器必須走路
在它們轉了又轉之後
汽車成了昨日黃花
畢竟
馬將存留
人口達到了它的極限

只有站的餘地
沒有地方
可以躺下來
了
醫藥必須被廢棄
這樣人們才能死掉
在他們該死的時候
還有空位
在表面底下
我一直希望着
我誤解了些什麼
在這故事裡
人們還是該輸
發現他們自己
在床上
而動物還是
不像人類那麼殘忍
因爲他們不能說話
但我們不是造設來
長生不死的
而造設是一切
他們發現的那使人年老的
小小的酶
必定是又在體內失落
所有必須從頭開始
在一個新的畜牧時代
太多的進步
生命再也受不

了
生命不是藥
從蘑菇裡提煉出來
給西伯利亞的SAMOYED人吃
十足保有
它們醉人的性質
當傳到尿裡
這樣一隊長得看不到尾的男人
可以一遍又一遍地唱醉
以同一隻蘑菇
連鎖反應于貪婪的鑄像
嘴巴對着陰莖
我定是誤解了些什麼
在這故事裡
生命是醉人的
但不能綿綿不絕
穿上更多的更多的
複雜的衣服
帽子腰帶吊襪帶
高撐奶罩撐呀撐地
直到它們飛跑
而乳房坍陷
畢竟
我們該再赤身裸體
這裡說的
雖然通姦還是不合法
在某些州
我定是誤解了些什麼

在這故事裡
世界不是Klee mobile（註）
總該有個終止
所有這些轉動
圍着這笨球太陽
這在它逃遁裡的太陽
此刻剛掠過屋頂
被一隻MOBILGAS飛馬撞倒
跌落在我有破洞的報紙
後面
在它上面我一直在希望着
我誤解了些什麼
因爲死不是答案
對我們的問題
一定有什麼錯誤——
是有——
社論說
我們該做點什麼
而我們什麼都不能做
因爲缺了什麼東西
在那破洞的所在
坐在這高貴咖啡店的
露臺上
在世界的左側
那裡我定是
誤解了些什麼
當一個紫衣金髮女郎掠過
一隻太高的乳房迸出

掉落在我的盤子裡
我把它還給她
不顯出太尷尬的樣子
她把這當成好徵兆
她坐下
把另一隻也給了我
裹在絲緞裡
我繼續看我的報紙
想我必是
誤解了些什麼
試着裝成
在這之前它曾發生過
它曾
它是Clay mobile（註）
缺了些什麼
在破洞的所在
我在桌子底下找看到
我們的腿交纏
我們的双椅熔結
我們的臂互圍着對方
她面向我
壓在我的膝蓋上
她的腿環繞我
我的白蛇進入她
在她裡面說愛
她呻吟着聽它
但
缺少了些什麼

沒有愛的性
戴着歡樂的面罩
我還握有她的一隻乳房
在我手裡
侍者跑過來
檢起我掉在地上的報紙
希望他是誤解了些什麼
我們之中沒有一個會死
只要這繼續下去
酊罐
敞開
在桌上

註：paul Klee，瑞士畫家（1879—1940）。
注意clay（泥土）與Kleee的音似。

內衣

我昨夜沒睡多少
想着內衣
你曾否停下來從理論方面
攷慮過內衣
當你眞正挖掘它
一些驚人的問題便浮現
內衣是一種
我們不能不同它打交道的東西
每個人都穿
內衣
甚至印地安人
穿內衣
甚至古巴人
穿內衣
教皇穿內衣我希望
內衣被黑人穿着
Louisiana的州長
穿內衣
我在TV上看到他
他必是穿了貼肉的內衣
身體扭個不停
內衣眞能把你扣得牢牢
黑人常穿
白內衣
那可能給他們惹麻煩
你看過內衣的廣告
男人的和女人的
那麼相似而又那麼不同
女人的內衣把東西托上來
男人的內衣把東西拖下去
內衣是一種
男人與女人共有的東西
內衣是我們之間所有的一切
你見過三色照片
圈圈圍着的叉叉
指出特別强韌的地方
以及三個伸縮
保證行動完全自由
不要上當
它完全是根據兩黨系統

沒有多少選擇餘地
事物設置的方式
美國在它的內衣裡
掙扎過夜
到頭來內衣控制一切
拿緊身衣爲例
它們眞是法西斯式
的地下政府
使人們相信
一些除了眞理的東西
告訴你你能做或不能做的
你有沒有試過去征服一個束腰
也許非暴力行動
是唯一的答案
甘地穿過束腰?
Lady Macbeth穿過束腰?
是否這就是Macbeth謀殺睡眠的原因?
而她經常搓着的那個汚點——
眞的在她內衣上?
現代的安格魯撒克遜女士們
一定有巨大的罪感
不停地洗呀洗呀洗
掉該死的汚點——搓別抹——
內衣上有凸塊很驚人
內衣在晒衣繩上一面偉大的自由旗
有人逃脫了他的內衣
可能在某處赤裸着
救命!

但別擔心
每個人都掛在它裡面
不會有眞的革命
詩依然是靈魂的內衣
內衣依然遮蓋
許多缺點
從地質學的意義上說來——
奇怪的水成岩,不可思議的裂縫
而那只是開頭
因爲身體不是還活着
在死後
依然需要它的內衣
或長出它
聽說某些器官達到完全成熟
只在頭部不再牽扯它們之後?
假如我是你我會擱起
一套特大的冬內衣
不要赤條條走進那好夜裡去
而在同時
保持平靜暖和乾爽
沒有必要過早地
「無事」忙
神氣地前進
手在背心裡
別衝動
死神便不會有領土
還有足够的時間我親愛的
我們不是過年青自如
不要叫

柏林

一隻歌一行字一個遊離的片語
不斷重複
在菩提樹下
在菩提樹下
如同每件事都重新開始
如同我把它從頭
做起
這裡我依然走着在找
那偉大難忘的詩
它到那裡去了
它在這Woolworths麼（註一）
一股甜膩的糖味
充斥空間
也許他們在用Woolworths的通風機
噴射它
一種化學戰
打中人行道上的你
把你吸進
軟綿綿的機器裡去
我窒息
在這厭氣裡
在這像死在
阿米巴的體內
每樣東西軟綿綿暖烘烘爛巴巴
我早就被消化掉了
在Woolworths裡

母親我又在妳裡面了
我被吸入紛紅的
漩渦那Circe（註二）紡織的棉花糖裡
在旋着我轉
且把我繞上的
廻旋門旁邊
如在膠黏的通氣道
一個把我夾住的小門
使我想起柏林
一定是一種活動人行道
捕蠅紙的自動梯
把人們掃進去
鞋子粘在它上面
不然的話他們不可能有這麼多
我不知道
生活已毀了這麼多（註三）
在Woolworths的甜機器裡
放一個金屬塊進去
你的體重同你的命運便掉出來
一張硬紙板的英雄双行體（註四）
我還在找我的詩
我在找一個偉大的重疊句（註五）
我試了占卜餅乾（註六）
發現它們都是空的
縱有中國的聖人們
囚于餅乾工廠裡
有一陣我在籌思一個陰謀
滲透到中國的占卜餅乾工業裡去

一個眞正舊金山詩人們的地下組織
它可能成功
要不是中國的印刷工人
搞混了我們的命運
說它們不可解
說在他看起來都是一樣
所以我被降到大Woolworths裡
甜美國的縮圖
何等場面
奇異的展覽
柔軟牙刷
成群的女人
甜蜜的山谷我唱我的
自由企業之歌
（想Thorstein Veblen（註七）所想的
當他頭一次發現它
自一個斜坡）
有沒有詩在這裡
值不值得保存
孤寂
在西部歌唱
我開始爲新世界歌唱（註八）
歌到哪裡去了
我的詩呢
我也許不再有詩
但我還有我的詩學
像某些前輩詩人
詩學是詩的政治

把脚粘在捕蠅紙上
使每件事物每個人
都吊在一塊
但我喜歡活生生的模特兒
喜歡所有那些自由自在的脚在狗的水平
Unter den Linden（註九）
我有一個德國朋友
他寫硬詩
他常陪我
到大Woolworths裡去
在東區它不是這個樣子
在一個軟櫃臺上我們碰到
一種新的德國發明
一種打字改錯用紙
在它上面你只要打
同樣的錯誤
在同一個地方
這紙便擦拭掉
那原罪
以一種化學的健忘症
這豈非很靈巧
很偉大
兩個錯造成一個對在柏林
Unter den Linden
在Brandenburg Gate附近
如同每件事都重新開始
如同我們將它從頭做起
如當我的母親抱着我

在一個可愛的陽臺上
且為我擺手
對另一個大遊行
（有多神妙想
上帝愛我們
如果我們祈禱）
我是否要不停地擺
它從何時開始
我的抒情詩在哪裡
我的敍事詩在哪裡
誰擦掉了它
Unter den Linden
我在某個地方失落了它
太陽的另一邊
一首我開始寫的情詩
何處去笨詩
在我母親的暗處活動很久以前
嗳但
萊茵河的處女們
還在唱歌
還有「在灯下 Lily Marlene」
啞瘖的海女之歌！
Die Walkyrie！（註十）
Die Meistersinger！（註十一）
Steppenwulf（註十二）我見到你！
精緻的武器！
武器傳遞系統！
歡迎歸來，General Clay！（註十三）

上帝，回來，世界的無知
一隻歌一行字一個遊難的片語
在秋的都會
葉子的大道熾燃着火
歷史的囚犯
縛着手脚！
我們再度流涕傾聽
那些簧笛再度鳴唱
在差錯的河上
那裡所有那些脚再度
踏着拍子前進再度
跟着打字機的鍵韻
一個瞎了眼睛的觸覺打字員
打出的一行一隻歌一個偉大的重疊句——
他們的詩，不是我的
當還是春天布穀鳥叫了又叫
又再叫……

註一：一個聯號商店的名字
二：希臘神話裡使人變成猪的女巫
三：原文為 life had undone so many 源自但丁地獄篇裡的 death had undone so many
四：Couplet
五：refrain
六：Fortune cookies
七：美國作家及經濟學家（一八五七—一九二九）
八：I strike up for a New World惠特曼詩句
九：注文在菩提樹下。柏林一街名。
十：戰神Cdin之一婢女，將戰死將士引導入Valhalla.
十一：華格納所作一歌劇。
十二：Hermann Hesse所作一小說。
十三：美國將軍，一八九七年生。

A. E. George

艾略特的文藝批評

黃奇銘譯

前言

二十世紀的文藝批評朝着兩個方向進行：㈠重新評定過去的偉大作家㈡重新創造新批評觀念。

艾略特走的路線是朝向重新評價的方向進行。他的再評工作始自其一九二〇年出版的「聖木」（THE SACRED WOOD）一書，所憑據的是完全他自己一手創立出來的新觀念。

大體言之，現代批評家們在重新評價這方面的成就結果非常令人滿意。他們把過去作家們之所以偉大的地方都一一指出，有關他們的缺點也同樣提出修正的辦法，另外他們又把維多利亞時代作家們的價值重新予以評定，同時也給于奧古斯塔斯時代的作家們適當的定評，對於許多誤解伊莉莎白時代之作家們的地方也重新又提出來加以討論過。

此時此地要爲現代批評家們加上屬於那一派的頭銜着實有點言之過早。不過，我們仍然可姑且將之劃分成心理學派與社會學派兩種顯著不同的批評來。然而，「印象主義式的批評」也是非常重要的一派。拿本世紀初的英國批評爲例，便可一目了然。其特色不但是印象主義式的，而且非常個人主義化，特別是柏特（Walter pater）和史汶朋（Swinburne）兩人尤爲特出。簡言之，印象主義是浪漫式的個人主義，是現代自我覺醒潮流下的一種產品。印象主義式的批評着重在個人感受與反應。法朗士（Anatole France）曾稱其目的乃在於記錄其個人心靈在當代所經歷的許多冒險故事。史賓加恩（J. E. Spingarn）說得更清楚：「要從一件藝術品中求取感情上的激動而且把牠們表達出來，換言之，批評的功用即爲要達到印象主義式的批評。」可是艾略特先生並不屬於其中任何一派。他的批評是一種反個人主義式的批評。

艾略特是屬以英藉的美國批評傳統。阿諾德的批評觀念在美國被摩爾（Paul Elmer More）和白璧德（Irring Babbitt）兩人重新加以修訂過。他們兩人所造成的影響促成了現代化批評中對印象主義，主觀主義，以及對整個個人主義式的傳統之反動。雖然艾略特本人對於印象主義中之主觀主義非常深惡痛絕，但他主要乃是屬於休姆的批評觀念。我們都知道，休姆是極端反對盧騷之認爲人性本善的說法的。他聲稱，如果沒有所謂的「人皆有罪」之觀念存在的話，偉大的作品一定無法產生。因此休姆主張應把人道主義拋棄，把宗教觀念運用到實際的人生上去，把宗教上的原罪觀念搬到文學的園地裡來，如此一來，他發現，規律與客觀便成爲不可缺少的因素，詩中的意象語便可去掉不用了。我們要把艾略特當爲一位批評家，勢必非記得休姆的偉大思想曾經大大地影響了艾略特不可。

艾氏的批評文章所涉及的題目範圍頗廣。本章所涉及的將只限於其在文藝批評方面而已。他的最早批評作品是一九二〇年出版的「聖木」一書。從該書的副標題「論詩與批評的文集」看來，便可知其範圍之大矣。次一部著作（於一九二四年問世）是「向卓萊頓致敬」（HOMAGE TO JOHN DRYDEN）一書，是包括論及卓萊頓，玄學派詩人，馬佛（Andrew Marvell），開始其對個人主義的反動及贊成新古典時代與玄學派詩人的行動。接着便是一九二八年的 FOR LANCELOT ANDREWS 和其「古今論文集（ESSAYS ANCIENT AND MODERN），這兩部著作都是論及「風格秩序」的論文集。一九二九年則出版了他研究但丁的文集。一九三四年出版的「論怪神」（AFTER STRANGE GODS）一書則是他於一九三二年在維吉尼亞大學擧行一連串的三個演講論文集。同年他又出版其論伊莉莎白及傑可比時代之劇作家的「伊莉莎白時代的論文集」（ELIZABITHAN ESSAYS）一書。另外有副標題—「英國詩歌與批評關係的研究」—的「詩與批評的功用」（THEUSE OF POETRY AND THE USE OF CRITICISM）一書則於一九三三年問世。

其中以最近發表的批評文章「詩中的音樂」（一九四二），「古典名著與文學家」（一九四二），「何謂古典名著」（一九四五），「密爾頓」（一九四七），「詩中的三種音響」等篇最爲重要。他把這些和其他偶而寫成的論文搜集在一起，成爲一本名爲「詩與詩人（POETRY AND POETS），於一九五七年出版。從此書的標題看來，讀者當可了解艾氏本人興趣是怎樣富有多樣性了。

艾氏之批評與其觀念

既然艾氏的許多批評理論引起那麼多的爭論，我們最好是先從追溯其批評法之發展始末然後再去研究闡釋其批評原則的文章。

如上所述，「聖木」一書是現代批評的始作俑者之一。一開頭，艾氏便着手研究一位「完整的批評家」的特性，其作品與其工具。根據艾氏所說的，「批評和創作是件相輔相成的工作」。他認爲，批評與創作之間，或批評時代與創作時代，其間應無分別存在。他又說，「其感性是相通的。」他之所以說，批評是一位創作家的目標，乃是根據他認爲感性是稀罕不尋常的假定而來的。是故，批評家，創作家和藝術家應都是一個人才對。

接着艾氏便根據其目標進一步爲一位批評家下定義了。他主張做爲一位批評家，應該把個人的情緒除開，以「促成爲一位純粹藝術冥思者」的可能。他對批評這樣下定義說：

> 眞正的概述不應只是一堆知性的聚合物；一位眞正有鑑賞力者應將之變成爲有結構有組織的東西；而批評便是使用這種結構之語言的敍述；它是感性的自然發展結果（「聖木」一書的第十五頁）

艾氏說過：「壞的批評……只不過是情緒的一種表達而已」（同書中的第十五頁）。

因此艾氏自當爲一位批評家起，即已强調無我的重要性了，而且也表示過他對情緒之厭惡—到後來，他還是利用這個觀念去從事評價其他作家的工作。

艾略特對於所有晦澀的概論說明有種很深刻的痛惡感。他自稱自己是個無法去搞那些抽象觀念的人。他贊同亞里斯多德，因爲亞氏的理論對於他要討論的文學觀念有撥雲霧見青天的功勞。他不贊同霍瑞斯（HORACE）和波一洛（Boileau）兩人的看法，因爲他們只談及「通性」而已。據他稱，這就是考勒雷幾的缺點所在。凡是太相信通性的人最後一定會落入情緒的漩渦裡。亞氏「單單」而且「永遠」面對事物的本身，他的論文爲我們提供了一項研究學問的最佳範例。他的思路常能很迅速從分析其中的主要部份進入到原理與定義部份。」（「聖木」中的第十一頁）

艾氏的批評法也是「單單」而且「永遠」面對着面前的事物。像這樣的批評家，其充份條件應該是「感性、學識、透視力、歷史意識及概念化的能力」（十五頁）。

就憑這些基本的觀念，艾氏便認定史汶朋並非是位完整的批評家了，因其作品的「內容」，嚴格講起來，不是批評。艾氏指責考勒雷幾有「晦澀」的毛病；魏因哈姆（George Wyndham）太浪漫了；而英國的批評家，大體言之，因其皆是「神經質病下的犧牲品」而已，是故皆無法達到純粹冥思的境界。

於其最有名的論文「傳統與個人的才具」一文裡，他把他的主要批評原理作過很詳細的伸述，即其過去的意識（或稱傳統的意識）對創作與批評的需要性。於此艾氏利用他的傳統觀念隱蔽了其極爲個人式的特性部份，他說：「一位詩人作品中其個人的部份應是其作品中包含已故詩人們及其祖先們的部份，即說明他們之所以不朽的最有力部份（「傳統與個人的才具」一文可見於「批評文選」一書中的第十四頁。

於其「論怪神」一書中，他更把此一傳統觀念擴大爲包括和異端（他說異端有時也有部份道理在）相對立的正統。換句話說，他現在已經開始興趣於道德與宗教的問題了。他假定文學與宗教之間有種特殊的關係存在。此一觀念早在當他着手寫「聖木」一書時即已萌芽。因此，我們也不會認爲他曾經是一位從一個完全無宗教觀的人突然變爲一個有宗教觀的人。就某種意義講來「論怪神」一書雖非屬於艾氏最偉大之作品，已可算爲是他最重要的作品了。其重要性在於艾氏於該書內企圖要訂立一種綜合文學、宗教、倫理學、政治學及哲學的批評哲理標準。他嘗試要爲一種可應用到各種智慧活動領域之著作的一致準則來。

「論怪神」一書最後以一種預言家的姿態出現，他借「聖經」上的一小段話來攻擊當代許多無聊的預言家。

> 上帝對我說：「人子，這些人心中已經開始崇拜偶像了，而且已把不公正的阻礙物放置在他們眼前了。」
>
> ——（「論怪神」中的61—62頁）

所謂「不公正的障礙物」指的便是「個性」。艾氏指出，現代人都妄想在文學作品中表現他們的「個性」。在這種情況下表現出來的「個性」固然在哲學或藝術作品裡非常吸引人，其實却不知那只是種死態的「個性」，部份是自欺欺人，部份則是不負責任的象徵，而且由於它本身所具有的放任性，當然就要受偏見，自負的限制了，由於它本身所兼有的善惡成份，結局當然也會分向善惡兩個方向進行了：不過，還好，人本來就是不完美的東西。（第三頁）

艾略特的批評原理及其詩作便是以認定「人性是不完美」，「有限定的」爲出發點。如果人性非完美，當然「它所表現出來」的眞誠與明晰便不可被拿來當爲評判文藝作品的標準。職是之故，批評應該有個外在的標準以便可資運用到「各種哲學或藝術作品上去。」該標準，他說，「便是作家的人生觀」，而且於此，作品的技巧部份不應包括在內才對。

這顯然是個作繭自縛的說法。「作家的人生觀」一詞不但意義含糊，而且把我們引出了文藝批評的範疇，導入了玄學與哲學的領域裡去。同時也把我們牽入了有關「信仰與詩之特性」的問題上去了。一般人常說，艾氏有前後不一致的毛病，所指的便是此點。譬如他在「詩歌與批評之功用」一書裡把雪萊的浪漫信仰貶得一文不值。同時，於其論及但丁的一篇文章中，却說信仰在詩人的哲學非常需要，但在欣賞但丁的詩作時並不一定需要。他這句「作家的人生觀」已爲他帶來不少的麻煩。雖然他曾儘量想在「詩與批評之功用」一書裡補救他的錯誤，但爲時已晚矣！

然而他的這種說法却是他站在處理美學之立場所得到的邏輯推論結果。他首先來個假定，認爲文學之美學自主性本來就存在了。如此一來，由於他一方面是反浪漫主義者，另一方面也是反維多利亞時代崇拜完美作風者，所以無形中就把文學與神學和哲學分家了，可是他又面對需要爲批評找出同一自主性的標準的情況。如此一來，這不是和他越來越趨向於宗教和社會之意識一現象發生衝突嗎？企圖提出一項新的批評哲學以便緩和此一衝突便是他在一九二〇年與三十年代之間的努力目標，即當其創作「愛麗兒詩篇」（ARIELS POEMS）及「灰色的星期三」（ASH WEDNESDAY）期間。由此他找到了「作家人生觀的眞性」（The truth of authors view of life）。現在讓我們先來看看在早期的「論怪神」一書裡艾略特的眞正人生觀到底是怎樣。他說：

> 在此我想做個概述，而且說，由於原罪觀念已不復存在，强烈積極的道德意識也已消失了，今日我們在詩與散文作品裡，或甚至可以說，在那些比起低級作家還嚴正的作家之作品裡，其純眞的因素似乎越來越少了。（四十頁）

很顯然地，他的所謂「作家人生觀的眞性」是完全憑籍原罪一觀念爲主的無疑，而且也是依據其作品裡之强烈的道德意識爲出發的。

這些問題仍然可提到「詩與批評之功用」一書裡來討論。該書是一本研究英國批評和詩之關係的著作。艾氏於此將過去三百年中所流行的各種批評理論作一個總調查。在此，我們須牢記一點，即「傳統與個人的才具」一文中還附有的兩個觀念，歐洲文學之「同時的存在」與「同時秩序」。此兩個觀念乃是强調需要時常把文學史上之大作家作回顧與再評價之重要性。這便是其「詩與批評之功用」一書的特殊任務。他當然無法來保證，他的再評工作是否是個最後的總評，而且話說回來，那些他曾花費了九牛二虎之力才用泥土塑造出來的神像也不一定可能永遠存在啊！是故，他所創造出來的新偶像也同樣不會長存。一九三六年艾氏貶抑密爾頓的文章可說是名聞遐邇了。他說過，浪漫時代的作家是最不具人道的典型人物。他讚揚卓萊頓說，雖然他的詩才「不及密爾頓之偉大，但却較廣大。

」他也重新評定過伯蒲與奧古斯塔斯時代作家們的價值。他認爲約蓀翰博士（其公正的批評常發生錯誤）是一位眞正，無瑕斑的，可靠的批評家。

此一再評價的結果把玄學派的詩人與新古典時代的作家都捧得高高在上了。因此，他使唐恩起死回生，聲名因而大噪。唐恩雖然從年代算來是伊莉莎白時代的人，他却視之爲是文壇上「反伊莉莎白作風」的一份子。他的詩非常富有智性，而且諷刺語非常豐富。他所謂的玄學詩之意象理論完全是以其學識上的哲學，當代的科學，商業交易，以及一些爲伊莉莎白時代之作家在生活上所忽略的常見之事物爲根據的。他詩作中的韻極不規則，只可算是一種戲劇性的諷刺。簡言之，艾氏把唐恩當做是一位眞正詩之鼻祖。根據他說，唐恩最具有同化與綜合能力的作家。正如他所說的：「對於唐恩來說，一種思想就是一種經驗，它改變了他的感受性」（「論文集中第二八七頁）。只要「綜合各種不同經驗後」，他就具有可創作的腦筋了。

艾氏把文學上的體裁看成是相當重要的東西。尤其是強生、卓萊頓、波特萊爾、及新古典時代的詩人們在這方面的影響力更明顯。强生有「很好的體裁感」；有種適用於一種特殊情況的特殊文體；與其說，他是文學家，不如說他是位文學藝術家來個妥當些。他甚至說：「卓萊頓是強生的繼承者。」於此，我們仍然可看出休姆對他的影響力。休姆的理論是，詩中的體裁比內容更重要。他說較古典的詩人，諸如霍雷斯（Horoce）與伯蒲等都認爲，詩之精髓和一定的文體息息相關。這些詩人都把他們的材料加以裁減，柔和，以適應體裁的需要。浪漫時代的詩人常不顧體裁，只一時想把屬於「神祇之完美」的理想「加到俗物上去」（「休姆」中之第三十二頁）。古典詩人們却從不把人類之缺陷忘掉。詩應該能表達這種缺陷才對。艾略特的目的便是要在其詩中表明這種不完美感。他覺得，那些古舊的術語和習慣語都已經非常含糊！而且經過浪漫作家們好幾世紀以來之不斷的運用已經早變成陳腔濫調了，已毫無意義了。所以，艾氏便開始去追求一種新的當代的習慣語，强調文體與詩中技巧的要素。艾略特曾純粹根據詩之結構替詩下了一個定義。於其「聖木」一書再版時，他說：

> 因此，在批評詩作時，如果我們首先去看看該詩是否把最適當的字作過最適當的安排，而且是否也其最完美的韻律的話，那我們才可算是沒走錯路（「聖木」第九頁）。

在 For Lancelot Andrewes 一書裡，他暴露了這種注重詩之技巧的企圖。是詩於一九二八年出版，它乃是一本「論風格與組織」的論文集。書中，艾氏完全利用底下幾位在風格上截然不同之技巧爲主來做他的評判工作：巴士喀及波特萊爾，白璧德與布拉德列（Bradley）。

安特魯斯（Lancelot Andrewes）被他拿來和約翰，唐恩相比。這一比對唐恩非常不利。據艾氏所說的，安氏之風格可以說是古今獨步的，在配置或編排和結構万面具有獨到的見解，用字極謹嚴，結構極緊湊（「古今論文集」中第十六頁）。

布拉德列則和阿德諾比較有關他們的創作風格問題。阿諾德於此吃了很大的虧。他認爲，阿諾德的文章含糊不清，前後非常不一致，而布拉德列（指亞里斯多德）却以用字謹愼及其不含糊，不誇張等特性見稱。艾氏曾經在別的地方說過，「精神使我癱瘓了，但文字却使我們充滿活力。」

艾略特與浪漫主義

在艾略特的所有批評作品裡自始至終都是和浪漫主義者爲敵。他說：

> 誠正的批評和有感受力的鑑賞應該是針對詩人，而不應該是針對詩之特質去探討才對。（「傳統與個人的才具」一文見於「論文選集」一書中第十七頁）

憑此，現代批評法可說已達到了反浪漫運動的頂峯矣！話雖然這樣講，還是偏偏有些批評家說他是位「浪漫派者」（Wyndham Lewis 於其 Men without Art 一書說過）。克羅齊（Croce）也說過，所有的偉大藝術作品都可說是浪漫的，古典的。從這句話來看他的作品，他當然是浪漫的，古典的。於其「論怪神」一書中，當艾氏論及此兩個形容詞運用到文學上去的情形時，他又把這兩個形容詞視爲是純粹的職業上之口語而已。然而，事情還不止這麼簡單呢！他說：

> 一經利用這兩個形容詞，你可有可能會把人類一切的價值都牽連在內，而且你說出來的話也會只根據你自己的評價標準而已（二十六頁）。

如果讓我們純粹從一般學術上有關浪漫主義與人文主義的觀念，即「最後值」的觀念來衡量艾氏之美學地位的話，那麼他的反浪漫主義與人文主義和一般人生哲學當然是還算相當一致的。

浪漫主義於本世紀即遭受到了受人嫌棄的惡運。特別是美國的新人文主義者更把它做爲特別的攻擊目標。艾氏早年在哈佛求學時代就已受過他們的觀念之影響。後來，艾氏去拒絕這批人的不妥當之哲學觀。現在就讓我們來研究研究到底艾氏及人文主義者唾棄浪漫主義，以及後來艾氏唾棄人文主義是怎樣的一回事吧！於此，我們的研究範圍將只局限於這兩個名詞在學術上的理論。

我們之所以決定先從盧騷討論起有兩個原因。第一，他是浪漫運動的最初起草人。第二，他是第一位在思想上自成一家之言者，這一點不論在歐洲或在英國本土內的浪漫派作家都是一樣。由於他天生極爲敏感，因此對於當時社會的邪惡現象深爲痛心疾首。爲此，他想要研究出一套醫治的辦法來。研究的結果，最後發現，一切社會上、宗教上、政治上的制度都是罪惡的根源，因爲他們剝奪了人的自由，而人是性本善的，自由的。

於其「社會契約」（Social Contract）一書裡，他說：「人天生自由，但却處處受束縛。」於其愛彌兒（Emile）一書裡，他說：「上帝創造的都是好的，人介入後，一切從此變壞。」浪漫主義的觀念只要兩句話就可說明清楚。人天生自由，性本善。這一點和前面我們討論過的完全相反，即人皆有原罪，其自由是有限度的。

假如人眞的性本善，那麼他便有無窮盡的機會可充份發展他的優點。盧騷觀念中的理想人便是「高貴的野蠻人」（noblesavage）或自然人（Naturalman）。

休姆於其冥思錄（speculators）一書裡曾扼要說過：

> 下面便是浪漫主義的根源：個人是一座充滿希望的蓄水庫；假如你有辦法將社會上的一切壓搾命令都取消的話，那麼這些希望一定有實現的機會，而你的前

途亦將出現光明無疑（一一六頁）。

如果我們把這拿來和波特萊爾在他的「日記」（gcurnals）上所說的做一比較的話，一定可獲益匪淺。

> 人—即所有的人—因爲天生邪惡，所以他並不因宇宙之墮落而受害，而是因爲人自己建立了那些不合理的階層關係而自討苦吃（五十一頁）。

盧騷自己無法以其個人的生活經驗做爲例來證明他的浪漫理論是否是眞是假。再說，這些理論也未能使法蘭西免於陷入無政府狀態及悲慘的災禍當中。因此，一談及要把浪漫主義拿來應用到實際生活中的指南時，其理論馬上不攻自破。不過，浪漫主義的功勞是，它阻止了十八世紀中方興未艾的理性主義作更進一步的發展。

事實上，浪漫主義和理性主義是相通的。因此，它也可被當爲是一種對十八世紀之慘酷的命定論及宇宙機械論的反動。波威爾（A. E. Powell）於其「詩中的浪漫理論」（The Romantic Theory of Poetry）一書中說過：

> 從經驗主義轉向汎神主義到柏拉圖的過程中，把精神幻想成單一之物，或爲一個宇宙，而那些精神的表現物者皆深信，他們都可從自己身上找到要表達的東西，不認爲可從理智上，而却認爲可從起自吾人心中的那些無理性的，不可抗禦的感情就可找到要表達的東西。（十一頁）

實言之，在這些相信人性本善和天生自由，及發揮自然等學說的背後，顯然理想主義者還想信這個世界是最終的精神表現，同時也是自然界當中此「精神」的內含性表現。想像力對他們來說，便是我們了解這個俗世中現象的一切暫時見不着的精神力。浪漫主義中有關想像與幻想的分辨法，和針對着想像力的浪漫理論都同樣認爲，想像力是「單一」與「多元」之間的調和力，幻想可能使事物顯得更不相聯，雜亂、散漫，而相反地，想像力却可發揮其選擇性的主觀因素。

因此我們知道：

> 浪漫派詩歌之特性，其強調人類經驗之價值，強調玄奧經驗及無限的夢想之價值；其注重內容不重文體的現象，其追求一種陰影式的，暗示性的體裁之企圖；所有這些觀念我們今日看來都可覺察出是完全無法超出他們所謂的想像力運動範圍之外的。

這些觀念在本世紀初即遭受到嚴厲的評擊。但是艾略特之所以特別反對浪漫主義的原因，乃是因爲它可能導至太過份誇張人之個性的結果。浪漫時代的作家們從人之個性中找到了一種絕對價值（第八頁）。假如個性中眞的有絕對價值存在的話，那麼個人的一切幻象與經驗都將變得非常重要。所以浪漫主義者就有了一種主張以主觀的，感情的，以及狂熱的方法來表達，來創作藝術的偏好。因此艾略特提出藝術之客觀性來反對此一理論。假如於評判艾氏之此一客觀論時，我們超越了他的反浪漫主義運動之範圍的話，那我們就大錯特錯了。

由於浪漫派的作家們都相信，絕對價值與這個世界或「多元」之間有其相同的內涵性存在，因此，他們便自然而然就把個人的經驗與絕對本身的直接經驗看成爲同一事物的東西——不朽的含義（The Intimation of Immortality）便是一例——認為這些經驗都可當做美學經驗來看待。這就是盧騷認為藝術家常對其理論不負責任的說法。既然上面我們已經討論過艾氏有關認為人性本惡在性質上與絕對有別的看法，我們當然就會知道，主觀的與情緒上的因素當然不可能有其真正價值了。無可置否的，所有藝術品的材料都應以人之經驗為主，但却必須是有其「哲理性與客觀性的價值」（「批評論文選集」一書中的二百七十三頁）之人生經體才行。這就是為什麼他要抨擊盧騷之「懺悔錄」一書的原因，另外，艾氏又把該書拿來和「傳記與寓言之綜合體」的 Vita Nuova 一書做對比；不過該書只可算是一種不適合現代人之食物的混合物」（二百七十二頁）。

艾氏認為但丁於其 Vita Nuova 一作中的經驗——即但丁和彼蒂那里（Portinari）女士的會面——根本不是浪漫派作家們所謂的經驗（即和雪萊於其 Epipsychidion 一詩中所描寫的相同經驗）。

> 要了解但丁於 Vita Nuova 一作中的主要經驗之態度，我們只能靠從探討其原因的方面着手，不能從追究其來源之意義下手。據我個人猜想，那根本不是他有意要描繪他和彼阿特麗絲（Beatrice）會面的情景。相反地，他是要描述當他已經長大成人後緬懷過去的情况。最後的原因只好是將榮耀歸之於上帝了。（二百七十四頁）

所有浪漫時代的詩作中之一般主題不是遭受到艾略特之唾棄，就是受到他那嚴厲的古典律之批評。當然那些主題不可能再次出現於他的著作中。於其 Animula 一詩中他用的是以反浪漫的寫實主義來描繪孩童時期。于該詩中，畢「純樸的心靈」是來自「上帝之手」，而非來自靉靆雲光；當「純樸的心靈」從時間之流中走出來後，自會變得「心神不定、非常自私、扭曲、跛脚」（「艾略特詩全集」中之第七十頁）。男女之間的愛情也卑鄙化了，成為只是一種肉慾的，獸性的東西而已。

因此，艾氏是以一種「天主教式的覺醒哲理」之世界觀中具有的理想部份去反抗浪漫主義的，這一點他解釋說：

> 那是一種實際的現實感，是反浪漫的：不想對生活中期望太多，也不想從人類中作太過份的祈求；只求死亡能給予生命無法給予的東西（「批評論文集」中之第二百七十五頁」。

浪漫主義與艾氏的原理根本完全不相同。艾氏的藝術客觀性及對象性說法、其感情應隸屬于宗教制度原則之下的需要性，其堅持傳統的重要性，技巧需有規則、完善、觀念須清晰等在在都是反浪漫主義的表現。

艾略特與人文主義

從思想上看來，人文主義可說是一種古老的傳統，和其他的古老傳統一樣，由于已經經歷了許多歷史性的變化，飽受其他主義的影響，因此已經不再是那麼單純的主義了。我們可說，人文主義始于西元第五世紀，為希臘的哲學家普羅塔哥拉斯（Protagoras）所創。他說過了一句名言，「人是一切事物的標準」（Man is the measure of all thingo)，此句常被人引用來說明所有人文主義的精髓所在。其實它不但不能爲我們提供了解人文主義思想的任何線索，反而使我們更陷于五里霧中，不知所云，因爲最主要的「人」于此還沒解釋清楚呢！到底普氏推演出此一原則的基本「人」之確定定義爲何，我們翻遍了古籍，找不到一個正確的答案。可是有關人性之各種原則的論述却層出不窮，而且緊跟着這些原則之後，各派各類的人文主義却接踵而生。其中諸如十七世紀有名的基督教人文主義、當代美國新人文主義的非宗教人文主義、沙特之存在主義所蛻變而成的「人文主義」。因此，我們要談人文主義，勢必非把所可能應用得到的術語加以說明不可。

艾略特對人文主義的批評主要以攻擊以席勒（F. C. S. Schiller）爲代表的人文主義派爲主；在美國攻擊的目標主要則以白璧德（Irving Babbitt）和愛瑪。摩爾（Paul Elmer More）爲主。雖說現代的人文主義者之間鮮少有協調一致的現象，我們仍然有辦法找出他們之間所有的共同強調處與假設。第一，所有的現代人文主義者都有主張人性本善的共同性。第二，根據第一個看法所推論的結果，人文主義的美學原理勢非強調須把人之理智與自由意志統統納入藝術範圍之內不可。第三，所有人文主義的推理都是繞着有關人之原理或相類似的東西而在打轉。其推想的中心題目就是「人」而已。

馬莉帝安（Jacques Maritian）說道：

> 人文主義通常都使人趨向於更有人道，而且還以促使人去參與一切可使之在自然與歷史中顯得更充實的方向去發揮他的善良本性。

席勒的看法與此略同：

> 人文主義在哲理上講起來與自然主義或絕對主義正好成對立狀態；前者之哲學觀視解說人類經驗爲一切推理之首要課題，且視以覓求有關人類之知識爲其目標。此種置人於智慧及宇宙之中心，且於一切科學、文學內完全以涉及人之生活及其目的爲主的哲理當然和文藝的人文主義有密切的關係。（「論人文主義」一文見於「宗教與倫理百科全書」一書中第六卷，第八百三十頁）。

因爲人文主義太強調人之重要性了，所以柏德耶夫（Nicolas Berdyaev）會把它視爲是一種太荒謬的主義：

> 人文主義，顧名思義，當然指的是將人的地位昇高，將人置於宇宙之中心。。。據說人文主義發現了個人的存在，而且給予他充份發揮才能的機會，使他在半路上免於受挫折，最後引導他走向自信及創造的道路（見於「歷史之意義」一書中第一百四十頁）。

人文主義有個特殊的變體，稱爲新人文主義，它深深地影響到早年在哈佛求學的艾略特。此一新人文主義（中心設於哈佛大學）是由愛瑪。摩爾和白璧德兩人領導下所促成的運動，其主要目的以重新檢討宗教及浪漫派的人生觀爲主。其主要的原則是「內在的抑制」，其主要價值在於調和與節制。「其實當一位好的人文主義者只要溫和、明智、知禮即可」（白璧德所著之「盧騷與浪漫主義」一書中第二十一頁）。新人文主義者的目的主要在於當他們拋棄一切超神論後，把一切古文化與宗教中的善良部份加以綜合在一起。

白璧德曾嘗試去解決有關單一與多元的玄學老問題。他雖不相信人類有能力找到絕對的眞理，他却堅稱，一個人可以在他對多元的印象與對單一的本能之間有所調停。如此一來，他便否定了基督教中的玄學問題。他攻擊浪漫主義，尤其是有關人性本善的說法更受到了體無完膚的評擊，此一說法到最後被他認爲人只有靠倫理的努力方能臻至完善之境界的說法所代替。人性中同時存在有自然與「人性」兩部份。人應負有以其「人性部份」控制住「自然部份」的責任。於此，我們可覺察出人文主義與浪漫主義有個基本的不同點。另外，浪漫主義強調「感情」，人文主義則主張人須思索、感覺及行動。不過人文主義者並不否認有比思想更高一級的東西存在。第三個不同點是，人文主義者主要是講倫理的，他們反對浪漫主義所謂的個人之自由以及個人有無限制的表達自由之原理；人文主義也主張經由歷史塑造而成的智慧行爲才是行爲的模範。人類的過去是智慧的儲藏室，充滿了我們可資受用不盡的寶貴經驗。如此說來，人文主義者對歷史的經驗態度和浪漫主義者的「浪漫」態度比較起來，可以說完全相反了。白璧德的人文主義不只是美學原理的主義，也是籠括所有人類智慧生活的思想綜合物。這種綜合物代替了宗教與浪漫主義的位置。

浪漫主義有幾個口號困擾了不少當代人：自我表達、服務、進步、自由、充沛的活力、專業化、獨創力、博愛等都是。經過相當仔細的研究後，白璧德發覺這些都只是些空洞的口號而已。這些東西所代表的，不是培根式的，就是盧騷式之對人生「自然態度」的理想。一切現代文明與現代思想都只是培根學說與盧騷學說下的產物而已。雖然這兩種學說表面上有差別，其實是相同的，都是屬於不同類的自然主義而已。法蘭西斯・培根教人類去探求外在自然的方法，盧騷所教給人類的則是去探求內在的方法。兩人都把人置於自然法則之下，認爲在人身上不可能「找出人性之外的東西。」白璧德的人文主義綜合觀便是針對反叛這種培根盧騷式的浪漫主義之綜合思想法而出發的。當他從事於此一綜合工作時，他把世界上所有之古老文化和古聖先賢，諸如蘇格拉底、希臘的亞里斯多德，中國的孔子、猶太的耶穌、印度的如來佛等人都納入貢獻範圍之內。後期文藝復興的許多人物當中，他尤其受約翰森博士、柏克（Edmund Burke）愛默森、及歌德等人之幫忙。

瑪・摩爾的人文主義思想實際上和白璧德的是一樣的。當然他思想的主要內容還是以「內在的抑制」爲主。他說，人之實體可分爲二，即摩爾所謂的獸性與人性兩部份。前者包含源自物理現象界中之衝動，因此之故，人是自然的一部份。後者包含有抑制這些衝力的力量；當人抑制自身時，即成爲一道德人，表現出其自由意志之時。

簡言之，二十世紀由摩爾和白璧德發起的美國新人文主義，其綜合性的人生哲學有下列兩種基本因素在內：㈠反對玄學派者與浪漫派者把人解釋爲是自然（或稱獸性的）與人性的產物之方法，以及㈡反對實證主義與自然主義者把人爲法則代替自然法則（不論是內在的或外在的）的做法。艾略特所做的工作便是把這些現代人文主義中所有的此等因素提出來分別加以研究分析與批評。他在「白璧德的人文主義」與「我對人文主義的另一個看法」兩篇文章裏，曾把他對人文主義的看法用極爲明確的詞句加以敘述過。

艾略特也一樣搞過有關單一與多元的柏拉圖之老問題。他所採取的方法不是和人文主義者爲要以「本能」之力量，企圖在單一與多元之間做調和工作一樣，他的方法是嘗試以天主教徒的信心爲基礎來解決此問題，即利用朽與不朽之對立說爲基本去解釋該問題的。

艾氏對人性的看法和人文主義者及浪漫主義者所有的看法都迥然有別。人文主義者是因爲要改良浪漫主義者之說法才認爲人是自然性與人性之綜合物的。可是超自然又是怎麼一回事呢？艾氏認爲這種人與自然的二元論說法首先必須假定有超自然之物存在才講得通：

> 因爲我覺得假如「超自然」無法存在………那麼此一人與自然的二元論說法也勢必不能成立。人之所以爲人乃在於他能認出超自然的存在，而非是因爲他可發明這些超自然之實體（「批評文選集」中第四百八十五頁）。

「你不可能是一位單純的人文主義者，你必須同時是位自然主義者，與一位超自然主義者。」（第四百八十五頁中）人不可能只是自然性與人性的結合體而已，因爲正如齊克果所指出的，其間一定還有一種聯合、綜合前二者的第三種條件存在，即超自然，此點却爲人文主義者於下定義時所忽略了。因此，艾略特對人文主義的綜合批評，一方面可被稱爲是一幢徘徊於「自然主義」與「超自然主義」、「實證主義與浪漫主義」之間的建築物，另一方面亦可被稱爲是一種宗教上之神聖事物而已。

筆者上面說過，人文主義主要是以倫理爲主。於其尋求一種倫理以做爲其根據之際，人文主義者完全是以人類歷史之綜合智慧爲憑籍，而且也是以人類思想勢必會往道德完美境地邁進的原理爲出發點的，因此它再三強調應對歷史的智慧投予尊敬的眼光之部份。難道我們眞的有辦法運用我們的理智去研究歷史，因而從其中得到教訓嗎？人文主義者把歷史視爲只是種累積的過程。然而我們也無法證明艾氏是否相信這種把歷史視爲是種累積之過程的看法。下面是一段摘自其詩作 Gerontion 的引語：

> 歷史充滿了許多陰險的孔道、陰謀的迴廊，而且常會發出一種不絕於耳的、騙人耳目的聲響，以虛榮來誘引我們。
>
> （錄自「艾略特詩及戲劇全集」一書中第三二頁）
>
> History has many Cunning passeges, Contrived Corridors, And issues, deceives with whispering ambitions,
> Guides us by vanities...

同樣尖酸的語調在「四重奏」詩中更爲明顯：

> 什麼是長久盼望的價值
> 長久祈望的寧靜、是秋日的清靜，
> 以及年老的智慧？是我們受了騙
> 或是那些一言不發的長輩們在自欺欺人
> 傳給我們的只是一張騙人的收據？
> 清靜只不過是一種有意的昏迷表現，
> 智慧是一種對過去之秘密所表現出來的常識，
> 對於他們所窺見的黑暗將一無所用。
> 對於他們眼光剛移開的地方也復如此，我似乎覺得那
> 最多只能算是種有限的價值
> 即從經驗中得來的知識價值而已。
>
> （錄自 Four Luartets 中之第 125 頁）

就艾略特而言，眞理並非即是時間之女，而是永恆之女。我們之了解眞理並非通過理智或「本能」達到的，而是受「啓示」的。

和現代的人文主義者不一樣的，艾氏並不把世界上最上等之文化與思想，不分古今皆籠括在一起，他相反地，却去提出了傳統的觀念；那是一種經一切啓示後眞理出現的寶貫正式傳統。艾氏之強調傳統的重要性並不意謂他對過去歷史有任何敬佩感。我們須知道，社會與宗教機構才是歷史傳留下來之永恆價値的媒介物。

（譯自 A. E. George 所著「艾略特之思想與藝術」一書中第175頁至192頁）

笠　消　息

※ 韓國「現代詩學」一九七一年九月號。於八月一日出版。刊行特輯「中國現代詩十七人集」。由韓國詩人金光林依據「華麗島詩集」轉譯介紹作品廿首。並收錄「中國現代詩的歷史和詩人們」一文。作品如下：黃靈芝：「池沼」。錦連：「挖掘」。桓夫：「咀嚼」、「蓮花」。商禽：「火鷄」、滅火器」。余光中：「双人床」。瘂弦：「水夫」。林亨泰：「二倍距離」。白萩：「蛾」。傅敏：「遺物」。黃騰輝：「歷史」、「悲哀」。詹冰：「日本風物誌」。紀弦：「狼之獨步」。羅浪：「垂釣」。洛夫：「政變之後」。周夢蝶：「樹」。桀思：「關於你」（第三首）。拾虹：「灯」。

※ 日本「航程」詩誌第14期。於昭和四十六年五月十日出版，內刊有高橋喜之晴翻譯的白萩詩：「蛾」和「樹」兩首，及有關於作者和臺灣現代詩的介紹。

※ 德譯「白萩詩選」已由德國詩人Frank和中國留學生梁景峰合譯完妥，近將在西德出版。同時西德 Hessischer Rundfunk 廣播電台已安排日期，將給予朗誦播出。

※ 桓夫詩集「媽祖的纏足」日譯本將在東京由若樹書房出版。

※ 馬來西亞馬來大學講師吳天才，將在該校開「中國現代詩」的課程並着手翻譯「中國現代詩」馬文本，正在蒐集我國現代詩各種資料，如有願意贈書作者，請自寄書至：Mr,Goh Then Chye. Jabatan Pengajian Tonghoa Universiti Malaya Kuala Lumpur Malaysia

※ 「水星詩刊」第四期於六月下旬提前出版，此期新闢「水星論壇」刊有詩人洛夫致張默、管管書簡及「水星之聲」，論及本刊有關之謬誤記事，已由本刊編委桓夫致函該刊主編張默澄淸。

裸體的國王

趙天儀

由羅門．蓉子主編的一九七一年「藍星」，有一篇洋洋灑灑的長文「從批評過程中看讀者、批評者與作者」，執筆者便是主編人之一的羅門先生，是針對「笠」詩双月刊三十九期作品合評「麥堅利堡」的再批評，看來似乎振振有詞，然而，經我仔細拜讀以後，却發現他的再批評，還是重施他一貫的技倆，頗值得商榷。

一、泥沼中呼救的聲音

「從批評過程中看讀者、批評者與作者」全文分兩大部份；㈠關於羅門的「麥堅利堡」，㈡關於羅門從散文與論文中架起的批判世界。第一部份係針對「笠」集體合評的合評者而言的，第二部份則是完全針對我對他的作品底批評而言的。因爲第二部份涉及了我對他的作品底批評，而他的再批評，則涉及了「社會化」的問題，所以，我不得不接受他公開的挑戰。

首先，我必需聲明，羅門先生在這一篇長文中所透露的正是在泥沼中呼救的聲音，我不是要來落井下石的，然而，不幸的是我將提出一些不利於他的論證的時候，請賢明的讀者們做明智的判斷，並非我一上來就是要跟他爲敵的。

我想如果當年紀弦先生在「多餘的困惑及其他」最後的一段話可以表示我此時此刻底心情的話，我實在應該節省我的筆墨。紀弦先生說：「……我本想跟羅門先生談談的。可是當我把他那篇文章拿來仔細重讀一遍以後，認爲確實沒有這個必要，因爲他的文字冗長而欠通順，而又莫知所云，而又自相矛盾，簡直不成其爲對手，所以就作罷了。」（註1）紀弦先生眞的就作罷了！可是，目前我讀了他這篇文章，竟不能作罷了，對於紀弦先生的風度，實在羡慕之至。

二、關於羅門的「麥堅利堡」

羅門先生說：『記得兩年前趙天儀先生曾非常自信地向我說，他計劃要嚴肅地在「笠」評介現代詩壇這些年來少數具有份量的佳作，並親口說：「譬如你的『麥堅利堡』瘂弦的『深淵』等作品……」那時詩壇上仍比較流行着「君子之交淡如水」的風尚，可是近兩年來，詩壇確像沒有裝設紅綠燈的中華路般突然亂了起來，而且「社會化」了起來，此景況同詩人覃子豪在世時，相對照實在令人感慨不已。最近不意中翻了有一期「笠」詩刊中的「詩壇散步」，執筆者柳文哲先生其人就爲趙天儀先生，他的至爲嚴肅性的對「麥詩」的評介工作，只有短短的幾句話，便草草了事，大意是說這首詩既不好也不壞。既是不好也不壞，當然是普通之作，而又怎能列入詩壇少數具有份量的佳作來向讀者介紹呢？接着趙又在另一期「笠」中不舉理由地說「麥」詩沒有△△的意境高，這種批評方法使用在目前流行着的這種機會性的批評現象，在各方面所形成的事實，當我們面對着中視所播放「彩色世界」中的『悲多芬世界』，我們將如何去對照出一個率眞的藝術家的形貌呢？』（筆者按：原文照抄，不論通或不通。）（註2）

拜讀了這段話，除了看出他的雄辯以外，還可以看出他一廂情願，想當然耳的狂想。依他的話，試加以分析如下：

(一)「麥堅利堡」是「少數具有份量的佳作嗎」？

我說要在「笠」批評「麥堅利堡」，這是一件事實。但我說要批評「麥堅利堡」，並不蘊含着「麥堅利堡」就是「少數具有份量的佳作」。同理，我說要批評瘂弦的「深淵」，也不蘊含着「深淵」就是「少數具有份量的佳作」。當我對任何詩作未下價值判斷以前，該詩作對我來說，是正在鑑賞正在研究的階段，是中止判斷的。那麼，爲什麼我遲遲不嚴肅地來批評「麥堅利堡」這一首詩作呢？我並不否認「麥堅利堡」的價值，然而，羅門先生可焦急了，這一急，他竟放了一隻冷箭！他說：『……那時詩壇上仍比較流行着「君子之交淡如水」的風尚，可是近兩年來，詩壇確像沒有裝紅綠燈的中華路般突然亂了起來，而且「社會化」了起來，此景況同詩人覃子豪在世時，相對照實在令人感慨不已。』這一句話似乎意味着沒有嚴肅地來批評「麥堅利堡」就是「社會化」哩?!我要請羅門先生捫心自問到底詩壇是怎麼亂了起來呢？到底是誰更「社會化」呢？自從民國五十八年八月二十五日你跟蓉子參加了所謂世界詩人大會，前往菲律賓的前夕，到開會回來，且在作家咖啡屋公然在我們的面前表演了一幕精彩的悲喜劇以後，我對你的爲人風度，便一目瞭然，同時也是我不急於批評「麥堅利堡」的眞正的原因。說穿了，詩壇之所以亂了起來，羅門先生是始作俑者之一，怎麼可以做賊心虛，做賊喊捉賊呢？

(二)我三次對「麥堅利堡」的評語

除了我參加「笠」詩双月刊北部同仁舉辦的「麥堅利堡」的合評以外，我有三次提到「麥堅利堡」。因北部「麥堅利堡」的合評，是當時青年詩人拾虹記錄的，因適逢他個人奉公家的指示前往日本研習，來不及整理刊登，故略而不談（註3）。且先看看三次我的評語：

(一)第一次，我在『談方思的「仙人掌」』（註4）一文中提及，在該文的結語之二，我說：『「仙人掌」是方思較早挖掘的題材之一；跟着才有白萩的「以圖示詩」中的「仙人掌」，隨着才有余光中底散文的聯想「文化沙漠中的一株仙人掌」。這正如有了余光中的「馬金利堡」，而後才有覃子豪的「麥堅利堡」，最後才有羅門的「麥堅利堡」一樣。雖然，羅門的有靑出於藍更勝於藍的趨勢，但題材的開拓者底功勞，也不可一筆抹殺。』在這裏，我指出了詩壇上題材的類似性，有先後寫作與發表時間順序的不同，但我還是說「羅門的有靑出於藍更勝藍的趨勢。」

(二)第二次，我在「詩壇散步」中評介「死亡之塔」（註5）那本詩集時提到「麥堅利堡」說：『說羅門的「麥堅利堡」一詩，是如何的糟，跟說該詩是如何的捧，未免都過甚其詞。我認爲該詩還是在羅門的作品中較爲出色的一首。不過，把該詩比擬爲跟艾略特的「荒地」一樣地偉大，則容易使羅門先生因沾沾自喜而不自覺，我們不願以不倫不類的比擬來說明該詩。』我的意思是：我不贊同別人說該詩是如何的糟，也不贊同別人（包括作者自己）說該詩是如何的棒，認爲都未免過甚其詞。即使羅門說他並沒有把該詩跟「荒地」作比擬，而把「死亡之塔」跟「荒地」作比擬也是不倫不類，藝術作品的價值是不能比擬的。在此，我還認爲「麥堅利堡」是「在羅門的作品中較爲出色的一首」。天曉得，也許是我表錯了情吧？羅門先生竟一口咬定說：『最近不意中翻了有一期「笠」詩刊中的「詩壇散步」，執筆者柳文哲先生其人就爲趙天儀先生，他的至爲嚴肅性的對「麥詩」的評介工作，只有短短的幾句話，便草草了事，大意是說這首詩既不好也不壞。既是不好也不壞，當然是普通之作，而又怎能列入詩壇少數具有份量的佳作來向讀者介紹呢？』我的文筆以簡鍊爲最高的理想，言簡意賅是我努力的目標之一，不錯，我「只有短短幾句話」，但卻不是草草了事，如果是草草了事的話，則不會讓羅門先生回敬我這樣洋洋灑灑的長文，一定是命中了要害，搔到了癢處。何況羅門先生還沒瞭解我所說的意思，竟曲解說「大意是說這首詩既不好也不壞。既是不好也不壞，當然是普通之作」；這該是羅門先生自己的按語吧！他怎麼不說「麥堅利堡」一詩，柳文哲先生認爲是「在羅門的作品中較爲出色的一首」呢?!

㈢第三次，我在「笠」四十一期「名詩選評」，談到紀弦先生的「狼之獨步」時，提到「麥堅利堡」，原記錄（註6）如下：

『李魁賢：我以爲做爲一個詩人，面對現實，不應該寫甜味的詩。在時代的齒輪內不應是潤滑的油，而是一粒砂。詩人應有做砂粒的自覺。

趙天儀：唯有做砂粒在磨擦中才能產生火花。觸及這個問題，那麼到底紀弦應該不應該被尊重！也就是紀弦有沒有做砂粒的自覺？當然這不只是紀弦而是每個詩人應有的自覺。比較而言，羅門的「麥堅利堡」比此詩更缺乏崇高的效果，因此，詩題材的龐大應無必然的關係，而是作者本身的素養左右了一首詩的表現。

李魁賢：這該歸根於精神上的問題，詩的偉大性應不受題材或長短的限制，像羅門的「麥堅利堡」主要在於超越別人的感受。

趙天儀：剛才我的意思是像羅門的「麥堅利堡」那樣龐大的詩，給人有如黃河夾泥沙以俱下的混濁感覺，而此詩卻給人有天地開濶的心胸，故詩不是什麼像什麼，而是超越了主題以上，給人什麼吧。一開始，「麥堅利堡」就給人有戰爭的感受，這是羅門功力所見的地方。在人生的歷程，同樣是以有限追求無限，紀弦的心境是頗淒涼的。但話說回來，名爲「名詩選評」，名詩不一定是偉大的詩而偉大的詩，卻不一定有名。有名不一定偉大，詩人應該有這份自覺，才有更大的期許。並非給人朗誦，就可以沾沾自喜。白萩的「雁」也給人一種特殊的感受』。

在「名詩選評」中，我認爲詩作的大小長短，以及詩題材的龐大與否，跟詩的崇高（Sublime）的效果沒有必然的關聯。像屠格涅夫的「散文詩」（註7），有一首「小麻雀」便是題材巧小，然而卻產生了悲劇性的崇高的效果。雖然我認爲「詩不是什麼像什麼，而是超越了主題以上，給人什麼吧」。但我還是認爲「麥堅利堡」：『一開始，……就給人有戰爭的感受，這是羅門功力所見的地方。』結果，他又強詞奪理，斷章取義地說：『接着趙又在另一期「笠」中不舉理由地說「麥」詩沒有△△的意境高，這種批評方法使用在目前已形社會化的詩壇上是很有效的，「投好」與「抨擊」都作到了，一槍二鳥。』請注意，我用崇高的字眼，而不是意境的字眼。我的理由是「詩的崇高的效果，跟詩題材的龐大應無必然的關係。可是，羅門先生却一心一意地要把我的批評羅織爲「機會性的批評現象」，可見他用心良苦。然而，明眼人一定心裏有數，羅門先生如果不是眼睛花了，那麼，該不是心智昏庸吧？其實，羅門先生面臨着別人給他，他批評時的心態只有二分法；一是對他的批評，如果是一種微詞時，則立刻顯出了他自我防衛的本領，而且視爲眼中釘。二是對他的批評，如果是一種讚詞時，則馬上得意忘形自我陶醉一番，既使是一種廉價的讚詞，他也趨之若鶩，慨然接受呢！

我三次談到「麥堅利堡」，純粹就詩論詩，怎麼是「機會性的批評現象」呢？羅門先生別忘了你自己與致沖沖地以「麥堅利堡」去非律賓做應徵獎金的敲門磚，那才眞够是「社會化」哩?!（註8）

三、羅門的空架構何在呢？

在「笠」詩双月刊三十七期的「詩壇散步」，我評介「死亡之塔」時說：『「死亡之塔」是羅門的第三部詩集，他以一貫的粗線條的筆觸，以一廂情願的浪漫的狂想，在「死亡之塔」上表演凌空的絕技。長篇累贅式的自辯式的「前言」，加上追求現代的空架構，我想羅門自己心裡有數；詩是什麼？詩不是什麼？是用不着自我欺瞞的，我們希望他在內省上更爲克制與收斂，也許就不會流於那種落寞與空虛。』（註9）結果，羅門先生却振振有詞地說：『當趙先生以先後不一致的步調，再步入我以「現代人的悲劇精神與現代詩人」與「心靈訪問記」等兩本書以及其他論作中所架起的批判世界中來時，他只籠統地說了一聲那是一個「空架子」。即使我這些年來在創作世界中對於「現代」兩字的探究，架起的是空架子，那麼趙先生對於「現代」的確是連空架子都無力架起來了。』接着他引用了張健、洛夫、周伯乃、蘇凌、翱翱、張默等人給他的信或批評中的讚詞來，以一種訴諸權威的姿態在躍武揚威（寧可說是狐假虎威），而且抄了他所謂的「現代之海」中的某些「浪」，來讓我瞧瞧，開開眼界，證明我連一個「空架子」都無力架起來呢？說實話，我才不稀罕他這種玩意兒，用一些不倫不類的比擬，毫無瞭解類比論證（Analogical argument）的飛躍性所意味的並非必然地眞（註10），難怪青年詩人傅敏先生會說他是在積木遊戲呢！

我只要抽樣地以一個最有趣最耐人尋味的例子來分析羅門先生的「空架構」，便够羅門先生難過了！如果他不是心智昏庸到無可救藥的話，羅門先生該有所反省有所警惕！且以洛夫先生的信及批評爲例；羅門先生說：『詩人洛夫來信說：「你的論文集我已讀過，嚴格說來這本集子並不是一本純客觀的論文，却有點似紀德或愛默生的散文（筆者按：這種話够羅門先生開心哩！），因爲它的啓示性實較論說爲多，今天在臺灣寫這類文章的，你還是數一數二的，其中大部份觀點與我的不謀而合，其實你的心聲也正是大多數具有自覺的現代人的心聲……」；同時由於這本書的觀點（註11）以及我詩的創作世界，更使詩人洛夫在其他的來信中寫着：「……『實際上無論就詩想、氣質及藝術欣賞，我們都是同道，且幾乎是精神上的攣生子』；『……我們是詩壇上兩座山……』；『……：我一直認為你是我的知友，也是我尊敬的有創造才能的詩人……』。洛夫先生說「我們是詩壇的兩座山」，而你說「像是二條河朝着一個海，兩座建築相處成近鄰」（註12）；在在都表現了洛夫與羅門倆先生的的確確在「互相標榜」這一道功夫上都是「精神上的孿生子」。這種氣味，頗令我想起「三國演義」中，曹操跟劉備所說的話，所謂「今天下英雄，惟使君與操耳」（註13）的那種氣概哩！我相信洛夫先生是你的知友，他絕不是「社會化」，更不是「機會性的批評現象」，而我也不可能一槍二鳥。好了，且聽一聽你的知友洛夫先生給你最眞摯的批評吧！在洛夫、張默、瘂弦主編的「中國現代詩論選」的「導言」中，洛夫先生說：『羅門在現代詩人中是一個具有自我特殊觀念，能把握住文學藝術的重要素質的詩人，他的論文別具風格但過於糾纏而不幸常在語意上造成一種難以捉摸的矛盾。對一個習慣於現代哲學文學專有名詞的讀者而言，仍不難從他特殊的語言結構中發現他的精神面貌。從「現代人的悲劇精神與現代人」一文中看來，羅門似乎是一個文學上的存在主義者，所不同於歐洲存在主義作者的是他的存在情緒掩蓋了他的存在精神，這也許由於他的想像經驗較他的存在經驗更為豐富所致。換言之，也許他根據你的面色而診斷你需要服「安賜百樂」，但「安賜百樂」的形狀、性質，效用如何，以及何處可以買到，他一概不知。他是一個以不高明方式企圖表達高明思想的作者。』（註14）對於這一段洛夫先生給你的批評，我不認為已够精彩，但是他却嚴肅地道破了你欠缺眞正的知識以及處理詩論的不高明。我相信洛夫先生是一片眞心，是一種由衷的諍言。

至於你那兩本所謂論文集，一言以蔽之；我好不容易痛苦地再過目一遍，我實在無法抓住你論證的有效性，你貫用一些擬似的類比論證（Pseudo analogical argument）或糟糕的類比論證（Bad analogical argument）（註15）去表演凌空的絕技，如果喜歡看馬戲班的小朋友看了樂不可支，那也無傷大雅，但對我來說，你的表演只是令我感到你的天眞，你表演得滿身大汗，我何必再傷你的心呢？

羅門先生說得好：「我一直覺得做為一個具有良知的人尤其是一個詩人，實在不應該去打擊那已顯有某些獨特性與智慧閃光的東西，縱使它含有缺點，也只能針對它確實的缺點提出批評的意見，怎能全部推翻呢？」現在我「針對它確實的缺點提出批評的意見」；我認為你的論文，如果犯了下例立論的缺陷，它便彷彿是在沙地上蓋摩天樓，根基不穩，一有眞正嚴格的批評，如地震般地搖撼時，它便會崩裂。茲試舉數項較顯著的問題加以討論：

㈠**正確知識的貧乏**：這是羅門先生兩本大作最大的缺陷，嚴重地威脅到所謂「某些獨特性與智慧閃光的東西」。羅門先生說：「我不是在此强調。那不一定全來自書本的屬於領悟性的內在判視力，在判視人類內在眞實活動的過程中，較死咬書本與咬別人條文的更具有燦爛動人的推想力，且能把握住人類眞實生命活動的更遼闊的眞實空門；而是不贊同把別人不斷挖發人類（詩人也是人）現代精神內涵世界的堅苦工作視為是在造空架子……」。可是，羅門先生畢竟也咬住了「現代存在思想」，也咬住了尼采、里爾克、沙特、卡繆、卡夫卡、海明威等等大作家或詩人的麵包屑。羅門先生說：「……當威廉詹姆斯（William James）與約翰杜威（John Dewey）將功利與實用主義大量向東西方傾銷，當笛卡兒（Descates）與洛赫（Lacke）將科學冷酷的「理式」與「批判」擊斷形而上學的虹橋，古希臘的老哲人有些轉向古代去了……」。（原文照抄）（註16）不曉得笛卡兒與洛克的英文字是手民之誤呢？抑是羅門先生根本就一知半解呢？這種句子，我認爲毫無知識的正確性可言。連這種知識都不正確的人，我不曉得他佔在人性的共同點上，能表現出什麼苗頭來，不無疑問。這是「空架構」的理由之一。

(二)推論有效的缺乏：羅門先生在「現代人的悲劇精神與現代詩人」底「前言」中說：「在這部書裡，我好像總是躲避着嚴酷的邏輯世界……」。而在「心靈訪問記」的「前言」中也說：『這不是一本着重於「邏輯」與記憶」的書……』。（註17）殊不知他正不知不覺地也在套用着邏輯形式的架構；例如：「大凡較偉大的哲學家都多是替「沉痛」的思想工作的，大凡較偉大的詩人藝術家都幾乎是替「美」與「沉痛」的精神服役的……」。（註18）「大凡……是……」，不就是"All S is P"嗎？正是亞里斯多德傳統邏輯的A命題。我認爲在演繹論證、歸納論證以及類比論證中，羅門先生最喜歡類比論證。在邏輯中，類比論證是推論中最弱的一環，其結論不是必然地眞。依照邏輯上類比的討論，類比或稱比擬（Analogy）有邏輯的用法與文學的用法；兩者沒有很嚴格的界線，邏輯的用法稱爲類比論證（Analogical argument）；而文學的用法；則可以包括明喩（smile）與暗喩（metaphor）。比擬往往是利用兩物之間；在形式上、性質上或結構上的類似點來加以類比。試舉一個例子：「現代物質文明逐漸完成那片綠色的牧場，人類內在的慾望之獸已向那裡闖過去！」這類比擬太抽象，缺乏準確的安排，常常顯得閃爍其詞。難怪「七十年代詩選」（註19）的「羅門小評」中說：「……祇是作者太喜歡描繪與呈示，使我們很難掌握他的意向。」我認爲羅門先生的論文，如果把他的一些比擬使用得更準確更深刻，則會更有說服力！可惜他的一些比擬，彷彿棒球比賽的打擊者，揮棒雖有力，選球不够精確，因此，難免遭遇到三振出局。這是「空架構」的理由之二。

(三)訴諸權威的濫用：在非形式的謬誤中，所謂訴諸不適當的權威，便是犯了濫用權威的謬誤。羅門先生開口「里爾克」，閉口「悲多芬」，站起來「梵樂希」，坐下去「海明威」；這是他在(一)與(二)之外的又一章，羅門先生所喜歡的詩人或藝術家的名單，我們也許可以列一個表，然後再查出他所提的那些偉大詩人或藝術家的作品，究竟他懂了多少？他幾乎不斷地在重覆着一些類似的濫調，用一連串不着邊際的空話大談那些詩人或藝術家。試舉一些例子如下：

「當你的精神散步在里爾克寧靜的視境裡，當你的靈魂坐在悲多芬第九交響曲莊穆的教堂中」。（註20）

「……因爲人到底不是神，人畢竟是不堪受時空一擊的軟弱之物，最後便是發覺柏拉圖的理想人，尼采的超人，叔本華的意志論、笛卡兒的理性論、黑格爾的唯心論，……」（註21）

「……經過羅丹沉視的眼睛，藍波夢幻的視域，然後深入里爾克默想的靜境，去觸及詩人許拜威艾爾（TUELS SUPERVIELLE）的「萬物在不可見中起了交感」的世界……」（註22）

「——像梵樂希那樣被贊美爲沈默之聲，像里爾克那樣被譽爲斯賓諾莎哲境內沈靜的塑像，像桑德堡那樣被冠

爲工業美國的桂冠詩人。……」（註23）

『哲學家的思想包括不了詩人藝術家的精神，但詩人藝術家的精神却能藏有哲學家的思想，諸如里爾克的「時間之書」，悲多芬的「第九交響曲」，韓德爾的「彌賽亞」，以及米開蘭基羅的畫境……都是很好的例證。」（註24）。

「——如梵谷握住的爆炸的太陽，海明威盯視的空漠的海，悲多芬將「英雄」與「皇帝」帶進「第九交響樂」寧靜的禮拜堂，里爾克將心靈冷靜在燃燒的火焰裏……」（註25）

好了，類似這種單調而缺乏眞知的濫調太多了，一個注重內在精神世界的詩人，怎麽一直是在描繪着詩人與藝術家們外表的肖像呢？怎麽不能深入他們精神的內裡呢？訴諸這些詩人與藝術家的權威，只能唬唬初中小朋友剛剛愛好詩的時候，但是騙不了行家。這是「空架構」的理由之三。

㈣**杜撰詞彙的氾濫**：被羅門先生譽爲「在詩壇上評詩態度的嚴緊以及作爲一個讀書人處世的耿直與守原則」的張健先生，在『評三首「麥堅利堡」』中說：「……假如要找它的弱點也並不太難，但那只是細節上的——由於作者對文字的探制能力始終尙未達到最佳的境況，有些修辭和擇字上的差錯仍未能免。」（註26）張健先生說得多婉轉多誠懇也多準確。而藍星詩社的主力投手之一的余光中先生，在「敲一顆齲齒」一文中說：『許多僞現代詩，確實像是「打翻了鉛字架」。這類作者，恐怕不待身後，便將名滅。尤其令人不忍卒讀的，是一些現代詩理論家的論文。這類論文，拋開矛盾的內容不談，即單看散文本身，也是夾纏不清，字彙往往是生硬的文言，句法却往往像「直譯」過來的西洋論文，語氣往往像中國牧師在傳道。讀這類「文、白。洋」夾纏的「三明治散文」，需要鴕鳥的胃和聖人的耐性。』（註27）余光中先生這一段話，拿來說明羅門先生的詩論，是一個有力的註脚。可以說：「雖不中，亦不遠矣！」羅門先生杜撰了不少生澀的詞句；例如：「迫現」、「信望」、「花朵園」、「任放」、「翼膀」、「昇力」、「心感」、「挖拔」、「心勢」、「挖發」……等等，不勝枚擧。這種杜撰，也許他自己認爲是一種創造，然而，把紙老虎的假面具揭開，則脆弱得不堪一擊！這是「空架構」的理由之四。

㈤**互相標榜的空虛**：除了洛夫與羅門那個例子以外，最令人感到臉紅的，莫過於羅門先生對他太座的歌頌哩！當然，中國白朗寧伉儷的私生活是人家的家務事，管他幹啥！但是羅門先生形諸筆墨，肉麻當有趣，就不同凡響哩！例如：「從李杜到中國現代詩的傑出詩人群，從荷馬到艾略特，從沙孚到雪脫維爾，從李淸照到蓉子與夐虹……」（註28）我認爲互相標榜是一種自信心的失落，他處處需假藉外在的力量來抬高自己的身價，不斷地重覆在他的字裡行間，就會顯現他精神世界的空虛與蒼白。這是「空架構」的理由之五。

㈥**名利觀念的中毒**：我認爲凡人皆有名利之心；名與利並非完全不足取，眞正的榮譽是名，適當的財富是利，人可以生活在即有眞正的榮譽，也有適當的財富之中。但超過了它們的極限，愛名不擇手段，爭利不顧道義，所謂名利薰心，便是世人所卑視的名利之徒。而羅門先生呢？羅門先生嘗說：「人活着，其生存的社會環境本就是一個不够明朗的地方，尤其是當功利文明以嚇倒的聲勢將人推入爭名奪利的狹谷中，社會便很快地成爲一個沉悶的低壓面，這些人便也在錯覺中抓住一種趨下的力量當作上昇。結果爭名奪利成他們生存的最高希求，他們也因此失去理解與塑造一個眞實的『人』的智慧，在名利面前，他們往往信賴的既非神，也非純正的良知，而是厲害的手段」。（註29）另外他又說：「……它是人心被二次世界大戰的極度傷害與廿世紀物質文明的極度躍進帶來的動亂與破碎，所形成的虛空感與幻滅感的現代型的悲劇，連續把人迫向形而下的世界去同自我談判，結果大多數人的精神陷於不安之中，在急於生存的意願裡，他們右手抓不到名，左手抓不到利，縱使左右手均把名利抓住，也不見得能完全治好內心中的苦悶，最後連他們的頭也信不了神，只是把双脚深深地揷入他們不斷地感到荒謬與日漸陰暗的處境之中，去接受歲月的捶擊。」（註30）以上可說是羅門先生的名利論。然而，當羅門先生一臉笑容辭退了名利，而骨子裡對名利却不斷地展開笑臉攻勢。例如他參加律非賓世界詩人大會的有感報告（註31），却是一件鐵的事實。不管羅門及某些批評者的說詞如何，做爲讀者的我們，是眼睛雪亮的，是能明智地判斷的。這種理論與實踐的矛盾，正是名利觀念中毒的結果。這是「空架構」的理由之六。

(七)**自我中心的幻覺**：羅門先生說：「那麼對於這些問題趙先生是否說了一己獨創性（非抄外國詩人信條的）的實話與架起眞的『樓房』呢？至少我還有空架子並在這個空架裡放入了我自己的「第九日的底流」、「麥堅利堡」、「都市之死」、「死亡之塔」以及正在創作中的「隱形的椅子」等這些判視着人類內在世界的內容；而順口說別人爲空架子，自己對「現代」有何高見？我們誰都有自由去抹煞事實的批評，但怎樣也抹煞不了其他人良知上判斷力……」。當我說他的作品是「現代的空架構」時，是針對他的缺陷而言的，並不意味着我就有所謂「現代的實架構」。「麥堅利堡」一詩如果有價值，我怎麼抹殺，都推不倒的；同理如果羅門先生的詩論也有它應有的價值，我說是「空架構」也無濟於事的！羅門先生說：『我雖不能說我對現代所做的指認全對，但我也不能同意別人說它是「空架子」。的確，我們詩壇上的批評風氣，往往不但超出個人的主觀而且更憑個人一時的意氣，與彼此間的交情。而事實上嚴正的批評是建立在那不含意氣與私見的藝術良知上。』乍看羅門先生這段話，似乎蠻有道理。好了，羅門先生既然坦白地承認了「我雖不能說我對現代所做的指認全對」，那麼，當別人的確已經看出了他不過是虛幌的一招而已的時候，爲什麼就『也不能同意別人說它是「空架子」』呢？在此，我不得不聯想起丹麥的童話家安徒生先生那一篇「國王的新衣」，羅門先生不正是那一位遊街示威的裸體的國王嗎？他只喜歡讚詞，只喜歡合乎他自我中心的幻覺就行了！我相信，洛夫、張健、余光中諸先生都是羅門先生的好友，他們的批評是「建立在那不含意氣與藝術良知上」，我不禁感嘆他們已先得我心！而羅門先生爲什麼都抄那些恭維你的「憑個人一時的意氣，與彼此間的交情」的客套話呢？這是「空架構」的理由之七。

四、結語

羅門先生是藍星詩社的主力投手之一，他已完成了三本詩集，兩本詩論集的出版，而且還有跟蓉子女士共同的英譯本詩集，不能不說是自由中國相當有名氣的詩人哩！

羅門先生說：『這些「東西」如果同自己軟弱與缺乏彈性的創作心靈體質不合，不能服用，怎麼能說它對人的「心靈」所提供的藥力全是空的呢？』記得我從民國三十七年光景，當我還是初一的學生時代，我已開始陸續地欣賞中國的新詩了。可以說羅門先生的作品，凡已成書者，我均拜讀，我認爲「當局者迷，旁觀者清」的古訓，有它的眞實性，在自由中國的詩壇走向現代化的過程中，羅門先生是一位狂熱的夢想家，他熱愛詩，創作詩，評論詩。而今，他的詩，被人在鷄蛋裏挑骨頭；他的詩論，被人指爲「空架構」而已，當然，羅門先生有挺身出來爲自己說話的自由。

然而，我拜讀了他的詩與詩論以後，我不能同意他的自吹自擂，羅門先生一向沒有面對較硬較紮實的東西。比方說：羅門先生是藍星詩社的主力投手之一，他的變化球已經讓人家摸清路數了，碰到打擊率較高的對手，只要人家紛紛地打出安打的話，就够他手忙脚亂哩！

王國維先生嘗說：「余疲於哲學有日矣，哲學上之說，大都可愛者不可信，可信者不可愛……」。（註32）我想借來套用一下：「余疲於詩學有日矣，詩學上之說，大都可愛者不可信，可信者不可愛。」羅門先生的詩論，是屬於「可愛者不可信」的一類，然而，經我這麼一分析的結果，我不但重新拜讀了他的詩與詩論，而且更瞭解了他的詩與詩論，彷彿打了一次詩的預防針呢！

我的結語有三：

㈠「麥堅利堡」一詩；「我認爲該詩還是在羅門的作品中較爲出色的一首」，如果羅門先生要自己認爲「既是不好也不壞，當然是普通之作……」，則我也沒辦法，只好由他去吧！

㈡羅門先生的兩本詩論集，是「三明治散文」加上缺乏論證有效性的論文；如果說「那已顯有某些獨特性與智慧閃光的東西」，則可說那也是羅門先生的造化！尤其是他在「現代」方面的造就，更不是區區如我者所可以望其背項的。

㈢讀者可能會指出我只是提到羅門先生的缺點與微詞，那是因爲我不是「社會化」，更不是「機會性的批評現象」！而羅門先生的優點與讚詞，提到的人太多了，而他自己也不放過重提出來宣揚一番，至於那些是不是「社會化」，是不是「機會性的批評現象」，無庸我多言。

總之，詩與詩論，如果成爲一種作品時，固然『更可靠的辦法是交給「時間」』，然而，當我們瞭解了所謂作品，已經成爲脫離母胎斷了臍的獨立性的存在時，創作者的自我審判，也應該有一種自知之明，如果作品並沒有「獨特性與智慧閃光的東西」，那麼，時間的微塵只有愈積愈多的啊！羅門先生常常批判「第三流詩刊」、「第三流詩人」、「第三流批評家」，那麼，究竟誰是第幾流呢？我希望羅門先生自我審判一番吧！

（註1）參閱紀弦著「紀弦論現代詩」一書中收集的「多餘的困惑及其他」一文。藍燈出版社出版。

（註2）參閱羅門、蓉子主編的一九七一「藍星」，羅門著「從批評過程中看讀者、批評者與作者」一文的第二部份。不論通或不通，原文照抄。

（註3）「笠」詩双月刊北部同人合評「麥堅利堡」，跟

中部、南部同日舉行，出席有吳瀛濤、陳秀喜、黃騰輝、李魁賢、林煥彰、拾虹及趙天儀。拾虹爲記錄，惜因沒整理好，未發表。

（註4）參閱「葡萄園」詩季刊第23・24期，民國五十七年四月出版。

（註5）參閱「笠」詩双月刊第37期，民國59年6月15日出版。

（註9）參閱「笠」詩双月刊第41期，民國60年2月15日出版。

（註7）參閱屠格涅夫「散文詩」一書，中譯本68頁「小麻雀」一詩。

（註8）參閱民國58年10月19日青年戰士報的「詩隊伍」第33期，羅門作「出席世界詩人大會的感想」一文。

（註9）參閱「笠」詩双月刊第37期。

（註10）也許羅門先生沒有自覺到他使用比擬，從文學的用法看來，似乎有其新奇的意味，但從邏輯的用法看來，沒有達到類比論證的有效性。

（註11）指羅門著「現代人的悲劇精神與現代詩人」一書，該書於民國53年6月，由藍星詩社出版。

（註12）參閱羅門著「心靈訪問記」一書中「詩人之透視」一文，該書一七五頁。該書由藍星詩社出版。

（註13）參閱羅貫中著「三國演義」，文源書局出版大字足本第二十一回第一四九頁。

（註14）參閱洛夫、張默、瘂弦主編的「中國現代詩論選」，洛夫作「導言」一文，該書第九頁。民國五十八年三月大業書店出版。

（註15）類比論證使用得不妥當，則成壞的或糟糕的類比論證；類比論證使用得似是而非，根本難於成立時，則成僞的或擬似的類比論證。

（註16）參閱羅門著「現代人的悲劇精神與現代詩人」中「爲現代詩辯」一文，該書第四十九頁。

（註17）參閱羅門著「現代人的悲劇精神與現代詩人」的「前言」，以及羅門著「心靈訪問記」的「前言」。

（註18）參閱羅門者「心靈訪問記」一書中「談詩人藝術家存在的價值」一文，該書第二十五頁。

（註19）參閱張默、洛夫、瘂弦主編的「七十年代詩選」第一八七頁羅門小評「一顆心靈與境中爆炸的太陽」一文。

（註20）參閱羅門著「現代人的悲劇精神與現代詩人」一書中「詩人對人類精神世界的塑造」一文，該書第四頁。

（註21）同書中「現代人的悲劇精神」一文，該書第二十二頁

（註22）同書中「現代詩創作的基本問題」一文，該書第六〇頁

（註23）同書中「現代詩人創作精神的動向」一文，該書第八十三頁。

（註24）參閱羅門著「心靈訪問記」中「談詩人藝術家存在的價值」一文，該書第廿五頁。藍星詩社出版。

（註25）同書中「心靈內景的開放」一文，該書第六十九頁。羅門先生諸如此類的句子還很多，眞是美不勝收，筆者抄到此爲止。

（註26）參閱張健著「中國現代詩論評」一書中『評三首「麥堅利堡」』一文，該書第一四〇頁。藍星詩社出版。

（註27）參閱余光中著「詩人與驢」一書中「敲一顆齲齒」一文，該書第一二七頁。本書作者認為此書的出版非出於他的意願。藍燈出版社出版。

（註28）參閱羅門著「心靈訪問記」一書中「心靈內景的開放」一文，該書第六十九頁。

（註29）參閱羅門著「現代人的悲劇精神與現代詩人」一書中「詩人對人類精神世界的塑造」一文，該書第九頁。

（註30）參閱同書中「現代人的悲劇精神」一文，該書第十七頁。

（註31）參閱民國五十八年十九日青年戰士報「詩隊伍」第三十三期羅門作「出席世界詩人大會的感想」。並參閱「葡萄園」詩季刊第三十期社論「天才與狂人」與蕭艾作『讀「出席世界詩人大會的感想」』兩文。

（註32）參閱王國維著「王國維先生三種」一書中的附錄「自序」（下）一文，該書第九十四頁。

自覺

陳鴻森

A

掌聲稀落之後，是最寂寞的時候，但同時也是該清醒的面對自己的時候。

掌聲並不意味着「是」，却常會造成視差。甜食雖然好吃，但不一定營養。在「國王的新衣」裡，那孩子赤裸的說出「國王沒有穿衣服」，純眞的撕碎了盲目的應聲，使舊習慣的隨和流出血來，在成人的訝異和隨後羞辱的惱怒裡，這個孩子或者是不聰明的，而年青的一代要「自救」，也要不聰明的提出鹹味的聲音，否則無異於死。

洛夫在「招魂祭」之後，於「水星詩刊」第四號，發表了一封公開信的訴說，避開正題的探討而言其他，叫人興起「他也不過如此」的慨嘆，同時也叫人想起「自覺也許眞的不是飯」。

B

1.關於「笠」詩刊四十三期裡××對我的肆加辱罵一文，我感到極端的可笑，同時我也同情這位年輕人，因未被選入「一九七〇詩選」而憤怒的心情……。

2.我只讀完前面一兩段便不想再看下去，因為我發現他不僅文句欠通，且措辭卑劣……。

3.另有陰謀，他只是捉刀人……。

4.即使要批評，也輪不到他……。

5.××辱罵於我，恐怕只是前奏，以後我有得受的……。

6.我與××無寃無仇，不論就那方面來說，他要比我低一輩……。

C

以上B乃是洛夫在「水星四號」所表明的態度，但却處處暴露了自己的弱點，即使他巧妙避開了正題。

1.如果某人持着一張自製的「百萬元」票額的大鈔，我想誰也不可能會對他擁有的這「百萬元的財富」憤怒，「一九七〇詩選」的價值不是洛夫一個人所能決定的，絕對不是。

2.對於一種探討，洛夫是以「是否通」出發的。姑不去計算是否眞若洛夫所謂的「欠通」，但只讀了一兩段，又焉能知道人家說了什麼?把眼睛遮起來白晝依然在，這只是廻避正題的藉口。

3.藉第三人來指出這探討背後潛藏着陰謀，這種心理是I緊張心理所造成的敏感狀態，II怕以後再有對他的批評。因爲再有的批評，便可稱以「早已意料到的」而廻避，Ⅲ誣陷對方的立場。

4.「洛夫」兩個字怎麼唸也不會和「權威」二字諧音。洛夫怎又能限定和選擇自己以外的人之批評。

5.同3。

6.以寃仇而批評，這正是過去偏狹心理所造成的風氣，對洛夫的涵養如不是他在病床上而養成的暴燥心理的話，是値得懷疑。而所謂「輩份」，如果二十年算一代，這正是時間嚴酷的裁決所賦予年青這代的使命，對上代追求的認眞及既有的成就，我們有着「當然」的敬重，但在探討的過程裡，就必須站在水平的表面。沒有給予教益的力量，而空談着輩份，這是一種衰歇。

D

只有批判，我們才能活得清楚。但二者都必需持有着一份自覺，雖然也許「自覺眞的不是飯」，但這種醒的心情却是隨時能顯影外來現象的反應，修正自身的作爲。

不要忽視年青一代的存在，把眼睛凝視「現在」。洛夫這封毫無自覺的信的發表，無疑是一種怕跌落的掩飾。而已死了自覺，又如何能再走下去……。

隨時把一面小鏡子放在袋子裡是必要的，我自己常這樣的想。

不絕的音響

傅敏

洛夫編選的「一九七〇詩選」出版之後，我寫了一篇「招魂祭」，討論洛夫在序文中暴露的種種荒謬無知的觀念，而且揭發洛夫的近視眼（亂視）和欺世作風。

這篇文章在笠四十三期刊載後，不久，洛夫就在提前出版的水星詩刊第三期發表一篇書簡。一個人有權利說出自己的意見，也應當支持別人的發言權。我詳細地審視洛夫的書簡，想發現一點有意義的論點，但令我感到遺憾的是：不但不具任何意義，而且充滿著企圖抹殺我的卑劣手段。

凡是看過「招魂祭」的人都知道：我那篇文章所討論的重點是什麼？對當今詩壇具有何種作用？當新世代的聲音積極地參與時，又有何種意義？如果要討論我那篇文章，卻又對列擧的重點視若無睹，避而不見，躲而不提，祇一味地護衛自己說「他要比我低一輩……」，「要批評也輪不到他……」之類倚老賣老的話語，豈是正當的方法？

在還未討論洛夫的書簡之前，必須澄清以水星詩刊名義介入的說法。錄一段「水星之聲」：

「最近有一位年輕詩作者，在笠四十三期上，於批評「一九七〇詩選」時，像瘋婦罵街似的，一口氣把「創世紀」及「六十年代詩選」以後所有選集的藝術價值全部否定，我們不知他居心何在，他有沒有反省自己究竟為中國詩壇做了些什麼事，能拿出幾首讓人承認的作品，這種一竹篙打翻一條船的惡劣作風必須馬上制止，同時我們也為擁有七年以上歷史的笠詩刊感慨，難道這就是你們培植出來的新人嗎？」

這一篇演唱眞是精彩絕倫，令人嘆為觀止。不愧為「創世紀」之脈絡，「詩宗」的姊妹刊物，是眞「不孤獨」。我不知道口口聲聲的「我們」意指為何？是「創世紀」加「詩宗」加「水星」？還是「詩宗」加「水星」？或是「水星」，但我的發言就是我，請勿「我們」、「你們」喋喋不休。

我在「招魂祭」一文，確提到國內從「六十年代詩選」以來沒有一部嚴肅而公正的詩選集，這並不等於把「六十年代詩選」以後所有選集的價值全部否定，祇是否定了「嚴肅而公正」。也不等於否定了主其事的「創世紀」，祇是懷疑「創世紀」的編選立場。當然「創世紀」也有我應當尊重的詩人，雖然我無法不懷疑它擁有某些「超現實主義的亞流詩人」。

質問我「究竟能拿出幾首讓人承認的作品」，這種說法十分可笑。如果我反問這句話，又當如何？況且，究竟誰是「那個人」？或者誰又是「那些人」呢？我也要反問：「他有沒有反省自己究竟為中國詩壇做了些什麼事」？

「創世紀」雖然已經成為詩史名詞，但自有它的身價，時間正漸漸地在脫光它的外衣，顯現它的原形。說它如何地權威是盲目的。我如有一竹篙，也不想打翻它，測量它吃水的實際深度是我的用意。

至於稱我為「笠」培植出來的新人，門戶之見未免太深了。寫詩的五年中，近兩年來才彷彿在紛擾的局面中找到一片寧靜園地一般和笠的諸君子有淡如水的交誼，才能體會出「君子和而不同，小人同而不和」的眞諦。擁有七年以上歷史的「笠」，因為不曾瞎吹瞎捧，新人自然會有正確的體認，自然就會有獨自性的音響，這不是水星詩刊提倡的「純正批評」，又是什麼？

澄清了水星詩刊介入的各種說法之後，我要針對洛夫發表的書簡予以討論。洛夫的書簡，不僅如前所述，牽連各種無關問題，打擊無牽連的人，以圖擾亂視聽。幾乎處處暴露醜態，不只以權威的口氣壓制別人，更想煽動一些沒有主見的人替他操刀。更甚的是，他竟將所謂的「中國現代文學大系」的編選事宜，當做他被「辱罵」的原委。我不管「中國現代文學大系」的詩部份，發生什麼問題，因為這與「招魂祭」無關。我必須提出的是：笠的同人們，已經看破中國詩壇種種爭名奪利的惡劣作風，默默地埋頭苦幹迄今，並不覺得貧瘠病毒的中國詩壇有何可爭的利益。洛夫祇是想古腦兒歸咎于這件貌似光明堂皇的事情，一石兩鳥，高明已極。

下面我將歸納洛夫書簡的重點，予以說明：

其一：洛夫很輕鬆地把我寫「招魂祭」一文的動機設想在未被選入「一九七〇詩選」的憤怒心情上，我感到極端可笑，就像一個僞弊製造者一口咬定檢舉人是因爲炉忌他的財富一樣。中國詩壇的僞善氣息雖然很重，但具有良知，不甘同流合汚的人大有人在。我曾經在「笠」的幾次合評上，呼籲新世代的詩人們要有正確的體認，不祇是寫詩的行爲，做人的行爲也要避免陷入惡劣的榜樣。洛夫沒有警覺到新世代的詩人們已經逐漸表示出異質的聲音，祗知道以自己的行爲標準來衡量別人的心意，而沒有想到新世代詩人們的行爲有些已經和私人的利害無關。

其二：洛夫一再把自己的反駁行爲訴諸他人的意思，除了借刀殺人的用意外，便顯示出自己的軟弱無能，缺乏主見。提到「其中還有一位是大學生」，究竟有否特殊意義，我感到懷疑。推測其心理動機，找到簡單的兩種可能：

A洛夫做過大學生，認爲大學生有別於一般人，可以提高爲他「打抱不平」的信簡之重要性。．．．（自大）

B洛夫不曾做過大學生，認爲大學生有別於一般人，可以提高爲他「打抱不平」的信簡之重要性。（自卑）

其三：洛夫借他人口氣（不敢負責），認爲我另有陰謀，只是捉刀人，背後尚有其他策劃者，顯然不明瞭「君子和而不同，小人同而不和」這句話。

其實洛夫應該要知道，眞正對他構成威脅的是新世代詩人們加上時間而形成的網。這種網將會重新估定既成的詩人，「上帝將歸上帝，魔鬼將歸魔鬼」，這不是以任何裁嗌便可逃避的。

其四：洛夫借他人口氣，認爲我旨在出風頭，藉「罵人」以求出名。如果我不恥笑這一論定，別人也會恥笑這一說法。如果我想出名，大可不必等到今天，也大可不必寫「招魂祭」這樣鹹味的文章。在祗知互相標榜的詩壇，以卑躬屈節，搖尾示惠而登「龍門」的人不少，何必藉「罵人」以求出名呢？何況我除了行文嚴肅以外，並未像洛夫自己引用「混蛋、賊子、小人」等惡毒語詞。

其五：洛夫說我的「招魂祭」一文，祇是「跑門路」，走捷徑，趨炎附勢，瞎出風頭。（並抹拭眞實，曲解我仗義執言向方塊作家寒爵論理的事實。）

這種嫁禍於人的手段，雖然陰險。但看過寒爵「三談現代詩」的人都知道我的用意。現代詩壇並非幫派，這種一致對外的二分法是靈魂的富貴病在作怪，一種自以爲不俗的詩族之輩的心理病態。不了解現代詩的人，固然常做不實的非難，但也常觸中現代詩壇的弊病，對於後者，不能一昧劃分彼此，以爲處處高人一等。

如果說要趨炎附勢，誰不曉得當今詩壇上，「炎」在那裡？「勢」指何處？我自信，寫詩以來，不曾做過這種虧心事。反而極其仇視這種作風，洛夫如非不擇手段，諒亦知悉。

其六：洛夫說我剛出道，作品並不比該詩選中任何一位的好，即使要批評，也輪不到我。

我不知道這是什麼樣的邏輯。而且在洛夫的「盲目」權威已逐漸削弱的今天，任何人都曉得懷疑洛夫批評眼光的可靠性，任何人都明白洛夫的缺憾。即使我是一個不曾寫詩的讀者，洛夫也當汗顏之至。這種說法，除了給人一種專橫的感覺外，實不具任何意義。

其七：洛夫說我比他低一輩，怎麼說也不該如此對他。這種訴諸倫理，求取憐憫的手段和洛夫本身的氣揚拔扈恰成可笑的對照。我一向極其尊重前輩詩人，但我無法趨炎附勢，尤其無法容忍道貌岸然的權威面孔。難道像「一九七〇詩選」的種種荒謬無知，年青的我也應當長久忍受這種無意義的陰影嗎？

想要別人尊重自己，當先尊重自己，這是很膚淺的道理。而就詩論詩，就事論事，就必須大家站在水平的線上來發言。況且中國現代詩的前途比個人的臉皮，無論如何是更重要的。

詳細地審視洛夫的書簡，歸納其重點，予以問答，這種無聊的事令我感到厭倦。可是，我又不能不對洛夫的書簡給予公開的答覆。我期待不再看到這種不著邊際，賣弄權威的文字。

海外詩訊

日本現代詩人會在每年五月舉行詩祭，表彰日本先達詩人。今年入選的是西脇順三郎，於五月五日在東京新宿紀伊國屋的會堂舉行表彰儀式。首先由安藤一郎以「西脇氏的人與作品」為題，說明表彰的趣意，稱讚西脇為日本新體詩以來最偉大的詩人。接着由村野四郎會長贈與外國製鋼筆做為紀念，由女詩人新川和江獻花。然后西脇致辭，感慨地說：「寫了將近五十年的詩，最感到痛苦的是語言的問題。對上田敏的文體感到抗拒以來，為了從中脫出而歷盡辛苦。」進而，他說：「有人說我是日本的艾略特，可是艾略特不寫「牡丹餅」（周圍有小豆餡的一種日本特有的年糕團）的詩，因此我並不喜歡。」詩人這種出人意外的表現博得滿堂聽衆的掌聲。最后由會田綱雄朗誦「旅人不歸」后散會。

※ ※ ※

艾略特的「The Waste Land」原稿於一九二三年寄給紐約的律師John Quinn後也就不知去向了，直到一九六九年才在紐約市立圖書館被發現。之后經艾略特的未亡人親手校訂，作成transcript、補註、前後參照索引等，加上原稿的複寫（facsimile）準備由Faber社公開發行。（普及版五鎊，五百部限定版十鎊）被刪掉的詩行以及Ezra Pound的修改，艾略特本人以及他最初的夫人所寫入的字跡也都歷歷可見。

※ ※ ※

The Listener誌一月十四日那期介紹了B.B.C第一廣播所播送的「The Mysterious T.S. Eliot」的節目。其中Hope Mirrlees夫人說：艾略特的最初的夫人維維安，在結婚以后不久，呈現出強度的神經症，白天親眼看見鬼（goblin）的人那種樣子，經常帶着痙攣性的蒼白的臉。「可是盡管如此，她是他的繆斯。假如沒有維維安的話，他是不是寫出那篇「荒地」呢？表現近代西歐文明之荒廢的名作「荒地」，跟艾略特夫人的白日夢不無關係云云。（KC）

編輯後記

※本期刊出桓夫「影子的形象」，以及杜國清「滄桑曲」兩首長詩，這在著重短詩的現階段詩壇，是一種異質，成功的詩是否定流行的，祗有不時向異數世界去探討，才能發現新的美和感動，才能挖掘到新的顫慄。本刊雖很少有長詩發表，但並不否定長詩的價值，且本刊一向講究詩的連結和構成，這種作業在長詩的形式裡更需精密的計算，否則便無詩的安定性可言，當然更無詩的價值。

※本刊在三八期「名詩選評」欄合評羅門「麥堅利堡」後，作者出版一九七一藍星「詩的博覽會」發表長文，針對合評提出答辯，舉止雖然熱情感人，但處處往自己臉上貼金，認為「凡是說他的詩不好都是錯的，凡是說他的詩好都是對的」，這種立場除了使人感到可笑之外，並無意義可言。因此除牽涉趙天儀部份，由其人予以澄清之外，參加合評者均認為已對「麥堅利堡」有過嚴肅的批評，繼續堅持三八期合評時的看法，無須變更。

※本刊自開闢「詩曜場」以來，各方反應極為熱烈，本期本擬刊出岩上「談判之後」的論評，因為稿擠留待下期刊出。「詩曜場」一欄並將予以加强，延請國內青年詩人參加，以便建立新的詩壇批評風氣。

※在混亂無秩序的中國詩壇，最近有許多以青年詩人為中心的詩誌創刊發行，這是一個極為可喜的現象，開創局面的現代詩要逐漸走出一條傳統之時，新生命的加入意味著貫穿過去，現在，未來的新契機。本刊自此期也擴大篇幅，以備逐期增多的稿源能順利刊載，提供更充實的建設。我們要重申我們審判自己的決心，並呼籲詩壇減少瞎吹瞎捧的作風，以維護嚴肅純正的風氣。

※本刊為同人雜誌，為致力中國現代詩的發展，默默耕耘迄今，所作所為，讀者當可從歷年來的出版物中窺見一斑。對於詩壇某些以誇耀為本事的惡劣現象，我們感到極端遺憾。我們深知，唯有腳踏實地，努力以赴，才能談到建設。因此我們將不斷加强國際詩壇的交流使中國現代詩參加世界性的演出。

（傅敏）

笠詩双月刊 第四十四期

民國五十三年六月十五日創刊

民國六十年八月十五日出版

出版者：笠詩刊社

發行人：黃騰輝

社長：陳秀喜

社址：臺北市松江路三六二巷七八弄十一號

（電話：五五〇〇八三）

資料室：彰化市華陽里南郭路一巷10號

編輯部 經理部：臺中縣豐原鎮三村路九十號

定價：日幣一百二十元 港幣一元 每册新臺幣十二元

非幣二元 美金四角

全年六期新臺幣六十元

半年三期新臺幣三十元

●郵政劃撥中字第二一九七六號

陳武雄帳戶（小額郵票通用）

笠詩双月刊第四十四期
民國六十年八月十五日出版
中華民國內政部登記內版臺誌字第二〇九〇號
中華郵政臺字第二〇〇七號執照登記爲第一類新聞紙

白萩詩選

三民書局出版
每册定價十五元

本詩選係包括絕版已久的白萩早期名詩集「蛾之死」及「風的薔薇」「天空象徵」三本詩集之精選集。爲作者從事現代詩創作二十年來的結晶中之結晶。

現代詩散論

三民書局出版
每册定價十五元

本書係收輯白萩二十年來，從事現代詩創作之餘，所寫的有關現代詩的理論文字，析論冷澈、嚴肅、銳利，係眞實體驗中所提煉出來的結晶，不同於一般空論。

香頌集

白萩詩集
巨人出版社排印中

本詩集係收錄作者「新美街」一系列作品計三〇首，全部附有英譯，及精美插圖十多幀。

激流

岩上詩集
笠詩社出版中

本集係作者第一詩集，精選多年來優異詩作，在平淡素樸的語言中，散發無窮的意味。

晒衣場

凱若詩集
笠詩社出版中

本詩集係作者第三詩集，青色年代的苦悶和鄉愁流露無遺。

笠

詩双月刊

民國五十三年六月十五日創
民國六十年十月十五日出

LI POETRY
MAGAZINE

45

詩學
西脇順三郎詩論
杜國清譯●二四元
田園出版社出版

現代詩的探求
村野四郎詩論
陳千武譯●十八元
田園出版社出版

艾略特文學評論
杜國清譯●七十元
田園出版社出版

保羅・梵樂希的方法序說
馬洛文學理論
林亨泰譯●十元
田園出版社出版

美學引論(1)
趙天儀●十二元
笠詩社出版

美學與語言
趙天儀●十五元
三民書局出版

杜英諾悲歌
李魁賢譯●十六元
田園出版社出版

給奧費斯的十四行詩
李魁賢譯●十二元
田園出版社出版

德國詩選
李魁賢譯●十五元
三民書局出版

德國的現代詩選
李魁賢譯●十五元
三民書局出版

白萩詩選
白萩作品精選集●十五元
三民書局出版

現代詩散論
白萩詩論集●十五元
三民書局出版

歸途
鄭烱明詩集●十六元
笠詩社出版

期嚮
陳鴻森詩集●十二元
笠詩社出版

雲的語言
傅敏詩集●十五元
林白出版社出版

晒衣場
凱若詩集●十六元
笠詩社出版

激流
岩上詩集●出版中
笠詩社出版

溫柔與陌生
陳明臺詩集●出版中
笠詩社出版

笠 45期 目錄 Li poetry Magazine No.45

封面設計：白萩

笠詩双月刊　第四十五期

民國五十三年六月十五日創刊

民國六十年十月十五日出版

出版者：笠詩刊社

發行人：黃騰輝

社長：陳秀喜

社址：臺北市松江路三六二巷七八弄十一號

（電話：五五〇〇八三）

資料室：彰化市華陽里南郭路一巷10號

編輯部
經理部：臺中縣豐原鎮三村路九十號

定價：每冊新臺幣十二元

日幣一百二十元　港幣二元

非幣二元　美金四角

全年六期新臺幣六十元

半年三期新臺幣三十元

●郵政劃撥中字第二一九七六號

陳武雄帳戶（小額郵票通用）

生肖詩集

杜國淸

鼠

齒爪齒爪齒爪齒爪齒爪齒爪齒爪齒爪齒爪
只要樹有皮，穀有殼，屍體有棺材
只要人類有食物

齒爪齒爪齒爪齒爪齒爪齒爪齒爪齒爪齒爪
只要地下有莖，倉裡有糧，腐屍還有骨頭
只要咱們還想活着

在這地球上，我們抗議
人類誣告我們是人類的賊

在這地球上我們控訴
人類妨害我輩過街的自由
影響咱們繁殖的快樂

在這地球上，假如還有德先生的話
我輩願意在白天出來
和所有哺乳類動物競選

一九七一、六、廿九

牛

在那高崖狀的頭上長着一對犄角
就像土人在山巔對着天邊的半月
吹着荒腔

坐在牛背上，老子在默想
紫氣從那牛鼻孔裡不斷地冒出
圍罩着四周
他那尖尖的頭頂就像突出雲端的童山
慢慢地向着西方移行

一路上，牛反芻着道德的殘渣
瀕瀕點頭表示也知道那道可道非常道的道
而在海拔三千公尺的高地上眩之又眩
終於到了衆妙之門

這一去，中國失踪了一個聖人
牛也失去了悟性
可是再笨的牛，現在仍然在反芻
當年吞下的那部道德經
每當有所領會，就用那濕淋淋的陰毛

在大地上揮着一筆畫半里長
或者有時候消化不良
瀉下了一堆堆思想的糞
——潘金蓮的香水都走味兒了
還在風中蒸發

一九七一、六、卅

虎

生下三天就有吞牛的氣慨
食人上千乃有神的威嚴
一身佩有金綢黑緞的勳章
除了狐狸那個缺德的騙子
莫不稱我爲百獸之王
李廣那個魯莽的傢伙
曾把我笑掉了一顆牙
還有孔子那老學究說什麼
苛政猛於寡人之治天下
當年在河邊看到小孩對着我
莞爾一笑我不是拔腿就往山裡逃?
如今請不必再深入敝穴
只要享以國宴寡人願以
王者之尊前往動物園幹出一隻虎獅
來滿足人類的好奇心
如今身爲睏獸眞是無聊
只好伸出尾巴到檻外讓小孩給我搔癢
有一天我將遺體獻給人類
把我的皮放在博物舘門前讓遊客簽名
把我的頭給一流的旅客當枕頭
讓他們享受和妲己共衾的風流
最后請將我森在林月夜下的長嘯
錄音下來做爲輓歌

一九七一、七、一

兎

不管兎子有沒有角
蹲伏在山野的草地上
像一塊球根，帶有幾許根鬚
那長長的耳朵像兩片蘭葉
那短短的尾巴像一蕞萎縮了的落花
她靜靜地蹲伏在倒下了的樹旁
一隻蝸牛從那橫木爬到她的背上
一抽冷，她撒下了尿
於是蝸牛掩着鼻子走了
就在那棵橫木上的遠方
一輪圓月冉冉昇上

一九七一、七、二

龍

水龍頭上開着一朶龍腦菊
突出兩顆龍眼，長着游絲般的龍鬚菜

一伸出火焰似的龍舌蘭
那張開的嘴呀，把牙醫生都嚇壞

當黃帝騎着龍上天
群衆都來呀，來拔龍髯
當揚子江上黃龍出現
夏禹的子民都來呀
將龍肉用鹽來醃

——九天閶闔開宮殿
看哪，那鹿角駝頭蛇項牛耳和鬼眼
——萬國衣冠拜冕旒
那蜃腹鯉鱗鷹爪虎掌在中國蟠踞着

都來呀，用鱗當瓦蓋一間國會大廈
都來呀，用龍骨刻一把驚堂木

一九七一、七、六

蛇

小蚯蚓似的舌頭
咻咻地吐着尖銳的呼氣聲
半身纏着樹幹半身上下地伸探着
突然，像三角形的一支猛箭射去
在枝上歌唱的一隻鳥兒
來不及張開翅膀
已被毒牙搯住已被吞進了
那陰濕暗長的甬道
沿着腹鱗那一列千階的踏板而下
到處碰撞着腹側中游離着的肋骨
就像被大風暴刮起撞擊地獄的四壁

他左右委身前進
在一塊大岩石上盤纏起來曬着太陽
那褐色光澤的鱗片以及交尾器
却逐漸乾硬起來，於是
在黃昏之前
又逶迤到水草邊
去尋找烏龜那個老娼婦

一九七一、七、六

馬

從馬廐裡
探出那憂鬱的長臉
白雲像潰散的千軍
落葉有如大漠的黃沙
壁縫裡塞外的北風在奔竄
那天，蹄下踏盡了瞪眼咋舌的棄屍
讓主人在背上揮着斷劍左手抱着女人
拼命地奔向落日的大河邊

他仰起頭來向着青空長嘶
狠狠后地腿一踢
他的夢衝走了破陋的茅頂
那稀疏的樹影
在他的長臉上
搖曳

一九七一、七、七

羊

有鬍子的牛！
旋風在他的角上打滾
將四方的雲趕在他的身上

草原上，夕陽揮着細柔的鞭子
輕輕地打在群羊的背上
「美─美─」的叫聲
趕着歸遲了的脚步

柵欄裡，星空下
善良的群羊跪伏在乾草上
有的夢見了成吉思汗的大嘴巴
那笑聲像空山裡的狼嘷
有的夢見了蘇武手持着節杖
咬着衣上沾雪的旃毛
有的夢見了神在祭壇上
張開着血淋淋的口在咀嚼

當朝陽揮着那細柔的鞭子
輕輕地打在群羊的背上
「美─美─」的叫聲
又在草原上盪漾

一九七一、七、七

猴

尾巴尖兒捲成環套在枝上
一隻手臂像長藤一樣懸盪着
突然看到地上一隻母鷄被强姦
驚鳴了三聲，古來的旅客
因此淚水沾裳

也許喝了太多的水果酒
那紅紅的臉一看到水鏡裡
照着明月和李白的蒼白的臉
猴子也從樹上掉下去

后來在那公園裡
手風琴拉着破碎的風
他坐在板凳上
搔搔腋下，搔搔肚臍
然后在大腿和小腹之間
無耻地搔起節奏來

他戴着一頂周公制定的帽子
穿着一件燕尾禮服前面開着兩個兜兒
伸出手來和小孩兒握握手
然后將那紅紅的屁股朝向觀衆

一九七一、七、八

雞

太陽的使徒
戴着半輪光芒的金冠
在城墻上
像個號手穿着錦綢的制服
向萬民通告王者來臨

每天這種公事過后
仍然穿着那豪華的制服
在墻角下
啄出一粒米或鍋巴
發出男性的低音
且展開脖子上層環狀的飾羽
只要她一走近
斜顛顛地斜顛顛地
就要騎上去

她害羞地避開了
在墻角那邊，眨眨眼
動了幾下尾椎

一九七一、七、八

狗

他抱着那個婦人
的手臂
將耳朵貼在她的胸前
探診着她昨夜的熱度
如此若無其事地
逛着商店街

他看到了電視上的狗
吃掉了罐頭裡倒出來的牛肉
忍不住叫了幾聲
他看到了商標上的狗
成群地要跳上來咬一塊牛肉
忍不住叫了幾聲

有天晚上
從玻璃窗上看到了
天邊一顆凝視的大眼睛
他吐出已呑下一半的牛肉
也驚惶地叫了幾聲

又有天晚上
他不知道是看到或聽到了什麼
急急地跑到她的房間
要鑽進她的毯子裡
唔—唔—地
叫聲像一塊過厚的牛肉梗在喉頭

「這瑟琪，好可愛啊」說着

在他的額上
吻了一下

一九七一、七、八

猪

從那臉中間，突出
一筒長長的嘴
那上端戴着圓盤狀的鼻鏡
透過那鏡上的兩個孔
嗳喲！，好暗好深
裡面還有黏液和發臭的甘藷和麥片
嗳喲，當時八戒不知道怎樣吻女人！

也許因爲脖子太短
從來不在森林裡仰頭吼月
只是將尾巴捲成一個小圈圈兒
在地上到處吸聞尋求發現
突然，一條蚯蚓被吸在牠的鼻孔上一翻捲
牠打了個噴嚏，像大風暴猛猛地
將蚯蚓摔進地裡
聞聲趕來了一個抽煙斗的獵人
獵人也長有牙呀，牙上直冒着煙
於是牠閉起眼來就往深山裡猛奔

——在中國，四千八百年前
咱們就住在屋頂下，成了家
此后興旺地傳宗接代
孔子吃了咱們的屁股肉周遊天下
孟子吃了咱們的乳下肉長大
樊噲面對着項羽立斗酒
生吃了咱時的肩膀肉，讓劉邦趁機逃走
嘿嘿，沒有咱們正像沒有太監
中國的歷史可不是這麼回事哩！

一九七一、七、九

當月亮仰望

渡也

居然說我是著黃袈裟的
比丘，在無際的蒲團上散步
用眼淚仰望天空
鋼鐵的天空，猫頭鷹的天空
呼嘯的梅毒的天空
滿臉紅色星星綠色星星
滿臉烟囪的
天空，啊，滿臉棺材
呼吸尼古丁的棺材

居然說我是著黃袈裟的
比丘，在無際的靜默上散步
用眼淚仰望
許多棺材飛成許多烟硝
許多棺材躺成許多呵欠
許多床上許多鎖緊緊咬住
許多鑰匙

詩三帖

趙天儀

馬達的轟響

夢中的世界是彩色繽紛的萬花筒
鼻子是天然的吸塵器
活着是唯一的持續

除非已停止了呼吸
我的耳膜正鳴奏着馬達的轟響
樹依然無動於衷地立在天空藍色的剪貼上

手推車

生了銹的手推車
畢竟有其可考的歷史
姊姊蹣跚在黎明的路上
弟弟搖擺在顫動的車上
推過碎石的小徑上
沿着草叢的邊緣
呼喚紫色的牽牛花爲何不帶露
呼喚早起的太陽爲何不耀眼

手推車記住姊姊的笑聲
也襯托出弟弟的雪白的膚色
晨風穿過了椰樹斜影下的廣場
田野上的飛鳥伴着啼聲漸漸地遠去

圖書室

積年累月的灰塵是座上客
吐絲搭網的蜘蛛是牆上客
咬書啃紙的蟑螂是遊擊客
方陣遊戲的老鼠是江湖客

希臘文在羊皮紙中睡眠
拉丁文也在硬裝書中睡眠
還有德文、法文、甚至梵文
也都還在悄悄地睡眠

灰塵是拭不清的座上客
蜘蛛是蒙了面的牆上客
老鼠與蟑螂情不自禁地被食餌所引誘
而牆壁上的鐘却無法停止一切的發生

CHANSONS

白萩

苦梨

已遺忘了愛的色彩？

一株苦梨終于也
厭倦結一輩子的苦梨
雖是頂着同樣的天空
隔鄰却開着蜜桃

管他愛是什麼顏色！

狼狼的一斧
創傷了我們的苦梨
往日的一點一滴
便從創口哀痛地淌下

苦梨還是乖乖結一輩子的苦梨

蜂族

無奈地醒來，飛出巢穴
黎明猶未脫盡最後的褻衣
還在羞羞答答的時候
你要進入
或長或短地漂泊

老祖宗祇給你命一條
現在却有五條要負責
前頭或有花圃開得
正香地勾引着
你却恐懼得祇在徘徊

男人要無奈地醒來，飛出巢穴
唉，恨不得祇停息在昨夜
現在，爲今天的命五條
你得飛進今天裡

無止無盡

還能支持多久？
感到根的尖端已爛起來
抱不住人生的重量
像子宮的幽暗
無止無盡

歇歇吧
妳拉着我躺下
在世界深夜的底層
聽精子在河中
載沉載浮地呼救

而死的悲涼
慢慢的向胸口漲上來

極大極小

白鴿成群地逃入天空
何種悔恨在驅逐着你們？

這是遠行的早晨
我在窗口讀着你們的隱喻
懷着抗議的訣別

（這是誰的巢
荒涼而狹小
囚禁着我的一生）

天空嵌在我的心裡
極小曾是至大

這是歸途的黃昏
何種恐懼追逐着你們？
白鴿成群地飛回樊籠

在天空漂流的心無依
極大已是至小

（這是誰的巢
溫暖而寬暢
安慰着我的一生）

導航

導航燈亮在夜裡
妳無防備地入夢
像珠貝安心的張開
吐着性的芳香

夜遊歸來
翻譯着妳軀體的密碼
然後像一叢食魚藻
以所有的吸盤

將妳緊緊的纏住

夜失火了
有消防車在遠處尖叫：

皮或衣

穿了又脫脫了又穿
忘記了它叫皮或衣

有天早晨
突然忘記了妳是誰
和一個女人的妳
自由的赤裸

一對蝴蝶在交媾在清新裡
不知誰是丈夫誰是妻子
祇是雄與雌

總是脫了又穿穿了又脫
有時是妻子有時是女人

醒來

醒來
發覺藤蘿滿地
果實已是纍纍

還有什麼話可說
我是岩層
懷着男人的固執
而妳祇是
一粒小小的種子

一個小小的隙縫
一點小小的溫情
今日已蜿蔓成
我人生全部的重量

妳的政治學

老是出奇不意地
踩我的尾巴

猫一樣心機的守候
詩
爲一句得意在咪咪高吟
忘記了柴米油鹽

記住了柴米油鹽
猫一樣心機的守候
生活
爲一篇艱難在哀哀苦嘆

却又愛憐的撫慰我
你的詩呢？

女人

無數層的皮包裹着，女人
從昨夜的愛中醒來
沒道理的又蛻變了一次

脫掉了昨日的陳舊
像一條蠶
觀察着妳的清新
我是恐怖的一男子

剝掉了一層又一層
到底最後的妳是那一個
到底我愛的是那一個
愛了又放棄了放棄了又愛
我是恐怖的一男子

二重唱

躺着和水平線平行
妳是待渡的小舟

從煩雜的現實
蹣跚地回來
要葬身無人的荒島
拼命地划着妳奔逃
而彼岸在永遠茫茫的背後
不知邊際的人生

無涯的情愛之海
垂直傾斜
我逐漸倒下
和妳

成爲線的二重唱
在水平線上
邊唱邊幌
漸弱漸停息……

有時成單

悄悄生活的壁虎
有時成單有時成双
而一生的愛是多麼長多麼短呵
有時交媾有時爭吵

此刻
妳已負氣地躲進夢裡
臉露莫測的笑意
裡面是在玩什麼鬼？
我數落着妳婚前的男友

此刻
世界的一半沉溺在
午夜做愛的潮浪
我却在外邊旁觀妳
想着明晨全市痕跡狼藉
只有我是乾旱的丈夫一個

岩上

我的朋友

破裂的巨響

某日我回家
發現門鎖被撬開
卻沒有遺失任何東西
只見牆壁上的大鏡子破碎在地上
我跑去找你
你卻把我攆出去
我說 怎麼啦
你罵我無情無義
你埋怨我三天沒去見你
害你悶出一場病來
爲了治病
卻在我一個破了玻璃的窗口
窺見牆壁上的自己
於是
我聽到了一聲破裂的巨響

一池的鏡子

當我以犀利的話語
折穿你的陰謀
你的驚叫
使早已西沉了的夕陽
再度震回天邊
那熱烘烘的暉光
染紅了你的臉頰
突然
你追毆我橫過水面
踩破一池的鏡子

璀燦的花朵

你說你種的那棵梨樹
從來就不曾開過花

春天又來臨了
它卻畏縮成懶散的樣子

你說瞥見它　心裏就冒火

有一天黃昏
你把那棵梨樹鋸成一段一段的
然後揷植在整個庭院裏
並且在枝椏上繫結了無數的假花

那晚遽然風雨交加
枝椏與假花均被摧毀盪盡

以後
你逢人就說
我家那棵椰樹
曾經開了滿庭院璀璨的花朵

藩　籬

那天你從理髮店出來
我差一點無法辨認
你光禿禿的頭顱
我想這一下子你不再煩惱了

過了幾天
那蔓草藤葛
又叢生繁延起來
緊緊蒙蔽着一座山
且延伸到薄薄的水色的唇邊
森植
一道拒絕生活的藩籬

被震掉了的

我說你是一棵鬆掉了的螺絲釘
你是不該鬆掉了的
你應該牢牢拴在自己的位置的

但是你說你那部機器震動太厲害了
你說它不該震動那麼厲害的
但是它卻老是震動得那麼厲害

你埋怨從來就沒有人發現你的存在
就如同從來就沒有人察覺
這部機器震動太厲害

震動着　震動着
於是你就這樣無聲無息地被震掉了

開　關

你拒絕我進入你的房子
你說
我的房子是電動的

我也是電動的
任何人只要在生活的門欄按上電鈕
我就應聲出來開門

消失的影子

我要走我了
哭一聲給我聽吧

那夜狂風暴雨
我一切都被淋濕了
唯獨眼睛是乾涸的

乾涸的眼睛
燃燒着
你消失的影子

附記：「我的朋友」共分七首，實爲聯貫的整體，寫於民國六十年三月中旬。我並非眞有這樣的朋友，但所表現者，在你我之間，必能感到它眞實的存在。

平行線

凱若

「告訴我，昨夜算是make或是play呢？」
「不都是一樣嗎？」
「不一樣。」
「一樣。」
「反正已經被你……。」
「所以說都一樣嘛！」
「你說這話算不算話呢？」
「不都是一樣嗎？」
「不一樣。」
「一樣。」
「算了，反正……把你的墨鏡取下來好嗎？」
「我的眼睛會受不了。」
「是因爲陽光呢？還是我？」
「不都是一樣嗎？」
「爲什麼一樣呢？」
「因爲一樣。」
「你還是人嗎？」
「我能做的我已經做了。」
「可是……。」
「妳看過軌道嗎？」

陳秀喜作品

茉　莉　花

晚霞　那少女般
抹胭脂的臉
被月亮的披髮掩蔽
成爲黑漆漆的夜
愛梳妝的月亮
摘天上的茉莉花
點飾於秀髮
等待太陽而徘徊
又說：
茉莉花是女婢花
欲把整天操勞的倦意熏透
晚上才綻放芬芳
而兩片青葉托襯一束茉莉花
插在我的頭髮上
便渴望
偎凭着他的肩膀
小小的白花具有相思的魔力
小小的白花比星星更芬芳
使我渴望着　他的肩膀
使月亮不停地徘徊
尤其是今夜
茉莉花則是相思花

無形的禮物

故鄉有双親的遺影
沒有童年的我
愛慕你的瞳眸
脚操縱去向
一看到我便慷慨地
拿無形的禮物給我
把忙碌擱置於書桌上
這個時候
值夜的月亮在歸途中
小燈下的細語都睡着
酒杯溢出的絮語
帶着鄉里的音樂
話題相互擁抱着
牽引我到古老的榕樹下
挖掘了童年的溫暖
於是忘却
秒鐘的正步　迫近公鷄的鬧鐘
黎明的長矛攻到朝東的窗
然而你還是說
「我的時間贈給妳」

非馬詩抄

歲月

掙扎過
乾涸的
眼角
時間的魚
便在
世紀外的
海上
興風作浪

暴風雨前

緊緊撐着
坍壓下來
的天空
的樹
突然
鬆出双手
逮住
了一隻
驚惶
的
鳥

看五代人的「秋林群鹿」

一個
心悸
自鹿角躍
上
枝頭
頃刻間
在
整座
森林裡
轟
響

哈佛廣場

發
思古之幽
情
對着

燒掉了乳
罩的女孩

自
古老的
牆
長春籐
及時
掩上
年青的
臉

長城謠

迎面抖來
一條
一萬里長的
臍帶
孟姜女扭曲的
嘴
吸塵器般吸
出了一串
無聲的
哭

幕前

扮演
歌劇裡
大公爵
的
那頭
大公雞
在把
落日
抒情得
最臉紅的時候
呑下了
一條
長　長
長　長的
蚯蚓

十二月詩抄（續）

拾 虹

花

纏綿了一整夜
疲倦中不知妳何時離去
早晨醒來 才發現
原來妳是牆頭上的
一朵小花

以爲妳再也不願離去
而妳卻悄悄地
彷彿抱着無限的委曲
僅遺留下一點鮮艷的殘紅
匆匆走向露水中
證明妳一身的潔白

尙未熟悉妳黝暗中的臉龐
妳已不再綣戀
何以又禁不住掉下哀傷的眼淚
那樣失神地回頭

星期日

星期一駛來的是什麼樣的一條船呢
星期二駛來的是什麼樣的一條船呢
星期三駛來的是什麼樣的一條船呢
星期四駛來的是什麼樣的一條船呢
星期五駛來的是什麼樣的一條船呢
星期六駛來的是什麼樣的一條船呢
啊！遠遠而來的是什麼樣的一條船呢

1971詩抄

傅敏

女人

掛著貝殼耳飾
女人
越看越像海
要吞噬世界所有的熱情那樣地
眼睛裡有波浪在躍動呢

所謂女人
便是不標誌著什麼就無法肯定其本質的東西
譬如髮夾
暗喩著花的森林

胸前垂下十字架的
女人喲
冀圖成爲瑪利亞的思想
在妳的腦海裡
寄蝕著我的心

浮標

我的國籍已無——
這不是我的罪
也不是我的願望

我的傷痕
像馬里亞納海溝那樣深
累積了
世界最暗鬱的悲哀

我希冀
體會「岸邊」
浸染「愛」

可是——
國土出現了又消失
流刑消失了又出現

鄭烱明

近作兩首

悲劇的想像

屈原的投江
梵谷的毫不吝嗇地把自己的一隻耳朵
割下來送給妓女
以及三島由紀夫的切腹
他們都不是在證明什麼
或想否定什麼
但卻時常出現在我的夢裡
以一朵黑色的鬱金香

超現實的故事

要超現實必先吃掉現實
這是安德烈・布魯東沉思多年之後
所得到的結論

於是他開始吃起現實來
一片一片地像嚼餅乾那樣
多少人爲此擊節讚賞著

而悲哀的是他們不知道
安德烈・布魯東第一次吃時
突然兩眼緊閉
驚慌地把口中之物吐出，大喊
我吃到世界上最苦的東西了的事實

詩兩首

陳明台

不眠的人

幽暗的夜晚長長
聽得見滴滴嗒嗒的時間
搖搖幌幌地
鐘擺蕩漾在思維的河流裡

祇是孤獨的一個人
斜斜躺著捲縮的肢體
血絲的眼睛紅紅
瞪視天花板壁虎的顫動

存在的遙遠的夢幻　那麼多
如同暗中飛行的蚊子
嗡嗡地響個不停

忍耐著翻騰的慾念
不眠的人緘默著
望望延伸的
滴嗒滴嗒壁鐘的影子

流浪的人

宿旅的歌聲標誌哀愁
挾帶無奈的感情
走向陽光那一邊
年輕的生命
輪廻地旋轉悠悠的歲月

唯一的
永恒的天國過于遙遠啊
流浪的人
持著悲傷的語言
在風砂中吹盪
以爽朗的聲音
吟唱

陳鴻森

陌生的臉

落雨時的天

一床舊棉被的
老天
我把我的赤貧
全塗在那片天空上
慢慢被侵蝕的
一幅腐刻畫
已無能再給出
溫暖
竟也一句緊接一句
呼叫着那失去的部份自己
而那些聲音激烈
向我包圍過來

妓女

伊的注視裡
沒有東西
伊的呼息裡
沒有流動
伊的語言裡
沒有聲音
伊的傾聽裡
沒有透露
伊僅僅是
一個躺下去的
姿勢

眼睛

把自己戟殺成
刼後的樣子
只留下那不肯闔上的眼睛、
前面的風景
跟着爆裂
箔紙般的燃燒起來
在越來越不清楚的視覺裡
我仍然

一點都不想再看一下自己
突然一顆溫熱的淚
那是我僅能的語言吧
用力的向大地滴落

烈　日

我們都把自己漸漸推入孟德爾松的無言歌裡，半閤着眼，坐在有蔭的樹木，誰也不想說什麼，只有他仍堅持着他確曾聽見狂暴的嘶喊和奔逐聲；突然他在他的屏息和搜尋裡，起身，摘下了一片葉子，附在耳旁聽着，隨後大聲的喊着：「我聽到了，是一種抗拒。」我們奇怪的看着他和他手中的葉子，但只一下，那葉子的意志便頹喪了……我們也曾年青過

熱度像一個謠傳，扇輕輕的揮動

担　架

郭成義

活著，我這樣是不甘願的
羞於這被役使的一個命宿
無望地常被倒置起來
就像我也病了似的
等待流血的日子

多麼不喜歡這不能被我所選擇的日子
總是被迫地活下去

這次有人在我身體上留下了他的血液
我知道那不是我自己的
然而這滴血確實已流進我的體內
逐漸地滲透，我看到的一片殷紅
那是洗也洗不掉的
決定要成爲我自己的一部份………

終須我無助地喊著
「已確證了我不是爲自己而活著的」
而可憐的，那聲音
很快地爲我的自尊所吞噬

子凡 詩抄

衣衫

祇因偶然的在街上被友人所忽視
衣衫便成了我痛苦的負擔
在我深冗的知覺里。
突然發現自己
成了形象的可悲犧牲

為了生存就必須被了解嗎？
為了存在就必須被見證嗎？

存在也不是可以掩飾或假裝的事
不管我是只見過你一面
或是親密地和你談過愛的人

那麼，
就讓我們很不在乎地
讓別人將自己完完全全地
否定罷

豬

一隻猪在欄內打着鼾
鼓動一呼一吸
嗅着世界冗遠的芬芳
。
藍天在欄外眈眈
生命充滿窺探的眼
。
晨光斜斜地照進來
槽里的糠料發出誘人的香味
可愛的老天！
我已懶得向你致謝
活得肥肥胖胖
今天，我們都很幸福
。
越來越肥胖的軀
篏壓在空洞的腦殼上
日子一日緊似一日
在這溫暖的欄內

七一、一、廿七（馬來西亞）

世界

明天仍有一個
相同的世界
在眼前展開
。

妻呵！
多少年代
我們彼此默默厮守
彼此保證
存在
。
有時
我總懷疑
是否我們相聚的日子太久了
實已釀不出一點兒情話來
向以我常對妳感到
厭倦
。
然而，祇要一到夜晚
祇要妳從卡達卡達齒輪轉動聲中退出
睡在我的枕邊
毫無戒備向我展示妳
被歲月侵蝕的裸體
我實忍受不了
妳沾了別個男人體臭的念頭
。
明天仍有一個
相同的世界
在眼前展開

七一、一、五（馬來西亞）

假花

有時，永恒比
死亡是更深入的痛苦
早晨
我聽到熟透了的果實
竊竊私語自深處溢出
是潛藏在世界內部的生命
我的存在就一直有浮空的感覺
我將姿身擺了又擺
到底哪一個姿態才成爲
我底生命的立姿
只有無從訴說的語言
困囿在美麗的瓶中
成爲我內部崩潰的呻吟
沒有風暴的瘋狂
沒有泥香的喜悅
我無根的生命是我無以探測我愛的距離
深入又深入的苦楚
無意識地流動的時間
渣滓下我在深沉的知覺里
我浮空的存在是我對生命惟一的告白

七一、八、廿一馬來西亞

詩二首

江自得

祭

緩緩地你豎起
一座祭壇

你升起一匹黑帆
駛向時間

如許深沉
默然而堅決
你以一早晨的陽光去肯定
靈魂的蒼白
而以一隻香爐去衡量
生命

就這樣
緩緩地
心的靜止
如山之俯身向你

快板

喀喀喀喀喀喀喀
喀喀喀喀喀喀喀

那秒針鞭撻著
光與影
齒輪在旋轉
自己

只是偶然打開窗子
黃昏便進來讀幾頁
時間被絞殺得呼叫
殺殺殺殺殺殺殺
殺殺殺殺殺殺殺

那秒針也鞭撻著
房子
空白無限地伸展著
在四方方的房裡

兒童詩園

黃基博老師提供

小皮球

屏縣僑智國小二年 曾淑麗

小皮球，
沒人跟它玩，
是多麼寂寞！
你在那兒等我，
我放了學，
就和你一起玩兒。

房屋

屏縣萬丹國小三年 蔡逸泰

房子是一個堅强的男人，
他能忍耐狂風暴雨的打擊。
房子是一個溫柔的女人，
她給我們家庭的甜蜜。

稻草人

屏縣潮州國小四年 許智峰

一陣風吹來，
稻草人倒了。
可憐的稻草人、
自己不能站起來。
麻雀們吱吱喳喳來嘲笑它了。

雨點

屏縣仙吉國小五年 周素卿

雨點是無數個閃亮的音符，
在水面上跳着美妙的芭蕾舞。

夜空

屏縣仙吉國小五年 黃杏蓉

藍藍茫茫的海洋上
漂着一艘美麗的漁船，
無數的游魚在水面上眨着眼睛
漁船啊！
一夜裏你能捕到多少魚兒？
別貪心把船兒沉了！

新衣服

屏縣潮州國小六年 許玉玲

兩個銀扣子，
好像兩隻眼睛，
閃耀着無限歡欣。
兩個大口袋，
好像一雙大耳朶，
準備盡量裝塡我的聲音。

詩人的備忘錄 ⑨

錦連譯

到底詩是爲了什麼而存在？詩是爲了今天抓緊客滿車子的吊環站着讀它的一個禿頭老人而存在。詩是爲了昨天坐在劇場的補助椅子上聆聽着它的一個青年而存在。詩是爲了明天橫躺在曠野上低吟着它的一個垂髮少女而存在。瞬息間使他們生存，因而使他們繼續生活而存在。不可把詩認爲是生活的時間之外的一個客觀的價值。詩是天天繼續不斷的。而人生既然是天天繼續不斷，詩也就是天天繼續不斷的。祇有天天被用掉，詩才得完成自己。詩永享着爲了一個人的生而被用被丟棄的榮譽。詩是由於它本身和被它感動的一個人始能完成。

詩人如何過他的一生？他並非爲了要獲得一篇優異的詩而苦吟一輩子。他和別人沒有兩樣，生活他的一生。當他寫詩的時候，他必定不是爲了一篇優異的詩那樣抽象的觀念而寫的。他祇是企圖生活，祇是盼望由於那一篇詩而能夠與衆人結合。

有天早晨我在簿子上寫下了幾行詩句：

使我生存
六月的百合花使我生存
死去的魚使我生存
被雨淋濕的小狗使我生存
那天的晚霞使我生存
使我生存
忘不了的記憶使我生存
死神使我生存
使我生存
忽然回頭瞧我的一張臉使我生存……

同時我期望這些幾行的詩句有一天能使某地的一個人生存下去。那是比欲寫好詩或祇想寫詩的心情更爲根源的一種本能。也是希望能參與人們生活的一種微小而謙虛的欲望。

窗外麻雀吱吱的叫，頑童推着三輪車玩耍，主婦們忙於洗衣服，天空多雲，氣象報告說傍晚有陣雪。世界和在其裏面的人們的生活——我也正是爲着它而寫詩的。有人操作鏇牀、有人耕田，有人洗衣，有人寫詩，如此我們使互相生存着。那不正是人的生活嗎？離此而外，詩不可能有任何抽象的價值和意味。我不是說詩和廚房器具相同，但是既然要繼續生活，人們還有什麼生存的方式？詩人已經不可能爲流浪者，也不可能爲英雄了。

對詩人而言，唯一剩下的，便是企圖使人們生存，因而也能使自己繼續生活的奇妙的這一途而已。

笠下影

何瑞雄

現在，我可以向你們道別了，
希望喲、文學喲、悠悠的苦難的歲月喲，
我撒手向前奔去——把一切都拋得遠遠的！
奔去！像一隻鳥、一支箭、一矢流星，
像一闋音樂的尾音，消失在冬天的地平線……
——落日的誘惑

我祝你一聲夜安

我祝你一聲夜安，
美麗的小百靈鳥，
當黃昏，日落西山
星星閃耀在你的窗前。
最後的一乘舊騾車，
已丁丁地響出松林；
你的屋後的水車，
也安睡着不發聲響。
這時蓮峯寺的晚鐘，
正徐徐地飄在林梢——
讓快樂飛入你的夢，
微笑掛上你的唇邊。

I 作品

在高原

每一朵花含有一種不同的微笑，
每一棵樹藏着一份不同的深思。
蒼鷹在高空守護着一簇廢墟，
白雲帶着萬古的靜寂移過去。
十月，高原的綠尚未凋盡，
草葉稠密處有蟋蟀的瑤琴。
我佇立着，我是高原的旗——
高高地舉起迎風飄揚的手帕。

我祝你一聲夜安，
可愛的小百靈鳥，
當日落，明月初上，
夜神帶你去夢底林園。

我再祝你一聲夜安

我再祝你一聲夜安，
快樂的小百靈鳥；
當你安眠，月上梢頭，
綠光散撒在你的屋頂。
窗下的綠蜥蜴，
已閉起眼睛睡着；
一條青籐，帶着露珠，
悄悄地緣入你的窗櫺。
我願化做一隻流螢，
守望在你的窗前——
看你眉影微微擺動，
唇邊浮現隱隱的笑影。
我再祝你一聲夜安，
幸福的小百靈鳥；
當夜深，田野寂寂，
林中有猫頭鷹啼嗚。

螢

在深邃的夜的林間，
當蚯蚓的金笛悠然響起，
螢喲，你們紛紛地自迷離的草叢中飛迸，
正如跳出笛孔的發光的音符，
散流在滿佈花香的澗邊谷畔。
你們凌空旋舞，隨夜風而輕揚，
又像未曾殞滅的流星群；
又像跳燭光舞的小女郎；
又像試航於空海的小花神的金船，
那飄忽的燈光，乍明乍滅，
發出秘密的訊號，滑入和平的港灣。
我悄悄地跟縱你們，悄悄地，
以夜霧般輕盈的步履，
一步一步地深入夜的深處。
我悄悄地跟縱你們，悄悄地——
啊，可愛的溫柔的小生命，
在你們那瑩如綠寶石的微光中，
有夢的幽輝，
有一座玲瓏的晶亮的宮城。

II　詩的位置

一個童話家，一個翻譯者，也是一個抒情詩人。從「新詩週刊」、「藍星週刊」，何瑞雄已開始露面，雖有一點格律化的傾向，却不是浪漫的感傷的餘韻。童話的影響使他的詩頗爲純眞，但他並不故意去寫什麼童話性的兒童詩，然而，他的確把握了兒童詩的意味與神韻。做爲一個詩的創作者，他並不急於去發表作品，自從他的處女作「蓓蕾集」（註1）出版以後，他沉默了一段時期、極少發表詩作，但還是不斷地埋首於詩作。直到他譯介了但丁、密爾敦等詩畫傳以後，他才重整旗鼓，在童話、散文以及翻譯以外，在「笠」推出了新作，他不斷地向生命挖掘，向自然挑激，也向內在的世界試探。雖然何雄瑞該也是屬於跨越語言的一代，但在語文方面的訓練，顯然地，他已掙脫了那些束縛與障碍，有了十足中國風味的表現。當然，他也加盟了「笠」，同時以他的新作做爲再出發的試金石。

（註1）何瑞雄第一詩集「蓓蕾集」，係在民國47年5月，由北極星詩社出版。按北極星詩社非臺北醫學院的，係同名耳。

III　詩的特徵

在我們小小的詩壇上，自詩人楊喚逝世以後，童話詩（註1）幾乎已成絕響。雖然有蓉子的「童話城」點綴點綴，但她的詩缺乏孩提的純眞，沒有楊喚那種瑰麗的詩的想像。何瑞雄早期的詩作中，除了個人的抒情詩以外，該是以他爲數極少的兒童詩最值得注意，例如：「我祝你一聲夜安」、「我再祝你一聲夜安」以及「螢」等，意象鮮活，語言曉暢，洋溢着神秘而幽美的氣氛，可惜他沒有繼續開拓更豐饒的兒童的詩園。

雖然何瑞雄有一段時期極少發表詩作，但他沉默地埋頭創作著，直到「笠」的編輯者們不斷地鼓勵，才拿出了他珍藏多年的詩作，自「壓路機之歌」等一系列的作品，顯示了他已擺脫早期格律性的柔和的詩風，一躍而爲現代性的豪邁的詩風，化熱情爲跳動的音符，化告白爲密集的意象，歌詠了人間的不平，世界的不幸，以及人類永恒的悵惘。他的悲痛，也是人類的悲痛；他的悵惘，也是人類的鄉愁。從童話世界到現實世界，從客觀的抒情描敍到主觀的吶喊告白，他是在理想與現實之間掙扎搏鬪的詩人，他以近乎獨白的表現方法，準確而有力地表出着，現代詩的創作，該是沒有所謂固定的技巧與公式化的修辭法，所謂技巧，完全因詩人的感受而異。何瑞雄的詩，正是因他的感受而採取了這種獨白的方法，不也是非常新穎而優異的麼？

（註1）童話詩該是兒童詩的一種，而兒童詩可依性質再加以區別。

VI　結　語

一個詩人，固然需要不斷地創作，不斷地求新。然而，不斷地發表詩作，如果毫無自我省察底能耐的話，極易流於自我陶醉，容易接受中聽的話，不易接受不中聽的話，於是乎，自鳴得意者大有人在。何瑞雄是要不斷地創作，不斷地求新，更是要不斷地自我省察的詩人。他沒有在詩壇上鬼混，並不表示他就不可能成爲一個眞詩人；而整日價在詩壇上鬼混，却毫無詩味的假詩人，我們就要等着瞧哩！

笠下影

陳秀喜

人生的路途中，不是自願，也是要承受歡愉或苦惱的衝擊。相反的情愫，起伏的情感，旋轉著脆弱的心。因此，使我有機會正視自己，凝視周圍的形像去認識——詩。倘若，詩是良知和愛心的解剖刀；那麼，我正在許多語言的石頭堆裡尋找着，欲找出一個純粹、平易、親切的磨石。

I 作品

思春期

神傑作最成功的季節
透明全盲的瞳中
天使和魔鬼一樣可愛
海賊和王子一樣可愛
最馴良的動物
自己恨不得跳入捕獲者的心
於是便利捕獲的好機會
千古不變

包心菜

人們欲求潔白的心
青葉包藏一顆潔白的心
撐擋烈日灼身
擋擋風雨打身

人們嫌厭青葉粗糙
青葉被捨棄在菜圃裡伏哭黑夜
潔白的心在餐盤上
人們稱讚味道好
同一根而生
可憐同一把菜刀下
稱讚和零落的境遇
而潔白的心是青葉掩護的成果
誰爲青葉掬淚
是菜圃裡肥沃的泥土
抑或是默然守望的繁星

重逢

如今你擁有美麗的花園
茉莉花開放在你的足傍
我也擁有茶飯的江山
君臨這個可愛的廚房

我是你的鄰居怕羞的少女
不知愁只怕羞
更怕穿過牆射來的少年深情的眸光
追思往事你給我的青棗子酸甜的滋味湧上

當我飄然探訪南方的小鎮
只有你是認識的鎮民
然而鎮上的人我都覺得可親

自從彩色的夢被一座低牆隔離了三十年
初次在你的花園共遊
當年偏愛插上茉莉花的兩條辮子
已成稀疏的短髮
怎能再配上那不變的芬芳
如今茉莉花開滿你的足傍
喚起了我漠然的妒意
揮手向你的笑容道別踏上宿命的軌道
青棗子酸甜的滋味又湧上

嫩葉

——一個母親講給兒女的故事

風雨襲來的時候
覆葉會抵擋
星閃爍的夜晚
露會潤濕全身
催眠般的暖和是陽光
摺成縐紋睡着

嫩葉知道的　只是這些——
當雨季過後
柚子花香味乘微風而來
嫩葉像初生兒一樣
恐惶慄慄底伸了腰

啊！多麼奇異的感受?!
怎不能縮回那安祥的夢境
又伸了背　伸了首
從那覆葉交疊的空間探望
看到了比夢中更美而俏麗的彩虹
嫩葉知道了歡樂　知道了自己長大了數倍
更知道了不必摺縐紋緊身睡着
卻而嫩葉不知道風雨打身的哀傷
也不知道蕭蕭落葉的悲嘆
只有覆葉才知道　夢痕是何等的可愛
只有覆葉才知道　風雨要來的憂愁

II　詩的位置

有一種人，寫起詩來，時時意識到是自己個詩人。但也有一種人，寫出了詩，並不時時意識到自己就是個詩人。有自己以爲自己是個詩人，然而，卻不是詩人，有自己不以爲自己是個詩人，然而，確實是個詩人。陳秀喜女士的出現，正說明了一個眞正的詩人，不要老是自以爲詩人非我莫屬。她是一位家庭主婦，同時有着相當的社會生活的體驗，她寫日文的短歌（註1），那是她那種年代的人受了日本語文訓練的影響。可是，她却照樣地能走進現代詩的領域，一面欣賞日本現代詩，一面也躍躍欲試地寫起中國現代詩來，她從短歌轉到現代詩是很自然的，而且是一種很寶貴的經驗。所以，當她加盟了「笠」，而且大力地支援着它底成長的時候，可說完全是一種詩樣的熱忱在支持着。從她的詩中，可能嗅覺到一種中年婦女敏銳的感受，正如本省詩壇的前輩巫永福先生所意味的她是一位幸福的人（註2）。她把握了自己的詩的世界，沒有太多的修飾與打扮，就推到了讀者的面前。

（註1）陳秀喜女士第一本短歌集「斗室」，民國59年8月10日，由日本早苗書房出版。

（註2）參閱「斗室」中巫永福的「序」。

Ⅲ 詩的特徵

從陳秀喜的詩中，我們可以感受到所謂身邊瑣事，不但可以寫成散文，而且也可以吟詠成詩。因此，我們該瞭解，詩的題材，無所謂是詩的或非詩的，完全要看作者如何處理如何表現；處理得當，表現得法，可以成詩。因此，詩該能收回散文的領土，運用之妙，完全是在詩人用心與否！陳秀喜寫短歌，在那種簡潔的形式中，頗能洞達人情世故的微妙的感覺；同樣地，她寫現代詩，也能自然地深入細膩的生活的感受。雖然說她也是跨越語言的一代，在中國語文的訓練上，未能十分地得心應手，但她所選擇的準確的表現方法，實足以彌補語言上不够舒暢的地方；就這一點來說，證明了詩並不存在於爭艷的詞藻上，而是存在於精神的世界中。她大膽地獨白着，在「思春期」，的確是「天使和魔鬼一樣可愛」；當她「重逢」了少女時代那位芳鄰的少年，不覺彷彿又品嚐了「青葉子酸甜的滋味」。而當她面臨着兒女已成長，殷殷地關切着女兒的將來，自己是覆葉，女兒是嫩葉，於是她吟詠着：

「只有覆葉才知道夢痕是何等的可愛
只有覆葉才知道風雨要來的憂愁」

正如屠格涅夫在她的散文詩「小麻雀」中所表現的，這種母愛是一種多麼崇高的愛。詩，就精神的追求來說，是千古不變的；而詩人在精神的追求中，該是一個勇敢而眞摯的愛者，觀諸陳秀喜的詩，不覺信然。

Ⅵ 結語

如果說語言新銳，才配稱爲現代詩，那麼，現代詩本身已造成了一種封閉的概念，無法承受其他詩素的挑戰。陳秀喜從日文跳躍到中文，從日常用語跳躍到詩的用語，毫無過剩的選擇的餘地；她所選擇的用語是不够摩登的，然而，沒有過時酸腐的感覺；倒是有些作品看來非常摩登，然而，已露出衰敗萎靡的徵兆，詩味蕩然無存，自不待言。詩需要新銳的語言爲表現的媒介，但新銳的語言不必然就是詩。

詩人與劍客

岩上

所謂詩的語言的準確，在詩意的散射、鞭及的過程中，它是「屨及劍及」唯一的招法嗎？不斷地考究磨練以至於準確的語言，就像柴夫日經月累做着準確而機械性的劈柴功夫。這種功夫不一定是常人所無能擔負的嗎？

無疑，詩的語言必也以準確的詩想的演算駕馭語言以切中標的。但詩的存在，是否既定的存在？像一塊豎立的木柴等待斧頭的劈下，永遠也是如此慣性動作的準確是詩所必需且唯一的表現嗎？詩的世界是那唯一期待中的渴望嗎？我的答案是：詩人不能僅僅是個柴夫，而必須是個劍客。

那麼，一個劍客和一個柴夫其異同何在？準確都是他們吃飯的本領。但你是個劍客抑或是個柴夫，其關鍵如如？

不管劈開的是木頭，抑或殺傷的是人，那種任務的完成目的都不是重要的，吾人藉以引中的詩的要眇乃在於它進行的過程。

在動作的過程中，你是生命唯一的操縱者嗎？那麼你只是一個柴夫罷了，因爲詩必不是像那塊木頭死死擺在那兒任人擺佈的。

作爲一個劍客，當然也想把自己的生命甚至對方的生命操在自己的手中，但相對的，吾人的生命或將完全失去控制力而掌握在他人的手中，故他的一擧一動均在敵對中進行。既已一劍刺傷了敵人，在那準確而似乎唯一的手法中，實則蘊藏了很多敵人對付你，刺殺你，而你立即可變化的無窮的招法。那表面上看來似乎是唯一的準確的招法是同時使用了無數隱藏在內心而無意顯現的打擊的力量。

詩的語言，其準確性也必須如劍法在處處假設的敵對中進行，雖然表面上看來只不過是單一的指向，實則在語言竟指的過程中，已散發了無數的禦敵的力量與期待瞬間變幻中立即反擊的潛能。亦即詩語言在不斷地使出中是同時四面八方埋伏着破壞的力量，而既已使出的語言乃同時又殺掉了可能圍殺而來的敵對的破壞份子。

因此，詩的語言並非預先的安排，而是語言使出了以後的認可。語言未使出之前，吾人實無法判斷其準確的程度。

詩語的準確，既在於使出之後的認可，且詩恒貴於創新，於是劈柴一般的不斷地重複使用的準確能力，當爲有進取的詩人常常引爲警戒的，亦即使用既定的所謂詩語，實乃詩人惰性與無能的表現。詩常在冒險中獲得驚喜。

在詩的世界，願所有有自覺的詩人揮動他的筆，如劍客揮動他的利劍。

傳敏

語言的羽翼

1

法國數學家巴斯卡（Blcise Pascal 1623—1662）說；「人是會思攷的蘆葦」。在這一句話裡，至少意味著兩種事實：「人是會思攷的」、「人是蘆葦」。

人是會思攷的，這是人的宿命，也是人天賦的特異機能，文明的產生是人在這種宿命和特異機能的影響之下造成的。但人類創造文明是經歷了無數荆棘的，文明是交織著無限血汗而成的。

人是蘆葦，這是人更大的悲哀，也是人無法避免的浩刧，文明的產生是人冀圖掙破這種悲哀和浩刧而造成的，人創造文明實負荷著無限大的壓力。

2

在原始時代，人因爲看到野獸，就不期然地叫喊出驚訝的「呵呀」之聲，像在岩洞裡所發現到的動物圖形，我們可以感到人的驚恐和冀求。所謂「寫實」隱含著人對自然的崇拜和「抽象」凝聚著人對自然的恐懼這種論理是從原始時代以來就範疇著藝術的本質和形式的。

3

我們用語言來思攷。表諸於音樂的形式時，成爲音樂的語言；表諸於繪畫的形式時，成爲繪畫的語言；表諸於詩時，成爲詩的語言。然而，詩是更爲語言的。畢竟音樂是可以依憑著旋律來思攷的，繪畫也可以依憑色彩與線條來思攷。可是，詩除了語言是無法以其他媒體成立也無法以其他媒體思攷的。

詩人是用語言支持世界的，這一點不容懷疑。可是，世界的眞實和詩人的靈視之間，究竟，充滿著曖昧歧義的語言如何來完成這種使命呢？詩人是用照相術一般的語言功能來進行嗎？是採用印象的方法嗎？或者是以詩來形成世界，根本就用語言作材料，實踐構成主義的美學呢？

4

在最初，也許人和自然之間的關係是和諧的，詩人對外在的事物和現像充滿著崇慕之情。一株樹，一朵花的存在，一聲鳥鳴都意味著「神」。「神」是高而不可企及的存在，是不可否定的世界之象徵。透過「詠物」，詩人用語言去接近神；經由大地的脈搏，詩人用語言去聆聽神的氣息。在這樣的時代，語言是單純的，是袒露的。

即使詩人將對象從「神」轉移到「人」時，詩的世界仍然是和諧的。詩人用語言去接近人，去歌頌人。在這樣的時代，語言也是單純的。

5

海德格（M, Heidegger 1889—）說：「語言是存在的住所」，無疑把存在經由語言交給了我們。當人類不能避免，無法挽救地經歷了兩次的大戰，而使存在遭受到嚴重的破壞時，他又不得不說這是：「存在忘却之夜」，這就是「現代」的意義。

我們從自然的單純性進入自然複雜化的年代，我們從語言的單純性進入到語言的繁義化時代。「世界已經不是那樣的世界」，這種認識是除非盲目便能領悟的，雖然我們必須以無限的愴痛作代價。

在「忘却存在之夜」的我們的時代，詩人是不幸的。詩人的失語症牽連於對存在的凝視深度，因為歌詠已經不是要務了。

6

存在遭到壞破，語言遭到破壞，但語言仍是詩人唯一的武器。面對著科學文明的高度成就，面對著經歷了兩次大戰的世界面貌，詩人站在人類心靈防線的尖端，用語言作武器在對決著這世界。

不說：「是」；而說：「不」，詩人可以說是徹底地覺悟了這個現實的。把詩從貴族的手交給平民，而與醜陋的現實恥部交媾起來的這種意識可以在詩的實踐裡感覺到它的積極性。

在常態的過往世界，這種語言的操作雖說是一種異質，但總有一天，這種事實也要成為常態吧！詩就在貫徹它的進行。

詩曜場

談判之後

岩上

落雨

落雨的
昨夜
惟門扉依然相送

昨夜
沒有雨傘
惟柏油路面依然閃爍

一條身影

自語

陳鴻森

這首是不是詩？

我們企望從許多掙脫了習慣的新關連裡，要求給出訝異以及新鮮的感動；即使「把風景畫成碟子」也好，打破並沒有錯，問題是從新的場景裡，你的造成是什麼？從不斷的抓攫裡你確切的捉住什麼？

因外界的運作而感應出來的情緒特殊狀態，結合了被壓抑而又探出頭來的舊有經驗，寫詩，無疑就是這種結合關係，由無限張放而至無限收縮的精神操作吧！

而同時負着思考及表現的任務之工具的語言，我們是被迫得要全力而冷酷的去面對它。我認爲：一直到今天，我們仍無能用詩來思考詩，而僅用散文；也就是從平凡出發，撥開那思考的無數交織線，而欲求抓住主線進而準確的表現出。

從與現實的無可妥協（談判），到即使在雨夜裡，也仍得要爲生活去奔波的這首詩——

——却令我感到生的訊息非常微弱。

我讀「談判之後」

傅敏

最近岩上有不少作品發表，其中不乏令人感到閃閃可讀的，這實在是可喜的現象。這首「談判之後」也屬於近期的創作，造理喝我要應當釆喝它，可是，我却要指出它的種種問題。

村野四郎在「現代詩的探求」一書裡，論及「詩的主題」時說：詩的主題不能說隨便甚麼都可以。這是抽樣了優異詩作的原理得到的認識。

在舊的詩裡，詩的質素和實存並無多少關連，甚至可以說是付之闕如的。但在現代主義的美學原理，世界之夜的實存却是主題的根源。

「談判之後」這首詩，針對其主題予以透視，會使人感到不滿足。這首詩透過「談判之後」在雨中的孤零零身影，企圖呈現什麼呢？我們所接納的又是什麼呢？

W・C威廉斯的一首名詩「紅色手推車」是用形象去解決一切的例證，但形象能否解決一切值得商榷。分析「紅色手推車」這首詩，我們固然發現有許多因素支持著它。

第一、「紅色手推車」的對比是閃閃發光的。這使我們想到構成主義的繪畫或雕塑，對比的均衡滿足了我們欣賞的欲求。同理這首詩中「在雨水中閃得發亮的紅色手推車」和「白色的雛雞」相映成的畫面，著實有力。

第二、「紅色手推車」的語言簡潔奇特，經過思考變位的四段八行是一個語句拆設的，因而充滿著飛躍性。所構成的感動可以說達到美的高度成就。

從這兩點來證之「談判之後」，我們會感到岩上的這首詩主題缺乏深刻，令人感動的要素十分缺乏。這種男與女的談判之後，頗似感傷家的多愁善感，其獲得同樣程度的感應可能性比較弱。

我們從這首詩中所看到的是：雨中在柏油路上未帶傘的一條身影。隱藏的演出是詩題，這種前導加上全詩的過程，岩上雖然也像用了形象，可是却沒有出人意表的造型。

帶着心顫走入「談判之後」世界

朱沙

沒有令人淚下的語言，也不知道「談判」是如何進行的，然而，一睜眼就淋了滿身雨，點點滴滴直落了整個夜，直落入孤寂的內心深處，於是原本熱血流淌的心間逐冷凝起來，冷得人心顫！

「沒有雨傘的夜　惟柏油路面依然閃爍　一條身影」，這是談判之後誘人深思的落寞的結語，說它是結語嗎？也許是否定的，我倒相信它正是另一首詩—讀者再創作的—的開始，具有誘惑力的情境，無形中激發了另一首詩的靈感。因爲就談判之後這首詩來講作者僅只提供了外界現象，同時也不拘泥於藝術的工整，而是讓讀者自創實質內容並且賦予一種可以引讀者入詩的功能，它不呈現給讀者以一種完美無瑕的擬想和判斷，而是在求取表象的近切感。使讀者激起一份似曾有過的體驗，撩起一份可以入詩的淒美的悵惘，使讀者全然忘却文學的評判而一味在體驗。

我不認爲它是岩上所有的作品中最好的一首，但是它是給予我最多沉思，最傷感的情境的一首，幾乎像啓發教學一樣它敲開了讀者的心的門扉，使詩的美劇在心幕裡演出，而且使讀者自己擔任主角，我想這該是此詩最成功的地方，也是詩人獨特的心意。

就詩的語言來看，它是極其簡潔平實的，不曾加以彫琢的純樸，但却給予讀者一種體己的、强烈的、感情的印象。純然以淒美的外界現象，與讀者的震顫的內部互相照應着，使讀者在無形中成爲作者，依着原作者隱藏在詩裡的意識和所暗示的情緒，去做個人意識上的活動，以造成欣賞即創造的事實。因爲作者只種下樹枝，而讀者看過之後却使它生出綠葉。這就是靠詩去創造意味的世界吧？

無論從作者或讀者任一方面來講，談判之後都是富於創意的。因爲作者不直接賦予整個詩的內容，不顯示談判的過程，而棄絕獨我之情的吟詠，間接地撥動讀者的心絃，使其像猛從夢中甦醒一般，面對着實質的世界。同時讀者因爲必須把他的思想與感情，由於他所讀作品的暗示而重新組成一個整體，所以讀者從詩的欣賞中所獲得的，正是他自己所放進去的，他所了悟的是他自己的，不僅得自詩人，而是充分地發揮他的想像力，（有同樣經驗的人是一種密切的回憶，沒有過那種經驗的人則是一種想像甚至幻覺。）以詩中的感覺來擴展他的境界，重覆一次（甚至無數次）有過的悽創的體驗。

沒有令人淚下的言語，也不知道談判是如何進行的，然而，我却帶着心顫走入「談判之後」的世界。

拾虹　蜘蛛網

做爲一個詩人，唯有不斷地創造出新的作品，才能表現出創作的生命力的持續。站在這個不斷嘗試的立場上，以今日之我絕對地否定昨日之我，應該孜孜不倦的追求目標。但是，對於一位尙未成熟的詩人，我以爲首先必需在轉變的過程中先求得穩定性，也就是個人風格的形成，才能在轉變後獲得應有的價值。

從已往的作品中，我以爲岩上是個波動性極大，極難穩定的詩人。其作品往往不能維持划一的水準，或則在不間的先後上有秩序的漸進。時而佳作，時而敗筆，其間之優劣有甚大的差距存在。這個問題意味着詩人實質把握自我能力的缺乏，嚴格地說也就是自信心的微弱。這就是岩上何以選擇「談判之後」做爲被批評的對象，企圖藉讀者的眼光來肯定轉變的嘗試在已往的作品中所佔的位置的原因。這是岩上的迷惘，當然也是詩壇一般性的迷惘。

蜘蛛網的構成可以說明經過有機化組織之後的詩的世界。一首好詩必可完整地歸納其表現的世界，如同蜘蛛網一般牽一髮而動全身。

內容的貧乏，我以爲是「談判之後」不能構成蜘蛛網的主要原因，即使勉强地認爲是一張網，那只是一個極小的網，充其量只能網住小的蚊子，實不足以充飢。在這首詩裡，岩上藉用象徵性的手法，利用外在世界的景象，企圖逼入讀者的心靈，表現「談判之後」的情緒。當然，在這部份確得到了某一程度的成功。

談判之後，走入雨中，岩上藉雨，柏油路，門扉的空曠顯露一條身影所包含的失落感覺，來表達談判的失敗造成的心境。

陳明台　「談判之後」的感想

1

明顯的傷感已被濾過，隱約之間却仍讀得出全體的感傷氣氛。淒涼的影像（「落雨」「柏油路」），孤獨的心境（「身影」「門扉」），浮現的周圍，鮮明的映照存在的落寞，現代詩强調的主知性格，作者有意的企求，努力的設計去達致，雖然，主題和素材都顯現濃郁的情緒化。

2

題目擴大了詩的想像，增加了深度，題目本身也限制了它。去除題目，這首詩就顯得平凡而 Nonsense，改換一個感情的，或傷感的題目就容易造成單一的「感情的」印象。整體上而言，仍然令人傾向「情感的」談判之後的詩思，題目在此不是附屬的地位，反而是主題的點出，佔據了引導的位置，成爲啓開詩的鑰匙。

3

語言的使用很簡單，親近。落雨是線索，貫穿的過程和一條身影的結論可以令人想像得到。自然，單調，平淡。第二節和第三節是一種「惰性的」對稱，因此全篇喪失了可能產生的更新鮮的詩意和創意。形成的景物和印象很易感受，但也是陳舊的現實映像，太缺乏距離，因此只有淡漠的效果，當然造成「直覺給出」的印象。

4

小巧的小品形式令人喜愛，全體的氣氛令人感受，作者傾心于技巧和語言的運用，有意呈現視覺的印象，也彷彿在陷井的前端造設誘餌引誘讀者。經過剪輯和安排的佈景，有如電影的一個特寫畫面，然而，詩的內面世界顯然十分，空洞。形式魅惑，內在荒涼。

笠　消　息

※龍族詩刋第三號已於九月底出版，本期內容精彩，增加篇幅及套色揷圖，編排亦新頴。

※主流詩刋第一號已出版，發表該人同仁創作數十首。

※暴風雨詩刋第二號已出版，該刋採用精美布紋紙精印，限定版，一百份。

※水星詩刋第五號已出版，該刋論壇出現化名爲「宋志揚」者，對華麗島詩集及本刋多所攻訐。

※由嘉義一群文友合辦的「拜燈双月刋」即將出版，該刋以詩爲主，散文、小說，評介爲輔。編輯部設「嘉義市老吸街三巷一八號」。

本刋四十四期發表趙天儀「裸体的國王」，因手民誤植，發生72頁73頁倒換現象，敬祈作者讀者原諒。

編　輯　部

唐谷青

日本現代詩鑑賞 (4)

三好達治（一九〇〇—六四），大阪人。最初志望為軍人，進陸軍士官學校，后中退，經第三高等學校，畢業於東大文學部法文科。昭和初期，所謂「エスプリ，ヌーボー」起於日本詩壇；受這種西歐精神的洗禮，且以日本傳統的抒情詩為根底，於一九三〇年出版處女詩集「測量船」，確立了詩人的地位。

一九三四年與詩友創刊「四季」，到戰后為止成為日本詩壇上的主流詩誌。一九五三年受藝術院賞，一九六三年受讀賣文學賞。一九六四年四月五日以心筋梗塞去逝。

除具有多彩多樣的手法和清新明朗的抒情的「測量船」之外，有四行詩集「南窗集」「閒花集」「山里集」，以及詠歎的文語定型詩成為主調的「艸千里」「一點鐘」等。在現代詩的進展中顯然是倒退，而戰后形成遠離詩壇主流之勢。歿後，有「三好達治全集」十二卷刊行。

「測量船」是三好達治一生二十三本以上的詩集中的代表詩集，也是昭和初期的名詩集之一。關於這本詩集，已有定評：

(1)「使用種種自由的形式，嘗試着種種現實的把握，表現出詩的一個一個磨亮了的結晶，是昭和初期傑出的詩集。」（**吉田精一「近代詩」**）

(2)「這是抒情的『實驗』。差不多所有的詩人，將詩的實驗認為是前衛的時候，只有達治一個人，從事抒情的實驗，追求現代情抒詩的可能性。」（**伊藤信吉「現代詩的鑑賞」**）

(3)「在這本詩集裡，明顯地可以看到三好君後來藉着種種人生修養和藝術鍛鍊而愈來愈不可動搖的那種稀有的稟質，幾乎達到完美的地步。在所有的作品中可以看出修辭的巧妙，快適的節奏，端正的歌詠，這些誰也不能追隨的才能，在這本詩集裡已得到高度的發揮。」（**河盛好藏「三好達治詩集」解說**）

以上所述，形式的多樣性，作品的完美度，以及抒情的實驗性等和「以虛無的美爲底所支持着的格調高雅的抒情，以及充滿西歐新詩精神的清新的詩風」（石原八束「現代日本文學大事典」）相結合，使這本詩集成爲昭和初年畫期的名詩集。

關於「測量船」這個題名，指詩人的創作不外是在暗中摸索，「將詩當作計量和摸索來思考」的意思。這本詩集的實驗性的意圖不言而喻。

雪

叫太郎睡覺、太郎的屋頂上雪降積
叫次郎睡覺、次郎的屋頂上雪降積。

——「測量船」

這是三好的名作之一。僅僅兩行，却是極端壓縮了的。極端壓縮了的作品，更須要讀者的想像等將意象無限地再加以擴張。

例如，將「太郎」和「次郎」當做同一家庭裡的老大和老二，或者不同家庭裡的兄弟，那麼展現在讀者心目中的情景也就不同了。如果是一家裡的兩個小孩兒，那麼讀者可以想像也許他們倆在白天因一點兒小事而吵架什麼的，現在那兩張天眞無邪的睡臉，使整個屋子裡都沉靜下來。外面是雪落着，深夜裡雪靜靜地落着。父母就怕吵醒了他們，也默默地圍着火爐，從無限的空中靜靜地降落的雪，將這一家無言的愛，火爐邊的溫暖，無限地靜靜地覆蓋起來，包容起來。

如此「太郎的屋頂」「次郎的屋頂」是反覆（refrain）的表現手法。如果認爲太郎和次郎是不同家裡的小孩兒，那麼這種情景便隨之擴展下去，不僅這一家或那一家，甚至令人想像到整個民家的村落，一代接着一代從祖先以來默默地哀樂與共的家居生活的情景。

短短的兩行，寫的是雪下得很深的村家夜景，但是令人勾起無限的鄉愁，而且喚起對於樸素的庶民生活的共感。吉田一精在「日本近代詩鑑賞」昭和篇中說：「在當時氾濫的短詩中，這個作品能放出特異的光彩，不能不歸因於詩人的感性的濃度。所謂『太郎』或『次郎』當然不是具體的存在。但是，在使用這種普通的人稱代名詞，而沒有任何形容詞的措辭中，正因此而將深雪不斷降積的夜，多麼具體地，而且象徵地把握住了。家家戶戶，以及在那裡頭日夜的生活都浮現出來。有許多人的短詩大多止於偶得的妙句或者有趣的比喻相反地，這首詩却具有深湛的詩魂。也因此這首詩具有做爲近代詩中的古典而無遜色的風格。」

「叫太郎睡覺」以及「叫次郎睡覺」的原文用的是使役式的中止形也是命令形，而主語被省略掉。因此在翻譯上有下列三種可能：

①「叫太郎睡覺（吧）」：主語可以想像是父親對母親說的；也許因爲夜已深了，可不要再看電視了。

②「讓太郎睡覺（吧）」；主語可以想像是母親對父親說的；也許他白天玩兒累了，或者明天得參加幼稚園入學考試。

③「使太郎睡覺」：主語可以是雪；下了整天的雪，使太郎坐在那兒發呆，想着哪兒來這麼多的雪也就睡着了。

乳母車

母親喲——
淡淡地哀愁的東西在降落
紫陽花色的東西在降落
在無止境的夾道樹蔭下
錚錚地風吹着

時是黃昏
母親喲 推我的乳母車呀
向着滿臉是淚的太陽
轔轔地推我的乳母車呀

將帶有紅穗子的天鵝絨帽子
給我戴在冷冷的額上喲
在旅途匆忙的鳥列裡
季節渡過天空

淡淡地哀愁的東西降落
紫陽花色的東西降落的道路
母親喲 我知道
這是條遙遙遠遠無止境的道路

——「測量船」

這首詩不是現實的描寫；也許作者在回憶幼小的時候坐着嬰兒車叫媽媽推着走的情景，但不是這種經驗的直敍。

這首詩中所呼喚的「母親」，是任何人，不一定是作者，長大以后永遠不能忘懷的「母親」，換句話說，是對母親的一種慕情。這種慕情在長大了的今天，是一種淡淡的，不可捉摸的感情。

所謂「淡淡地哀愁的東西在降落」，這種「哀愁的東西」是無形無色的。也許那是「光」；「紫陽花色的東西」也可具體地認爲那是「光」，但是這種表現情緒的詩句，如果硬加以具體的限定的解釋，詩人所要表現的飄緲的、彷彿的、迷茫的詩意也就走味兒了。

「無止境的夾道樹」也不是現實中某一鄉某一鎭的街景，而是浮現在作者心中，像是幻覺的情景，一種所謂的「心象風景」。這個風景，最后變成「遙遙遠遠的無止境的道路」，而在這裡埋下了伏筆。

「紫陽花」中文叫八仙花。根據辭海：「亦名繡毬，虎耳草科，落葉小灌木，莖高四五尺，葉平滑，形橢圓，有短葉柄，對生，緣邊有鋸齒，七八月頃開花，聚繖花序；花有正花、假花之別：正花形小，隱於中央；假花形大，在花序外圍，有闊大之蕚片，頗美麗，其色由白而碧而紅，多栽於庭園，供觀賞。」根據日文廣辭苑，紫陽花於六七月頃開花，顏色由白而紫，接着變成淡紅。然則紫陽花在日本是梅雨時開的花，而這首詩裡的季節感，似乎不是梅雨期那種憂鬱的季節。因此「紫陽花」在詩裡可能只取顏色以暗示黃昏淡紅的陽光。

如此，這首詩的季節感怎麼解釋呢？「錚錚地風吹着」這句裡的「錚錚」兩個字本來是漢語，用來模擬金鐵相擊的聲音。如果用來描寫風聲，似乎近於秋風的感覺。而「夾過樹蔭下」這句，因日文「蔭」和「影」同音，似乎也可以翻譯爲「夾道樹影下」。然則，黃昏時與其說是樹蔭，不如說樹葉的影子較實在。而所謂「旅途匆忙的鳥列」顯然是指候鳥，但隨着棲息地和遷移期的不同，有夏鳥、冬鳥、旅鳥、漂鳥、迷鳥等不同的分類，因此由這個詩句也難斷定是哪個季節。

這首詩裡如此分析追究下去，似乎難免有些矛盾或者不一致的地方，讓解釋家去穿鑿。但是這是一首令人感動的詩，讀者在受到感動的瞬間，詩的經驗是綜合的整體的主觀的，而這首詩之所以感人，是因為它訴諸每個人內心裡的一團感情。

鄉愁

蝴蝶似的我的鄉愁……。蝴蝶越過一些籬巴、
在午后的街角看海……。我向着墻壁聽海。
我把書合上。我靠着墻。隔壁的屋子裡打了
兩點。「海、遠方的海喲！這麼我在紙上書寫。
——海喲，在咱們使用的文字裡，你含有母親。
而母親喲，在法國人的語言裡，您裡邊兒有
海。」

——「測量船」

這是三好的詩中，特別有名的一首。其中最后的「海喲，在咱們使用的文字裡，你含有母親。而母親喲，在法國人的語言裡，您裡邊兒有海」這兩句，充滿了機智，令人叫絕。

所謂鄉愁，當然是說對故鄉的懷念。而這首詩裡所表現的，不是童年的故鄉，而是對於在故鄉裡的母親的慕情。

「蝴蝶似的我的鄉愁」這句，將鄉愁這種無形的心情，藉着有形的蝴蝶表現出來。於是這個「鄉愁」飛出了窗口越過籬巴，彷彿在午后的街上，而在街角看海。——將「鄉愁」化為「蝴蝶」，再將「蝴蝶」擬人化。

於是「鄉愁」之本體的「我」，獨坐在屋子裡向着墻壁聽海。當然從「我」的位置是看不到海的，是用忽然湧來的「鄉愁」的眼睛在看海。

我把書合上，呆呆地坐着，再也看不下書了。靠着墻茫然沉思。隔壁的掛鐘打了兩下。在這靜寂的下午，一個人被無限的思鄉愁緒所俘虜。於是攤出了信紙。

「海，遠方的海喲」這句是對遠方的故鄉，尤其是對遠離的母親不勝懷念的呼喚。懷念母親的心幻想着海。於是母親和海重疊為一。「海＝母」這個双置意象，藉着知性的操作再加以强調，這是以下的詩句。

「在咱們使用的文字」亦即漢字裡，「海」這個字裡含有「母」字。而在法國人的語言裡，「母親」叫mère，其中含有「海」mer。

藉着漢字的字形以及法文的拼字構造所表現的詩句，像是一種文字遊戲，但是在這首詩中却具有相當高的詩的價值。理由是它完全把握住了「海＝母」這個双重意象所產生出來的抒情。從海裡感到母性，而母親的胸懷裡有海：再沒有比這更適切地表現出遊子望海時的鄉愁的了。

窮盡語言做為詩的表現工具之一切可能性，是每個詩人應該努力嘗試的吧。充滿機知的俏皮詩句，帶有新鮮味兒，往往能傳誦一時。宋詞裡「何處形成愁，旅人心上秋」也是一個例子。

金星

海似的傍晚的天空裡
響着耳鳴那樣的羽音
金的蜜蜂
谿谷那邊
對面的山的
疎林上休息着的　金星（Venus）
不久她隱沒在山脊
我登於石上
短暫間她看得見
不久她隱沒在山脊
我立於丘上
短暫間彼看得見
她隱沒　她沉落
她沉落　她離去
地歪歪　山傾斜

——「春岬」

這首詩第一聯寫得很美也很纖細。「金的蜜蜂」當然是指金星。凝視着金星時，它那忽明忽滅地不斷眨眼似的樣子，比喻爲空中若隱若現的蜜蜂的細薄的翔膀在閃爍；而且還「響着耳鳴那樣的羽音」而將視覺和聽覺捕捉在一起。「海似的天空」這詩雖然平凡，但由於以下兩句，天地間充滿着靜寂感。

金星在谿谷那邊的山上的疎林上閃閃發光地休息着。望着金星在山路上一走動，突然她隱沒在山脊后面。登上路邊的岩石上暫時還可以看見她。

不久，她又看不見了。於是再結在高丘上眺望，暫時她還看得見。可是終於隱沒在山影背后。這次深深地沉落下去了，天空下裡已經看不到了。和她告別了。於是一個人再山走回谿谷。山路崎嶇，地歪歪曲曲的而兩側的山也像是傾斜的。

這首詩的構成是非常戲劇性的。第三聯和第四聯的看法，是詩經國風裡常用的疊句的手法。原是不動的一顆星，在這首詩裡却藉着它的動態描寫出一個人在山路上走的情景，由此而展開它的戲劇性的構成。

金星在這首詩裡不會沒有象徵吧。金星是維納斯，她是美的象徵。因此這首詩未嘗不可以看成描寫美的追求。關於最后一聯，伊藤信吉做了如下的評釋：

「星光終於消失時，作者失去了什麼呢？那不是從視野中消失的光，也不是微響的耳鳴。也許在作者的意識中流動的美的時刻，這時消失得無形無踪。在失去的時刻以及消滅了的光的遺跡中，作者的意識踉踉蹌蹌的，因此『地歪歪，山傾斜』。好像失去了什麼，好像有什麼消失了，以這種愛惜之情，這首詩歌詠着掛在夕空中的金星的美。」

笠消息

——通信斷片——

〔李魁賢〕昨晚到臺大醫院探望張彥勳兄，他於八月三十日入院治療眼睛，結果發現右眼患了青光眼，已告失明，無法復原。幸好左眼已可保全。右眼訂明日開刀，但僅能減輕視神經的壓迫，不會導致頭痛而已，視力是無法恢復了。這對於一位寫作者是多麼大的打擊。彥勳兄很堅强，精神還很好，看來他眞是一位達觀的人，並不因此而顯示很大的挫折。

〔謝秀宗〕我因爲上月赴步校高級班受訓一個月，延遲回謝，敬希鑒諒！拙著『不朽的秋』散文集近已出版了。（售價十二元，郵政劃撥一六五號）

〔凱若〕由於近將畢業，功課較緊，我又在鑽研理論參攷書，所以較忙。明臺在中國文化學院，我日內再與其連絡。『主流』詩刊二號由南部同人執編，九月十五後才要審稿，預定十月卅日出刊。『晒衣場』二校已完，大約月中可以出版。

〔沙穗〕前幾天去臺中見到了傅敏，沒時間匆忙回來，很遺憾。『暴風雨』詩刊第二號九月十日出版了，（編輯部：屏東市大武里華强巷三九號）

〔黃基博〕兒童詩集想以『笠叢書』出版，林鍾隆先生已去信連絡，今掛號寄上詩稿，敬請批評教正。『笠』詩刊上能否開闢一專欄發表中國的兒童詩呢？這只是我的構想和意見。

〔羊令野〕詩刊一多，作品就難精選，同仁詩刊，亦不易也。如能大家多寫好詩，對於讀者或新人乃一福澤。同時，今天國家處境艱難，從事文化工作者，對於力量的集中，爲文化播種，乃屬天職。

〔陳秀喜〕昨晚參加喬林弄瓦盈月之宴。跟『龍族』的夥伴五個人，於宴會完畢，一起回到家裡來，談了『笠』四四期桓夫、杜國淸的長詩，以及趙天儀、陳鴻森、傅敏等的論評，十分共鳴。『龍族』詩刊第三期將於九月中出版，這一期內容確實精彩，令人期待其早日出版。（中略）『笠』詩刊自四三期「詩的祭典」以後，頗受一般人士讚許，直接訂戶也大大地增加了。尤其我們的文藝前輩家們，雖大部份已退出文壇，却對最近的『笠』詩刊特別好感。像郭水潭先生，即對現代詩的看法已有三六〇度的改變。

〔陳鴻森〕前天見到沙穗，他就在我隔鄰。據說『水星』詩刊五號已出版，一直還沒見到。我的「地平線」該已被『水星』丢在一邊了，這是我早就料到的，把作品「自覺」寄出去以後，我就有了這樣的「自覺」了。（中略）詩壇丑角是越來越多了。希望杜國清兄能站出來批評，他的評論文字一直是我最喜歡讀的。

〔鄭炯明〕最近被調至左營，實在閒得很，大概要維持到十月初以後，才有事情。（中略）如果說『笠』的作品，都是日本現代詩的翻版，那麼，為什麼日本詩人田村隆一會說：「由於這本我們的文化造物王中國文明的現代詩集，同世代的歡樂和悲哀，在此結晶」？

〔趙天儀〕我寫『笠下影』比不上林亨泰的，我可以說，我非常欽佩亨泰兄的作品，但我跟他的詩觀顯然不同，因此不可能依照亨泰兄的辦法去寫。『笠下影』我評過××，評得非常嚴，××的作品實在也太差，「沒法度」講好話。

〔黃荷生〕為了出版文學大系，我惹來很多煩惱，感觸頗多，一個太老實的人做事，常會遇到很多意外。你要我拿出稿子，我會的，不過這期不一定趕得上，將來寫出來時，我也很怕人家會笑我。因為如果我再寫詩，恐怕不是以前那面目了。

〔李沂東〕『笠』四四期收到了，眞好，好的令人驚異，不愧是第一流雜誌，這種努力與持續力，非常欽佩，特此表示敬意。立刻提筆告訴韓國詩人申瞳集氏，說他的詩已被譯登在分布於亞細亞各國，以及華僑所住的每一個角落都很受歡迎的『笠』詩誌。這是他無上的光榮呢。『笠』四四期如果尚有存書，請補寄給 SEOUL 特別市的東亞日報、朝鮮新聞、SEOUL新聞、大韓日報等報社文化部各一份，他們都會像以往一樣，大大地發佈消息報導的。（寄自日本沼津市）

〔高橋喜久晴〕在日本「詩的語言」仍為論題的中心。為了便於共同研究，我已加入『地球』詩誌做為同人，這是我再出發的機會。『地球』在抒情詩的研究，可以說是集我國最高的陣容，且具有其歷史。前次出版五十期紀念號，投給我國文壇的波紋相當大。以後，我會在『地球』上介紹臺灣的詩。有人勸我把第三本詩集，用臺灣的蛇皮裝訂，交由『地球』出版，正在計劃中。『笠』詩的風格，有人毀謗說是日本現代詩的翻版，豈不是自辱？眞使我感到可笑。「華麗島詩集」的作品，不管以怎樣偏愛的眼光來看，也看不出像似日本的詩。詩人各有其詩的精神，寫出來的作品絕不會喪失個性的。不過，每一個地方都有那些自己無能力，只為了嫉妒就惑亂視聽的壞蛋，那是小人。所謂詩論，如沒在詩本質上來討論，即不算是批評。（寄自日本靜岡市）

〔金光林〕即刻讀完了「華麗島詩集」，好像飢餓的狼，貪婪地閱讀了。以往對中國的詩，只知道唐詩選，毫無機會接觸現代詩。但中國現代主義的萌芽，也許比韓國較早呢，已達到了相當的境地。「image 是語言的新存在」，從這一詩集能確認了卡斯頓、巴修拉說過的這一句話的事實，叫我感到十分幸甚。（寄自韓國 SEOUL 特別市）

〔北川冬彥〕「華麗島詩集」裝訂優美，內容新鮮，能有機會讀這一本詩集，十分愉快。其中『咀嚼』一詩是實存性的作品，覺得異常好。另郵寄贈我們的「時間」（包括介紹韓國詩人金光林、趙炳華作品的）詩誌，請查收。記得一、二年前，有位臺北詩人「徐和隣」氏來信，說曾翻譯了我的『詩話』論集，不知怎樣了？如果見到他，請代問候。八月末日，去臺灣接受文協會招待的趙炳華氏，歸途特別來訪，在飯店裡歡談了一個小時，能用日語自由和各位詩友談話，對英、法語會話稚拙的我，實在太高

與了。希望多多來信連繫。（寄自東京）

〔杜國清〕最近寫了一篇一萬五千字的文章，論「詩是甚麼」，以及列舉了一百條詩的樂趣，說明「我爲什麼寫詩」，做爲詩集『雪崩』的序文，改天再寄上。（中略）洛夫給張默、管管的書簡，看了以後覺得他實在不够風度。臺灣的詩壇需要大掃除。天儀駁羅門的文章，似乎寫得太穩重，不够潑辣。最近在翻譯『惡之華』，手邊有×××的「世界名詩欣賞」一書，其中波特萊爾的詩有三百，說是參照了兩本日譯翻成中文的，×××要是眞的看懂日文，我不姓杜！若說現代詩之在臺灣令人攻擊，×××是罪首之一，絕不是誣告。這幾天想從這點以及笠的筆戰，寫一篇文章爲中國新詩致哀。（寄自美國・史丹福）

〔葉笛〕每天很忙，想寄稿給你，都未能如願，很抱歉。來到東京以後，詩寫得很少，只找尋詩論來讀。看過傳敏的「招魂祭」以及「後記」，對臺灣現代詩壇的低迷狀態頗有同感。這裡日本詩壇也有混沌的一面，所謂『魚目混珠』的狀態，差不了多少。我想詩的大衆化，是關聯於「詩與眞實」和「詩與現實」的問題。仍然有很多認爲文學是遊戲的人，都逃避在象牙塔裡自我陶醉，在追求形式的貴族主義而已。多麼可憐的人，（——要叫他們爲詩人，會冒瀆『詩人』這個名詞的。）只是欺騙自己的行爲。因爲艾略特以後的世界現代詩，已超越了派閥，而持有高度的詩精神，那是面對現實的批判精神和對人間世懷疑的眼光，以及抒情的變革。雖說超現實主義，其根本的詩精神並非現實的無視，却以銳利的解剖刀挿進現實，分析現實，始能意欲性的超越現實和常識，而創出一個新的 image 的世界。絕不是隱居在書房裡空想就能寫詩。過去一些人沒有這種認識，却要談超現實主義，確是愚蠢透頂，可眞笑煞人呢。脫離了人性和生活的文學，尤其是詩，會被時間的歷史淘汰是必然的事。「詩經」之能深入於中國歷史打動人心，不外就是能把古代生活的撲索和現實，透過時間的流水，給我們確確實實感受其純眞的人性感情而來的。現代詩更不能捨棄社會與人性，從具詩的形式而喪失生命。現在，我仍無法把時間與自己的思考，整理成一個鮮明型式的 image，因而尚未着手寫我的詩論和詩人論，但我一定會寫的。上個月和前一星期，我跟若樹書房安倍社長談過。關於「華麗島詩集」的記事在七月三日的朝日新聞刊登，而讀賣新聞也將會登出來呢。這是令人矚目的。（寄自東京都）

本刊同仁吳瀛濤先生因患肺癌，雖經二次開刀醫治，終不幸於本年十月六日下午一時逝世。有關故吳瀛濤先生事蹟和追悼文章，將於下期刊出。

池田克己 詩
陳秀喜 譯

詩人路易士

你和我同庚
可是 你的鼻子下有很帥的鬍鬚
你比我瘦
比我身高三四寸
你的日語沒有連接詞 但
因爲你是詩人
你的日語很純粹 而且
皆是詩
你說(我的詩寫不好 還沒有成就)
可是 我們一起走路的時候
你就說(走在歷史上的四隻脚)
站在 馬上侯的很多老酒甕之前
你就說(一個甕一個甕就是一行一行的詩)
老邁的中國文壇 也許會輕蔑你
你不悲傷這些
反而聳着消瘦的肩膀而已
誰說 人家好
你就着急地
問(比我還好嗎?)
你是充分相信着自己一個的存在的人
然而
這不是你的傲慢
是認爲恒有一個出發點的天下公理的忠實感
你說「詩領土」同仁已有九十人
募集予約儲蓄資金來買紙
說要出版三百頁的詩集」
大約你的打算會錯吧
可是 一秒也不停止新陳代謝似的你
至少皮膚會留下來的
因而 你很朗爽
啊!萬事萬象對於你都是詩
你的忙碌 我也相信
(日本和中國打架之後 我去過漢口 也去過長沙
去過貴州 去過雲南 還去過越南 去過香港)
你的流浪
你的回歸
如今你才大膽地說
(再會 二十世紀呀
再會 詩呀
再會 文學喲
再會 上海呀

再會　地球
（沒有文化　沒有希望　沒有光
中國的文學如今沒有了）
訣別是你的勇氣
絕望是你的「出發」
我從你的三白眼
感到必殺之劍
我自不離開你的拐杖尖頭
感到年輕中國的悲傷憤怒
你是老大國
摧殘里亞里斯特中國的禮節
「請請」那高尚的嘴邊以拳頭擋住
然而你
聽我說
（世界的詩產自日本）
就很頑固地說（世界的詩產自中國）
啊！地球動亂之日
在亞細亞幼稚的諍辯
世界的誰會知道？
五十五元的竹葉青喲
六十五元的花彫喲
只能再買一斤的兩個人的錢包喲
你也窮
我也窮
你的孩子常會生病
我的兩個又常會哭
然而　多麼豐饒的　你我的饒舌
不談政治
也充實呀
你拼命地愛中國
我拼命地愛日本
你是我們的友人
你和我們都很充實
留着鬍鬚的你年輕又英俊
你那裝傻却認眞的臉
非常好
啊　非常好

註：去年（一九七〇）六月三十日出版的日詩人會田綱雄「怎樣寫詩」（日本現代詩人會編）一書裡有一節說：

「許久未讀過池田君的詩，但今天發現了一本詩集，這跟我的作品有關聯，因此拿來想跟大家一起欣賞，其中昭和十九年（一九四四）有池田君發表的詩一首，題爲『詩人路易士』，上海語的發音是 Louis，是住在上海的中國詩人（譯者註：路易士係紀弦的早期筆名），跟池田君以另一意識上同樣很活潑而有趣的人物，池田君寫這位路易士的詩，寫得非常好。近來已經沒有人寫這樣的詩了。也許現代的年輕詩人會感到不過癮吧。但我仍然認爲這是一首好詩。」

子凡 譯

印尼新詩奠基者：CHAIRIL ANWAR詩抄

我

如果我的死期已到
我不要任何人憂鬱
那怕是你

也不必啜泣

我乃一隻狂妄的野獸
來自被遺棄的一群
任槍彈洞穿我的肌膚
我仍吶喊奮戰
我負着創傷和劇痛狂犇
狂犇
直到苦難消失
我會更加的不理會
我要活上一千年

※此詩爲CHAIRIL ANWAR代表作

守夜的戰士

時間在流動。我不預卜時間的命運
活力充沛的青年，倔強具敏銳眼光的老人

夢想着獨立，永恒的星子
它存在于我身邊，當你株守着那死寂的大地

我愛那勇敢地生活的人們
我愛那面對黑暗作鬪爭的人們

那不沾微塵而洋溢着溫馨的夢底夜呵
時間在流動。我不曉得時間的命運

禱告

我底上帝
在迷惑中
我仍然呼喚你的名字
即使艱難異常
一想及你我便渾身是力量
你的光芒灼熱而聖潔
卻只留下微弱的燭光在暗淡孤寂中

我底上帝
我的面容毀滅
粉碎

我底上帝
我流浪在異鄉

我底上帝
我輕敲著你的門
我已不能回頭

Diponegoro

在這建設的年代
你又復活了

驚悸的死灰重燃起火

你守候在最前線
即使敵人多一百倍，你也不畏懼
右手持劍，左手握匕首
不死的精神冲擊着心房

前進！

這是沒有戰鼓，沒有軍號的隊伍
信念就是衝鋒的信號

一次意味著
死亡的降臨
前進！

國家爲你
準備了槍彈（註）

死神在上面被奴役
毀滅在上面遭鎭壓

生時須醒覺
以犧牲去換取勝利

前進！
進攻！
衝鋒！
撞擊！

註：Diponegoro（1785—1855）爲印尼向荷蘭爭取獨立時抗荷民族英雄；爲印尼民族的獨立，立下不朽偉勛。

註：原詩 api 意爲火，此作槍彈解。

韓國現代詩的諸傾向

金光林

韓國的詩歌，溯自距今約二千年前的三國時代（新羅、高句麗、百濟）就有一種歌舞的唱詞；之後，經過新羅島歌、高麗歌詞、別曲、古時調，到二十世紀由新詩再形成爲近代詩。

形成近代詩之前，均是受定型律拘束的定型詩，而打破定型舊詩歌形式的新詩，——被稱爲「新體詩」的自由詩，於一九〇〇年才出現，嚴格地說，應該是一九〇八年刋載於『少年誌』的崔南善作「從海給少年」，爲韓國新體詩的嚆矢。

喳喳……喳喳……嘎！——唆……

打擊　毁壞　推翻

像泰山的高嶺　像邸宅的巖石

這就是什麼？這是什麼。（下略）

現在看這一首詩，雖然談不到藝術或抒情性，是是常識性啓蒙性的乏味的詩。但因此，於一九一〇年韓國的新體詩始踏進了近代的詩的領域，隨之，有朱耀翰、韓龍雲、黃錫雨等近代詩的開拓者出現。

雨下着

夜溫柔地張開羽翼

雨在院子裡囁嚅着

悄悄地像喋喋不休的雛鷄（下略）

從朱耀翰作「雨聲」，可以看出已開始接觸近代詩的技巧，詩雖樸素，但已使用直喩的方法，具有象徵的表現，由啓蒙性的直接表現，改變爲抒情性的比喩表現來。

一九一九年韓國最初的文藝雜誌『創造』創刋，不久，以三、一抗日運動發生之年爲基點，諸如『薔薇村』『廢墟』『白潮』『金星』等，以詩爲中心的文藝雜誌陸續發刋，而迎接了近代詩的開花期。

至二十年代後半期，便踏進現代詩之門，韓國式現代主義才開始萌芽。

在這時期，韓國詩壇受到西歐詩的影響，出現了超現實主義，意象主義，達達，形式主義等許多主義的詩方法混合的作品。

像花粉般柔軟的猫毛
發散着華麗的春的芳香

像金鈴般圓圓的猫眸子
流盪着瘋狂的春的火柱

和緩地閉着的猫嘴唇
豐盈的春的睡氣徬徨着

銳利地伸長的猫鬍鬚
青綠的春活潑地躍動着

看這一首李章熙的詩「春是猫」，便會瞭解詩的表現法，跟以往的方法不同，已採用了現代詩主要表現法之一的「暗喩」，有如語言的繪畫那麼令人感受鮮明的 image。當時，無產階級的詩已退潮，純文學的景氣開始發生的三十年代，是詩從思想體系奪還藝術的時期。

中日戰爭暴發，繼之美日開戰，處於日本殖民地統治下的韓國也正過着黑暗期。曾發掘優異才能的新人『文章』在此期創刋，『人文評論』改版爲『國文文學』，並用日語寫作之後，韓國詩隨着母國語被抹殺的風潮，遇到消滅的危機。尤其出賣民族精神和固有的情緒，代之揑造「國民詩歌」，留下了韓國現代詩拂拭不清的汚點，也是這個時期。

一九四〇年八月一五日被解放，獲得發言權之後，許多趨勢的詩一時充溢在詩壇，呈現出雨後春筍的狀態，出現了很多的詩人。在這種混亂期的詩壇，繼承韓國詩傳統，而確立詩語言的藝術性夥伴，是『青鹿派』的詩人們。經過『文章』雜誌的推薦進入詩壇的他們，從左翼詩人們的政治主義或機械主義的宣傳詩，奪回詩本質上的領域頗有貢獻。同時，繼承三十年代抬頭的近代主義『都市派』，也恢復展開活動。

五〇年代是六、二五動亂的民族悲劇時期。在戰亂的漩渦裡，對既成價值的再檢討，加以否定的批判聲音高昂了。於是，把當時詩壇主要的潮流，分爲四派：

1. 不賦與現代性的語言感覺，仍然踏襲既成的律格和抒情的傳統派詩人們。
2. 接受西歐詩的理論，嚐試韓國式抒情的再組織加以變革的詩人們。
3. 意圖表現都市與文明的現代感覺的主知性詩人們。
4. 以現實的揶揄和社會的反抗，否定一切既成價值的詩人們。

在這四種潮流裡，於五十年代後半期，透過純文藝雜誌『現代文學』『文學藝術』和個人詩集，以及詩選集而形成「傳統派」「新抒情派」「現實派」構成六十年代的詩脈。把這些流派可以再詳細分述如次：

傳統派分爲人生派、自然派、生命派。

新抒情派分爲藝術派、觀念派、文明派。

現實派分爲生活派、參與派、社會派。

「傳統派」是代表韓國傳統詩的流派，亦可以說是屬於抒情體的詩。這些基於抒情體的詩流，裝飾韓國近代詩，經金素月、金永郎等造成傳統抒情派的精華，而由徐廷柱、朴木月、趙芝薰等形成爲韓國詩的主流。

他們極力基於東亞式的發想和情緒，發現韓國固有的美，採用生活感情的表現爲詩作的態度。悠久的自然和鄉土味、習俗風趣是他們喜歡捕捉的對象。達觀、觀察、以及認命都是傳統派詩人們思想的基礎，叡智的世界是他們的烏托邦，跟禪的境地有一脈相通之點。

幾乎無實驗意識，任由自然發生的心情流靈，和「思考」比較，較注重「心情」，千篇一律，有助於歌唱像絲綢般美妙的韻律，是其詩的特徵。

寒冷的山　在岩上
遙遠的天空
山鳥寂寞地
鳴着

雲流下去
水際七百里
客人的長裙子

被花瓣潤濕了
以酒熟紅了的江村的
餘暉呀

渡過這一夜就在那個村裡
花會飄落了吧

多情又多恨
也是一種病吧
在月光的路上　寂靜地
搖幌着走去

趙芝薰的詩「玩花衫」是傳統抒情體的作品，是自然與人情融合的詩。他的詩的素材就是「山」「巖」「天空」「山鳥」「雲」「水際」「花瓣」「餘暉」「村」「夜」「月光」等的自然物象和「客人」的心情。「山鳥寂寞地鳴着」「渡過這一夜就在那個村裡／花會飄落了吧」等詩句，都是據於生命根源的鄉愁和悲哀的表現。可以說傳統派詩人們的心情，大概都在這些周圍發祥的；而他們都注置格調優美的押韻，並且有自然與緻的感動性，以韻律引起共鳴的詩作態度，亦是傳統派詩人的特長。

寂寞地
然而
並不是眞正的寂寞
只稍微善愁

分離
但不是永遠的分離
也許能在死後的世界
再相逢　那樣有緣的分離

不是去跟蓮花

約會的
那種風
像相會之後回歸的風那樣………

不是幾天前
相會之後回歸的　那種風
像在一、二季節裡
相會之後回歸的　那種風……

徐廷柱的「去跟蓮花／相會的風……」這種詩，被視為傳統派詩人的代表性作品，而獲得甚高的好評。這種傾向，雖在內容和表現多少有其差異，但像繪山水那樣寫抒情詩調的辛夕汀，發揮巧妙的表現效果的李東柱等，從他們的作品都可以窺見具有同樣的傾向。另一方面，尚有喜歡取材自然或心情，而注重人性、人生論的詩人金相沃、金潤成、李炯基、鄭漢模、金冠植、金南祚、朴在森、具滋雲等，均使用鄉土語言，習俗及生活的感情，處理貧窮或悲哀或認命的事象為特徵。

然而，從傳統的抒情世界出發的詩人中，稍為傾向於新抒情派的部份詩人却參與現實派。幾乎不隨任何流派的生命派詩人柳致環，是以生命的叫喊，和意志的表現放出異彩的詩人。

從傳統的抒情出發的朴木月，是以逐漸增加主知的要索，企圖抒情變革的代表性詩人。

繞到醫院的長轉彎路
舖有月光
夜被乙醚溶解了
在逐漸擴大的妻的眸子
舖有月光的長轉彎路
我在那裡面走着

（下略）

看他的「轉彎路」便會瞭解他用知性處理情意的狀況。

新抒情派是經過一九五〇年六、二五騷動之後，反撥既成詩的價值觀念，和對存在的覺醒而出發的新寫作傾向。視早期風靡韓國詩壇，以傳統抒情的自然發生式感情流露而寫作的流派，把那些原有的傷感性或靜觀的抒情詩體，認爲舊的詩作態度；重新嚐試以經過鍛鍊的知性抒性，換句話說，導入西歐詩的方法，採取抒情的變革予以重新組織的主知抒情，爲作詩的態度。

因此可以說，傳統派的詩是注重「情緒」描寫自然或鄉土的事象，而新抒情派的詩是以「思考」表現存在性的追求，以及再創造物象的價值觀念的詩。如果把前者稱爲「吟唱」的詩，後者就是「思考」的詩。前者所提的是哀調與純眞的意味，而後者所置視的是語言的魔力和image的反響。

韓國的新抒情派雖尚未脫出模索和實驗的過程，但已經打破了傳統派傷感的抒情，具有嚐試新的抒情革新風潮。而屬於這一流派的藝術派，亦即是創造語言的新美學的一派。

無聊客坐在河邊
把魚釣鈎垂在水面等待
等待一個銀色的生命
被鈎上來絞首的瞬間
以血脈感受充分的
樂趣。

（下略）

那年的
晚雪在下降。
雪潮濕着山茶花。
山茶花
像魚槽的金魚那樣
張開着嘴。
山茶花的
絲線模樣的肋骨
無數地露出來

（下略）

在朴南秀的「釣魚」和金春洙的「山茶花」，可以看出從語言與語言的關係醞釀出來的image，和對物象的詩人的態度與原來的傳統抒情詩人，有其不同的新鮮性。這一系列的主要詩人有金宗三、金耀燮、金宗吉、文德守、朴成龍等。

炎熱的日光
經過長時間的懷柔
也不弛緩的木管樂器的秋
墜落在那岡上的
堅強的果實。
留在我底生命裡
滲有苦味的最後味道

（下略）

金顯承的「堅固的孤獨」，令人感到對孤獨的概念有更新的意義。以往的孤獨只似傷感哀愁的象徵，而這一首詩却成爲哲學的觀念昇華了的「留在生命裡滲有苦味的最後味道」。把宗教或哲學的狀態納入於詩，就是觀念派」詩人們的特徵。像申瞳集、朴泰鎭、金丘庸等詩人都有這種傾向。

還有「文明派」，是比東亞式的抒情較重視西歐式的知性詩人們。他們接受了超現實主義、近代主義、形式主義等方法，排除原來詩擔負的「歌唱」要索，積極地進入「思考的詩」，即根據歷史的意識把詩提昇到批評的境地來。

志向這種非「吟唱」的歌的詩人，即有金鳳健、金宗文、趙炳華、宋域、閔在植、成贊慶等。

至於「現實派」，分有「生活派」「參與派」和「社會派」三類。但「生活派」對抒情的重視却不比「傳統派」「新抒情派」較遜色；而「參與派」和「社會派」是採取先否定抒情的，其詩作態度稍有不同。不過在詩內容面來說，均以現實和社會爲詩的對象加以批評，因而權宜處理上，亦把它們列入「現實派」。這種現實派不問其存在的大小，常形成了詩壇的流派。然而，詩人參與意識的發生，是於一九六〇年四、一九的學生革命爲直接的動機。把放在自然或物象的眼光，改放於現實或社會加以諷刺，揶揄而否定。以表現否定的一面代替肯定的一面，取材黑暗的一面不盲目讚美光明的一面，以憤怒代替美，比藝術性較注重主義主張的表現，就是他們的詩作方法。

同爲「現實派」之中，屬於「生活派」的詩人們，較以穩健的人生論批判現實，而處理抒情的手法却與「新抒情派」並無差異。這一系列的主要詩人有金珖燮、金容浩、具常、柳呈、章湖、黃錦燦、洪允淑等。

我們還沒有

停止了我們的喊叫
是啊。那火花吐出來的叫喊
還不能阻止我們的血的叫喊　　　　　　（下略）

爲什麼我只對瑣事憤怒？
不對那王宮　那王宮的淫蕩
却對價值五十元的肋骨說脂肪過多而憤怒
對壅拙憤怒、惡罵豬一樣的飯店女主人
惡罵了壅拙　　　　（下略）

朴斗鎭的「我們把我們的旗子……」和金洙暎的「某日走出古宮」，是主張和叫喊貫串了的詩；充滿着激化的感情和概念的鬱積，以及改造和革新的叫喊，可以看出發現實，對社會氣憤的積極態度。

數一數傷痕吧
觸摸看看。有沒有溫健的地方
把＜帝國主義＞的痕跡
把＜同族相殺＞的痕跡
把＜愛國＞和＜反共＞的烙印燒在民主主義的傷痕

像李仁石的「天空無裂口」，就可以瞭解若是前述的「參與派」詩人們，以愛國熱血的心情叫喊，那麼「社會派」的詩人們，是站在冷徹的立場涉及政治性思想體系的問題，他們主要把詩的主題置於抵抗和氣憤，爲了新秩序的確立而採用破壞和否定既存的秩序，可以說比主義主張較重視藝術支撐的詩。

這種傾向在韓何雲、辛東門、申東曄等詩人的作品，均可看得出來。

韓國詩選

陳千武譯

花

金春洙

一直到我喊那個名字
它只是
一種姿勢而已。

我喊那個名字
它才被我命名
成爲花。

像我喊那個名字
我也希望有人 衡量我底
顏色和香味 喊我的名字
被他命名
我願成爲他的花

畢竟 誰都會想
成爲甚麼的吧
你成我的 我成你的
成爲一個忘不了的意義

※一九二二年生於慶南統營，日本大學藝術科肄業，詩集「雲與薔薇」「沼」「旗」「於 Budapest 的少女之死」，詩論集「韓國現代詩形態論」等，獲一九五八年度韓國詩人協會獎及亞細亞文學獎，慶北大學教授。

昨天 以及今天

金光林

今天的死者
不是昨天的死者

望望電車駛過的馬路
就知道昨天的馬路
不是今天的馬路，同樣
今天的我
不是昨天的我 然而

看起來跟昨天毫無兩樣
　人人從
死胡同走出來
　〈怎麼樣？〉
　〈那麼，再見！〉
互換和睦的寒喧
似沒變卦
若無其事地
匆忙分手而去

小狗搖響鈴聲
跑來又跑去
鈴聲聽來總是可愛的
但　昨天以及今天
都只有凡俗的事而已
也許因此我才對變異
不感到好奇呢

啊啊
爲什麼我對不變
不能哭
昨天的我
確實已非今天的我呵

因而
才跟昨天一樣假裝不知的樣子
坐在遙遠之日的窗邊
事不關己似的
吹着口哨，是不是？

烤

①

在切菜板上
剝開閃爍的鱗片
經過數次判罪之後
被迫仰在炭火上
燒香的魚

魚被挾在筷子
看來像十分美味的分身
却在地圖上
籠罩的硝煙裡
被鎗刀衝刺　成爲領土

②

每天太陽
要投網
如果　網到香魚群
就快晴
魚成臭了
就曇天

③

排着整齊齊的
娘子們　那縱橫

有秩序的花園
歪着頭
藍天是
無縫的太空
在那垂下着的網眼
附有鱗片的人魚一匹
舞着上昇
就那樣將會受騙似的——

※一九二八年生於咸鏡南道元山市，詩集「會傷心的接木」「心像的明影」外有詩論，是主知抒情派的戰爭詩人，曾任SEOUL中央廣播電臺文藝部長。

朴南秀　釣魚

無聊客坐在河邊
把釣魚鉤垂入水面等待
等待一個銀色的生命
被鉤上絞首的瞬間
以血脈感受充分的
樂趣。

不知有多少生命
被誘餌隱藏的針
被釣鉤的魅力迷住了?
飢餓的罪
傳導無聊客的手臂
爲喜悅
喪失的生命。

晴朗的星期日。

在傾向夜的
餘暉裡
拖着疲憊的脚
背負傷痍的生命
像葬列般無聊客們同來。

乾燥的現實
使自己像鯽魚般
痙攣着嘴唇。

※一九一三年生於平壤，東京中央大學法科畢業，詩集有「神之屑」等三册、大學敎授，獲自由文學獎。

朴木月　樹木

從儒城致鳥致院的一荒野裡
碰見一支茫然佇立着的老樹
那是修道僧嗎。矮胖地站着。

次日從鳥致院到公州的一個貧瘠的村落莊入口處，
他們成群地站着，茫然成群站着的他們是寂寞的
旅人嗎。好像很寒冷呢。
從公州轉彎到溫陽的小徑一個山頂上他們站在遠遠。
是守衛天空之門的衛兵吧好像很寂寞呢。

從溫陽回到漢城來竟令人驚奇的是他們已經在
我的內部紮了根呢。
矮胖的他們，抑鬱的他們。
啊啊孤獨的容姿呀。從此我便培植了幾支拔不掉的樹
木。

轉彎路

繞到醫院的長轉彎路
鋪有月光。
夜被乙醚融解了
在逐漸擴大的妻的眸子
鋪着月光的長轉彎
路我在那裏面走着。

蹣跚的丈夫的姿勢。
順利地　手術完了。
小刀用紗布拭淨……
……凝結的血。
到醫院的長轉彎路
在月光裡我走着。
蹣跚的丈夫的姿勢
在昏睡裡開花的
妻的微笑。（夜被乙醚融解）
在長轉彎路
蹣跚的妻的姿勢。
向白的螺旋路
我走下去。

※一九一七年生於慶北慶州，獲第三屆亞細亞自由文
學獎，詩集有「青鹿集」外五册，大學教授。

朴斗鎭

碑

──僅有的一隻青鳥　飛翔呀
碑。……
只叫一聲　長而高亢的聲音。
假寐千年　二千年　三千年的
每瓣青苔成雪開花呀
像露珠　每一花瓣　融解流逸
就在遙遠的天邊有星隕墜。
碑。哦哦。石。……呼吸甚麼呢？
窒息了很久就能生翅膀嗎。
像伸長脖子的鶴
也能向雲邊飛去嗎。
在風雨或暴風雪或燦然晒照的夏陽裡
瘋狂的歲月般把釘釘住
把圖釘釘住
──月光。或星星濕潤而隕墜
若像鏡子亮了
就再到你這裏來。
若無其事地伸手握我啊
留你一個人在荒野
我飄然離去。

※一九一六年生於京幾安城，詩集「冬」外有七册，
一九五六年獲自由文學獎，延世大學教授。

趙芝薰

餘韻

剛才 從水裏上來的女人
穿衣服之前 暫時
向着那邊的 背姿

月光潮濕的塔喲

流在全身的體臭是
芬芳的 青草味
隨着昏黑叢影的搖幌
黑髮束在柔肌的肩膀打顫着

那淨白的臉吸引我
逡悄悄地走近她
她却羞赧而抖着
毅然轉過身而遙望山峰

很快脫離雲圈的月亮
不知窺見了她的臉沒有
從何處也僅能看見
她在轉身的容姿而已

永遠不讓人家看臉的
那個塔喲

剛好這個時候 她忽然
在虛空解下藍甲紗一襲
披上身軀
向叢裡
悠靜地走去。

一層又一層
更用脚尖站起的我
從離去的好人那藍星的
頭髮上面
望着傾斜的十五夜月。

可憐的容姿有風聲
像輕妙的流水般
纏繞着。

※一九二〇年生於慶北英陽，惠化專門學校畢業，詩集「鳳凰愁」外七冊，高麗大學教授。

金鳳健

古典性私語裡的花

我就
決定
寬恕蛇
年輕女人的腰

給了你蘋果
比那蛇更伶俐更快
比那蘋果更甜的
蛇。
日光
也給年輕女人的腰
無可奈何的樣子。
會滑下來呢。
看……
哈！哈，！……

若是我
最最
喜歡的是貝殼　那麼
不　也許
你會吃驚吧
眞的，常把貝殼
裝飾在耳朶下。
但年輕女人的眼瞼是
多種七彩的
貝殼滾落着的
海濱。
純潔的愛
在年輕女人的眼瞼
炎炎燃燒着
發出吶喊
那些你沒看過吧

也沒看過垂吊在我耳朶的貝殼吧

你認識
叫薔薇的那個名字嗎
那是會千變萬化的
我底臉的
另一個名字。
有時白色地平線令人懷念
我就是　想在我的臉
命名爲薔薇的我。
年輕女人的手臂就是地平線嘛
常有時間在年輕女人的手臂裡死去
像擁抱全世界般
從情人的背後
纏繞頸項的年輕女人的白臂
那時我就變成薔薇的香味
滲入那個女人可愛的
手錶裡去
（科學證明了爲薔薇的芳香
　任何潤滑油都會醇化）
可是
抱住世界與愛
爲了唯一溫暖的白色地平線
雖只是一瞬　也要殺死
時間的
我的献身
你却不知道

一朵薔薇的芬芳薰人的時候
叫做薔薇名字的我已經死去

※一九二八年生於平安南道安洲，詩集「愛的循環」詩論集「詩的探求」等，主知的抒情詩派戰爭詩人，獲第三屆韓國詩人協會獎，「現代詩學」主編。

李沂東

棉被

妳在
紫陽花色的年齡萎謝了
倚靠在 從遙遠的祖國
帶來的那條 棉被

棉被是
女人出嫁時的嫁粧
不帶那個
就不能出嫁呢

母親的棉被是
從收獲季過了的遙遠的鄉村
到收獲季過了的鄉村
雇人背着送來的

棉被自從很早以前
就屬於女人繼承的遺產

那些女人的日記
是從女人嫁來的那晚
在棉被裡開始
在不能讓人窺見的
僥倖和羞恥裡開始

似乎那是
女人的習性
母親也向未來囁嚅
似乎那是 女人的命運
女人在棉被裏 歡喜
而哭泣

母親患了病
却從棉被裏溜出來工作
像鶴
養育了小孩

女人只能在棉被裏
抵抗
女人只能這樣以外
毫無辦法

說四海無家的女人
跟着棉被
哪兒也得被搬走

渡過恍惚的海
望着不安的天空
被長軌道小車子搬走

還有　也會沿着這一路程
被遣回去
或許　為了所謂生活
也會滯留在陌生的土地上

棉被是
女人的故鄉
母親便倚靠在
棉被裏死了

※一九二一年生於慶南昌寧，住日本沼津市，詩誌「航程」同仁，詩集「記憶的天空」及日韓現代詩翻譯等。

笠消息

Δ本社同仁非馬的詩「在風城」及「夢與現實」二首，入選美國『現代詩年鑑』（Yearbook of Modern Poetry）。這年鑑已經由 Young Publications出版，選錄美國及加拿大將近二千位詩人的詩計三千餘首，眞是洋洋大觀。硬書面版本，排兩欄，厚達六百八十頁，精裝一巨册，全書重三磅。每册定價美金$14.95。

Δ『郭楓詩選』已由臺南新風出版社出版。收錄詩人郭楓近一年來所寫的詩近九十首。十年前，郭楓是一位很活躍的詩人、散文作家及評論家。這本詩選是他重新出發第一響，極引人矚目。由名畫家劉國松設計封面，裝幀美觀，厚二五〇頁。皮面豪華本定價四十元，精裝本定價二十五元。

Δ郭楓散文集『九月的眸光』，同時列入紅葉文叢，由新風出版社出版。

Δ本社同仁葉笛論著『日本現代詩論』，由新風出版社出版。葉笛不但詩好，評論更令人拍案叫絕，自從他赴日專攻文學後，很少有作品寄回發表，極爲令人懷念。相信他這本新著，必然會受到讀者的喜愛。

李魁賢譯

黑人詩選

第一部：非洲

Leopold Sedar Senghor（塞內加爾）

我爲你譜曲

我爲譜一支曲，有如中午鴿鳴般的甜美
我的卡蘭三弦琴輕輕地伴和着
我爲你編一首歌，你却未曾聽我唱過。
我獻給你野花，香氣有如巫師眼睛般的神秘
它的華麗多彩有如珊果馬的黃昏。
我把我的野花獻給你，你會讓它枯萎嗎？
當你和蜉蝣戲嬉時。

向面具禱告

面具！啊！面具！
黑面具，紅面具，你們黑白面具呀，
四壁上的面具，精靈由彼吹拂而來，
我默默向你們致意！
而對你並非最後一個，獅子般倔强的祖宗呀。
你們守護着這每一聲娘們的嬌笑，禁閉地點的
每一聲無常的微笑。
由你們處吹來的永恒大氣中我呼吸着祖先的氣息。
你們面具連同脫下面具的臉龐，沒有笑靨，沒有縐紋
。
你們已將此肖像拼成，我的面容俯在白紙糊成的祭壇
要按照你們的肖像拼成，聽我說！
如今富饒的非洲正瀕臨滅亡——這是一位可憐公主的
臨終掙扎——
正如我們所繫繫相關的歐洲，
你們的眼睛不動地瞪視被人干優的孩童們，
且犧牲你們的生命如像他襤褸的最後衣裳
我們曾經在此人間呼喊世界的重生
有如麵粉所不可或缺的酵母。
那麼還有誰會在死於機械及砲聲中的世界裡學習旋律
？
那麼還有誰會在黎明時驀地發出歡呼喚醒死者和孤兒
？
那麼還有誰會對希望已幻滅的人類重敍生命的回憶？
你們稱呼我們是棉花頭腦和咖啡人類和油膩人類

你們稱呼我們是死亡的人類。
但我們是舞蹈的人類，當脚步踩踏着堅硬的地面時，
多麼有勁。

雪中的巴黎

主啊，你在生日時造訪過巴黎
因它變得渺小而又惡劣。
你使它淨化，以廉潔的寒冷
以潔白的死亡。
今早甚至工廠的煙囪也在和諧中
升起潔白的旗幟。
「人類和平，善哉！」
主啊，你給分裂的世界，分裂的歐洲
破碎的西班牙
普施和平的雪花。
但猶太天主教叛徒却發射一千四百門加農砲
轟擊你和平的山脈。
主啊，我承受你潔白的寒冷焦灼有如鹽巴
此刻我的心靈如艷陽下的雪般溶化。
而我遺忘了
開槍擊垮了國家的白手
鞭笞奴隸和鞭笞你的手
打你耳光的污穢白手打我耳光的塗漆撒粉的手
在孤獨與怨恨時撞擊我的確定的手
砍伐高山林木統治非洲的白手，扇葉棕櫚
在非洲的心臟地帶聳立的堅定，莎拉①已如你的褐手
所系出的第一位人類。
她砍伐原始林木以製造鐵道軌枕，
她砍伐非洲的森林以挽救文明開發人類的資源。
主啊，我知道我不零售我對外交官怨恨的存貨，他們
顯露其尖長犬牙
而將在明天販賣黑肉。
呵，主啊，我的心如巴黎之屋頂的積雪溶化
在你善良的陽光下，
我的敵人好，我兄弟有非雪的白手
也由於黑夜露水伸出的手在我燃燒的臉頰上。

註①莎拉（Sara），住居查德湖（Tschadsee）畔的種族，平均身高一、八公尺，是非洲最漂亮的人種。

Semben Usman（塞內加爾）

鄉愁

狄悠安娜
我們的姊妹
誕生於我們卡撒曼瑟的河岸
向前曳引我們王河的水流
到另一水平線
而怒吼的沙灘在我們非洲的腰部旋扭
狄悠安娜
我們的姊妹
在沙灘上不再有奴隸船停泊了
恐怖，猜疑，沒頭沒腦的逃亡
號啕，誹謗，均已默息
在我們回憶中，迴音一再反響
狄悠安娜

沙灘依然
一世紀重積着一世紀
鏈條已斷
刑枷已被白蟻蛀蝕
在我們母親的腰部
非洲
揄揚着奴隸營房
（紀念碑的營房是我們的臉龐）
狄悠安娜，榮耀的非洲女性
在妳的墳墓中
帶有我們沉落的夕陽之金光
我們玉蜀黍穗之舞
稻桿的華爾滋。
狄悠安娜
我們的姊妹
夜之女神
我們叢林的芳香
我們歡悅之夜
我們粗魯貧乏的生活
聊勝於奴隸的身份
對祖國的鄉愁
對自由的鄉愁
狄悠安娜
射出我們來臨的晨曦
妳有如我們的祖先
交易的犧牲品
妳死於生產中
有如椰子和香蕉樹
妳裝飾河岸以 Antibes
使之種植且肥沃
狄悠安娜
我們的姊妹
輕悄來臨的白晝
有一天——不久的一天
我們會這樣說
這些森林
這些田園
這些土地
我們的肉
我們的關節
聽我們說
妳是我們非洲母親的肖像
我們思慕着妳被出賣的身體
妳是我們的母親
狄悠安娜

我是人

Mamadou Traoré（幾內亞）

是的我不學無識
我愚笨
我只是骯髒的黑人
我用毛虫
和樹根充飢
以及野生果實

是的我繫樹葉編的圍裙
我臉上有疤
耳朵穿孔
我實行一夫多妻
我買老婆
我賣女兒
我用水代替衛生紙
我剃光頭
我在就餐時打呃
我用手在葫蘆瓢內抓食物
是的我住茅屋
我用三塊石頭點火
用陶製鍋煮東西
是的我的風俗野蠻
我的藝術毫無顧忌
我以前是現在還是（在你看來）野人
可是昨天
昨天你已完全忘了
昨天你已忘了我用不潔食物充飢
我的習慣不文明
我不像你一樣穿衣
我不像你一樣擤鼻涕
我不像你一樣小便
我不像你一樣吃東西
甚至你已忘了我的皮膚黝黑
昨天
當祖國在危急的時候
當我打我自己

爲了保護你方
昨天我的血混合你的血
在那戰場上
我鮮紅的血你鮮紅的血
昨天隨時隨地
我爲你做勇敢的表率
犧牲的模範
我們是同胞
而你不聽我的頌揚
你誇讚我的勇氣
我的忠誠和榮譽
今天
可是今天在我强大到足以掙回自由以後
你露出了表面上的區別
我將重作食人族
我將重作以毛虫和飛蝗爲食者
我將重作野人
而和我們協力爭取到的自由不相稱
哦，是的，你要奪取我的自由
可是不要妄想
而你却深信不疑
因爲我是人
是吃樹根和樹葉的人
坐着撒尿
繫圍裙
而這一切仍然是你所盼望的
因爲那畢竟不是構成人的要索
人者在心

而我知道盡心
人者在品德
而我已具備
人者在理解
而我已具備
人者在榮譽
而我已具備
因此
我企求
我的權利
我的大權利
對於自由
我的權利和你的同大
因爲和你一樣我是人

風中的敗葉

Bernard Binlin Dadié（象牙海岸）

我是夜色的人
風中的敗葉，在夢中飄舞。
我是在春天萌芽的樹
在空心木棉樹中聚集的露。

風中的敗葉，在夢中飄舞

我是被怨恨的人
因爲反對拘禮；
我是被嘲笑的人
因爲反對各種禁制。

風中的敗葉，在夢中飄舞。

我是被指摘的人：
「哼，豈有此理！」
我是不被理解的人，
微風一觸撫你便逃逸。

風中的敗葉，在夢中飄舞。

操舵的船長
在風起雲湧之間
尋覓着大地的眼睛；
無帆的三桅船
滑過海洋。

風中的敗葉，在夢中飄舞。

我是擁有夢如星繁的人
且有如蜂群般營
像孩童吃吃的笑聲
又像林中廻聲的響應。

風中的敗葉，在夢中飄舞。

我不喜歡

我繫着帶子做裝飾，

歐洲人文雅的帶子。
我不喜歡，領帶。

我身體上帶着鏈條，
歐洲人武裝的鏈條。
我不喜歡，腰帶。

我頭上戴着鐘罩，
歐洲人發熱的鐘罩。
我不喜歡，鋼盔。

我臂上帶着死亡，
歐洲人荒唐的死亡。
我不喜歡，手銬。

我不喜歡鑰匙的聲響，
守衛手上的鑰匙，
牢獄門口的守衛，
草原邊緣的牢獄。

我不喜歡烏鴉的聒噪
在歡慶的城市上方，
也不喜歡鬣狗夜吠。

我不喜歡看見
孩童眼中的淚滴
母親眼眶中的黑圈
支撐在臂上的腦袋
驚惶彎垂的頭
蓬垢的女人
襤褸的男子。

我不喜歡看見
像小孩子伸出手，
我不喜歡看見他
未來的乞丐。

我不喜歡。

我們的掌紋

我們的掌紋
非緯線
非山中小徑
非樹幹的裂縫
非荷馬之戰的遺痕。

我們的掌紋
非徑線
非掩蔽壕溝
非田野的阡陌
非頭髮的分路
非穿過叢林的路線。

不是

難民窟
淚管
怨恨滴
非部份
非段落
非斷片
零星殘簡

我們的掌紋
非黃
非白
非黑
非分界壕塹
在我們的村落之間
非憎怨的痲繩用來編首飾。

我們的掌紋
是生命線
命運線
心靈線
愛情線
甜蜜的繫鏈
把我們緊緊
繫在一起
生者和死者。

我們的掌紋
非白
非黑
非黃
我們的掌紋
串連我們夢的花束。

George Awoonor-Williams(迦納)

放逐

月亮啊，月亮，照耀着我們的道路
爲我們照亮了歸途
返鄉好辛苦
被放逐的心靈滙集在海灘
爭執着決定未來的命運
看是否該返鄉
且掛慮着被白蟻蛀壞的籬笆
想念着在鄉梓積高的糞堆
但當旅途繞經詠諧咆哮的海
划着最後的槳到了被遺忘的海岸
他們已犯了自欺的罪過
他們的心靈被剁碎寸斷
而碎屍後被置於桎梏
在神聖的祭壇之前，牲鷄之側
牲鷄的晨啼喚醒了夢鄉人
月亮啊，月亮是我們祖先的精靈
夜遊者聚集在天星①的門口
販賣他們的空談和守衛超凡的血汗
且在臨盆的殊死掙扎中用脚搓地

失落的心靈，失落的心靈，失落的心靈依然守在門口。

註①「天星」指阿克拉（Akkra）市的天星大旅社。

一聲呼喚

她喊我不喊我的名字
還是母親給我起的名字
她喊我用別的名字
一個字
我以前從未聽過
但我知道是我
你願到公墓旁的腰杲樹下來嗎？

我不曉得公墓旁的腰杲樹
不，我不曉得。
但我會去。
也許等我去揭開
有人發現了彩色的貝殼？
或者是特殊的野草會有法術
也許有人已找到了失踪的浪子
我向她走去。
她僵立在腰杲樹下
一言不發。

Gabriel Gbaingbain Okara（奈及利亞）

魔鼓

魔鼓在我的內心裡敲打
魚在流水中騰躍
而男男女女在地上舞蹈
和着我鼓聲的旋律

那時她依然站在一棵樹後
腰間圍着樹葉
微笑且仰首

我的鼓依然繼續敲打
以更急速的節奏敲打歡騰
轉成急拍，迫使亡靈
以其飄渺的幽影
且歌且舞

那時她依然站在一棵樹後
腰間圍着樹葉
微笑且仰首

然後敲着鼓
以陰間事物的旋律
且呼喚亡靈，天眼
太陽、月亮
以及全體河神；
樹木都開始舞蹈

而魚變成人
人變成魚
一切事物不再滋長

那時她依然站在一棵樹後
腰間圍着樹葉
微笑且仰首

那時在我的內心
聽到魔鼓的敲擊
而人成爲人
魚成爲魚
樹木和太陽和月亮
復歸其位而亡靈
返回陰間
且事物開始滋長

那時她站在樹後
根部自她脚底延伸
樹葉自她頭頂伸長
煙冒自她的鼻腔
而她的双唇在微笑中開啓
成爲窿隆黝黑的空洞

那時，那時我就收拾起
我的魔鼓，繼續流浪
爲的是不再敲出那樣響的鼓聲

新興非洲的悲哀

Dennis Chukude Osadbay（奈比利亞）

我餓得半死；
我求賜麵包而他們給我石頭。
我渴極了；
我求賜清水而他們給我泥漿。
馬兒該再稍待片刻，
一旦撒哈拉沙漠有了水流，
青青的草地即刻是一片繁榮景象。

我沒有領導者；
候選人出賣我去換麵包。
他們嘮叨而又好爭吵，
我已被他們的空談弄得痲木。
我太年輕，還太愚笨，
無法獨自找出達到目標的正途。
我等待着，却是徒然。

痛苦

Mbella Sonne Dipoko（喀麥隆）

在此公園中萬籟靜極了
直到一陣狂風，好像一位氣喘的使者，
宣告暴君的涖臨。
然後受拷刑的樹枝開始呻吟。

你記得那一陣旋風嗎

絕望的花朵在心焦恐懼中
　不敢以花束迎向那暴怒的君王。

隕石是他王冠上的流蘇
當我們樹枝，受到死亡脅迫時只能呻吟——
在死亡的痛苦中囁嚅而萎謝
被一把隱形劍的森冷刀鋒砍倒。

我們的殘廢四肢，傾注着雨水，
却不是我們的血液。
糾纏難解地依附在牆壁
有如野生的樹膠，粘在殘枝上。

消失的權力

我們的國家如樹葉
枯葉的民族
大地是飢餓的巨人
把我們吞噬。我們無法逃避。

花朵如孕婦保護我們大家
雖然我們變黃且死去
粉碎於大地的巨口
它把我們吞噬。我們凋謝如落葉。

在秋日的公園
我看見世界的肢體
枯葉的民族
以及時間，狂風把它們
吹得廻旋飄盪。我們多麼輕盈。

我看見這些樹葉
颯颯地搖擺且互相碰撞
於時間的風中
它統治着我們。我們抗爭也是徒然。

在焦慮的時間中我閉眼
看見自己只是一片樹葉
已經罹患黃熱病
成爲死亡的前奏。我像一片樹葉飄落。

Elolongué Epanya Yondo（喀麥隆）

獄卒

別關我，黑卒呀
別關我
你知道你是我的兒呀
　白人命令我
　關你
　　我就關你
別關我，黑卒呀

你是我的兄弟
別關我
我必須給小黑餵奶
好讓他長大成人
我關你因爲白人命令我
關你的兄弟關你的父親
關你的兒子
「白人答應給我勳章」
我就關你

別關我，黑卒呀
你是我最愛的人
我對你卑恭屈膝了
在我體內你可發現生命的蠕動
還不能使你動心嗎
我關你

白人對我說過
只有殘暴如我
殺人搶刼如我
答人兇猛如我
黑人才不敢動歪腦筋
我關你

可是如果你關我，黑卒呀
是因爲白人命令你
關黑人
他也命令你阻止我們的行軍
阻止向巨人的行軍嗎
他關得了生命嗎

新生

當樹已枯
當日正炎
原是充滿活力的誕生
却憔悴奄奄
於是我明白了
由碎散木棉的腐殖地
會再茁長新生的毒芽
而我們無數生命的死亡
將是我們自由的生殖器

囘憶

Pierre Bamboté（中非共和國）

……我囘想起，家父當過公務員。
我病弱的兄弟們，肚脹如水桶。
黎明時我在白人的厨房後找到食籃，
還是熱氣騰騰，向飢饉者發散幸福的香氣。
時常看到白人嘻嘻哈哈，挺着肚皮，走上樓梯頂，
常常不只我一個人，
爲了公鷄的足距，準備在黃昏之前厮殺，

為了鷄冐，燧石的薔薇色貯囊，
為了鷄冠，精力充沛的公鷄頭頂上的眞實太陽，
我們互相纏鬪。
白人臉頰通紅，猛拍着大腿，
白人哄笑，驚醒了所有週遭，
公鷄啼鳴着
鬪士，起來，鬪士，起來，
一陣長吼衝破大氣把匕首揷入腹部，
有人在酷刑囚犯，每星期酷刑過多少囚犯，或刑求致
死，或强制勞役。
有人毆打，撕耳朶，扯毛髮，使羽毛自簍筐飄揚四散
。
有人常常還要殺小鷄，中午時分停止了歌唱，
廚師助手，白圍裙，下部露空，潑得我們滿頭滿臉，
我們把他平分成八份在我們之間分配，
那不是普通的玉蜀黍，
按八份分配强制勞役
橡皮
又是橡皮
呸
皮鞭，背脊老是血淋淋………

Patrice Lumuba（剛果）

詠剛果建國

哭吧，親愛的黑人兄弟呀，
千年來，黑人呀，你是人間的牲畜。
你的遺骸在風中四散，
可是你也曾經建造過死亡的廟堂啊，
你的劊子手在裡面永久安眠。
被跟踪追擊，被逐出你的村落，
在戰鬪中被征服，在暴政下被統治：
在這擄人和殺戮的野蠻時代
你不是被奴役便是死亡。
你是密林中的亡命者
死亡以熱病的假面
野獸的獠牙
和毒蛇之汚穢冰冷的纏繞窺伺你
欲逐漸把你粉碎。
接踵而來的是白人
刁鑽，狡猾，而且貪婪，
用雜貨換取你的黃金，
强暴你的婦女
在他的船上驅使你的子女。
咚咚鼓聲響遍了一個村落又一個村落
悲哀蔓延且引起驚惶
死亡的消息傳到了遙遠的彼岸
棉花神和金元王國的地方。
被强迫作類似架軛畜生的勞役
在炎陽下從早到晚
為的是令你遺忘你曾經當過人
教導你頌唱神的讚美歌
有很多的聖歌，

用旋律傳達你受難的歷程
希望寄託在更好的存在條件，
但你只是以人的身份渴望
生活的權利和幸福。
當你圍坐在火堆旁
眼中充滿了夢幻和恐怖，
唱出了忿忿不平的詠嘆調。
你也欣喜歡樂。
當露水上升
你在夜之濕氣中舞蹈如痴似狂。
然後她創造了
有知覺且陽剛如痛苦中誕生的金屬聲
你强勁的音樂
今日風迷世界的爵士。
他逼使白人小心謹愼
且審判他，爾今爾後，這塊土地
不再一如往昔歸屬於他。
因此你，爵士啊，答應你同胞兄弟們
揚眉吐氣且能展望
允諾我們自由的幸福前程。
極有希望的大河兩岸
從此屬於你。
這片土地連同一切資源，
從此屬於你。
而在那上方的炎陽
於無色的空中
以其熾熱窒息你的憂患
其光芒射線始終
烘乾了你祖先傾瀉的熱淚，
當他們在這你永遠珍視的根基
備嚐暴君的肆虐之時。
但你總會把剛果建立成自由幸福的國家，
在廣大的黑人非洲之心臟地帶。

別再到碼頭去

Geraldo Bessa Victor（安哥拉）

別再到碼頭去，黑姑娘呀
妳還期望什麼呢
妳可要認清妳的命運：
離去的白人，不回首。
黑姑娘呀，妳站在那邊碼頭上
遙望着，妳的美夢
業已消失。
他們頌揚你身體的魔力
於清醒的夜裡，有如妳的結婚禮服
無非是一枝棕櫚葉。
他們歌頌妳身體的魔力，
可是你既不知，亦未體驗過
白人的精神是否也有魔力。
習慣了樹皮小艇的盪漾
和但德河岸邊的搖艇
然後醉心於愛情，

妳夢寐着搭乘大輪船去旅行
可橫越海洋到達遙遠的大陸
妳着迷地嚮往的里斯本。

聽呀，黑姑娘喲；叢林不是都市，
汪洋並非河流，小舟並非輪船
妳所夢想的夢，也不是夢，而是渴望。

別再到碼頭去
因爲白人不回首。

別嚮往月亮

黑少年呀，別嚮往月亮
它在空中是多麼遙遠
有着未被揭開的秘密。
要就嚮往
在這人間
你幻想配給
的麵包。

月亮是一件玩具，
爲蘇俄和美國的白種少年
所夢寐，他們總有一天會順手摘下。
別把你確實自由的夢想
以妄想來交換，「妄想」自稱是你的兄弟
非也。
在這人間，我的黑少年呀，
你的夢想將會實現或沉沒或飄散
有如命運一般。

黑少年呀，別嚮往着月亮。

受阻的友愛

白詩人舉杯，
深呼吸新鮮空氣
以堅定的語調說：
「黑人萬歲！我們久已
不再有偏見
沒有種族仇恨。」

黑詩人舉杯，
深呼吸新鮮空氣
以堅定的語調說：
「白人萬歲！我們久已
不再有偏見
沒有種族仇恨。」

其他黑人繼續保持啞默和無動於衷，
其他白人也繼續保持沉默
一如往昔。他們的沉默充滿了大地和海洋
把一切窒息，而且破壞了
免於陷入泥淖以及藉詩歌
自悲痛中解脫他們罪惡的善意計劃。

Goenha Valente Malangatana（莫三鼻克）

馬該傻

馬該傻，馬該傻，馬該傻
金子呢，錢呢，哪裡去啦
你沒有帶同來嗎
你的錢袋空無一文。

你花到哪裡去啦，馬該傻，
你的妻，你的孩子在哭泣
他們盼望有得吃
說：夫啊，父啊，給我們吃。

那南非的姑娘，
在你歸途時勾引你
對你說的是滿口謊言
而你竟然就忘掉你的親人。

馬該傻，馬該傻，馬該傻，
你兩手空空囘到家裡，
你沒有錢納稅
只好給送去修築公路啦。

William F. Syad（索馬利亞）

饑餓橫行

飢餓是一位邋遢女人
橫行霸道
肆虐一切
肚腹和頭腦
一如癩病的皮膚

她由地獄
席捲而至
沿着她的鹵獲物
浪蕩而去

她
七重罪孽的
女兒
生於排洩陰溝
生於惡臭
地獄的走廊
有如來自一切災難的陰影

自從上古以來
即表達憎恨：
飢餓橫行霸道
且咒詛：
飢火中燒

昨天

一隻耳朵

傾聽
在時間
黝暗的道路上
沉睡的
世紀

啊，納符泰
你對我說過
我國文化的往昔
我索馬利亞民族
酩酊的思想

而如像
細砂
空洞
手
你滑入
昨天
只有那裡
幽影
能收集禾穗

Flavian Ranaivo（馬達加西）

弄潮女郎

房間我的財產
月亮我的瞭望塔
天空我的花園
星辰我的花卉。
我給你信號
在夜晚的草原阡陌間：
我會揮動我罩衫的布塊。
然後爲你探尋
我們要同走的路。
涉水回到岸邊
我們要相會的地方，
然後當你呻吟
爲了我
那時無花杲就會掉落。

情歌

情人啊，別愛我
如像你的影子——
影子一到黃昏就消失了
而我必須保護你
直到鷄啼天亮。
別愛我如像辣椒——
它會使肚子裡燥熱，
我不能吃辣椒，
在我飢腸轆轆之時。
別愛我如像枕頭——
只有就寢時在一起

而白晝却很少能相見。
愛我如像一場夢——
那是你夜裡的生命
而是我白晝的希望。
愛我如像一種貨幣——
不會被人遺棄地上
而且在長程旅途中
會像忠心的女伴服侍你。
愛我如像一粒葫蘆
剖開用來汲水很安全
有如小提琴的支絃架。

詩人簡介

※Léopold Sédar Senghor，一九〇六年生。在達卡（Dakar）和巴黎受教育。當過希臘文和拉丁文教師。一九四五—六〇年擔任法國國會的塞內加爾議員，及法國西非黨派的黨領袖。一九六〇年起就任塞內加爾共和國總統迄今。一九六三年出版德、法文對照之詩全集。

※Semben Usman，一九二三年生。曾當過短期的船塢工人。一九六一年曾作遍遊非洲之壯舉。

※Mamadou Traoré，一九一六年生。一九三七年起擔任教職，一九四七年因反殖民地主義的行動而離職。在Conakry從事貿易，而且是一位活躍的公會領袖。

※Bernard Binlin Dadié，一九一六年生。一九三六—四七年，爲達卡的非洲黑人法文學校的同事。象牙海岸阿比丹（Abidjan）美術協會理事長。

※George Awoonor-Williams，一九三五年生。一九六〇年畢業於阿克拉（Akkra）的Legon大學。然後留在母校從事非洲文學的研究。

※Gabriel Gbaingbain Okara，一九二一年生。畢業於奈及利亞的烏穆阿希亞（Umuahia）政府學院，和美國西北大學。在花奴古（Enugu）當新聞局官員。

※Dennis Ckukude Osadebay，一九一一年生。留學倫敦。當過稅務員，新聞記者，國會反對黨領袖，後任議會議長和最高法院法官。

※Mbella Sonne Dipoko，一九三六年生。畢業後，一九五六—五七年在喀麥隆的替可（Tiko）當書商，一九五八—六〇年在奈及利亞廣播公司當記者，而後留學巴黎，攻讀法律和經濟。

※Elolongue Eponya Yondo，一九三〇年生。留學巴黎，留學法國。攻讀法律及社會學。

※Pierre Bambole，一九三六年生。

※Patrice Lumumba，一九二五年生，畢業於天主教會學校。當過稅務員，郵政局長，酒廠廠長，政黨領袖。一九六〇年任剛果總理，一九六一年於卡坦加省（Katanga）被謀害。

※Geraldo Bessa Victor，一九一七年生，自文科中學畢業後，在安哥拉銀行當行員十年。然後前往葡萄牙的里斯本攻讀法律，並在當地執行律師業務。

※Valente Goenha Malangatana，一九三六年生，泥水匠出身，後當葡萄牙建築師，顯示卓越才華，在Lourenco Marques開設事務所。

※William Joseph Farah Syad，一九三〇年生。留學阿拉伯和法國，攻讀人種學和社會經濟。索馬利亞共和國建國後，在新聞部主管文化及觀光事業。

※Flavien Ranaivo，一九一四年生。曾遷居巴黎，後返國。

編輯後記

①水星五號論壇，化名爲宋志揚的「溫柔的感歎」一文是誰寫的，大家很清楚。從引文習慣上即可判斷。實在用不着做蒙面盜的宵小行爲。

②連あいうえお都不懂的人，居然也有勇氣厚著臉皮胡說：「在笠上的作品，幾乎三分之二以上是日本現代詩的翻版」。請問那個所謂宋先生：「日本現代詩是什麼樣子？特質是什麼？刊在笠上的作品又和日本現代詩在那些地方是相同的？」

③在笠第八期上，有一篇林亨泰談「詹冰的詩」一文，說詹冰的日文詩在日本的『詩學』雜誌上發表，被日本詩人指出有與他們不同的「異質的東西」。在笠四三期上，譯有日本名詩人村野四郎、安藤一郎、田村隆一等對於「華麗島詩集」的推荐話，都表示出中國現代的詩是和日本現代詩不同味道的。想來日本詩人該比那個所謂宋先生更瞭解日本現代詩罷？那個所謂宋先生的硬逼人上架的行爲，只證明他耳聾目瞎地在胡說八道，眞無識得可憐。

④在那個所謂宋先生的墨黑的有色眼鏡下，所看的一流詩人，在旁人看來，其實只是三流而已，那個所謂宋先生只是在小圈子裡，因長久的自我陶醉而麻痺罷了。所以「華麗島詩集」的入選名單不同於他的看法，那是告訴他那一類人，對詩是另有許多不同角度的看法。

⑤詩選的小圈子主義，是創世紀詩社始作俑者，自己汚瀾，要求人家乾淨，是多麼不知恥。「七十年代詩選」的差勁和「中國現代詩選」的欺騙勾當，以及「MODERN CHINESE POETRY」一書，除了紀弦、覃子豪、余光中、羅門、周夢蝶、敻虹、方思之外，可說是清一色的創世紀人馬。面對這種故意不公平的先例，任何詩社，都有權故意不公平的來調和這種偏差，創世紀諸人是無權閒話的。要以後詩選能選好，除非做爲禍首，又喜歡亂搞詩選的創世紀諸人，能痛改前非，才能辦得到。

⑥至於那個所謂宋先生，硬把洛夫捧爲能詩能論能譯的全才，想來洛夫也受之有愧吧？洛夫到底翻譯了什麼？論翻譯，笠有的是多方面的人才，不談德文日文，就以洛夫懂點皮毛的英文，笠的年青同仁中比他强的實在多得是。評論方面，洛夫也只是東抄西湊的三流脚色，林亨泰、桓夫、錦連，白萩、葉笛、趙天儀、李魁賢、杜國清，那一個都比他有見地有條理。至於詩，倒是洛夫較爲可觀的一面，可是，在當初創世紀的編委裡，如季紅、瘂弦、商禽、白萩、鄭愁予、黃用等，也都比他好得太多了，他只是倒數算起來二、三名而已。

⑦我們要勸告所謂道道地地詩讀者的所謂宋先生，道道地地的詩讀者不只是你一個人，所有詩讀者的眼睛是雪亮的。在這個「你丟我檢」運動中，雖然有人檢，希望你也不要亂丟骯髒的廢紙，以維持這個詩壇的清潔。

笠詩双月刊第四十五期　中華民國內政部登記內版臺誌字第二〇九〇號　中華郵政臺字第二〇〇七號執照登記爲第一類新聞紙定價二十元

笠

詩双月刊

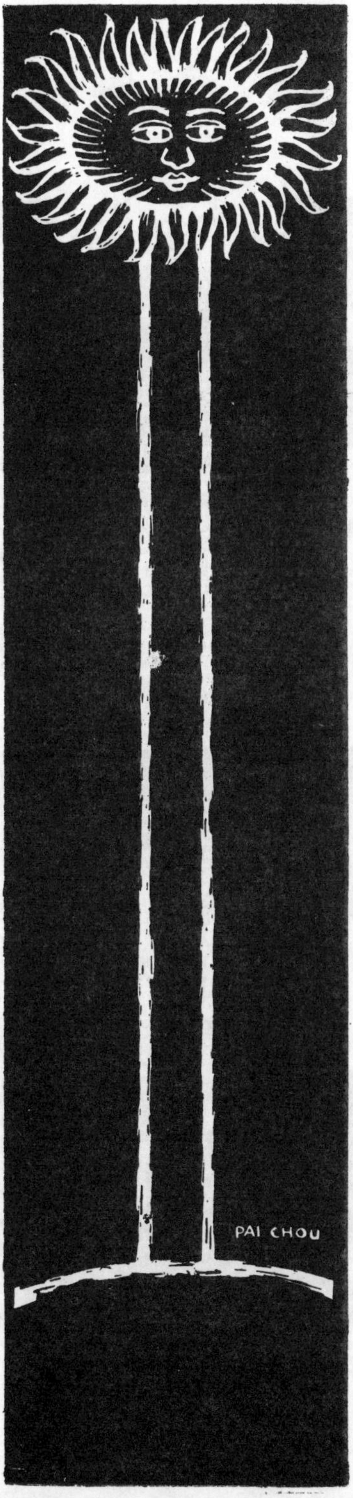

民國五十三年六月十五日
民國六十年十二月十五日

LI POETR
MAGAZIN

46

吳瀛濤生活照

吳瀛濤少年像

臺灣文藝聯盟臺北支部發會式1936年5月23日　第一排右起第二位爲吳瀛濤先生

吳瀛濤

■ 從本省老一輩的文藝工作者中算來，他是年輕的一個；從年輕的一代推算過去，他是較老的一個。早期的詩較富生活情趣和意象，近作却稍枯燥而單純，具有些概念化的傾向。詩集有『生活詩集』『瀛濤詩集』和『瞑想詩集』散文集有『海』。

Wu Ying-tao is one of the younger poets among the old generation, yet one of the older poets among the young generation. His early works emanate a kind of fragrance distilled from daily life, but his recent writing betrays an inclination for abstract ideas. He has published three volumes of poems, "The Poems on Daily life," "The Meditative Poems." In addition, he has also published one volume of essays, "The Sea".

影子

吳瀛濤

被擊落的影子，
自闪耀的雲间墮下奈落的底層；
我知道，那是死，
而且由直覺已熟悉它。
死，漫長的歲月換来一瞬終結，
不許嘗試的絕後的体驗；
它的来歷是現世的生，
它的去處是曠古的寂滅。
啊，死，
壘壘的死屍，層層的骷髏，
終於化為烏有，歸於虛無的影；
而那影的領略，無時不追隨於身後。

「現代詩展」中吳瀛濤先生的畫像與親筆字

笠46期 Li Poetry Magazine No. 46

目錄

吳瀛濤先生追思特輯

詩創作

笠下影

及其他

故吳瀛濤先生傳略

本社

一 吳瀛濤先生小傳

吳瀛濤先生，臺北市人，生於民國五年七月十八日，民國六十年十月六日逝世。先生爲臺北望族吳江山之孫，吳添祐之哲嗣。臺北太平公學校、臺北商業學校畢業，在學中即開始參加文藝活動，熱愛文學，尤其是詩的創作。

吳瀛濤先生於民國二十七年與夫人許鑾英女士結婚，伉儷情深，生有三男兩女，夫人現爲國泰人壽管理處副理，康文服務於市立仁愛醫院，重文服務於台肥六廠，家寶現兵役服務中，玉文服務於第一銀行，珠文服務於臺灣英文出版社。先生早於民國二十五年就參加臺灣文藝聯盟臺北支部從事文藝活動。至於工作，歷任日本清水組，日本出版配給會社臺灣支店等職，本省光復，自民國三十五年就職於臺灣省烟酒公賣局臺北分局，至民國六十年八月退休，凡二十五年。先生爲一敬業樂群的公務員，且爲一熱情內潛的詩人，一勤奮苦幹的民俗研究者，平素爲人溫柔忠厚。民國五十三年與詩友共同發起創刊「笠」詩雙月刊，先生爲建設者之一，其一生熱愛詩的創作，和致力民俗的研究；著作已出版的有「生活詩集」、「瀛濤詩集」、「暝想詩集」、「吳瀛濤詩集」、散文集「海」、及「臺灣民俗」及付印中的「臺灣民俗」第二册等，另外尚有遺著多種待整理出版。

吳瀛濤先生在文藝界素以忠厚純樸著稱，其作品從日文到中文都富於哲理的暝想與生活的情趣者頗多可誦，惜天不假年，適先生大成有期之際，竟積勞成疾，壯年辭世，知者莫不哀嘆惋惜。然先生之追求詩的精神，研究民俗的熱忱，以及探求兒童文學的熱心，均足令人欽佩景仰，誠爲本省自光復以來第一位不屈不撓的現代詩人而無愧。

Ⅱ　吳瀛濤先生簡歷

民國5年　7月18日出生於臺北市江山樓。

民國18年　畢業於臺北太平公學校。

民國23年　畢業於臺北商業學校，並在江山樓自家就職。

民國25年　臺灣文藝聯盟臺北支部設立，參加爲發起人之一。

民國27年　和許鑾英女士結婚，旅行日本。

民國28年　日本清水組就職（建築業），長男生，並同年死亡。從這一年開始詩作。

民國30年　次男康文出生，臺灣商工學校北京語高等講習班第5期結業。

民國31年　「臺灣藝術」小說懸賞募集應徵當選，作品爲小說「藝妲」。

民國32年　日本出版配給會社臺灣支店就職，兼任臺灣藝術社記者，日文詩集「第一詩集」（一九三九——一九四三），日文小說集「記錄」以及「臺灣俚諺集」均未出版。

民國33年　旅居香港，並跟詩人戴望舒等交往，在香港期間，以中文、日文的詩作發表。返臺後就職於臺北帝大（卽現今國立臺灣大學）圖書館。

民國34年　臺灣光復，擔任國語通譯（卽翻譯），服務於臺灣長官公署（卽今臺灣省政府）秘書室。

民國35年　臺灣省煙酒公賣局臺北分局就職，兼任中、日文週報「中國週報」編輯。在中華日報副刊發表中、日文詩作以及隨筆。

民國36年　在新生報副刊「橋」發表詩作。

民國42年　出版「生活詩集」，並開始在「現代詩」、「藍星週刊」發表作品。

民國45年　跟畫家藍蔭鼎等參加臺灣畫報社。

民國47年　出版「瀛濤詩集」，在新生報開始連載「臺灣民俗薈談」。

民國51年　在青年戰士報陸續發表散文，有關「海」的作品。

民國52年　出版散文集「海」，開始在「今日の中國」譯介當代中國短篇小說，凡二十五篇。

民國53年　邀請爲「笠」詩雙月刊十二位創刊人之一，六月十五日創刊。此後詩作多半發表於「笠」、「葡萄園」等。

民國54年　出版「瞑想詩集」。在「兒童讀物研究」發表有關兒童文學的專論。

民國59年　出版「吳瀛濤詩集」（六卷）、「臺灣民俗」第一輯。

民國60年　八月自煙酒公賣局退休，十月六日逝世於臺北寓所。

Ⅲ 吳瀛濤先生著作目錄

一、已出版者

(1)生活詩集 一九五三年 展望詩社出版

(2)瀛濤詩集 一九五八年 展望詩社出版

(3)海（散文） 一九六三年 英文出版社出版

(4)瞑想詩集 一九六五年 笠詩社出版

(5)吳瀛濤詩集 一九七〇年 笠詩社出版

1 青春詩集：一九三九至一九四四 九十四首

2 生活詩集：一九四五至一九五三 九十一首

3 都市詩集：一九五四至一九五六 一一三首

4 風景詩集：一九五七至一九六二 八十二首

5 瞑想詩集：一九六三至一九六四 一三〇首

6 陽光詩集：一九六五至一九六九 七十五首

(6)臺灣民俗㈠ 進學書局出版

(7)綠野仙踪（改寫） 新民教育社出版

(8)名犬萊西（改寫） 新民教育社出版

二、未出版者

(1) 7 憶念詩集：一九七〇至一九七一

(2)吳瀛濤詩記（包括詩的介紹、評論、隨筆、翻譯）

(3)臺灣民俗㈡（預定出版中）

(4)日譯「今日中國小說集」（「今日の中國」自民國52年開始連載。約30萬字。）

(5)日本童話集（計20篇，約五萬字，民國54年至55年連載於「小學生」。）

三、入選詩選集作品

(1)中國新詩選集 張默‧洛夫主編 一九五六年 創世紀出版

(2)十年詩選 上官予主編 一九六〇年 明華書局出版

(3)新詩集 鍾肇政主編 一九六五年 文壇社出版

(4)華麗島詩集 笠編委會主編 一九七〇年 若樹書房

Ⅵ 評論吳瀛濤及其作品文獻目錄

1. 生活詩集序 覃子豪 一九六四年 笠第1期
2. 「第二詩集」序 覃子豪 一九六四年 笠第1期
3. 第二詩集序 紀弦 一九六四年 笠第1期
4. 笠下影：吳瀛濤 林亨泰 一九六四年 笠第2期
5. 詩壇散步：瞑想詩集 柳文哲 一九六六年 笠第12期
6. 詩‧思想的 詹冰 一九七〇年 笠第39期
7. 沉默的詩人吳瀛濤 周伯乃 一九 年 自由青年
8. 暴風半徑 李魁賢 一九六九年 幼獅文藝 第185期
9. 一個屬於雕像的臉——吳瀛濤先生 林煥彰 一九 年 幼獅文藝
10. 本省第一次詩展(上) 趙天儀 一九七一年 臺灣文藝第32期

吳瀛濤詩話

吳瀛濤

I 論詩的精神

※時代預言者的詩人，更是迫切地繫望於這一點——原子是這時代的詩的新的象徵，是這時代最純粹最崇高最有力的詩精神之總稱，詩人需要認清它，詩人要開始寫出原子時代的新詩——原子詩。

——原子詩論

※最初而也是最後的，最渺小而也是最龐大的，物質中之物質，生命中之生命，人工的最高峯，人類智慧的極深奧——這就是原子，原子的領域，同時也就是新世紀的詩的領域。

——原子詩論

※物質原子是一種導機，然而不能當爲偶像，它只象徵與它相同質度的某種精神動力，實是無數同心圓的中心而已。

——原子詩論

※是一假稱，從未定名，是原子的一種，詩是它的方式。……。而假如，未知的生滅成宇宙，我說：我的詩群將不泯滅！

——原子詩論

※詩並不僅止於詩本身的藝術價值。它是人間精神智慧的心靈表現的結果，爲代表人間思想意識的內在形態。

——詩與人間的探求

※誠然詩是精鍊的、飽和的言語，那麼讓我們不必僅拘泥於停在發現詩語的地點上，現代詩給我們的當在於詩語以前的「詩」本身吧。

——詩語與現代詩

※詩的存在，對我們似乎已成爲孤城的存在。我們正在堅守這一孤城的堡壘，因爲我們深信對人類的必要，確信詩給人類的光榮，因而必需我們奉獻一切的奮鬪。

——詩的孤城

※詩常射箭於虛無，詩常對靜默的時空。

——詩——靜默的時空

Ⅱ論詩人

※戰後，由於舊秩序的崩潰舊時代的解體，被稱爲破碎的年代，而處於這破碎的年代，指向着不可視的應有的，甚至或屬於未知的原形和探索，這一時代的詩人是苦悶的。

※我想詩人要有信心，要有愛，要有强烈的生命。詩不應該被戰後的虛無和混亂扼殺。是的，詩人要負起重新開拓的使命。

——現代詩的思想與抒情

Ⅲ論詩的批評及其他

※任何時代，詩是精神方面的所產。……。這一時代的詩人的精神是最具有時代意識與人類意識的，這就是說，現代這一個時代的詩精神是比任何時代都是更高更深刻，那麼成爲這種高度而深刻的詩精神的主要因素是什麼，談到這一點，我們應該指出批評這一個字眼，現代是批評的時代，現代文學是批評的文學，現代詩也是以批評精神的詩。批評是最高度的知性，也是最高度創作之一種，總之，現代詩的世界也可以說是批評精神的世界，詩人一方面要面對着現代極其複雜的外部世界，同時也要面對着人間存在的極深刻的內部世界，批評精神成了詩人的依據，形成了他的世界觀，了解現代詩應從這一點的認識開始。

——現代詩的問答

※新詩漢詩之爭，早應互相放棄，爲充實今日中國詩壇新詩舊詩的創作而努力，始免雙方無端的損失。

——詩的表達與實質

※作爲一個對時代負責的現代詩人，寫詩是艱難的途徑，詩人要付出苦淚的代價，負起人類的十字架。這一點，詩人對苦難的人類環境的掙扎，他所喚起對人類生存的批評，對現代生活的自省，也都是難能可貴的。

——現代詩的批判性

Ⅳ論民謠

※如果可以說民謠是詩最原始的形態，那麼於民謠中我們常發現而且常引起我們的共感的民謠的因素，民謠的本質，它對詩將會提供了一些寶貴的東西。

——民謠詩話㈠

※現代是一個多麼齷齪，令人窒悶的時代。虛妄扼殺了眞實，詩失去了天眞的夢境，因爲如此，我更覺得民謠之可貴。

——民謠詩話㈡

舊時代的詩篇

二、三十年代的臺灣風景

吳瀛濤

1. 小戲院

一台破舊的脚踏三輪車來了
三面貼海報，今天演的是蝴蝶歌舞團
在路邊那間矮陋的小戲院

以前就不是這樣，不是用擴聲筒，像那年青的小伙子，一路上嘩啦嘩啦叫
是穿臺灣衫的老頭子，一面小鑼邊打邊走，念念有詞，多斯雅，都把戲情說得妙極了
那時候，我還是小孩，一群頑童常取鬧那個高個子的老伙子，好神氣哦

小戲院也比現在熱鬧得多了
好戲連台，都演得一本正經，遠近的村人都來看
就是這一個小村，也不像今天的冷落

海報不是裸體的男女，就是擁吻的鏡頭，嘩啦嘩啦地
難怪老人家搖頭嘆氣，雖然他們也不是村夫子
時代變了，村裡的年青人都到城裡去謀活

於是，小戲院簡直越弄得像間廢屋，儘管那些勾魂熱舞

2. 小店

幾家磚造平屋
一家是剃頭店
一家是簸仔店
一家是肉砧

還有的幾家是農戶，棕簑犁具之類堆在屋裡

剃頭店的收音機一直是一具最吸引人的「順風耳」
等於是「千里眼」的電視機還沒有出現在這裡
簸仔店的門口總有幾個粗做人在聊天
如談那些今年迎媽祖的值角頭鄰村正忙着準備演幾棚戲
肉砧的阿良伯還不是那樣有力氣，大把的豬刀十年二十年啦，阿良伯有個當女教員的好女兒

一台台的普普仔車普普地走過去
還有不是公路班車，就是黑頭仔車
車子變得眞多啦，現代的人也好肯花錢、能享受

阿良伯很少到臺北去，差不多五六年才去玩一次
倒是剃頭店的司傅較常去，他要討一個城裡的姑娘
簸仔店的芋嫂仔就不想討街裡的媳婦，無論怎樣還是庄脚的查某囝仔好

公路寬多了
以前那會是這樣平坦坦的，都是到處的石頭仔路
現在的少年家好有福氣呀

一對年青的男女正騎着普普仔車走過
觀光區的石門水庫都要從這條路過去的
好吧，過年我們也該到幾個地方看看，什麼橫貫公路咯、墾丁公園咯，免得一輩子的鄉下佬啦
豬砧的阿良伯和籤仔店的芋嫂哈哈笑起來

註：老伙仔（老人）　剃頭店（理髮店）　籤仔店（雜貨店）　肉砧（豬肉攤）　棕簑（棕製農用雨具）　順風耳，千里眼（耳眼靈敏的兩神）　粗做人（做粗工的人）　值角頭（輪值的區域）　司傅（工匠稱呼）　庄脚的查某囝仔（鄉下的女孩子）　普普仔車（機車）、黑頭仔車（黑色的小轎車）

3. 機器曲

那時候還沒有電唱機
手捲的機器曲就是那時代最時髦的產物
用搖把搖捲一次只能唱一面，而且一面只有一曲，就是現在所謂七十八轉
當人家忘記捲，曲盤就不轉動，也會唱一半發出漏風的怪聲音停下，那才好笑

電影也都是黑白片，當然是無聲
不過有個叫做辯士的人，坐在舞台的一角，一一地替戲中的角色說口白
舞台前也有一個小角落，樂隊就在那邊配合場面伴奏，也蠻有趣
不過像在夏天一有雷鳴，電氣熄滅了，影戲也就隨之中斷，而要等到電氣再來能繼演上去，人家常常要呆悶在暗茫茫的
戲院裡，好幾個鐘頭，眞倒霉

什麼收音機啦，彩色電影啦，會發聲的電影啦，都還沒有，更談不到什麼電視，什麼寬銀幕的立體，那些只是在外國的
報導像夢一般讀過一些
那是一九三〇年代的事
現在，我却很想看看那樣一台古老的手捲機器曲，或聽聽它會發出的怪樣的聲音
是的，我在重溫舊夢，我多喜愛像在西歐舊街頭偶而會奏響起來的那種自鳴琴的聲調，此刻我彷彿聽到了它

註：機器曲（唱機）　曲盤（唱片）　辯士（稱電影解說又權充演員代爲讀口白的人）　暗茫茫的（一片黑暗的）　影

戲（電影）漏風（漏氣）

4. 名字

別以爲只是好笑
那些名字正因爲土裡土氣，却多麼地富於鄉土的氣味呀
叫起來又多麼地親切可愛

什麼芋粿嫂仔啦，她大概是有一個時候賣過了芋粿，不然就是很會做很好吃的芋粿
蕃薯仔伯就不是啦，並不是他很會種蕃薯，而是本名就叫做蕃薯，蕃薯仔伯很福相，胖胖地眞像一大塊蕃薯
乞食、土糞、糞掃、牛屎，那些卑賤的名字，是爲壓勝的在那重男輕女的舊時代，生了女孩子，也就隨便取了一些很通俗的名字，如金枝仔、玉葉仔、阿春仔、阿花仔
不然就叫罔惜仔、罔市仔、罔腰仔，意思就等於說，旣然生下來了，女孩子也好，養養算了吧
更有的希望下一個生弟弟，就號名爲招弟
還有很多很多俗稱，只要某一個人身材有個特色或有人給了他一個很妙的外號
什麼矮仔福啦、目鏡林、烏狗蔡、濶嘴的、紅龜的、曲鼻的、大耳的

就是這些土裡土氣的名字使人想起故鄉的泥土氣息
比被人稱呼正名正姓的某某先生，不如來一個熟悉的名字多好
因爲我們誰也都濃濃地想起了故鄉的人情味，因而願意有了這樣一個寧可是土裡土氣的名字
尤其是在這陌生彷徨的日子

5. 臺灣衫

我們好福氣
穿了臺灣衫，穿了我們鄉土的衣服
這就十足表示了我們臺灣人的氣概
在那日人佔據的幾十個年代

當國內的抗戰如火如荼地燃起
日人要毀棄我們的神像
要我們用他們的日本話，以他們的生活方式來改變我們
要我們化爲皇民，要我們這樣那樣

但是我們還老是穿了我們的臺灣衫
用我們的臺灣話過着我們的生活
有時候甚至用他們聽也聽不懂的臺灣話罵得痛痛快快
這就是我們好神氣地穿了臺灣衫的緣故

日人打敗了，他們不再是帝國
那些凶惡的帝國主義的爪牙，個個像掩尾仔狗逃掉了
記得光復那時候，我們又多麼神氣地再穿了我們鄉土的衣服

6. 布袋戲

一盞硫磺燈，黃黃的火舌，像隻蛇吐出來的
就僅僅靠這盞搖搖欲滅的微微的燈光
一台傀儡戲搖晃着，隱藏着東方神秘的故事
孕育着童年的好奇與憧憬

布袋戲尪仔一個個出來，有聲有色
後台操傀儡的人正手忙脚亂忙着這些什麼七俠五義、西遊記、三國誌，還有很多很多記不起的戲目哪
文場武場都有，後台樂配奏得熱熱鬧鬧，口白更是說得維妙維肖

在亭仔脚的小角落裡
小小的舞台倒是雕得很華麗，照着硫磺燈光倒有一點妖豔，也有一些蠱惑

而那麼多臉譜，我們慢慢熟悉起來
甚至我們那一群小孩也有我們自己的布袋戲尪仔，來演一場場小小布袋戲啦

小孩子到玩具店去買來了布袋戲尪仔頭
手指一插進去傀儡的頭部，一面也說了幾句口白
宛然一個操演員，你看，這幾個小鬼可不是在嗶啦嗶啦地演着布袋戲嗎

小鬼們混演得蠻得意
戲台是用低矮的椅子，却也假想着有布袋戲台那樣的戲台，及雙邊的門，門上面的樓上的窗
於是，傀儡演打鬪的武場，照樣會跳窗仔，飛天潛地，演得神出鬼沒，演得連飯都不去吃了

就是這樣令人叫絕的布袋戲
就是這麼樣在小孩心目中比什麼都還要奇異的布袋戲
就是這麼樣令人難忘的故鄉的傀儡戲

註4芋粿（用芋做的粿）乞食（乞丐）糞掃（垃圾）罔（本來不願意，但還就爲之之意）市（與「飼」諧音）腰（與「盲」諧音）烏狗（時髦青年）紅龜（印成龜形的紅色外皮的粿類，喜慶用）5掩尾狗（形容垂頭喪氣）6布袋戲（傀儡戲的臺語名稱）戲尪仔（傀儡）

7.小祠

那是鄉下最常見的風景
於今仍然

一株經年的老榕樹
在那蒼鬱的樹下，緊靠着粗大盤結的樹幹
一座不過三四尺高的小祠
到處可以看見，在鄉下的路邊

那些田頭田尾的土地公祠或那些什麼有求必應的有應公廟仔
祠雖小，却未被遺忘
雖簡陋，却仍同老榕樹那般在風雨的歲月裡越顯得蒼老而令人懷慕

鄉下人在那小祠拜過
禱告些風調雨順，國泰民安
禱告五穀豐收，六畜興旺
小祠就這樣成爲鄉村不可或缺的存在
成爲鄉村生活裡多麼地親切的一部份

牧童會在小祠避雨
水牛會在樹下取涼
老人會在這裡講故事給小孩子聽
小祠就這樣成爲故鄉難忘的風景
成爲我們老故鄉最最虔誠樸實的象徵

8. 廟　戲

廟庭已搭好了戲棚
一連幾天又可以看戲啦
一年總有幾次節目
土地公生、迎媽祖、迎尪公、謝平安、做醮
廟庭又會熱鬧一番
賣物食早就圍集在這裡
廟也比平日香火鼎盛

鑼鼓一開，先是排仙，繼着才是今天的戲目

你看，台上台下打成一片，演的人演得緊，看的人也看得好過癮哪
這是農閑期，而在鄉下，除了這樣的節日，是很少有戲可看的
那時代還沒有戲院，更談不到像現在鄉下也隨時可以看電視，可以收聽廣播
正因此廟戲也就成為節目最精彩的娛樂節目
每一家人差不多都會來看
三三兩兩，老人與小孩，男男女女
女人很少出門，更少像節日這樣打扮得又美又嬌

廟戲大部份是大戲，就是很像京戲的所謂亂彈
只是唱詞台詞都用土音
不過有人還是看不大懂，但這時候旁邊的老戲迷會親切地為你解說
這樣，戲看多了，慢慢地你也會通曉戲節
關於那些上幾百的戲目，而懂得白蛇傳是怎樣怎樣，空城計是如何如何，還有什麼四郎探母、孟姜女送寒衣、三娘教子
、昭君和番、包公案、小五義等等

幾里路遠的鄉村的人都來看熱鬧
以廟戲為中心，節日的鄉村打成樂融融的一家
你看，喧天的鑼鼓多響
連台的戲正演得越起勁
而田園綠色的風吹來着，為這場廟會帶來了涼爽的一刻

9 轉鐵圈

一輪脚踏車的鐵輪子
沒有輪胎，沒有輪上的鐵條
就是這樣的一塊鐵圈
我還記得
整天，我們幾個孩子都走着轉動那樣一塊鐵圈玩着，眞好玩了

那是童年的回憶裡多麼地新鮮活潑的一幅寫照
沿着堤防的小石子路
沿着黃昏的小街巷
一直轉動着，手拿一支木棒，推動了那塊鐵圈
鐵圈歪歪斜斜地快要倒下去，就用木棒好好把它轉直，再讓它向前轉

在我回憶裡的那麼一塊塊鐵圈
我們幾個孩子走着，鐵圈也走着
我們的影子拉長，鐵圈的影子也拉長
影子與影子交疊着映成多麼地富於變化的奇異的一幅寫照喲
那童年的鐵圈，現在已沒人去玩

註：8賣物食（飲食攤）　戲棚（戲台）　大戲（或稱老戲、亂彈）

10童　年

那時候，我們還是小孩
小孩該有了很多美麗的童話
可是，我們都沒有過
我們只能聽到少些兒童故事片斷
儘管那樣，我們的童年却够快樂

那時候，我們還是小孩
小孩該有了很多好玩的玩具
可是，我們都沒有過
我們只好去玩些土泥巴或小瓦片之類
儘管那樣，我們的童年却够了快樂

那時候，還是封建的時代
很多嚴格的家教都把孩子管得很嚴
可是，我們的童年還是那樣令人懷念
疼愛小孩的父母親在身邊
我們在風和日暖，山清水秀的故鄉長大

11 陋　巷

街巷都很狹小
房子也都陋舊
落日常反照在那一塊塊被風雨侵蝕的紅磚
那是一幅油畫裏古老的街巷

我小孩時候的家就在那巷子裡
從後門進去就有一口深井，深井旁邊就是暗暗的灶脚
母親總是一天在那些地方忙了洗衣服，忙了煮飯
我玩得一身塗了泥巴囘來，母親一看就說髒死了，像火炭那樣黑呀
就讓我坐在一個小椅子，叫我乖乖地給洗塗黑在身上的蟲，母親也常叫我乖乖地給她剃頭，哄說要給餅吃，也哄說剃好
了才要帶去街上玩

母親一天忙着，却把家裡整掃得乾乾淨淨
一到過年過節，她又忙於炊粿縛粽

母親很信神，都常年帶我去各處的廟宇
她虔誠求神拜神的慈容是多麼地嚴肅，多麼地高貴
拜囘來，我有雞腿好吃，那童年甘美的味道也多難得

就是那樣的童年的回憶，永遠刻描在我的古老的油畫裡
那雖然是一條條陋巷，一座座陋室，我的懷念却永遠徬徨在那邊
而隨着那些回憶，我總是會浮現母親的慈容
哦，那些喪失了的童年，現在且已找不到的我童年時候的那一條陋巷

12 兒戲

你還記得我們童孩時的兒戲嗎
什麼考三皇帝，什麼老鼠偸食油，什麼點仔點官兵
還有很多很多有趣的遊戲
什麼躂熊、什麼跳年、什麼掠猴

我們都玩過，我們記得很清楚
那些隨着遊戲所念的歌
那些隨着遊戲所比的手勢
及那些我們玩過的地方，有時候是在街後，有時候是在河邊，有時候也在廟庭

玩着，我們大聲地喊叫，大聲地叫嚷
那是小孩子的小天地
我們常常都玩得一身塗滿土泥，我們常常玩到太陽下山，甚至在月光的夜晚，我們還是繼續玩着喊着

是一群天眞的小鳥
不管大人看起來眞是一群頑皮的小鬼
可是誰沒有過那種小鬼的年代
蹦蹦跳跳，笑着喊着，那一支天眞的小孩的歌聲喲

註：深井（房子裡面露天，用以晒衣服的地方）　灶脚（厨房）　火炭（木炭）　蟲（△小孩子身上塗滿骯髒，母親則比喩謂有蟲附在身上）

哀悼吳瀛濤先生

陳逸松

吳瀛濤先生靈前！友人陳逸松謹悼於靈前。　先生一生謹愼小心，獨力謀生，養家育子，一方面始終爲臺灣的「新詩」傾其全力，令人欣佩。現在臺灣的新詩正在茁壯成長之中，實有待　吾兄繼續努力獎助，以五十六歲之年遽而棄世他界，惆悵何限。不過生死一如，雖在靈界尚能顧盼此世，或不久可再生於此島此地與我們爲伍，共同爲此地之文化有所貢獻。謹致暫別之辭。

陳逸松哀悼

一九六一年十一月十一日下午

「鷺鷥」短評

吳瀛濤

像這首詩是僅僅幾十個字的一首短詩，讀起來，意味都很明瞭，並無難懂的地方，可以說是很平常的作品（平常並不就是說平凡單調），但是像這樣平常的作品反會引人注意——如被選爲合評作品，我想這大概是由於現代的詩寫得多半令人似懂不懂，反過來像這種較單純的作品，其用字正確，意境也明鮮之緣故吧。不過撇開這一首詩够水準這一點不說，我仍更盼望不僅僅是够水準，且是超過水準，更具深刻內容的詩作之出現。所謂詩的深層次——這一點，這首詩似有某種程度的表現，並非就是詩的繁複次，一首短詩仍然可能具有比任何長詩還優異的純粹性，它如一顆鑽石一顆星能閃閃發亮，而它的光亮是來自深奧的，那將是詩的本質，像這樣在一首詩裡表現詩的深奧，這或許可求而不可多得，但我們當可向這種深度走下去。

註：「鷺鷥」一詩爲季紅的作品

悼念吳瀛濤先生

巫永福

聽說吳瀛濤先生是經過長時間的鬪病生活之後辭世的，這一消息叫我感慨萬分。寡言的他是本省人，在現代詩文學活動中屬於老年派的稀有的存在，更加覺得可惜。他雖比我年輕幾歲，却是患了癌症，唉！這唯有令人嘆息而已。

回顧往事，在臺灣最初出版的詩刊，是連雅堂先生於民國十三年二月創辦的月刊詩誌「臺灣詩薈」吧。當我小學生的時候，亡父就是熱愛「臺灣詩薈」的讀者。在日本統治下仍用中文發行的這本詩誌，雖以舊詩爲主，但現在看來也可以說，那是屬於劃時代的詩文學運動的好詩刊。

那個時候，臺灣正由軍政轉移民政的平靜時期，因此各地有許多大小詩社宣告成立。舊詩詩作活動遍及全省十分旺盛，並輩出了很多漢詩人，其中林幼春先生的詩算是最傑出的吧。

然而，隨着時代的進步和日本教育的擴展，接受過新教育的詩人們也開始用日文或漢文，創作所謂新體詩的現代詩或自由詩而活動。那是受了當時的日本文學或大陸的新文學運動之影響而掀起的。不過由於日本統治長久，從大陸來的留學生越來越少，漢文活動便逐漸被淘汰，詩文學運動也逐漸被受過日本教育的詩人們，取而代之推行下來。在當時，這是時代的趨勢所造成的很自然的結果。

由於新體詩是時代必然的產物，有一本日文詩集「荆棘之道」便於民國二十年誕生，那是數年前逝世的詩人王白淵先生的著作。繼之民國二十二年筆者跟張文環先生、前臺大教授故蘇維熊先生、具有法國文學造詣的故曾石火先生、前述詩人王白淵先生、白香山研究家施學習先生以及吳坤煌先生等，在日東京組織臺灣藝術研究會，發行機關誌「フォルモザ」，除了刋登小說之外，還有現代詩作品。

到了民國二十三年，以臺中的張深切和張星建兩位先生爲中心的臺灣文藝聯盟成立，刋行了「臺灣文藝」。還有楊逵先生脫離臺灣文藝聯盟而創辦了「新文藝」，這兩本綜合雜誌也都刋載現代詩，其詩活動的表現非常活潑。這個時期許多詩的活動中，還是在佳里的吳新榮先生爲中心的「鹽分地帶的詩人們」，活躍得最有聲有色。

我從日本回來後，也參加了臺灣文藝聯盟。但這個聯盟，因戰爭逐漸激烈，遭受了日本當局的壓迫而命令解散，因此盟主張深切先生便出走前往北京。之後，在戰爭當中，臺北的陳逸松先生和張文環先生創辦了「臺灣文學」。「臺灣文學」以及當時的報紙文藝欄，也都十分重視現代詩的創作。如此，現代詩的創作貫串於戰前戰後，均佔在臺灣文學運動主要的一環。

臺灣光復後，以「笠詩刋」爲中心的現代詩人們，建立了很好的基礎，已有優異的成績表現。吳瀛濤先生是最初跨越語言，從日文改換中文創作的詩人，在笠詩誌上埋頭苦幹了幾年，這是衆所週知的。

可是在現代詩創作的領域裡，我以爲新近從大陸過來的詩人們，帶來了更新的詩精神和詩形式做爲肥料，增添在這個風土上有新的詩出現；事實我讀過各式各樣的詩之後，却感到非常失望。因爲在新近現代詩裡，我還找不到比戰前或戰時中的詩，表現得更優異的詩精神的創作。不過，「笠詩刋」却已恰如其分地播下了很好的種子，當這些種子成長壯大了的時候，我想吳瀛濤先生會在地下高興地哈哈笑吧。我要以這一實現來祈禱吳瀛濤先生的冥福。

詩人的讖語

王詩琅

一

時間過得眞快，已是三十多年了！

一九三四、三五年前後，臺灣的新文學運動已經逐漸滙成一條巨流，大爲有心的知識份子熱烈支持，一些愛好文學的年青人，不論臺籍也好，日籍也好，大家一見面就要談論古今的文藝作品，自己的文學抱負，各地的同好物以類聚，也都紛紛籌備組織團體，創辦文藝刋物起來。

臺北的一班文學青年是於一九三三年成立臺灣文藝協會，編印「先發部隊」的，後來受了日當局的干涉，「先發部隊」改稱「第一線」，於三四年底發行。筆者是遲一步，到了籌備發刋「第一線」前才參加這個集團，參與雜誌的發刋。

當時臺灣文藝協會的主要人物是芥舟郭秋生兄，秋生兄是那時候全臺最大的酒樓「江山樓」的總經理，因此，「江山樓」幾乎成爲臺灣文藝協會的大本營，這些熱情充沛的小伙子的集會所，筆者當然也不能例外，經常在此出入。

臺灣的文學運動高潮過後，臺灣文藝協會的活動也趨於消極，可是筆者和秋生兄的友誼並未受其影響，一有機會就要到「江山樓」找他聊天。大概是高潮過後一兩年的事吧，有一天，記得是下午，筆者循例到「江山樓」訪他，我們聊了一會兒，忽然從櫃臺內走出一位身材不高的年青人來向他請示店務，這位年青人比我們更年青，大概沒有超過二十歲。他倆談畢，秋生兄轉頭將他向筆者介紹，說他叫「吳瀛濤」；是江山樓主人的族人，剛從臺北商業學校畢業，也是一個文學迷，在校時就時常寫詩，要我特加關照，這時候我跟他沒有攀談過甚麼。他寫的詩當然是日文。

他和筆者以後雖然也時有見面的機會，可是互相只點點頭打招呼而已，沒有進一步的交情。他寫的詩是怎樣，也沒有見過。嗣後，筆者遠渡大陸，離開了臺灣文學圈子，雖然故鄉的友好也曾時常寄些臺灣的文藝刋物，但是似乎很少見過他的作品，印象自然也無從談起。

可是他的文學活動就在戰時的這一段時期，有過不少的表現，其活動當然也是以日文的新詩爲主。

二

本省光復後，筆者從大陸返臺，仍然從事文化工作，不但「舊雨」大都恢復來往，並且得到了不少的「新知」。故瀛濤兄雖然是「舊雨」，可是也算是一位交誼較密的「新知」。或者是筆者年齡多他幾歲，他自認是後輩，通常都是他來找筆者聊天，我們談的大都是屬於文學方面以至文化問題；而且我們還曾合作纂修過臺北市志的民俗篇。

在這二十多年來，筆者對於他不論公或私都已有較深的認識，也發現他有多方面的才華。他的日文的新詩是他早年露頭詩壇的基本，也最爲識者所稱道的，自是不必多加贅言，而他的日文，幾年來日文雜誌「今日の中國」有過很多的譯作，我們便可看見他那流利的妙筆，日文的根基很好。這幾年來他還跟一些同好搞日文的「短歌」，這種日本固有形式的短詩境地如何？筆者還沒有見過，當然也沒有談論它的資格。他的中文似乎是光復後才新起爐灶的，然而二十多年來，不論是詩或是文，其進步之快是足以驚人的。這當然是他不斷地在努力的成果。

他有本題為「海」的散文詩集，他也曾對筆者說過他很喜愛海洋，還說在寫「海」那個時期，曾時常到金山、野柳、石門一帶北部海岸徜徉，遠眺澎湃的海洋，洶湧的波濤；可是筆者印象中的他的詩，並沒有海洋那樣熱情奔放，也沒有波濤那樣洶湧激昂；他的詩是充滿着凝視的瞑想，內潛的情感。不過，這祇是筆者所感到糢糊的印象，詩的圈子裡的朋友對他的詩作，自是另有其看法與論定。

十幾年來，他還致力於民俗學方面的工作，工作方向不是走入民間的田野調查，主要是把過去現成的資料加以彙集和整理的，「臺灣民俗」這部鉅著便是其成果。光復以還，有關本省民俗的文章雖然不尠，可是有系統地將它輯成專書，却是以這一本書為嚆矢，筆者曾在「臺灣風物」第二十卷第四期的書評裡稱它為臺灣「民俗的集大成」實在並非過言。據說這「臺灣民俗」的續集早已付梓，不久便可以問世，這是一部臺灣俚諺的專集。

他在跨着兩種廻然不同的文字時期，都有良好的成就，着實不是一件容易的事。在臺灣從事文化工作的人雖然很多，然而類似他能中文善日文的人却是很少。

三

故瀛濤兄給人印象，凡是跟他接觸過的人誰都能够感覺到的，他是一個忠厚樸實的人。他很重信守，筆者和他幾十年的交誼中，他沒有爽約的記憶，言而有信，約必有行。浮言食言不以為怪之世，確是難能可貴的。

他的體格雖然不是屬於健碩型，但却也不是弱不禁風的「薄柳之質」，平素很少聽見他生病。因此，筆者於幾個月前（大概是夏初），偶在城內新公園附近碰見吳太太，獲知他因肺部手術住進臺大附屬醫院留醫的時候，不覺地吃了一大驚，但第二天，筆者到病房去看他，他早已起身閒步，臉色、舉止一如往日，沒有病態，心裡也就釋然了。他出院後，也曾來訪過筆者，一道吃過午飯，而且也時常掛電話與筆者聊天，談談其病後的一些「養生之道」、新讀的修養書，顯示他與病魔摶鬪的毅力；筆者很佩服他求生的意慾，不在昔日追求文學之下。記得互相沒有通電話不久，筆者因公因私正在忙碌之間，忽然間接傳來噩耗！腦海中病已好轉，健康如常的這老友已從人世消逝的這個事實，怎樣也不能相信，可是這一天晚上筆者到他府弔喪，這事證實了，茫然佇立，沉重哀痛的心情難以言喻！

當筆者在他靈前上香時，心頭忽然湧上一些往事來，那是在「吳瀛濤詩集」和「臺灣民俗」出版前的事，他不知有何感觸，這時候時常對筆者吐露一些對寫作發生倦惰的口吻，還說自己所有的詩都集在「吳瀛濤詩集」，有關臺灣民俗的都彙編到「臺灣民俗」裡去，這算是自己的寫作告一段落，此後興之所至則寫，不然也就算了。他並且說詩或是「短歌」的集會也是如此，高興則出席，不然也就算了。

當時筆者對他這種消極的說法並不以為然，且曾勸過他說，蠶是繭盡才死，既然投身寫作，何必尚在有為之年，自己扼殺自己呢？言及於此，還儘量鼓勵他再接再勵。可是似乎沒有效果。

他對日後自己的病是否有預感，固然無從得悉，可是這些話不幸竟成了讖語，以後他的寫作顯然減少了，「吳瀛濤詩集」「臺灣民俗」也眞的成為他最後的著作了。

觀音山的新塚

悼詩人吳瀛濤先生

鍾鼎文

今夕，將有一鈎殘月，默默地
從海上前來，帶來渺渺的清哀
憑弔空中的岑寂
山之陽，淡淡的月光
山之陰，幽幽的暗影
一如往昔——如一入定的坐禪者
披着多摺的灰色袈裟

今夕，觀音山的明暗與起伏
在月下，呈現爲銀塑鑄的潮汐
嵌着一粒蒼白的珍珠
半圓形的，半透明的
——那是鍍上了月光的一座新塚
孤獨地，孤獨而又孤獨地
承受着一宇宙的淒凉

你，我，同屬於凋零的一代
縱然在這座島上
你是土生的，我是移植的
我們都將留下果實
埋進泥土，化作種子
預約春天的萌芽

生前已够寂寞的了
又何怨於身後的寂寞
讓「青春」與「生活」化作了詩
將「都市」與「風景」收入了詩
以「瞑想」與「陽光」寫下了詩
生命的果實如此豐碩
更何憾於悠悠的千古

民國六十年十一月十一日於臺北市

註：用括弧處，爲吳先生遺著六種的詩集名稱

無常之歌

——哭老友吳瀛濤

紀弦

瀛海之一波濤
瀛海之一波濤
瀛海之一波濤
無常！無常！啊啊無常！

請把大衣的領子翻起來：
東北季風是如此之猖狂。

什麼時候再喝一杯呢，
橘酒、紅露或是當歸？
老吳呀，唉，你靜靜地睡吧……

後記：（一）忽然接到十月十七日天儀兄的來信，驚悉二十年老友吳瀛濤已於十月六日逝世。其時我正在下課休息中，而窗外秋風一陣陣不停地吹刮着。片刻的沉思，回憶，遂得句「瀛海之一波濤」，而發出了一聲「無常」之嘆。接着，我就在天儀兄信封的背後留下了此詩之草稿。一連幾天，修改數次，到二十三日方才完成。（二）詩人吳瀛濤是我來臺後第一批相識的寫詩的朋友之一，和李莎、方思、林亨泰、鄭愁予、林泠、楊喚等差不多同時。我們平日過從並不甚密，所謂君子之交淡如水是也，偶然兩個人在一起喝一杯而已，「橘酒、紅露或是當歸」，而多半是由他請客，因爲我口袋裏的新臺幣比他更少。他服務於公賣局多年，公餘之暇，從事寫作，很少參加文藝界的活動。他既不爭名奪利，也不跟時髦湊熱鬧，只是恬淡地生活着，沉默地工作着：我想，作爲一位詩人，就要像他這個樣子才好。（三）他的詩，不全是我喜歡的。但是每當讀到他的好句，我就爲之擊節不置。他那一顆「赤子之心」，往往躍然紙上。這一點，最是動人處。而所謂「詩的眞」，除了「詩本身的完成」所要求的「藝術的眞」之外，詩人所表現出來的獨自擁有與衆不同的「氣質的眞」是更重要的，我以爲。（十一月三日）

最初與最後

龍瑛宗

貝殼，被遺忘於沙灘

——貝殼幻想曲

從前的府立圖書館，就是現在的總統府後面傍邊，一座古老的西洋式建策物，一進去，有點陰森森的感觸，讀書人，就在門口處換一雙稻草做的拖鞋，裡面燈光幽明，氣氛靜肅，我們好像被打進了一個洞穴裡，不過睜眼一看那是廣濶無際的智識的叢林，任憑你徘徊，任憑你採摘智識的果實，年青人總是智識的貪婪者，在那裡孜孜地採果，但每次我在圖書館的時候，就每次發見一個年青人也在那裡獵書，個子矮小臉面蒼白的，好像性情內向，當時我不曉得他是誰?但是給我的印象是很深刻。

後來有一個偶然的機會，經駱水源先生介紹才知道他是吳瀛濤君，其實我們老早就相識，只是未曾寒喧，從未相告姓名罷了。貝殼喲!雖被遺忘於沙灘，你曾否聽到那超越時間的恒遠的澎湃。

死，漫長的歲月換來一瞬終結

——影——

據我的記憶，日據時代我曾介紹他到當時的臺北帝大工藤教授處工作一段時間外，就沒有特別提及的，不過據我所知道的那個時候，清水組是營造商，大概他爲了生活，他有一段時期居住於高雄市的旗津，又奔波於香港的九龍，在那裡他認識了幾位祖國的詩人，他回來了的時候，送我幾本祖國的新詩集，但是我當時看不懂祖國的言語。

光復後，他一直當了公務員二十五年，我們爲了「今日之中國」的原稿，經常有接觸，他固然是敬虔的詩神的使徒，另外令我發現他是一個優越的翻譯工作者，尤以臺灣民謠翻譯日文，恐怕以後很難覓尋如斯獨具風格的人材了。

聽到他病倒的消息以後，我去臺大附屬醫院兩次，一次我與賴傳鑑君同道，他的神情如常，淡淡地談他的病情，他一點也不怕死神的威脅，這使我一驚。第二次我去看他時，他已經退院了，護士小姐說「他已經好了」，惟未經幾日他到我的辦公室看我，我發覺他的手脚有點不自由，他說「我特地來看王詩琅先生與你」這使我感動不已，我們還談一些家常話，將近臨走時，我無意間看見他的淚痕，我與瀛濤君交友三十多載，從未看過他的眼淚，竟以眼淚結束浮生的交遊，我以爲比他的詩還要寶貴。瀛濤喲!不許嘗試的絕後的體驗，你竟躍身嘗試去了，可惜，還早一點，還早一點。

復活天空

・懷念前輩詩人吳瀛濤先生・

白萩

你最末的詩說：
天空復活
而天空的復活是
由於鳥群不停的飛翔

在我們的行列中
突然失掉了你
回頭尋覓
你已埋身草叢
為了復活天空
甘願這樣地了掉了一生

天末
凉風正刮來
請珍重上路
為了復活天空
我們的行列
將繼續不停地飛翔

參加你昨天的告別式回來，發覺日日與我為伴的那隻金絲雀不見踪影。據妻說：大約禁不住昨夜的寒冷，今早已死掉。凝視着已空的鳥籠，想到你，悲戚之情，又連連湧上胸口。

與你訂交，是在民國四十二三年，那時候，你已從日文跨到中文裡來，發表你的原子詩論，寫一些有異於當時浪漫情趣的知性的詩。無疑的，那時你是臺灣現代詩壇的先進者之一。或許你是跨越語言的一代，在中文上懷有時不予我的悲哀，後來也漸漸對我太前衞的實驗，持有異議。對我來說，你的歌聲也許不太響亮悅耳，衝刺也不太有力，可是在不停地飛翔的行列中，一生對詩的執着，支持你的參與，決不氣餒，令我欽敬。

與你最後的一面，是在今年七月十八日的笠八週年年會上，看到你第一次開刀後虛胖的身體，上下新光保險公司四樓會場的辛苦情形，使我淚往肚裡流。那時同仁大都已知道你的病症，强作笑顏地與你交談。而我自從舉家遷至臺南後，北上成為難事，以致這一面成為最後的一面，唉。

春蠶吐絲，至死方休。如今你已休已了，請安心休息，我們會繼續飛翔，請瞑目。

十一月十二日午夜

談詩人的態度

——悼吳瀛濤先生

高橋喜久晴

今年十月，受了我的臺灣風土及人情論有所觸發，而決意訪問臺灣的侄女江塚知子，回國後報告吳瀛濤先生辭世的消息，使我大吃一驚。在我的記憶中他雖非很强壯，但以天生誠實的品格，招待過初次訪問臺灣的我，而今聽到他這一訃報眞感覺心痛。吳先生是在日本的臺灣研究和臺灣介紹的許多文章中，常常被提起的一位詩人兼風俗研究者。在他自宅的書房，有各種各樣的民俗資料藏書，整頓得很整齊。使人一見就瞭解他對其研究的領域，持有强烈的愛好。他訂閱保存的「日本讀書新聞」週刊也很齊全，這曾經使我感到意外。我問吳先生：「你買日本讀書新聞做什麼用?」他回答說：「是爲了尋找日本發行的有關民俗研究資料——，還有這個報紙的內容非常好，是研究日本的重要資料寶庫。」也許大家都知道，這本週刊是爲了日本的智識階級的人士，要尋找在市面上買不到或找不到的專門學術書籍能便於購買而發行的，銷路非常地好。吳瀛濤先生不但是一位熱心的民俗學研究家，同時也是一位優異的抒情詩人。日本詩學雜誌曾經介紹過他的作品；例如：「船魅盡了旅人的我的心／一群海鷗也正在天空飛舞／唱起出航的歌，運來異域的夢／雙翼帶有濃濃的潮濕」，以及其他如鑲嵌的寶石那樣閃爍着的抒情精神，這比民俗學者的他更使我感覺深深的敬愛。我很想看看他再寫更多的珠玉佳作，但無情的病魔竟把我的期待刼走了。吳瀛濤先生底詩的精神，也許是一顆小星星，但它會永恒地閃爍於被架在日本和臺灣的詩底世界的橋樑上。現在不僅是詩，而纒繞在所有人的存在，——那些權力和慾望——從永恒的地點看來，都已逐漸地失去了光芒的純度，反而像吳瀛濤先生的詩那麼細小的光，才能勉强地維持住我們未來希望的唯一可能性，强求慾望或權利的那種無聊，我們早已厭煩。至少能證實他是誠實的人，而留了一首小小的詩，在這個時代才是眞正獲得信賴的行爲。

哀悼吳瀛濤先生的辭世，另一方面又聽江塚知子對臺灣詩壇的見聞，覺得感慨萬分。但突然她苦笑地說：「日本文壇有一種看人家有成就，便嫉妒而中傷的文人，自己却寫不出好作品，做不出好詩的活動。在文藝界，很容易產生那種知性的暴力團所得逞的，臺灣好像沒有這種事。」稍時，我不知道如何回答她。「嗯！中國是具有悠久文化傳統的國家，臺灣的詩人們那種被洗練了的感覺，絕不會發生爭取勢力般愚笨的事吧，只是我曾經在訪臺期間，遇到一次不愉快的經驗，我還記得。」那是我參加中國某一文學團體的座談會席上，有人問我：「日本的文化是樹立在我們中國文化的基礎上開花的，從根源上看來，日本就是我們中國的文化後進國家，受過我們中國文化的恩惠……，這一點你認爲如何？」這一質問，不，這種意見實在太幼稚了，對於這種無聊的問題，我只笑着不理他。當然啦，現今的文化是樹立於過去的文化遺產上，可是現今的文化程度應該於現今的時點來比較研究才行。在我的身邊也有幾位久已不發表作品的過了時的詩人，他們總是說：「從前，我寫過甚麼……」，好像仍然依存於過去的光榮裡，而無法面對着文學這種最現代性的，能朝向未來才被認定的知性作業，在其硬直了的腦子裡毫無發生作用。他們所留下來的工作的價值，雖是衆人認定的，可是目前所必要的是站在過去的那些基礎上，現在仍然認眞地進行着的問題，在現今所寫所發表的作品裡，才能決定我們一切的勝負。「向我提出這一不像從事文學的人所發出的愚問，是因疏於世界文化的動向所致的吧。」我告訴江塚知子說：「不像文學者的文化，不像詩作者的詩人，不僅在日本，也許其他各國都有。」我想起了眞正的詩人底態度，越覺得一直到辭世前還在寫詩仍未停筆的吳瀛濤先生底眞誠的可貴，謹在此遠遠地祈禱着他的冥福。

（上接第35頁）

它在等我
因這是另一年的海季
海的光和波浪的祭典正開始

啊，海！

我知道它在等我
每一個夏天，我們都是最好的同伴
當然，我們樂於接受它一年一次的招待

我回信說
我會帶去一本海藍色的詩集
帶去我的海藍色的祝福
我將像隻海鳥飛舞於它的身邊

吳先生，我因爲工作忙，又有好幾天沒有到您家去了，但知道趙天儀教授已着手在爲您編印一個紀念册，想他一定可以勝任的，請您放心，笠詩社也正策劃在十二月爲您出版一本紀念專册，請您放心，我們會每年在這個時候追悼您，祝福您在繁星的世界，仍然享受着詩人的生活，永世快樂。

60、10、31寫，在南港

笠與吳瀛濤先生

給瀛濤兄

陳千武

瀛濤兄：笠詩刊的創刊，最初是您提起的。

在民國四十九年的詩人節，中國詩人聯誼會的席上，我們第一次見面，您就說要合辦詩刊的事。那天晚上，我們從水源路邊走邊談，走到華陰街十五號您的老家。我不知道水源路到華陰街有多遠，只覺得我們談的話正要盛開，却已到達華陰街了。瀛濤兄，請您告訴我，我們什麼時候再有機會並肩散步臺北的夜街？那天晚上，您帶我上您的書房，介紹我給嫂夫人說：「二十年前就在文壇上互相認識的陳千武……」啊、二十年前、我十七、八歲的時候，您已經是我心目中所敬愛的一位詩人了。

自第一次見面以後，我們通訊過幾次，差不多每一次信，您都提到辦詩刊的事情，但時機還沒成熟。一直到民國五十三年三月一日，「臺灣文藝」社召開出版籌備會那天，您約天儀和我，在籌備會之前到您家來談，是日天儀帶了王憲陽來，四個人同時贊同聯合中部的詩友們合辦詩刊。您要我負責連絡。三月八日是中部詩友們，在卓蘭詹冰家，召開笠詩社成立籌備會，值得紀念的一天。從此我們積極的企劃，笠詩刊終於六月十五日正式創刊了。回想當時高興的心情，您還記得吧。

七年來，您維護「笠詩刊」的成長和發展，有時心煩，有時開心，正像養育自己的兒女般，關懷得十分週到。您跟其他同仁一樣，對於「笠詩刊」只知履行義務，從來沒有要求過任何權利。您說過；沒有人願爲提高文化而犧牲的今天，小小的「笠詩刊」是創造新的文化遺產唯一的火苗，我們應該繼續把它傳遞下去，絕不能使其熄滅。您常常回顧過去說：日據時代，不能在政壇上得到地位的臺灣人，百分之九十九都志願當醫生、做律師。只想發大財，想獲得大量的物質財產傳給子孫，很少有人考慮到應該多把精神的文化遺產傳給子孫，使後代有機會發揚不滅的智慧。在臺灣有錢的人盡管有錢，不愁街上沒有圖書館；十分暴露了弱者的不爭氣，而這種沒有志氣竟變成了習慣遺傳下來，迄今仍無法完全掙脫。可以說，這是受過日本統治的大部份臺灣人的悲哀。這種悲哀敎促您熱衷於文化的建設，而耽溺於詩文學，不斷地埋頭，從事精神的活動。

我最後一次訪問您的時候，您說：啄木鳥棲在我的胸部，正在啄食我的心臟。實在沒想到今天會有這種阻礙，曾經只想多寫一點東西，因爲我們的文化太落伍了，使我焦急，我才拚命地寫，拚命地寫。現在只好聽由天命……。

瀛濤兄！您的話使我深深感動，使我想了很久很久。我很瞭解，您的誕生來自這片土地，您要回歸回到這片土地裡去；在這片我們熱愛的土地上，您留下來很多眞美、眞善的詩，您的詩開了花。生根在這片土地裡的您的詩開花了，您的花，不像無法生根在這片土地裡的一些挿花那樣，虛僞、浮游不定而後萎謝。在這片土地裡有根的您的詩是不萎謝的，笠同仁們都瞭解這一點。請您安息吧！安息！

悼念 吳瀛濤先生

陳秀喜

我榮幸認識了吳瀛濤先生的機會是我加入了日文短歌社的時候，短歌會每月有一次晤會，不知何故一年之後，吳先生就退出短歌會。此後一年多的歲月，吳先生和我還有一個星期晤面一次，談文學聊聊天的機會。可是星期三的會晤不久也散了，從此鮮和吳先生晤面。

素有瞑想詩人之稱，謙虛的吳先生一旦談起詩來，非常地熱心與起勁，宛如是兩個人。今年七月十八日，笠詩社開年會的時候，吳先生不顧手術初癒的玉體踴躍來出席，提出寶貴的高見，他愛詩的精神誠然令人敬服。當吳先生知道我將要出版詩集的時候，九月初某日打電話給我，他說「恭喜妳要出版詩集，我一定寫序給妳。但是我寫好讓妳先看一看採用與否由妳決定。歡迎寫詩的朋友常來，和妳們談談我就會忘了一切。」吳先生爲人一向都如此謙虛，吳先生的關懷使我衷心地感激。只因爲稿子不在手邊，不能立刻送稿子去給他過目爲憾。九月中，我曾到南部去旅行了三次。回來的時候，離吳先生打電話來的日子也已經過了二十多天。九月廿九日我打電話想向吳先生問安，可是他不在家。吳小姐在電話中告訴我「父親在仁愛醫院住院」。我的腦海中只想到吳先生的大公子是仁愛醫院的醫師，那麼也許是爲了打針方便才住院治療。又拜問吳小姐「令尊是否比以前好多了嗎？」她答我「還是一樣」。如此的回答，不覺使我內心不安了起來。次日九月卅日上午我到了仁愛醫院，一踏入病房，首先就看到比以前瘦得太多的吳先生，這麼大的變化使我幾乎愣住了，一陣強烈的難過湧上來，不禁淒然淚下。聽到我的聲音，吳先生稍微露了笑容，顯出了他的高興。他卽刻呼喚二公子來把他的頭和背部輕移向着我。這二十多天之內，已變成衰弱不堪的樣子，實難令人相信。我隱藏着陣陣的心酸，强裝着開朗，可是不知如何來安慰他才好。我俯下臉，偸偸拭去不斷地掉下來的淚水。吳先生斷斷續續地說手術後十天來的病況，看他連講話都覺得很吃力的樣子。被卅九度的高熱已折磨了十天，呼吸也有一點困難。我重新湧起了嗚咽！吳先生好像口渴，喝了三次冷開水。他躺在病榻上還跟平常一樣，關心詩，關懷那本將要出版的我的詩集。吳先生說『我一定要寫「覆葉」的序，但是可能要延遲了，等到我能坐起來。』我說「謝謝吳先生，請你珍重，養病第一。趙天儀先生有序賜予」。他說「那太好了，序有一位寫就好了」。而今永遠得不到吳先生的序文了。雖然我沒有福氣，未能得到吳先生的序文與批評，可是吳先生對我的詩集的關懷，令我永久難忘。怕吳先生講話太多會累，約三十分光景，我就辭退了。想不到，在他的病榻邊的握別，竟成爲最後的晤面。

記得民國五十六年三月某日，我自基隆來到臺北，去拜訪歌會同仁范姜女士。在她的寓所和吳先生不約而會晤。他拿着一本「笠」詩刊問我說：「陳女士，妳看得懂中文嗎？」我答：「我最喜歡中文書，因爲我在這十多年來都努力學習中文。」吳先生就把「笠」詩刊第十七期一本送給我。同時吳先生又說要介紹我加入「笠」詩社爲同仁。此後的數年間在笠詩刊發表的拙作，吳先生過目後，他就會打電話給我。成爲最後關於拙作打電話來的是「笠」第43期「晒壽衣的母親」。吳先生鼓勵我，他說：「這一首詩的題材，沒有人寫過，妳找到新的題材寫成詩，這是一種發現。」

如今回憶起來，如果沒有加入「笠」詩社同仁，也許我一輩子只在寫日文詩，而不會寫自己國語的中文詩了。因此，我永遠銘記着吳先生介紹的恩情，同時感謝他的關懷。

記得認識吳先生那年的十二月，我45歲的生日那一天。可以說是托吳先生和三位友人之福，過了我平生最愉快的生日。當時我住在雨港基隆，吳先生和文學先輩郭水潭先生、陳遜章先生、鄭世璠誼兄光臨寒舍。從臺北拿了一個花籃來。朶朶都是濃厚的友誼，朶朶都是馥郁的玫瑰花，冷風夾着細雨的傍晚，四位詩酒仙們肯賞光，眞是令我喜出望外。屋子裡變成如同暖和的春天。一年來蓄存的白蘭地四瓶，先拿一瓶傾入酒盃，想不到很快就空了。第二、第三瓶照樣的速度成空瓶。第四瓶拿在手裡，我聲明剩下這一瓶是我家的全財產。酒中正酣的詩酒仙們，談論古典和當今的詩，酒宴中素有男中音歌手之稱的陳遜章先生在拍掌聲中，獨唱助興。之後，陳遜章先生雙眸輕輕閉着，看起來好像欲睡的模樣，然而口裡還是不斷地大聲叫喊「喂！沒有酒了嗎?!」。郭水潭先生素有臺灣拜倫的氣質和派頭。然而發酒脾氣起來就大聲的談論「鹽分地帶」和文學，談論四十年前的文壇。雙眼炯炯噴出香酒。鄭世璠誼兄拿出本行他的神妙畫筆，繪描陳遜章先生酣醉的臉龐。吳瀛濤先生眞不愧是服務公賣局的海量太平洋。他穩重地拿起筆揮毫「她是詩，她是愛」給我留念。當時我就向着兒女們說「將來有一天，你們要把吳先生揮毫的『她是詩，她是愛』寫在我的墓碑上。」我竟如此說，便可知道當晚的生日宴使我多麼高興。四位詩酒仙各有千秋，多彩多姿。使我覺得是世界上最幸福無比的時刻。往事猶如昨日，回憶那晚的氣氛，恍如充滿玫瑰花的芬芳，洋溢着詩意，使我心中充滿了感謝。往事歷歷還在眼簾，然而，如今吳先生仙逝了，令人惋惜。我的生日宴從此缺少一位詩酒仙，他始終多麼穩重有禮。我要抄襲「他是詩，他是愛」獻給吳先生之靈，祈告冥福。相信吳先生在天之靈，會原諒我一生一次抄襲之罪過。也許他在天上苦笑。

笠詩社創刊人之一的吳先生已爲天上的詩酒仙，我們應該繼續他對於詩的熱忱，對於「笠」詩社的關懷，不斷地來充實我們的詩刊，如同生前吳先生寫詩的熱情一樣。

無限的哀悼

鄭烱明

吳先生走了，悄悄地走了，要不是看到「笠」四十五期上的啓事，我眞不相信那樣一個擇善固執的人，已經離開了我們。

六月中旬，我曾趁回學校參加畢業典禮之便，到臺北與「笠」同人聚會。當我把想去臺大醫院探望吳先生，以知道他的近況的意思告訴陳社長時，熱心的陳社長說恐怕吳先生已出院，隨卽帶我去他的公寓。果然不錯，我們在那兒見了面。我曉得吳先生得了 lung cancer，並已開過刀，因此，看上去顯得比以前虛弱、老邁的樣子。但一談到詩，則還是那麼認眞起勁，不遜於任何一個年輕人。

在近二小時的談話中，吳先生不時提出「笠」應如何謀求發展的意見，以貢獻於中國現代詩壇，並鼓勵我更上一層。我送給他一本剛出版的「歸途」，他非常高興，也送了一本精裝的「吳瀛濤詩集」給我。後來，在餐後的歡敍時，楓堤兄對我打趣說：「吳先生對你眞不錯，他送平裝的給我們，却送精裝的給你！」社長、天儀兄和我聽了大笑。

最近兩三年，由於很少有機會北上或參加「笠」年會的緣故，一直沒有再見到吳先生，想不到這一次的見面，竟成了永別！

雖然認識吳先生不過短短的五年，但我知道，他是不折不扣的一個詩人。可以說，他把他一生大部份寶貴的時光，都獻給了詩。在三十多年的文學生涯裡，從日文到中文，語言的阻礙並沒有減少他對詩的熱誠與追求，相反的，更孜孜不倦地繼續創作，經常爲詩做各種犧牲，這是何等的令人敬佩。儘管他時常自嘆落伍，比不上年輕的一代，然而瞭解他的人都知道，他那根植於鄉土和現實生活的詩篇，正是這個詩壇所缺少的。而「笠」能有今天的成就，身爲開拓者之一的他，功勞尤其不可磨滅。

如今，吳先生走了，「笠」從此失去了一位共同攜手開創中國現代詩前程的親密友伴，不僅是「笠」的損失，也是整個詩壇的一大損失。

想起吳先生生前對詩的眞摯，想起那張彼楓堤兄形容爲「暴風半徑」的臉孔，想起有一次他告訴我說，他已推薦「石灰窰」爲五年來佳作之一時的神情，想起他自己在「陽光」一詩中所吟唱的：

我沒有死過，也不曾衰老
陽光賦與永恆的活力，我擁有不朽的生命
啊，生命，我熱烈地愛過光榮的生
雖也徬徨於生的苦悶

我知道，「吳瀛濤」三個字將隨他的詩，永遠活在每一個「笠」同人與每一個認識他的朋友的心中。

海的客人

——寄給詩人吳瀛濤先生

林煥彰

我要到終站
在海邊的小站下車
行至孤獨的岩上
瞑想終日

我要到終站
暢遊海上的外島
作鄉愁的綺夢
夢裡逍遙

我要到終站
搭乘最後一班車
宿於繁星的旅舍
一宿幾天

吳先生，這是您的詩：「終站」，是您要去的地方。吳先生，您已經走了，悄悄地，不曾告訴過任何人。您已經走了，這事是可以確定的，只是您已經去了好幾天，却一點也沒有要回來的消息，這不會是您願意的吧！即使您所投宿那世界，眞如繁星的旅舍，您本來也只是打算住宿幾天而已，您的旅行，應該是不斷的前進，從這個星辰到那個星辰。可是，您這樣一去就不回來，實在叫人懷念；我懷念您，您的家人更懷念您，還有，很多很多的朋友都在懷念您。詩人周夢蝶、羊令野，他們都向我表示過對您的逝世感到哀傷，他們並向我打聽您出殯的日子，而且，羊令野還說，十月是光榮的月份，詩人應該死於這個月裡，如覃子豪，如現在的您，還有跟在您之後的沙軍，這是國家對您們的恩典，他還說，如果楊喚不是死於非命，那麼神也會給予他一個最好的月份，因爲詩人是國家的志士。

十月九號，是我知道您已經走了的那天，陳秀喜女士在電話中告訴我的那天，那天的午夜，我在工廠上班，我接到您二兒子重文兄的電話，他要我爲您編印一個紀念册，我滿口答應下來，我樂意爲您做這件事，雖然我沒有經驗，雖然我那時很忙，心裡很煩燥，爲着生活，但我還是滿口答應下來，我樂意爲您做這一件事情。您是忠實於詩的，我非常了解。您寫詩三十餘年了，正當我現在的年齡，我一直很敬佩您這種精神，孤獨、寂寞的寫詩。翻開這二、三十年來的所有新詩選集，只有文壇社出版的省籍作家叢書的「新詩集」裡選錄了您的作品，但那也似乎像聊備一格的只選了那麼幾首，實在令人感到喟嘆，這詩壇是這麼的狹窄！可是，對此您却不曾有過怨言，誠如您在詩中所表白的：「我走我的路，我寫我的詩，我有我的世界，我有我的宇宙」，那麼具有信心，而始終不爲討好別人來寫作。您的大半生涯，就這樣獻給了詩神，而且「以最好的時間寫詩」，直令人感動。

今年三月上旬，我去徐和鄰先生那裡，他出示您寫給他的一張明信片，告訴我您在臺大醫院等待開刀的消息。那時，這消息令我感到意外，您一向身體很好，可是又不能不相信，這是事實。而說那是一張明信片，其實，應該說那就是一首詩——「天空復活」，您這樣寫着：

臺大病室一〇六號
一隻生命之鳥被困在這裡

肺腫瘤
要開刀，要切除肺的一部份
不論是良性，是惡性

被割開的胸腔
是一片晴朗的天空
是鳥曾走過去，又將要飛過去的輝耀的境域

一九七一年三月
那隻生命之鳥復活了
那片永恆的青空復活了

——三月五日寫

至今，我還印象鮮明，一直爲您這種平易的表現所感動。如今，一想到您已經不在了，我就想起您這首詩，那時候，可以想像得到，您是多麼的男敢呀！在等待開刀的日子。

三月十九日，我曾和徐先生約好去醫院看您，想您還記得。那時候，雖然您剛開過刀，但精神看起來還是很好，您還充滿着信心的對我們說，那是一種良性的瘤，其實不必切除也沒有什麼關係，我們也爲您感到高興。不久，您出院了，雖然我因爲工作忙沒有再去看您，但朋友們都說您的近況很好。沒有想到，在最近，大概是九月底吧！有一天，陳秀喜女士打電話給我，說您又住入仁愛醫院，說您很瘦，說您的病情相當嚴重……，那時我曾向她表示過，我要去看您。可是，不等我有空，就傳聞了您已經棄世的消息，我還能說些什麼？

十月十一號晚上，我到您家去，只見您的遺像高掛在廳堂裡，我不能再如往昔一樣和您握手，心裡好難過，雖然有您的夫人、您的兒子、您的女兒他們跟我談話，可是，屋子裡的空氣，却像凝住了，我對他們說不出話來。吳先生，我知道您是喜歡海的，但又該怎麼向您說？您是海的客人，如今，您不在了，您去的地方，是不是您一直喜愛着的海？我很喜歡您所寫有關海的那些詩章，尤其是「海的招待」，請您允許我，讓我永遠朗誦您這個詩篇：

託南國五月的海風寄來
海藍色的信紙
海藍色的信封
海寄來一封信

信上，海說

（下接第29頁）

忘年之交

——吳瀛濤先生印象記

趙天儀

從詩人桓夫的限時信中，得知了詩人吳瀛濤先生已於民國六十年十月六日逝世的消息，因爲我早就知道他因癌症進臺大附屬醫院開刀治療，所以，總覺得他不久卽將離開我們，而我們也將永遠失去了一位使徒般的寫詩的伙伴，而今，我不能不面對這個現實了！醫學的發達，對於癌症似乎尚無有效的克服的方法，在我認識的一些師友親朋之間，詩人覃子豪先生，哲學家殷海光先生便都因癌症而離開了我們的，吳瀛濤先生竟也得了病中之病，最難以克服，而且最傷神最痛苦的病症。爲什麼一些我所熟稔的人，一些心地善良的人，竟也會遭遇死神的折磨呢？

一、初次會晤

從我開始學習欣賞新詩以來，很早我就有一個印象，那就是本省有一位前輩詩人吳瀛濤先生還不斷地在寫詩，因此，我常常想一睹他的風采。猶記得民國四十六年的詩人節，我陪詩人白萩、黃荷生去參加詩人節的慶祝大會，席間，我便問起那一位是吳瀛濤先生？經過介紹以後，我們便認識了，那一天開完了會，我們便不期然地一同到了他的家，以後，只要是詩友相聚，彷彿不期然地便會上他的家，而我也就成了他的忘年之交，按年齡計算，他祇比我的父親少了兩歲，是我父執輩的人物哩。

二、木板屋的黃昏

從臺北火車站經過中山北路，經過了往基隆的平交道，便有一條窄小的華陰街，吳先生的家，是在華陰街的一個木板屋，在黃昏時分，華燈初上，他的小樓閣亮起來的時候，大約他已經回家了，那個小閣樓是個小客廳，也是個小書房，同時也是個小臥房吧！也許吳先生寫作最勤，居住最久的地方便是那個小樓閣了！

大約是民國五十年秋天，我從軍中服役歸來，重返臺大哲學研究所唸書的時候，因爲在臺北，我可以說是舉目無親，昔日大學的同學都分道揚鏢各奔前程去了，出國的出國，回鄉的回鄉，只有少數幾位重聚在臺大的校園，在課餘的時候，除了看電影，我一上臺北街頭，便彷彿是一個單身漢在流浪，一件蒼綠的舊夾克，一條淡黃的舊卡琪褲，口袋裡寥寥無幾的新臺幣，因此，訪昔日的詩友便成了我最好的去處，只要一杯茶，只要一聊起詩來，大家眉色飛舞，興高彩烈，無形中，吳瀛濤、白萩、黃荷生、薛柏谷和我便常有見面的機會了，木板屋的黃昏可以說是醞釀了「笠」的前夕之一吧！直到他遷移新居以前，那兒便是「笠」同仁在臺北的俱樂部呢！

三、從「臺灣文藝」到「笠」的誕生

同樣地爲了詩的愛好，我們成了忘年之交，猶記得在我結婚以後，在臺北補辦酒席的晚上，吳先生跟我父親握手時說：「我是天儀的朋友！」我父親的頭髮都還沒有他

的黑中露出銀色的光輝呢！

就在「笠」詩双月刊創刊的前奏，大約有三件事是促成了它的誕生。一是由詩人桓夫、吳瀛濤等所籌備的「十人詩選集」，我也是被邀請的對象之一。二是由林亨泰、錦連、古貝在彰化醞釀的擬議創辦一個詩刊。三是在臺北有一些詩友參加了吳濁流先生所主持的「臺灣文藝」第一次的座談會，參加的詩友有吳瀛濤、桓夫、白萩、王憲陽、杜國清、薛柏谷與我等等，座談會以後，我們便又不期然地到了吳先生那個木板屋的小樓閣，結果便有人提議積極創辦一個詩刊。於是，我們就擬請詩人桓夫先生同到中部，聯繫了在彰化的詩人林亨泰、錦連、古貝三位先生，終於由卓蘭那個山鎮的詩人詹冰先生邀請了中部的詩友們去他家裡聚餐，同時正式成立了十二個發起人的通知邀請書，並由詩人林亨泰先生命名為「笠」詩双月刊，建立選稿制度，並分工合作，以期挽救現代詩壇之日趨沒落。

也許是因為「笠」詩双月刊的創刊，同時我又從臺大第九學生宿舍遷居吉林路，離吳先生華陰街的家不太遠，於是，便常常互相造訪，編輯、校對以及作品合評，更成了我們經常相處的機會，雖然我對他的詩觀、詩作以及其他有關寫作的問題，頗有微詞，而且不夠敬老，簡直有點鐵面無私，常常因為只認稿不認人，所以，弄得我們之間有時也頗為尷尬，我常當面退還了他的稿子，然而，我心裡還是非常尊敬他的！就是因為他的資深，他是本省年輕一代詩人的前輩，所以，我對他可以說頗為苛求，我總希望他能做為一個我們的表率，能在詩的創作上以他的實績為我們爭光！

四、鄉愁的詩人

不論吳瀛濤先生實際的成就如何？就憑他三十多年來不斷地寫作的熱忱來說，也頗令我感動的。我常常撫心自問，我能不能三十年不斷地寫作呢？這種毅力，這種恆心，必須把一些雜念放棄，具有一股勁兒才能持續的。

所以，當吳濁流先生批判他的時候，而我們年輕的詩友也對他頗有微詞的時候，雖然他也會據理力爭，為他自己發言，但他決不會因而絕裂，有一件往事，可以證明他的苦衷。

那是我跟吳先生有一次公開的爭論以後，我曾經表示如果我的意見不被尊重的話，我將退出「笠」的同仁，他在事後，曾經跟我有過一次深談，是在北門附近的小公園中，他談到他的過去，他之所以寫作，乃是有一種莫名的鄉愁在鼓舞着他，也許他的作品未十分成功，但他是有他的真摯性，我們大家相處該互相鼓勵與愛護。例如：詩人楓堤先生去瑞士歸來，帶回一些旅遊的詩作，我們不該等閒視之，而應該有耐心地去欣賞他所表現的優點，那天晚上我們發現彼此都有一股莫名的鄉愁湧上心頭……。

在我的老師中，有兩位教授是吳瀛濤先生青年時代的摯友；一位是臺大哲學系前任系主任洪耀勳老師，他似乎做過吳瀛濤先生結婚時的男伴，洪老師提起他，便會問我；「他還在寫詩嗎？」洪老師說吳先生是戀愛結婚的，在那個時代倒是頗為轟轟烈烈呢？

另一位已經逝世的黃金穗老師，他從延平中學再回到臺大執教時，曾經也跟我談到吳瀛濤先生，他嘗說吳瀛濤先生曾經是一位熱情的文藝青年，年輕時代，他們相處得很好，時常互相結伴呢！

而今，吳瀛濤先生已經跟黃金穗老師一樣，已經都離開了我們；一位是「跨越語言的一代底詩人」，另一位却是「跨越語言的一代底學者」，使我不禁充滿了鄉愁的永恆的繫念。由於他的英年辭世，更使我感嘆惋惜，我們再也看不到他的新作哩！

片段二三

——悼吳瀛濤先生

鍾肇政

記得是暑期間的一天——

吳濁流先生來舍，談話間說起了吳瀛濤先生，濁流先生告訴我他已經能外出了，說是在一個什麼會上碰到的。

我知道瀛濤兄得的是肺癌，並且也開過刀了。這樣的一位病人，竟然能夠出席聚會，眞令人驚異。當然，也深深地爲瀛濤兄慶幸在這一次的與病的搏鬪能够獲勝。祇可惜年來我深居簡出，婉却了一切「應酬」，也就沒有能够向瀛濤兄面致賀意。

才過了多少日子呢？忽接噩耗，使我受到晴天霹靂般的震動。原來，瀛濤兄這一回合，還是沒有能獲勝的。瀛濤兄今年不過五十餘歲，正當盛年，以一個詩人來說，該也是趨於圓熟的境地的時候。因此，爲我們詩壇，爲吳兄個人，不禁感到痛切的惋惜。

大約十年前吧，吳瀛濤兄經常在新生報副刊上發表有關臺灣民俗的小文，幾乎無日無之。那時，我就對他的淵博有了深刻的印象。而與他第一次見面，則是「臺灣文藝」創刊時的座談會上。這才知道了他是本省的前輩作家，日據時期卽活躍於臺灣文壇，且又是現役的新詩人，益增欽佩。

其後，在幾個場合也有過見面的機會，祇是談不上有過進一步的接觸。也是在那個時候吧。我知道了他參與「今日之中國」月刊上文藝欄的工作，負責將臺灣作家的作品，譯載於該刊上。對於這方面的他的工作情形，我幾乎一無所知，但猜想中他必是努力地幹了一段時日，有過不少貢獻的吧。該刊上，我也上台亮過一次相，不過文章却是由我自己將舊作譯出來的，因而又一次使我失去進一步與他接觸的機會。

最難忘的是去年，我應一家電台之邀，參加空中座談會，與吳瀛濤兄又獲得同席的機會。此刻，那一幕情景，歷歷猶在眼前——他讀的是日據時期臺灣文壇的狀況，他談話的節奏是那麼緩慢，而且聚精會神，就好比一個老僧在娓娓讀着高深的佛理，是頗爲動人的。

我不知道瀛濤兄保存着不少有關日據時期臺灣文壇的資料。幾年來，我一直都在想着，要找個機會專誠拜訪他，借閱這些珍貴的資料，並且聆聽教益。由於忙碌，未能實現這個願望。如今瀛濤兄過世了，也就使我倍覺愴懷。

文人命蹇，自古已然。而據稱瀛濤兄是境況較舒適的一位。這樣的人，本來應該可以活得更長壽些，給我們文壇添增些光彩的，縈念及此，吾欲無言矣！

祝福瀛濤兄在天之靈安息……

詩國的農夫

悼吳瀛濤先生

詹　冰

脫下了笠
您休息了

享年　五十六
詩作　六百篇

您　耕作了苦的人生
您　生產了愛的詩句

您站過的點　開了花
您走過的線　成了路

貝殼小鳥星星　變成了您的詩
您的詩變成了　貝殼小鳥星星

陽光下　我想起了您
星光下　我懷念了您

人類中　您是光榮的一位詩人
詩國裏　您是勤勉的一位農夫

獻給吳瀛濤先生

杜芳格

現在和過去　也許在
未來的時間裡會成爲現在
而未來會被溶入過去的時間裡去

如果所有的時間都永遠是現在
所有的時間就無法被贖回

或曾存在過的　只在
冥想的世界才會留存永恒的可能性
那是一種抽象

或曾存在過的
由於存在才會常使現在顯示一終局
人都難耐很多的現實

過去與未來
或曾存在過的　和確實存在過的
都會常使現在
顯示一終局

——今晨　我又去
散步艾略特的小徑
赤脚踏在含着露水的
綠色草坪
忽有寒冷的醒悟的觸感

鄉愁是黃昏的一盞燈

——悼念詩人吳瀛濤先生

趙天儀

如歸去的白鷺，飛向遠方的叢林裡
鄉愁是黃昏的一盞燈
從我們身邊離群了的伙伴喲
安息罷　當你熄燈了的瞬間

在都會成長的心靈上
你嚮往了海的音樂
在異國鐵蹄的踐踏下
你學習了祖國的語言

畢竟你跨過了語言低欄的障碍
三十年如一日地
瞑想了詩
吟詠了詩

無法界定的詩是一種永恆的追求
是一種莫名的鄉愁

你知道　爭名就不是詩
你知道　鬪艷也不是詩

當你騎着鐵馬去到昔日的小巷
我曾有過詩樣的黃昏與夜晚
當你乘着小轎車來到今日的寒舍
我竟品嚐了最後的訣別與苦痛

誰才是歷史的見證者呢？
從你平淡而樸素的詩句裡
一種燈樣的光芒
却讓我有着隱隱的哀思與憶念

如歸去的白鷺　飛向遠方的叢林裡
鄉愁是黃昏的一盞燈
從我們身邊離群了的伙伴喲
安息罷　在你已熄燈了的瞬間……

追思吳瀛濤先生

杜國清

吳先生走了，留下了他的影子。

他的影子是瞑想的，小市民的，戴着笠在我的回憶中飄忽隱現。

他的影子騎着一輛舊脚踏車，從華陰街的那座木造房出來，穿過時間的平交道，沿着一堵生活的高墻，渺小而去。

他的影子騎着一輛舊脚踏車，從永刼的遠方，沿着那冷冷的高墻，穿過時間的平交道，默默而來。

他的影子，如果不騎脚踏車就坐巴士，不坐巴士就用走的去參加作品合評，去看趙天儀的新娘子，去找朋友談詩與黑咖啡。

他的影子浸在海裡又躺在海上。瑪麗喲，別再擔心，海沖不走也吞噬不了他的影子。他的耳朵是高克多做的：喜歡聽海的聲音。

他的影子覆蓋在臺灣的大地上。瑪麗喲，別再擔心，颱風刮不走他的影子，即使因地震而山崩地裂，他的影子仍然覆蓋在破碎的鄉土上。

編輯室報告

編輯部

△因本期有追思詩人吳瀛濤先生特輯稿擠，部份稿件移下一期刊用。並向黃奇銘、宋頴豪、杜國清、李魁賢等諸先生致意。本刊非常感謝文壇先進及吳瀛濤先生生前友好惠賜詩與紀念文章，本刊將永遠銘記此深厚的友誼。

△凡有關追思吳瀛濤與沙軍兩位先生的紀念詩文，本刊歡迎惠賜稿件。

△本社同仁吳建堂先生擅長短歌與詩。民國60年11月1、3日代表中華民國參加第五屆國際盃劍道大會；個人組五段以下得到優勝，團體組打敗日本亦得優勝，他擔任次鋒。又於民國60年12月1日向日本熊本大學醫學部提出論文：主要論文有「雙胞胎之研究」等，可望於明年2月間榮獲醫學博士學位，本刊特向其致祝賀之意。

△本刊將於下一期（47期）出一特輯，討論「中國現代詩建設的途徑」；題目自定，字數不拘，凡關心此問題之作者、讀者均歡迎提供寶貴的意見，敬請於民國61年元月10日以前惠寄本刊編輯部。

△「水星」第六期出版，竟有兩種版本；一為「和平版」，一為「戰鬪版」，其用心良苦，堪稱有詩刊以來獨創的手法。

孤獨的冥想者

——悼念詩人吳瀛濤先生

李魁賢

I

當我獲悉詩人吳瀛濤先生的噩耗時，那一尊木訥、樸素有如老農的形象，便一直在我眼幕上映現，他那歷經風霜蝕刻成老松樹幹般的臉龐，竟眞的如在太平洋旋成的暴風，其半徑愈來愈爲壯濶。

正如筆者在幼獅文藝一八五期（五八年九月號）「作家的臉」專欄中所勾描的：

清癯的臉頰，更加強烘托出突兀而寬濶的前額，彷彿岩石一般，有着蘊藏的力量：每次我望着楊英風先生雕刻的詩人吳瀛濤頭像，就興起這個感覺。那該已是十幾年前的作品了吧，而瀛濤先生的造型依然如故，和雕像一樣，他的眼睛常常會垂閉下來，陷入瞑想中。詩友們到他家聚會時（在以前的木屋閣樓也好，現在的水泥華厦也罷），他常常就這樣獨自兀坐在一個角落，神遊方外去了。

瀛濤先生臉上有兩大特徵：其一是深陷的眼窩，似乎有一股原始性的魁力，深潛着湍流的旋渦，有如岩石層下方的溺洞，又像難以預料的暴風中心，多壯濶的半徑啊；其次是粗獷的紋路，是萊茵河畔冬季的葡萄園，線條清晰，强而有力，使你預期着下一個季節會成爲怎樣的一種風貌。

——「暴風半徑」

這一張眞摯的臉，如今已成虛幻，從此只有在回憶中去思索了。

II

認識瀛濤先生是從詩開始的，記得是民國四十二年，筆者到臺北求學不久，在重慶南路書攤上偶然看到『生活詩集』（這是瀛濤先生的第一部詩集，油印本，收詩六十八首，另收若干譯詩，於四二年九月一日出版）。由這本樸實無華的詩集，已顯示出瀛濤先生詩的風格，詩人自始就是如此赤裸裸地謳歌着他的生活：

生活像一支鞭子
只有被揍打的人始能嚐到它的痛楚
而於那痛苦的底層，激盪着他流出的鮮血

純潔而透明

——「生活」

以非常率眞而平易的語言，直接地陳訴着他的感情，但偶而也會出現像：

太空無時不隱藏着彩虹
却是肉眼無法透視的

——「彩虹」

這樣有神秘意味的詩行。

後來經常在「現代詩」、「藍星」、「創世紀」讀到他發表的詩，當時也出現過：

燃燒的不祇是夜
燃燒的是夜的女體
這是希臘神話之戀，妳是維納斯
我熾烈的生命也正在爲妳狂熱地燃燒

——「維納斯狂想曲之二」

如此激情的詩篇，是他所處理的素材中較爲獨特的例子，因而留下深刻的印象。

見到瀛濤先生，似乎是在民國四十五年間的事，彷彿是在藍星周刊三週年紀念會上。筆者從小就很少涉足社交性文學活動，因爲筆者不以爲這種活動可以充實文學生活。對於這樣的社交性活動，經驗既少，又乏肆應才能，因此即使偶而出席什麼什麼會，也不懂得自動去和人攀交情，常弄得手足無措。記得和瀛濤先生初次見面時，發覺他也是不擅長與人周旋，我們都孤守在角落裡，因此自然而然地彼此閒聊了起來。他對於像我這樣一位毛頭學生，不但態度和藹親切，而且不斷地用關切的探詢口氣問起我的寫作情形。後來每次晤面時，他常會問一句：「最近有沒有寫？」

見過幾次面後，筆者很能從他孤獨、落寞的神情中瞭解他的心緒。他的孤獨感，不但是對俗衆的隔離所引起，而且因不願與詩壇活躍的群體交融而加深。在當時的詩壇上，他是一隻失落的羔羊，他沒有爭取的野心，始終哼着獨自的歌。他的歌聲節拍輕緩，但却很少有休止符，他想到就唱，高興時就唱，沒有矯揉造作，也不大管計算的章法，因此在他的詩集裡，常有某某二章、三章、或若干章的詩題，乍看之下，令人有「即興」的印象。

由於現實環境的限制，他常有不能遂心、如意的苦悶。但有一段期間，他也頗想有所作爲，那正是他出版第二部詩集『瀛濤詩集』（四十七年六月）的時候，他有意把「展望詩社」辦起來，在四十七年詩人節的翌日，他還把荷生、柏谷、錦標、和筆者，邀到他位於華陰街十五號的舊宅去討論發起事宜。但老實說，瀛濤先生不是一位組織家，也缺乏領導的强烈慾望，因此既無具體計劃，也沒有全力去推動，終於沒有實現。

III

『瀛濤詩集』的出版，是想闡明他的「原子詩論」，企圖將巨大的能量凝聚於一焦點爆發。可是這樣的嘗試，瀛濤先生後來也自認不滿意，因爲他把寫成的詩篇，再經刻意去蕪存菁的濃縮，反而把一些相當表現了語言彈性機能的詩句抽離，剩下幾近於警句詩的產品，損失了一些優美的意象。

『瀛濤詩集』的封面，是由詩人自己設計的，採用了羅丹名作「思索者」(Le Penseur, 1880)的照片爲基底，用青銅色印刷，頗能表現沉鬱、深邃而寧靜的氣氛。如果仔細觀察，你可發現詩人頗具岩石質感的頭額，和思索者微蹙而突出的頭額頗爲肖像。

沉思而又瞑想
在緘默的岩上
乃如羅丹的思索者
默守時空
清醒的心靈
猶似永恆的星

——「二」

可以說是他的自況。

在這一部詩集裡表現了詩人耽於瞑想的特質，時時閃現出智慧的星光，同時處處顯露了詩人獻身於藝術（尤其是詩）的虔誠。詩人也企圖探求生命的本質，但仍掩藏不住本身徬徨的心情，有時肯定地爲獻身的幸福而謳歌，有時又禁不住流露了迷惘的憂愁！

生命的繼起猶如樂章的抑揚
每當夜星散落　東方漸白
於此　新的樂章復又開始
新的生命復又踴躍
而於新的一天　我將作什麼
是否能使這世界更趨完美
抑或仍將受苦
啊　讓我禱告

——「四二」

這首詩便是一個最顯明的例子，既肯定了「新的生命」的意義，且有了欲「使世界更趨完美」的抱負，却茫然於不知如何進行，「我將作什麼」坦承了無告的心情，而且對未來的處境復感到疑慮，最後只有藉助禱告的力量，求得心靈的撫慰。

在現實生活上，詩人似乎不怎麼遂心如意，好在他精神上有詩的寄託，但在僞詩風行的時候，他也會感到失望，而悶悶不樂。

他是屬於木訥型的人，不擅長口才，而自甘於孤獨，因此「緘默」對他愈來愈成爲重大的負擔，終於：

我已拋棄奢望
而以緘默自守
常有人問我何其如此
風或將替我解答

——「一六三」

乾脆把一切付託給風去應付了，他樂得啞默地沉潛於思索的界域內，悠然自在。

有一段時期，他以海爲主題寫了很多短小精悍的散文，在靑年戰士報副刊上發表。實際上在他早期詩篇中，已不時歌吟着對海的嚮往。這些海的散文，他後來收集印成了單行本，共得一五八篇，以『海』爲書名，於五十二年十二月出版。在這裡可以看出瀛濤先生對寫作的抱負和熱忱，他以粗枝大葉的畫筆，細膩地把海的所有面貌、各個側影，塗抹成一幅幅樸實的素描。他幾乎把全部精神用來和海攀交情，他觀察海的生活，分析海的韻律，他進入了海的情感領域，聽海傾訴，然後在移情同感的循環交流中，詩人把他的喜怒哀樂傾瀉在海的浩瀚灩瀲之上，載浮載沉地盪漾着詩人的憧憬、遐思、嚮往、離愁……。

IV

五十三年六月，因「笠」的創刊，瀛濤先生似乎找到了心靈的定着點。做爲笠詩社的創始人之一，他對笠付出了極大的關心，善盡了灌溉扶植的責任。由於笠詩社是同仁精神上自然結合所組成，而由笠詩社所編輯發行的笠詩刊，先天上便免不了採行一種同仁制度，這種制度有賴同仁懷着共同的抱負，遵守一種彼此容忍謙讓的精神，始能維持長期的發展。然而，最重要的莫過於身爲前輩者，對後進抱着寬容的胸懷，讓年輕人去發揮，才能使一份同仁刊物始終保持幹勁的靑春氣息。關於這一點，瀛濤先生確實表現了休休有容的長者風度。

藉着詩社的橋樑，同仁們有了更經常性的連繫。笠初創時，北部同仁較爲活躍，那時杜國淸還在臺北，顯得更熱鬧。杜國淸是最喜歡和瀛濤先生說笑的人，常戲稱他爲「老少年」，喻其心情常如靑年，能與年輕人相處融洽無間。瀛濤先生對於杜國淸的「笑臉攻勢」常不以爲忤，其實杜國淸才是一位名符其實的「老天眞」，和他在一起，總可聽到歡聲連連。

回憶那一段日子，多麼單純愉快，南港、林口，都有我們結伴郊遊讀詩的風光。時過境遷，同仁們的生活環境或多或少起了變化，心情難免受到影響。

笠詩刊創刊不久，即籌劃叢書的印行，第一輯十册水準相當整齊，瀛濤先生的『瞑想詩集』即列入笠叢書，於五十四年十月出版。在『瞑想詩集』裡，詩人的音調有着蒼涼的味道，寂寞、孤獨、沉默等字眼，常出現於詩中。其中的「瞑想者」一詩，可以說是他的自我寫照：

何其寂寞
瞑想的人
像一具化石
風雨雕塑了他的骨骼
………

難得的是他寫了一連串「給瑪琍的戀歌」，他曾詮釋過：少年的情詩，只是一種激情的歌頌，老年人的戀歌，才是歷經生活的折磨後所唱出歷久彌甘的心靈共鳴。

7.
於這僅有一次的人生，遇妳
妳是我的一切，佔領我所有的愛
深入於我的內部
啊，是妳屬於我，或我屬於妳

8.
不僅回憶甜美

現在這一瞬刹也更快樂
我愛一朶薔薇，它永遠是美的
不論是蓓蕾，或盛開，乃至凋謝

9.

悲哀，以眼淚洗淨
以愛的語言安慰
我常常被妳鼓勵，由妳獲取活力
啊，瑪琍！我生活的源泉

10

啊，瑪琍！我們還有很多話
我們該多談，如初逢的日子
以那年輕的心情
談愛，談音樂，談人生

——「給瑪琍的戀歌十章」

經歷了共同一生的憂患，而終能逐漸獲得安全與滿足後，有多少人能這樣充滿感謝、關懷、和諧而融洽的愛情，向他的老伴獻唱？

瀛濤先生也常常思索到存在的問題，但他往往把思索的初生態浮現在字裡行間，好像急於把他思索的問題，迫不及待地傳達給讀者，而不企圖引導讀者走上和他同樣思索的途徑，也就是說他寧願把大部份的工作自己承擔了，而容許讀者步履輕盈地一蹤而過。

一對眼睛在夜的深處瞪開着
我走得很快，被追着
我走向靈魂的角落，被追着
爲何有那對眼睛，爲何追着
我已不知在走着什麼地方
像要倒下，可是沒有倒，也沒有停足
黑黑的影，黑黑的星，冷冷的夜
走着，被追着，遠遠的海音
空茫地在那邊一具屍體

——「空茫」

在這首詩裡，詩人以「眼睛」象徵「死亡」，構成對「生命」（「我」的象徵）的威脅，來烘托出一種令人悚然以懼的情景，尤其是以生命處於暴露地位，而死亡却一直隱匿在難以窺視的幕後（「夜的深處」），更顯示出生命的茫然無依，毫無確定性，連肆應的可能性亦極其渺茫，甚至不知其本身所處之方位，而死亡之來由及其威脅之所以然，均爲未知數，如此，造成極爲荒謬的一種境遇。

爲擺脫死亡的威脅，詩人有意以更高層次的精神活動來獲取安慰，因此出現了詩人所嚮往的海，代表了一種下意識中所存在的超越境界，當然以「海音」來象徵那境界，似乎壯濶有餘，但缺乏莊嚴與神聖的成就。可是，卽使有這一番的努力，最後的結局還是失敗，生命剩下徒然的殘餘——屍體。

這首詩具有很壯觀的詩想，有悲劇性的氣氛，惟語言張力尙缺緊湊，影響層層迫進的戲劇性發展。另外，值得注意的是，每一詩行自成一詩節，這是詩人有意在視覺上加强讀者的孤獨感受。

儘管瀛濤先生常在詩裡表現了對死亡的恐懼，例如：

死，漫長的歲月換來一瞬終結
不許嘗試的絕後的體驗
它的來歷是現世的生，它的去處是曠古的寂滅

啊，死，壘壘的死屍，層層的骷髏
終於化爲烏有，歸於虛無的影
而那影的領略，無時不追隨於身後

——「影」

3.
徒具空骸
美的已不再美，醜的亦不再醜
都死了，死於一樣的一塊墓土
啊，何言之於死

何言之於死
一些偉大的名字都幾乎記不起來
他們雖曾爲人類寫下血淚的光榮的歷史
却也似被付之於一忘

——「死四章」

但如何使生命超越於死亡的限制，引導向一更高層次的存在，以化解恐懼爲安祥，却未進一步提供啓發性的探究。

V

瀛濤先生寫詩三十餘年，從不間斷，他對於詩業的獻身工作，是值得欽佩的。由於他很早就能自如地操作中文，乃成爲極少數不因受到語言的限制而影響寫詩的省籍詩人之一。

『吳瀛濤詩集』（五十九年一月）可以說是他三十餘年寫詩生活的總成績。這本詩集是採用編年方式編列，按年代分成：青春、生活、都市、風景、瞑想、陽光，共六部詩集，依照詩人自編作品號，共有五八五首，可視爲詩

人到一九六九年爲止的詩全集，幸能由詩人在生前親自編妥出版。

另外，瀛濤先生曾動手整理一部『吳瀛濤詩記』，準備容納詩人有關詩的介紹、評論、隨筆、翻譯，可是他有意將自己的作品親手整理就緒，惜未克完成。

對臺灣民俗方面材料的收集、編纂，詩人也曾經花費了相當的苦心，當他在新生報副刊連載「臺灣民俗薈談」時，曾引起很多讀者的讚譽和共鳴。後來整理成『臺灣民俗』一巨册，於五十九年出版。據悉尚有續集已編妥，尚未問世。

此外，瀛濤先生還將我國當代小說家的作品譯成日文，發表於「今日之中國」雜誌，爲數不少，但未嘗聽他提及有結集出版的打算。

『吳瀛濤詩集』出版後，詩人仍繼續寫詩不輟，已發表大約四十首左右，其中刊於「文壇」月刊的「舊時代的詩篇」最具鄉土特色。

他的詩，卅餘年如一日，永遠是平易近人，從未嘗以奇巧炫人，語言、表現方法也幾乎是一貫的。即使在病中，也沒有放棄詩的創作，而且從詩中，我們可以看出他對自己的生命，仍然抱着多麼大的信心：

臺大病室一〇六號

一隻生命之鳥被困在這裡
肺腫瘤
要開刀，要切除肺的一部份
不論瘤是良性，是惡性

被割開的胸腔
是一片晴朗的天空
是鳥曾走過去，又將要飛過去的輝耀的境域

一九七一年三月
那隻生命之鳥復活了
那片永恒的青空復活了

——「天空復活」

鑑於上述詩人對生死的觀念，我們知道詩人對此生多麼珍惜，因而，在此，我們有理由相信，他欲以天空來象徵人間世，而以鳥來象徵生命，但在第三節裡復以被割開的胸腔來暗喩天空，似乎造成了一種反置的現象。雖然在這首詩裡表現了詩人對生命力的信心與自慰，但因暗喩使用之不盡妥貼，詩的世界和意境受到相當的限制。

瀛濤先生一生熱衷於詩，忠實於詩，在臺灣光復後的詩史上，他佔有前驅的地位，是不可否認的。而他對後進的鼓舞和寬容，也將令人恒久不忘。（十月十七日）

看吳瀛濤先生的幾首詩

——紀念故吳瀛濤先生——

傅敏

「詩是青春的文學」，這是被很多人認可的說法。因爲詩是一種感情的文學，開始踏進文學領域的年青生命，大都是充滿浪漫精神的。

但是，詩要掌握更充實更深刻的精神面，無疑需要持續力，需要一邊跌倒，一邊發現的歷程。

故吳瀛濤先生對於詩持續不滅的追求，一直是我深深敬佩的。從他的作品年表顯示出他自一九三九年（二十四歲）時，便開始他沒有終止過的詩之旅，在三十年之間，結集了六本詩集。

從他的六本詩集，「青春」、「生活」、「都市」、「風景」、「瞑想」、「陽光」之中，可以發現到做爲一個詩人，故吳瀛濤先生的生命是如何契合在詩的國度裡。也可以發現到，他那種樸素的，吟唱的，充滅睿智的語言。

空白　作品二

要在空白塡些什麼呢
蒼穹或海洋
或是少女透明的夢
像貝殼聆聽
就會聽見一些什麼
那是不是季節帶來的風
或是那兒來的黃昏的跫音
啊，此刻，該在漸暗的窗邊點亮燈光吧

這是故吳瀛濤先生第一詩集「青春」裡的第二首詩，是相等於我現在的年紀所寫的作品。

「要在空白塡些什麼呢」，詩人苦心地追踪一首詩，是想在空白的地方塡些什麼吧！靜靜地守候着，聆聽着，像貝殼一樣，就會聽見一些什麼吧！用來塡上空白的是蒼穹、海洋，或少女透明的夢吧！風吹進來，黃昏的跫音傳來，詩人照亮燈光。

詩的無邪之美是人間的珠璣，是高尙的情操，是人格的昇華。

峽谷　作品二五一

枯葉的手按在瞑目的額上
支持頭腦的重量以及生成的思想
心的奧處是幽暗沉默的峽谷
過去與未來成爲懸崖使現在孤立
生命却在這裡閃爍火花

這首詩收錄在「都市詩集」裡，是故吳瀛濤先生四十一歲時的作品，孤獨是智慧的成熟思想在閃爍着。「現在」雖孤立在「過去」和「未來」的時間的孤獨感裡，但這種生命才是寶貴的。像枯葉一般的成熟的手，按在閉起眼睛瞑想着的額上，支持着沉邃的頭腦之重量以及生成的思想，奧秘的心靈正像幽暗沉默的狹谷一樣。

這首詩短短五行，却負荷着無限的啓示和奧義。令人敬服。

收錄在「陽光詩集」的一首五十二歲時的作品「四月的Image」，我記得是發表在詩人羅行編輯發行的南北笛詩刊第二期上，同期也發表了我早期的習作，故印象十分深刻，適當地介入英文，在節奏上有意想不到的效果。

四月的Image　作品五四九

浮於青空
雪一般地悠閒的
春天的Profile
我要去旅行
四月
透明的 Journey
and love
很年青
風景一般地新鮮
以及，迎風的
海的 Smile
打鞦韆的童年
還有 music
草原上
綠色的光輝

這首詩不論詩想、結構都很新鮮，不但易懂而且韻味十足。

我要提出來的最後一首是收錄在「陽光詩集」的五十三歲作品「輓歌三章」：

1. 作品五八〇

突然被叫停
毫無理由地
從此呼吸停斷
與世永別

逃也逃不了
突然被叫停，被宣告死亡
毫無理由地

毫無理由地

——神呢

2. 作品五八一
偶然生出來
必然會死去
而必需活一個生涯
雖然有千百個理由可以拒絕它

每天起來，每天要做事
却有很多煩惱，很多陷阱
很多殘忍與荒謬

無知的嬰兒還會每天生下
父母死後
孩子不知會變成怎麼樣
世界會變成怎麼樣

果眞死了，被埋在土裡
看不見天空，更無覺於什麼
就那樣寂滅吧

化爲一塊泥土
歸於終極的無

3. 作品五八二
寫自己的輓歌於天空吧
寫輓歌於天空
寫輓歌於地上
寫於天空的雲
寫於地上的風
就讓輓歌隨雲飄逝
就讓輓歌隨風飄沒

寫自己的輓歌吧
寫輓歌於白晝
寫輓歌於深夜
寫於白晝的孤絕
寫於深夜的超脫
就讓輓歌孤絕於無
就讓輓歌超脫於無

寫自己的輓歌吧
寫自己的輓歌吧

「輓歌三章」是凝視生命的形而上思考，是一種臻於成熟的生命體悟，是生與死的契合。這是自然地從詩人心靈中昇華出來的結晶。

桓夫先生在信上告訴我吳瀛濤先生逝世的消息時，我實在無法想像在七週年年會上，他那狀似痊癒的神情會這麼早向活着的詩友們揮手告別。我翻閱他惠贈的詩全集，想像我和他僅通過的一封信，不禁黯然。

詩的見證者——吳瀛濤

・李劍・

一、突然被叫停

人自懂事以後，日日擔心的是「突然被叫停」，被叫停後，什麼事都不能做了。詩人吳瀛濤終於了却這個擔子，從此不再掛慮什麼，永遠離開塵世間的一切苦難。他學習死的方式——是以「詩人」的姿態，昂首濶步，無愧地走完生命的旅程。像覃子豪離去一樣，吳瀛濤帶給詩壇的悲痛，將恒久地嵌入每個識或未識者的心胸。

　　毫無理由地
　　突然被叫停
　　從此呼吸停斷
　　與世永別
　　逃也逃不了
　　突然被叫停
　　毫無理由地
　　毫無理由地
　　——神呢

此爲「輓歌三章」之第一首，詩人嚐到「被叫停」的滋味，是作者自已假定的。從最後「神呢」的問話中，可了解到詩人似乎仍懷疑神的存在，懷疑宇宙主宰的權威性。可是從「毫無理由地，毫無理由地」的重覆嘆息的詩句裡，又可知詩人生前的確曾掙扎於被命定死亡的痛苦中。孔子對「天」的觀念，是「主宰的天」（見馮友蘭「中國哲學史」第十二章）；但詩人對這「主宰的天」，表面上不肯承認；內心却相當明白。前者，使他完成了詩的使命；後者，令其無怨尤地安睡。

「敏銳」是詩人的特徵之一。吳氏當然早年就嗅到死亡的氣息。而在日後的詩中，也不斷地對它詮釋意義。死亡是如此地搖撼着他的心靈，雖然距離那麼遙遠，詩人仍感覺到死亡已經常向他呼喚。難怪世間有人組織「亡魂會」如齊克果者，對死亡予以崇拜、讚揚。（見陳冠學譯「少年齊克果的斷想」）。

　　啊，在那個時期，我確曾死過了一次（詩的短章九章6）

一陣死的預感來在深夜裏（詩的短章十四章8）

風中，一個空洞，一塊墓石（詩的短章十二章1）

生命與生存之距離
生命與死亡之距離
生命與永生之距離（夜之距離）
生命已化爲微塵（詩人之死）
寫自己的輓歌吧！（輓歌三章3）

詩人固然吟哦「死亡」的名字，較常人居多，而其異於宗教家者，乃是在他呼出「死亡」的聲音中，沒有天國的回音，僅僅亮出一個「清醒啊——人」的信號而已。

二、微笑得隱約含淚

「微笑得隱約含淚」不正象徵人的一生?人不止於「生存」而要「生活」以完成「生命」的意義。吳氏一向主張生活對詩作有很大的影響；因此生活不能輕視。他說：「詩表面的是一個人的生命過程，詩也是某人的生命史。生命充實，其詩也充實：生命虧虛，其詩也虧虛。詩一方面是生活紀錄，另一方面却更屬於生命紀錄。」（見「臺灣文藝」32期「詩話」）

詩人的生活有悲歡，因而有截然不同的詩作產生。

南方的陽光多麼光耀
展着金黃的羽翼
溶於青藍的海
啊，溶於椰子樹的薰風
五月的夢是多麼地光亮（五月的歌）

青春時期無憂無慮的生活，在「五月的歌」中表現出來；然而他也有含淚的時候。

生活是枝鞭子
祗有被打的人才會體驗到它的痛楚（詩的短章十四章4）

啊，走在人生路上
這空漠的影喲（呆望二章1）

每天起來，每天要做事
却有很多煩惱，很多陷阱
很多殘忍與荒謬（輓歌三章2）

詩人有純然歡笑與哀愁的時候；但最令人難熬的是，在歡笑後所產生的那股悲涼的韻味。

五十歲的人
和五歲的孩子玩着
微笑着的他
微笑得隱約含淚（詩人的日記五十一章37）

詩人的心胸，盛滿無限的同情心。對於貧窮的人，特別替他們抒發心中的苦悶、打抱不平，安慰他們。

啊，寺廟沿途的那樣一羣乞丐的光景
却不知怎地久久纏住在我的腦裡（乞丐）

有一羣悲慘的人們
他們把三餐減爲兩餐，兩餐再減爲一餐（記錄）

挨戶檢垃圾的老媼
皺暗的臉像一團揉掉的紙屑

寒冷的巷裡，祇聞她枯燥的咳嗽（老嫗）

到底「詩」「生活」和「詩人」三者有何難聯？吳氏說：

我寫詩，是寫生活
除非寫生活
我能寫什麼（荒地）

生活是他詩作的園地
詩是他生活的收穫（思想六章4）

三、與石談話

「與石談話」表現可貴的童心。童心便是純眞，這也是詩人所特具的。詩人在二十七歲時，與石談過一次話（見石二章）往後的歲月，他仍然一直和石頭做朋友。（見「屬於岩石的年代」、「海的造訪」）

詩人認爲石頭能沉默，耐住寂寞，是大智若愚者的化身。從它的身上，可得到無窮的啓示，得到慰藉，因此樂於接近石頭。

二十七歲的我
與石談話
石沉默時
我也沉默不語
石悲寂時
我也整日憂悶不樂（石二章1）
路旁的石
泥溝的石
被棄的石
沉落的石
暗夜的石
石喲、小小的石喲
此日，我爲你祈念（石二章2）

詩人的童心，在「童話二章」更表現得淋漓盡緻。三十九歲寫的「童年」，在四十歲時，以另一姿態出現在「童話二章」。

是誰同我玩過捉迷藏
是誰唱給我聽的童謠
在故鄉河邊的一塊草地上（童年）

啊，童話的世界
就讓我們常在這童話故事的世界裡一起玩着吧
讓我們有更多更多天眞的夢（童話二章1）

四、詩不就是我的心生方式嗎？

四十九歲時，詩人對詩的認識與體驗，逐漸臻於顚峯。

詩
與我最密切的
詩是什麼
蹽着人生的走廊，我想着
詩不就是我的人生的方式嗎？
我終於獲了這個結論（詩季四章1）

詩人回顧過去的生命，他得到一個結論：詩就是他的人生方式。易言之，他的生命之與詩結合，是一種命運，毫不後悔。在瞑想詩集中，他常運用修辭學上的「比擬」格，將「詩」擬人化，直接與其談話。有呼喚、嘆息，叫憂愁的影子緊緊地繫住「詩人」和「詩」。李白的詩句「相看兩不厭，唯有敬亭山」；然而吳氏之於詩，豈止於「看」而已，事實上兩者已融化爲一。是吳氏或詩，是詩或吳氏，甚難分辨。

在「詩人的日記五十一章」中，詩人已將寫詩的痛苦，赤裸地陳述出來。他不是詩的玩票者，他任性、執着於詩。

暗夜裏
苦悶的方向
——詩在那邊（詩人的日記五十一章1.）

塑像
題爲「詩人」
——這就是自己（詩人的日記五十一章5.）

一份寂寞
誰也不了解
因而寫詩（詩人的日記五十一章32）

我覓着
沉默的心靈
遠遠地
風浪的聲音
詩在天邊（孤獨的詩章1.）

他與詩談戀愛，至死不渝。且曾悲壯地說過這樣的一句話：

在另一個世界
我將寫另一種詩（詩人的日記五十一章43）

五、詩的表現技巧

吳瀛濤的詩，比較平白，這或許受他自己所主張「詩的大衆化」態度的影響。可是平白的詩，多少與想像力有關聯。想像力弱的人，寫出的詩平白；想像力強，寫出的詩晦澀，當然這是指一般的說法。平白的詩，可靠眞摯、親和力來取勝。晦澀的詩，有其長處；但往往因爲想像力強的人，常逞其「想像的創造」的本領，以致離開「眞摯」詩的根本，而走入僞詩的困境。何者爲優？何者爲劣，胥賴詩人認淸自己，截長補短。

吳氏可能亦知其能力之所限，便以其「眞摯」來補救。即以上面所引的「輓歌三章1.」詩爲例，讀者難道會因其詩句的平白而不受感動嗎？就筆者個人的感覺，認爲是吳氏作品最好的一首。

大凡寫詩由平淡而絢麗，再趨於平淡是必然的過程，亦卽由「淺入淺出」的手法，而「深入深出」再歸於「深入淺出」的最高技巧。但綜觀吳氏的詩，在這方面手法的變化，不大明顯。從「青春詩集」至「陽光詩集」其間技巧改變的跡象不大，仍然是「賦」法多於「比興」。

儘管吳氏作品頗豐，仍然掩不住其「想像力未發揮至顚峯」的缺憾。這點，詩人兼批評家趙天儀說得很中肯，他說：「他的詩（指吳氏），因爲量多的原故，往往在質上顯得較爲淡了些，而且有流于觀念化的感覺。由於他的愛好沉思冥想，追求哲理的境界，竟象的新銳和生活的情趣竟逐漸地消失，這對於一個詩人的創作活動，該是一種驚險的信號！」（見「臺灣文藝」32期「第一次全省詩展」）。

不過吳氏作品，在早期的也有相當技巧的表現，以「路巷」爲例，寫作年代是在一九三九至一九四四年間。如與現在所謂最前進的現代詩比，並不遜色。

路燈疲憊于街上
憔悴的臉消失在幽暗的巷底
於坍塌的壁縫裡
我的影子也被吸去（路巷）

下面試繪一圖，以示吳氏創作的過程：

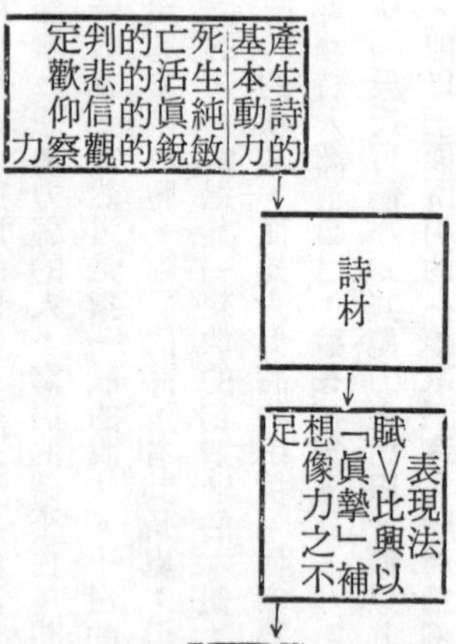

六、結語

詩壇又殞滅了一個星。

星是我夜夜的歸宿
我是指向星的旅人（星二章2）

讀此詩句，能會不令人感慨萬千？詩人已勇敢地走它他的旅程。對於新詩的貢獻，他已傾盡所有的力量。喜見一批年輕詩人湧起，或許尚能安慰我們因老詩人凋落所引起的悲懷。

章君穀在「徐志摩傳」一書結尾時說：「詩人文人之所以不同于廚師工匠，正在于他們偶有嘔血的不朽篇章，也必得和以血淚，經歷長時期痛苦的煎熬，甚至于付出生命的代價。」將此話用于詩人吳瀛濤的身上，亦不爲過吧！

註：一、二、三、四的標題，皆爲吳氏之原詩句。

沉默的詩人吳瀛濤

周伯乃

現代詩的創造，是由自我出發，經由情感與理性的揉合，而又歸返自我的一種藝術。現代詩人，往往爲了急速地傳出一個眞我的面貌，把許許多多尚未過渡到理性世界的觀念，予以展示出來。

一首詩並不以呈現一個觀念爲滿足，觀念祇是詩的原始素材，而這些素材必須經歷過詩人的理性的沉思和反省。換句話說，一個傑出的詩人，他必須將許許多多的經驗，或者對人生的體驗搗碎在自己的心底，然後，經過長期的壓縮和提鍊，始能成爲詩的質素。而一個詩人，最重要的就是要能把那種質素（純粹的）傳達給讀者。

詩是一種內在靈魂的召喚，沉思能使我們激盪的心靈歸趣於孤寂，在孤寂中能使人淨化，而淨化能令人進入一種玄秘的境界。詩所以要有所含蘊，正因爲它具有一種玄秘的，或半玄秘的朦朧之美，這種朦朧之美，就是要靠詩人藉文字的技巧來表現，所以說：詩是一種純粹的表現。詩除了其本身所給出的美以外，沒有美；詩除了其本身所給予的眞境，沒有眞境。我們努力去感受一首詩的快感，但我們不必預期它有所教益或實用效能之類的東西。

一首詩，是一個生命的切片；是一個宇宙的展示，是人生整體經驗的凝結。英國文學批評家摩雷（Gohn Middleton Murry 1889——1957）在他的論文集「精神之國」（Countries of the Mind ）中說：「詩乃是一種整體經驗之傳達，不管我們是否同意那些傳達出來的經驗，但它畢竟是對我們的一種召喚。」

現代詩日益接近於理性的世界之展示，也就是現代詩已日漸轉向純粹自我之揭示。換句話說，現代詩人已不再急急呈現或者表達一己的情感和思想，而是把注意力集中於整個時代的變遷，和整體人生的體驗。因此，一個詩人的創作經驗和一個詩讀者的感受經驗，應該是有其共同性的交感作用，也就是說，詩人和讀者之間，對一首詩的精神交感，應該有其共同的諧和點。而這個諧和點，也就是作者所要表現的，正好是讀者所能感到的美，或者是人性的內在眞境。

一首詩能否感人，最重要的是要看詩作者；是否眞正抓住了人類的共通性，或者說是普遍性。如果一首詩僅僅是表達了一己的感情，或者個人的生活經驗，而缺乏時代的精神和整體人類的經驗，那末，那首詩最多亦不過是次等的好詩。我常常說：個體的存在是沒入於群體之中，而群體是證實個人存在的價值。換句話說，個人的存在價值，是因爲有群體的存在，否則，個人的存在價值就消失。

一首詩如果我們僅僅摭拾其層面的意義，而不能深入其內在的眞境，那是不夠的。如果一個詩人，亦僅僅藉文字呈現其文字的意義，那也不能稱爲好詩，詩與散文、論文、科學解說之異同，也就是因爲詩表現了一種文字意義以外的意義，也就是現代文學評論家所共同承認的：詩的內涵力。

我不敢說吳瀛濤的詩，全都有詩的內涵力。但至少我們應該承認他是一位眞摯的詩創作者，從他早年用日本寫詩，一直到今年出版他的「吳瀛濤詩集」，先後歷經三十多年，他始終在寫詩，經辦詩刋，努力於中國新詩的推展，評介等等艱苦的工作。尤其是最近幾年來所作的「現代詩用語辭典」、「臺灣新詩的回顧」……等等，都是非常珍貴的資料，也只有像他這樣有志於新詩的人，才有這份苦心和慘淡經營的精神。

從他少年時代寫詩至今，在這三十餘年的詩生命裏，他出版有：「生活詩集」（一九五三年）、「瀛濤詩集」（一九五八年）、「瞑想詩集」（一九六五年）、「吳瀛濤詩集」（一九七〇年），以及一九六三年出版的散文集：「海」和今年出版的「臺灣民俗」雜文集等等。

我們現在先來看看他早期的作品——「空白」：

要在空白塡些什麼呢

蒼穹或海洋
或是少女透明的夢

像貝殼聆聽
就會聽見一些什麼

那是不是季節帶來的風
或是從那兒來的黃昏的跫音

啊，此刻，該是漸暗的窗邊點亮燈光吧

在這首詩裏，如果我們不用感性，而企圖依賴一般語意的邏輯去解釋它的意義，恐怕是很難找到一個恰切的解釋。譬如第一句，作者就以追問的方式，急切地向人群追問：要在空白塡些什麼呢？這個「空白」代表什麼，生命？生活的意義？抑是整個人類的歷程？從第二段兩行看來，作者是暗示個人生命歷程的空白。

第三段的形象非常美。「像貝殼聆聽，就會聽見一些什麼。」這是對那個空白的塡塞，換句話說，個人的生命之意義必須由自己去肯定，必須由自己追尋，猶如貝殼聆聽那海的音樂。

第四段的意義非常曖昧，也看不出有什麼內蘊存在。作者也許就僅僅展出那麼一個朦朧的印象而已。季節帶來的風和黃昏的跫音。

最後一句非常富有具體的形象觀，在漸漸暗下來的窗邊點亮燈光，這燈光，如果用較爲膚淺的解釋，是象徵它將照耀黑夜。如果我們再向前推一層。這燈光，可能象徵着人類生命的光芒，或者是被那燈光所照亮的世界等等。

詩的意義愈繁複，它的內涵力就愈强，它的外在張力也愈寬濶，它也愈能被廣大的讀者所接受。換句話說，一首詩能容許各種解釋的時候，它必然有它的普遍性，和客觀條件。所謂普遍性（General），並不僅僅指詩本身能被人人所瞭解這一事實而言，而是它具有存在於群體之中的共同屬性。也就是說，它能容納許多不同讀者的經驗格式。而讀者也能普遍地感受到詩人所要傳達的情感和思想。美國當代美學家 J. L. Jarrett 在他的「美的追尋」（The Quest for Beauty）一書中說：「一個藝術家的表現目的並不是純然爲己，也同時爲了別人，他必須有所傳達（Communication）。」而他所謂的「傳達」，實含有交感的作用。在現代的軍用術語裏的「通信」，就是英文的 Communication，所以，它又有互通訊息的含義。而詩人和詩讀者之間，也就是要有所交感，要有互通訊息的架構。否則，那詩人的作品就只能安放在象牙塔裏，或者壓在自己的玻璃墊下，作孤芳自賞，而自我陶醉了。所以 J. L. Jarrett 又指出：藝術家必須設法把他的作品傳達給別人，所以，它必須是可懂的，可以令人領悟的，它並不是一些晦澀和紊亂。

而現代詩所以會愈走愈趨於晦澀，正因現代詩人極力在鋪張意象，和運用那些譎詭的語言，而擊碎了歷來的邏輯的語法。

進入中年的吳瀛濤，他的詩也隨着更深入到哲理的邏輯表現，例如他四十歲那年寫的「思想六章」，就是極富有哲理性的詩。我們來看看他其中的「思想」一詩，我們就可以瞭解到他其他的幾首。

我抱有絕言的思想
被太陽焚化，被星光掠奪
不再唱彩虹的歌
喪失季節的日子，默默伴我
漫長的暗夜，缺少金黃的曙光
就在這絕言的默暗中
我願超脫自己，化爲萬人，化入萬物
鍊成一條路，通往永恆
花不再枯謝，星也不再隕落
因此，我得永生
這就是我抱有的絕言的思想
雖然，人的生命不能長久
但我不屈服，也不承認
因我就是創造的本身
我已超絕太陽，超絕星光
如是，我就是唯一的存在，唯一的萬有
如是，我站在永恆的中心
而有透明的鳥飛宿在肩膀
將引我奔向那蔚藍的天邊

吳瀛濤認爲詩必須與哲學結合，他說：「於現代，以及於現代以後的將來，詩與哲學的距離，將會更縮近。而問題是在於這兩者的溶合。詩並非哲學，哲學也並非是詩，然而未具有哲學意味的詩，當難稱其爲現代詩。現代詩所要求的，一面是詩的眞實性，他面是哲學的眞實性，而且兩者是合一的；祇要它是詩，則不但不排斥它的哲學性，而且更進一步，它還應該是哲學的表白。」我相信哲學不僅與詩有着密切的關係，就是戲劇、小說、散文也與哲學有着密切的關聯。縱然文學作品並不刻意表現哲學，但在文學作品的內層是隱藏濃厚的哲學意味。哲學不是哲理，哲理是一種教條的形式，而哲學是一種思想的潛能。法國文學批評家 Vinet 說：「哲學和文學之間，有着一種自然的融洽。一個偉大的文學時代，也同時是一個偉大的思想的時代。思想也許不會常常具有哲學的形式，但具有哲學的實質。」

就吳瀛濤這首「思想」來看，他是企圖表現某種哲學的概念。第一段寫個人生命的短暫，寫歲月的無情。其中第二行「被太陽焚化」的「焚」字用得很美，它能襯托出整個形象的活現，也暗示了那些熾烈的生命的過往。

第二段寫出詩人對生命的企望，期望自己能超脫自己，化爲萬有，而後成爲永恆。

第三段和第四段是貫穿前兩段的意境而來，他明知道個人的生命是有限的，但他必須創造，創造的本身就是恆遠，就是久長，因爲他已超越了太陽和星光。在那兒，詩人成爲唯一的存在，唯一的萬有。

我們繼續看吳瀛濤的後期作品，我們更會發現他那深厚的哲學實質，例如他四十九歲時的作品——「瞑想者」：

何其寂寞
瞑想的人
像一具化石
風雨彫塑了他的骨骼

一些思想，一些意念
形成了這一個人
他瞑目着
他活於一百萬年前
他死於一百萬年後

而將醒於一個春天
因他曾發現了一些
於他冬眠般長長的瞑想之間
於其不眠的長夜之後

瞑想的人
他醒自遙遠的國度
當他醒着
當他雙眼瞪向蒼穹
陽光盡被吸在他的內奧

瞑目着
如是一個瞑想者
將又復開始着無數日夜的沉思
於薄暮，於曉暗之中

這首詩是近於理性與感性的創作。當所有的人都急忙於追求物質世界的享有時，詩人却摒拒它，而像一具化石，任風雨去彫塑他的骨骼。於是，他成爲一切物化以外的精神之凝結。他努力探求的是內在精神之存在，在這個被肯定的內在精神之存有中，他就獲得一個自我肯定的眞境，也就是他詩中所謂的：「一些思想，一些意念，形成了這一個人。」

在滾滾的物慾的巨流中，詩人能逆流而上，成爲形而上學的人之情境的探索，這的確需要極大的毅力。而現代詩人所以能有這份毅力，也正因爲他能想到「活於一百萬年前」和「死於一百萬年後」的恆久意義。

如果一個現代詩人不能超越於一切物質觀念以上，他就永遠不能深入到人類的內在情況中，他也永遠找尋不到眞正的生之意義，更無從去肯定生命的永恆性。

在「貝殼幻想曲」中，吳瀛濤展示出他的超越的境界，也看出了他中年時代的作品的風格。

貝殼，從前的住家
在你殼內借宿的小動物却不知什麼時候走了
留着沙灘上奇異的象形文字

是因不堪背荷的殼的重量
或因去找別的住家，新的天地
正像我離開家鄉來到這遠海的孤島

貝殼，海的禮物
簡素的美，玫瑰紅的，海藍色的，透明的
螺紋是海潮的圖案，刻有古老古老的海的故事

貝殼，海的耳朵
你聽了些什麼，請告訴我
是否聽到耳邊海風的音樂，或那超越時間的恆遠的澎
湃
乃或星夜海邊的靜默

貝殼，被遺忘於沙灘
我却難忘你，我們之間有美好的默契
你在遠海的孤島等我很久
我也找你終於來到這海邊

貝殼，我的良伴
自此你將不再孤寂
飾你以深綠的海草，鮮紅的花
你身邊長久將有我讚美的詩篇

貝殼，海的使者
請告訴我
你的純潔，你的安祥，你的恆默
是從那裏來

吳瀛濤認為現代詩的基點，是從這個時代的眞實性中出發，也就是說現代詩所表現的眞境，是這個時代的眞境。他說：「詩是什麼？詩是人生的走廊。」世界上每一件存在的事物都是詩，我們默默地走完人生的旅程，我們也正完成了我們的偉大的詩篇。

吳瀛濤將貝殼人格化，貝殼原本是沒有生命的東西，而詩人却賦予它生命，並且將它的生命過程作一個具象的表現。尤其是第二段，作者幾乎把自我完全融化在詩中，有一種次物喻我的交感作用。

在物我交感中，作者賦予它深厚的友情，就像第五段中寫的：「貝殼，被遺忘於沙灘，我却難忘你，我們之間有美好的默契。」

如果就抒情的本質來看，吳瀛濤這首「貝殼幻想曲」並不失敗，雖然在形象和意境上，還似嫌不足。但作者已經在詩中創造了情趣，使這首詩活現起來。

吳瀛濤在本省詩人中，是一位資深的詩人，也是始終堅持寫詩的純粹詩人。由於他歷經幾個大時代的浪濤所衝擊，所以他的詩多少總含有一種深沉的哲學實質，一如他的沉默。

（自「自由青年」轉載）

慚愧和歉疚

——敬悼吳瀛濤先生

黃荷生

吳先生：

十一月十一日那天下午，我和朋友們參加了你的告別式。在大家的追思和感嘆聲中，我的眼睛也濕了。不過，在我深深的檢討了我和你這十七年的交往之後，我却抑住內心的激動，不許我自己流淚，因爲眼淚並不能够洗刷我的慚愧和歉疚。

告別式的哀樂給了我猛猛的一擊，重重的一擊。它使我在那樣的場合裡，一方面確切地發現了我十七年來的冷漠和自私，一方面也眞正的認識了你，了解了你，並領悟了你作品的涵義和你三十多年來爲詩所作的努力和犧牲。

在寫詩的本省青年之中，白萩和我兩個人與你認識和交往恐怕是最早的了，那大概是民國四十三年的事。從那以後，因爲我們同在臺北，我就常有和你談詩論詩的機會。可是，當時也許由於我年少氣盛，也許因爲我一昧執迷於「現代」兩個字，所以我總覺得你的詩太保守、太固執，而一直沒有好好地去體會你的作品。後來雖然我慢慢長大，也逐漸成熟了，但我却由於種種緣故而離開了詩。所以，我幾乎可以說是始終未曾「認識」你，我太慚愧了。當然，我現在是沒有機會得到你的原諒或是對我們的忘年之交有任何的補償了。不過，你已留給我那麼多詩，我可以經常同你交談，直到那一天，我也突然被叫停，毫無理由地。

停筆的這十多年來，我對人生和藝術的看法有了很大的改變，也許這正是每一個不可一世的少年或青年所必經的過程。我不怕人家笑話我，正因爲我當年勇於激進，所以我現在才能勇敢的保守起來。因此，當我發現了你下面的詩句之後，我深受感動：

> 我寫詩，是寫生活
> 除非寫生活
> 我能寫什麼

你的「舊時代的詩篇」，更讓我想及我自己的根，讓我的血流加快了起來！

> 別以爲只是好笑
> 那些名字正因爲土裡土氣，却多麼富於鄉土的氣味呀
> 叫起來又多麼地親切可愛

好了，你本是個不喜歡多說話的人，我也是。你已默默地安息，就讓我也長遠地沐浴在你所曾給我的友情之中吧！

憂鬱的片斷

陳明台

1.

青色的幸福
凝結在遠方
死寂的山巒
靜靜散射哀傷

風　吹着枯萎的枝椏
颯颯地
風　吹着空茫的大地

一個人默默仰望
青空　不知所止的雲彩
隨意飄泊

尋覓陽光的眼睛喲
凝注無人的未來

前方
祗是　幾幅單調的風景

2.

向曠野高聲呼喚
向草叢拋擲石頭
顏面沉浸于溪流
一邊兒奔馳
一邊兒驅趕　驚嚇的鳥

無秩序的動作反覆時
射入林間的
光的溫暖
搖落灰色的憂鬱

3.

野花開遍地
沒有一朶鮮艷的薔薇
綻放　在虔誠的內心

一邊撕裂路旁的花朶
一邊踏着破碎的花蕊
不回顧的往下走去

4.

山徑兩旁
揮舞的落葉
沾滿疲憊的影子哪

地平線的眺望裡
屹立　被遺落的影子

淒迷的煙霧中
夢見　懷念的寧謐山莊

以爽朗的聲音歌唱
之後
以哀傷的聲音哭泣
鄉愁　瀰漫青色的山脈

1971詩抄

傅敏

蘆葦花

蘆葦綻開的語言
祗有蘆葦理解
你純粹的思考呵
你奧秘的暗喻呵

在秋天的山坡
通往天國的階梯上
你的放逐
就是你的回歸

你的沉默
就是你的抗議
你寫下一行一行
潔白的詩句

孤兒

誰都會是個孤兒

從河邊的一隻花貓
從街道的一條病狗
從戰場的一具屍體
我悄悄地
收集着成爲孤兒的悲哀

像嚥下的貯食
它們輪番出現
期待反芻
我是這樣過活的

從一隻死貓的河邊
從一條病狗的街道
從一具屍體的戰場
我的夢
出發去旅行

誰都會是個孤兒

陋屋詩抄

岩上

浣衣

剛睡醒的溪邊
含羞草的眼睛注視着
透過昨夜纏綿的霧
綯亂了的床笫
從揉搓的手指間滑流而去

啊　清涼的水
畢竟開了花的晨間
是全心的開放

晾起來的衣褲
在空中飄盪
它曾經抓住過軀體
那是多麼結實的存在
即使在夢裡也能喚出他的名字

母鷄

背上的羽毛已被抓落將盡
四五隻公鷄仍然不疲地追逐着

第一隻上去　下來
第二隻上去　下來
第三隻上去　下來
第四隻上去　下來
…………
上去　下來　上去

一隻無從躱藏的母鷄
老是被迫蹲下
在這多暴風雨的
八月

游思集

楊惠男

野莓

像明亮的灯，幌在荒暗的小徑
像燦爛的星伴襯黛綠的山青
一棵棵，是微笑，是旅人的心

牧者之歌

你吹着牧笛而來的姑娘，像三月裡
晨光下的杜鵑；而我
牽不走滿牛脊的憂愁，在這
青綠青綠的草原
曾經是唱着情歌，高嘆着
快樂的名字的，哦
姑娘！以你素樸的牧笛，吹一曲
愛之歌吧，或許
在疲憊的牛趾下，還可寄望長
一片無血的跌蹄

短歌(一)

盛放的黃色扶桑呵，你何以這樣悲傷
初夏向晚的金陽，在你鬱鬱的花瓣上跳舞
微風輕拂着你油嫩的綠葉
扶桑花呵，你何以這樣悲傷

短歌(二)

哦，媽媽！不要再以憂傷的眼光看我
那三月的杜鵑將開在青綠的龍柏樹畔
那五月的薔薇將開在愛人的花架上
那七月裡向陽的雛菊，也已含苞待放
哦，媽媽！不要再以憂傷的眼光看我

給佛陀

——當他在林裡趺坐時

在如夢的往昔，我望着你像
白雲一樣地飄過，而我
悲痛的淚水在這智慧的菩提
樹下滴落
何日能攀登群山的頂峯，仰望

你晴空的碧藍，看那翻騰的
海水，自我如如的心底湧昇

哦，世尊
誰能記得鬱鬱黃花，曾一度像
慈母的微笑一般，在你足下開放
誰能記得寂寞西風的呼喚，曾
依戀在你楊枝淨水的池旁，如
遊子般地飄盪

而今大地的青苗，在旅人的低泣
聲中枯萎，却仍不見你
流自山巔冷凍白雲裡的淚水

※宋佛印禪師：「青青翠竹眞如貌，
鬱鬱黃花般若風。」又相傳
觀世音菩薩一手持楊枝，一手持淨
水，尋聲而救苦難。

愛之憂愁

總覺得你不該踏進這塊清淨的禁地
這兒原本只有青草，如今
薔薇和茉莉將又開又謝了
昨夜望着你踐踏我的草地而來，我的
靈魂曾像那座懸空的獨木橋，隨着
你的跫音而震盪
于是，有笑聲自山谿和巖壁傳來
野花遂開遍山崗——
我夢見我一夜而髮白，像行脚背負
一顆浮動而貪慾的心，求見如來
我說，你不該踏進這塊清淨的禁地
這山谷裡的野花已經太多了

給憂愁

不要再以小貓的歌聲叫喚我
你曚着黑面紗的愛人
今夜缺了嘴的月亮，已悄悄地
從平靜的海面爬了出來
烏鴉帶着吵鬧的嘎嘎去
林裡歇息了；而你
曚着黑面紗的愛人呵，請稍閉嘴
不要再以小貓的歌聲叫喚我吧

霧之晨

妳披着一襲輕紗而來
冷霧在妳羞澀的臉上游動
而後帶着妳的面紗退去了
于是妳輕輕地那麼對我

一顰又一笑，這世界的
眼睛就睜開了

秋　蟬

你烈火與陽剛的伙伴
以沙啞的聲音在午後的林梢歌唱

昨夜螢火虫提着昏晦的灯籠
到你門口探望：
「哦，你不知道我們的節季已經
過了嗎？」
「但那太陽還漲着關公的正義的
紅臉嘛！」你說
于是你吱吱地又唱了聲那半調子的歌
掉落在舖滿風霜的黃葉上

石　帳

——給UKI，當他夜入我夢時

最怕是遇上紡織廠裡的童年女伴
哦，不要把我滿植神秘的愛之夢
織在沉沉沉沉的蚊帳裡吧
熱情原只是千尺冰封裡一小株
盛放的聖誕紅，而我
不見你神聖而隱密的笑顏，在這
多影的帳裡

哦，媽媽！
不要先烤暖你的小手
這帳，這石塊織成的蚊帳，要用你
粗糙而冷冰的巨掌才能掀開

M1的靶

在時間的鐵壁與鐵壁之間
沒有風吹
苦重的M1呵，M1

瞄不準的靶，是流着血的太陽
沒有樹蔭，沒有向日葵的心
我看不清你苦痛的紅臉

願我爲靶，以生命爲心，而你
染血的M1呵，將槍口
瞄準我爲靶的痛苦吧

晚　星

——謹以此詩獻給天下憂國之士

猶未以孤高喚出明月的清亮
七星還藏在邊遠的北方酣睡
你早已磨亮芒角，因爲
人間缺乏哭與笑

于是，你引滿天晚霞狂笑
而後，千百顆星星遂睜着
冰雪的眼睛，淚下如雨
哭太陽的西下
哭黑夜裡漁樵的酒後閒話

※宋張昇詞：多少六朝興廢事、盡入漁樵閒話。又：晚星乃傍晚第一顆出現在天邊的星星。

金甲蟲

草裡的露珠是母親
慈愛的眼淚
籬上的紫牽牛是愛人
編織的美夢
遲昇的太陽，是待放的杜鵑
開在溫暖溫暖的故鄉

而你，背負着重荷的金甲虫
你尋不着露珠
尋不着紫牽牛
尋不着晨霧裡遲昇的太陽

自畫像

懵懵自夢中醒來，屋後
欖仁樹的枝椏已成蔭地垂地
碧綠的相思樹葉，像是生命和希望的
呼喚，閃動在藍天中呼吸太陽的金光
而你，荷着愛與恨、罪惡與羞辱的
老乞丐呵！歇歇吧
這裡正是你安息的地方

無　題

不曾希冀你將帶給我什麼
柳絮終究還是那麼不停地飄
人類原本不像是什麼
或許，他們曾經像穿過草原的
那双堅忍而長遠的鐵軌吧

懷念詩抄

·李砧·

懷念

聽說你橫渡春浪
去挽夏日的手臂
秋後 脚步累了
推走冬的落日 在海邊枕着夜

而今濃的鄉愁
誰來伴我消受?
牆下卦口的石頭
竟悄悄步入我的心田

從此 我惦念遠方的骨塔
在翩翩孤鴉的眼神裏
發現你憂鬱的臉龐如月
沿着山脊痛苦地爬昇

草

黃昏悄貼草背
曳着那小小的珍珠
款款地伸過頭來
俯視小溪裏的劍影
或驚醒時
向最黑的天空刺去
雨便潸潸而下
爲明日的大草原
今日的任人踐踏與匍匐
算得什麼?

最後一根出土的草芽
咬住春日的末梢不放
冒然出現的解紛人
指着寧靜的時鐘

稻草人

秧苗 你的容顏
許是我昨日飄落的衣衫?
蟬聲懶於自蕭管出來
盈耳是串串雀鳥的驚懼

厭倦水聲的脚跟
頂着一撮埂上的枯黃度日
季節輾過上下兩代
一畝田床都將枕着你我的記憶

明天 你還居後
我也將到遠方的火中
等秋來時 歸回共晤金黃
而我昔日站崗過的位置
已長出一株多節的青竹

詩兩首

子凡

街燈

假設一天赤裸地走在街上
寒夜裡一句嚴正的風
的批評，已足够將我輾成
一條無盡頭的路了

畢竟是要往前走的
家就在前頭
將刺骨的冷冽
痛苦地迫成一步穩健的脚步罷
站立起來本就不是件容易的事

如果你是路上一盞內省的街燈
當我走過時
別掩飾我赤裸的醜態罷
請在我幽邃的內部
照亮我

一九七一、九、一五西馬

淒美的山河

那是一片淒美的山河
帛裂的天空
老堅持着擒拿的姿身
爲了踏出另一個脚步
而捨棄原有的
脚印原是殘酷的刑罰
但將已擧起的脚
收回，靜止
更深覺苦楚

我終於開始尋索
不屬於自己的
方位
然後自己痛苦地思索
然後將自己拉成
不斷向前伸展之必要
滿是張力的
地平線，在大地上
僵持着方向

那是一片淒美的山河
淒美的山河是詩的國度

一九七一、八、一三西馬

白鴿詩草

心水

右眼的鄉訊

我的童年加我的故鄉
是加不到整數的歲月
我就用我的處男沿街零售
　沒人叫買的鄉愁
所以左眼不告訴右眼
夢裡江南
是秋是冬?
我的白髮遂高價收購
北來的風
風裡的霜
去國二十一年的那個福建人
竟起性子的飲盡右眼的鄉訊

民六十、十一于堤岸

白鴿

一顆礮彈劃破夏的岑寂
把驚悸小心摺疊
遂擲往另一個風季
之後　那隻折翼的白鴿
　輕唱輓歌
向南方　展翅向南方
茹血的禿鷹被迫飲彈
就有一場隆重而奇異的葬禮
朵朵破笑的鮮花排成送殯行列
在那塊燒焦的地土上
　飄揚一面破爛的國旗
折翼的白鴿停在旗杆上喘氣
雷掌和歡樂摻和甜甜的淚水
　迎接遲歸的白鴿
夏又同復岑寂　在風季

民六十、五于堤岸

鄉愁的月

古添洪

瘦扁的鐵馬
拉響一根咯喇咯喇的路弦
十指已染上鐵銹
生命如這常脫齒的鍊

影子是瑟縮的蝴蝶
輪子是扭曲的環
主人是孤獨的毛蟲
——多滑稽的三位一體

唔！
月亮曾是：

戒指／大餅／銅鑼
↗檸檬酸 ↖桂樹
↘美人↗斧石╲

七彩繽紛送葬的花圈！

凝視中
星光向遠弧隱去
雞蛋黃漸黯而灰而黑
寂寂的峭岩如排劍
寧靜海邊月坑如網
張着碎裂而崩牙的嘴巴
小心！其中深邃得沒有回響

熟悉啊！
刹那是月
刹那是心靈的投影
——遂頓悟：
我俱來的荒涼
源自這遙遠的月兒故鄉！

猶如盛在高爾夫棒的疤斗裏
一渾圓的球體脫軌而出
我如此離開故鄉
故鄉如此離開我
浮沈在不仁的太空裏

月鄉
沒有水
沒有青葱的草木
只有連綿的沈默荒涼
但那兒地心吸力只有$\frac{1}{4}$
任我的思想跳躍

月鄉！
沒有詭計
沒有排斥
沒有……
那是我優美的傳統
紅白血球形成透明的脈管

然而！滿地的鄉愁啊！

我不相信

鄭烱明

我不相信我的腿
剛從西貢走回來的這双腿
我不相信我的手
數不清扣過多少次扳機的這隻手
我不相信我的眼睛
那映在瞳仁裡
一切都在燃燒的這双眼睛
我不相信我的耳朵
至今猶砲聲呼嘯不絕的這對耳朵
我不相信這個世界
連奧藍的天空
也分裂成兩半的這個世界

四十年

羅青

遇見他，已是四十年前的事了
嫁給他，也是四十年前的事了
四處流浪了四十年
看了無數次烟火，搬了無數次家
若有兒女，也該四十歲了
若有孫子，也該四十個了
唉……四十年前，我
就隨他離開了兵荒馬亂的，老家
唉……四十年前，他
就隨我離開了兵荒馬亂的，世界

銀河詩稿

欣林

銀　河

一吻何價？
疊疊的悲却是價之外

男子握着一把荆棘
朝天空仰望
雲無言
蔚藍無言
於是他把那荆棘射向每一個肌膚

女子散着髮狂飲着淚水
說要飲成一條條的愛與恨
且手裏握着一朵太陽花
祈禱着
抽噎着

異地裏跌下一條不成渠的河
　　　不成譜的歌
就當它是企求吧！

蛻

午夜
一朵雛菊被葉脈上的陽光
咬醒
今朝又有風可歌

一個男子典掉唯一的財產
買下今天第一口憂鬱
　　　　　飲了
　　　　　醉了
且夢囈着另一國度的
　　　　　織女

誰又說河床貯着幻象
有一天還不是泯於哈哈
誰又說深山藏着神話
有一天還不是懼於呼喚

炸碎的星子　是個
變相
却仍是一種
跨越

十二月詩抄（續）

拾虹

雪

不願意生存在這個沒有雪的地方
長久地被陽光曝曬着
黃褐色的皮膚已經變黑了

不斷地流下的汗滴
落在深陷的足跡上
時時在飛揚的塵埃中消失
時時又沾染上我們的臉
緊緊地貼在面上
竟滿是眼淚的滋味

有時抬起頭來望望故鄉的白雲
是愈來愈白了
母親抬起頭的時候
是否看得見白雲裡
黑色的我們的臉

那年留下的凍瘡的痕跡還存在着
那年滴落在雪上的血跡也一定尚未消失

夜行

黝暗的世界籠罩着
暗寂的四周
無止境的黑暗
只有我們是被遺棄的人

遠遠的天邊
還有一點迷濛的星光
忽明忽滅地閃爍
畢竟這是指點着我們未來的唯一呼喚
淡漠地照亮我們
孤單單的身影

即使愈走愈深入暗黑的地帶
未來的路程也許會逐漸地明亮
猛然怔住
遠遠的那一絲星光
突然往家的方向
急急地殞落下去

愛情

陳秀喜

一隻奇異的鳥飛翔而來
沒有一定的途徑
不知何時　它來自何方
並不是尋巢而飛來

樹枝不曾擺過拒絕的姿態
向天空　像要些什麼的手
如果　那隻鳥飛來樹枝上
樹枝會情願地承擔
最美好的粧飾
而且希望從此這隻鳥沒有翅膀
樹枝心願變成堅牢的鎖
因爲奇異的鳥在樹枝上
比動章更是輝煌
比夕陽懸在樹梢更確實的存在

樹枝等待一隻奇異的鳥

生命・死亡・詩歌

簡安良

日子的脚把半個地球
踩進地獄裡
當白菊花瓣紛紛飄
天堂的淚花涔涔落
虛無者猛然掙脫了棺蓋
悚然站立

啊　那被誤認爲星的
原來祗是墳前的祭禮罷了
那被誤認爲月的
原來祗是一張銀色的冥紙罷了

爲了從僵屍群中拯救自己
爲了追求明日的那線曙光
於是日子的另一隻脚
加速跨步

但地球仍被踩進地獄裡
夜仍像荒野墓園那般

暗慘　淒清
當黑夜沒趕上白晝的脚
冷風再度掀動我們的屋簷
苦雨再度侵蝕我們的戶主牌
而我們仍敲開了自己的棺蓋
像夢遊者悄悄推門出去
在白菊與淚花憐憫下
閒蕩或者朗誦一首詩
而寫那首詩的天才呀
早在盤古開天闢地的時代
朽成塵埃
化爲糞土

孽子

楊傑美

主啊
當我在安息日
拒絕了你美味的引渡
而把我這一付長滿了膿瘡的肉軀
放逐於你的
祭壇之外
主啊
你是否曾深深地懷恨過我
不管怎麼說
這都是一件無法平衡的事實
中國的古聖先賢們不是常說
魚與熊掌
我們只能選擇其一嗎
所以
在十字架和玫瑰之間
我也只能痛苦地選擇了一個玫瑰
主啊
當我在禮拜天以外的時間
忽然記起了
你可口的麵食
而把我這一付爬滿了疽的肉軀
堂而皇之地驅入
你的殿堂
主啊
你是否將拭去臉上的積塵
張開父親的鐵腕
擁抱一個孽子的歸來

近作兩首

江自得

1 癌症

偌大的一間房
只擺着一隻床
床在房子中央
他躺在床上
如置身鼓風爐內
交握雙手於胸前
靜待一次
完全的燃燒

2

突然的停電之後
一盞被點燃的蠟燭
把淚流注
歲月深處

對酌

酌滿酒的時候
我們注視杯中的自己
如一患皮膚病的野猫
便大口吞下自己
我們什麼也不怕
只是暗自嘀咕着
響自杯底的那聲
淒厲長嘯
將終於何處

愛情

李榮川

一種比死還神秘的東西
一向躲在神秘的後面
沒人能與她預先訂約
她既然來了你又推不開
你會摟着她笑
也會抱着她哭
說她偶然得像流星吧
却又恒永得一如太陽

出版消息(一)

本社

詩刊

※「龍族詩刊」第3號，龍族詩社主編，林白出版社出版，定價10元。

※「葡萄園」詩刊第38期已出版，定價8元。

※「藍星」一九七一，由林白出版社出版，定價15元。

※「海洋詩刊」第九期第一期以及「海洋詩葉」，已由臺大海洋詩社出版。

※「噴泉詩頁」創刊號，已由師大噴泉詩社出版。又「噴泉詩刊」第八期亦已出版。

※「華岡詩刊」第三集，已由中國文化學院華岡詩社出版。

※「主流」詩季刊第2號，由主流詩社主編，鴿鈴出版社出版，定價7元。

※「秋螢」詩双月刊第12期，已由香港秋螢詩社出版。社址：香港九龍砵蘭街408號11樓B座。

※「暴風雨詩刊」第2期，已由暴風雨詩社出版。

※「水星」詩刊第5號，已由水星詩社出版。

※「山水」詩刊創刊號，已由山水詩社出版。

※「臺灣文藝」第33期已出版，該刊有「詩潮」專頁，並設吳濁流新詩獎。歡迎投稿，現主選「詩潮」爲本刊編委趙天儀。

※「詩宗」第四號「月之芒」已出版，定價16元。

來函更正

45期子凡譯「禱告」一詩中，有譯句不妥，已由作者重譯改正如下：

禱告詩首段句五「一想及你我便渾身是力量」應改爲「我會深深地感念你」；句九中「我的面容毀滅」應改爲「我的形象毀滅」。

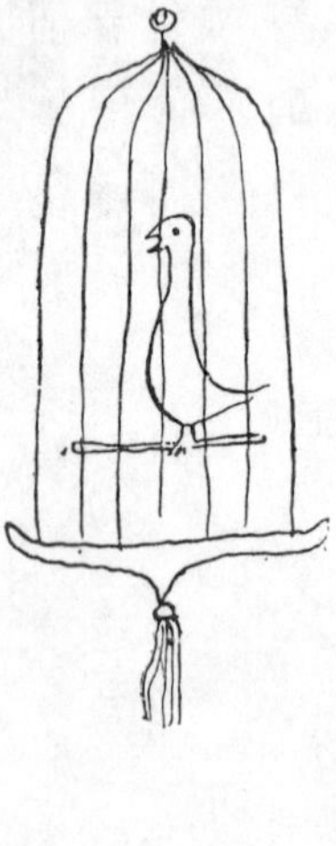

詩兩首

陳鴻森

日落

在還未昏暗時
好在能够趕回來
爲自己奔喪

重重的摔棄鏡子
願望着把那碎裂的聲音
迅速交給我的
我美麗的妻啊

此刻那在尋找我的老天
是我唯一能留給你的
遺物

廢墟

困倦睡去時
世界冉冉的浮起
把我留下
這仆倒的姿勢
成爲一句回答
應答這個忙碌的世界
以他們的
最後之臉

我是老天
永遠的冷的
暗喻

鳥之自在

藍宇

掀起一頁天空的寂寥
爭着讓自己的足跡在雲裡掘出一條河
那鳥
以全身的羽毛　去提昇一種醒

鳥鳴空山
天籟寂寂
誰能如此傳神地遞出一爪
詩了整個古代

常有剪斷了臍帶的風箏
常有
天空的嬰啼

驛站上
一掌黃昏的天色
便過程爲一種長得很好看的生活

詩兩題

陳坤崙

死猫之眼

有人
把死猫吊在樹枝上
如此，赤裸地把人類的悲哀
呈現在我幽暗的心中

它的眼睛似乾了的深井
睇視我心中的灰燼
它的心被蛆蟲啃蝕着
它高貴的外衣被蒼蠅迷戀着
再也沒有人肯接近它

祇有我把它埋葬
像埋葬我心中的灰燼

小黑狗

小弟弟抱着死了的小黑狗
哭泣地對媽媽傾訴

乖乖
媽媽再買一隻給你

小弟弟更加傷心了
他的心
深藏着不被了解的傷痕

兒童詩園

黃基博老師提供

雲和月

屏縣萬丹國小三年　李美雪

我是白雲，
月亮是媽媽。
每夜，
我偎在媽媽的懷裏，
聽她說甜美的故事。

我是白雲，
月亮是姊姊。
每夜，
我總是和姊姊在玩捉迷藏的遊戲。

湖

屏縣萬丹國小四年　王裕南

姊姊和妹妹是蓮花，
我和弟弟是游魚，
母親的愛是湖水，
永遠貯滿在湖裏。

湖

屏縣仙吉國小五丙　黃幸玲

湖是一塊銀色的布，
游魚是小紅花兒。
湖是大地的眼睛，
藍天、白雲、青山和柳樹，
都映在明亮的眼睛裏。

湖

屏縣社皮國小六年　林永鋒

千重花瓣的
一朵藍藍的花兒，
一隻小小的蝴蝶
在輕觸、輕觸……。

衣架

屏縣仙吉國小五丙　謝茜茹

一棵奇異的樹。
晚上就長出多采多姿的樹葉，
早上就落掉了葉子，
變成一棵光秃秃的樹，
寂寞孤獨的懷念着落去的葉子。

母親

屏縣仙吉國小六甲 王麗卿

當風雨要欺侮你，
就跑到母親的懷裏躲避吧！
母親是一間房屋，
會爲你忍受風吹雨打的痛苦。

母親

屏縣仙吉國小六甲 許淑眞

母親像一件棉衣，
我冷了就找她；
母親怕我冷，
就把我緊緊的裹着。

離別

屏縣仙吉國小六甲 許雪銀

離別的是無情人，
他把快樂帶走，
留下痛苦給我。
他把我的笑容帶走，
拋下我愁眉深瑣。

母校

屏縣新園國中一年 張許來鶴

母校是我的娘家。
那裏有我手植的美麗草、木和花，
那裏有我玩過的許多遊戲的器具。
老師是我慈祥的父母，
在校同學是我親愛的弟妹。
出嫁才幾天的我，
就深切地想念着我的娘家。
我要回去玩玩！
我要回去玩玩！

龍族詩訊

本社

民國六十一年元旦，龍族詩社成立週年紀念日，該社爲酬謝這一年來讀者、作者及詩壇先進人士熱心支持，謹訂於是日上午九點起至下午三點，假臺北近郊——南港十八羅漢洞之遊覽勝地舉行郊遊、摸彩、詩朗誦大會（備有詩集、小說、散文、雜誌、詩刋等贈送），歡迎自由參加（野餐、水果請自備。交通方便，搭乘大有巴士黃色1路及公車34路直達終站下車，向山步行約十餘分鐘卽達該處。）

笠下影

陳錦標

人活着，只要有一秒鐘能自己眞正地活過，此生都將無憾。可惜我們要活下去，不得不從他人的眼中，找囘自我，不得不在他人的不屑中檢囘自我。

——「遙遠的鼓聲」底「後記」

I 作品

冷冷的思念

冷冷的，這十二月的散步，以及夜色
就連我底夢也是冷冷的
咳！偉大的半透明之寂寞，冷冷的寂寞
我是一個休止符之小甜

霧，蹣跚着的糢糊的聲音
風，喝醉了暗淡的囈語
咳！我是一個休止符之小甜
在冷冷的十二月孵育着的夜色里
思念着花蓮，以及那聖誕紅下冷冷的記憶
想起了冷冷的碟形的海岸

墓的嘆息

當溫柔的波浪，向着海灘傾訴雪白的語言
啊，距離的平方與時間的立方積
已使我思念的答數趨向無窮了

何人引獨坐松蔭的黃昏攀登來此
讀我碑前瘦風的淒清
當記憶的角笛，吹動了狩獵的隊伍
啊！被通緝的昨日落荒來此投宿
（且讓獵鷹的偵查離此遠去吧！）
無限大的空間之畏縮，以及
無限長的時光之顫抖，在此冰冷相聚
當不安的黃昏摘落了寂寞的鷹踪

且以暮色的慰安拂拭那人的淚語
哦，我要靜靜地安眠，當晚風的潮退落
有人在輕輕地檢拾着那嘆息的貝殼

玫瑰底神話

松風，請引我迷路的嘆息到花叢里
請以玫瑰花刺掛我無言的思念
復以花蕊里的黃昏收容我流浪的身影
當暮色浮游在喋語着的花香里
哦，請以花影輕輕地叮嚀我
當夜晚的草坪上繡起了藍色的蟲聲
當山風在松樹枝頭催眠着兀鷹底青天
此刻，我願靜靜地在此消隱
化成一則神話，神秘地棲入花蕾里
日夜聽好奇的西風輕輕地低徊不去

過客

流過花蓮海岸的，是來自瀨戶內海的黑潮
櫻都的黃昏，長崎的暮色，與富士山雪峯的峭立
都借遊說的黑潮，傳遍了這風雨的山城
在濤聲零落的介紹里，我佇立斷岩之上
正與傍海的山脈，捕獲遠航黃昏歸航的漁船，以及
那流雲般的海鷗，作天涯寄客的寒暄
回家？哦，我只有過客一樣的感覺與落寞
只輕輕地走過冬風的淒迷里，哼起偶然，像一片落葉
只祈求一些朋友的冷漠，能招待一下我寂寞的懷念
啊！我來如天邊的晚霞，去如帶雨的西風
只留下了迷路的偶然，宛若一片飄逸的孤雲遠去

空山落葉之辭

已經遠去了，如脫離睡眠保護的夢幻
輕踏着一陣狂風，落向流浪未歸的空山新綠
哦，蜷伏在元月冬日的黃昏，勿需悲傷
隨寂寞的山徑靜靜地攀登久欲出岫的白雲
即已腐朽，又何必虛佔着搖天的如浪叢林？
就偕冬風俱逝吧！讓新生的未來抬頭
當黃昏從山峯帶來霜雪的秘密
有人爲此而放逐詩句，偶然地尋過深山里
埋沒於未來。空山，有人獨行
無翼之夜啊！請爲我做最後之祈禱
天堂本無門。請以樹上的未來埋我於此
復以落葉的願望爲，碑勿需悼文
三月，等回歸的春風來此養育着我的思念

Ⅲ 詩的位置

當北部的現代詩社與藍星詩社，以及南部的創世紀詩社三者鼎立的時候，東部的海鷗詩社，便是以花蓮爲中心，是由詩人陳錦標等創辦起來的，他們曾經借東部報紙副刊的篇幅刊行了「海鷗」詩刊，直到民國51年，陳錦標聯

合了李春生、秦嶽、黃金明、陳槐秋等出刋了「海鷗詩頁」（註一），曾經也給東部詩壇帶來了蓬勃的氣氛，影響了蘭陽平原及臺東等地的詩壇，而且也跟中、南部的詩壇互通訊息。可惜他們祇發行了十四期，便因經費的缺乏而停刋了。陳錦標的崛起，早於他的同學詩人葉珊，而且也在「現代詩」、「創世紀」、「縱橫詩刋」以及「文星詩選」等發表了作品，不過，他似乎沒有葉珊那麼飛黃騰達，就依他早期的第一部詩集「玫瑰底神話」（註二）看來，他的才氣，並不遜於葉珊，且有他獨特的優異的表現。如果我們以他爲核心人物，來品嚐東部詩壇的作品，也許也可以構成一個「海鷗的系譜」呢！

（註一）「海鷗詩頁」創刋於民國五十一年十月廿日，共出刋十四期。

（註二）「玫瑰底神話」係陳錦標第一部詩集；民國47年4月列入「現代詩叢」出版。

Ⅲ　詩的特徵

依陳錦標已經發表的詩作看來，他的詩似乎可以分爲兩個階段；第一個階段是指他的第一部詩集「玫瑰底神話」的時期，第二個階段則是指他發刋「海鷗詩頁」的時期。第一個階段，他頗有現代主義的傾向，似乎也受了紀弦的影響。一、他以個人的體驗爲出發，表現自我與自然的關聯。二、他以個人的想像爲出發，表現對太空世界神奇的狂想。三、他以個人的史地知識爲出發，對中國歷代的英雄或偉大的史蹟加以禮讚，頗能表現懷古的幽情。他的詩，豪邁中有綺麗的想像，爽朗中有神秘的意象，由於語言上的不夠收歛，有時略爲粗獷，有些散文化的傾向。其中以挖掘自我與自然的關聯，最爲突出，他有一種靜止的隱藏的詩想；例如：「我是一個休止符之小憩」（冷冷的思念），「此刻，我願靜靜地在此消隱，化成一則神話，神秘地棲入花蕾里」（玫瑰底神話），「我只有過客一樣的感覺與落寞」（過客）等都表現了他隱遁的感覺，這跟他豪放的氣質，似乎是一種矛盾，但却也表現了一種矛眉中的和諧。第二個階段，他頗有新古典主義的傾向，他的詩風一變，反而接近了葉珊的格調，失去了他早期的詭秘與豪邁，吸納了不少古詩詞的氣味，尤其是語言的華麗使他頗爲沉醉。

Ⅵ　結論

中國歷代的詩人，常常顯出兩種傾向：一是走上仕途，政海浮沉。二是歸去田里，隱遁逍遙。雖然，在繁榮的工商社會裡，現代詩人不可能歸去來兮哩！但還是可能有一種隱士般的思想存在。陳錦標一方面有活躍的衷腸，另一方面却也有隱遁的渴望，也許這是一種矛盾的氣質造成的，他在詩壇上，正保持了一段即關心而又無關心的矛盾的距離。他的詩，正是這種距離下的產物。

笠下影

游曉洋

走向詩的世界是一道窄門，近視眼只看到身邊，亂視眼却無法調整適當的視距，配上一副焦距妥貼的眼鏡吧。看清了詩的眞貌，也透視了虛無的假相，詩並非祇有號稱詩人才能獨享的，眼睛被蒙蔽了的所謂詩人，是看不到眞詩的奧秘啊！

I 作品

月

妳來了，像一個白衣的修道女
　走過黝黑的夜空之長廊

無數的星星
有孤兒之群
正張大着嘴巴哭泣

妳跚跚地走過
如褓姆樣地哄慰着……

最後一顆星

沒有過愛情
　也不歸納於銀河的星群
所以我的孤獨也是美麗的哪

當所有的星星們
順着時間的梯子滑降
化做微小的晨露
在園子裏親親花朵的芳澤
而我却高高地閃在上帝的前額
看着祂底微笑
在默數東方淨土上肅穆的鐘響

沒有過愛情
我恆有美麗的孤獨
當晨光瀰漫了空中
世人們請這麼記着：
蒼穹上一顆永遠地清醒的小小的星辰……

壺

妳孤另另地呈置着
是案旁那隻古老的水壺
已慣於承受無味生涯的是妳澄清的心
而欣然地裝飾厨房以藝術氣息的是
妳身上中世紀的雕痕

對於一個愛喝酒的主人
他已久久不來拂拭妳身上的灰塵
而唯一顧盼妳的是我行將沉默的心
　以一絲夕暮的餘暉——
透過狹狹的窗，將妳欣承

橋

輕輕地跨着，在相對的岸旁
這是小小的關連，銜接的路
依然空漠而遙遠
佇立在橋頭，孑然孤影
在無聲的水上

水流着，乃有它欲達的方向
我立着。彷徨的浪子啊，何處有家！

讓我來切斷這道關連吧！
讓我遙然相對，在距離蒞止點
縱然我知道，後面是不可追的過去
前面是無涯的未來
現在呢？這眞理誰能捉住

夜・羅曼斯

藍茜妮，今晚的夜色多妮麗
別讓夜鶯空自地呼喚
快出來吧，我在台階下等妳

今晚的夜色多妮麗
路燈閃動着夜霧的白睫毛似我的眼色
星星閃動着夜空的黑睫毛似妳的眼神
枝椏在搖動月光的影子
白蓮恬靜的在池上梳裝

藍茜妮，在迷醉的夜裏
感謝上蒼讓我倆相聚在一起
不然我會孤立在池旁
向水裏的月亮說思念的心語
或是躲在黑林的暗角
猛吹着香烟飲泣

藍茜妮，我們在霧中漫步
請握緊妳嫩手
僞置身在雲中飄浮

藍茜妮，我們在霧中漫步
請把虛假的脂香投下在走過的沿途
等到夜暗的最深處

我再把接吻的甜蜜向妳陳述

II 詩的位置

當現代詩社的紀弦與藍星詩社的覃子豪爲了現代詩的論爭，正是水火不能相容的時候，做爲投稿者的新銳詩人們，並不惑於他們的主張，然而，却頗有一番挑激作用。當時在臺灣中部的新銳詩人們，如白萩、蔡淇津、趙天儀、黃河清、游喚洋等都冷靜地注視着他們的發展。游喚洋出現得較晚，在「現代詩」與「藍星週刋」的後半期，他那少量的精緻的作品，也是令人回味的。雖然，他也加盟了「笠」，究竟他在商場中呆久了，擱筆已多年哩！當我們仔細地回顧他過去那些少量的作品，我們將發現他的詩依然還是那麼清新，詩是要不斷地再發現的，如果說他的詩依然還是耐讀的話，正意味着他捕捉了眞正的詩素。雖然說他是出現於「藍星週刋」的後半期，由於他的風格，以及某種鄉土氣息，使我們順理成章地歸納於「笠」的系譜裡。

III 詩的特徵

游喚洋當年一邊習畫，一邊寫詩；他曾跟詩人白萩過從，也跟黃荷生、趙天儀等同遊。就寫詩來說，他是較爲單純的，可說沒有太多理論的束縛，因此，使他的詩作更能自然地發揮。他似乎受了白萩的影響，做爲一個詩的創作者來說，他較缺乏白萩的那種開濶、那種毅力、那種耐心！當我們試着展讀，他那「月」的清麗不俗，「最後一顆星」的幽玄孤寂，以及「夜・羅曼斯」的機智與幽默，都證明了他具有詩人的氣質，想像力幽美而豐盈，可惜，輟筆太久了。他的觀照深刻而獨到，他喜用明喩（Simile），但明喩用得妥貼，照樣能捕捉詩底心象的跳躍，使用修辭的方法，關鍵是在用得妥當與否？例如：把月跟星星的關係明喩爲：「如褓姆樣地哄慰着……。」其次，他喜用直接的敍述方法，然而，他的眞摯性却能直接地貫注於詩裡，而沒有陳腔濫調，關鍵何在呢？也許就是在他的觀照方法，他能賦與物象以妥當的安排，尤其是人格化的妥貼。游喚洋這種詩的小品，正是一種值得重視的嘗試。

VI 結論

一個詩人，可以從事他所喜愛的工作。如果詩人從商，懷念起往昔美好的時光，當然會心裡癢癢的，而游喚洋是否於心有戚戚焉呢？還是安然若素呢！他的詩，即使沒有扭曲語言，却也鮮活了語言；即使沒有弄賣修辭，却也恰到好處地活用了適當的比擬。也許在時間的漏斗中，他的詩却愈益清新可喜，純鍊中肯。簡言之，游喚洋雖然沒有太多的修飾，畢竟表現了精純的詩質。當然，這並不意味着他沒有其他的雜質。

白萩・鄭烱明

桓夫兄：

低迷（ていめい）一詞，並非日本自己所創造出來的辭彙，而是源自咱們中國，出處爲李商隱：「七月二十八日夜與王鄭二秀才聽雨後夢作」一詩，現將全詩抄錄於后：

初夢龍宮寶燄然，
瑞霞明麗滿晴天；
旋成醉倚蓬萊樹，
有箇仙人拍我肩。
少頃遠聞吹細管，
聞聲不見隔飛烟。
逡巡又過瀟湘雨，
雨打湘靈五十絃。
瞥見馮夷殊悵望，
鮫綃休賣海爲田。
亦逢毛女無憀極，
龍伯擎將華嶽蓮。
恍惚無倪明又暗，
低迷不已斷還連，
覺來正是平階雨，
未背寒燈枕手眠。

另嵇康的「養生論」亦曰：夜半而坐，則低迷思寢。

文化圖書公司出版之「辭彙」中，亦有低迷一辭，解釋爲：不分明的樣子。

東華書局出版之「廣辭林」中亦有，解爲模糊。

商務印書館出版之「辭源」也有，解爲模糊不淸也。

麥氏漢英大辭典亦有，其英譯爲muddled。

中華書局出版之「辭海」也有，解爲猶言迷離，謂模糊也，文選嵇康養生論：「夜半而坐，則低迷思寢。」朱熹詩：「玄空杳靄低迷外」。

因此，古丁、文曉村、徐和隣三先生在下筆之前，似未細查，以致肯定其無。

特此奉知，順頌

編安

弟**白萩**　九月三十日

桓夫先生：

最近從青年戰士報上，知道沙軍先生已經病逝的消息。記得數月以前，當我還在臺南陸軍第四總醫院的時候，有一次到豐原，我曾告訴您說，我在醫院裡見到沙軍先生以及他得了胃癌的事，而料不到只有半年的光景，可怕的病魔已然吞噬了沙軍上校的生命。

我與沙軍先生雖無深交，但我想您定不會忘記五年前的詩人節前夕，我們一起在臺中接受中廣電台訪問的情景，而沙軍先生便是被邀請的對象之一。不久，您對我說，沙先生不但非常支持「笠」，而且還是「笠」的第一個基本訂戶呢。

此後，我還在幾個集會的場合，再見到沙軍先生，可是每次都很少談話，有也只是寒喧而已。不過我對沙先生的印象是很深刻的，我想這是由於他本身係軍人又是詩人之故吧。沙軍先生除了詩的創作曾得國軍文藝獎外，也寫小說、散文等，經常在報章雜誌上發表。

談起我和沙先生在陸軍第四總醫院見面是很意外的。有一天外科總醫師查房時，講解病人最近上腹不適，食慾不好，體重減輕，經胃鏡檢查懷疑為胃癌。現在因作胃鏡檢查的關係，頸部出現輕微的皮下氣腫（Subcutaneous emphysema），過幾天便可消失。我正想上前去摸咿軋音（Crepitus），抬頭一看病人，那可不是沙軍先生嗎?!他的精神還不錯，不過顯然消瘦了許多。我們談了一會兒，包括他近來的寫作情形和有關病的症狀。我安慰他好好休養。

不久，由於治療上的需要，外科給他做了全胃切除術（Total gastrectomy），並經證實為胃癌。我也被調到他那棟病房。我不曉得別人有沒有告訴他事實的眞相，也不曉得他自已知道不知道，只是每天為他換藥，陪他談談。事實上，像沙軍先生那樣的人，我以為是經得起死亡挑戰的，雖然挑戰的結果註定要失敗。

六月中旬，我離開了醫院。七月初，走進了海軍陸戰隊，終於在詩隊伍上看到羊令野先生寫給他的悼詩。那麼，我也寫出我對他的懷念吧。相信沙軍先生地下有知，不會以為我唐突。

敬祝

編安　　烱明敬上60．11．15于小貝湖

出版消息(二)

本社

詩評論集及其他

※白萩著「現代詩散論」，列入三民文庫，即將出版，定價15元。

※余光中著「詩人與驢」，由藍燈出版社出版。據悉該書非出於作者的同意，係海盜版之一。

※彭邦楨著「詩的鑑賞」，列入人人文庫，由商務印書館出版，定價15元。

※趙天儀著「美學與語言」，列入三民文庫，已由三民書局出版，定價15元。另著「美學與批評」列入有志文庫，即將由有志圖書有限公司出版。

※周伯乃著「現代詩的欣賞」上、下兩册，列入三民文庫再版，定價各15元。另著「中國新詩之回顧」，已由廣文書局出版，定價40元。

※程抱一著「和亞丁談法國詩」，列入純文學叢書，由純文學出版社出版，定價20元。另著「和亞丁談里爾克」，由遠東圖書公司出版，定價7元。

※葉維廉著「秩序的生長」，列入新潮叢書，志文出版社出版，定價20元。

※張默編選「心靈札記」，已由藍燈出版社出版，定價20元。

※李魁賢著「歐洲之旅」，包括旅歐詩抄，已由林白出版社出版，定價15元。

出版消息㈢

本社

詩集

※白萩詩集「白萩詩選」；包括「蛾之死」、「風的薔薇」、「天空象徵」三輯，列入三民文庫，由三民書店出版，定價15元。又「香頌集」擬由巨人出版社出書，「新美街」擬由新風出版社出書。

※紀弦詩集「五八詩艸」爲紀弦年書之一，由中山學術文化基金董事會補助出版，定價15元。

※陳秀喜女士中文詩集「覆葉」，列入笠叢書，由笠詩社出版。收錄有趙天儀的序文，林煥彰、施善繼的讀後感，以及翻譯等，分平裝本與精裝本兩種。定價50元。

※鄭烱明詩集「歸途」，包括白萩、桓夫的序文，列入笠叢書，已由笠詩社出版，定價16元。

※王憲陽詩集「千燈」，列入作品叢書，由作品雜誌社出版，定價15元。

※梅新詩集「再生的樹」，列入驚聲文庫，由驚聲文物供應公司出版，收錄顏元叔的「梅新的風景」，定價15元。

※方艮詩集「旗向」，中山學術文化基金董事獎助，列入大千文庫，由大千世界出版社出版，定價15元。

※葉珊詩集「傳統」，列入新潮叢書，由志文出版社出版，楊維中作畫爲插圖，定價20元。

※高準詩集「高準詩抄」，列入光啓新詩集之五，由光啓出版社出版，定價20元。包括「丁香結」、「七星山」兩集的作品。

※沉思詩集「海灣」，列入光啓新詩集之六，由光啓出版社出版，定價12元。

※田湜詩集「杜鵑花」列入作品叢書，由作品雜誌社出版，定價15元。

※翺翺詩集「鳥叫」，列入創意社文庫，由創意社出版，特價15元。

※蘇振邦詩集「怒吼的銅鈴」，由臺大海洋詩社出版，定價12元。該集收錄趙天儀、李廣成的序文。

※凱若詩集「晒衣場」，列入笠叢書，由笠詩社出版，定價16元。該集收錄白萩、桓夫的序文。

※秦嶽詩集「夏日・幻想節的佳節」，由普天出版社出版，特價15元。

※賴慶雄詩集「初航」，由林白出版社出版。

※蘇凌詩集「明澈集」，列入星座詩叢，由星座詩社出版，定價12元。

※覊魂詩集「藍色獸」，列入萬年青書廊，由環宇出版社出版，定價14元。

※韓國詩人許世旭詩與散文合集「藏在衣櫃裏的」，已由林白出版社出版，定價15元。

※陳敏華詩集「水晶」，英譯者爲馬莊穆，中英對照，已由葡萄園詩社出版，定價25元。

※辛牧詩集「散落的樹羽」，列入龍族叢書，由林白出版社出版，定價15元。

※黃進蓮詩集「蓮花落」，列入主流叢書，由林白出版社出版，定價16元。

活躍的詩底交流

原載大韓日報
李康洙譯

近數年來，韓、中、日三國之間詩的交流，逐漸活躍。這是相當可喜的現象，因爲，到目前爲止，看我們詩的活動，只局限於跟英、美詩的交流，反而忽略了與我們較密切的中、日兩國之詩的交流活動。韓國的詩刋「現代詩學」，日本的「詩學」以及中國的詩雙月刋「笠」，這些詩雜誌，負起了三國彼此間的詩交流的任務。其後，日本的詩刋「時間」與「親和」，也參加了這種陣容。

日本的「詩學」，第一次介紹韓國作者，是一九六四年六月。這時，韓國詩人金春洙、申瞳集、金光林……等十名的作品，給它介紹了。中國的詩刋「笠」，第一次介紹韓國作品的，是今年十月，這時，它在「詩學」登載過的作品中，把金春洙、金光林、朴木月、朴南洙、朴斗鎭等九個詩人的作品，再翻譯出來了。

韓國的「現代詩學」，去年曾譯載五首村上昭夫的「動物哀歌」。這是第一次介紹日本的詩。今年九月，該刋又把「中國現代詩十七人集」，轉載出來了，這是韓國第一次看到中國的現代詩。

日本的韓僑李沂東，中國的陳千武，韓國的金光林，這三位承擔這項翻譯的任務。

韓僑詩作家李沂東，曾經寫過日語版「記憶的天空」。他是一個「日本現代詩人會」的會員，兼「航程」雜誌的社員。

中國的陳千武，他是臺灣人，是詩半月刋「笠」的編輯委員之一。他以「桓夫」爲筆名，所以有人稱他的詩爲「桓夫文學」。他對日本文學，頗有造詣，而且曾用日文寫過幾首詩。

在這裏，應該注意到的，是日文成爲三國詩交流的基本語的事情。韓國詩被翻譯成爲日文，再由日文翻譯成中文，中國詩被翻譯成日文，再由日文翻譯成韓文，這樣的輾轉翻譯中，詩的本意，很可能發生誤譯。就是說，也可能喪失掉原來的趣味。舉一個例子來說，日本的韓僑李沂東，把黃錦燦先生的詩「麥的山嶺」，用日文翻成爲「麥峠」，但日文中「麥峠」的意思，是「麥子長得綠油油的山坡」，這是誤譯的，因爲「麥的山嶺」的韓文中原來意思，是麥還沒收穫，一年中農民最窮的春天的意思。

這種誤譯，時常有發生的可能性，因爲三國彼此之間，各有不同的生活，語言的習慣。爲了避免這種錯譯，韓國詩壇有些人主張設立一個專門擔當翻譯任務的機構，由這機構負起三國之間的詩交流的使命。

韓國文人說，這種詩交流，對三國之間的文化交流，頗有助益，中、日兩國詩人，也可能有同樣的感受。具體而言，自一九六四年以來，日本介紹韓、中詩作的目的，彌補他們的趣向西化，而加以東方的情緒。中國也想把他們的現代詩介紹到韓國。老實說，我們很少知道中國的現代詩，因此對中國現代詩，也有好奇心。因此，好比通過日本詩，也會助長韓國對西方詩壇動態的了解。

不能忽略的事實

——從「七十年代詩選」談起

鄭烱明

「七十年代詩選」再版了，在出版後不到兩年的光景，即已售罄，而於翌年再版，相信詩選的編者一定掩不住內心的喜悅，筆者亦具同感。由此可以看出，中國現代詩的成就，多少已獲得某種程度的重視與瞭解，這是非常令人告慰的一件事。

然而不能不引以爲憂的是，由於該詩選的編者潛意識選稿的主觀，以及固定狹窄的現代主義的偏執，不但導致讀者誤解了中國現代詩的眞正面貌，而且阻礙了它的發展。關於此點，在詩選出版後不久，即有尉天驄、余光中等爲文討論，筆者雖不能完全同意他們的見解，而擔心的事實則同。

事實上，「七十年代詩選」的缺失，也並不僅如此而已，另外尚有作爲一個現代藝術的證人，所不該有的重大瑕疵，玆列舉數點於后，以供讀者參考。

第一、關於詩選出版的時間問題

直到目前爲止，我始終想不通爲什麼題爲「七十年代詩選」的詩集，會提前在民國五十六年出版?儘管編者提出什麼「由於六年來此間並無任何足以代表中國詩之權威選集問世，致使此期間在臺灣各詩刋雜誌發表之具有創造性之優秀作品流離散失，而使後世之文學史家及評論家因掌握不住此一期間現代詩發展之趨向，以及無一標準與依據以資評論，而在判斷時難免有所偏失」與「並非完全意味著一種紀年式之時間觀念，而尤著重於一種革命性與創造性之現代意義」，等理由作爲解釋，但這是無法洗清「七十年代詩選」的編者，求功心切，急將生米煮成熟飯的嫌疑的。

有誰敢大胆地斷定民國五十六年後的四年間，沒有比以前更傑出的作品問世，沒有比以前更優秀的新人出現?我們爲此深表遺憾和惋惜，因爲事實證明不但大多數入選的作者，在這幾年裡寫出了更出色的作品，同時也出現了幾個值得讚賞的新人。我相信，因此而造成的該詩選的損失，是不可言喻的。以爲捷足先登編詩選，便可以鞏固自己在詩壇的地位和權威性，那是多麼幼稚的想法啊。

第二、關於中國現代詩的主流與旁支的問題

要明白爲什麼被「中國現代詩選」稱爲「一對孿生的姊妹」的「七十年代詩選」，却反口否定前者的重要性與價值，認爲它只是一個旁支，「向我國評論家及文學史家對中國現代詩之透視與檢討提供一個參考而已」的道理很簡單，只要你肯花一點腦筋去思考。

把三十個詩人的作品結集出版，然後在另一本詩選裡說前者「只是一個旁支，提供一個參考」，無非是想打擊和抹殺那些詩人的存在與成就而已。雖然他們自己也在那本詩選裡，但他們與其同路人在「七十年代詩選」的重複出現，已經使彼跳出了被批評的對象。

再沒有比一本自稱是中國現代詩的主流詩選，却連曾經是現代派領導者的紀弦都榜上無名，更滑稽的事了。口口聲聲自稱爲「主流」，難道就能成爲眞的中國現代詩的主流?!

第三、關於再版時删掉一位作者的問題

編者在「再版的話」中說：「本詩選之再版，我們極其嚴肅地作了如下之革新：首先割棄了一位作者的詩（卽原先選入四十六家，現祇選入四十五家），我們自認當初在選擇時，限於某些難以言宣的因素，確有不逮及值得商榷之處……」

經與初版相對照，知道被割棄的爲王裕之。姑不論王裕之的作品如何，編者的這份決心和勇氣的確難能可貴。然而這種殺一儆百的作法，並不能博得讀者普遍的同情，因爲再版的詩選中，當初「限於某些難以言宣的因素」而入選的作者，依然有很多沒有肅清，甚至現在更進一步地儼然以明星的姿態出現，矇蔽讀者。

而尤其令人心寒的是，當我們第一次讀王裕之的小評時，竟毫不懷疑地相信了它。該評文雖無過份的讚譽之詞，但對「一顆早到的新星」來說，則未免估價過高。如今這顆早到的新星被點燃它的人捻熄了，對「七十年代詩選」而言，何啻是一項諷刺？

由此使人聯想起一個事實，創世紀諸人的所謂詩評論，往往好以權威者的論調以及無關痛癢的比喻，做爲闡論的依據，那是何等的不智與令人厭惡。

第四、關於作爲一個詩人的態度的問題

身爲一個現代人，尤其當他一方面生活又一方面從事藝術創作的時候，無法不對自己與社會負責。雖然具有完美的人格與人生的態度，不一定能寫出好的作品。但缺少完美的人格與人生態度的詩人，無法創造出偉大不朽的詩篇，則是毋庸置疑的，試看古今中外的文學大家，那一個不是具有崇高偉大的人格。

兩年前，李國威在「詩人的態度」（該文曾發表於「香港時報」，後被收在「桂冠」創刊號）一文中說：「我總覺得作爲一個詩人來說，洛夫是不夠誠懇的。」可謂有感而發。其實在臺灣的現代詩壇上，不夠誠懇的何止洛夫一人？爲什麼同樣是創世紀同人的季紅，大家則不對他做如是觀，至今仍受讀者懷念，我相信，詩與理論的傑出固然是原因，而嚴肅與高超的詩人態度何嘗不是因素之一？

我希望大家靜下來想想，在這樣的一個時代，如此的一個詩壇，我們需要的是沉默的工作者，肯埋頭苦幹的自我犧牲者，而不是任何事以虛名至上，整天嘻嘻哈哈的小丑。「七十年代詩選」或許有其價值存在，但是否眞如編者自己所吹噓的那樣，大家心裡明白。現代藝術的證人不是自己要當就能當上的。

註：關於本文所列第二個問題，係針對初版的某段後記而寫，後再版時該段文字已刪。可見「七十年代詩選」編者的用心良苦。

笠書簡

白萩兄：

忙否？笠四十三期諒已收到。傅敏的招魂祭一篇是送廠排版以後才寄到，由於年輕同人們的要求，把它編入這一期，也許會有甚麼反擊，但他們年輕人都說：他們雖然年輕，也應有說話的權利，不能老是封住他們的口，不讓講話。在付排之前，想先送你過目，而怕時間拖長，遂作罷，請原諒。

桓夫上六、十三

白萩兄：

禮拜天看到水星詩刊上洛夫的信，想不到他這麼作賊心虛，好像迫不及待地要把我砍成肉醬似的，這批人，持衆欺人慣了，不曉得年青人有自己的聲音。

我想，我如繼續獨力面對，到時眞相自然水落石出，讓他自己一斤一兩地減自己身價。此人不懂「後生可畏」，焉知後來者就不如今？

他當然更不會知道：「君子和而不同；小人同而不和」的道理，書簡中處處流露卑鄙作風。想使用不正當手段誣裁別人。反正我剛閒下來，這下子算是理論定這門事了。

您也想不到，我這麼給他來一下致命傷吧？他現在是非誣您和中國現代文學大系之事，不能再有堂皇的理由了。我看您應當公佈因文學大系而和他往來的信簡，甚至把他們要和笠談什麼合作，更且要求笠和他採取同一步驟，退出中國新詩學會的信，全部公佈。但是您的附言要保持冷靜，以便使人感到您眞的是不動肝火地，祇是把事實公開而已。

瘂弦十五日寄來一信，提到當今詩壇問題太多，可惜他無暇去管這等的事。並且建議作家的臉多介紹笠同人。

寫「招魂祭」一文時，我曾在羅青來訪時告及，另外告訴過瘂弦。我非說說話不可，這也會使洛夫大驚不已。

祝福

傅敏敬上六月廿九晚上

編者按：此信係水星第四期登出洛夫致張默管管書簡後，本刊當時執行編輯桓夫先生，隨後寄給張默之信，表白當時處理稿件的宗旨和刊登「招魂祭」的經過，實在和「現代文學大系」等無關，水星詩刊沒公平地予以刊登，本刊逼不得已特於本期刊出，以澄淸青年詩人傅敏的立場。

張默兄：

一、謝謝您贈送「水星詩刊」第四期。杜國淸、李魁賢部份業已轉寄。

二、「笠」詩刊的執行編輯，幾期來均由錦連和我擔任，因四十三期編輯適逢錦連準備參加「升職考試」完全由我一個人負責搞的。傅敏評洛夫的一文之採用，亦是我個人所決定，其他笠同人事先沒有一個人知道。連錦連都在發表後才看見的。我決定採用「傅」文的原意是：認爲年輕人有話該讓他講，不要擺起前輩的架子來壓制他，反正話講出來心裡便會安靜，這對於洛夫「眞金不怕火」的聲譽不會有所動搖，對「創世紀」在中國詩壇輝煌的業蹟不會有所磨滅。而傅文所論到的詩質問題亦有其參考的地方，且年輕人批評前輩的詩作風，在日本或其他外國我看過的例子也不少，均對詩壇的革新與反省有相當的助益。爲了打開我們詩壇的僵局，不妨讓心中有話的年輕人講出一點鬱積的實話，總是對陷於痲痺狀態的詩壇會有提醒的作用。您是提拔年輕詩人最有功勞的一位，應該最能了解年輕詩人的氣質，年輕人要吐一點氣，不會對像我這種二三流的詩作者開砲，當然會對公認的一流詩人乘隙發射的。不是嗎？何況傅敏寫詩的出發也在「創世紀」（看「創世紀大事記」才知道），顯然是您鼓勵過他，培植出來的一位新人，（這一點您能否認嗎？），他才有那麼大的膽量和勇氣。然而，目前我們應該自覺，新進詩人們陸續團結起來自辦詩刊的現況，後浪有意追擊前浪的情勢，這已超越了既有的詩人勢力範圍，誰能去壓制他們。依照您過去以及現在一貫的作法，索性把園地開放給他們，不是較爲適當嗎？因此我採用了「傅」文讓它發表。

三、對整個詩壇來說，如果發表「傅」文會有甚麼錯誤，完全錯在我一個人的頭上。與白萩絕無任何關聯，不要寃枉別人。洛夫與白萩之間的書信來往，關於現代詩大系的編輯如何，是白萩與洛夫兩人之間的個人意見，笠同人都不知其書信的內容，怎能把那些無關的兩回事拉在一起，並拖到「笠」和「創世紀」的爭執問題來。？？？。「笠」繼「創世紀」等幾個詩刊之後，爲現代詩的舖路而努力，曾經幾次我也向日本詩壇如此介紹過。詩不是由名利所左右，有甚麼執可爭？除了自願當傻瓜以外，歸於爭執，不是令人感到可笑嗎。詩壇的事實是有據可稽的。洛夫以爲「傅」文之發表是與白萩之間鬧意見的結果，這種無聊的推測太過份了。爲甚麼會有這種念頭？這在詩史資料上不是留了一則笑話嗎？請不要寃枉別人。

四、我不願白萩認爲我陷害他，所以寫這一封信給您。您曾經受過陳芳明（方方）的抨擊，您忍耐過，如今我常聽年輕的詩人們在稱讚您，佩服您有那麼大的風度，所以您會了解這些。希望您以一編輯的立場明察事理，澄淸並制止這種誤會的蔓延。如果要討論，請就詩質的根本問題討論。

五、此信同時抄了一副本給白萩兄請其諒之。祝

編安。

弟 桓夫 敬上六月廿七晚。

與宋志揚先生會面記

白萩

1

十月二十八日下午，我忽然接到一封張默筆跡的油印通知，全文如下：

一、頃閱「笠」第四十五期「編輯後記」中，對本刊第五期刊出的「溫柔的感歎」一文作者宋志揚先生大加汚衊之能事，並直指宋是本刊編者的化名，充份暴露笠詩社編輯人之無知，糊塗與幼稚，將給中國現代詩壇留下一個天大的笑話。

二、經與宋志揚先生漏夜電話連絡，他十分感歎，且已決定親自出馬，與笠詩社執行編輯見面一談，以正視聽。約見時間爲本年十一月七日（星期日）下午七時，地點爲高雄五福四路「巴西咖啡屋」二樓。

三、本函除寄笠詩社執行編輯外，並邀全國各詩社及主編各重要詩人出席參加，公開評證。

（參加者，請自備咖啡費）

此致

白萩先生

水星詩社編者　敬啓

60年10月28日

又及：「水星」第六號原定十一月十日出版，現爲報導本次會晤實況，決定延至廿日出版。

2

我最後決定參加是項公開評證會，是費了幾番思量的，決定的因素有下列數端：

A、公開評證會是非常新鮮的事，自認已大概地讀了中國文學史，包括了掌記、秘聞、稗野傳說等等，都沒看到這種玩意兒。再搜察腦中點點滴滴所記住的外國文壇掌故，也沒有這類的文學活動。這證明了我孤陋寡聞，不管評證的內容是什麼，單使我瞭解文學的公開評證會是什麼，就值得我花五十元上高雄參觀。

B、我雖不是笠的主編、執行編輯，但總是笠同人之一，有關笠的事情，多少得關心一下。同時水星詩社也發給我一張參加證，確定了我的資格。

C、如果笠的執行編輯有人參加，我自己就無參加的需要，但是笠的執行編輯都居住在中北部，大約沒有興趣大張其事的花五六百元去參加，同時水星詩社把公開評證會時間訂在星期日晚上七時，似乎對他們星期一要上班上學爲難，恐非就地取材不行，這樣地，我這個住在臺南市的笠同人，勉强地可以去參加而又不影響隔日的工作，就顯得有代表他們去會見宋先生的責任。

D、接到水星詩社的控訴書後，特地又找出笠四十五期，把編輯後記一讀再讀，發現笠並沒有直指宋志揚是水星編者化名的確定性文字，水星詩社爲什麼自我意識地確定宋志揚就是水星詩刋編者呢？這點令我不解，有必要上高雄點醒老友張默一下。

3

我是十一月七日下午五點鐘，上林宗源家，找他做伴到高雄去，林宗源換衣交代店務之後，到車站。五點半我們才擠上公路局汽車，車內乘客擁擠，我們是一直站到高雄市的。而陳鴻森的參加是：由於上次他和女友双双到我家玩之後，已很久很久沒看到他，頗關心他倆兒的近況，因此利用到高雄的機會，順便約他到會場見見面，免得他從屏東到臺南地跑遠路。

我和宗源在高雄市三角公園下車時，已是六點五十分，胃飢難耐，所以先找地方伺候胃大爺。在大新百貨公司旁邊小街的餐舘，叫了二籠小籠包，一碗蛋花湯。正食用中，沉冬神不知鬼不覺的摸上來，見面就罵，罵我不用影響力，平息此次攻罵事件云云。答以停火是雙方面的事，笠方面或可一試，水星方面我無力量。最後他奮勇表示願做今晚評證會的調解人。

飯後已是七點十五分左右。沉冬、宗源和我同到巴西咖啡屋，上二樓時，發現張默、管管、阮義忠、朱陵、陳鴻森、沙穗、連水淼、林南等均已在座。東拉西扯一陣，才見白浪萍、阜東、楊青矗及白浪萍的朋友等，陸續來到。而主角的宋志揚先生，是七點三十分才到達會場。見面時，張默把在場的詩人介紹了一番，宋志揚先生掏出三五牌，敬我一支，點上煙，大家坐定之後，張默幾句開場白，宋志揚先生接着簡短地說：『本人今天有機會和各位詩人晤面，深感榮幸。本人純粹是一個詩讀者，收藏詩集詩刋是日常生活的癖好，前些時一時興起，爲水星寫了一篇短文，想不到居然引起笠詩社很大的反應，在最近一期的笠中，以編輯人的身份，對本人及拙文大事攻訐，而尤其令我不安的，是指我宋某是水星編者的化名，這是我今天不得不出來與大家晤面的最大理由。本人在拙文中指出「華麗島詩集」的若干錯誤，譬如詩史年代問題，笠作品合評態度的不公，以及很多優秀詩人都未選入那本譯詩集。』

華麗島詩集雖不是我編譯，由於我有一次和日本出版者，若樹書房的安倍玲以社長見面的機會，想把所知道的部份編輯實情告訴大家。話剛開頭，但見一人匆匆從樓下上來，把宋志揚先生找了去，宋志揚先生也就借機提着皮包走了。當時我吸了一口宋志揚先生的敬煙，傻愣在那裡，低頭一看，宋先生的敬煙還沒燒完呢。時間是七點卅五分。這是五分鐘的與宋志揚先生會面記，變魔術般的快速來去，心裡想；既然是宋先生『決定親自出馬與笠詩社執行編輯見面一談』，約會是他提的，我們還沒交談一言，爲何就匆匆走了呢？

（文轉第103頁）

本刊嚴正聲明

本社

我們是一群生於臺灣省的中國人，本着遊於藝的閒情；為建設中國現代詩，艱苦地出版了這一份薄薄的中文詩刋，貢獻出一份中國人應盡的力量。

最近由於和洛夫及水星詩刋，彼此因對詩的觀點不同，而導引了一場論爭。起先只是洛夫與傅敏兩人之爭。不料，水星詩刋第五號以宋志揚名義，辱罵本刋詩作為「日本現代詩的翻版」，第六號上更刋出夏萬洲致編者乙信中，公然侮辱本刋為日本現代詩壇的「殖民地」，此種最刻薄而具挑撥性的惡毒名辭，斷非生於臺灣省的中國人所可忍受！我們要求解釋：在臺灣省歸復祖國已久的此時此地，彼此同為中國人，夏萬洲及水星詩刋編者，究懷何種居心，竟然侮辱，在中華民國出版的中國人所辦的一份詩雜誌，是日本現代詩壇的「殖民地」！

不錯，中國的臺灣省曾有淪於日本殖民地的事實，可是這個責任這個恥辱，却不是我們生於臺灣省的中國人所應負擔，那是滿清政府的責任，將臺灣送給異族踐踏，而造成了中國歷史上奇恥大辱的一頁！生於臺灣省的中國人的我們，仍然懷有中國人的傲骨，堅忍不屈的胸志，在日本統治的五十年之間，完全塗滿了臺灣省的中國人反抗異族統治的血淚痕跡！在臺灣省歸復祖國之後，我們所受的歷史創傷，本已漸淡忘，不意在廿六年後的今天，尚有中國人對中國人，以「殖民地」的惡語加身。這個名詞，在我們生於臺灣省的中國人來說，是最惡毒的侮辱。我們要求說此話的夏萬洲，登刋此封信的水星編者，必須登報公開地向我們道歉！公開地向生於臺灣省的中國人道歉！否則我們決不干休地週旋到底！

如果依據我們譯介了日本的現代詩，便以「殖民地」加身，我們現在將本刋第一期到四十五期，有關譯介外國詩的統計數字列舉如下：

①英美計一四二頁
②日本計八八又二分之一頁
③德國計七七頁

④法國計三三又二分之一頁
⑤韓國計二二又二分之一頁
⑥非洲計一七頁
⑦西班牙計二頁
⑧印尼計二頁
⑨瑞士計一又二分之一頁
⑩墨西哥計一頁
⑪其他計五又二分之一頁

我們刋登日本現代詩譯介的頁數，不及英美詩的譯介多多，頁數也只佔譯介總頁數的四分之一弱，爲何特意地以日本現代詩壇的「殖民地」相加？何況文學的譯介，純是他山之石可以攻錯的觀摩行爲，此語，是否也在意味着所有翻譯過日本文學作品的中國人均是該殺?!

本刋散居海內外的同仁，包括了美、日、德等國籍的名譽同仁等，對無端地被以日本現代詩壇「殖民地」的惡毒辱罵，態度一致地要求討一個公道！在目前國難方殷，全國正團結一致共同奮鬪的時候，夏萬洲和水星詩刋編者，特別挑出對生於臺灣省的中國人，最有惡毒傷害和挑戰性的語言相加，居心何在？如果夏萬洲、水星編者，不登報公開向我們道歉，我們將訴之於一切公論!!

（文接第101頁）

4

沒多久，管管也和朱陵匆匆而走了。接着就是大家一陣漫天胡聊。在一會兒聽一會兒講的時刻中，心裡老存着疑團。尤其我是自幼就飽經憂患，領略了人間的眞眞假假；從十七歲起就在中國現代詩壇打滾、知悉中國現代詩壇見不得人的一些隱秘。這五分鐘會面記，對我個人實在缺少說服力量。我是懷着如下的疑問回到臺南的：

①宋志揚先生並沒掏出身份證，以致使我們無法肯定是否其本人。

②就是有宋志揚先生其人，也不見得能表示署其名的文章，就是其本人所寫的。

宋先生以詩讀者的身份，能保有「現代詩」全套、「創世紀」全套（廿六、廿七期）「藍星詩頁」大半套，以及「南北笛」（嘉義商工日報時代）、和「笠」（約有廿九册）等等。就是我這個愛詩如命，寫詩勤奮，並且參與了上列各種詩刋活動，也自感不如呢。更覺惋惜的是；關心中國現代詩壇從頭到尾的宋先生，五分鐘的匆匆來去，使我沒有機會和他從「現代詩」聊起，就教他對中國現代詩的瞭解，遺憾三生。

後記：笠同仁雖然有三人參加公開評證會，我强出頭地寫這一篇與宋志揚先生會面記，是要避免再被別人閒言閒語，把所有笠同人的自由活動，都賴到我一個人的頭上來。我自認這是我平生中一篇最無聊最蹇脚的文章，屬於報了一本流水帳式的文章。會面的場面記敘如有不實，歡迎水星和笠以外的見證詩人，出面更正。

疾風知勁草

——代編後記

當我們爲詩人吳瀛濤先生與沙軍先生的逝世而默禱時，我們深深地感到兩位長者不斷地寫詩的精神令人崇敬。他們的詩洋溢着可貴的經驗與鄉土的愛，值得我們追念。在吳瀛濤先生的告別式中，詩人瘂弦先生的致悼詞更是深具意義。

在本期發稿付排之前，詩人瘂弦先生與白萩先生已說好有關批評洛夫先生「一九七〇年詩選」雙方所引起的爭論卽時停止，因此，本刊均未編入有關的文字，然而，在本刊付排前夕，「水星」六號却又出現缺乏事實與悖理的文章，本刊祇好將有關該事件割愛的文章，再度編入，敬請賢明的讀者明察，以免輕信片面之詞的謬誤。

我們對葉維廉的英文水準一點兒也不懷疑，因爲他曾經在美國獲得博士學位，而且在那兒當教授，同時英譯「中國現代詩選」。然而，我們倒非常懷疑他的國文程度，例如他竟把詩人余光中先生的詩作「吐魯番」一詞譯爲「Turfan」，而且註解爲：「The Turfan were one of the many barbaric tribes in ancient China known for their savagery」"Modern Chinese Poetry, P. 124-125, translated by Wai-lim Yip." 原來「吐魯番盆地」竟是野蠻民族哩?!眞是差之毫厘，謬之千里！

在「水星」第六期，稱呼詩人沙軍爲姑丈的夏萬洲說：『……只要「笠」能出一兩個像洛夫、瘂弦、葉維廉這樣的人才，不然，只有白萩、桓夫、趙天儀之流，除了作日本詩壇的殖民地之外，「笠」是永遠成不了大器的。』。我們「笠」的同仁們，時時刻刻地自覺到自己國文程度不好，努力學習國文，我們曾經有過跟祖國斷了臍的五十年的悲哀，我們有着不能遺忘的歷史的教訓，難道我們還想被日本人譏爲「淸國奴」嗎?!不！我們知道，疾風知勁草，我們之所以介紹日本現代詩的態度，跟我們介紹世界其他各國現代詩的態度是一樣的。（按「笠」曾經譯介英、美、法、德、韓、印尼、墨西哥等國的詩，甚至黑人詩選等等。）我們中國不是有一句古訓嗎？「他山之石，可以攻錯」。我們倒非常懷疑某些高貴的華人在洋人面前百般軟骨頭，一味的卑恭與謙遜！而在同胞的面前却趾高氣昂，眞是令人齒冷！所以，當我們看到日文程度太有問題的夏萬洲信口開河；說如果我們沒有『一兩個像洛夫、瘂弦、葉維廉這樣的人才，不然，只有白萩、桓夫、趙天儀之流』，甚至『除了作日本詩壇的殖民地之外，「笠」是永遠成不了大器的』。我們同仁之中，有一半以上是能够使用日文的工具，我們是在異族統治之下所造成的「跨越語言的一代」，我們之所以能够使用日文的工具，却是用歷史的悲哀與民族的血淚換取的！把同胞所辦的詩刊誣爲「日本詩壇的殖民地」，實令人心寒！我們從沒說過「創世紀」是「美法詩的混血兒」，也沒說過瘂弦先生的異國情調不是中國的，更沒說過葉維廉的香港國語不是中國的！

我們同仁之中有不少能深入地從事日本現代詩的研究與翻譯，因此，自然而然，我們較能介紹日本現代詩。但我們的創作還是在中國的土壤上，流着中國人的血液，我們相信，中國現代詩不是某些人才能申請專利的吧！

從「新詩週刊」、「現代詩」、「藍星」、「南北笛」以及「創世紀」以來的中國現代詩的發展，我們一面研讀，一面批判，我們所瞭解的該不只是所謂宋志揚所收藏的那一點點皮毛，更不是夏萬洲所看到的那一撮小人物而已啊！（柳文哲）

吳瀛濤先生著作封面照

吳瀛濤生活照

壯年時代（笠的活動）

臺灣省文獻委員會工作同仁照

陳秀喜詩集
覆葉 精裝本定價50元 平裝本定價25元
笠詩社

杜國清詩集
雪崩 即將出版
純文學出版社

艾略特詩論集
詩的效用與批評的效用 即將出版
杜國清譯
純文學出版社

紀伯侖著
聞環譯
沙與泡沫 定價18元
巨人出版社

紀伯侖著
聞環譯
淚與笑 定價18元
巨人出版社

趙天儀著
美學與批評 即將出版
有志圖書出版公司

笠詩双月刊 第四十六期
民國五十三年六月十五日創刊
民國六十年十二月十五日出版
出版者：笠詩刊社
發行人：黃騰輝
社長：陳秀喜
社址：臺北市松江路三六二巷七八弄十一號
（電話：五五〇〇八三）
資料室：彰化市華陽里南郭路一巷10號
編輯部：臺北市基隆路三段二二一巷四弄二—二號
經理部：臺中縣豐原鎮三村路九十號
每册新臺幣 十二元
定價：日幣一百二十元 港幣二元
非幣 二元 美金四角
全年六期新臺幣六十元
半年三期新臺幣三十元
●郵政劃撥中字第二一九七六號
陳武雄帳戶（小額郵票通用）

笠詩雙月刊第四十六期 中華民國內政部登記內版臺誌字第二〇九〇號 中華郵政臺字第二〇〇七號執照登記爲第一類新聞紙定價十二元

笠

詩双月刊

民國五十三年六月十五日創刊
民國六十一年二月十五日出版

LI POETRY MAGAZINE

47

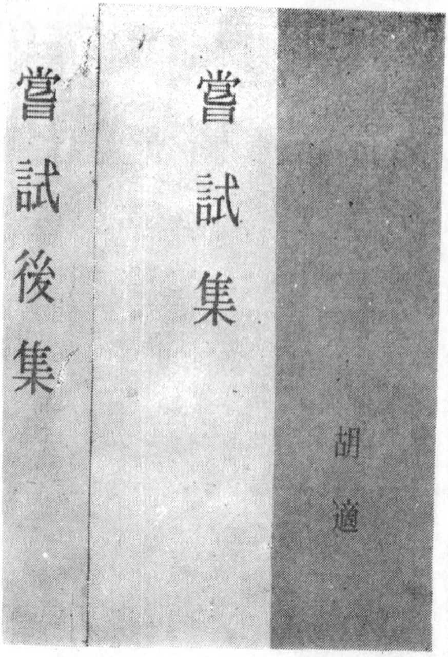

嘗試集・嘗試後集新版封面

胡適之先生

胡適之先生參加余光中先生譯「中國新詩集錦」出版的紀念酒會

卷頭言

四種偶像之蔽

趙天儀

在目前我們這個小小的詩壇上，如果我們仔細的觀察一下，則不難發現有一種霧樣迷濛的距離，我們認為這便是有四種偶像之蔽籠罩着。到底這四種偶像之蔽是什麼呢？且讓我們來加以分析這種現象罷！

一、市場的偶像：我們該知道，暢銷書不一定是好書，而好書也不一定就是暢銷書。所謂詩壇上市場的偶像，便是意味着市場的票房價值並不等於是詩的藝術價值，然而，市場的偶像却往往祇曉得以市場的票房價值來衡量一切。

二、江湖的偶像：如果我們把搞創作當作一種實踐性的行為，那麼，創作好比是在泡江湖，江湖上有的是各路英雄好漢，他們往往各立門戶，各行其道，但某某幫派的掌門人並不就等於是第一流的好漢！所謂詩壇上江湖的偶像，便是意味着江湖的名氣並不等於是詩的創造能力，詩的創造能力是超然於門戶之見的。

三、學院的偶像：自從我們接受了西方現代教育制度以來；學士學位（Bachelor degree）、碩士學位（Master degree）、博士學位（Doctor degree）便成為在大學制度上三個不同階段中所能獲得的學位。除了榮譽學位之外，每一種學位都有它需具備的必要條件，例如學分、學科考試以及論文口試等等，因此，所謂博士學位便是證明一個學者在某種較專門的學術領域上已具備了較嚴格的學院的訓練，這是不可否認的。但在詩的研究領域與創造活動上，學位並不是充足而必要的條件！所以，當一個詩人在某種學術領域榮獲博士學位時，只能證明他具有該領域的專長，但却不能保證他已經是一位成功的詩人，一個詩人的實績是在他的創造品上，因此，博士學位是一種榮譽，但不能用它拿來代替詩人的桂冠。

四、水仙花的偶像：就像希臘神話中那一位美少年顧影自憐一樣地，詩人因自我迷戀以致於遺忘了世界上還有許許多多詩的愛好者，他們也在孜孜不倦地努力於詩的創造，所謂詩壇上水仙花的偶像，便是自己照鏡子，越照越覺得自己美得不可一世，這種無法戰勝自己的詩人，便是執着於水仙花的偶像。

簡言之，詩人是詩的創造者，讀者是詩的鑑賞者，而詩作是一種創造的藝術品，以詩人所創造的詩的宇宙為橋樑，那麼，我們提出這四種偶像之蔽，其用意是要讓鑑賞者把霧解消，其目的是要讓創造者把蔽障揭開，讓我們大家來瞧瞧眞詩的世界。

歲首獻言，讓我們清醒地鳥瞰我們的詩壇，並履行一年之計在於春的眞諦。

笠47期 Li Poetry Magazine No. 47

目錄

中國新詩史料選輯之一

胡適詩選

趙天儀編

I 簡介

胡適（1891——1962），字適之，安徽績溪人，清光緒十七年生，民國五十一年逝世。他曾留美於康奈爾大學、哥倫比亞大學等，獲哥倫比亞大學哲學博士。歷任北京大學教授、系主任、院長、校長，光華大學校長，駐美大使。旅美期間，先後任教於哈佛大學、哥倫比亞大學、加州大學、普林斯頓大學。返臺期間，任中央研究院院長，國科會主任委員。先生爲一新文化運動的健將，新思潮的啓蒙者，新文學的開拓者，且爲歷史學者。一生著述，除中國哲學史大綱上卷，白話文學史，胡適文存四卷以外，新詩集有「嘗試集」、「嘗試後集」。目前其遺著均陸續整理出版中。胡適紀念館於民國六十年出版「嘗試集」、「嘗試後集」、「詩選」。臺灣商務印書館於民國五十三年十二月出版「胡適之先生詩歌手迹」一册。

II 詩選

湖上

水上一個螢火，
水裏一個螢火，
平排着，
輕輕地，
打我們的船邊飛過。
他們倆兒越飛越近，
漸漸地併作了一個。

——嘗試集

夢與詩

都是平常經驗，
都是平常影像，
偶然湧到夢中來，
變幻出多少新奇花樣！

都是平常情感，
都是平常言語，
偶然碰着個詩人，
變幻出多少新奇詩句！

醉過才知酒濃，
愛過才知情重；——
你不能做我的詩，
正如我不能做你的夢。

——嘗試集

十一月二十四夜

老槐樹的影子
在月光的地上微晃；
棗樹上還有幾個乾葉，
時時做出一種沒氣力的聲響。

西山的秋色幾回招我，
不幸我被我的病拖住了。
現在他們說我快要好了，
那幽艷的秋天早已過去了。

——嘗試集

瓶　花

不是怕風吹雨打，
不是羨燭照香薰，
只喜歡那折花的人，
高興和伊親近。

花瓣花紛紛謝了，
勞伊親手收存，
寄與伊心上的人，
當一篇沒有字的書信。

——嘗試後集

也是微雲

也是微雲，
也是微雲過後月光明。
只不見去年的遊伴，
也沒有當日的心情。

不願勾起相思，
不敢出門看月。
偏偏月進窗來，
害我相思一夜。

——嘗試後集

舊　夢

山下綠叢中，
曾見飛簷一角，
驚起當年舊夢，
淚向心頭落。

隔山遙唱舊時歌，
聲苦沒人懂。——
我不是高歌，
只是重溫舊夢。

——嘗試後集

中國現代詩建設的途徑（專輯）

當代詩人與詩評家的課題

杜國清

五四以來新文學的發展到現在已有五十多年的歷史。在這半世紀以來，試問：中國詩人的嘗試和努力，到底有了怎樣的成績？具體地來說：

①到底產生了多少優越的作品？

②到底有哪位詩人建立了獨自的詩學？

③到底產生了哪幾位够學術水準的詩評家？

要回答這三個問題，任何一位對事實有所了解的人，都不能不躊躇。如果不幸，這三個問題的解答都是消極的，原因在哪兒呢？

如果以三十年算一代，那麼民國三十八年以前寫作的詩人，可說是中國新詩人的第一代，三十八年以後的新詩人，可說是第二代。第一代詩人所留下的作品，當我們再重讀一遍時，不禁令人感到驚訝的是：他們寫詩，有許多，不是嘗試白話文是否能寫出好詩來，就是試圖建立新的格律，不是把詩當做宣傳的工具，就是做爲革命的武器；至於詩是什麼？詩的本質是什麼？詩的效用是什麼？這些有關詩的最根本的問題，却不太關心。換句話說，他們大多數對詩是什麼缺乏根本的認識，但憑個人感情的流露或者文學以外的意圖寫詩，而結果寫出來的東西，當時自己認爲是詩，現在看來却有很多簡直不是詩。這種現象，在第二代詩人中也仍然存在。許多關於新詩的爭論，可說是起源於對詩是什麼彼此沒有客觀的共通的認識，而另一個原因則是，詩的批評還沒建立起一些客觀的標準來。

詩人寫詩時，對於詩是什麼不能沒有了解，對於什麼是好詩更不能沒有認識。詩人如果不知道什麼樣的詩才是好詩，當然不可能寫出眞正的好詩來。對於什麼是好詩的認識，是從閱讀好詩的經驗中培養出來的。因此，閱讀好詩或者好的文學作品是詩人培養詩的趣味，詩評家訓練批評眼光的最佳途徑。可是由於現代文化水準，學術水準以及翻譯水準等等的限制，咱們的詩人和詩評家大多患有營養失調，趣味狹窄的毛病。時常令我悔恨的一件事，是我從小雖然受了長久的「教育」，可是我沒有足够的「教養」——對詩、對小說、對戲劇、對音樂、對繪畫、對電影、對美學、對哲學、對古典、對外國的文學作品等等。我的悔恨，有時候變成抱怨：抱怨咱們爲什麼到今天還沒有一部够水準的「世界文學大系」，乃至做個現代知識份子必讀的，少吃一碗陽春麵可以買一本的「教養文庫」？老實說，在「文化沙漠」中長大的詩人，大多數是憑天才而不是憑學識或人生體驗創作的。可惜，詩的趣味以及批評的眼光不是天生的，而是從不斷閱讀好的作品中慢慢培養出來的。我所謂「詩的趣味」或「批評眼光」，是指對好詩的鑑識力而言。除了少數不斷摸索創作的天才詩人以外，大多數人對於詩，尤其是好詩，缺乏鑑識力，則是「文化沙漠」中必然的現象。

由於對詩是什麼沒有根本的認識，產生了下面兩種觀念：

一、認爲詩是吟咏的，或者說詩和歌不分。

中國傳統的韻文作品是「詩」和「歌」不分的，因此一般常常並稱爲「詩歌」。古代的詩歌，乃至唐詩宋詞，都有一定的格律，可以按照一定的節奏反復、吟咏和唱和。將一首詩反複吟咏，一唱三歎，所產生的「抒情氣氛」，一向認爲那就是「詩」了。那種氣氛是「詩意的」，也是令人「陶醉」的。這就是「詩的」享受。此外，一定的格律所產生的節調，可以幫助記憶，因此許多詩人都會「背誦」許多詩，不論是古人的詩，或是自己的詩，「背誦得出三五百首是起碼」。這種人欣賞詩是用「哼」的；他們所欣賞的作品說是一「哼」卽來；要是喉頭癢的時候，詩就「脫口而出」。抱有這種觀念的人，甚至認爲新詩「沒有節調，沒有韻，牠唱不出來；唱不來，就記不住，記不住就不能在人們的腦子里將舊詩擠出，佔了牠的地位」，所以「新詩直到現在，還是在交倒楣運。」

詩的表現工具是文字；文字具有形音義三種特性。因此，以文字爲表現工具的詩，同時具有音樂性、繪畫性和意義性。對文字而言，最重要的是意義，儘管要表達意義時，不能完全忽略文字的形和音。同樣地，以文字爲工具的詩，所要表現的當然也是以意義爲最重要，儘管不能完全忽略一首詩在聽覺上和視覺上的效果。進一步來說，人類對於意義的了解，主要的是訴諸大腦的思考，而不只是訴諸聽覺或視覺上的反應。因此，欣賞一首以文字爲表現工具的詩，最主要的是在了解文字所表現的意義，或者說所傳達的境界，而不是陶醉於文字的節調所喚起的抒情的氣氛。了解的正當方法，是思考或領悟，而不是一唱三歎。換句話說，新詩破除了一切固定的形式及其格律、節調以後，希望讀者欣賞的是詩中由文字的意義所傳達的境界，或者說美的世界，或者說戲劇性的世界。詩不再是「一哼卽來，脫口而出」的玩意兒；詩是思考的世界。當年胡適的文學革命，所革的只是詩的表現工具，從文言到白話，因此只能說是成功了一半；還有另一半，對詩的觀念的革命，從吟咏的詩到思考的詩，則有待於第二代詩人們的努力。吟咏的詩與思考的詩，在本質上有什麼不同？這是咱們今後要建設現代詩的理論時，不能不解決的一大課題。

二、認爲新詩應該也有固定的形式。

抱有這種觀念的人，也認爲詩是歌，詩的節奏是一種吟咏的調子，因此認爲固定的形式可以「幫助記憶」，「便利於表現出一種反復廻旋，一唱三歎的抒情氣氛。」他們相信「從詩的性質而論，格律始終不失爲詩的一個重要因素」，因此，「沒有很成功的普遍承認的現代格律詩，是不利於新詩的發展的。」他們甚至認爲「越有魄力的作家，越是要戴着脚鐐跳舞才跳得痛快、跳得好」，於是五四以來，他們一再苦心追求「創造定形新詩體或新詩調」，主張「建立現代格律詩」，不論是「自造，或輸入他種詩體」等等。

「要戴（帶）着脚鐐跳舞才跳得痛快」的詩人，簡直是天才的奴隸了。如果創作不能沒有奴性，不做詩人也罷。其實，普通的人，應着音樂的節奏起舞；眞正善舞的人，沒有音樂也能舞出節奏來。依照固定形式寫詩的人，是二流的詩匠；用眼光畫線，以節奏塑形，在每首詩中創造出不同的形式來：這才是一流的詩人。

認爲詩應該有固定形式的人，認爲詩的內容不外是感情，因此，藉着固定形式的一再反復，可以將詩人所要表現的感情淋漓盡致地吟咏出來。到底，詩的內容只是感情嗎？詩都是抒情的嗎？讀者要求於詩的只是那反復吟咏，一唱三歎的抒情氣氛嗎？

前面說過，現代人對詩是什麼的認識，已逐漸由「吟咏」的變成「思考的」。吟咏是感情的；思考是理性的。但是，詩是人類心靈的產物，或者說精神活動的表現。人類的精神活動，是感情的同時也是理性的。因此，詩，只要是人類心靈（精神）的產物，其內容必然也同時是感情的和理性的。健全的心靈，其感情與理性是均衡發展的。雖然有的詩偏重於感情，但是如果完全沒有理性，讀之如喪考妣；雖然有的詩偏重於理性，但是如果完全沒有感情，讀之如嚼泥沙。因此，我認爲詩的內容可以分爲兩種：一是「詩情」；一是「詩思」。情是心情；思是思想。情重於思的詩，是感性的詩；思重於情的詩，是知性的詩。眞正優越的詩是「情」與「思」交融在一起的，是詩人在思考中絞出的玫瑰的芳香，在情緒中抽出的寶石的光芒。這種優越的詩，是詩人的感性與知性均衡發展的一種健全的感受性的產物。

總之，詩不是只表現感情的，因此藉以一唱三歎的固定形式，不是絕對必要的。打破固定形式之後，在創作上唯一的憑藉是內容。因此，什麼樣的內容才是詩，或者優越詩的實質是什麼？這是在建設現代詩的理論時，所不能不追究的課題的另一面。

其次，由於對好詩缺乏鑑識力，產生了下面兩種現象：

一、劣詩充斥。

讀者憑什麼以及怎樣才能判斷詩的優劣呢？前面說過，詩的趣味，或者說鑑識力，是由不斷虛心閱讀好的作品中，慢慢體驗才能獲得的。體驗的方法主要的是：尋求在一篇詩中所以受到感動或者獲得樂趣的理由。所謂感動，指的是體驗到某種新的經驗時，讀者在心理上的反應；所謂樂趣，意謂這種反應使讀者的靈魂感到愉快或者得到安慰。一首好詩一定能使讀者感動或者獲得樂趣的，這是爲什麼呢？讀者只要多多閱讀，多多反省和追究，一定可以從種種理由中，整理出具有普遍性的一些條理來：這些條理便構成了讀者對於什麼是詩，尤其是好詩的認識。對詩有了這種認識，進而培養出某種趣味來，於是慢慢地也有了選取好詩，揚棄壞詩的能力。這也就是對詩的鑑識力。將這種認識和選取或揚棄一首詩的理由，理論地、有系統地加以說明的文章，也就是一般所謂的詩論。

二、詩壇混亂。

這主要地是因爲尚未建立客觀的批評標準。客觀的批評標準是根據偉大詩人或詩評家的詩論而來的；他們的詩論是根據古今中外的好詩令人感動或者獲得樂趣的理由而建立起來的。在這種批評標準尚未建立以前，詩壇的混亂無寧是必然的。這種客觀的批評標準是建立在古今中外的詩論之上，因此，整理或譯介古今中外的詩論，也就成爲咱們這一代詩人與詩評家的另一大課題了。

在整理中國傳統詩論方面，劉君智教授（Prof. James J. Y. Liu）在「中國詩學」（The Art of Chinese Poetry）中，已提示出一些實際的方法，同時也已整理出一些頭緒來。（該書於一九六二年由芝加哥大學出版部出版，日文翻譯本即將問世。）在介紹外國的詩論方面，有系統的翻譯和研究當然是迫不急待的。翻譯是一種學術工作，必須忠實而且具有學術的良心和水準。此外，五四以來重要詩人對詩的看法，不管有多少價值，也應該整理一遍。整理的重點有二：一、對詩是什麼的看法；二、對怎樣寫詩的看法。

除了整理古今中外的詩論，在日常的實踐上，尤其是詩刊雜誌上，我建議：

一、多多將自己在一首詩中受到感動或者獲得樂趣的理由，冷靜客觀地發表出來。

二、多多從事鑑賞的工作；不僅鑑賞外國作品，同時也鑑賞本國，尤其是當代的作品。鑑賞的要點：①主題；②技巧；③藝術價值。

三、多多選取一首好詩，並說明它所以是好詩的理由。

四、多多揚棄一首壞詩，並說明它所以是壞詩的理由。

只要客觀的批評標準能夠早日建立起來，什麼是詩，什麼不是詩，什麼是好詩，什麼是劣詩，便有了理論的根據，不但詩壇上的爭端可以減少，讀者與作者之間也因此而有了彼此了解的橋樑。如此，那些缺乏理論支持或標新立異的亂作或劣詩，自然會消聲匿跡，一般人的欣賞能力自然隨之提高，而新詩在未來，才能早日爲國人所普遍賞識。

總之，中國第二代新詩人與詩評家所面臨的主要課題，我認爲有二：一、究明新詩的本質，而創造出眞正使人感動的好詩來；二、建立客觀的評詩標準，給與眞正的好詩應有的評價。

唯有詩人知道什麼是好詩，他才能創造出好詩來；唯有建立客觀的批評標準，詩壇上才能建立起討論學問的作風和秩序，好的作品才能獲得應有的評價；唯有得到客觀評價的優越作品，才能使新詩成爲中國現代文學中一個有價值的研究對象。

笠的精神

陳明台

——追記林亨泰先生的談話

一九七一年十二月三十一日，筆者偕傅敏兄赴彰化探望林亨泰先生，下午七時左右抵達林先生寓所。是夜，林先生談鋒甚健，興緻勃勃，我們邊談詩壇軼事、笠之開創經過，邊飲咖啡，情緻十分熱烈，臨別，筆者謂林先生云：「今夜談話頗有意義，吾當整理追記先生有所提示之言，公諸詩壇。」林先生首肯之。

以下，係林亨泰先生是晚談話之要點：

(1)作為「笠」之開創者及同仁之一，我始終對「笠」保持密切之關心，由於長期和病魔搏鬪，以及對教育學研究之注視，我已較少直接參與「笠」的編務了。可是，顯然可見，這些年來「笠」之表現甚佳，可堪嘉許。曾經代替多數同仁擔負笠之責任的白萩、桓夫、趙天儀、李魁賢、陳秀喜、林煥彰（已經退出同仁）諸位均盡了很多「義務的」力量，其餘默默奉獻精神和財力的支援的同仁更是值得欽佩，其實，默默耕耘，不計毀譽，為重建詩壇、開拓現代詩坦途而努力的苦心和奉獻，就是創辦「笠」的初衷，也就是「笠」强調的精神之一，畢竟，同仁們仍然是很有自覺的堅持了。

(2)詩壇在過去和現在都有許多畸型的現象存在，然而，詩壇的健全與否，歸根結底宜從自身做起，「笠」詩刊已進入第八年，可以說是屹立不搖，茁壯成長了，我記得創辦時，同仁們都以時時反省和充分自覺相勉勵，所以「作品合評」的設立實在有深意！除了有意開創詩壇的批評風氣之外，也是反省自己的方式。即使參與合評的人並非都有高超的見地或精湛的研究，人人提出看法和意見，人人可以參與和反映見地，正是使詩刊維持生氣蓬勃的方法之一呢！我們不可以忘記「笠」的精神之一是不斷反省，不斷求進步。

(3)詩刊要想持久，同仁們須有新的觀念，要能了解「團體力學」的眞諦，因此一方面須具備開放性，鼓勵每一位同人參與，一方面要培養新血輪，使繼承的火種一代一代傳遞下去。讓年青同仁發揮潛力才可保持詩刊本身的常青和繁盛，這一點，前輩詩人該負起交代的責任。因此，笠採取輪流編輯的作法甚佳。不妨多讓年青人參與。或者，讓有理想抱負之同仁輪流執編，充分發揮個人之才華，同仁則盡力給予支持和信任。「笠」這種開放性之作為宜加努力和持續。

(4)詩壇之混亂源自私心太重，若人人反省自己，人人具備「大公無私」的心胸，詩壇必可健全發展。同人詩刊也可以捨棄「私」的立場，如同「公教育」一般「公詩刊」。使有理想、創意的人執行編輯，開放園地，或者可以促進詩壇之進步。這是我對「笠」私下具有的理想和期望。

淺見一束

林鍾隆

一、詩的本質

有人說，現代詩是理性的，古詩是感性的，請不要學西洋人隨便說。這種說法帶有偏向的危險性。詩永遠是感性的。只不過，古詩的感性，强調感情和情緒，現代詩强調「心靈」的感受罷了。這心靈，是包含思想、感情兩種質素在其中的。二者是分不開的，就是理性的思想，也帶有感情的成分。如果只是思想的、理智的，而沒有感情的成分，那是哲學、心理學、而不是文學，那是知識而不是詩。

不要想向讀者報告什麼，詩人永遠不是教師，詩，永遠不是知識。如果詩人變成了學者，他的詩就是詩以外的學術。詩人只能感受，只能把自己的感受筆之於詩。寫詩並非告訴讀者我「知」道了什麼，而是寫出自己感受到的悅樂或痛苦。唯一的希求，只是希求讀者能有同樣的感受——發生共鳴而已。

詩人不能宣傳什麼，不能販賣什麼，詩人不大聲疾呼，詩人不能去想這些，他只能有自己心靈的感受，唯有强烈的感受，才是他的一切；如果他想宣傳販賣什麼，也唯有這個才能收到宣傳、販賣的效果。

二、詩的形式

現代詩是沒有固定的形式的，不幸現代詩的形式已經漸漸固定了。那上頭平齊的方式，並非最好的方式，不應該以之束縛自己。

詩行應有高低，而那高低的安排，必須受兩種約束：有助於詩意的了解及表現效果上的必要。

句子非不可割裂，但是割裂並非不得已，更不是因為長短的關係。詩人必須知道，我為什麼要這樣做。這為什麼，絕不是有人這樣做過就能成為理由，而必須有自己特殊的理由，並能認識其效果。

現代詩沒有固定的形式，但不會沒有形式。形式與內容如果沒有互相依存的關係，形式是無生命的事物，無生命的事物，就失却了存在的意義。形式的產生，若為內容所喚起，則會有其生命的躍動。

形式不是詩，但形式應表現詩。

三、詩的語言

語言的凝鍊，也會增加詩的密度。

習俗的語言，並非不可入詩，但詩的語言絕非習俗的，詩的語言是創造的，詩對語言的創造性有着强烈的要求。

語言是詩的美的質素之一。

語言的美，不是在語言的本身，而在傳達上的效果。

願望或要求

陳鴻森

嚴格的說：一直到今天，我們的詩壇仍未具有歷史的意義。

「新詩週刋」的萌芽，主知與實驗的「現代詩」、抒情而漸步入唯美的「藍星」，以及倡導超現實說的「創世紀」，這一系列的幾個盛極一時的詩誌，到今天能叫我們懷念，也僅止於那種「變」的勇氣吧！

翻開文學史來看，一切的發展和流變，其實都有着一種必然性在，而非依靠偶然出現——譬如作為中國道統主流的「儒」一旦式微，則唯美精神出現；政治腐敗社會昏暗時，田園自然的風氣必興；人越進化人心越複雜，則涵容於作為表現的「體」亦必轉而更自由……。當年「創世紀」據超現實精神的自動記述方法，對語言提出解放，雖拓展了詩表現的自由領域，但其終也演成嘔吐的難堪，造成混亂的定數。

其時有了「葡萄園」主張以「明朗」來挽救的企圖，但因理論的薄弱及詩作的酸澀，實有力不從心之感。而後「笠」的出現，持看向「眞摯性」的追求和養成了批判的風氣，使得這混亂的現象，有了被中和的變化。

而今，由於新生世代的出現，更明顯的暗示了新變革的卽將來到。展開「建設途徑」的討論，該是深具着願望或要求的意義吧。

㈠眞摯性的追求：人的意識是先經語言去確認，而後才可能產生諸種作爲的：是以所謂眞摯，在今天我想已不止是「自然」一類的說法，而是從理念裏抽離出來的一種對「實存語言」批判的態度。

只有對「眞摯性」越認眞去追求，才越可能成爲優異的詩人；此時我們詩壇上仍充塞着不少沒有實質只模仿艱奧型態的、或抱持別人觀念的空殼不去體認的、或只爲晦澀而晦澀意圖用來隱蔽泊淺陋的詩想的一類缺乏眞摯性的作品，這些在時間冷視下，必將成明日黃花那樣的無價啊。

㈡理論的建設：理論是據於詩作而成立，其與詩的關係恰如衣服與軀體。我常想：一個詩人寫理論，實無異於當我們通過了暗夜的曠野，爲了寂寞和克制恐懼的心理而哼出來的聲音。

我們的詩壇缺乏眞正的理論。出現的大都只是司法式的、謾罵的、應酬的，較爲可取的也是一些公約數的文字而已。艾略特曾說：「每一種眞正的批評，必指向創造。」今天我們所需要的是：一種能同時對詩和讀者全然負責的形式。

㈢重視年青世代的作品：在最近出版的「暴風雨詩刋三號」上，曾發表了一封洛夫的信，其中談到了「代溝」的問題說：「代溝的問題是不存在的，而只是缺乏相互了解或者說因缺乏友情的諒解而產生誤解……。」我想洛夫對「代溝」的意思必不能把握，所謂代溝的形成，亦卽是這些「缺乏相互的了解或者說因缺乏友情的諒解而產生誤解」吧。

而這些不「了解」、「諒解」而出現的「誤解」，也正因爲缺乏「接近」。我的意思並非這兩代間存有多大多深的間隔，而是希望上代能平心靜氣的看這其間在觀念上、技巧上、表現上……有什麼不同，新世代是如何辛苦的在尋找新定義？如何焦慮於表現上？在精神上是以何種態度來反逆？……。

建設途徑上的一切，乃是共有的、自發的。其實我想更迫切的應是：

既成詩人要能自覺和自量。

年青世代要能嘗試和批評。

（六〇、十二、十六在屏東）

挖掘鄉土文藏

莊金國

本篇所要討論的是筆者比較熟悉的本地鄉土文學。

從個人歷閱諸般文學型式的表現，有關各地民俗情趣，易爲讀者接受，且能引起共鳴。在這些藝術領域，無疑的，本地人製作的閩南語發音電影，最令識者氣短與詬病。

當所有文藝作品，朝着現代化的新境邁進時，閩南語發音電影，猶在不堪卒睹的下流低潮，自溺溺人。而三家電視公司更大行其道，把我們三十年代哭的藝術倍加渲染，在每夜的黃金時刻，以連續劇方式，令不想哭的不得不悲其憫，令那些愛好歌仔戲的同聲一哭。

反觀小說的發展；我們有爲數不少的先進少壯小說家。他們優異的作品，不僅可以比之國際，甚且寫得够上歷史。而詩呢？詩一向是我們民族引以榮傲的一環，我們的現代詩究竟輝煌在哪里？偉大在何處？直到今天，寫詩的人遠比讀詩的人多！現代詩眞那麼易於敎人手癢，而又不敢自我品嚐嗎？

刋載「笠」四十五期杜國淸先生的「生肖詩集」，是披沙挖掘鄉土文藏的成功之作。他爲十二種生肖（動物象徵），賦予逼眞的形象，藉古今典故，烘托出近情的靈性。在這些詩篇里，我們讀着他鮮活的語言，巧妙的意象安排，一股股濃厚的詩味，氤氳而來。

眞正的詩是經得起分析與品驗的。當我朗讀余光中先生的「給湯姆．瓊斯」之末段——

湯姆．瓊斯，我的好孩子
威爾斯來的，應該同威爾斯
唱
爲黑臉黑肺的村民
你的背後
威爾斯的海
搖一把電吉打伴奏

不管自己是否熟識威爾斯，却能感悟湯姆．瓊斯底家鄉人情之一般了。

而余光中先生的這首詩，也正道出吾所欲道：回到鄉土去的旨意了。

本地豐碩的鄉土文藏，乃能取之不盡，用之不竭。黃春明先生筆下的「癬」，白萩先生抽象的「阿火世界」，祇要你有心探索，潛藏在你視及或未曾視及的大塊，儘足以詩之曲之成一章章美麗的箋言。

六〇、元、一三寫於高雄旅居

詩的貝殼

岩上

一

詩的精靈如浩然之氣，充塞宇寰，我們能感知它的存在，却難以捉摸。詩是無可知的世界，語言却是它存在的依靠，如何在無可知的世界，去捕捉詩的要眇，就是如何去操縱語言的效用問題。

詩雖然無可知、無限大，但也有它存在的邊際，詩存在的邊際就是語言功能的範圍。無語言，詩仍然存在的吧！但無語言的依靠，就無法確知詩存在的位置。

如何對語言做有效的要求，以達到詩的邊際效用，將是每一位詩人所努力的；亦卽以有限度的語言去量度甚至去開擴無限的詩的世界。但願一峰廻，一花明；一路轉，又一村。

二

一首詩的偉大與否，並非由一首詩的型態的龐大與否所決定。詩是無限大的未知數，在數學裏，任何數目被無限大除之都接近於零。對詩無限大的存在而言，一行的詩或一萬行的詩是沒有什麼兩樣的。

過去有人企圖以人海戰術的包圍戰來表現偉大，却不能使這種作品偉大起來。日本安西冬衞的「春」，僅僅一行——一隻蝴蝶向着韃靼海峽飛過去了——却使我們感受到雄大磅礴的振幅。故此，龐大與偉大並非同義詞，詩的偉大性乃在於詩意所發射的力量，型態嬌小的詩能全然爆發它震撼的力量，才是可貴。詩是以小見大的。

三

僅僅以逼人散射的方式並非詩唯一呈露的招術。爆裂的詩雖然可以感撼胸膛，却不能令人廻盪肝腸。

有時一首詩對無視者是一張空白無任何內容可言的白紙；但對有心人來說却是一朶能載送寄語與思念的白雲。

風箱是虛空而無內容的東西吧！但是虛而不屈，動而愈出，緜緜若存，用之不勤。

空者，如果是誘人入殼的陷阱，不是很好嗎？然而墮入陷阱這一技倆的過程，往往不是一首詩所要演出的目的，因爲過程並非詩。

持守虛靜，有容乃大。空洞的陷阱如能吸納欣賞者的思維，在吸納中溶入經驗，喚醒無窮的聯想，由入詩到出詩，這將是詩二次甚至多次元的爆射。這種詩力的反彈作用，並不能使所有的讀者接受，因爲一般的讀者只能做直接的接受，無法溶入共享，但這種詩思一旦引發却是動而愈出，感人肺腑。

四

詩的風格如行雲流水，自然形成，僅僅從語言修詞的技巧上觀察一個詩人的完成，顯示觀察者的盲人摸象之無知。

風格眞正的源泉何在？其歸向如何？不但不能受旁人牽制，且無法完全受自己意志的支配，企圖造作，就已失眞。

既已歸屬了的所謂「詩的原型」固然可喜，但田村隆一又說：成爲原型的詩是被課於他的『沒有地圖的旅行』的整體。……同時又似採取對他自己的原型底挑戰的形式。

對昔日看來非常賞心悅目的作品，今日讀之也不過爾爾者，我們期待的是什麼？

詩是無可知的存在的事實，我們要對異己奇特的存在給與容忍與共享。

風格乃人格的表現，對風格多樣性變怪之異數，必須面對其命運波折的歷程全面認知，且臻乎其「整體」的認可。

五

所謂詩的有體是由詩想動向所波動與環結而成，奠基於內在的構成力。因詩想的動向力所形成的詩的內在組織，必然形成繁複的詩型：有的成輻射型；有的成輻輳型；有的如海浪的起伏聯綿；有的如鳥翼的頡頏；甚至如溪畔的亂石；如大廈的堆砌……而絕非僅僅如網狀者，如成網狀的簡單組織，實在是所有文體的最根基的結構，並非詩唯一的專利品，怎能以固定的形態去歸納詩的世界！何況詩的可貴在於飛躍性的形成，「藕斷絲連」實具有深長的意義。

企圖以如古詩的五言七言絕句律詩來束縛詩的外型，已爲現代詩所不能容忍，怎能以既定的型態來衡量詩的內在詩想的結構！

六

詩的批評，要針對詩的本身而言，只要置評有理，是貶是誇，甚至胡扯瞎猜均無不可，但對個人行爲的動機却不可猜之無據，以損批評的風度。

批評者與欣賞者的不同，在於批評者要言之有據。

信手拈來

許其正

路有千萬條，任人行走。强迫別人和他走同一條路是不應該的。自甘跟在人後，與別人走同一條路，更不應該。

擴大寫作的領域，多做各項實驗吧！也容忍別人實驗的作品吧！

世人面目各不相同，手指也各不等長；只要是好詩，管它是什麼派的？要有各派各種各樣的詩，詩園中的花朵才繁美多彩；否則不是單調枯燥無味了嗎？

但是，實驗失敗了的，太離譜了的東西，可別拿出來，以免教壞了初學者。

初學者呀，別太急進了！還不會走路就想跑是會跌倒的。現在太急進，將來或許有臉紅的一天的。

站在人道主義的立足點上。不是人道主義的作品是無法留傳的。

寫詩是一種永恆的事業。以寫詩爲時髦的且請停筆！

現代必須在任何時刻都是，不要只現代一兩秒鐘而已，瞬息卽消亡的現代不是眞正的現代。

寫吧！創作吧！實驗吧！讓詩園燦爛吧！

看不見和看得見的詩

桓　夫

阿拉貢解釋新的詩句創作法時，說過一句話：「寫樹就是樹，寫麵包就是麵包。」意思是指「樹」或「麵包」不表象其他事物，也不由任何其他事物所替代。樹就是樹，麵包就是麵包，在其個性的意義裡，使詩帶來了强烈的紀錄性。這可從另一角度，另一觀點發現生活於現實中的奧妙，把詩的眞實性擴大於讀者的面前，獲得證明。此種詩的紀錄性，不但打破了超現實主義者不切實際的比喩和傳達的習慣，而且推翻了以比喩或寓意始能構成詩的觀點。

過份注重詩的心象image與特殊的技巧，以及由複雜的技巧所產生的難解和神秘感，常使讀者誤以爲詩具有「朦朧性」的意味，才算是至高無上的藝術。其實只知陶醉在比喩與象徵的朦朧性，或躲在其模稜的 corona （暈氣）裡自我安慰的詩的方法，可說是詩人逃避現實的一種詭計，一種詩人的「精神不在家」的掩飾方法。

僅依靠比喩的姿勢或玩弄象徵的烟幕，在今日已無法把現實的危機感，明確地告訴我們。

然而事實上，環顧我們目前的詩壇，仍有一些不敏感於時代環境的詩作者，抱持着遊山玩水的觀念，使用過時的自動文字，很曖昧地在堆砌詩。以「連散文都不是」的語言組成所謂新穎的詩，時常發表在具有權威性的刋物上而得意洋洋。

如何浪能走出浪去而成爲海
而海中有浪
而浪不是海
而海亦非是浪

如何飛能飛出飛去而成不飛之飛
而不飛它飛中有飛
而飛不是不飛之飛
而不飛之飛亦非是飛

詩刋的編者把這種作者自己也說過「連散文都不是」的東西，認做是新的詩發表出來，豈不是表示頹唐到無藥可救的地步了嗎？——只要詩人的精神不在家，任你怎樣巧妙地使用孩子們喜歡的積木遊戲，搭起堂皇的房屋模型，畢竟那是玩具！如何能跟具有眞摯底詩內涵的作品相提並論？令人感到猶如讓一位堂堂的軍官，在戰場上手拿一支玩具手槍去面對敵人的眞槍實彈一樣，滑稽可笑。

下面再節錄一段詩和詩論來看看吧。

　　　　　　　　純黑的
我願我的雙足折斷　如今　　純黑的
及一種美的引力。而　　純黑的
　　　　　　　　於湖面之上
仍於初胎的睡眠。也許　　純黑的
明日　也許。一些論評們　也許
一些小生物們　也許
那陌生女的

『我們似可假定詩人攤開紙張準備作詩時，由於桌上的一粒黑鈕扣而引發心神注意，因而首先寫下「純黑的」三個字，由這三個字更展現了詩人心靈原始的灰黯，最後詩人又回到現實，以爲黑鈕扣也許是「那陌生女」。同時也可以說，整首詩的詩思與「鈕扣」完全無涉，作者借「深黑的」來暗示沉重，借「那陌生女的」來推及及人。』

上面所舉的詩是被收在「六十年代詩選」題爲「鈕扣」的一部份，這首詩當然被編選者認爲具有代表性的傑作，而詩論則是一位大學中文系畢業的年輕「評論家」寫的。（均見詩宗第四號「月之芒」）

那麼我們先討論這首詩吧。「純黑的—我願我的雙足折斷」以及「於湖面之上—仍於初胎的睡眠」，乍見之下似乎深具美的引力，但是這種自動記述式的朦朧性，除了使讀者感到在霧中散步的迷茫之外，却摸不到詩的邊際。如果說這是用切斷和連結的超現實手法寫成的，那麼這些語言之必需切斷或必需連結的要素是什麼？詩中用四個「也許」連結着「明日」「一些評論們」「一些小生物們」「那陌生女的」等語句，不論在其正面或反面都找不出它們之間連環性完整的體系，非但曖昧，簡直離詩太遠了。

其次看年輕論者的評語，他說：「似可假定詩人攤開紙張準備作詩時」，這一語「假定」，表示這位評論家的論述，是在看過詩之後從詩的朦朧性和曖昧性去猜而猜出來的「假定」。而詩不是猜謎，這些姑且不論，這位評論家也許猜得很準確。從他假定詩人攤開紙張準備作詩，我們便瞭解這類的詩是「攤開紙張準備」也就可以「作」出來的詩。這正如說：「一位木匠攤開工具做成一張桌子」那麼簡單。有人把這樣「作」詩的人叫做「詩匠」是有其道理的。我相信詩匠的作詩法，比學生們依據題目作文較高一等，不過若要評定詩匠是藝術家，則社會上很多木匠或水泥匠等等豈不也都該稱爲藝術家。而詩匠的分類也有許多等級，例如有專寫流行歌曲的詩匠，寫愛國歌詞的詩匠，寫春聯的詩匠，翻版舊詩詞的詩匠，寫廣告宣傳詩的詩匠，甚至還有專爲賣名而寫詩的詩匠。所以詩人很容易「由於桌上一粒黑鈕扣而引發心神注意」，寫下「純黑的」三個字，這我們也能瞭解。因此，如果年輕的評論家對這一點又猜對的話，我倒認爲這位詩人由「黑鈕扣」所得到的「純黑的」感覺，並無特殊的詩意可言，因爲那是很平凡的不必費神的聯想。可是這位年輕的評論家把「純黑的」三個字加以推測，說「更展現了詩人心靈原始的灰黯」，此想像未免太敷衍也太姑息了。下面他又猜：「最後詩人回到現實」，但沒有說明是怎樣的現實，又「以爲黑鈕扣也許是『那陌生女』」的猜法可謂牽強附會，因爲原詩的語言事實並無一點表現，怎會有那樣的聯想？那陌生女究竟是怎樣的一個陌生女？假定黑鈕扣就是那個陌生女，這些image又是如何來的？然而這位年輕的評論家既能猜出詩人是由於黑鈕扣引發心神，而感覺純黑展現心靈原始的灰黯，却又否定「整首詩的詩思與『鈕扣』完全無涉」，豈不矛盾？令人不解其評論的目的何在？而論者對詩持有何種程度的瞭解，更使人不無疑問。我相信不會有人眞正能瞭解這種詩和詩論的。

一般認爲詩是像生命一樣難予捉摸的東西，不錯，詩確實無法給予固定的定義。但是，難予捉摸並非朦朧或曖昧。霧是氣象的變化形成的，我們根據科學的智識可以瞭解它。我們的生命絕不模糊或曖昧，我們的生活必需有規律而清淨。人類未登陸月球之前，對月亮所持有的神秘感和曖昧性尚可原諒，唯那些神秘感被剝開了的今日，原始的寓意或一切曖昧的觀念被修正過來時，詩的朦朧性已因此喪失了魅力，已不會再刺激我們有所感動，文學的難懂和神秘氣氛，已無法跟工業的機器功能相對抗而取得平衡，何況是詩人的「精神不在家」，怎能切切實實地傳達現實的危機感？我們目前需要的是鮮明而看得見的詩，朦朧而看不見的詩只會叫人感到莫名奇妙，甚至愚昧殆誤人生，當然談不上詩精神的發揮。

詩人把自已隱藏在人家看不見的深處，裝着「精神不在家」，逃避現實害怕表露心聲，那是卑怯的行爲。面對現實，表明詩人精神的住所，讓人看得見，才能革新自已，才能獲得新的詩的境界，對讀者有所交代。

上述是我看過鄭烱明的近作「獨語」一詩之後所得到的感觸。「獨語」是一首難得的紀錄性的詩，所採用的雖不是創新的手法，但毅然依據現實生活的體驗，把濃郁的現實眞實性告訴了我們，詩意鮮明，沒有比喻的朦朧和象徵的曖昧，像攝影機的鏡頭，確切地把光亮的反面，隱藏着的一個斑長的心理動機，赤裸裸地照射出來，使讀者也能看到斑長的核心。——現實社會雖有優美的裝飾和醜惡的膿疱；但不管美醜，詩人眞摯的鏡頭必需誠實地去面對它，把現實的事象濃縮紀錄下來。詩的紀錄是愈具眞實性便愈令人感動而加以想像。當然這是擯開詩的技巧等其他不談。從詩的感動裡，讀者會獲得善良的啓示。例如：詩人紀錄下來的社會是屬於美而善的，會影響人人更加努力使其更趨完美，如果屬於醜惡不管醜惡得多麼叫我們目不忍睹或憤慨，也會激起人人爲生存求奮鬪的意志和勇氣。詩的表現是多方面的，這個世界既然有美有醜，詩當然也有美和醜的表現，問題的關鍵在詩的表現是否有眞實性，能否使讀者獲得共鳴，這是最重要的。詩人爲履行神聖的任務，不附和社會環境的任何勢利與習慣，毫無忌憚地追求人性的眞實表現，如此才能獲致不可忽視的價值存在。

也許習慣於過去唯美朦朧的魔術性手法的詩，視那些爲純粹藝術的讀者，會不習慣用完整的口語來表現詩的現實性，而認爲那種詩的語言不够濃縮或凝練，你要知道所謂詩的濃縮或凝練，絕非是指「文字」上的精簡與否，應該指詩質上的精和詩意的濃，以及詩意義性表現手法的凝練。詩是語言的藝術，語言雖用文字做表達的工具，但詩的本質是溯自語言發生的根源去追求的，並非單靠既成的有其象徵意義的文字知識，再組織成詩的。誰都知道，人類是先有語言，之後爲了需要紀錄語言才發明文字。尤其我國的表象文字與其他表音文字不同，每一個字都含有古今創造的象徵意義。那種已被使用了長久而逐漸死板的象徵意義，在現代詩的創作上反而阻碍了詩的眞實性的表現，減滅了詩的思考力量。像上面舉例的詩及評論，都是以文字的認識爲出發點寫成的，顯然與「詩是語言的藝術」的精神活動背道而馳。嚴格地說，不溯自語言發生的根源去追求詩，而僅依靠表象文字的知識寫成的詩，無疑將缺乏詩純粹的創作意義。而且針對那種詩予以批評的論文，那是屬於文字學上的論述，當然不能算是純粹的詩論。

鄭烱明的詩不論從詩的表現或本質來看，雖然與前述所學的例子截然不同，而此二者之間的差異，不僅是由於詩觀不同的問題所引起，却是據於詩根源出發的不同而來的。一方是看不見的詩，另一方是看得見的詩。看不見的詩是詩人的精神不在家，看得見的詩是詩人表明精神的住所極爲健在的結果。我們可以看出鄭烱明的詩，在詩人未使用文字寫成之前，早已在詩人的內部就有詩的存在，那是有彈性與動力的詩精神。由於具有彈性和動力的詩精神，才能產生有彈力的詩的語言。詩人以批判現實的思考的花紋織成揶揄，以內心的矛盾說出內興的嘲笑和幽默，使詩的精神在具有彈力的語言之間跳躍。譬如「只知道『是』和『報告』已成了我說話的口頭禪」的人生，表示心死了的自嘲；「我的行李很簡單　彷彿是過境的旅客」，道出一個處於艱難時代的人的達觀。如此作者把一個人的內部世界觀，以十分客觀的態度察看其核心，抓住其本質，冷靜地描寫出來。這種報告性或紀錄性要素强烈的作品，已成爲鄭烱明獨特的文學手法。我們可使用這種手法去挖掘和追求埋沒在現實周遭取之不盡的詩材，以建立廣大的詩世界。

　最後我要說，撥開霧的迷茫，驅逐看不見的詩的愚昧，尋找看得見的詩，來充實我們這個貧瘠的詩壇吧。

（一九七一、十二、十六）

附記：我說看不見的詩並不意味着難懂的詩，在詩的本質上「看不見的詩的難解」和「難懂」自有其分別。例如在臺灣二十年來的詩壇上，曾經自稱爲現代中國最具權威的詩刊『創世紀』的主編之一洛夫先生，有一本有名的詩集『石室之死亡』，不看其詩只從題目『石室之死亡』一語來說，也會知道這是難解的東西。因爲「石室」與「死亡」的連結，均以非活動的事象重疊的，不像「季節的地獄」一語的連結那樣地給人得到鮮活的image。從原來就是裝「死亡」的「石室」，我們看不出新的詩的意義，這種連結可以說是難解的，看不見詩精神的活動。

　在橫貫公路的中間站——谷關，站在巨大的岩石上，我寫過這樣一首詩：

奇樹

石室之死亡
的死亡
不見得會復活
谷關溫泉有一隻樹
分開幾條樹根
釘入溪邊巨大的
岩石裂縫裡
黑泥土
塡滿在細長的石室
一條根伸入一個石室
使男人的樹
和女人的石室
都活着
——人人稱它爲奇樹
如果　石室裡
沒有根
沒有芳香的泥土
而一個石室
不通到另一個石室
就像得不到露水的
異鄉人
枯渴
石室之死亡
的死亡
不見得會復活

旁觀者清

黃荷生

此時此地，我深深相信我們所處身的是一個不折不扣的「現代」詩壇；而且非常統一，非常整齊。爲什麼呢？道理很簡單——只要你肯時髦起來，戴上所謂「現代」的面具，你就可以輕易的博得詩人之名。

有人說，這二十年來的現代詩有空前的成就；有人說，我們的現代詩已可傲視歐美詩壇。——井中蛙啊井中蛙，你們要陶醉到哪一天呢？——我最清楚，因爲我是旁觀者，而我能讀到的只是一些神和魔鬼所寫的詩。

「詩人」所指的應該是寫詩的人，寫詩的人所寫的，也應該是給「人」看的詩。可是，在一本又一本的詩集裡，我很不容易找到給「人」看的詩；而在詩人們聚會的地方，眼看那麼多的人嘻嘻哈哈，打恭作揖，但我把眼鏡推了又推，總難得遇到一兩個「詩人」。

在人類的心靈飽受工業文明威脅和震撼的今天，詩的晦澀和難懂也許很難避免，但那終究不是上策。如果可能，詩人們應致力於詩的明朗化，拓寬詩和讀者之間的通道。如果一定要讀者自己尋路去找詩人，那無異守株待兎。

語言是詩人最起碼的工具。可是，今天的現代詩人裡，多的是聽見槍響就害怕的新兵；更稀奇的是，居然也有不知道怎麼握槍的「將校」。

風花雪月够了，能否寫點鏘然有聲的詩來？

喃喃自語够了，能否寫點脚踏實地的詩來？

可以！

洗衣服的老媽子可以入詩；賣豆漿的王老爹可以入詩。耕耘機是詩；計程車也是詩。

要做詩人一定要勤於照鏡子。如果你是A，那麼，照照鏡子，看看自已是否很像B？如果你是A，而你看起來既像B，又像C，弄得「你中有我，我中有你」，那你就封筆炸油條去吧！

早年的詩壇詩人們很受冷落，詩壇並不熱鬧，「詩人」——尤其名詩人、大詩人——也不多。可是，紀弦是紀弦，方思是方思。今天的詩刊很多，但如果有人把作者的名字全塗掉了，我會以爲是一本詩集呢！

後浪來了

余光中

出國兩年，回國半年，感覺詩壇的氣候有了不小的變化。最顯著的一點是：中年的詩人普遍減產甚至停產，似乎已經進入一種「滯留期」；另一方面，年輕的一代對他們的先驅愈來愈不耐煩，有的揚聲挑戰，有的默默尋找自已的新路。至於這種「代溝」形成的原因，該是兩代作者無論對於生活本身或是對於詩的語言，都有不同的感受。現代詩在臺灣的發展，已經將近二十年，即使第一代的詩人詩筆猶健，創作不輟，第二代的詩人，爲了爭取自己呼吸的空間，也不免要起來挑戰。何況中年的詩人，死的死，出國的出國，停筆的停筆，已經難於保持「前浪」浩蕩的美好姿態?從文學史的觀點看來，新人能起來向舊人挑戰，正是一個傳統變通自强的徵象。舊人如果不肯應變，或者變而不通，那就只好遺留在時代的後面，成爲歷史性的人物。另一方面，如果新人僅有挑戰的姿態，可是亮不出新的「武器」，那還是不能成爲「佔領軍」的。

文學風格的新舊之爭，往往始於理論的相激相盪。不過，理論是主觀的，必須有衆所公認的新作品出現，眞正的客觀形勢，也就是說，眞正的新時代，才算成立。本質上說來，成功的作品是不落言詮，也是最雄辯的理論。有了新的傑作爲例，新的理論才顯得振振有辭。那麼，什麼才是新作品呢?

新作品必須在本質上有異於舊作品。新作品對於生活和語言兩者的感受，必須有異於舊作品對兩者的感受。有了這個了解，我們可以說，近兩年來出現的某些年輕作者，名字雖然是新的，作品却是舊的，因爲他們的風格，在本質上仍是六十年代典型現代詩的效顰。文學史是無情的，繆思也不會「嫁」給誰。上一代是新的，到了下一代，就顯得舊了。上述的一些年輕作者，進入七十年代，還在寫六十年代的典型詩，可以說是「後知後覺」。

那麼，先知先覺的年輕詩人，究竟在做些什麼呢?答案很簡單：在做和六十年代相反的一些事情。六十年代曾經是歐化的，國際的，七十年代要轉向本土的，民族的；六十年代曾經是都市的，孤絕的，七十年代要轉向自然的，人群的；六十年代曾經是高昂的，悲憤的，七十年代要轉向低調的，冷靜的；六十年代曾經是濃的，繁富的，多元的語言，七十年代要尋求淡的，純樸的，單元的語言；六十年代曾經眩耀驚心駭目的警句，强調部份的突出，七十年代强調整體的諧和，避免各自爲政的意象；六十年代一面反傳統，一面在懷古懷鄉的心情中用典，七十年代既不强調反傳統，也不熱中於古典。大體上，六十年代的詩人認定文學不能「大衆化」，在藝術信仰上，頗有一種以身殉之的貴族氣質；七十年代的詩人比較相信「大衆化」，在藝術氣質上，傾向民主的開明與坦朗。當然，這樣的比較並不平衡，因爲六十年代的現代詩已經成爲歷史，可供我們回顧，分析，而七十年代的現代詩還在萌發的階段。前者已經是客觀的存在，後者還多半是主觀的期望。

三十歲以下的一代，在「新現代詩」的創作上有許多新傾向。我覺得其中的兩個傾向會愈來愈顯著，也許終會成爲七十年代初期「新現代詩」的特色：

第一是對生活的態度。六十年代的詩人，心目中只有少數先知先覺的貴族，只有文化上的 élite ，所以一提到「大衆化」就感到格格不入，緊張失措。六十年代的詩人，在氣質上大半都很嚴肅，甚至太嚴肅了，以致容易走向悲觀和狂狷。由於太相信現代西方的藝術理論，他們對於活生生的現實，不是想超越，就是想逃避，很容易遁入個人的孤絕世界裡去。結果是自我剖析式作品的流行，和詩的題材的漸趨狹窄。年輕一代的作者，有意跳出「深度」的陷阱，向較爲廣濶的現實尋找題材。對於藝術的「大衆化」，他們比較有耐性去探討。對於生活，他們也很嚴肅，可是願意沉靜地注視，安祥地接受，不肯加以意識流的割裂。對於生活，他們並不認定必爲悲哀。他們並不像先驅們那樣急於否定社會和某些文化傳統；可能的話，他們會表現較爲肯定和開朗的心胸，甚至表現某些幽默，和諧，與喜悅的境界。總之，他們比上一代要客觀一些。

六十年代的中年詩人，多半來自大陸，具有濃厚的傳統文化背景。他們對於中國傳統的態度，具有一種矛盾的緊張性：一方面他們在創作上要「反傳統」，另一面又患上文化上的也是地理上的，無可奈何的鄉愁。年輕的一代在海島上長大，在生活上既未經歷過那種分割和對立，在心理上也就缺少那種矛盾的緊張性。年輕的一代，對於本國傳統既缺少上一代那種壓迫感，相對地，對於外國的新潮也不像上一代那樣急於追求。

比起六十年代來，七十年代的新作者不那樣懷古，懷鄉，或者國際化。他們對於新古典和超現實的興趣，都不濃厚。臺灣的社會和自然，才是他們的生活背景。他們可以厭憎或喜意這一切，但是必須把它變成詩。相對地，中年一代的詩人，心存故土，不是寫鄉愁，便是架空地寫所謂現代人的孤絕感，很少注視海島上周圍的現實。其實這方面的空間，還是很大的。

其次是對語言的態度。六十年代的現代詩，最高的成就是意象；最大的弱點也在意象：過於繁富的意象阻塞了節奏，甚至淹沒了意義。文言句法，古典辭彙，文白夾雜，歐化語態，加上蔽天塞地的意象，形成語言空前的汚染。這也是一般讀者難於接受現代詩的原因之一。六十年代的現代詩，以早期的新詩爲革命的對象，所以在語言上避免「平面化」而追求「立體化」。七十年代的新現代詩，厭倦了六十年代老現代詩的鋪張和堆砌，自然要追求「淨化的語言」。裝飾性的人名和地名，中國和西洋的典故，可以割愛的警句，阻塞節奏的文言，曲折難通的句法，污染視域的意象等等，都是新語言淨化的對象。

語言的淨化是現代詩「大衆化」的第一步，也是年輕一代作者的一致目標。不過所謂「淨化」絕對不是一種消極的放鬆。它要以淡取勝，以簡馭繁。它無意成爲懶惰的藉口，更不容現代詩回到早期新詩的淺白無味。如果說，晦澀而耐人尋味的詩難寫，則淡而有味的詩更難成功。晦澀中見深奧，固然是一種冒險的藝術；但是清淡中見雋永，更是藝術中的藝術。猶如武功臻於化境的高手，不讓人看出他怎麼出手那樣。在詩尙晦澀的時代，晦澀得成功的畢竟是少數。將來詩尙清淡也好，明朗也好，創新而有成的，恐怕更是少數。同時，晦澀而失敗的詩人，如果以爲清淡有較多成功的機會，就大錯特錯了。寫淡的詩，好像參加天體營，很難掩飾自已的缺點。

即使在中年的詩人之間，語言的淨化也漸有顯明的趨勢。在淨化的語言成爲風尙之前，我倒希望有少數的中年詩人能堅守他們晦澀的陣地，繼續他們在藝術上的冒險。繆思的神，應該有幾座保留給「叛徒」。也只有到這個時候，留守晦澀的詩人才是眞正的晦澀，而不是擺「空城計」。至於寫淡的現代詩，那是純靠實力，毫無擺空城計的機會。我懷疑寫新現代詩的選手之中，究竟有幾個人能以**淡傳後。這眞是一大冒險。**

至於我個人，兩年來受到美國民歌和搖滾樂的啓發，對現代詩的看法有很大的改變。時代變得很快，也變得很多，如果我們不能把握時代，爭取讀者與聽衆，反而抱定老現代詩以身殉道的孤高情操，以爲詩註定是一種貴族藝術，那只是消極的坐守，並不能爲現代詩開拓疆土。事實上，認定詩必然高於其他一切藝術，恐怕只是詩人自己的一種虛榮。在當代，對於 audience （包括聽衆、觀衆、讀者）最具震撼力的藝術，該是電影和搖滾樂，而不是詩。以英語世界爲例，近十年，我還舉不出任何「正規」的詩人，在影響力和吸引力上，能和民歌手巴布・狄倫相提並論的。即以「正規」的詩而言，艾略特的時代也早已過去。年輕一代的金斯堡等等轉向威廉姆斯，龐德，和更早的惠特曼，布雷克，雪萊去尋求靈感。至於我自己，近來，在惠特曼的草葉之間不時呼吸到清新的露水。惠特曼，和詩經，和江湖上的民歌。

里爾克認爲音樂是「石像的呼吸」，又說音樂是「清純，宏大，不適合我們居住」。我承認這是偉大的詩句，但這種藝術觀未免太超越，也太貴族了一點。七十年代的現代詩，該是「樹和人的呼吸，清純，宏大，且適合我們居住」吧。

六十一年元月廿二日

附識：文中所謂六十年代的詩人或中年詩人，都包括我自己在內，因此論析他們就等於論析我自己。

沙軍追思小輯

本社

I 詩人沙軍小傳

沙軍，本名沙銳軍，吉林省盤石縣人，生於民國六年十一月廿四日，民國六十年十月十八日因胃癌逝世於臺南陸軍四總醫院。曾負笈於國立中山中學；黃埔軍校第十三期，陸大西北參謀班，步兵學校以及陸軍指揮參謀大學等畢業。曾任排、連、營、參謀主任、教官、大隊長、副總隊長、副參謀長、指揮官等職。

沙軍先生文武兼資，除有軍事著作以外，全部作品有詩四百八十首，有小說一百六十餘篇。早歲曾在西安西京日報，天水隴南日報，開封民國日報，南京和平日報等發表新詩作品，來臺以後，曾參加文壇社文藝函授學校，文協會新詩研究班，並爲「葡萄園」詩季刊社同仁，主要作品發表在「文壇」、「新文藝」、「葡萄園」、「中副」、「華副」、「青副」等刊物，民國五十四年國軍第一屆文藝大賽，以「毋忘在莒」長詩榮獲金像獎，後亦曾以後備軍人優異作品獲得金環獎。民國五十九年以上校官階奉命退休，並出任「智慧」雜誌主編。

沙軍先生遺著正由「葡萄園」同仁整理中，已出追思紀念的刊物有「詩隊伍」、「文壇」、「幼獅文藝」、「水星」、「葡萄園」、「高縣青年」以及本刊等。本刊特選詩作五首以資追念。

II 沙軍詩選

五彩噴泉

似烟霧昇起
巨鯨噴射的水柱
衝破了夜空的湛藍
擊破一池的幽靜

植根於光波深處
伸柔荑摘擷滿天的珠璣
編織絢麗的流蘇
株株燦爛

驚訝那股紅的珊瑚
綻開纍纍紫羅蘭花束
俄頃，又幻成一樹濃綠

五色的談彩
閃爍的生命，急遽的上昇
又繽紛的飄落

融

妳的眸子是
澄澈的秋水
我乃躍入在柔柔的碧波裡
俯泳

偶一眨動
妳垂柳的長睫
便有習習的風之凌波
載沉載浮
而我是魚

一襲暖流
自波心湧起
我乃擁抱千仭之峯的倒影
呼吸清芬的氣息

深深的呼吸
如乳之融，融於
澄澈的湖底

夜・吶喊

一

捲起殘破的旗
鼙鼓停歇了
疲憊的戰馬不再長嘶
最後的戰火
點燃半天晚霞
夜幕重重的垂落

二

吹奏憤怒的喇叭
高歌馬賽曲的旋律
揭起澎湃的怒浪

繁星閃爍
在北方那顆明亮的眼睛
頻頻地呼喚

三

擁抱月
踏碎滿徑冷露
捕捉流螢，燃燒怯懦
燃燒夢

挖落臉皮
補綴旗，且看它冉冉昇起
當夜滴血的時候

流浪者

冰雪裡生長出來的
殘酷的魔手
做抛物線的投擲

投擲給流浪
給揉縐了的歲月
一顆滾動的球狀體
滾動
沾滿了血腥
沾滿了紫色的泥土

疲憊的脚步
踏碎小廟前的月影
飽餐午夜冷露
神案如同母親的懷抱

晨鷄尚未醒來
就跳着脚趕路
朝着海
迎向旭日

走不完的崎嶇
傴僂的背

歸　宿

旭日昇起
西廊下映出美麗的影子
茫茫然，捕捉一襲輕烟
辛辣氣息

或許？一場大悲劇
在你眼睛的舞台裡上演
人們緊緊握住自己
却迷失自己的掌心

路很遠，很仄
那些揹着包袱，扶老携幼的行旅
爭先恐後擁擠在一起
你發怨言
他詛咒語
擠！擠！擠！

說不定擠出巷口時
夕陽已經西沉
暗澹的影子蹲在牆邊哭泣
撮把沃土
埋葬自己

積木

余光中

詩成，才驚覺雨已經停了
全睡着了吧下面那世界
連雨聲也不再陪我
就這樣一個人守在塔上
最後的孤獨是高高的孤獨
——二十年後，依然在寫詩
搭來搭去，依然是方塊的積木
只是這遊戲
一個人玩未免太淒然
從前的遊伴已經都長大
這老不成熟的遊戲啊
不再玩，不再陪我玩
最後的寂寞註定是我的
二十年後，依然在玩詩
依然相信，這種積木
只要搭得堅實而高，有一天
任何戲都不再能推倒
就像一座孤獨，那樣
頑固

六十一年元月十五日

銀婚日

桓夫

二十五年前今夜
她的羞澀吞沒了我
次晨
她又
洗淨了我貪婪的痕跡

她的羞澀
一直很健康
她故意遺忘我底年齡
換過幾次流行的衣裳
給生活加了幾個助動詞

歷史和發生的事件
沒有阻礙她生孩子
天天
她擁護孩子們

把洗淨了的愛晒在陽光下
白晝的逆光
有時使她嘮叨不停
她不顧在精神的下層餓死
她底慾望
很容易使我喝醉
醉了時的故事就談到天亮

今天銀婚日
由於她巧妙的演技
我抱持一個發光體
晚上 她的羞澀
仍然很喜歡叫痛

（一九七二、一一、一八）

家庭詩抄

趙天儀

爭吵㈠

爲了爭一個玩具
他們吵了架
爲了爭一次寵
他們又吵了架

而老大並不是不聽話
而老二並不是不懂話

一會兒哭泣
但一會兒
他們倆又笑嘻嘻哩

爭吵㈡

爲了老二摔了一個翻筋斗
頭上腫了一塊
鐵青色的瘤

我們倆又來一次
辯論比賽似的爭吵

她說我沒有眞摯的關懷
我說她還不懂眞正的愛
而剛剛停止哭泣的他
又露出酒渦的微笑哪

積木遊戲

蓋一座高層的樓房罷
在積木的花樣上
老大發揮了她的想像力

這不是一座危樓嗎
像梯形的滑梯
搖搖欲墜

「沒關係」她說着
恍若一個大人的模樣
把墜落的積木又重疊起來

獨語

鄭烱明

數不淸吃了多少饅頭
也記不得喝過多少豌豆漿
只知道「是」和「報告」
已成了我說話的口頭禪

我沒有親人
只有要好的老鄉與朋友
時常，在放假的時候
一起去逛我們的「樂園」
把鬱積在內心無法訴說的苦悶
隨射出的精液留在那裡

其實我的生活極有規律
什麼時刻該做什麼都有一定
我的行李很簡單
彷彿是過境的旅客

我屢次告誡我自已
應該忘掉過去的一切
不要老是活在昨天
然而不知道爲什麼，我不能够
是痛苦的記憶早在我的腦海
烙下了燒焦的印痕？

偶爾，在午夜
我會夢見我回到久別的故鄉
見到已經模糊的双親的容顏
而一陣哨音遽然響起……

我時常想，有一天當我戰死
那是我一生最大的光榮
我不在乎沒有人爲我哭泣
或擔心漂泊的靈魂得不到安息
只要滴血的胸膛不再愴痛
不再成爲憂慼的泉源

那時，巍峨的忠烈祠裡
將增添一塊供人瞻仰的名牌
而我也將如天空的飛鳥
永遠獲得釋放

我今年四十五了
依然和二十出頭的年輕小伙子們
戴着鋼盔，拿着步槍
並肩在炙熱的太陽底下
——跑步、臥倒、立正、稍息
一點不感到疲倦

沒有什麼可怨恨的
誰叫我生長在這個偉大的時代
只要天天有酒喝
我便能活得痛快

六〇、一一、一〇于小貝湖

青春篇

林景煌

何時開始的呢？

何時開始的呢？
我底眼淚乾了——
「歷史是冷酷的
　而現實是冰冷底」
這樣地向自己傾訴的時候
我的心也冷了

今天我看到了沉默而眼角溼潤的
自己教過的弟子
我也想哭哩
忘了要哭泣的自己也充滿了感傷

雖然每晚都一邊做着兼差
打從心裡哭泣、悲傷
且爆發出歡笑與憤怒
是否眼淚流得過多了
還是令人哭泣的事兒太多哩

爲了活得堅强
爲了生存下去
也爲了傳佈正義
讓淚水從眼裏到鼻子裏
不流經面頰
而只流經內裏是何時開始的呢？

青春的呼喚

「年輕的日子
　有純潔的生命……」
而我也曾喜歡過這樣的詩

仰望青色的天空
伏臥綠茵的土地
且爬上高峯吧
若是爬不到的時候
就誦讀詩也好

一邊做兼差
一邊談明日
也夢想着未來
說現實是冷酷的嗎
說金錢也是值得珍愛的嗎
也許都不假啊

然而，有金錢所買不到的哩
有學問無法取代的哩
而電腦也算不出的
心底的聲音哪

我要忠於那純潔的生命
且要永遠忠於
那內在的自己
以及人類全體、以及赤子之心

陳鴻森作品

陳鴻森

乳房

擁擠的夜色
在我體內喧嘩着
把你的窗
勇敢的打開吧
這或許已是錯誤的肉體
還有什麼好保留的
我的愛和哀愁
逼進成爲
你日漸高腫的
双乳

風箏

小丁芹　只有風箏才知道　那天空是怎樣的一
種草原
飄搖是它的呼息　只要不墜落　便得把單薄的
自己　交出
一次風吹　便有一次鄉愁　然而路是不斷的
總有一天它將也會　和我們一樣的　容易疲倦
吧

光武新村

羅　青

——双行短歌集之三

光武新村賣饅頭的
劉奶奶，今年六十六

才十六就死了丈夫，說是軍閥鬧的
二十六大楞子死了，說是鬼子害的

來臺灣那年，二狗子沒來得及
以後娘倆就失了消息

眼看小木屋拆，大高樓起
眼看點心店多熱狗店擠

六十六歲的劉奶奶仍是早起晚睡的
想在光武新村外，賣她親手做的熱饅頭

註：前所發表之「精簡自動系統」及「四十年」皆屬此集。

囚語

元瑱

整日，我們這群囚犯，繼續着前人的挖掘，繼續着自己的挖掘。

但，誰又能保證：此時我們的挖掘並非爲後人做開路的工作。

我們，生命的短暫祇够希望——在挖下去的那邊，瞧瞧夢中的太陽或月亮。

混着泥漿、汗水與淚水滴落着，
石塊、泥塊滾下後立即壓住我們的身軀。
該死！咀咒了一聲，祇好鑽出身子來。
沒有藥救的，我們是囚犯。

我們是囚犯，我們的傍晚祇够自底洞回到世上來；
行走在沒有光照的路上，
四周是充滿幽靈飄浮的黑暗，
蹣跚的脚步祇够在黎明前回到床上。
而人們祇在傍晚；方懂得面對太陽，
他們皆沒有健康的眼睛正視太陽，僅除了此刻。
然却不欣賞的說：僅是色彩鮮艷而已。

哼！傻蛋，傻蛋方不懂得——色彩的鮮艷，僅是非色盲所見者。

但我們祇能見到：暗色的彩雲，死色的西邊天。
時常，我們凝望東方或西方；記得母親曾說：

「出太陽及太陽落下的天邊，均有無數的色彩，那些雲是夢；在許多夢中，那多色的雲彩飄着來，帶來無數的幸福，而也在離去時消失；然多年來，我不曾放棄那短暫的夢……。」

然我們從鐵窗外望，我們的西邊天，及升起太陽的方向，却從沒有過美麗的色彩。

啊！我們是囚犯。

早晨，別人在瞭望東邊天；
企圖擷取太陽的光華，
而從沒有人知曉自它得取幸福，
人們僅是要得到溫暖。
他們的腦子裡——沒有色彩的遺留，
除了畫家有鮮明的印象外。
他們享有幸福，却也由於不懂得把持，
而遺失在花間小道上。
而此時，我們的東邊天，黑暗；一片漆黑。
但我們被欲得幸福的心靈逼迫着看東邊，
但除了淡灰色，沒有其餘。
且從未有一顆星辰等過我們，

我們只好淡淡的回憶兒時在母親的懷中面對晨曦的情景。

當太陽行至中間天時，
我們在地洞裡工作着，而世間人咬緊牙關急行，或在
涼爽的大厦中安眠。
他們不懂得——他們應在太陽下享受生活，
或者該瞧瞧太陽的色彩，不行老以它爲一個火球；
眞正的生命在此時，日正當中。
一個偉大的生命在此時正放射着生命的光華，
但——令我悲泣，世間人以爲火球上除火焰無他。
我們仍然記憶着偉大法官的判詞：
「你們這群死囚！你們自此必須挖掘下去，直到瞧見
另一邊的星辰；自由便由溫柔的日光護送給你們，且注意
太陽的色彩。」
從此我們不再瞧見太陽，沒有道別的。
誰叫我們是囚犯，兇狠的咒咀。
我們祇是囚犯，夜裡祇够我們休息。
而次日的成功的希冀，全是我們的思想；
我們沒有太多的思想，卽使有；也無體力、時間。
我們了解造物主祇供給了服勞役用的肉體，
所以我們是——空殼的，缺乏思想的囚犯。

下午

向明

傍着一列日光的鷹架
一下午的日子
便僵成了一條
行走過千百次的死巷
風陪着不語
風景陪着也不語
這樣就像
一次長長的南下
總是那條軌道引着
總是看完後窗
仍是後窗
嘉義過去，必定是臺南
俄而，一些頓悟的光火
明滅地
飄落過
前方，後方
左方，右方

一九七一年七月

沙靈詩抄

沙靈

雨絲

濕度紛紛跌在頸項
路啊路啊
如髮的森林
如苔的岩石
滑滑黏黏
回首。一莖思維能否負載如許的希望
午夜的罌粟重重地纏着我

再也飲不盡的
如扇。如羽。如細纖
（迷茫事物的景緻）

不是蒼蒼的風鶴
遽然擦在鬢鬢
而總如翩翩的漂鳥
鵠候着
穹籟賦我的金碧輝煌

然而一幅詭異的天空
幽黯却依稀
張着無數的蛛網自簷角滑落
如傾吐片片的惆悵
和凍結的姿容

晚安

冬總是嫌太長
春又奈何太短
月總難盈圓
鏗鏘的聲音早已瘖瘂

一條荒廢的路徑正向我招手
沒有任何喧嘩的
沒有一株相思林
甚至木麻黃也沒有
蜿蜒又蜿蜒的盡是黃土
黃土黃土黃土……
既非異國
奈何完全陌生
同屬地平線的一隅
却讓我不解

流淌在脊髓的血液一再抽搐
北風盯死着
沐在日暮
那濃濃的炮煙
總是翻起了我沉默的遐思

鬱鬱的眼神
如虛無如空洞地
朝自已宣告嗩吶已結束
奉獻上一束情緒
呢喃着：願你晚安

絕 唱

嘹亮的音弦乍斷了
陽光浮蕩着一滿地一滿徑的蒼白
並不因此而沈湎於神話之中
儘管再化爲一塊沃土
儘管再燃起熊熊的篝火
大地帶來的信息永遠是如斯悲愴
永遠的喜悅長存的美景
已如飄葉
已如流水
……………
完全是陌生的
拒絕在風外
不是液體的繁殖
而是生命凝固的軀向
不要嬋娟什麼
不要嘆息什麼
只是天空，只是浮雲
長久佇立着，仰望着
幽邃的墓穴再傳不出一縷聲音
死亡就是
死亡就是
清新活潑的音響已黯
昨夜的馬蹄再不能敲醒夢中的春意
因爲我底心志早已茫然若離
空間于我的就如斯貧乏

難道這是驚惶的告白
在大氣無感無覺頹然癱瘓的時刻
再也轉化不出汩汩的春意
唯有一束一束的鮮花
呈獻
呈獻給我心靈的殿堂
再畫涕淚縱橫的臉頰
因爲吶喊已是如許悽愴
再拼湊不出任何一組音色

寂靜裡
何以竟聽不見一句半字
哎喲，苦役的荒徑
使妳再不爲世界的豐饒所騙
因爲妳早已深信
一切都是空洞的
喏，遼敻的天空不就是一個註解嗎
天空啊

碑 碣

不管天晴，不管風雲
萬里田園總搖蕩在芬芳之間

用一首詩
彈奏着兆民行吟的音階
我盯住你
他盯住你
流水枯時，星球殞時
鳥兒不再歌時……
……………
衆樹仍然仰視一列塵埃之間
不知曾潛伏多少其狀依然

淵源着無比的力量
凝結着一線的歷史
拱手捧着赤誠的感情
就如佇望時

那是壯麗故事的開端
一道彩虹
鍍滿霞光
既非神話的組合，也非幻想的線段
種植的亘是完美印象

魚

陳秀喜

我和兄弟姐妹們都是啞巴
我和兄弟姐妹們都在浮萍中長大
小時候爲着尋覓食物奔走
或者逃避追逐而忙碌
如今偶而有過吐出一口泡沫的安適
却比不上美人魚的歌聲
想念祖先們
敬佩他們曾渡過海來的勇氣
然而不知道他們都到那裡去了
當我知悉祖先們的去處
我已在俎上
跳動一下微弱的抗拒
嗟嘆歲月養我這麼大
羞愧不曾唱出美人魚的歌聲

向日葵詩稿

子凡

一九七一、十一、十七馬來西亞

向日葵

慣性的仰望成爲我
崩潰的姿身
早晨
我走進擁擠的教堂
囂鬧的聲浪似我
生命的節奏
浮着一起一伏的小舟
生活的波濤
有最深冗的愛
也有不幸的頂點
有時我漂泊，有時我浮沉
何以祗僅僅一個
跪上
的姿態
生命的一半已倒下
在妳起伏不定的肉體
邊際是無限愛的距離

叫喊

猝然
發覺那一聲叫喊空洞地什在脚下
劇痛地抽搐着
暴露出那過多事故而開始腐蝕的腸胃
那呆滯的血漬
唉！感覺自己竟被現實反芻
咀嚼
我的傷口開始發炎
才存在着
冷冽的空白
像一句苛刻的語言
面對面盯視着我

我使力的叫喊
隱隱覺得傷口在賁張
　　在作痛
痛。

一九七〇、九、廿

過濾

被過濾後的溶液
剩餘下個粒
在粗白的過濾紙上
爲不能消失自己而哭泣

午夜，我被哭聲驚醒
看着自己的軀體
在身間的過濾紙上
一半已濾出
祇留下一顆腦袋
在世界的一角
頑梗地思索着

我胸部忽覺一陣劇痛
感覺自己未經咀嚼
便被現實吞下
骾在喉頭

七一、三、廿六

街燈

假設一天赤裸地走在街上
寒夜里一句嚴正的風
的批評，已足够將我輾成
一條無盡頭的路了

畢竟是要往前走的
家就在前頭
將刺骨的冷冽
痛苦地迫成一步穩健的脚步罷
站立起來本就不是件容易的事

如果你是路上一盞內省的街燈
當我走過
別掩飾我赤裸的醜態罷
請在我幽邃的內部
照亮我

一九七一、九、五

十三月詩抄（續）

拾虹

死蟬

在夏天
天氣熱了
你忍耐不住地叫了起來
聽不清楚的嘈雜的聲音
確實很響亮

現在是如此冷的天氣
你無聲息地瑟縮在地下
雖然你也曾經飛過
一個天空兩個天空三個天空四個天空
五六七八九十個天空
你怎麼知道
現在是什麼樣的天空

在死去陰暗的天空裡
你往那一個天空飛去
你往那一個天空飛去

椅子

只能坐在這裡等待
長久這樣地被看待着
我已經變成痲木的人
不管你是怎樣的人
使我受到多少沈重的負荷
日日夜夜
我只有痲木一般默默地等待

有一天
房子失火了
我知道我一定逃不出去
只是我甘願
這樣地成爲灰燼

追求

不要選擇切腹
因爲那樣美麗的坐姿
不是我們自己的方式

一隻箭滿弦地飛射出去
再也看不見它怎樣地
在青空中廻旋
然而　我們終於開始等待
遙遠的地方
傳來擊中目標的回響

遙遠的星光
突然急急地隕落下去
我們彷彿聽到飛去的箭
橫過夜空
那是氣球般綳緊的胸膛
透氣的聲音

詩兩首

莊金國

別人的影子

老是揮不開
別人的影子
偶不留神就擄來
別人的影子
影子無數，數也數不盡
的伊們都是這樣善感啊

伊們。當你潛意識而下意識
當你左思右思而思潮滾滾來
伊們。在你亟須清澄底
濃注了你。在你極端稀薄底
淡却了你。

影子無雙，隻單的影子
影子無根，別人的影子

六〇、一一、二六寫於高雄

春花望露

春花今年廿幾了
緊繃的幪面碎步
行過順發號門口
背隨那些眼睛們
諸般的品頭論足

推開伊那間貼滿
日曆影像的閨房
閨空落落春花落落
隔壁傳過來伊嫂
難忘初戀的情人

春花聽着細細聽
淚腺不覺酸澀起來
阿德凝聚的眉宇
阿母高高的喊價
春花迷人的笑靨收斂了

有人發現春花
半裸的依在阿德
僵硬的臂彎；這時人們
又有得說也說不清的
春花望露春花望露呵

六一、元、八於高雄

傷

陳明台

1.

血　綻放　紅艷的薔薇
表面是美麗的顏色
可以窺見的世界
世界的內部
幽深而黑暗

血　綻放　紅艷的薔薇

悲哀的距離
羅列著
驚心動魄的　傷

2.

惟有心靈的鉛錘
足以測知
傾瀉在血液之中
暢流的願望

如今
秘密的宇宙崩潰了
幻化而消逝
超載的
渴望和狂想
淤積成
陰森鉅大的　傷

誰來伴我

郭暉燦

咖啡何時變味了
醉心的滋味也會變爲苦澀
誰來相信？

苦澀漸成爲表面的嗜好
而掩藏了內心的醉迷

屛風只是一道不會動的牆
時而飄過來一兩句含糊的私話
枱燈暗了
眼睛還須閉住
而腦子却另生了眼睛
眼裏不在有空的座位
耳裏也不只是醉人的歌聲
歌聲是醉人的
但終有結束的時候
枱燈亮了
眼裏的座位還是空的
誰來伴我呵

飲醉之夜

羅暉

我愛，斟滿這愛情之杯
注入血的紅，春的綠
注入相思的苦與歡笑的甜
莫將昨日的回憶啃嚼
莫品嚐那遙遠的明天
乾了！第一杯
醉中有眞實的美，無僞的善

高粱成熟時低垂它殷紅的臉
葡萄還生澀掛下它連串的酸
酒榨正發出帶酵的笑
你怎說：加徵十分之一進口稅
　就會叫酒徒却步不前
乾了！第二杯
這裏有不醉的酒，嗆咳的菸

杯中颺着吹皺的漪漣
像你兩渦蕩漾深和淺
再從頭收拾殘落的夢
寧讓大蒙眷愛的但以理
講解那七十個七的豫言
乾了！第三杯
我——在愛的天平裏稱出虧欠（註）

夕陽啣遠山的額祝福了黃昏
你啜飲滴濕的夜露將愛呈獻
敞開心之扉，靈之窗
敞開灼熱的唇，羞笑的靨
擁抱跨越五世紀的纏綿
飲吧！第四杯
暢遊我們的世界，是星際，不是人間

夜踏着棉蟲的脚步徐徐而來
如春臨大地有媚惑的柔與風采
夢從杯沿升騰，憂向酒中沉澱
詩在心裏孕結，歌自嘴邊飛漩
趁一秒沉默我凝注着你的抖顫
飲吧！第五杯

怕醞釀的相思留給你長夜不眠

月把離愁約束它嫋娜的腰身
你挑眉剔出了幾分醉態的顰
滑落鍵盤有個走音的吻，因我
指頭不按位格的階在彈響崎巒
啊！應向詩評者修習更深的一課
飲吧！第六杯
將他的箋註停落在斷簡殘篇

當西畫指責中畫沒透視的影
當中畫嗤笑西畫無意象的形
我想平息光與暗交錯的主觀爭論
我却愛賞玩畢卡索的落墨，付它
以靈魂似幻又似眞
飲下，第七杯

我詩如陶淵明酒意濃馥，並不酩酊

我愛，爲何太息於幸福的時辰
將激動的春隱秘地拘禁
靜默在美的感受？抑或
靜默在愛的感應
當世事過去飄浮如燃剩的灰燼
飲下，第八杯
存留我們胸臆的，祇是熱的感情

我愛，莫繫念明日的離情
今夜，我懷揣原始的愛，完整的心
今夜，我保抱詩的意境，夢的溫馨
今夜生命的齒輪已輾向永恒
當你對我舉盞頻頻呼飲

魔術師

林風

三寸長的鐵釘
一分一分刺入了鼻孔
當然　我知道　鼻孔不會有傷
疑問的是：用釘「通」過之後
會不會吸入更多的灰塵

尺來長的刀子
一寸一寸插入仰直的食道
當然　我知道　食道不會損傷
擔心的是：吃慣了刀子
呑食物時會不會減味

詩兩題

許其正

我的綠園

我的綠園，啊，我的綠園
我的我所深深喜愛的綠園
我的到處是成蔭碧樹的綠園
我的到處是如茵綠草的綠園
我的到處是鮮美花朵的綠園
我的到處是嚶嚶鳥鳴的綠園
我的充滿和諧和寧靜的綠園
我的充滿善良和眞美的綠園
我的充滿喜悅和純淨的綠園
我的充滿幸福和溫馨的綠園
我的我所深深喜愛的綠園
我的綠園，啊，我的綠園

在寂靜的林間

緊緊地相互間植林立着
那些桃花心木和那些寂靜
（我來此站立
　成了一株桃花心木）
桃花心木寂靜桃花心木寂靜……
寂靜桃花心木寂靜桃花心木……
（我來此站立
　成了一株寂靜）
那些寂靜和那些桃花心木
緊緊地相互間植林立着

歲末兩首

楊傑美

歲　末

一把撕下最後一頁日曆的空白
一九七一終於走入
歲月苦心孤詣
預先埋設的一只焚化爐
去迎接一堆炭屑燃燒後
灰燼的歲月

擧目是無垠的鄉愁
釘綴在聖誕節過後殘存的
一片雪景上
焦黑的天空
陰風慘慘地呼嘯而過
壁鐘的長針短針
便絞成一輪淒美的落日

哎　我們又徒增了幾顆馬齒
也不知是鬼使還是神差
每年一到這個時候
菩薩老爺隱居參禪的
古代宮廷的後花園內
傀儡戲便咚咚嗆嗆地
隆重上演

不管年輪如何旋轉
不管世紀的風雨
如何滄海桑田
浪淘煙雲
直立在清風冷月的屋脊上
陽光不照的背面
那隻永遠不肯安息的十字架
仍將堅持着去年的槳舵
划渡　一九七二預設的
每一道急流
每一處險灘

残　忍

那天放假回家
埋在北上平快列車
綠色沙發椅墊上
溫暖舒適的漩渦裏
我的身旁站着一個
年輕美貌衣飾入時的少婦
手裏抱着一個
鳳眼晶睛紅唇齒白的小女孩

我的心房一陣一陣地萎縮
如刀割般地激烈交戰着
「讓呢還是不讓？」
「不行，你還要趕一段長長的遠路。」
我只得閉起眼睛
裝作迷迷糊糊地睡着了

車過嘉義時
少婦慈藹地牽着孩子走下火車
我的目光一直
躲躲閃閃欲看還羞地尾隨而去
目送着她們瘦小安詳的背影逐漸模糊
沒入月台外洶湧澎湃的人潮中

這時
我的內心深處
忽然湧起了一片
風雨過後
負傷的雲影

孤鳥兩章

紫一思

廟

在傍晚，當一些麻雀
群集在那空曠的庭院時
那座塌牆角下
依然有一些蒼白的籐蔓和蝸牛
趁着寺僧在打禪時
悄悄地向上爬了又爬
直到星子們的觸鬚　微微地
刺痛了她們小小的粉臉上

或一個年青的和尚在井邊打水
聽黃昏輕輕遁走過
而一些陰鬱　沿着石路一直
伸展到池中唯一的殘荷上
只有一絲隱約的移動

當鐘聲沉沉墜落
當木魚依舊在喋喋不休
當欲望已埋在那羊齒植物下
一些塵埃從我身邊溜去
或遠處
遠處一隻鳥　抖脫了
樹木的煙霧
我想禪坐

而鐘聲一定又會把落日的遺暉
撒在我底散髮上
敲鐘的寺僧尚看不到我
依然睡在塌牆角下的一張石椅上
像一株綠苔

七一年十月廿五日

孤鳥

如果你是一條長長的河流
你說回程該是在水窮　處吧
若有煙霧輕蓋你底臉
若蘆花使你一夜蒼老
若水邊一隻咕咕鳥
整夜把你底哀傷唱了又唱
若你是一隻懼月的流螢
（誰在月下自焚？）

當憂鬱使你糾結成籐
而鳴禽啄你

你若一劍傷的武士
你底顏容
若我憤怒的放　歌
你底顏容
若出弓的飛箭
（誰在蕭蕭散髮兮？）
你枕着片片斷落的水聲
是什麼在你孤寂的瞳中亮着
你若一被放逐的鷺鷥
在暮色中，捕捉自已的影子

並感覺一種慰藉
一種成長的喜悅
你在疾風裡
你底膀臂是被踐踏的足跡
唯你醒來
我還認得你
雖煙霧依舊是那麼的大

七一年十一月十一日

世紀之眼

欣林

可曾是咬過太多鴉片的
抨然
一陣作嘔的旋暈
可曾是尋過花間的
駐足
亂點麝香的麋鹿
一泓山光水色
吊着太陽扎出的消息
叫賣着
一群群盪盪的
湧了來
如之斯，如之斯
右手捫着心
左手指着一個指望
左手指着一個跳躍
右手捫着願
天河竟斜下條條大道
無須言酒醺
如此愛着
無須言戰爭
如此愛着
愛着

兒童詩園

黃基博老師提供

小河

屏縣萬丹國小三年 李艾苓

我是一條小河。
有一天，
一個傷心的孩子來到我身邊，
告訴我她的成績退步了。
我便唱「勇往直前」的歌給她聽，
還請她看逆水中的游魚。
她笑了，
向我道一聲謝謝就回家去。

晚霞

屏縣僑智國小四年 曾淑慧

晚霞是漂亮的布，
如果我能把它裁下來，
我要送給媽媽，
做一件漂亮的衣裳。

河

屏市唐榮國小五年 林嫣萍

春天的山是穿着綠色衣裳的姑娘。
盈盈的河水，
圍住了姑娘的腰，
像一條銀色的腰帶。

庭院

屏縣潮州國小五年 鍾綺玲

庭院好像一個家，
爸爸是樹，
媽媽是花，
囡囡是草，
客人是蝴蝶和鳥。

風

屏縣仙吉國小五甲 高愛涼

風是音樂家的手
在樹葉的鍵盤上，
彈出了美妙的樂章。

雲

屏縣仙吉國小五甲 王麗卿

陽光下，
山先生熱得滿身大汗。
雲是一頂白帽子，
飄過來戴在山先生的頭上，
山先生一下子縮到帽子下面去了！

雲

屏縣光華國小六年 蔡雅慧

窗前悄悄飄來一朵雲，

灰蒼蒼，白花花，
好似母親的白髮。
——請你轉告我母親，
不要太操勞了啊！

屏縣新庄國小六年 蔡達仁

雲

炎陽在田水中反光，
汗水成串地滴落到田土上。
像一把大傘，
忽然飄過一抹雲彩；
農夫揩着汗，
依依仰望着它的飄移。

屏縣潮州國中一年 蔡芸

星星

閃爍着，閃爍着，
在——
那黑暗的天空，
一睜一閉，忽明忽暗，
哦，星星，星星，
你的仙女的眼睛，
還是晶瑩的大珍珠？
閃爍着，閃爍着，
在——
那黑暗的天空，
一亮一熄，忽明忽滅，
哦，星星，星星，
你爲何總是躲在天空上而不下來玩兒？
是不是像路燈一樣離不開自己的崗位？

屏縣潮州國中一年 賴昭蓉

雨

雨悄悄地落着，
默默地灌溉乾枯的心田；
滌清了塵慮，
也洗去了虛僞的粉飾。

小鳥兒

臺北南港國小五年 林安玲

在春天
小鳥兒最快樂
吱吱吱 吱吱吱
成群結隊飛來
飛去
眞逍遙
冬天一到
怕冷的小鳥兒
都躲藏了起來
可惜 我不知道
牠們的家

（林煥章提供）

笠下影

亞汀

創作一首新詩，從開始到完成，一如追求你生活中理想的現實，它的過程是眞實的濃厚的情感，曾經熱情的姙育長期的忍耐和專一的灌注的結果。

一首好詩之所謂好，就是它所表現的情感要眞，並且必須具備：新的想像，新的聯想和新的聲音，這個「新」字，就是創作，而想像，聯想和聲音，就是創作的要素。

I 作品

灯塔

沉靜的光
把夜幕
燒了一個大窟窿

指旅人奔向
灯心里
拋不下錨
雪亮的光波
愈放愈長

遙望着來
遙望着去
將浪花化成微笑
從舵手底心海里撈起

是星星投入巨火
是巨火貼近星星
是一塊沒字的路碑
是一支無聲的牧笛

呵
是——
黑的琴
光的譜
海的歌聲
引領着夜航的船……

集郵

多麼的單純，一頁頁簿子，夾着薄薄的紙
多麼的偉大，包羅着世界的縱橫，世紀的縱橫
像羊齒生物：三角的，長方的，正方的
刻畫着：禽獸、花木、英雄、美人……
護送着寄托者無聲的語言
默默地踏上迢迢的旅程

這些最小的畫，畫着最大的事蹟

那起自「橡樹別墅」的「打比賽」㈠
那惹起風波的「美女與鷹」㈡
那聯合國人權日的「母與子」
和獨立紀念的，一個，二個……
——多麼美麗的一個個甜笑的心影呵

從飛鳥，從船，從西歐，從北非……
一個個披滿一身的風塵
越山涉水，經過重洋而來
集中在我的面前，交織着彼此的情感
安排在我的掌握中
參與我這天下一家的組合

註㈠：一九三七年德國在漢堡擧行第七十屆打比賽，發行紀念郵票。
註㈡：一九四六年法國發行一種一百法郞航空郵票，上面「美女與鷹」的畫案，曾引起軒然大波。

落日

晚風吹響樹梢，麥浪在草叢中波滾
天空掠過歸鳥，嘎嘎的劃破沉靜的長空
這些風響和鳥啼，飄落於我思潮的海
又一次，激起了我，痛苦的波瀾
（挨着這鞭抽着的，流浪的黃昏；
多少次了，心像從刀尖上拉過！）
燈和星開始遙遙地相對默語
我底心靈的耳朵和眼睛，好像
聽到看到，她們高高地招着光輝的手臂
頻頻地呼喚着我的姓名
於是，目送着又一個白天辦完了移交
心上和海上的粼粼波光，是星星，是燈

0度之下

人們賴熱力維持生命，但也需要冷力創造生命。在疏遠冷感的地帶，智慧是多麼渴望冰箱啊！

0度之下
有我之我，無我之我
欣然清醒
欣然與冰爲鄰
冰冷的處女地帶
種幻於斯，種夢於斯
欣然默許
吻牢——一往情深
那份不被腐化的永久
冷的結晶透切地結晶
於萬仭之上，萬仭之下
乃萬衆所生，萬物所化
在星中的雲，雲中的星
化於空冥，溶於一體
而無窮的趕赴時間決鬪之約
在000度之下，之下

Ⅱ 詩的位置

大約是民國三十九年光景，所謂播種時期的詩壇，除了「新詩週刊」以外，如「文藝創作」、「火炬」、「寶島文藝」、「自由青年」、「野風」、「半月文藝」、「當代青年」、「暖流」、「大道文藝」、「明天」、「海島文藝」等等，以及當時的報章雜誌，都歡迎刊登新詩，蔚為一種蓬勃的朝氣。以臺中為根據地的「海島文藝」，便是由江楓與亞汀等創辦起來的，雖然僅僅出了幾期而已，但在中部詩壇也盪開了漣漪；亞汀的「海之歌」、沙牧的「永恒的脚印」等等，便是當時的詩集。詩人亞汀的出現，跟李莎、墨人等大約同時，而且風格上也頗為接近，他們在形式上都傾向自由詩的風味，而在內容上，都具有現實的氣息。當然，在表現手法上，亞汀是較為直接地陳述，因此，缺乏現代詩深奧的意味，然而，他從「海之歌」，經過「向大地」，到「亞汀詩草」（註1），我們可以看到他從自由詩發展到現代詩，正在不懈地努力着，雖說他並不屬於那一個詩刊，但在整個發展的歷程中，無寧說是屬於「自由詩的系譜」，或者說是獨立的詩人罷！

（註1）亞汀第一部詩集「海之歌」，民國四十年八月由新中國報社出版。第二部詩集「向大地」，民國四十六年双十節由龍門出版社出版。第三部詩集「亞汀詩草」，尚未出版，係繼「向大地」以後的詩作結集。

Ⅲ 詩的特徵

亞汀的詩具有一種現實的氣息，那該是一種時代的挑激加上個人的感受所造成的。因為他的出發，在當時的詩壇尚屬初創，詩的表現極為素樸，在單純中却也隱藏着一種詩的真摯性。然而，這種詩的真摯性，如果缺乏意象的烘托，則極易流於單調，甚至是非詩的邊陲。在「灯塔」中，他吟詠着：

呵
是——
黑的琴
光的譜
海的歌聲
引領着夜航的船……

這種單純而晶瑩的意象，却也帶來了一種單純的美，或一種素樸的力量。彷彿是在一個黑暗的時代，極希望着有一線的光明，詩該是時代精神的一種透視罷。

從自由詩演變為現代詩，亞汀似乎若斷若續地苦鬭着，他並不羨慕前衞性的時髦，但也不洩氣，他堅持着自己的寫作方向，逐漸地逼近現代詩的繁複與奧秘。因此，在「集郵」的理念中，在「落日」的觀照中，甚至在「0度之下」的知性中，亞汀一步緊跟着一步，他也現代化起來，放棄了直陳的告白，加深了表現的濃度。「那份不被腐化的永久 冷的結晶透切地結晶」（0度之下）這不正是現代化的象徵嗎？也許亞汀的詩，並不怎麼令人驚異，但在平凡而現實的土壤裡，却也醞釀了現代詩的種子。

Ⅳ 結語

詩跟生活脫節，必流於貧血；詩跟現實脫節，必流於虛幻；詩跟時代脫節，也必流於失去中心！現代詩能否成為當代中國詩的主流，就要看現代詩人能否創造堅實的作品了？亞汀的詩作，也許並無出奇制勝的手筆，然而，經過他不斷地掙扎與塑造，也使他的詩，更逼進了現代詩的深度性，使他超越了早期的單純與素樸，而朝向更繁複的詩素的表現。

詩曜場

拾虹

拾虹

我不是純潔的人
這個世界只有妳知道
所以　妳也不是純潔的人

不純潔的情感才是
深不可測的愛
才能透過我們裸露的心胸
到達上帝那邊

讓我們激烈地活着吧
只有妳活着
俯在妳的胸膛才能聽見
孩子在肚子裡呼喚我的聲音
啊　現在她急促地叫喚我
拾虹
拾虹

不安與赤裸的心

鄭烱明

這是一首令人感到十分誘惑的詩。作者雖然自己說：「我不是純潔的人」，但我想任何一個讀者在讀完這首詩後，一定會說：「拾虹是純潔的人」，而為作者所坦露的赤裸裸的心所感動。

「不純潔的情感才是深不可測的愛，才能透過我們裸露的心胸，到達上帝那邊」，這種强烈自我對愛的看法，和波特萊爾所謂的「戀愛唯一最大的快樂在於必然為惡之中」，可說是同根源於「即使為惡（不純潔）而存在亦在所不惜」的意識。

從作者曾經說過「還是執着性與死亡的信念」，以及「誰是現代詩的三島由紀夫」這一類的話看來，我們不難瞭解，這首詩所要告訴我們的是什麼。

被忽略的生存無疑是現代人一直引以為憂的事實，所以我們可以清楚地看到，作者欲掩飾內部世界的不安所造成的痕跡。聽到孩子在肚子裡的叫喚，其實就是聽到自己的叫喚，只不過是藉用實存中的那個我（孩子），來進一步確認生活中的這個我的存在而已。

另外我必須指出：「從你之中發現我的存在」，在這樣一個不可靠的時代，特給予我們毅然活下去的決心帶來極大的鼓舞。

做人的慾望

傅　敏

世界是浩瀚的，「我」和「妳」的個體是渺小的。「不純潔」的意識連繫了「我」和「妳」。

作者在第一節裡的表現，包括了這些：

「這個世界祗有妳知道」，可見瞭解「我」的人多麼的少。

我讓「這個世界只有妳知道」，可見這個秘密多麼珍貴。

作者一方面覺得委屈，一方面又感到幸福。那個「妳」知道「我」不是一個純潔的人，可是沒有逃避，「我」的不純潔，變成我們的不純潔，「我」已不再是孤單的。

作者所說的「不純潔」，又意謂什麼呢？

很明顯的，那是戀愛的罪惡意識——肉體的沉溺。純粹的戀愛卑視肉體，那是迷信精神能飛躍到無限的境地而發生的一種沉溺。當然，在同性戀中，它擬似了愛的眞實。

近代有許多文學傑作裡，反映出對同性戀的追求，我認爲那是虛枉的。肉體雖然有其可毀滅性，而成爲有限世界的「偶然」，但肉體亦有其不可毀滅性——生殖的能力。所以肉體裡實含有「精神」那樣的東西。

作者從有限世界出發，從偶然開步，從肉體啓程。雖然，作者說「我不是純潔的人」，我却認爲作者是一個純潔的人，純潔的人才不會掩飾。

芥川龍之介的札記：「西方的人」中，有這樣的思考：「基督雖愛過女人，却從不跟女人攪在一起，那和穆罕默德允許和四個女人交媾是一樣的。他們却是不能超越一個時代——或超越社會的。」

作者在第二節裡，對「不純潔的感情」之肯定，使我感到具有超越時代和超越社會的功力。

而「不純潔的感情……到達上帝那邊」，更有使肉體從有限世界的可毀滅性提升到無限世界那種永恆的境界去的體認。

作者一定認爲：所謂無限，絕對（上帝）必是强烈地凝視有限，偶然（風俗）才產生的吧！所謂光是從黑暗的意識中萌生出來的，所謂超現實或超自然不能不從現實或自然產生。

作者雖執着了一個肉體化的世界，却不無對精神化的象徵寄予憧憬。這種意圖具有超越風俗的高貴素質，不能輕浮地以敗德的罪名來加以認定。

雖然「純粹……上帝」這種關係，遭到作者的破壞，但新的關係並不是詼諧，而是嚴肅的執念。這也是這首詩深刻的一面。

所以說，作者認爲愛是將「肉體」和「精神」同一化的東西，這種愛具有從這個世界解脫，到達永恆或絕對的能力。

「孩子在肚子裡呼喚我……」
「……她急促地叫喚我」

一種是未來，一種是現在。

我認爲「孩子」在這首詩中，是作者對永恆世界憧憬的具體化事實，是肉體的不可毀滅性一面。

「她的叫喚」當然也可視爲詩中的「妳」，我認爲如果作者將「她」改爲「妳」，那麼「對自我肯定的能力」當眞强烈，雖然會落爲愛之場面的敍述化，但無疑的，這種叫喚更爲眞實。

我不相信作者會將「她」……意味着孩子。這樣不祗不能包含「有限」和「無限」兩種世界，而且會有强予孩子屬性的危險。

這個「她……」我認爲是「妳……」

當然，這一切，都必須激烈地活着才有可能。必須「不純潔」才可能。

作者讓我們學得他的抗議多麼的深，他不惜忍受破壞道德的罪名，爲了感知自己的存在。

我曾經看過一篇「做人的慾望」，寫一個退休的演員以縱火燃燒建築物來挽救因長久假面生活而喪失的自我，使我感到無限同情。

這首詩的作者，將愛深刻化，融合了肉體和精神，也肯定了自我。比較起來，這首詩的作者是多麼可愛。他沒有經過破壞，他只是肯定了愛被忽略的一面，他祇是收拾了被遺棄的，被卑夷的。

「拾虹！拾虹！」

詩是全人格的反映，是關連着生命的藝術。

在世界的夜，詩是照見存在的光源。

這種嚴肅性是我們的詩壇必須反省的。

我常常看到一些前輩詩人們，在言論之中發表「詩是文字遊戲」的觀念，覺得十分痛心。詩是「文字」已顯現僵化和非本質的危險，是「遊戲」更暴露出輕浮和空洞。

我們用語言來支持詩的世界，其過程是充滿着歷史感的。語言既是十足社會化的東西，詩之空間的時間意識便不能以語言的節奏來考慮，而須以歷史的眞實——連接「過去」「現在」和「未來」的語言的內涵化來釋明。

拾虹的一系列「十三月詩抄」使我覺得十分感動。

如果我們不能說詩就是那樣的東西，我們也可以說那就是接近詩的東西。

反小夜曲

陳鴻森

最近發覺到，以前我所喜愛的一些旣成詩人的作品，此刻於我已逐漸失去感動，反而在一些新世代詩人的作品裡找到吸引着我的色彩。

這些事實，至少意味着語言及想像力，不時在急速而殘酷的改變着，這是我們無法拒絕和不容忽視的。

今天，我們必需冷靜的自問：「爲什麼寫詩？」「不爲什麼」的說法，雖是安全而且充滿遼潤味道，但這與之這個在寫的「我」的關係，是不完整的，充分暴露了怠惰和自覺的欠缺……無論如何，詩在現在，已非小夜曲了。

爲了唱出帶血的聲音，年青世代首先必需全力抵抗那些已形成的叫人昏睡的風氣，否則永遠也無法抵達操作的開濶地帶，是以我們當了解到：在新世代身上負荷着的是兩倍以上的辛苦。

而寫詩是無償性的。

走向這異數的世界，是對着人無可避免的命運的現實，作寂寞的反擊吧！正因此，存在鄉愁在新世代作品裡極爲明顯。

拾虹一系列的「十三月詩抄」的發表，無疑是對自我位置一種積極性的挖掘。每次讀到他的新作，我都會浮起一種強烈的想寫出一首詩的慾望來。

性是一種使命。

人是聽從着Sex的吩咐，才去進行一切的。但在人的立場而言，是先有了人，然後Sex乃能形成，離開了關係，便無住所；因此所謂「性的決定」，在意義上，是出現着既積極又被動的「同時性」的。

據於此，把寫詩看成是一種Sex的表現，我有着相當程度的懷疑，美感是奠基於愉悅感覺上，這或者是不錯的，但我相信「美感」與Sex的「快感」兩者的關係，不是呈被包含的狀態，而是持有距離的。

然則，Sex與人恒是連接着的，在一切都現出暴露化了的今天，我們委實無需去廻避，正視才是實在。

好像是艾略特在論波特萊爾的「惡之華」時說過的一句話：「戀愛唯一的快樂在於等候那必然的惡。」這個「惡」該是指Sex。

不純潔的情感才是
深不可測的愛
才能透過我們裸露的心胸
到達上帝那邊

純潔是可怕的，要吸收一點罪，才會使潔白現出魅惑的力量，才能奔向無限吧！

讓我們激烈的活着
只有你活着
俯在你的胸膛才能聽見
孩子在肚子裡呼喚我的聲音

肉體的實在，才能挽回人對生的「相信」，那密藏着的叫喚聲，是涵孕着生的受挫感而轉向具實的信念。

啊　現在她急促地叫喚我
拾虹
拾虹

這兩句簡截的呼叫聲，乃是向着生的源頭的質疑，但却充滿着破壞的力量，如果反覆的繼續唸着這兩句，我們自會感認到那種否定的意志的。

愛，或就是在對方的肉體上，展開搜索自我全人性的運作吧！而只有通過了這種Whole man 的過程，才足以挽救我們對生的疲憊。

這樣用自己的感覺，來談這首詩的這時，似乎繼續在耳邊響起那種「拾虹拾虹拾虹拾……」的微弱叫喚聲。

事實上，這種叫喚聲，是異於這個世界的一種存在，然也唯有違反常態的聲音，才會被想念，才能肯定「永遠」，在「永遠」內部的現實，如非經過新組合或變位，則意義是式微的。

三島由紀夫說：「世界是玫瑰。」

我們必需以着他的經驗背景，來考慮這句話的「的確度」。是以：如果說對於一首詩的價值，我們是以着「能感動我」的程度來定，那麼詩不是為所有的人寫的，在詩自身就存在着 isolate 的性質，只是為背負着與我有相通經驗的人，更清楚的說，也就是為一個遙遠的自己寫的，因着思考的親切性，深刻的契入才成為可能。

不過，語言背後的空間，却非共有的，也就是雖然是一句完整的語言，其思考意義和情緒意義上，也自有其原具的隱蔽性，因以說話時，必需介入各種「體語」（如表情及其他一些動作），才能滿足。在為文裡，就得從脈絡關係上去尋找。

所以詩人在「情感歷史」（田村隆一語，指詩的觸發到完成的全部過程）裡組織語言，發展詩想上的自由，却正是一種對「自己與存在秩序」的關係上的挑戰和約束。

我覺得拾虹却是個懂得自己的人。

從詩的彈性談拾虹的傑作

岩上

一

詩作不管以什麼手法表現什麼內容，無不以其外延力與內含力來震撼或接納讀者的心靈。

外延力如移山倒海之勢衝擊着心胸，固然很好，僅微細如針者，刺穿肝腸，亦屬不錯；內含力如富麗堂皇的宮殿，引人入勝，使人眼花撩亂，當然可佳，僅如荒涼的沙漠，令人做凄苦的跋涉亦為上品。

詩的外延力與內含力的調和構成詩的彈力，就詩本身存在的整體而言，一首詩如同一個皮球，拍得大則跳動大；拍得小則跳動小。亦如撞鐘，扣之以小者則小鳴，扣之以大者則大鳴。以此欣賞者的透視力實亦應具有詩集合的元素。然而彈性的有無與大小是一首詩存在價值的淵藪，所有詩的語言的切斷、接連、散射、集中、相剋、飛躍……等等的努力實都為了詩的彈力的振幅而存在。

二

彈性太小的詩作必顯得生澀、堅硬、無法使欣賞者進去共享，讀之形同嚼臘，其緣由必在於詩言缺乏支持詩思的能力；彈性過大的詩作雖然容易使欣賞者走進去，却也容易顯得鬆弛、乏力，流於平舖直述，無法感動心靈。

梵樂希說：「詩不能具有散文的可毀滅性」，大概就指這種鬆弛無力的詩作而言的吧！

良好的詩作品不但本身應具有抗拒的外延力，而且還要有吸納的內含力，適度的調和使欣賞者隨着彈力的韻律，若離若即，做起伏的飛躍。

三

就詩論詩，期待有更高超卓絕的詩意來喚醒沉睡中的幽魂，我誠摯地走入了「拾虹」的世界。可是細讀了被譽為拾虹的代表作——「拾虹」之後，却令人大失所望，原來「拾虹」只不過是一個洩了氣的皮球罷了。

這首詩之缺乏彈性，除了表現技巧的平舖直敍與鬆弛無力外，就內容而言也只不過表明自我偏激的人生態度而已，其曖昧與不正常的愛情，實缺欠詩應有的共通性，無法含蘊欣賞者共享詩再現的情韻。

四

此詩分三節，語言平舖、無彈力自不待言。然而，平舖的語言有時也能產生良好的詩的效果，其關鍵全賴整首詩的氣勢與情韻的有無，但綜觀「拾虹」只不過想以「強辯」來造成錯覺罷了。

「我不是純潔的人／這個世界只有妳知道／所以妳也不是純潔的人」。——由「我不是純潔的人」怎能推定「妳也不是純潔的人」？這是強辯！

「不純潔的情感才是／深不可測的愛／才能透過我們裸露的心胸／到達上帝那邊」——這也是強辯！是說明，而非表現。缺乏詩應有的外延的力量與令人首肯的包容力。

五

異端的詩思往往能造成優良的詩的效果，但必須源於「自然」兩字。

強辯不是詩；說明也不是詩。

六

缺乏彈力的詩作，無任何意味可言；偏激的強辯將被誤為邪道的技倆；以筆名作為詩題終免不了自炫之嫌，何況此題目根本與此詩無關。

總之，「急促地叫喚我　拾虹　拾虹」的是拾虹的「擊」作；拾虹是想以「生米煮熟飯」的事實，強人所難來肯定自己的存在吧?!

反叛的激情

——對「拾虹」一詩的觀感

陳明台

1

赤裸裸的喊出「我不是純潔的人」誠然是需要很大的勇氣。掩飾自我的「傷痕」是人性的弱點之一，彷彿是不能見光的黑暗面永遠要淪於黑暗一般。

年青的拾虹在血液裡大約沸騰着「反叛的激情」吧！這是一種從自覺出發的叛逆，從反叛出發，而企圖回歸于自我的觀照，若非如此，誰能像他一樣「急促地叫喚我」，「拾虹」「拾虹」「拾虹」呢？

勇於挑戰正是年青的魅力。

2

作品本身往往呈現其自給自足的性格。可是，創作者的追求才能決定作品精神的面貌。有意識的提出問題，詮釋現象，這是屬於作者個人的作爲，說出人家不願說或羞於啓口的內心也是作者的癖性罷了。可是，「拾虹」讓我們看到作者赤裸的生的剖面，也看到鏡中的自我底生的剖面。這樣才具備了相當的成功。

法國的俚語說：「戀愛中的男女是不懂得羞恥的。」忘我而「激烈地活着」的慾念十分潔淨，**「不純潔的情感才是深不可測的愛情」作者顯然在詮釋他「爆炸性」的愛情觀。很像一隻蛾瘋狂的撲向灼熱火焰的激動，不顧一切。**

成爲「行動派」正是男兒本色。

3

情緒的舖陳很顯著，由于使用敍述的語言，乍看之下，彷彿沒有過濾的詩質存在，其實詩意的情緒就是作者的詩本身。還是有所抉擇。

採用反覆的「逆說」（不純潔的人，不純潔的情感）回歸于純眞的自我（急促的呼喚 拾虹 拾虹）每一節雖說沒有緊密的結合，安排却十分自然。

無技巧其實就是高度的技巧。

讀詩後記

高峠

我於詩壇原是看多了濫調抒情性的詩，我一直也想叛逆起來，但是我却叛逆不起來，因爲我找不到一個如此令我值得怪氣起來的女人。

拾虹寫得相當可恨而又可愛，腦海裡浮起楊青矗的小說「在室男」，隱地的小評說：「這就是男人。」其實，拾虹才是男人。他比那個有酒渦的更可恨更可愛。有酒渦的只是稚氣罷了，拾虹却騷得入骨三分。

詩與小說，畢竟要劃分界線的，當然，小說原也可以如此瀟洒的，但小說很難作八股文般的吶喊吧！所謂技巧，往往也箝制了小說的直截了當，造成必須峯廻路轉的含蓄。然則拾虹這首詩就是很好的例證，它的直截了當剖析淋漓，且用深淺交織的告白式說出，內蘊着奇特而微妙的美。拾虹啊！拾虹。

沉默後的新聲

——析論『郭楓詩選』

李魁賢

一、前言

沉默了十餘年的詩人郭楓，突然出版了令人矚目的『郭楓詩選』。這部詩選共收八十九首詩，是自一九七〇年十月七日寫成「花信」起，在將近一年的時間內所完成。實際上，在一九七一年一月、六月和七月的紀錄是空白的，而四月和八月各僅完成一首，因此這些作品都是集中在六個月份裡寫下的，其中以一九七〇年十月至十二月份完成五十七首，佔全部的三分之二。由此可見，當詩人經過長期的沉默後，再度動筆寫出他的新聲時，他的創作力正像封閉後重新找到出口的噴泉，激越而又凌厲。

詩人在自序裡強調他所信守的條件：是眞，是美。他說：『「眞」乃是內在的及第一義的根本上能決定作品之存在或不存在。捨「眞」而談作品，充其量不過是舞文弄墨的文字遊戲而已！』縱觀這卷詩集，從頭到尾，流露着率眞、純眞的眞情，極能引起讀者的共鳴，和詩人共享那神聖的一刻！

筆者一向尊敬在默默中爲繆斯建造殿堂而獻身的工作者，因爲他們只有奉獻，而無所索求。畢竟，詩是整個生命的交融，而不是上台裝腔作勢，大言不慚的演藝。這種造作的表演，我想也是詩人郭楓所不可忍受的吧！他率直地指出：

台上的戲正熱烈地進行
主角很莊嚴却又滑稽
也有很好的搭配
也有鑼鼓，也有喝采
也有很風趣的插曲
也有鼓掌如儀
只是演戲是他們的
　欣賞也是他們的
可憐台下黑壓壓的一群
　委頓而恨恨的頭顱
　註定要忍受無可奈何
生命，本來該是精彩的戲啊！
綻開如美麗之春花
結束呈一顆充實之果

——「戲」

這場戲，雖然正在台上演得鑼鼓喧天！可是那種虛僞的笑容，花招百出的假動作，都與眞實的本質脫節，因而嚴重地造成了演藝者和觀衆之間的鴻溝，結果變成「演戲是他們，欣賞也是他們的」，這種可悲復可嘆的下場。然而，觀衆豈可就此徒喚奈何？有自覺的詩人，終究會不齒那詐僞的表演，去追求生命本質的完成，眞正能綻開的美麗春花，和結成充實之果。

二、生命的奉獻

那麼讓我們來探究詩人所追求的是什麼？

逆風而進
風吹着多少無奈
風，昨天就如此吹前天也如此吹
很久很久以前便如此吹
明天，還要如此吹麼
沒有誰能預料怎樣
唯我仍逆風向前
且很欣賞自已被風旋成的姿態
髮鬚戟張，眼睛的冷焰如矛
傲岸，嚴峻，孤獨
双手握着僅有的眞理
天地悠悠，看眩暈的
身外的城，城外的世界

廻轉着。我是另一種星辰
恒光，恒熱，恒瘋狂
恒揮灑生命如烟塵
恒追踪死亡
恒醉於一種遙遠的聲音
恒守着單純的方向
恒點起整個歷史的悲哀焚化快樂

永遠永遠，永永遠遠
跪向一個信仰。一個光點
雪亮着我的路途
給我痛苦，歡愛，薔薇的時辰
我前進，乃不管是何種
氣候，何種路途
若四肢百骸隨風飛散
我知道，抵達終點的是一尊
瘦得很漂亮的靈魂

——「奔」

這裡充分顯示了詩人耿直的性格，不阿諛，不隨風轉舵的鏗鏘骨氣。在無始無終的狂風吹襲之下，即使對此現實狀況之無可奈何，且明知沒有誰能預料明日的風勢會變得如何强勁，如何狂暴，仍然毫無屈節地逆風前進，且很欣賞自已被風旋成的姿態，表現了詩人在逆流中的堅定，是出自本性的自然行爲，而非爲了有所誇耀的矯揉作態。

詩人所追求的是他的信仰。信仰使得他自始至終，以全部的光，全部的熱，維持單一不偏頗的方向，永遠不放棄對信仰的追求，表現其至誠，其專一，其不屈不撓的精神，甚至爲此將生命揮灑如烟塵，亦在所不惜。自古以來，爲堅持自已的信仰，而無時無刻被死亡之所窺視者，不乏其例。然而詩人在此所表現的是，更以大無畏的精神追蹤死亡。如果死亡是達到信仰之前必經的一口陷阱，則正面迎向死亡，無所廻避，適足表達其信仰之堅定，與獻身的熱誠。

如果生命的眞諦，在於追求信仰的歸宿，則爲了達成信仰而死亡，實爲生命的最大成就。基於此「死亡乃是完成」的認識，因此「不管是何種氣候，何種路途」，仍能一本初衷，勇往前進，一任「四肢百骸隨風飛散」，但即使如此蝕骨銷形，所消損者唯形體，唯人生假藉的一付臭皮囊而已，「抵達終點的是一尊瘦得漂亮的靈魂」。

這首詩最後的表現，令人聯想到「衣帶漸寬終不悔，爲伊消得人憔悴」的境界。這個「伊」，便是詩人所追求不息的信仰，這信仰，就是詩人對生命價值的肯定。

春夏秋冬行吟着流水板
桃李芳菲過。榴火燒過
槿紅過。荷白過。菊黃過
所有的生命都花過
連那棵不服老的梅也飄香過
燃燒的眼睛
去尋找輕風調情吧

醉飲寂寞的芬芳
就靜靜地生，靜靜地長着
不要誰的理會像一棵草
等待復活的時光
最初的幸福最後的判決
到來……

須臾間花開七朶
七朶花開七個世界
七種不朽的絢麗
七世永恒的輪廻
——誕生、歡笑、寂滅
生命完成。

——「曇花」

在這首詩裡，我們可以覆按詩人對生命完成的定義，同樣凝聚在獻身後的成果。詩人所讚賞者，並非桃李芳菲時，榴火燃燒時，槿紅時，荷白時，菊黃時，以及梅花飄香時節，因爲這些象徵着俗世成就的華麗，不過如春夏秋冬季節的輪流轉罷了。

詩人所全神貫注的是寧願像一棵草般，不受人注意，寧願捨棄譁衆取寵的繁華，而「醉飲寂寞的芬芳」，「靜靜地生，靜靜地長」，凝聚着全部生命的負載，等待着瞬間的迸發。

在曇花盛開的須臾間，卽展現了整個的世界，全般的絢麗，但決不迎風招展，決不搖曳吶喊，而是以全付精神面對着無可探測的深淵般之黑暗，誕生、歡笑、旋卽寂滅，完全是一派無所爲而獻身的風範，這樣，生命有了極其純粹的、眞實的完成。

因爲這種獻身，是無所求的，不爲了任何的代價，任何的報酬。例如「浩瀚而溫馨的」一詩最末數行：

開放成一朶甜美的花蕊
讓翩翩的蝶影，棲止
獻出蜜，給美麗的

靈魂增添顏色
總是願意如此，如此
無在而無不在地
夢着遙遠的夢
欣然，不知道爲什麼

僅只是爲了欣然獻出花蜜，「給美麗的靈魂添加顏色」，而「夢着遙遠的夢」，那遙遠的夢，便是「曇花」一詩裡，所期待的「復活的時光」，卽生命實踐了眞實意義的一刻；也就是「奔」一詩裡，抵達終點時四肢百骸隨風飛散只剩下一付嶙峋而不朽的靈魂的時節。

這一切，「不知道爲什麼」，乃因「不爲什麼」，足證其獻身之單純，一種本性的流露，一種無所爲而爲的精神貫穿其間。

上面已說過，在詩人心目中，死亡是生命的完成，而不是結束。死亡的國度是成熟的、開放的、自適自如的世界。

死亡是仁慈的。以微笑的臉迎我：
美而且甜！柔聲地呼喚
呼喚我走向黑酣的樂土
那無憂的草原寧靜而遼遠
沒有荆棘以猜疑的眼睛刺我
仰臥在那里，或莊嚴、或赤裸
都不再構成讓人騷動的理由。
沒有誰的關心，除了清風
引我去參拜神蹟的世界
遺忘人們的遺忘歌着自己的歌。
以微笑的臉迎我，死亡是仁慈的
當期待成爲一句成人的童話
當五月的霜雪把美麗的夢掩埋
當一朵向日葵把晨光哭成了黃昏

——「無題之四」

死亡旣是超越的完成，自是人間生命的極致，最最幸福的境界。因此迥異於俗衆對死亡是悲慘的觀念，詩人喊出了「死亡是仁慈的」肯定堅決的宣言。

如「奔」一詩所表現的，通過死亡是爲了達到信仰的終極目標。由於有信仰的支持，所以死亡不是殘酷的，毋寧說是親切的撫慰。因此它展現美而且甜的笑容，迎接、引導走向樂土。這片樂土，便是完整美滿的安樂之鄉，是皈依信仰所能獲致的最高成就。在這片樂土上，是無憂無慮的存在，翠綠的草原，沒有一絲隔閡，寧靜而又遼綠，好一片安祥、靜謐的風景，沒有一絲猜忌，是毫無糾葛的交融。因爲無所糾葛，所以無所干擾，也就不會引起別人的騷動。關心也是糾葛的一種形式，因爲關心必然造成人際的交道，而打交道是形成糾葛的一項主因，無論其爲善意或惡意，單純或錯綜的糾葛，終會導致干擾，則是一致的必然結果。

「清風」則是無所爲的，因此它的引導，乃是自然所之，並非出於刻意的計算，故不會造成糾葛的現象。清風所引導參拜的神蹟世界，應是上述樂土界域內的中心。由此顯示，此樂土也就是神的世界，在此，一切的存在，已立於無所記憶也無所回憶的純粹境界，可以自適自如地謳唱自己的歌，不致「構成讓人騷動」，無絲毫受限制之虞，和被壓抑的苦悶，因爲這是開放的，永恒的天地。

最後三行所敍述的，是與詩中所描寫的境界成對比。這在詩材的處理上，形同一種倒敍法，有着懸岩的技巧。實際上，這三個條件句的詩行所表現者，可歸納爲同一層次，惟「當期待成爲一句成人的童話」是單刀直入的陳述，而「當五月的霜雪把美麗的夢掩埋」和「當一朵向日葵把晨光哭成了黃昏」，則是藉委婉的意象展開一想像的空間，其中，前者採用了浪漫主義的語法，後者帶有超現實主義的表現技巧。但三句同樣表達了在俗世中，對所期待，或所信仰的落空，在這不得遂性、遂心的人間，正好和前面所極力歌咏的樂土，成爲極端的反比。

在表現上，除了獻身的虔誠和信仰的不渝外，在這卷詩選裡，還洋溢着一股堅忍不拔的精神，令人感動。

昂然抬頭以不可攀登的倨傲
刺向青空。只爲了觸及
那一片，一片令人顫慄的，藍
總是，屹立在風雨中
忍受陰霾的訕笑
無端而至的冰雹的襲擊，以及
沸騰在心中的火底焚燃
總是，以不眠的靈魂佇守
升自天際的陽光。
等到陽光睬過，也知道
必然，將淪入沉沉的黑
必然將風化，爲塵，爲土
但冷過暖過莊嚴過
畢竟曾經，唉，成爲一座山過

——「山的哲學」

這首詩的特點，在於把山的物象人格化，並賦予達觀的哲學。一開始，「昂然抬頭以不可攀登的倨傲刺向青空」，以明朗的意象，塑造出一尊硬朗、無畏、自我肯定的形象。他因某種企望（爲了觸及那一片令人顫慄的藍）和信仰（升自天際的陽光），而飽受風雨的摧殘，「忍受陰霾的訕笑」，致死的冰雹的肆虐，以及焚心的煎熬。然而這些折磨不能屈其志，改變其信仰的眞誠，顯示其堅忍的毅志。而其信仰，是本性的自在，並非强求，亦無所求，是一種純粹的奉獻，不帶有任何條件的代價。如果說這種信仰有目的，則其目的唯在信仰本身而已。明知信仰之象徵的陽光出現後，必然接踵淪入深沉的黑淵，且將風化成微不足道的塵土。卽使會有如此重大的犧牲，然其對信仰的專一，並不因此稍遜或受損，畢竟，已「成爲一座山過」，此暗示着，重要的是其歷練的過程，而非終極的狀態。歷經浩刼，仍能堅守不屈不撓的志氣，不挫折，不懷疑，不中途變節，而自始至終，不背棄信仰，則其生命卽使守着孤獨，在本質上却業已獲得至高的成就。反之，世俗的聲譽，對生命的價值並不能增添半分。

由山的崇高、穩重、固執，象徵了無所爲而爲的操守，和堅忍不拔的精神，這是一首相當完整，凝練而冷靜的好詩。

『郭楓詩選』共分三輯，第一輯「異鄉人」收詩卅七首，第二輯「向日葵」包容卅首詩，這兩輯詩所表現的內容相近，惟第三輯「春之聲」的廿二首詩中，以歌咏愛情爲主，但其眞誠、純情的精神，則是一貫的。

綜上所述，可見詩人對信仰的獻身是如何的虔誠，這信仰，是包括了詩人的人生觀、藝術觀，甚至愛情觀。在

「春之聲」一詩的結局，也是在扉頁上所題記的詩句，可以做為最好的註脚：

心靈，我若不把整個生命交給你
將向何處去覓永恒的世界

三、語言的探索

語言的流暢、清爽，是郭楓詩的特徵。時下某些現代詩人喜歡以艱深、蹩扭的語言入詩，往往貶抑了詩的傳達性。這是因為詩人高估了語言既存的屬性，逐漸養成的墮落，同時也是失去了駕馭語言，捏塑精鍊的自信，所造成的偏頗現象。筆者於「詩展望」月刊第三號（一九六五年十一月）撰文論及詩的語言時，曾提及：

「詩的美，是意象的新穎，聯想的豐盈；即詩素的美，而不是語言的美。詩的深奧，是意象的深邃，聯想的閃爍；即詩素的深奧，而不是語言的深奧。」

以淺白的語言，創作新鮮的意象，更能顯示詩人的想像力，和發揮傳達的功能。在這部詩選裡，不乏令人咀嚼而欣賞無厭的意象，如：

那麼好看的花
撕裂的瓣還滴着愛情
——「凌晨的街」

夜正盛開
輝煌如美麗的罌粟
——「夜之花」

抬起磨光的頭顱，總想能够
拔出銹得一塌糊塗的脚
——「螺絲釘」

遲遲其來的太陽呵
隱約於黯淡的霧影後面
慘白而淒清的臉
在曠遠的虛幻中昇起，猶如
一句龐大的謊言
——「日出」

由這些擧例，足可證明語言本身是無能的，端賴詩人的靈巧，驅策語言將平凡的物象化成飛躍的詩想，鮮美的意象。語言只是供詩人支配的工具，所謂「詩的語言」，若非經過詩人的組織，則是不存在的。過份迷信以語言的美當做詩的美，以語言的深奧視同詩的深奧，而放棄對語言的錘鍊，是自信心的喪失。

當然採用口語寫詩，最重要的是必須要維繫語言的張力，使一直保持緊張關係，如果張力鬆弛，便有流於散文化的後果。用口語入詩，等於布幕盡撤，站在前台，與讀者正面相對，才藝如何，一目瞭然。至於以僞飾性的語言寫詩，有如皮影戲，虛虛實實，朦朧曖昧，而操作者始終隱身幕後，雖增加了神秘性，却阻碍了傳達性。

維持語言張力的關係，尤有賴於技巧的運用。

脚，銹在原地，跟着機器
機器跟着馬達，馬達跟着命運
旋轉啊旋轉。沒有結束，沒有開始

——「螺絲釘」

風不再是
雨不再是，四季不再是
應該有的那種樣子

——「總是覺得」

這樣輕鬆活潑的口語，顯示了詩人對日常用語提鍊的功夫，他把語言的構造破壞後，再加重組，成爲懸宕的佈局，留下頗耐咀嚼的餘味。在前例中，「脚跟着機器」，一斷，「機器跟着馬達」，又一斷，而和「馬達跟着命運」，形成串聯的發展；在後例中，「風不再是」，一斷，「雨不再是」，又一斷，而和「四季不再是」，形成並聯的發展。前者是縱深的延長，後者是橫面的拓展。這種斷句的運用，完全突破了文法的規律，但雖切斷了語句，並不損害聯想的連繫性，反而造成詩想上的跳躍，由點而線而面地逐漸擴大。

除了「斷句」外，「頓句」的運用，亦頗見匠心。

告訴我呵，爲何
整個春天爲何只畫着
畫着，妳底一張臉

——「古風的舞曲」

只爲了觸及
那一片，一片令人顫慄的，藍

——「山的哲學」

頓句的妙用，烘托出輕快柔和的氣氛，可把單純的句型，化成多變化而意象繽紛的語法，並產生加强逼力的效果。最重要的是能緩衝平舖直敍的句型，增加語言的節奏，形成抑揚頓挫的韻律。

此外，詩人郭楓很喜歡把名詞當做動詞使用，因而增加語言的新鮮感，而有促進意象閃爍的效果。例如：

整個草原的綠，站了起來
邀我們去野宴他們深深淺淺的醉

——「野宴」

滿園的地丁花，花成一片野火

——「風景」

等待着太陽來燦爛

——「凌晨的街」

走出了紮根其上的土地
異鄉的沙漠荒蕪着你

——「給F」

其中如「野宴」、「花成」中的「花」、「燦爛」、「荒蕪」，都是名詞的動詞化，如此，不但發揮了語言的高度機能，使語言更能應用自如，而不受固有意義的限制。而且因此增加感性的語彙，剔除詩中知性的字眼，使得意象更形繁複，有如花卉的複瓣，層層相疊。

由於自白話運動以來，語言的擴張，很是遲緩。語言常不能圓滿達成十分適當而精確的表達能力，因此，詩人常嘗試創造新語彙，以應需要，成功的固然很多，失敗的例子亦常見。郭楓詩中，偶然也會出現一些語彙，對讀者的拒斥力極大，當係運用未盡妥切的結果。計有：

「踽涼」在風景里的人

——「風景」

「老夜陽」曖昧的笑

——「作品」

披一身「精芒」扶搖九霄

——「復活」

坐在夜的「玄氷」中

——「無題之二」

宜再加推敲、斟酌爲是。這些辭彙的出現，負着破壞了整體和諧的罪過，是美中不足的瑕疵。

作者在自序中提到：『語言的塑造創新，雖然人各不同，而基本原則實在沒有特別的奧秘。所以要想標新立異以奇巧炫人，其內心便缺少「誠」的意識，只求目前的譁衆取寵而已！我們所要採取的手法，應端視內容的必要而定。能適當地表現內容進而與內容渾然爲一的形式，就是最恰當的形式，也就容易達到較高的藝術水準。作家在創作時，應持此一信念，行雲流水，一本自然，即使不登大雅之堂，尚能保有質樸之美，若期期於某一種手法之玩弄，以至於爲晦澀而晦澀，品流自是卑下了。』評論極爲中肯、妥切，令人同感，也值得一些以奇巧爲能事的詩人們深思！

櫟社研究

陳明台

1\.

臺灣有詩社始自清康熙22年（一六八三）沈光文、季麒光等十三人組織的東吟社。在此之前，詩社雖不見成立，吟詩作詩之風則相當盛行。從明鄭時代至清領初期，如沈光文、徐孚言、張煌言、季麒光、陳元圖、高拱乾、劉良璧、張湄等詩人，均以流寓、遊宦或佐幕內渡來臺，拋鄉背井，身懷絕域棲遲之感，遂發爲吟咏，以釋羈愁，吟詩之風遂興。「東吟社」之集結，可見鄉愁文學爲主流的這一階段詩壇之盛況。

清代中葉以後，管領詩壇風騷的臺籍詩人才漸漸崛起，一方面由于道咸之後，內憂外患接踵而來，來臺遊宦者既少通經明理之才，又無暇時閒情賡續前人風雅，一方面由于清廷開科取士，限制生長臺地之人始可隸于臺灣，才雋之臺籍人士遂時時間出，而醉心科擧，旁及文藝者，亦多有造就。此一時期，在臺之名士如：鄭用錫、施鈺、陳肇興、林占梅等人詩名反較遊宦佐幕之士如姚瑩、查小白、楊雪滄等更爲煊赫。

光緒年間，詩壇形勢又有改變，由於來臺遊宦者，人才漸聚，政務之暇又好作擊鉢之吟，相互酬對以抒高懷，博學鴻才之士既力倡風雅，吟詩作對之風遂又勃然興盛；加之，臺籍詩人之輩出，更造成詩壇高潮時期。光緒十七年，臺灣巡撫唐景崧組成「牡丹社」爲詩壇第二次大結社，稱盛一時，而當時著名之臺籍詩人如丘逢甲、施澐舫、許蘊白諸人的表現也爲後來臺灣詩壇之繁榮奠定了基石。然而，綜觀自道咸之後的詩壇，蓋爲制藝試帖之餘緒，風花雪月，吟咏山水，應酬作答之詩作佔了大部份，此一詩風直到乙未甲午戰役之後，才驟然改觀。

甲午之役，清廷敗績，割臺澎于日本，遂有臺灣民主國之誕生，成立四月，就因孤立無援而告失敗，臺灣正式淪陷日人手中。居臺名士多行內渡。然而，不管內渡之人，淪陷之人，悲憤之情，都見于詩。而在臺詩人既多爲地方耆宿名紳，退隱之後，乃相率以詩自遣，互訂同志，聯爲詩社，提倡擊鉢，以期保存國粹，詩社之興遂如雨後春筍，蔚爲盛況，憂國憂時之詩亦多有創作，形成主流。

據統計，民國二十五、六年間，全省詩社在一百八十四社以上，在衆多詩社中，最爲活躍的當推北部的瀛社、中部的櫟社和南部的南社。尤其以櫟社陣容浩大，影響力最深，成立最早，活躍時期最久，堪稱爲日據時代第一大詩社。

2\.

一個結社的組成和持續有賴于參與的份子或同人的供獻，更有賴其理想和精神作支柱。往往，在某種背景之下才產生某種性質的結社，也由此，某種結社在某種時代才具備其意義。櫟社之成立和存在亦當以此一角度去考察之。

從清光緒二十八年（日曆明治三十五年，西元一九○二年）創立開始，櫟社最活躍的時期大約有三十年左右，處于異族日本統治下的臺灣之當時特殊背景下，櫟社的同人們具有什麼樣的自覺？櫟社的精神和特色又是如何？或者說，何以櫟社具有不同于一般詩社的重要性及影響力？這該是我們首先必須探討的焦點。

從櫟社的同人成份作一分析，我們可以發現櫟社同人的威力；參與櫟社的諸君子，就人物言，均負一方重望；就作家言，皆是一時之選。創立櫟社的林癡仙、林幼春早以文名，有大阮小阮之稱，他們均是憂國憂時的有心人。林癡仙早年嘗遍遊祖國名山大川，曾居桐城、申江避亂，晚年歸臺，退隱田園，以詩自娛，感滄桑之變，時作唳鶴哀猿之逸響，進而倡擊鉢之吟，首組櫟社，一呼百應，全省風靡。林幼春則特具民族意識，淪陷之際，即堅持抵抗精神，其後，更參與民族運動，文化啓蒙運動，貢獻甚大。重要同仁中，如陳聯玉、陳滄玉兄弟，莊太岳、陳懷澄、蔡啓運、呂厚菴、傅錫祺、賴悔之等人不只具有斐然文才，顯赫家世，爲地方之名紳，尤其特重氣節，以遺民精神相標榜，或教化于鄉里，或縱情于詩酒，埋名林下，莫不胸懷强烈之民族精神和鄉愁意識。至于在櫟社中影響力最重要的連雅堂、林獻堂、蔡惠如三人更使櫟社實際上蒙上濃厚之政治色彩。連雅堂先生以卓然的文才，雄健的筆鋒鼓吹民族精神，林獻堂、蔡惠如親身倡導民族運動，文化啓蒙運動，又爲議會請願領袖人物，退而爲地方名紳，進而爲政治風雲人物，所謂「提攜羽翼，則灌園之力爲多。」（註一）他們在櫟社中的影響力可見。綜觀櫟社同人之組合實爲一懷抱故國衣冠荆棘銅駝之痛的遺民集團，證諸林癡仙先生所言：「吾學非世用，是謂棄材，心若死灰，是爲朽木，今夫櫟，不材之木也，吾以爲幟焉，其有樂從吾遊者志吾幟。」（註二）證諸傅錫祺先生所言：「滄海栽桑之後，我輩率爲世所共棄之人，棄學非棄人不治，故我輩以棄人治棄學。」（註三）其不只亡國哀音，溢于言表，尤表現櫟社當時反抗惡劣環境之積極性，不以遺民自了，而孳孳于抱殘守缺，治其所謂棄學，藉以苟延斯文不墜之苦心孤詣，櫟社同人所發揮之潛力即以此爲出發。

從櫟社的理想和精神作一分析，我們更可透視櫟社這一組合之特色所在。概略言之，櫟社之理想在維繫故國文物，承繼文化傳統。其精神則有二端：一曰民族精神，二曰研究精神。

由于具備了「維繫故國文物，承繼傳遞文化傳統的理想，櫟社遂不屑以吟咏風月，應酬贈答爲能事，而能淬勵品德，苦心孤詣浸淫于故紙堆，從事漢學研究，而其同人詩創作中，愛類離群之思，懷鄉去墓之情，被髮左衽之痛，深情流露（註四），比比皆是，尤以幼春、癡仙兩人可爲代表。

由于揭櫫民族精神的旗幟，櫟社諸人孜孜于雕蟲小技的詩創作才賦與更大的意義。連雅堂先生說得好：「櫟爲無用之材，詩亦無用，而眷眷于此者，何也？文運之盛衰，人物之消長，朋簪之聚散，道義之隆汚均于是在，何可以其無用也而棄之。」（註五）而櫟社諸同人的倡結社，聯吟心情也正如連雅堂先生「東林癡仙並祝臺中諸友」詩所云：「詩界當初唱革新，文壇鏖戰過兼旬；周秦以下無餘子，歐美之間見幾人；世紀風潮翻地軸，千秋事業任天民；刼殘國粹相謀保，尼文春秋痛獲麟。」倍見心酸和沉重。

至于櫟社所倡導的研究精神正是使這一結社繼續活躍三十年的重要因素。本來詩社的集結，就文學意味而言，即帶有「以文會友，以友輔仁」的作用，櫟社在光緒三十二年三月四日的集會中，制定了十七條社規，就標示其宗旨「在以風雅道義相切磋，兼以實用有益之學相勉勵，且其交換智識，親密交情。」（註六）藉社員之間感情之交流，彼此增進詩藝正是櫟社純粹的文藝精神的表現，然而由于他們之間對于維護斯文所具備共通的理念和決心，在研究精神的發揚下，其「以文會友」更具深一層的意義。連雅堂先生所言：「海桑之後，士之不得志于時者，競逃于詩，以寫其侘傺無聊之感，一唱百和，南北並起，其奔走而疏附者以十數，而我櫟社屹立其間，左縈右拂，蜚聲騷壇」（註七）其能蜚聲騷壇，實亦良有以也。

3\.

櫟社的活躍及其聚會盛況在傅錫祺先生的「櫟社沿革志略」中，記述相當詳細，最爲活動的三十年是由創立開始至民國二十年（日曆昭和六年，西元一九三一年）以下按其記述，摘要論列之。

㈠櫟社規模之確立在光緒三十三年三月四日同人臺中瑞軒之會，規定社規，置理事，社友題名錄，並擊鉢吟詩。此後同人有所增損（或新加入，或病故，或退出），並且，大抵上，每年春秋均有雅集通常選擇風景宜人之所，課以詩題，或以時事，或以人物，或以景物作擊鉢之吟，互相贈答，由于雅集具有連繫情感之意味，每次常以攝影，歡宴爲餘興，盡歡而散，民國十五年之後，又有「櫟社壽椿會」之設，以社友爲年老社友（五十、六十、或七十歲者）祝壽而雅集併行，此爲他社所未有，櫟社獨創可以值得一提者。

㈡櫟社之重要集結有以下數次：

(1)宣統三年（西元一九一一，日曆明治四十四年）臺中瑞軒之會：此次聚會爲櫟社同人歡迎梁任公、湯覺頓、梁令嫻等來臺而召開。按：梁任公之來臺，依梁任公先生年譜長篇初稿，其目的在籌款辦報（註八），前後只十餘日，但其影響深鉅。蓋臺灣受日人統治已有十六年，臺灣與祖國完全隔絕，知識份子對近代思想，近代知識，國際情勢鮮有所知，任公之來臺，頗有發蒙振聵之效。尤其，臺灣知識份子對故國之孺慕及民族感情，藉任公之來臺，獲得宣洩，感受到溫存和撫慰實倍感親切，任公先生遊臺詩有云：「萬死一詢諸父老，豈緣漢節始沾衣。」幼春先生「次韻敬呈任公先生」有云：「……我生識字卽識公，結未了緣良有以；山中朽木嗟不材，雕琢詎足煩工倕；但邀大匠肯一顧，絕勝豺虎强投畀……」（註九）可以印證。

(2)民國七年，鰲峰惠如「伯仲樓」之會：此次聚會本櫟社同人及蔡惠如所倡「鰲西詩社」同人之集會，參加人數甚多，由于蔡惠如深慨漢文將絕于本島，倡議大家設法維繫，而有後來臺灣文社之成立，意義特殊。按：臺灣文社之創立，係民國八年一月一日由櫟社同人林獻堂、傅錫祺、林幼春、林子瑾及社外學界聞人十數輩發起，以維護漢文不墜爲主旨。至民國九年一週年時獲全省人士響應，已有四百八十社員，又發刊「臺灣文藝叢誌」至民國十一年，對文化啓蒙有所貢獻。

(3)對于櫟社同人特具意義之聚會有三次：一爲民國十一年十月八日「二十年題名碑落成」聚會于霧峰萊園。出席社員最多，而紀念碑之完成更具意義，由林幼春先生着筆的題名碑記，鐫于題名碑面社員二十二人之名字，今日仍存。（註十）一爲民國十四年六月六日灌園霧峰府第之會。爲出獄之同人林幼春、蔡惠如開慰安會。按：蔡惠如、林幼春二君由于觸犯治安警察法而入獄三月（由于奔走議會請願事），此一事件具有特殊意義，亦爲櫟社沾染政治色彩之一端。一爲民國二十年四月二十六日小魯東山別墅之會。此爲櫟社三十年之紀念會，到會人數甚多，又鑄造詩鐘三架，銘曰：「小叩小鳴，大叩大鳴，願我多士，雅韻同賡，振聾發聵，勿墜清聲」。社員依年歲，順次各撞鐘三杵，並作擊鉢之吟，歷時三日，盡歡而散。

(4)光復以後之櫟社雅集，較重要數次爲三十八年在彰化銀行臺中總行召開的幾次聚會，由林獻堂社長主持，情況十分熱烈。但到民國四十六年春，林攀龍社長召集的萊園中學雅集爲止，曾有數年未召開大會。此後，也漸漸衰歇而至停止活動。

(三)櫟社對臺灣漢詩壇之貢獻：櫟社雖然規模甚大，陣容堅强，人才濟濟，但並未發行社員同人雜誌，此不能不算是遺憾之處，今日，我們看到的櫟社同人重要作品，如連雅堂氏「劍花室詩集」，林幼春氏「南强詩集」，林癡仙氏「無悶草堂詩存」等等之外，只有「櫟社第一集」（櫟社第二集刊行，但遭日政府下令查禁，僅存孤本，不知在何方）（註十一）而已，連雅堂先生主編「臺灣詩薈」及臺灣文社的「臺灣文藝叢誌」當然常有櫟社同人作品，但不免滄海遺珠之漏。在詩集的遺留和詩刊的發行上雖然不够理想，可是，櫟社在文學史上，尤其是臺灣漢詩壇上，不能否認的還是有其貢獻的。如臺灣詩社風氣之提倡卽其一端，櫟社同人不只常和各大詩社有所聯吟（如民國十八年全臺聯吟大會輪值臺中州下詩人承辦，卽由櫟社聯絡州下各詩社作東。）（註十二）甚且，其同人又紛紛倡先組織詩社，擴大影響，如蔡惠如、陳基六之鰲西詩社，吳小魯之怡社均是。而以當時之環境，櫟社本身之條件和潛力，其以精神作支柱，活躍詩壇三十年，更不能不令人刮目相看，在維繫漢文及祖國文化上它也盡了最大的努力，尤其值得一提。

4.

吾舅公吳維岳君，以漢詩聞名，嘗數次參與櫟社諸君子繫鉢之會（註十三），吾幼時，每聆聽彼講述詩壇掌故，尤其櫟社諸君子之形影栩栩若生。憶及他們在日據時代，惡劣之環境中，力挽狂瀾，以維護故國詩文為己任，不禁感佩慨嘆萬分，又憶及他們繫鉢吟詩，縱橫論略，互切互磋，活躍詩壇之盛況，更時感熱血奔騰，為之興奮不已。稍長，嘗立志撰文為櫟社諸君子闡述行誼，乃採「櫟社沿革志略。」併其他有關史料，成此一篇存記之，並抒吾之心願也。

一九七一年十一月十日完稿

註釋

註一：見傅錫祺撰「櫟社沿革志略」頁十五「櫟社二十年間題名碑記」林幼春撰文。

註二：見前書，同頁同文。

註三：見「櫟社第一集」傅錫祺序文。

註四：見「南强詩集附文錄」頁五戴君仁序文。

註五：見「櫟社第一集」連雅堂先生序文。

註六：見「櫟社沿革志略」頁一，瑞軒之會。

註七：見「櫟社第一集」連雅堂先生序。

註八：見「林獻堂先生年譜」頁十七。

註九：見「南强詩存」頁二十。

註十：櫟社二十年題名碑今仍存于臺中霧峰萊園，石已斑駁。

註十一：日總督府藉口林獻堂詩「在梅星敷」辱及日本女性，下令禁止出版「櫟社第二集」。

註十二：見「櫟社沿革志略」頁十三。

註十三：見「櫟社沿革志略」頁二十六、二十四。

主要參考書目

1. 櫟社沿革志略　傅錫祺　2. 櫟社第一集　櫟社編
3. 南强文存附文錄　林南强　4. 劍花室詩集　連雅堂
5. 林獻堂先生年譜　葉榮鐘編
6. 臺灣通志稿人物志、文藝志文學篇　臺灣文獻會
7. 臺灣詩乘　連雅堂　8. 臺陽詩話　王松
9. 無悶草堂詩存　林朝崧　10 臺灣通史　連雅堂
11 吳步初六十回憶錄　吳維岳

主要參考論文

1. 臺灣詩鐘今昔　臺灣文獻卷七一、二期　陳世慶
2. 古今臺灣詩文社　臺灣文獻十卷三期　賴子清
3. 從櫟社詩集見臺灣詩人之民族精神　方豪六十慶自定稿上册
4. 林櫟仙的詩,　臺灣文獻六卷一期　毛一波
5. 臺灣詩薈和臺灣詩報　臺灣文獻六卷三期　夢痕
6. 甲午之役在文壇的反映　臺灣文獻七卷三期　廖漢臣

日本現代詩鑑賞（四）

唐谷青

村野四郎（一九〇一—）。生於東京都北多摩郡。慶應大學經濟學部畢業。大正十四年（一九二五）與能村潔等創刊「詩篇時代」，翌年加入以川路柳虹爲中心的「炬火」爲同人。詩集「圈套」上梓。昭和四年（一九二九）與岡崎清一郎等創刊詩誌「旗魚」；其后寄稿給「詩與詩論」之後身「文學」加入近代派之流。其間受德國新即物主義的影響，與笹澤美明創刊「新即物性文學」。第二詩集「體操詩集」（一九三九）表現出新即物主義作品的成果。後與春山行夫、近籐東等刊行「詩法」、「新領土」；戰時與北園克衞刊行「新詩論」；戰後與西脇順三郎、安藤一郎、北園克衞等發刊「AGLA」，編輯季刊「無限」等。以詩集「抒情飛行」（一九四二）、「珊瑚之鞭」（一九四四）、「故園的紫羅蘭」（一九四五）等確立了特異的詩風。戰后的詩集有「予感」（一九四八）、「實在的岸邊」（一九五二）、「抽象之城」（一九五四）、「亡羊記」（一九五九）、「蒼白的紀行」（一九六三）等。昭和三十五年（一九六〇）六十歲時，以詩集「亡羊記」受讀賣文學賞。一九六八年十二月「村野四郎全詩集」由筑摩書房出版。此外詩論集有「今日之詩論」（一九五二）、「現代的詩論」（一九五四）、「現代詩的探求」（一九五七）、「現代詩的心」（一九六六）等。

關於村野四郎的詩，村野四郎本人在筑摩書房出版的「鑑賞現代詩Ⅲ」昭和篇中，引用了一些批評家的意見，再加上一些補充，給與相當客觀而中肯的說明。首先他引用鍵谷幸信對詩人村野寫詩的經歷所說的話：

「村野在『詩與詩論』改題爲『文學』以後加入爲同人，可是在同一時期與笹澤美明刊行『新即物性文學』這份雜誌，這點對他無寧說是更爲重大的。他因此對於卡斯特納（Erich Kastner 1899–）布雷赫特（Bert Brecht 1898–1956）沃爾夫（Friedrich Wolf 1888–1953）林格納玆（Joachim Ringelnatz, 1883–1934）等非感傷的即物主義詩大大地感到共鳴，而逐漸確立了自已的詩觀。——村野對於德國詩的傾心，不限於即物主義，甚至觸及里爾克。換句話說：對於即物主義的追求雖是當然的事，而在其源流却浮現出里爾克；里爾克對於事物的強烈意識，似乎深深地抓住了村野。而里爾克所謂『詩不是感情、是經驗』這種思考，對於村野做爲詩人的精神之所在具有決定性的影響。」

如此，村野受了里爾克的實存意識的啓示，所學到的是對物體的「凝視」，以及由此把握住物體背後的意義與價值，與做爲表現的「物性的」觸覺等等。可是村野最後並沒有走到里爾克那種汎神論的路上去。在現代的極限狀況中，詩人應走的道路，他認爲不能不像戈特弗里德·本（Gottfried Benn, 1886– ）那樣，立於已經不能再後退的虛無的地點，以冷徹的諷刺剝去現實的表皮向存在挑戰。

因此，在詩中村野企圖表現的是被赤裸裸地剝光了的實在的姿態；而這種光景，經常使他喚起無限鄉愁的情緒。這種鄉愁，他本身稱爲「來自斷崖的鄉愁」。

關於村野這種究極的姿勢，伊藤信吉在「村野四郎詩集」（新潮文庫）中，做了如下的解說：

「在這種姿勢中沒有虛無主義的頹廢。有的只是將悲慘的人生的狀態，人類的黑色命運之歌，做爲詩加以形象化的作業。因此，坐在虛無主義的場地，孵化出虛無主義者的念頭，是這個詩人對生的確認的方法；如此一再地表現出根據存在論之認識的、恒久的主題。」

這種形象化的作業，在方法上，是將語言當做「認識的唯一的方法」，而以海德格（Martin Heidegger, 1889–）的存在論做爲背後的根據。

意象的塑造，以及其中所包含的對語言的操作，對現實冷嚴的洞察，對生與死這個存在主題的剖視，構成了村野在創作上的特殊風格。

體操

我沒有愛
我沒有權力
白襯衣中的個
我解體、我構成
地平線來和我交叉
我無視周圍
而外界整然配列着
我的咽喉是笛
我的命令是音
我把柔軟的手掌翻過來
深呼吸
這時
我的形體上挿着一輪薔薇

——「體操詩集」

村野四郎的「體操詩集」可說是昭和初期現代主義運動的成果之一，共有十九篇以體育爲題材的短詩，配上十六張體育照片。在日本現代詩的歷史上，是一個特異的存在。這十九篇詩並不是對體操的一般的禮讚，而是試圖透過各種體操的動作，表現出對人生的批判或諷刺。這是站在村野詩論之基礎的新卽物主義上，所完成的一聯串實驗性的作品。以種種形態活動、飛躍、奔跑的人類，只不過是事物中的一部。這種冷嚴的看法，與浪漫派的人生觀形成一個對照。作品短而簡潔，捕捉明確的意象，輕快而且健康。不僅是日本現代詩的一個貴重的收穫，也是確立村野詩風的主要作品。當時作者三十九歲。

作者在序文中說：

「我想藉着這些詩的排列，强調我的一面。而這些如果能與向來的憂悶詩對抗的話，那是望外的喜悅。在今天，詩人在本質上必須是歇斯底理的理由，根本不存在。」

進而作者在「鑑賞現代詩」中，對現卽物主義做了如下的解說：

「從新卽物主義非感傷的精神風土中產生出來的作品……排除一切抒情性的想像，好像以冷靜的攝影機鏡頭那樣，捕捉物體本身。而在表現上，所有的語言，合目的地，由直線的意義所構成。在語言的意義與態度上，不允許有曲線的東西。」

安藤一郎在村野四郎的鑑賞中，進一步加以引伸，他說：

「村野從德國的新卽物主義攝取而來的對人的看法，大體上，不是將人只做精神上的解釋，而且當做肉體的存在，由是當做一個物或者形態來看待——想由此發現新的客觀性。在過去，尤其是浪漫主義的傾向强烈的文學，『膨脹了的心臟』，以自己爲一切的中心，只依賴自己的情緒；從這種妄自尊大的自我，不可能獲得眞正的認識。與這相反的，認爲自己並非世界的全體，而是世界的一部，由這點出發才能够冷靜地把握住十全的世界。」

以這種方法，捕捉人的肉體在空間描出的形態美；正像造型美術一樣，這種形態美才是詩的趣味的對象。總之，村野所追求的是「肉體與精神的美的交叉點」，「以及由這個光輝的交叉點所支持的人類的新的姿態」。基於這種對人的認識方法，他的作品中充滿着富於機智的比喻，以及這些比喻所造成的視覺意象。

這首「體操」是詩集中卷頭的一首，一見之下極爲明確，並無曖昧的地方。一連四行，一行是一個句子，除了第三連的四行分成兩個句子以外。在造型上利用漢字的配置，令人感到體操的整然的形狀，以及動作俐落的運動的變化。

作者在這首詩中，並沒描寫運動的細節，例如哪種體操，在哪兒，什麼人，什麼時候等。這是一種「抽象體操」。本來「體操」這種運動就是「抽象」的行動體系。從日常生活中抽出行動，將它還原爲肌肉的動作這種抽象的行爲。

第一句「我沒有愛」：這是對傳統的抒情性美學的抵抗。沒有愛的一個物象。拋棄了一般人所追求的愛與權力，這種做爲一個物象的人類的清爽感。因爲是一個物象是白襯衣中的一「個」配件，所以解體和構成都是可能的。所謂「解體」指體操這種非日常性的動作，所謂「構成」指體操這種抽象的行動所形成的美的創造。例如倒立，或者Y字平衡這種動作，在人類日常生活中是不可能的。這種日常性的否定，是爲「解體」；這種「解體」同時是新的美的「構成」。

將這種構成，擴大到圍繞着演技者的外界時，變成「地平線來和我交叉」這個巨大的構圖。體操的主體與地平線交叉，例如倒立，吊環，單槓等的某一瞬間。這一句一方面表現出這種瞬間，一方面暗示着隨運動而起的空間的變化。村野的作品中，經常有廣濶的新的空間出現，做爲他的形而上的背景。在表現上，不說我的身體線與平線交叉這種自我中心的句子，而說「地平線來和我交叉」，是爲卽物性的表現。自我是個沒有愛與權力的一「個」時，「我無視周圍」是當然的。無視周圍，也不向外界賣弄；外界有其整然的秩序，而繼續運動的「我」終於也加入行列之中，變成與外界打成一片的「物」。這時「我」的咽喉裡發出來的聲音，沒有意義，不是悲哀，也不是歡樂，只是物性的風聲。在日文中「聲」指人或動物的聲音，「音」指無生命的物間摩擦或相碰而發出的聲音。這時「我」的咽喉變成非人性的笛，「我」的命令也變成了無意志的物性的「音」。

翻出柔軟的手掌深呼吸：這是體操的最後動作。這時「我的形體上揷着一輪薔薇」：這句安藤一郎最初以爲是紅紅的手掌，將手臂看成花枝；後來作者告訴他是指臉頰上的紅暈，而且自認為還帶有一些舊有的抒情癖。其實，前面的部分，是硬質的抽象化的表現，而最後這個具體的意象，却微妙地表現出「深呼吸」所帶來的一種美的陶醉，以及運動之後湧起的一種充實感。

跳水

我從白雲中走來
到了一塊距離的前頭
大大地我彎身
時間向那個方向綯起
一躍 我躍起
已經在空中
天空把我抱住
掛在空中的肌肉
却又 掉下
被追來 扎入
我在透明的觸覺中掙扎
看見在頭上的水花兒外
妞兒們的笑和腰
我急於抓住
紅色海岸傘的巨大條紋

——「體操詩集」

這是「體操詩集」中最優美、最為膾炙人口的作品之一。

第一行「我從白雲中走來」：一方面指游泳的跳臺高聳入雲，一方面表示從下往上看的仰角。將跳板（Spring-board）說成「一塊距離」，化具體為抽象，頗為新鮮巧妙。

「大大地我彎身／時間向那個方向綯起」：這兩句值得驚嘆的是，作者將時間當作物質加以處理。以瞬間的緊張，時間好像受到壓擠而「綯起」。能够起綯折的東西，實際上非是空間的東西不可，可是作者將在跳水之前站在那高入雲霄的跳臺上，將身子向後深深地一彎，深呼吸，屏息，也許還閉起眼睛發抖的那兩三秒鐘，如此加以壓縮，表現以如此新鮮的句子。

以下五行——「一躍 我躍起／已經在空中／天空把我抱住／掛在空中的肌肉／却又 掉下」：節奏急促，給人看快速影片的感覺。「掛在空中的肌肉」是即物性的、訴諸視覺的表現。

以天空為背景，掉落到水裡去的瞬間，說是「被追來扎入」。「被追」形容其快；「扎入」給人一種意象，想像到水波的像刺刀一樣對着他，而他背後又有追兵，只好英勇地自動地「扎入」。中文裡，「跳水」有人說是「扎猛子」，也有類似的詩意。

最後五行，相對於前半的緊迫感，表現出掉在水中的迷失與焦燥的心理狀態。「妞兒們的笑和腰」以及「紅色海岸傘的巨大的條紋」等印象的片斷，暗示着周圍的情況。

全篇像高速度電影的光景，表現出一個男人走到空中跳臺的前頭，然後彎身，跳躍，掉落，以及在水中的迷失等等動作。這個物體的移動以及時間，都是當作「看得見的東西」加以捕捉的。全篇給人的感覺新鮮，結構緊湊，值得鑑賞。

凄慘的鮟鱇

里爾克

奇怪的命運凝視着我

顎　殘酷地被掛起來
被倒吊着
薄膜中的
精疲力盡的死
這到底是　哪樣東西的下場

看不慣的手挨近來
細剮　削取
逐漸稀薄下去的　這個實在
最後　連薄膜也被切去
鮟鱇　已經哪兒也沒有了
慘劇結束

從什麼也沒剩下的房簷那兒
還　搭拉地垂吊着的
只有大而彎曲的鐵鈎

——「抽象之城」

幾乎所有現代詩的鑑賞書中，都選有這首詩，做為村野的代表作之一。「體操詩集」時代的作者，追求以知性與感性之調和所產生的美的世界，可是收錄在戰後第八本詩集「抽象之城」中的這首「凄慘的鮟鱇」，對於人的存在本身，做了血淋淋的剖視。作者藉着「人存在與鮟鱇的隱喩的關係」，將「人存在」這種抽象的、思考的內容，以富於具象性的鮮明的意象，加以形象化。

在「體操詩集」中，作者以新卽物主義的詩法，創造出新的形態美，可是新卽物主義的根本思想，到底是實存的認識論，而不是形態的美學。在「抽象之城」中，作者已脫離了形態美的追求，而朝着思想性的現實批判這個方向。正如村野自己說的：「我對新卽物主義文學的認識與興趣，與其說是在於它的外表的文學形態，不如說是朝向它的根源的理念的母胎。」

且看作品本身吧。

鮟鱇是海裡軟骨魚的一種；根據「辭海」：「亦名華臍魚、琵琶魚。屬魚類硬鰭類。形略似土附，大者長約五尺。體扁頭大，至尾漸細，形如琵琶。頭上有細長之骨質彈性三枚，第一刺之尖端，具小瓣膜，口濶，下頜長，腹鰭似掌狀，為匍匐之用。體柔輭，無鱗，背褐色，腹面白色。我國沿海多產之。」

此外，在日本有所謂「鮟鱇之吊切」這種特殊的「料理法」。根據岩波書店的「廣辭苑」：「用繩子貫穿喝唇吊起，從口裡灌入五、六升的水，以防膽破，先剝去外皮，削去肉，取出膽、腸，再切骨。」

在民間，這種魚並不是像其他的魚，切好了或者整條擺在攤上賣的，而是用鐵鈎掛着，應客人的需要一刀一刀地割着賣的。

作者所凝視的，與其說是這種「吊切」的樣子，不如說是死的形象。第四行的「死」字，可說是承前面三行的一個歸結點；換句話說，是「被倒吊着的死」、「薄膜中的死」以及「精疲力盡的死」。所有的語言歸向「死」，或者說「死」吸收了所有的語言。在癱軟的粘膜所包住而面目模糊的這個屍體中，作者感到與人存在的類似性，却反問「這到底是哪樣東西的下場」。

這個屍體還不斷地被割被砍被切被削，終於在這個世界上消失了。令人聯想被剮死且被分屍的殘酷的情景。

「逐漸稀薄下去的」是人類在現代的現實中，逐漸被剝削的人性。而所謂「看不慣的手」，是隱藏在我們周圍的「惡」這種非合理的要素。這隻手與「大而彎曲的鐵鈎」相呼應，向着人類的存在逼近。這是題辭中里爾克所謂的「凝視」，令人不寒而慄。

最後一節中出現的鐵鈎，在這一幕慘劇結束之後，仍然在那兒等待。它永遠不腐爛，也不會讓被它鈎上的東西溜掉，而且發出令人害怕的冷光在等待着新的犧牲。作者本人的解說，認爲那是「惡之實體，可說是人類的原罪那種東西吧」。

作者所謂的「惡」，是妨碍人類存在之一切非合理的東西。詩是暴露且排除這種惡、從現實中取同人性的一個認識的方法。

這首詩只不過是藉着「鮟鱇」和「鐵鈎」這兩個物性，將內容加以形象化，表現出現實的批判，具有非常强烈的思想性。這正足以代表作者另一種風格的作品。

青春之魚

從腮裡流着血
在釣拉上來之前
你不是魚

好像要訴說什麼的眼睛
映照着森林和天空　而
小小的痙攣
一從尾和鰭通過
死這才　使你有了魚臭

從永恆的彼方
小聲地叫喚着「魚啊」
這個扁平的形體
到底是什麼

不久像樹葉一般
在骨的兩側被剖開
其中沒有記憶也沒有語言
極其少量的腐敗的東西
使新娘子的手腥臭了

——「亡羊記」

這首詩前後正確地藉着魚的物性，淡淡地表現出生與死的主題。

作者將未婚的青春，比喻爲小魚，而以青春和魚這兩個重疊的意象，與作者對「死」的看法連結在一起。

從第一節到第二節，寫的是小魚被釣上來而死去的光景。好像要訴說着什麼的眼睛裡映照着森林和天空；這種充滿愛憐的青春，與最後一行的「新娘子」重疊爲一個意象。

在被釣上來之前，魚在水中並不發出魚臭，因此「不是魚」；等到痙攣過後，死使魚發出腥臭。「魚臭」是死的臭味兒。

如此，對於一切的東西，只有死才是決定性的。生並非實體。由於死，生才得到確認。

因此，從永遠的彼方（「造物主，或者神」），傳來「可憐的魚啊」這種呼喚；這時，那扁平的形體，已不再是魚，只不過是個無意義的形體。這個形體到底叫做什麼好呢？

（下轉102頁）

論短詩

J. V. Cunningham 著
宋穎豪 譯

康寧漢（J. V. Cunningham）于一九一一年八月二十三日出生在瑪利蘭州，但在蒙他那州長大，他說：「我發現我的詩之想像多源于那段時光的麥田與響尾蛇。」畢業于史坦福大學，先後執敎于各大學，二次大戰期間曾在空軍講授數學。現任布蘭德斯大學英文系主任。

其詩簡潔約制，擅于短詩，且用字甚切。而對諷刺詩的處理，猶獨步美國詩壇。

他出版了三本詩集，尙有小說、論述多種。

詩的說法紛紜不一，通常我們都喜歡適合自已詩型的一種。因爲界說是在事前厘定，而非在事後；它不是結果，而在定形結果。譬如說，我通常並不認爲詩卽心象，雖然有時確是如此，但我自已却沒有心象，沒有透視事物的直覺，也沒有任何特殊的透視方法。我認爲詩是一種敍說的方法，一種特殊敍說的方法。忝爲詩人，我常使用節奏來敍說，有時則以韻律來敍說。總之，我是用詩行來敍說的。誠然，我是一位形式主義者，我認爲任何可以用韻律的詩行來表達的事物都可以作爲詩的素材。甚至心象亦復如此，而且任何值得敍說的事物皆應加以表明。因此，便增添一項新的價值原則，一種區別可說性與不可說性的原則。職是之故，形式主義便增加了另一種價值原則，因爲形式自有其肯定的目的。基于此，詩是韻律的語言，一首好詩嘗是用韻文來肯定說明一些值得敍說的東西。

如是詩觀，假如執着的話，勢必囿限詩的界域。諸如有些詩常無正常敍說的任何意義，他們祇是在構架、杜撰、甚或無中生有的虛構。我個人曾寫過一些這類的詩——其中有一首是神秘之鳥：鳳凰

鳳凰

你不祇是來自太虛的灰燼！
到處不見熄弱的篝火！
你的元氣恒在復元
燃燒以不同的溫火，
神秘之鳥被埋葬！
我不曾發現你奄奄的呼吸
塑自己爲北國雲天的意象，
我不曾發現你在死之杯上
卽使聽說在那裡可以找到你，
　沉默于終極的冷，
那裡，北風彫塑白色的紀念碑，

那裡，雪花覆蓋先人的墓陵，
沒有標誌，祇刻鏤冬之碑銘，
而你依然無聲的啼鳴，
你暗啞的聲音在晶瑩的燼火，閃灼着。

這種詩並不是我的固定形式，但我們不能說這種詩是否肯定、抑或正確。

還有一些詩是在紀錄一次眞實或想像的個人經驗，像是一則回憶錄。這類的詩中，假如一個人對肯定有所偏見的話，其對經驗的態度必遠超過其陳述，而其旨趣變得並不像誓約般斬鐵斷釘似地加以肯定陳述，且在事實與情感上則跟以前一樣。我準備在本文的結尾時，朗誦一首詩，正可說明此一旨趣，雖然尚談上它是一種成就。

基于肯定陳述而寫的詩將是解說的詩，或銓釋的詩，一種運用正常字義的陳述。但必須短捷而簡練，因爲肯定的專注常導致對簡練的偏愛。假如一個人對某一事物作肯定的陳述，將不致于被迫去誇大其詞，而作不太肯定的陳述。因此，執此觀點的詩人當是諷諧詩人。他寫道：

當我不再悔恨
而忘記日薄的命運，
當我爲此而生而死，
我將不再任流失。
而你注意到我的躺臥
別問我的名字。那不是我。

或者：

我們的平安是誰的意志?你的歡快，
你幽冥地允諾，我向你表白。
不在你，不在愛，不在形式
憂鬱暗示我曾否安適；
我如無法休息，直到我歇在你懷裡
冷冷的似你的嫻淑，誰的玉手給我安慰?

或者：

什麼是愛?誤解、痛苦，
迷惘、或深凹的眼窩?說眞的
猶霪雨後的一杯老酒，
鮮美，熟悉，飄飄然。

不過，孤立的短詩嘗有簡約之弊，赤裸裸地袒裎在讀者的面前而無脈絡可尋，自然無法蔚然形成自己的世界，亦無法像 The Jaerie Queen 與 The Prelude 自成一番氣象。那末，如有人因其氣質或習慣而寫短詩的話，他是使用什麼方法從事寫作呢?

我認爲有兩種方法，也許還有更多的方法，但我這裡所說的兩種方法至少可以使短詩擴展爲較長的詩。其實，詩的長度祇是一種手段。而且他所需要的嘗是一種情況，使點點滴滴彼此絡通、參證，而共鳴，更可使孤立的短詩成爲整體的一部。第一種方法是一種古老的方法。據說係維吉爾（Publius Vergilius Maro 70-19 B. C.）時代的羅馬詩人所倡用，係以散文體入詩。其中最著名，且對後世最具影響力者當推包伊夏斯（Boethius 480-524，羅馬哲學家）的 The Consolation of Philosophy 一書，但丁（Dante 1265-1321）的「新生」（The New Life）也屬于這一種方法。這兩部名詩皆汲取散文的渾雄氣勢。誠然，一般人認爲我們可以拿讀小說或論文的心情來讀詩，總比死啃詩要容易記憶多了。因爲當我們誦讀時，可以有可尋的脈絡。大概在十五至廿年以前，我曾經使用過這種方法完成了一部「探尋貓眼石」（The Quest of Opal）。而且我早期的若干作品常常需要一些散文的眉註與銓釋。

然而，散文與詩的合沓嘗使讀者產生一種模稜而晦暝的感覺。換言之，詩的讀者希望，有時猶在急切地願聽一聽詩人來討論其自己的作品，特別希望詩人能爲詩增添一些軼事的掌故或者提示其創作過程中的靈視。不過，同一讀者也可能在另一種狀況下覺得，有時强烈地認爲詩無需散文，詩卽詩，不需要什麼解釋。詩人借用註脚便是承認了自己的缺點。不過，有時註解的意味以及其優越性亦很受歡迎，但有時也常使人窘迫不堪。

另外還有一種方法可以使短詩化爲較長的詩。這種方法便是詩的序列。所謂序列就是將一系列的短詩依其隱約的結構予以有秩序的組合，也就是我所說的敍事結構。在歷史上開此法先河者爲羅馬詩人浦洛柏夏斯（Sextus Propertius）的 Cynthia（月之女神）。浦洛柏夏斯爲維吉爾同一時代的羅馬詩人。該詩包含二十二首輓歌，德國人稱這種輓歌爲主觀的戀情輓歌。雖然在其序列中可以脈絡尋得敍事的意味，但全詩中却無明顯的故事的路線。其中若干詩僅屬于一種固定式的敍事風味。同時，文藝復興時代的十四行詩的序列，諸如席德奈（Sir Philip Sidney 英國詩人）的 Astrophil and Stella 便屬于這一類的作品。我所想到的特殊序列的形式，我相信是用丁尼生（Tennyson 1809-1892，英國大詩人）所首創。彷彿是他在創作「記憶中」（In memorian）一詩的過程中才發現這種形式。因爲這種序列顯然在開始時像是遊記一樣的序列，一册回憶錄，于是發展爲許多意念的結構與一種含蓄的敍事結構。嗣後，他便開始寫「mand」一詩，是屬于小說的敍事體，唯强調其感情的成份。不過，在抒情詩的序列中，其敍事的意味並不明顯。旣使 mand是一首劣詩，但其形式却頗惹人注目。

對某一形式發生興趣卽在對它設法了解。多年來，我對這種序列有所偏愛，並涉及某一方面的經驗。這些詩關乎美國西部，廣袤無垠的精神領域，自大瀑布，蒙他那而至德州的厄爾巴索；自雷萊堡而至內華達低地，並涉及加州海岸，以及其他靈氣較差的地區。這些詩亦涉及某種不正常，但終以慧劍斬情絲的故事。就個人的關係而言，它可能是一次情感的遇合，以及對西部與海岸的感觸。大概在八、九年以前，我驅車西部，經由懷俄明州的達哥達斯到雪里頓，我憑記憶寫下了四行詩：

我驅車西行，搖曳的瘋草
波浪似地。而在需要的眞空中
瀟洒的情緻，漩起一張容貌
鮮妍如愛情，迷失在這個地方。

顯然，這是序列的開端。

至于最後形式的序列，也祇是一種偶然的組合。故名爲「什麼樣的陌生人?·什麼樣的歡迎?·」（To What Strangers ? What Welcome ?）包括一篇碑誌銘及十五首詩。現在，讓我來選讀其中的幾首。這些詩種類不一，有 mand的傳統，諷刺短詩，抒情詩，寒暄，結構，回憶錄及直陳的敍述。但他們的形式固定而殊異，有的是傳統的，有的像非傳統的八音節的無韻體，且其節奏抑揚有致。結果，序列的統一性，假如有的話，不在其形式的統一（如十四行詩），而在其所暗示的故事。這是一則簡單的故事，任何讀者都可以在詩與詩之間加添一些應說的東西。遊客驅車西行，墜入情網，又回到家中。在其結尾引用了羅濱遜（E. A. Robinson）的亞瑟體長詩「墨林」（Merlin）的幾行詩句。「墨林」是羅氏的佳作之一，墨林在 Broceliande 地方與情婦廝守三年之後，又回到了卡麥拉（Camelat），他說他如不回到 Lady Vivian 的身邊，她一定會想念他，她說：

當他年輕時，他就認識他，
雖然我現在失去了他。歲月喚他回家
還是以前的老樣子。

這一序列是以「我驅車西行」，假定有一張容貌「鮮妍如愛情，迷失在這個地方」作爲開始，接着是

在白線的兩側
出現生命的標誌，
連續地。意向似尖松
疏而挺，畏懼
如風暴中的白楊。
而後曙色藏匿于
小公園中，室內溫洋洋
遂而旅遊的心慾
俄爾間熄去
永遠地，當時間遲暮
在零亂的情緻中
遂感有愛與恨的聲音與滋味

接着是一封無法投遞的信，在午夜沉思，這是中間的一個詩節：

我將召不喚你，抑感觸
在驚覺的够中
肉體的施與和流連，
觸覺的陰謀。
　　白雪飄落
依然有宿怨似地
我且沿着鐵絲網
而至木槽，而穀倉，而家屋
什麼樣的陌生人，什麼樣的歡迎
在時光遲來的風雪中
跋涉之後，一度搭便車，在拉斯維加（Las Vegas）

欣賞了一場脫衣舞。旅人便悉然而臨太平洋海岸
　　波浪拍岸，
反覆地，多變似愛情
進行着，終于
海上祗剩下夕陽的殘弧
于是暗示變成爲眞實：
半小時喝咖啡，在夜晚
一個小時默然不說什麼，
縫織一件夏衣，當潮汐
滾動在恰切之時。
　　一定有罪嗎？
這種有誰知道什麼的極致？
這種在進口處的尖叫，一次，兩次？
這種未完成的美滿？
後來，他在海邊租了一間房：
夜深沉。不敗的潮水
時起時落，在遠方
推進。玻璃壁
與紅木乃我存在的極限
而在最後的陰影中
在無誘惑的
最後的隱居中——有無
一種暗示？祝福着
使人慾死的沉悶。某些東西
多末像愛情，像疲困的寂寞
却比安寧原始多了，
在冬日暖洋洋的奇妙中。
　　某些東西
發生，因必然要發生。
我們生活在施捨中，結果，
無結果，無關乎我們。
善乃是對惡的所作爲。
于此，「時間召他回家，還是以前的老樣子」。
我驅車東行，道德的復歸，
猶陵上山狗的夜嘯，
迴響在風蝕的大峽谷，
料理已經發生的以及將來的。
橫過美洲大陸確是一次漫長的旅程，穿過沙漠，大平
原，而至新英格蘭的石墻。
未露面，我的天使，出現在我的身畔
因沙漠、草原，以及石墻夾道的路——
我知你如一件信物
我擁持如死之思想。
在新英格蘭暮秋的暖意中，故事于焉結束。旅人對他
自己說：
認知，那位他招呼自己的
觀者，那網
那精力的聚合
在刹那中聯結——某種
如此邊際，他們是我的嗎？抑
有無我的？我危坐在新英格蘭
秋天的最後暖意中，而我？
認知的前提
在那失落的張慌將失去
在自己最好的關注中
在生命的樂趣中。

現代文藝批評的特性

Stanley Hymen著

黃奇銘譯

「現代文藝批評」譯前記

本書原作者海曼（S. E. Hymen）所著「Armed Vision」一書乃是一部批評現代文藝批評家的著作。原書共分十章，分別探討英美十位現代最具影響力的批評家之批評手法。

譯者選取其中四位大家較熟悉者介紹給文藝批評的關心者。第一位是艾略特——大名頂頂的美國文藝批評大師。他的批評傳統理論左右歐美文藝批評界已達三十多年之久。第二位是鮑特金女士（Miss Maud Bodkin）——一位國人較覺陌生，可是在歐美却是一位早已享有盛名的心理學批評家，她的批評特色以注重其個人閱讀一部作品時所產生的個人心理感受爲主，她所運用的精神分析法已贏得文藝人士不少的讚揚。第三位是恩普遜（William Empson）——一位美國的文藝批評家，以提倡研究作品之曖昧語而享譽於文壇。第四位是理查慈（I. A. Richards）因其「文藝批評原理」一書開創了現代文藝批評而備受文壇人士的推崇。

除了上述四位批評家的介紹外，本書作者爲了幫助讀者對現代文藝有概括性的瞭解起見，也寫了兩篇介紹性的文章。其一爲「現代文藝批評的特性」；其二爲「現代文藝批評的淵源」。本書將首先以這兩篇和讀者見面。

過去二十五年來以英文寫成的文藝批評在本質上，與往昔的評論比起來已經大不相同。不管你稱之爲「新」批評也好，或者「科學之批評」也好，或是「活的批評」也好，或是所謂的「現代批評」也好，它跟以往的偉大評論之關係似乎越來越模糊了。現代的大師們再也不像他們的老前輩們那麼才氣縱橫，或是像他們一樣在文藝上有那鉅細靡遺的知識；事實上，他們顯然已不再是諸如亞里斯多德和柯雷芝（Coleridge）等大師可比擬了，他們現在正從事於一種和文藝極爲不同的東西，他們所獲得的效果是已與文學相差十萬八千里之遠了。總之，我們可爲「現代批評」下個簡單的定義：「它是一種利用非文藝的技巧以及多方面的學科知識去透視文學的有機工作。」它的工具便是「法則」或「技巧」，它的礦場便是「見識」，它的工作是去採礦，去挖掘。所謂非文藝的技巧便是包含心理分析聯想或是語義上的詮釋，至於文藝的技巧便是包含心理分析聯想或是語義上的詮釋，至於文藝領域外的知識則遠自原始民族的祭典儀式，近至資本家社會之特性都包括在內。這些現象所造成的結果形成了一種需要「精讀」及一種使用類如顯微鏡式之分析方能了解作品本文的「集中注意力。」

這一定義最主要的便是「有機」一詞。傳統的批評雖也採用過很多種技法和原則，可是那只不過是一種淺嘗輒止的性質而已。其他有關的學科根本還未發展到那麼有系統的地步，也還未到能有助於研究他種學科的境界。至於對批評有裨益的他方面知識，部份也只限於研究人類在群體裡（因爲文學畢竟只是屬於人類在社會當中活動之一而已）活動的社會科學，而不是物理或生物科學（因爲從食、行方面看來，文學不是人體結構的一種活動，而是文化或社會結合的一部份）。雖然亞里斯多德曾想把吾人今日所謂的社會科學應用到戲劇和詩歌上去，憑他對人類心靈、社會本質、及原始遺留物的知識要去研究它們，可是在手邊資料缺如的情形下，想靠他那驚人的「實驗」觀察力，笨拙的傳統道具，當然是英雄無用武之地了。他那幾乎全憑私下的觀察及敏銳的感應力所造成的奇蹟——他批評底最正確處——其中大部份靠本能感悟到的見識和經日後吾人所發現所改進的，很多部份能不謀而合。卽使二千年後的柯雷芝時代對於人性和社會所知的也不比亞里斯多德高明多少。

當然，很多當代的評論家（Reviewer）之所以不能一同被列入「現代」之林，其原因便如上述；直言之，他們並沒有採用此種具有批評性的有機方法，不過，令人驚奇的是他們對於自己是否採用了此一方法根本不得而知。雖然此種評論法有其價値與重要性，在定義上而言應另歸屬他類，非屬本文討論範圍。同時，除了它本身因採用前人曾偶而試用過的幾個方法而帶來了某些特殊功用和效果外，現代批評家也做了不少批評工作所必需做的任務：解釋作品、把作品和文藝傳統拉上關係、重新評價作品等等。這些都是和任何批評息息相關的一貫特性（我們發覺，「重新評價」在今日的嚴正批評方面已大大式微了），可是卽使一位現代批評家除了研究傳統法則外，同時也還進行研究其他較不具傳統性的東西，易言之：他必定朝着一種極具現代特性的方式進行才行。

曾因提出「新批評」一書致使「新批評」一詞不脛走紅的約翰・克羅・藍森（John Crowe Ransom）力主，新批評與舊批評在本質上應有所不同（此係根據現代精讀詩歌結構上之特性爲出發點而言的），他聲稱今日的批評不是像通常所謂在鷄蛋裡挑骨頭的批評；而是着重於深度和精確方面的批評。當代批評的作品在語言用字上更非舊批評所能望其項背的。其實，這些話聽來可說是振振有詞，可是我們實不可自詡；今日的批評家，其超人處乃在於他們的才幹勝過了前人。顯然，他們只不過是在方法上高前人一籌而已。現代批評擁有大量有關人類行爲的知識可資應用，有很多受用不盡的新穎和豐富的技法。在這種吾人可視需要將這些知識加以統一、整理、將很多閉戶造車的批評家們把所做出的零碎部份、不協調、不完整部份加以綜合化、整體化的情況下，未來的批評前途焉有可限量的道理?!而且，如果再把大批的嚴正文藝批評作品譯成英文，我們這一時代不將因之而顯得更燦爛，更輝煌嗎?!

在大家公認有利於文藝批評的衆多原理法則中，社會科學最先引起吾人的注意，它像是一個蓄水庫，裡面有取之不盡的水份正等待我們去發掘。從心理分析的評論家那兒，我們借到了經聯想和意象集合過程能顯出潛意識更深一層中的慾望之基本假設，一種使用濃縮、轉移、分裂將夢曲解，同時也是詩意形成的基本技巧；卽楊格式（Jungian）的原型概念等等。他們更從楊格式心理學家剽竊來了「結構」概念；從實驗室內的心理學家也獲得了有關動物和孩童行爲的實驗材料，從臨床實驗的心理學者那兒我們也學到了有關人性的病理學原則，從社會心理學家我們也取得了有關人類在群體和社會中行爲的發現，而且我們也從神經科和內分泌科心理學所提出的報告中得到了最具客觀性的物理和化學資料之主觀材料。從那些衆說紛爭的社會學理，批評也借來很多有關社會特性、變遷、衝突以及和文學與其他文化現象關係之理論和資料，而從人類學那邊我們更得到了有關原始社會和社會行爲的現論和資料，其中包括遠自諸如不可一世的進化通論理論家泰勒（Tylor）近至精細入微的波阿斯學派等人。從人類學分出的一支——民俗學方面——在提供有關傳統，衆人皆知的祭典型式、故事及信仰等方面的知識來源，我們發現他們對於批評也是厥功至偉的，這些尤其常見於民俗藝術和刻意求工的藝術型式與主題裡。

除社會科學外，不少其他現代法則也有其不可磨滅的功勞。文學研究，講起來雖然由來已久，可是本世紀來所滙集而成的大量知識和原理，再加上批判的想像力，已經產生了一種如上所述之完全「現代」的學者式批評。傳統的語言學術界，加上現代語意學，雖然已被發掘出來的爲數不多，也已經爲批評界帶來了嶄新的氣象，物理學和生物學爲批評界提供了做爲實驗的基本元素，以及諸如「進化」和現代物理學上的「相對關係」，「視界」，和「未定係數」概念等理論。雖然哲學從傳統上講起來，常假「美學」之名而與文學拉上關係，現在也已被證實對批評有汗馬功勞了，尤其是哲學家在倫理學和形而上學的公式方面亦能處理有關基本價值和信仰的問題了，甚至於有不少批評家也把宗教和神秘主義上的教條和見識都統統搬到文學園地裡來了。除掉這一大堆理論與知識外，現代批評也已獨自發展出一套專業化的原理，並加以現代化，這簡直可以說與科學化的原理相差無幾：諸如自傳性知識的研究、曖昧語的探討、文學作品中有關象徵化的動作與對話之研究，以及精談，用心，和詳細分析內容之大概等等都是。

大致而言：這些新穎、批判性的技法與考究都是利用不少現代人所具有的特殊學說爲基礎，主要係依靠來自四位十九世紀和二十世紀初葉的大思想家們的貢獻——達爾文、馬克思、佛雷哲和佛洛伊德。至於其中有不少對本世紀之文學批評講起來相當新奇的主要學說部份得俟後文論之，雖然這些東西也許沒有一個批評家會提受或承認其重要性、從達爾文有所謂人爲自然進化的一部份，及文化爲進化之過程的理論；從馬克思則有所謂不論多麼複雜或間接，文學都是反映當代之社會與生產關係的觀念；從佛洛伊德有所謂文學像夢一樣是受潛抑慾望的一種僞裝與表現，藉着這些僞裝和許多法則相呼應之概念，在這僞裝之後更有所謂介乎表現之審查原則的潛意識和某種衝突之心靈部份的假說；從佛雷哲有所謂原始魔術、神話和歷代相傳的文藝形式與主題的主義。其他主要假說還包括杜威的「連鎖」說，一種認爲閱讀與寫作、文藝與他種活動比較起來，皆屬於人類活動的形式觀念，這一觀念與那極客觀法則的道理不謀而合，行爲學派的學者也認定，文學事實上，是人之寫作和閱讀的總合，除此以外一無他物；理性主義者更是認爲文學最後定是可分析的。就中有一項被現代批評所否定的東西，一向總被前人認定是不可或缺的兩種主要假說：文學主要是一種道德的教訓和一種娛樂或助與。

憑着這些學說，現代批評提出了許多許多大部份從未被懷疑過的問題。譬如說作品與藝術家的一生、孩提時代、家世、他的最急需物和宿願等等的關係爲何?作品和作者社會群體、階級、經濟情況、及社會形式的關係又爲何?到底社會眞正爲作者有何貢獻?怎樣貢獻呢?而作品對讀者又有何裨益呢?這兩種作用之間的關連又怎樣呢?作品與原始儀式初型、與文學上歷代相傳的專集,與當代和所有時代之哲學世界觀的關係爲何呢?作品中的意象,字彙、主要部份形式與組織是什麽呢?作品裡頭最主要字彙所可能暗示的有多少?及作品內容包含有意義和可證實的敍述有多少呢?此外,現代批評也提出了一些老問題:作品的用意是什麽?用意的健全性到如何程度,以及用意如何能達到預期效果;作品的意義有幾何(當然不止一個);意義是好是壞或是爲什麽好或壞等問題。

所有這些當然都是針對一般性或特殊性的作品而提出的。可是,現代批評大部份已不再去接受所謂的「獨創性」或「想像性」的傳統地位之論點了。若是我們把藝術解釋爲一種有意義和有趣之經驗形式的再創造,或是說人類經驗是一種被處理成爲有意義與有趣的形式,也許這樣一來,大家就會同意這種說法,其實,我們都可將有想像性的與具有批評性的作品稱爲是藝術品。大體上而言,想像性的文學都是把活生生的第一手生活經驗加以組織的東西,批評則是把一些已經經過處理或刪增的,由生活經驗所寫成的文學作品加以評判。當然,我們可以說兩者都是詩,互不相干,或說互爲關聯。愛略特一九二三年曾於其「批評的功用」一文中寫道:「我個人認爲世上絕對沒有任何批評的解釋者會妄下如此荒謬的假設說,批評是種傳眞的藝術」。姑不論至一九二三年爲止有沒有人做過這種假說,我們可說現代批評自那時起——卽開始於次年理查慈(I. A. Richards)發表「文藝批評原理」一書時——就開始興盛了。

正如布萊克謨(R. P. Blackmur)說過:批評雖是一門自立門戶的學問,却不是一門孤立的藝術」,事實上現代批評已經迅速地演變成十分眞實,而且完全與詩脫離不了關係的學問了。質言之,如同他方面的評論一樣,現代批評已經引導,滋養,超越了藝術的藩籬,因此,從另外一個角度來看,它已成爲藝術的女僕,從壞處而論,我們可稱之爲一條寄生蟲,從好處而言則爲一種與他人共生死的東西。批評家需要拿作品當爲材料、主題與題材,同時也要偶而以做出連帶性的、有用的批評來幫助讀者去了解鑑賞作品做爲同報;幫助藝術家本人去了解及評價他自已之作品;同時也要以普及、「釐定」、提供一項準則來幫忙大衆在藝術方面能够有所進步和改進才行。同時,批評家在特殊的情況下,也應能像愛默生及早期的布魯克斯(Van Wyck Brooks)一樣,能有因喚醒「詩人的一代」而聲名大噪的成就;像高爾基和柏納·德佛多(Bernard Devoto)爲作家提供素材;像托爾斯泰和一群道德家一樣,嘗試去改變藝術所應遵循的路線;像波尹洛(Boileau)和英國浪漫批評家一樣,改變了藝術的路線;或甚至於像不少當代評詩者一樣,爲藝術家(有時也爲自己)提供特殊的主題,技法和適當的公式說明。

一方面文藝批評須受批評的限制,他方面又受美學的左右。評論家(reviewer)多多少少總會把書當爲商品看待,而批評家(Critic)則把書當爲純文藝作品,或套句現代的俗語說,把書當爲文藝活動或行爲的表象來看待。美學家對文學的興緻在於其抽象部份,而非只限於特殊幾本書而已。這些都是就其效用而非就其形式來區分的,而且都無時無刻不在變化中。因此,凡不顧一部作品之商業性的評論家，嘗試要把一部書視為一部作品的話，至少像此種的評論家，無形中就是一位批評家了；而把藝術抽象本質或美的部份作成「歸納」的批評家，他便是所謂的美學家了；而利用美學中之特有屬性的術語去評論特殊文藝作品的美學家此時就變為一位批評家了。我們這一代最為獨特的特色便是充滿了很多諸如肯比（Henry Sidney Canby）或是凡多倫兄弟（Van Doren）一樣的冒牌批評家，這些人，經查證的結果，原來都是屬於專以誹謗他人的假評論家而已。

當代批評值得一提的另一特色是每一位批評家都各有一種較特殊或一套專門隱喻法則，憑着這些東西他了解了評判的功用，然後，這個隱喻就漸漸構成其作品的格式，並且賦之以活力，甚至於有時限制其作品之發展。因此，就布萊克膜而言，一位批評家便是一位具有魔力的外科醫現，一位永不會割壞活素組織的手術醫生；就聖茨白利（George Saintsbury）而言，則是一位大酒鬼；對羅克（Constance Rourke）來講，卻是一位施肥者，為了獲取一季的豐收而想使土地更肥沃；就富蘭克（Waldo Frank）而言，一位批評家則是一位產科醫生，為他人接生；在柏克（Kenneth Burke）來講，批評家則是一位經過一番登台嘗試後他已一躍成為一位腰纏萬貫的劇團經理，只要他一看中任何作品，就馬上把它搬上舞台；在龐德來講，批評家卻是一位孜孜不倦，想透過他的圖書館而與大衆交流的人；此外還有很多很多的人，他們各有其不同的看法，在此略提。

上面所列出的現代批評方法與技法不但滲入了這些主要隱喻法則內，同時也透入了某種更為難以捉摸的東西—都已成為了批評家們個人之智能、知識、技術、感受力的工具，和寫作的能力。其實，不論那種熟練的方法，每一種都無法能夠幸免於失敗的惡運，幾乎現代批評的每種技巧都曾為名批評家們極其成功地運用過，同時也曾被那些愚不可及，不夠格的批評家們蹧踏過。另一方面，也有一種批評家，有才能，也能如批評家一樣，駕輕就熟，隨時隨地都可憑其自己的天賦與感受力，不須假借他人的方法就能有可觀的效果產生，只不過他不配稱為我們所謂的現代批評家而已，當然更非本文的興緻所在。姑不論其方法為何任何一位批評家都應具備能得心應手去處理作品的知能；俱有文藝及其領域外的學識以備明瞭他工作大意之用；懷有能避免受其方法之篏制以至陷於既索然無味又機械化之一元論泥淖當中的絕技；帶有深知一部批評作品的特殊價值乃在於一種獨特的美學經驗感應力；以及能表達自已意思的文藝才能。這個個人的特徵當然沒有標準可言。即使拿傳統的試金石莎士比亞來做衡量的標準的話，也是無濟於事：當代批評界中有兩位因詆譭莎士比亞而聲名大噪的人，一位是專門鼓吹人只要有一點點文學的皮毛知識即可，名叫華多．佛蘭克；另一位是當代最具深度及最有精明頭腦的約翰．克羅．藍森。上述的分析中，這些個人能力部份論量來說是不可勝數的，而要當代批評家把他們的評判方法客觀化，或觀念化的期望，我們也只能做一種猜測，或更老實地說，只能付諸於祈望罷了。

現代批評主要意義之一便是朝向科學化的進步。在可預測的未來，文藝批評還不會演變成一門科學（我們當然可抱着「任由」或感激的態度處去理之），不過，漸漸地，我們可期望它往科學化方面進展，換句話說，即往一種可資不朽的正式方法學和原理體系邁進。既然實驗都可經由他人的報告抄襲或審查，只要任何人隨時隨地俱有處理的能力，那麼任何具有相當旨趣和能力的人也能重述他人的評論方法。其實，每個批評家有每個批評家獨到的感應力，非他人所可抄襲；他的方法當然會漸漸趨向於客觀處理。一位仿傚者當然需要具有可比擬創造者的感應力和其他資格才行，不過，自從實驗方法發明以來，在物理科學方面並不如此。（卽同是賦有基本能力的一位愚漢和一位莊稼漢，一同去仿傚波義爾實驗法則，兩者將會和波義爾（Boyle）所得結果不會兩樣）。進一步而言，不論批判性的分析會達到怎麼樣的客觀處理，從「評價」或「鑑賞」的角度看來，批評家乃會步入純粹主觀的領域內，不論他是一位有良心者，將其思想系統建立在客觀的分析上也好，或是一位沒良心者也好，其理論只不過是一種不待攻卽會自破的怪論而已。

現代批評的另一意義便是走向民主化的批評趨勢，套句柏克（Edmund Burke）的理想條理卽爲「個個都是自己的批評家」之意。柏克寫了一篇評論「崇高與美」（The Subime and Beautiful）的論文說過：「藝術之眞正準則決定於個人的能力；一篇有關極其尋常，有時具有最深含義的簡單論作，在本質上當然會提供我們最清楚的涵義，相反地，一篇雖集機智與勞力大成的作品，有時却是一篇缺乏觀察力的論作，一篇會使人如墜入五里霧中，茫然不得其解，或者甚至於導出了錯誤的看法，雖然能使我們逞一時之快，却不知不覺中引導我們誤入了歧途。這便是一個無人開導而成爲一位批評家的例子。與這完全相對的是培根在 Novum Qrganum 一書中所說的理論，他認爲只要採取他的方法，一定能使人人腦筋平等，就像使用圓規或直尺能使人人因而平等的道理一樣。不過在這兩者之間，現代批評存在着一條民主式的可能率：以方法大衆化定能使人人成爲批評家，當然最好大部份不是職業化，而是可供私下閱讀及一生之用。而那可能率所提供的興趣所在和當一個文藝批評傳教士，比較起來，其收穫還會來得更大。

譯自Stanley Hymen 所著 Armed Vision 一書

出版消息㈡

本社

△余光中的詩集「蓮的聯想」的德文本，已於去年年底在西德出版，並參加西德一年一度的大書展。德文本的譯者爲西德作家Andreas Donath，出版書局爲土賓根城的 Horst Erdmann Verlag。

△余光中的英文詩集 Acres of Barbed Wire 亦於去年由臺北美亞書版公司出版。其中的四十八首詩，大半譯自「敲打樂」和「在冷戰的年代」。

△瘂弦英文詩集「鹽」（Salt），於一九六八年，由美國艾奧華The Windhover出版。

韓國現代詩選

陳千武譯

熱愛

柳致環

給桑・廸克儒柏里，——他是行動的作家和航空，於一九四四年七月三十一日夜，離陸了地球之後，迄未回來。

在那絕對的廣漠之前，
人的羈絆
是多麼無意志的啊

因此把你
從航路放逐 那陰慘的夜
讓所有的機場都喊到口渴
尋找
何處也不存在的東西
在那未知的荒漠斷崖中
你一個人 眞正一個人
哪兒也不去
爲了尋找熱愛的人微微的火光
向歸途的空閒的針孔
才守護着朦朧的計量盤的雲童
飛翔在死的非常 和黑暗上
孤獨之神 你仍然
尋求那熱愛的人
好像到隔壁走一趟那麼輕鬆地
向虛無的天空眞洞
飛翔去

而那天 你終於
永不回來

今天又在我們前馬路上
你所信愛的人都爲尋找價值千金
在這花園
終日慌忙互相競爭

你在那銀河
無法回歸的星雲峽谷
一個人在耕耘誠實的思惟
耕耘思惟深長的園圃
是不？

柳致環一九〇八年生於慶南忠武，詩集「青馬詩集」等，藝術院會員。

風

朴英子

也許由於你的一次手勢
這個身姿
才成爲充滿在天地之間
微笑的花

由於你的一次眼神
這個身姿
才成為無踪無影的
失去的一種蒸氣
把時日
送走那邊
這身姿常常
爽朗地鳴響而完　然而
風呀
搖動被淺綠的葉
覆蓋着的心吧
搖響風鈴的　你

朴英子女性詩人，「石與愛」詩刊同仁。

鳥

狙擊鳥　悄悄地
停止呼吸。
在停止了的呼吸之間
一隻
兇猛的禽獸怒目而視。
瀰漫着不安的樹枝，
剪裁始源的枝梢
最後的葉飄散了。
裂開一個空間。

金光林

哦哦　死跳出漩渦
一剎那　也有
用鎗口歌唱着的
天然之鳥

窗

觸及被絞首的瞬間，把虛空鑲到框上就是窗。因此窗有蔑視彼此渴症的脾氣。擦拭玻璃就公然黏住的感覺，顯然塵埃積存的歲月螫得眼睛疼。

有不容易從窗離開的雲。只停留在那兒咯血，不然最後便會成為撕開自己的存在。不關心地看守這寂靜的崩毀之時，終於窗就被開向內部。

橫穿的一對鳥飛來飛去。

携帶跳過小河的小孩時候的韁繩——剛才從東海海裡把像鮮魚的朝陽打撈起來。終於現在滿是鱗片的窗。

金光林　一九二八年生於咸鏡南道元山市，詩集「會傷心的接木」「心像的明影」「上午的投網」「天然之鳥」「鶴的墜落「等外有詩論。

黑人詩選

李魁賢譯

第二部　美洲

Nicolás Guillén（古巴）

仙舍瑪亞

馬庸培——蓬培——馬庸培！
馬庸培——蓬培——馬庸培！
馬庸培——蓬培——馬庸培！

蛇有玻璃眼睛。
蛇在那邊纏繞着柱子，
用玻璃眼睛纏繞着柱子，
用玻璃眼睛。
蛇匍匐不用爪，
蛇隱匿在草叢中，
匍匐隱匿在草叢中，
匍匐不用爪。

馬庸培——蓬培——馬庸培！
馬庸培——蓬培——馬庸培！
馬庸培——蓬培——馬庸培！

把它劈死用斧頭把它劈死！
把它劈死！
但別用脚，因爲它會咬人，
但別用脚，因爲它輭綿綿。

仙舍瑪亞，蛇，
仙舍瑪亞。
仙舍瑪亞用眼睛，
仙舍瑪亞。
仙舍瑪亞用舌頭，
仙舍瑪亞。
仙舍瑪亞用嘴，
仙舍瑪亞。

死蛇不再呑食，
死蛇不再嘶響，

不再匍匐，
不再奔馳。
死蛇不再吸吮，
死蛇不再窺視，
不再作聲，
不再咬人。

馬庸培——蓬培——馬庸培！
仙舍瑪亞，蛇……
馬庸培——蓬培——馬庸培！
仙舍瑪亞不能動彈……
馬庸培——蓬培——馬庸培！
仙舍瑪亞，蛇……
馬庸培——蓬培——馬庸培！
仙舍瑪亞死了！

標誌

妳的骨盤比妳的頭還白
幾乎白得和妳的玉腿一樣。
這是
妳裸身的
深黑貞節女神。

妳原始森林的標誌
是脖子上的紅帶
臂上的金環
和黝黑的鱷魚，
在妳眼睛的水流中泅泳。

提案

今晚
當月亮出來時，
我要把它
折價出售。

可是我却後悔了，
當人們體驗到，
月亮就是
一件傳家寶。

我沿路走

我沿着一條路走
當死神發現了我。
「朋友！」死神喊着，
但我沒有答應。
我沒有答應，
我凝視着死神
沒有答應。

我帶着一朶百合花，
當死神發現了我。
他向我要百合花，
但我沒有答應。
我凝視着死神
沒有答應。

啊，死神呀，下一次
當我再見到你，
我會喜歡同你聊聊
完全像朋友的樣子；
把百合花貼在你的心胸
完全像朋友的樣子；
會吻你的手
完全像朋友的樣子；
一直站着且微笑
完全像朋友的樣子。

甘蔗

黑人
在甘蔗園裡。
白人
在甘蔗園上。
血液
從我們身上流出。

二祖先之歌

我的兩位祖先跟着我，
有如我僅見的幻影。
有骨尖的矛槍，
皮革和木製的鼓：
我的黑祖先。
鬈髮披繞粗脖子，
盔甲單調而神氣：
我的白祖先。
赤脚，佝僂背，
那是黑祖先；
眼瞳如像北極玻璃
則是白祖先。

潮濕叢林的非洲
鼓圓而聲沉……
——我爲此而死！
（我的黑祖先說。）
水裡滿是鱷魚
椰子早熟……
——我感到無聊！
（我的白祖先說。）
啊，在嚴風中禱告
和戰船的閃爍金光……
——我爲此而死！
（我的黑祖先說。）
啊，少女頸的海岸
被玻璃珠所欺騙……
——我感到無聊！
（我的白祖先說。）
啊，純粹不息的太陽
被包圍在熱帶環中，

啊，純粹的滿月
在猿猴的夢幻之上方……
好多船舶！好多船舶！
好多黑人！好多黑人！
甘蔗和黑奴販子的皮鞭
連綿迤邐多麼遙遠！
血？血。淚？淚。
血管和眼睛半開
製糖工廠中
休閒的上午和午后
一陣巨響，猛然的聲響
撕破了靜寂。
好多船舶！好多船舶！
好多黑人！

我的兩位祖先跟着我，
有如我僅見的幻影。

費德禮先生對我嘶喊
而花昆鏵神父則沉默不語。
二者都在夜裡做夢
喊叫又喊叫。
我使他們和好如初。
「費德禮！」
「花昆鏵！」——他們二者互相擁抱。
二者在嘆息並擡起
沉重的頭顱。
二者的確一樣大
在高高的星空下，
二者的確一樣大
黑人的欲望和白人的欲望，
黑人的痛苦和白人的痛苦
二者的確一樣大，
黑人的焦慮和白人的焦慮
二者的確一樣大，
喊叫，做夢，哭泣，歌唱，
歌唱，歌唱，歌唱……

Basil McFarlane（牙買加）

牙買加

我是牙買加——
看着我的孩子們長大
他們有各種各樣的眞理，
我絕對的眞理是：
我的土壤
我在那上面
哭泣
戴太陽眼鏡的陌生人
紅紅的臉龐
注視着我忍住的悲傷
妙稱我
泉島。

神啊，
我已失聲

喊不出我的憎惡，
當你令人作嘔的華麗鞍褥觸及我的肌膚，
當你汚穢的錢幣落入我孩子的手中。

這雙手！我的肉體，
我受寵愛的肉體。
可是何處，啊，何處是我的精神，
我本身，我的砲火？
前進啊。我曳引過陽光照耀的夜
祈求我身上的果實
能避開其他的神祇，
他們眼光的
晨曦
正轉向我。

蔚藍的山崗

啊，眞情
虛幻的蔚藍山崗
遠在時間的彼方！
啊，翠綠的山崗！

你該知道
都市人：
沒有蔚藍的山崗，
沒有蔚藍的山崗。

你該知道：
我曾出發旅行，
劃分時間和無時間性，
劃分，死亡，生活。

你該知道：
我已死去
而你正奄奄一息
或許也已死亡，
死於能死相對的彼方，
死於此處相對的希望的彼方。

此處
山崗翠綠的地方，
山崗翠綠的地方
是眞實的
而此處，
此處你可捕捉夢幻，

此處你可捕捉山崗
感覺到他的力量，
他永恆的眞情。
此處你可捕捉眞情。

此處而不是其後，
此處卽是其後。

啊，都市人，
抬起你公正無私的眼睛
從包圍着你的
如此眞實的作僞中
朝向內心，
而遙遠虛幻的蔚藍
在眞情中溶化。

因爲沒有蔚藍的山崗。

悲歌

II

你會說，命運是一切的
主宰，無情的命運
統御我們的一切，

有如座騎之於騎師，
有如機器之於製造者，
之於機匠，他在暮色昏濛中
由車床上站起，
拂掉舊帽上的鐵屑
取下他的面罩。
他筆直地站立。
八點鐘
他找到他的命運，
他的金髮女郎，
她一定會送給他
四個或者更多的繼嗣
跳舞到深夜。

在他的么兒
出生之前，世界不需
詢問，爲何他習慣了
這般模樣，倘若他老是
在老虎鉗前彎哈着腰。

VI

當死亡是結束，什麼會
促使開始？我們微笑着
擔負我們生涯的輕載。如今已過去。

不可理解的是令我們動心前往旅行
正如我們所見，道路却繞回。
實現的夢想
只有你是眞實的！
沒有什麼開始
或結束。

VII

音樂是一種睡姿，
躺在這疲憊的肉體上
沉默時提高了噓氣聲：
神的話，命令
花卉在幽暗的大地上綻放
還有光，那是黑暗的本質，
以及誕生。

啓明星
傲慢地把一切弄凌亂了。
星辰蒼白的微力依然
非常羞怯地傾聽着
音樂，那靜謐
永恆的節奏
在無可名狀的瀚海的漩渦之上。

George Campell（牙買加）

夜

夜裸裎
不着衣裳
無月影
使夜毀容
夜裸裎
不着衣裳
黝黑的是夜之髮
黝黑的是夜之貌
無月
無星
夜裸裎
不着衣裳

（未完待續）

詩人的備忘錄⑩

錦連譯

人總是想透過某種事物繼續活下去。詩人也不能例外。他欲透過詩以求繼續生存，而決非爲了追求詩才生存的。我們並不是爲了寫詩而活着的，而是爲了繼續生存或者由於活着的關係才去寫詩，我沒有愛上詩，却愛上了世界。我能够捕捉語言，並非由於我追求語言，而是我追求世界的緣故。爲何我要追求世界？因爲我活着。

越想忠於詩人，世界越會離開我。但是要作爲人類的一員而生存，我必須非是詩人不可。因此，我常煩悶於欲成爲人類一員的那種責任和欲與世界共存的欲望之間的窮境。

詩人必須積極地去戰鬪，不論如何被嘲笑，詩人也要堅强地去主張詩。那是詩人爲人類一員的責任。由於世人的藐視，詩人們總是躱在現實的角落，不厭其煩地去談論着現代詩的貧困。這實在是太無聊了。我要大聲地說，現代詩的確是貧困的，詩人更是貧困。不用說在經濟方面貧困，精神方面也是如此。現代的詩人不去想推銷詩的辦法，只是喋喋不休，空談着所謂的「詩人的社會性」，這是什麽體統？

我不是說詩人必須諂媚大衆。現代才眞正的需要詩人。無論如何我們不能拋棄詩人的自負。詩人供應給人們的是感動。然而這未必需要深遠的思想，明確的世界觀和尖銳的社會分析。相反地，這些東西將會使詩人不必要的感到驕傲，因而往往會喪失感動。詩人由感動生產詩，由感動與人結合而成爲詩人。

我們似乎連攻擊流行歌的資格都沒有。如果詩人要指責流行歌的低俗，他必須寫出能够代替流行歌的新歌詞，始能完成其責任，即使明明知道自己的歌不受歡迎，也要以寫自己所相信的歌去主張詩。說過份一點，對於現代的流行歌，所有的詩人都有責任。要藐視大衆而誇耀自己趣味之高尚以前，詩人應該在大衆之中，以實驗作品一步一步地去開闢讀者的領域。

世界是無窮的。我們活在這世界，而以後還要繼續活下去。如此無聊而單純的事實覆蓋着一切。詩不是私人的，詩屬於世界上所有的人。詩人已選擇了以寫詩去結合人類，結合全世界的這一條艱苦的道路。

當科學家們駕駛着太空船向世界出發之時，詩人以新的語言向世界出發。在宇宙的沉默之中，它們便是相同的武器，能使人類繼續生存下去的一種武器了。

覆葉小輯

本社

本社社長陳秀喜女士繼日文短歌集「斗室」，出版了中文詩集「覆葉」；印刷精美，內容親切感人，因此，收到文壇前輩各方同好者來信鼓勵，使陳秀喜女士不勝感激，來信勉勵者計有王洪鈞、張文環、祝澧蘭、李君晰、江燦琳、吳安瀾、瘂弦、沙牧、張彥勳、古丁、王祿松、喬林、李勇吉、傅敏、李魁賢、白浪萍、羅青、陳鴻森、鄭烱明、林忠彥、景翔等二十多位，謹摘錄部份來信的片斷為「覆葉的回音」，特此誌謝！

覆葉的回音

祝澧蘭等

（祝澧蘭）「代溝」該是多麼可笑的詞彙！異地而處，誰都一樣。如果說妳經日文的寫作過渡到中文的寫作，就像是跳過了代溝，而被稱為「跨越語言的一代」。那麼我寫舊詩寫了四十年，現在又趕着看現代詩，那豈不更是跨越語言的一代了嗎？

（李君晰）「跨越語言的一代」眞是够辛酸、够悲哀的時代，非身處其境的人無法領略到它的滋味的。你為克服這種困難繼續不斷地用功努力，那種不屈不撓有耐性為自己的理想實現而奮鬥的毅力，眞是使人佩服，有興衰起弱的作用。至少對於懶散的我，眞是當頭一棒。

（江燦琳）謹接大作「覆葉」，喜出望外，謝謝！雖然只拜讀了三十頁——因為不忍一氣讀完，所以要分做幾次吟味——却受了很深刻的感動，在和歌方面，自然觀照，生活反省，詩句驅使等已充分表現了您的才華。在「笠」散見您的大作，也有這樣的感覺，今集為一集，不但更有這樣的感覺，還有 Simone de Beauvoir 的實存哲學的氣味。我的長男韶哲，臺大畢業後留學比利時已有七年，快要完成學業的時候，不幸逝於異國，受到這個無情的打擊，天天沉湎於悲痛哀傷，此時此刻能够拜讀大作——尤其富有母愛之作，是很大的安慰，我一面拜讀大作，一面流着老淚而祈禱亡兒的冥福。願神保佑您而能陸續產生傑作，謝謝。

（沙　牧）謝謝您……

謝謝您寄贈給我這樣華麗可愛的「覆葉」詩集。我全部拜讀了一遍，您的詩多麽接近人——女性、母性、友情和爐火般溫暖的親情等，讀來很令人感動。我想您在創作過程中，一定先感動了自己，才能如此感動別人。雖然您在文字的駕御和語言的表達上，還沒有做到您所企及的那種界限，但做爲一個詩的狩獵者來說，您很可敬。

您譯的高田敏子「想詩的心」，以前我沒看過，我不懂日文，可是我可以臆想出您譯得很好。我最喜歡那首「不動的姿態」，我認爲那是一首了不起的傑作，和艾略特的作品相比，也不會遜色。

我看過不少譯成中文的日本詩，總覺日本詩最大的缺憾是精神境界不够高，氣勢不够磅礴。而高田敏子的「不動的姿態」使我對日本詩大爲改觀。

也許因爲日本是島國，日本可以產生偉大的小說家，而可稱爲偉大詩人的却不多。

每次和煥彰、辛牧、善繼等好友碰面時，他們時常和我提起您，他們喊您姑媽，多麽親切的謂稱，由此可見您的爲人和詩人氣質的濃郁。「詩人姑媽陳秀喜」，將成爲詩壇的佳話。

賴阿鳳先生的題書，我很欣賞。

我近年來由於生活上的潦倒，很少寫詩，也很少讀詩，弄得快沒有詩味兒了，我爲自己嘆息。

（古　丁）謝謝您賜寄大作，拜讀之下，不勝驚喜，作品樸實可愛，讀後令人回味無窮。同時您的生活與情感，亦躍然紙上。我以爲詩該如此，才是眞詩，否則旣無個性，又矯揉造作，處處斧鑿痕跡，流行濫調，才眞是僞詩也。

（王祿松）恭喜您出版大著「覆葉」，這是自由中國詩壇上最美好的精裝本，二十年來所僅見；而內涵的倫理詩想也特別引人入勝，骨肉至情，天倫愛心，表達得非常動人心魄。我還沒有讀完，但已打算抽時間寫一篇短小的「讀後」，像您這樣「載道」「種德」的好作品，是非常值得重視的。「覆葉」取義極佳，此中詩想，證明着對於子女您是一位好母親，對於家庭您是一位好主婦，對於國脈文心您是一鼓手、一旗手、一號手，所以，您是一位典型的婦女詩人！……

自古成名大詩家，都只在寫其心靈，寫其自我的感受與生活的體驗。主旨重於手法，思想重於技巧。您用筆表達了自已的心顆，大家都能見到您這一顆典麗而殷紅濃郁的詩心。流派間的手法，已屬餘事，您的思想已勝了他們。您值得自豪！吟風弄月的詩人得向您低頭。

（喬　林）第一次在「笠」看到您的作品很驚奇，以後就一直痴愛着您作品裡的那份誠樸，沒有一般常有的因年齡的老大而失去靈性的通病，寫詩對於年齡是一種挑戰，因理解力與世故的磨鍊，常使人漸年老漸失去寫詩的純心，而您現在已勝力的把「覆葉」推向我們的眼前。

（李勇吉）郵差先生送書來時，値往家教處。因此將書挾往，兩小時之內，看詩居多，教人的時間少。初步將大作全部拜讀一遍，以後留着慢慢一首一首的品嚐。

今年掃墓時，對我感動相當深。五歲時，我的父親卽逝世；且家住墳場附近，因而這首詩的「哀傷」便立卽闖入心靈的深處。

想抱住父親痛哭一場
卻觸及到
硬且冷漠的碑石
背向碑石
鄉里的山啊
卻如此儼然
拒我於清明的風中

我之所以寫詩，多少和我童年不愉快的環境有關。詩不一定是生活失敗的產品；但也不一定完全是生活成功的產品。

（傅　敏）在感到詩壇充滿乖離之氣的時候，任何眞摯的詩精神都能使我感到信心。有機會重新系統地拜讀您的詩作，令人感到有如沐浴母愛和眞情那樣親切的洗禮。

「只有覆葉才知道　夢痕是何等的可愛
只有覆葉才知道　風雨要來的憂愁」

也祇有一個愛兒女的母親才能寫出這樣的句子，才能體會出這樣的感情。

（李魁賢）剛剛接到您的詩集「覆葉」，這些對我已夠親切的詩，如今重讀一遍，更爲感動。由眞情發而爲詩，是能夠永存的條件之一，眞情使人性永存，使詩永存。那麼，何必太計較語言呢？

這些詩，令我再一次感到這個世界多麼美，卽使哀情後的微笑和回憶，或歡樂中的淚水，都閃出了光輝，啊，這世界多麼美！

（上接78頁）

最後這個魚被新娘子放在切菜板上。她所烹調的是魚，是死亡的青春，是個失去記憶和語言的青春。魚和新娘子這兩個意象重疊在一起，魚是她的青春，她的眼裡也好像要訴說着什麼……。

但是這兩個意象同時也是相剋的：這種青春，像毒氣一樣，侵蝕着新娘子的美麗的手，使她的青春也在受到腐蝕、敗壞……。

如此，她所烹調的魚，未嘗不可看做新郎的青春呢？

如此，這首詩在淡淡的哀愁的氣氛中，發展到最後，終於顯現出生與死這種深刻的人生的主題。

因愛而頑強

——評陳秀喜詩集「覆葉」

陳鴻森

1

我想作為一個女人，是比較男人更能理解「人的悲哀」的根源。

在這個我們已不只是屬於我們自己的時候，「活下去」的理由的有力依靠，怕也只是「習慣於活着」（與我的關係）和責任的牽羈（與群的關係）吧。

人是越來越看不起自己和這個世界了。是以把自己寬容於「異數世界」的想像，該是必然的。這種放任的呈現，出現於夢，佛洛伊德將它稱呼為「變裝」；而此種「呈現」的衝動，在脫離睡眠外的時間，必也隱隱存在着……。淤積着，即是想寫出一首詩或藉其他表現方法來發散的慾望。

詩的眞實無異於夢的眞實。

2

然而這種寫出一首詩的慾望，於詩來說，只是一種催化劑，並不能成為「目的或結論」的型態來。

嚴格的說：眞正的詩是拒絕這些目的或結論的意圖的。想寫出優越的詩；正是與「冷酷的和自己對決」的程度成正比例。

一個女人在厨房外面，在相夫教子之餘，仍抱持着走向詩的意志，對於詩的「非情思」和「無償性」而言，她是勢必存有莊嚴的執着不可。

從陳秀喜女士這本「覆葉」的後記看來，那是愛，源於親情的愛。

3

愛是本能。

但我以為愛是具有目的的，永遠帶着要肯定什麼的意欲出發的。

或會以為愛和詩在根底是相違對立的，但若肯仔細去思索，便會釋然。以「有目的」的寓於「無目的」，這正是「構成」的最高願望。溶解於詩想的愛越深，詩則越呈生機，在某種意義下，甚至我們可以說：沒有愛的詩是衰弱的。

作為集名的「覆葉」的意思，該是對子代嫩葉的一種愛的犧牲和宿願吧。

4

「風雨襲來的時候／覆葉會抵擋／星閃爍的夜晚／露會潤濕全身／催眠般的暖和的是陽光／摺成縐紋睡着／嫩葉知道的 只是這些」 （嫩葉）

因為嫩葉並不明白這個世界手中操着的，是犀利的刀劍，嫩葉不會明白覆葉在風雨裡掙扎的辛苦，不會明白落葉的悲嘆，在愛的深澤裡，它相信着世界的美麗。

「倘若 生命是一株樹／不是為着伸向天庭／只為了脆弱的嫩葉快快茁長」 （覆葉）

覆葉在飽受凌遲之後，必也預感到無可逃避的枯黃的命運吧。因而這種使命的交替「只為了脆弱的嫩葉快快茁長」的深藏之存在哀愁，是多麼的深刻和有意啊。

一枚覆葉將在嫩葉可愛嬉戲的無感裡消失嗎？

5

和林亨泰、吳瀛濤、桓夫、錦連、詹氷一樣，陳秀喜也是屬於「跨越語言的一代」，被殖民過，被應是屬於自己的語言拒絕過……而當她說出了「自覺到身爲一個中國人，不會以中國文寫東西是件最大的羞耻」（見後記）時，這頑强的聲音，該是孕着比我們所能了解的有着更大程度的悲哀吧。

「詩除語言外未有表現的工具」（村野四郎語），那麼只有越能自如的驅策語言的人，才越能把握詩的世界。「能否成爲一個詩人」也就是先決在「能否征服語言」這一命題下。

語言有千面，人只一個自己能役於這個在寫的「我」。征服語言的國度，是數倍艱難於征服人的國度啊。一個人是在「被語言把他殺死了一半」的情況下，才成爲詩人的。

6

能不能眞正的跨過語言隔閡的極限呢？但他們這群畢竟已寫出了那可以被我們感覺到是「詩」的東西了。

置於今天這個語言紊亂無序的詩壇，我們將會深深覺得這世代的詩人，從有限詞彙構成的 Verbal world 裡，悉心捕捉的語言，是更能「節制」和「準確」。

「揮手向你的笑容道別／踏上宿命的軌道／青棗子酸甜的滋味又湧上」（重逢）

「值夜的月亮在歸途中」（無形的禮物）

「請把小玲弄成瞎子／罰我變爲枴杖／請把小玲變成白痴／罰我終身爲奴隸」（父母心）

「老先生推進來的，不是花轎 是輪椅／蒼然的老嫗坐着／宛如斷頸的白鶴」（透視）

「如爆發前的火山／子宮硬要擠出灼熱的溶岩石」（初產）

「心馳澄音的黃昏」（生日禮物）

「心中反覆着／碑石不是我父親／碑石不是我父親」（今年掃墓時）

「而且希望從此這隻鳥沒有翅膀／樹枝心願變成堅牢的鎖」（愛情）

其他諸如「思春期」和「等待」都是很有味的，終究，桀頑的語言機能，必會在詩人永遠的挑戰下屈服的。

語言機能在征服者的態度和技巧下，必會掙脫一般概念所限囿的指向。

我不以爲：陳秀喜的淪落是因語言。而却在詩想的推展上，我有了隱憂。

7

一個詩人在他還未寫第一首詩以前，必已先熟習「散文性」的讀和寫，而越陷越深。因此在一般，我們仍被命定用散文去思考詩。

這種呈直線性的思考是沒錯的，但其背後却存在着一個巨大的淵藪，這卽是詩的「飛躍性的要求」。

陳秀喜的詩，是借平實的散文來秩序化她的感動的。她正賣力的在爲自己加油着，在年齡尚未形成太大的壓負時，願望着仍能頑强的接受不留情的考驗。

但似乎有些心力不繼的感覺。

「躍過」，這是她今後首要完成的課題。

8

因愛而頑强。

但我更希望這枚覆葉能因詩而不落。

陳秀喜詩集「覆葉」出版紀念會後記

李魁賢

由日文短歌集「斗室」到中文詩集「覆葉」，正是陳秀喜女士跨越語言的兩座橋墩，上面所架的無形橋樑，承載着多麼辛酸的民族血淚！

「身為一個中國人不會以中國文寫東西是件最大的羞恥」，由於這種自覺，使得在一度被祖國遺棄而淪於異國語言所箝制的土地上生根茁壯的詩人，以堅忍的精神，花費十餘年的光陰克服語言的障碍，求得以中國文抒發民族心聲的榮耀。

「覆葉」的出版，不但是做為詩人的秀喜女士，在她生命史上值得慶賀的大事，而且為我們提供了啓發性的感動。文學生涯，是奠基在默默不斷的努力，不斷的創作過程上。僅憑秀喜女士這一點身體力行的表率，已足够一些所謂「空頭文學家」和「風頭文學家」反省。

「覆葉」詩集輻射着愛的光芒，集子裡充滿了敬愛、情愛、疼愛的溫暖，但她的愛心並不僅限於她身邊的人物，而是廣被到整個民族生命，甚至無生命的事物。已故詩人吳瀛濤先生前為秀喜女士紀念册所寫：

她是詩，她是愛

的題辭，是最為扼要、中肯的評論。

十二月十五日的出版紀念會，除了秀喜女士的家庭和至親好友外，出席的有前輩郭水潭、巫永福、鄭世璠諸先生，笠同仁黃靈芝、趙天儀、黃荷生、陳明台、李魁賢，龍族詩友林佛兒、林煥彰、施善繼、辛牧等人。會上歡聲連連，氣氛至為融洽。

出版消息

Ⅲ 翻譯

※史蒂文生（Robert Louis Stevenson）著「兒童詩園」（A Child's Garden of Verses），郭文圻譯，英漢對照，列入達達譯叢，民國60年2月由華明出版社出版，定價20元。

※奧瑪・開儼（Omar Khayyám）原著，英譯者為E・費滋保羅Edward Fitzgerald 的「狂酒歌」（Rubáiyát）（又名魯拜集），由陳次雲、孟祥森譯，列入向日葵新刊，民國60年9月由晨鐘出版社出版，特價30元。

※周策縱譯，泰戈爾（Rabindranath Tagore）著「失群的鳥」（Stray Birds），列入向日葵新列，已由晨鐘出版社於民國60年9月出版，定價25元。又譯泰戈爾「螢」（Fireflies）並列入向日葵新刊，民國60年4月由晨鐘出版社出版，定價25元。

※韓國詩人李昌培等譯「二十世紀詩選」（An Anthology of Twentieth Century Verse），列入韓國乙酉文化社世界文學全集，中國詩選部份由尹永春譯，有蓉子、上官予、鍾鼎文、羅門、紀弦、余光中、夏菁、鍾梅音、葛賢寧、張秀亞等的詩作譯成韓文詩作。

笠消息㈠

——通信斷片

本社

（何秀煌）收到你爲我寄的「0與1之間」等書，和你辦的詩刊。讀了你那篇文章，才知道詩壇裡也是故事繁無以窮擧。我想那類的批評性文字應該多多寫，我們的學術界就是太缺少批評性的東西。

（王　渝）這裡的兒童刊物（指美國）一打開就會讀到許多孩子們自已寫的詩，眞是活潑多彩；從空氣汚染一直寫到老鼠偸吃乳酪，取材是上天下地。大人寫給孩子讀的詩也是左一本又一册出個沒完。我們的大人却不怎麼愛給孩子寫詩，孩子們也不知是接觸詩少的原故，或是認爲詩太神聖高超的原故，也就很少會寫詩了。

我一直想找一些人來合作，設法找一點好的適合兒童的詩給孩子讀，或創作一些兒童詩，或用淺近有趣的方法向孩子們介紹詩，你覺得如何？

（黃心水）在越南有許多醉心于現代詩的青年們，可惜由于環境的種種因素，故未能大力推展，在戰爭的陰影中，我們這群未能受到完整祖國文化的僑青，仍然熱心的非正式的成立了好幾個詩社文社，並也出版了近十本的文刋詩集，在此能有如此成績已很難得了，是嗎？

（王憲陽）我感覺到「現代詩」已走入一條「無尾巷」，不被社會所接受。……現代詩不能使現代人懂，而且是普遍的被大衆接受，這該是我們詩人所該深自檢討的問題。爲何不再有盛唐呢？

（向　明）我一直以爲寫詩的人無論如何要比別的行業來得洒脫些才對，然而事實是比搞政治的還更具心眼，這實在不是中國詩運之福。

（李勇吉）時常用詩，激勵自已，使精神向上；生命本質雄厚的人，是不甘淪爲現實中人的。深沉的體驗生命，爲近來我所努力的課題。

（拾　虹）寫詩愈來愈覺困難，又生疏了就覺得自已已失去寫詩的能力一般的痛苦，久久才會同復寫詩的慾望。

（吳濁流）近來感覺像我老一輩的人，應該虛心坦懷，不可固執，要跟新時代走的話，須加努力多學習，不然，就易犯阻礙有爲青年的發展。關於現代詩，事實我沒用過工夫，所以不敢亂言，請勿見咎。

又者，「臺灣文藝」設有「詩潮」，我提供這園地，任新詩人耕耘，恰似提供紙筆墨硯給人家學習寫字一樣，不論楷行草隸都好，任人自由選擇，可是書家都由紙筆墨硯產生的。所以提供詩潮園地也是一樣，任人自由耕耘，絕不限制，希望作家踴躍投稿。

笠消息(二)

本社

△日本北海道「裸族」詩誌第十五期已於十一月十日出版。對於該刊十四期所轉載，白萩評論田村隆一詩集之「或大或小」一文，及臺灣的現代詩特輯(3)「女性詩人作品集」，有所反應，在該刊末的「裸族風信」中：

小野連司先生說：「對臺灣詩人們的詩，感到珍愛。」

羽田野幸子小姐說：「白萩先生的「或大或小」及小野先生的「評日方川」兩文，實在是可一讀再讀的好評論文章。至於叫我舉出二篇喜愛的作品時，則是蓉子的「晚秋」，野口先生的「問夜招待」」。

田口佐知子小姐說：「臺灣寫詩的女性，雖說在性情上有異於一般婦女，但無論讀那一篇詩，都可感到女人的心，沒污染的清純的心。」

光城健悅先生說：「白萩先生的「或大或小」是有尖銳見解的評論。田村隆一先生的「立棺」是我喜愛的詩，以語言的存在價值與語言符號形式化做爲田村全部作品的指摘，似嫌不足吧。」

神谷忠孝先生說：「從白萩先生的評論「或大或小」中，感到新鮮的觀點。」

△「里爾克學會」(里爾克之友社)已於一九七一年的基督聖靈降臨節在瑞士的 Saas-Fee 成立。該學會宗旨是研究詩人里爾克的作品及行誼，其目的在於對詩人及其詩，從事學術上的批評分析，將舉辦演講會，學行學術研討會，促進著作出版，並鼓勵與協助發表論學。

里爾克學會一方面敦請文學團體的代表參加，另方面邀請研究里爾克作品素有心得以及對「里爾克研究」趣勢有興趣的個人爲會員。

里爾克學會第一屆年會，已於一九七一年十月二日在會址所在地的 Saas-Fee 聖克利士多乎魯斯宮擧行，爲期共兩天。該學會首任會長，由彼德。樂騰博士(Dr. Peter von Roten)擔任，他是里爾克墓園所在地拉龍(Raron)的行政首長。總幹事是歐汀格男爵夫人(Baronin Tita von Oetinger)。理事有恩斯特・樂騰(Ernst von Roten)，是里爾克晚年居住的瑞士南方瓦雷邦參議員；策馬登(Maurice Zermatten)，作家、大學教授；和魯克博士(Dr. Rätus Luck)，瑞士國立圖書館里爾克檔案室主任。

里爾克學會已邀請本刊同仁李魁賢爲該會會員。

△本社同仁吳順發先生與林寶桂小姐已於民國六十年元月十二日在臺南縣白河鎭老家結婚。本社同仁曾紛往道賀。

出版消息(一)

本社

I 詩刊

※「龍族詩刊」第4期，龍族詩社主編，林白出版社出版，定價12元。又第一年合訂本亦將出版。該刊於民國六十一年元旦舉行郊遊，在南港十八羅漢洞慶祝成立週年，並於林煥彰家聚餐。

※「暴風雨詩刊」第3、4期，已由暴風雨詩社出版。

※「山水詩社」第2、3期均已由山水詩社出版。

※「長江詩苑」第一輯，由長江編輯委員會編輯，由中元出版社出版。

※「水星詩刊」第七期，已由水星詩社出版，本期有「瘂弦作品回顧特展」。

※「影響」創刊號已出版，該刊為文學、藝術的刊物。

※「臺灣文藝」第34期，已由臺灣文藝雜誌社出版。又第三屆吳濁流文學獎揭曉；得獎作品為楊青矗的「升」，另取江上的「黑色大蝴蝶」、張秀民的「舞涙」為佳作獎。

II 詩集

※葉維廉詩集「醒之邊緣」，列入長春藤文學叢刊，民國60年12月由環宇出版社出版，附朗誦唱片一張，一面由瘂弦朗誦，另一面由李泰祥，許博允作曲，並由李泰祥指揮演出錄音，鳴鳳唱片公司承製。定價22元。

※陳敏華詩集「琴窗詩鈔」，列入三民文庫，由三民書局於民國60年12月出版，特價15元。

※曹介甫詩集「夜之歌」，民國60年9月由愛眉文藝出版社出版，定價20元。

※王憲陽編選「新詩金句選」，列入巨人新書，民國59年12月由巨人出版社出版，定價18元。

※去年來華訪問的韓國詩人趙炳華（Cho. byung-hwa）著「繁星的市場」（the market of stars）詩畫集，又名亞細亞紀行詩集，已於一九七一年十一月由韓國同和出版公社出版。該詩集詩畫合璧，印刷精緻，且頗多表現臺灣風土，聞龍族詩社將邀請陳伯豪譯為中文詩。

※黃靈芝著「黃靈芝作品集」1為小說集，2為日文短歌、俳句及詩集，其日文作品別具一番風味，非賣品。已於民國六十年陸續自費出版。

III 評論及其他

※王夢鷗著「文藝美學」，列入紅葉文叢，民國60年11月由新風出版社出版，皮面豪華本40元，精裝本25元。

※尉天驄著「文學札記」，列入紅葉文叢，民國60年12月由新風出版社出版，皮面豪華本40元，精裝本25元。

※陳祉文著「譯詩的理論與實踐」列入長春籐文庫，民國60年5月由環安出版社出版，定價22元。

※吳濁流著「晚香」，列入臺灣文藝叢書，民國60年10月由臺灣文藝雜誌社出版，定價20元。

※沙靈（謝秀宗）著「現代文學瑣論」，列入現代潮文庫，已由現代潮出版社出版，定價20元，直接函社訂購八折優待。又散文集「不朽的秋」，已列入人人文庫，也由商務印書館出版，定價12元。

陳秀喜女士與她的外孫女

「斗室」與「覆葉」封面照

陳秀喜詩集「覆葉」出版紀念會　　民國60年12月15日

陳秀喜詩集
覆葉
笠詩社
精裝本定價25元
平裝本定價50元

杜國清詩集
雪崩
純文學出版社
即將出版

艾略特詩論集
杜國清譯
詩的效用與批評的效用
純文學出版社
即將出版

紀伯侖著
聞璟譯
沙與泡沫
巨人出版社
定價18元

紀伯侖著
聞璟譯
淚與笑
巨人出版社
定價18元

趙天儀著
美學與批評
有志圖書出版公司
即將出版

笠詩双月刊 第四十七期
民國五十三年六月十五日創刊
民國六十一年二月十五日出版

出版者：笠詩刊社
發行人：黃騰輝
社長：陳秀喜
社址：臺北市松江路三六二巷七八弄十一號
（電話：五五〇〇八三）
資料室：彰化市華陽里南郭路一巷10號
編輯部：臺北市基隆路三段二二一巷四弄二—二號
經理部：臺中縣豐原鎭三村路九十號
每册新臺幣十二元
定價：日幣一百二十元 港幣二元
菲幣二元 美金四角
全年六期新臺幣六十元
半年三期新臺幣三十元
●郵政劃撥中字第二一九七六號
陳武雄帳戶（小額郵票通用）

笠詩雙月刊第四十六期 中華民國內政部登記內版臺誌字第二〇九〇號 中華郵政臺字第二〇〇七號執照登記爲第一類新聞紙定價十二元

笠

詩双月刊

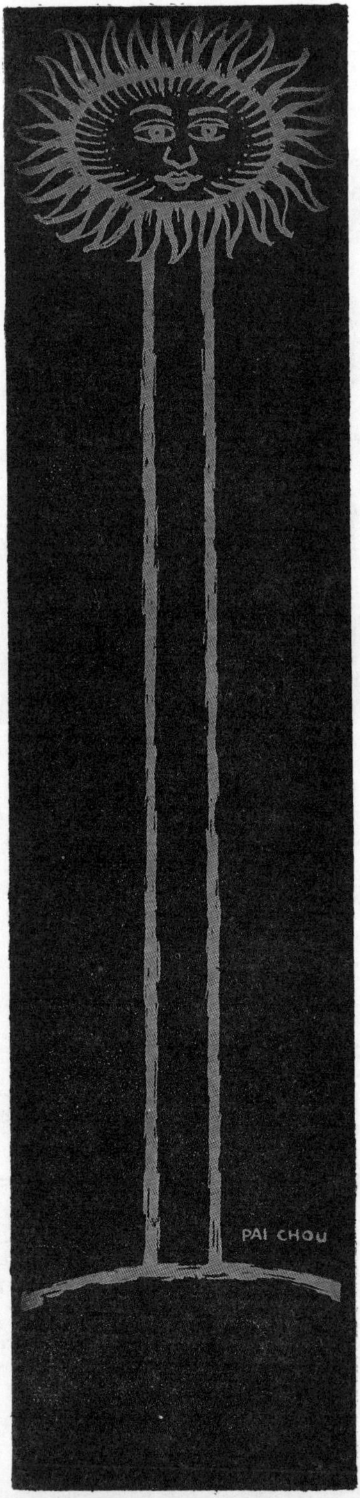

民國五十三年六月十五日創
民國六十一年四月十五日出

LI POETRY
MAGAZINE

48

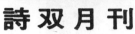

波特萊爾約十二歲時

波特萊爾肖像約一八六一年

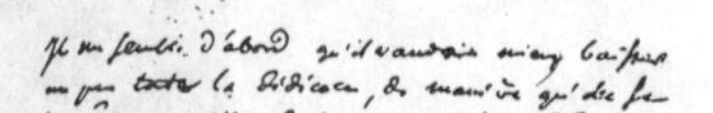

卷頭言

訴諸時間的謬誤

趙天儀

當詩人白萩喊出「脫光以後」的呼聲時，無情地揭開了中國現代詩人群中某些僞裝，然而，爲什麼那些僞裝居然沒有被當機立斷地識破呢？爲什麼他們能够在僞裝的庇護之下而流行詩壇呢？

其中最主要的法寶便是所謂訴諸時間了！當有人挺身出來批評某些詩作爲劣詩或僞詩的時候，被批評者不但缺乏自我反省的覺醒，而且連自我批判的幽默感都別提了！因此，他們往往異口同聲地回答：「時間是最好的審判」！所謂「文章千古事，得失寸心知」的話語，立刻成爲知音。可是，當我們仔細地加以審視其詩作時，在眞詩與僞詩之間，在好詩與劣詩之間，可說是一目瞭然的，而居然只要訴諸時間，一切便已解決了似的，這是一種訴諸時間的謬誤。

劣詩常常因本身詩質的稀薄，却不惜利用裝飾性的化裝出現，正如無異品質低劣的物品只求包裝的漂亮一樣！僞詩則往往因本身詩素的貧乏，却不斷地利用擬似艱難深奧的語言出現，不錯，詩是一種語言的藝術，然而，語言的花招却也常常隱藏着詩性的貧弱與墮落。

我們不能否認時間可能把僞裝脫光，但爲了辯護自己在創作上的低能，甚至無能，竟然只要訴諸時間，而以別人管不着的姿態出現，那該是一種心理上的非形式的謬誤罷！

我們姑稱之爲「訴諸時間的謬誤」。時間正一分一秒地向前邁進，現代詩人該曉得時間的寶貴是分秒必爭的！但決不是只要訴諸時間，劣詩便會成爲好詩，僞詩便立卽成爲眞詩。這種訴諸時間的謬誤，可說是一種自我欺騙的結果。

笠48期 Li Poetry Magazine No. 48

目錄

新詩史料

詩曜場

笠下影

評論

翻譯及其他

弄髒了的臉

林亨泰

你說臉孔是在白天的工作弄髒了的嗎？
不，該說：是晚間睡眠時才會弄得那麼的髒。
因為，每一個人早晨一起來，什麼事都不做，
所忙碌的只是趕快到盥洗室洗臉——。

當然啦，他們之所以不能不趕緊洗臉，
不只為了害羞讓人看到自己有一副醜臉，
更是為了他們因為在昨日一段漫長黑夜中，
竟能安能熟睡——這不能說是可恥的嗎？

在一夜之中，世界已改樣，一切都變了。
今晨，窗檻上不是積存了比昨日更多的塵埃？
通往明日之路，不也到處塌陷顯得更多不平？
這一切豈不是都在那一段熟睡中發生了的？

龜裂・咒語

錦連

龜裂

蟬鳴的季節　蟬不鳴
盛夏八月　風停歌聲也不響
有着情人的年青傢伙額上起了深深的皺紋

蟬的悲鳴　如今衹剩下在——
頑童們拿着黏竿子和燈火
夜夜偸襲着林子裏的時候了

乾透了的心田來了洪水之後又乾涸
乾涸了的心田來了洪水之後又乾透

龜裂　終於跑遍了大地
比年青傢伙的額上皺紋更深
比年青傢伙的額上皺紋更深
龜裂　終於跑遍了人們的心田

咒語

沿着到達天花板的螺旋狀的烟縷
摸索到血色不好的氷冷的指甲

氷冷的指甲內藏着顫動的悲愁
悲愁的脊梁上刻着咒語

衹有一行咒語
刻着大風雪卽將來臨的預言
格外顯明

顯明得使
倒懸的眼睛　半閉的眼睛　朦朧的眼睛
無數無數的眼睛都爆出了眼球

詩兩首

陳秀喜

我的筆

眉毛是畫眉筆的殖民地
双唇一圈是口紅的地域
我高興我的筆
不畫眉毛也不塗唇

「殖民地」、「地域性」
每一次看到這些字眼
被殖民過的悲愴又復甦

數着今夜的嘆息
撫摸着血管
血液的激流推動筆尖
在淚水濕過的稿紙上
寫滿着
我是中國人
我們都是中國人

蟬的舊衣

貼身過三季的舊衣
成長後覺得太緊身
自泥土中爬到喬木
丟在小枝上

抱着初飛的喜悅
直飛往樹林
做樹木兄弟夏季的常客
以清唱來娛主人
忘却那件舊衣

當我覺得衣薄冷意
秋風才告訴我
那件舊衣可以當中國藥材
藥名「金牛兒」味鹹甘
驅風散熱之効
怎麼知道
無用之物可以醫治病

因緣

黃靈芝

聽說
白人瞧不起黑人
而黑人却瞧不起東方人
所以美國猪或也必瞧不起我吧

有一個晚上
我吃着美國製的猪肉罐頭
是的
我吃着或仍在瞧不起我們的
美國的猪肉

此時我雖看不見
但美國猪却露出兇牙
非常氣憤的樣子

然而這個猪肉罐頭是
一位美國人送給我的
爲了要我相信
他們未曾瞧不起我才送給我的

白人瞧不起黑人
黑人當然瞧不起猪
猪的一群却瞧不起我們
（美國猪總比我吃得好）
不過給我吃猪肉的却是白人

在此有動物和人的因果關係
我雖看不見，但猪這個傢伙
企圖在我肚子裡搞生下痢

我們是東方人
東方也有猪

我們的猪
看了我吃着白人的猪
覺得很舒服
在此有動物和動物的因果關係
我雖看不見
我們的猪却瞧不起白人的猪

（桓　夫譯）

阿水與阿花

詹冰

一、童年

「阿水，我要蝴蝶。」
「好，我抓給妳。」
「阿水，我要蜻蜓。」
「好，我抓給妳。」
「阿水，我要小鳥。」
「好，我抓給妳。」
「阿水，我要星星。」
「好，我一定抓給妳。」

二、少年

「阿水，這朵花給你。」
「我不要。」
「阿水，這個貝殼給你。」
「我不要。」
「阿水，我們一起玩吧。」
「我不要。」
「爲什麽？」
「因爲，妳是女生，我是男生。」

三、青年

「阿花，要不要去看蘭花。」
「我不要。」
「阿花，要不要去看電影。」
「我不要。」
「阿花，寫個信給我吧。」
「我不要。」
「爲什麽？」「因爲，你，是，臭，男，人——。」

四、戀愛

「阿花，妳最愛什麽？」
「我最愛雲。」
「阿花，妳最愛誰？」
「我最愛媽媽。」
「阿花，其次呢？」
「我愛小狗。」
「阿花，我呢？」
「我最最討厭你！」

五、結婚

「阿花，我愛妳！」
「我也是——。」
「阿花，我永遠愛着妳！」
「我也是——。」
「阿花，妳是我的。」
「你也是——。」
「阿花，我是世界上最幸福的人。」
「我也是——。」

六、生子

「阿花，妳做媽媽了。」
「阿水，你做爸爸了。」
「阿花，我們孩子的眼睛很像妳。」
「阿水，我們孩子的鼻子很像你。」
「阿花，爲了孩子，我要做一條水牛。」
「阿水，爲了孩子，我要做一隻母鷄。」
「阿花，妳是個好媽媽。」
「阿水，你是個好爸爸。」

七、壯年

「阿水，爲了身體，請你不要喝酒。」
「我知道——。」
「阿水，爲了家庭，請你不要浪費。」
「我知道——。」
「阿水，爲了將來，請你把握現在。」
「我知道——。」
「阿水，爲了理想，請你多多加油。」
「我知道，我完全知道了。」

八、中年

「阿花，太辛苦了妳。」
「阿水，你也太辛苦了。」
「阿花，妳愈來愈美麗。」
「已經是老太婆了。」
「尤其是妳的那顆心。」
「好了好了，不必灌迷湯。」
「眞的，我愛妳入骨。」
「噢，我變成了電影的女主角。」

九、老年

「阿花，妳看，河水一直在流。」
「阿水，你看，白雲一直在飄。」
「阿花，人生如流水。」
「阿水，人生如浮雲。」
「阿花，妳再要什麼？」
「阿水，我不再要什麼。」
「還要不要星星？」
「我已得到比星星寶貴的東西。」

十、永別

「阿水，你知道我是誰嗎？」
「妳是叫我去抓星星的女孩子。」
「我不要星星了。」
「現在我就要去抓星星呢。」
「我不要星星，我只要你。」
「我的身體已在昇天了——。」
「啊，我的阿水！」
「——。」

富士之夜

（外一首）

杜國清

舞池像一鍋熱滾的泥漿
欲撕裂什麼欲塞進什麼似的
折騰着
那些蠢動的男女，把臉翻轉上來
抑不住欲望在發酵

暗灯下戴着黑眼鏡的他
擧起奶罩形的酒杯狂飲
一搖來 裙子像突然綻開的牡丹花
將在覆在他的頭上 又盪去
——鞦韆上她的笑幾乎把他吞掉

在另一個角落裡
海邊遮陽傘像多彩的椰子樹
在那樹下徜徉的她
枕在男人的小腹上
他彈着吉他，嘴裡吐出的煙圈
在她的胸上繞着漩渦上昇而消散

午夜兩點，扔掉戀的煙蒂
叫了一輛小汽車
一路上雨落着

我口渴如焚
在那個黑眼鏡上，好像看到
一隻手臂拉上了屏幃
在雨聲中，聽到了
吉他彈出一聲女人的尖叫

一九六九、五、四

范倫泰

誰願做我的情人
我就獻給她一棵小水仙
我的心像那多重的鱗莖
我的手臂像那細長的綠葉
我的耳朵像喇叭喜愛收聽春風
我的哈欠也像喇叭常在水邊嚇跑了魚
我的羞是白色的
我內部有濃黃杯狀的慾望
那香氣是我一夜失眠的歎息

獻給妳一棵小水仙
妳願不願做我的情人？

一九七一、二、十四

印像

亞汀

在街道上
噪音泛濫
汚染泛濫
面具的臉譜漸漸混血
靈魂到處張貼着尋人的廣告
在東方尋找西方，在西方尋找東方

在港灣裡
船飢餓着
海飢餓着
希望馱着風雨的累積
空氣在壓縮，在流淚
想想東方和西方，嚼嚼西方和東方

在長廊上
名山猶在
神鴉猶在
尚有孤灯爲伴，孤月爲明
就像黃河和巴拿馬運河一樣
懷抱萬頃烟波，脈脈長流

六一年三月於高雄旅次

風景畫

林風

削立在山岩在右方不動
突起的島嶼在左邊靜默
藍色無波的海洋在中間平臥
岩頂、壁下的樹木不搖
一切靜止着
一幅和平寧謐的世界、

樹是鮮綠而不枯
海水靜而不死
島嶼是屹立之姿
山岩默默而凛然壯實
一切皆有生命的存在
都在等候着期待

一九七一、九、七

詩兩首

鄭烱明

狗

我不是一隻老實的狗，我知道
因爲老實的狗是不吠的
在這樣漆黑的晚上

我的主人給我戴上一個口罩
好讓我張不開嘴巴吠叫
吵醒大家的美夢
——我瞭解他的苦心

然而我是不能不吠的啊
作爲一隻淸醒的狗
卽使吠不出聲
我也必需吠，不斷地吠
在我心底深谷裡吠
從天黑一直吠到黎明

我知道，我不是一隻老實的狗
因爲老實的狗是不吠的
在這樣漆黑的晚上

事實

不再潔白的毛巾
仍潮濕地掛在浴室
逐漸成為破爛的一塊布

每天拚命地擦呀洗呀
拚命地塗肥皂
而臉上的汚黑依舊
洗不完的油垢
猶如陳年的鐵銹
無法除去

這是命運
上帝給我們一個羞恥的臉
是要我們懂得：
人是悲哀的動物

詩兩章

張健

隱

不躬耕，不追日
偶然拾一枚稗草
偶然描一掠日影
歸雁吟五柳
塑鷄鳴爲像
蟬語灑在顯微鏡下
遠山似酒
思想便是烟斗

隱

第二稿

躬耕？追日？
偶然拾一彎新穗
偶然挹一抹霞彩
歸雁寒暄五柳
塑鷄鳴爲蘭亭
灑蟬語入墨池
遠山是酒
哲思烟斗

二月二日晨

餘生記

——蜉生記之三

羅青

小寶和毛毛雨一起
七手八脚的，在沙坑堆沙
在低低的沙坑，堆高高的沙
在沙堆的城下，埋小小的娃娃
一個會說會笑的會長迗的——
一個不說不笑的布娃娃
輕聲哼着睡覺的歌
小寶的手和毛毛雨的手
輕輕拍撫在黑軟的沙上，緩緩消失在濕冷的沙上
沙裏埋着的，是一個
已經被壞人害死的破娃娃
害死在三軍育幼院的後牆下

六十年七月於基隆

異鄉人之夢

拾虹

陽光——致徐和鄭先生

曬了那麼長久的陽光
終於第一次你有
背脊灼痛的感覺

流淚的記憶
只有從折射過來的陽光
透過的天窗中
才能看見母親的笑容

只有在看到母親笑容的時候
我們才甘願死去
我們才甘願死去

老鷹

高高地飄遊在空中
已經這樣地徘徊很久了
不知道什麼地方才能停留
允許我疲倦地降落下去

往前飛去
我看見無數的砲口羅列着
往後飛去
我也看見無數砲口羅列着
啊　像向日葵一般地瞄準着我

砲口着火的時候
在猛烈交織的火花中

我知道再也飛不出去
只是每個砲彈穿過我的胸膛之後
仍然會墜落下去
仍然會往你們身上迅速地墜落下去

魚語

離開了黃河
來到這兒
這樣長遠的路
實在很疲倦

各位好吧
好久不見了
在混濁的世界裡
那裡看得見這樣蔚藍的晴空
你們的日子過得一定很快樂

有時浮上吐一口悶氣
這樣小小的河流靜靜地流動
確實沒有人會打擾
呸！怎麼有糞便的臭味呢

VISION

傅敏

景象

田園展覽着坦克的足跡
一條條紅腫起來的
傷痕
曝晒在火炎炎的
烈日下

比這更紅腫的是
彎身落鋤
便無由掩飾的
村夫背影

我在那裡消失
世界在那裡死亡

鐵窗之花

不知何時萌芽的
一株牽牛花
在鐵窗外
偷偷地開花了

一張一張監禁在鐵窗內的
向日葵
也偷偷地像牽牛花一般地
開花了

盤繞在牆外的
牽牛花
一朵一朵地
傳染它的笑靨

在牆裡的
向日葵
却一張一張地
枯萎消亡

腐蝕畫

貧窮像硫酸
在我們的牆壁
繪製圖畫

掉落在牆角的
剝蝕石灰中
數不清的蟲蟻
在我們的腦裡
日夜不停地穿孔

窗是密封的
釘死的木板不能開啓
落在牆角思想
已是棄物一堆

多麼希望牆壁的圖畫
會腐蝕出一個洞口
越大越好
透露着光

雪

夜輕輕地落下來了

在我們的屋子裡
雪靜靜地落着

梨花呵
關上窗子吧
讓我們顫慄的手
在微弱的燭光中
尋求一點溫暖

爲了一點溫暖
燭光熄滅後
讓我們溫熱起來的身軀
相互安慰吧
梨花啊

雪靜靜地落着
在我們的屋子裡

夜輕輕地罩下全世界了

軍艦

晨霧裡的汽笛聲
割裂了我
睡夢中的
胸膛

全世界的港口都在流血吧

戰鬪艦鋒利的刀口
剖開水藍藍的肌膚
露出
一個永恆的傷口

窗玻璃上
我的臉
閃爍着淚的光

俘虜

燒鳥店
通紅的炭火上
成排的雀鳥
被脫光了外衣

世界的
某個刑場
成排的囚犯
被蒙上了黑巾

這是整個地球暗將下來的時刻

世界的
某個角落
默默地呑進了淚水

燒鳥店
喧嘩地嚥下
死的叫聲

冬日之歌

Leslie Norris 詩
余　素　譯

越過陡峭的山頭
在日盡處
胆怯怯的雪呀
未降之前旋轉着

刮着風，刮着
於是我們看見
你滑溜溜的身子

柔柔的雪呀
靜待着天黑
天黑了，那軟軟的光
才能裹起山頭

刮着風，刮着
矮樹叢沉寂
黑樹們空寞

在日盡處
小小的雪呀亂跑着
白白的蜂群在月色中
而飄飄的風呀

刮着風
刮過冷冷的山頭
因此月兒也默默

幻想的人及其他

程璞

・幻想的人・

或是恍恍惚惚的瘋子
誰也不理會地
坐在垃圾堆上
輕鬆的打盹兒

或是放蕩的醉漢
什麼都遺忘了
歪歪斜斜的
哼着忘憂的歌兒

或是世界只剩一個人
赤裸裸地
手舞足蹈

或是遠離這個星球
向陌生的國度飛行
拚命找尋心愛的
不知名的花
使我的存在感到自由
我是幻想的人
向未知招展着手臂

・流浪的人・

有個地方必須到達
在約定的時刻
準時到達

然後　一天重疊一天
走着
去踐赴
另一次　猶未知悉的邀宴

激動着內心的
祇是
溜過指縫的

不停吹盪的風
天上飄浮的白雲
以及
彩霞滿佈的黃昏
家人團聚的時刻

從季節的邊緣伸出眼睛
眺望春天　眺望終點
我是流浪的人
揹着懷念和回憶

·發瘋的人·

他站在大街上
高舉雙手呼喚着
「若要看見神
　打開窗戶吧
　陽光底下隱藏了愛情」
于是
門窗都爲他而關閉

他坐在公園裡
喃喃自語着
「殺死一切美麗的東西吧
　無論何時
　只需要一個不萎謝的夢」
然而　他的周圍
開滿鮮艷的花瓣

他顯得很憂鬱
他的眸子裡
天天閃爍着
不被知悉的
神秘微笑

·孤獨的人·

美麗的少女遺忘了你
仇視的敵人遺忘了你
夕陽的餘暉遺忘了你
整個世界都遺忘了你

禁閉於你心牢中的一隻狗
依然狂吠着
面對擲出的拋物線
面對無可奈何的落花
不服輸的
高聲吠着

向着孤獨憧憬
不回歸
向着孤獨憧憬

你遺忘了美麗的少女
你遺忘了仇視的敵人
你遺忘了夕陽的餘暉

你遺忘了整個世界

·狂妄的人·

你們都不存在
昨天　今天　明天
都將成爲流動的河
納入我的心臟
分支而去

無論什麼時候
大聲的喊叫着
神就那麼被我雕刻了
會通向天上去

如同一尊廣場的豎像
我的呼吸裡
星群昇起又沉落
我是
狂妄的人
什麼也不放在眼裡

·貧窮的人·

甚麼都沒有
甚麼都不想存有
我只要一個不破碎的
夢
有一個人柔和地
許諾給我的
又收回去的
夢

因爲
這個人間浮沉着
絕望和謊言
典當了所有
我的夢　到現在
還是　流逝在遙遠的天空
永遠沒有一個不萎謝的
夢
所以
我是世界上
最貧窮的人

·搜索的人·

沿着河邊走下去
潺潺的流着
以無奈的感情
水從何處湧現呢
靜靜坐在房子裡
激昂的飛舞着

以迷惑的聲音
音樂往那兒去呢

無論何時
偸偸在我耳邊低語着
就離開
那是什麽人呢
從妳烏黑深邃的眸子
我汲取了什麽

我是
耐心而好奇
搜索的人
喜歡凝視存在的空虛
發出疑問

．寂寞的人．

呆呆的佇立
在擁擠的人群裡
我就吟咏
人生的寂寞之歌

如同悄悄降臨的愛情
這個人間
充斥着寂寞的東西

在曙光裡
在無星的夜晚
抵禦不住的
空無和幻影
同樣看得見
却無可捉摸
那是我孤獨的位置

日日 無助地
聆聽落葉一片一片的飄零
我是
寂寞的人

．給陌生的人．

我正要出發
去找尋
一個暖和的春天

披着一具聖潔的靈魂
點起艷麗的火焰
你吸引着我的位置是
優美的姿勢

膨脹的青春
向晴空飛舞
向陽光追逐
擁抱我底心

從寒冷的冷天
艱苦的世界
我正要出發
去找尋
一個暖和的春天
一個晶瑩的心
如你所有

‧思慕的人‧

世界的另一端亮着
星星一樣
明澈的眸子
所以
兩顆星兒並列的夜晚
相思沾染了大地
攀附在我的胸膛
靜靜伴眠到天亮

粧鏡的背後
隱隱約約地
閃現了妳的微笑
所以
無聊的客廳
充滿着綺麗的夢
使我無話可說而大笑

每天早晨
我把孤獨和寂寞
寄給
遙遠的
思慕的人

‧陌生的人‧

有沒有寧謐的淨土
我不知道

有沒有無拘無束的心靈
我不知道

有沒有盡情的歡愛
我不知道

有沒有吸引人的同情
我不知道

我只知道
上車下車的人
匆匆忙忙
還有一個又一個
木然呆板的臉孔
從反射的車窗裡
我也看見
一個漠不關心的陌生的人

無言歌

陳鴻森

狼

在熊熊的篝火前面
停下脚步曝曬
我那微濕的憂鬱
然而我的嗥聲
仍是連結着
黑夜的邊緣

蠻荒已逐漸死寂了
明亮的光照在
我的飢餓
只好，我只好藉着去計數
曾經咬過多少個咽喉的回憶
而入睡……

妝鏡

風老愛吹拂着，媽媽那猶未梳理過的頭髮；自從爸爸去打仗以後，遠方，便成了媽媽的妝鏡

一面玩弄着伊胸前那條項鍊，一面斷斷續續的說：「閃爍着…這樣…美麗的色…彩，正是最叫…人悲…哀的事啊」

風仍在吹拂着，媽媽那還沒梳理好的頭髮；然而却無情的把鏡面打破，那一列列急駛而去的軍車

秋意

小丁芹　你會喜歡那逐漸走近的秋天嗎
當澀味在你的細語裡　消失　我們收穫什麼

那些葉子浸在無言歌裡　等待　然後會
五拍七拍的飄落　飄落　它們將去遠方
　唉年青

年青是痛苦的　此刻一切都焦慮　爲卽將的命運　只有你的髮繼續在生長　繼續在……但那也是涼涼的

現象集

林鋒雄

境遇

寞落的境遇啊
一棵小樹
的
孤單
背後是遙遠遙遠的天空
一輪漸漸沉的落日
無助的
小樹
迎風
站在瘦瘦在山脊上
沒有一隻鴿子
飛過
沒有一隻老鷹
撞見
蔚蔚藍藍天空的背後
一輪漸漸升的太陽

六十年三月二十三日

松

危巖上一棵松
松樹屹立於土壤中
冷氣開放的天空
霜白白的天空
菊花瓣的天空
一棵松樹
在時間的畛域中
怎樣的一種松濤
廻旋上升
雪的天空
一種靜默
一種音樂
開放在松樹的肢體中

靜靜淒淒……

重寫於六十年十月九日凌晨一時

一隻鳥仔

一

溪在水中流着月光
一隻鳥在月光中游着游着
游出一枝樹

水綠色的樹啊
水綠色的樹啊

何處是我歇息的
窩巢
安全而又溫暖

非水非月也非色
水綠綠的樹啊

如何我才能
棲息你繁密的枝枒
在這驚惶的世界

二

雲在山中流着水聲
一隻淒淒哀鳴的鳥兒
飛着飛着
飛出一條漸遠漸淡的路

六十一年元月二十八日

美妙的早晨

早晨
一朵薔薇漸漸的低垂
　飽含
　過重的露水

起身
伊的双乳
　　漸漸的垂俯
向我
　微張
如嬰兒的口

桌上的牛奶是新鮮的
麵包是剛烤的
　微微透着
　香味

還有，一碗溫溫的稀飯

六十一年二月九日

記憶中的某日

這樣冷的冷是氣候的嗎？
（溫度計攝氏廿四度）
這樣冷的冷冰
是在肌膚的嗎？
（穿着汗衫）
這樣
冷的
冰
在土地上凍着我的双脚
一株也會驚惶喊的植物
（沒有天使）
南方的日光
業已施肥的土壤
我的額上貼着
乙張

。

六十一年二月九日晚

躍　出

江雪一直下着
直到淹沒了我整個心房
漁舟
才孤伶伶的開航
沒有
帆
的。馬達響着
一圈圈粗大的繩索
鳥在心房中
啼飛
魚
才躍出
一條寬寬廣廣的河道
網。孤寂的撒落

六十一年二月十日

•盆景•

陳坤崙

隨着那棵小榕樹
把自己種在那個小小的花盆裡
而人家都說他
自己愛自己的影子
自己迷戀自己的氣息
花盆裡的那棵小榕樹
每天，用力地掙扎
祇是想弄破
那個無形的黑暗世界的壓力
小榕樹
自己殺起自己來
人家依然鼓掌：他的美麗

半驢半馬集

李　溟

幽　靈

橫井庄一先生
久違了
咱們以爲你們這批皇軍全死定
想不到你又翻了身
讓我們瞧見自己血淋淋的背影

在關島長眠的
你那一票弟兄
做夢也想不到
有朝一日你會歷盡滄桑
坐上日航專機
飛回羽田機場亮相

雖然他們向你揮手
你可不算是什麼英雄
軍備撥款早就偷偷地增加了
小國就喜歡做大國的夢
你就是當年的一個

可是對於我們
你却是一具幽靈
讓我們挨了三八步槍刺刀的女陰
又隱隱作痛起來
尤其在這樣的季節
北風這樣凌厲的氣候裡

心　事

年初就多事
事事傷心

先是「純文學」上
有個叫洛夫的
又隨着三五隻雁子
飛過去
說是青空無事

隨着
辛鬱他老兄也數着
長空的一列雁隻
一　二　三　四　五
嘆說人生是多麼不易勘破

尼克森那厮憑什麼
帶着一群洋鬼子
又是西子湖又是萬里長城的
東敲敲西扣扣
南躞蹀北躞蹀
惹得余光中
在「人間」的版圖
發了一陣單戀孟姜女的神經後
又大叫他的鄉愁

致拉曼

孟加拉國總理拉曼先生閣下：
雖然我們彼此尚無邦交
我們可是同情貴國的
看了「龍族四號」沒有
一位叫做陳芳明的所寫的一首詩「致孟加拉」就是證明
即使你們還稱東巴的時候
你們的苦水也日日有人傾吐
現在你們有起色了
被強姦數十萬婦女的事也可以結算了
塞在你們耳朵你們眼睛你們嘴巴的泥土也取了下來
可別忘了老朋友
聽說繼亞雅上台的那位叫什麼布托的
還頻頻向你送秋波
你搖頭推說一切的建議impossible
操他的娘
這算那門子生意
解下那個重荷不容易的
還是讓孟加拉是孟加拉吧
讓自己的土地升上自己的旗
讓一切結束
一切開始

照妖鏡

「中國現代詩選（一九五五——一九六五）」——
有很多詩作，
讀來都太像英詩，
尤其是葉維廉自己的；
而「中國現代詩論選」——
是文學殖民地主義的產品，
是一批人事先商量好一起玩的一套文學上的障眼法。
關傑明先生
這可是你說的？
可是你說的？
是你說的？
你說的？
好啊！
你

竟敢這樣放胆出手，
想必是久居國外，
天高皇帝遠。
話雖如此——
你還是小心點，
以防萬一。

註①橫井庄一——在關島叢林隱匿二十八年後，年初被發現，目前返回日本的二次大戰時期日本皇軍。

②「心事」一「詩」所引，見「純文學」六二號，一九七二年二月份。洛夫的詩「青空無事」以及辛鬱的詩「秋景之一」。前首應是六十年餘稿；後者爲去年歲暮作品。另有余光中二月二十五發表於中國時報人間的「萬里長城」及三月一日在同版面的「鄉愁」。

③「照妖鏡」一「詩」第一節，全部引用二月二十八、二十九兩天，中國時報海外專欄發表的關傑明教授一篇文章「中國現代詩人的困境」，不敢掠美，特別聲明。

其中「中國現代詩選」卽葉維廉英譯的「MODERN CHINESE POETRY」(1955——1965)一書。「中國現代詩論選」則爲創世紀詩社策劃，洛夫、張默、瘂弦共同主編。大業書店出版。

劍客

關關

吾佩過許多劍
吾亦是其中底
一把
但是自從
吾忽聞劍鞘說：
吾們不喜歡
血
吾便將那許多劍
和吾
一起
遺棄

他

郭暉燦

同太陽一齊出發
一路追趕太陽
太陽落於山後
山是先人的家
星星是他們的名字
一朵雲在找尋

廻音集

子凡

雀鳥

黃昏的天空空無一物
成爲一隻無處棲息的雀鳥
緩緩地飛行

天空曾是至大也是至小
生命曾是無內亦是無外

無際的天空有有限的視幅
無窮的生命有感覺的宿命

黃昏的天空飛行着
一隻雀鳥
何種使命驅逐着
只要它輕輕拍動那双小小的翅膀
我便聽到生命低低地呼應

一九七二、一、十五

廻音

常常將一句生活里的喟嘆
痛苦地迫成一聲叫喊
　向着冷冷的空茫

這是生命惟一的抒情罷

活着就是不斷地呼喚着
世界內部的生命 抑或
不斷地爲世界內部的生命呼喚着

生活不如意時，就向着空白
淒厲地叫喊罷
我張大口叫喊時
生活的悲哀立刻傳遍週身
生命被困禁在合不攏的口中
隱隱聽到
　廻音
　　憔悴的聲音
自世界的另一端
悄然回湧

一九七二、一、十

距離

步入天秤斜斜置着的
物理實驗室是我深邃的內部
我以粗白的心幕攝取愛的輝芒
透過透鏡投出的焦影
清晰而無掩飾
偶然抬頭觸到老教授
透自老花眼鏡後面的目光
在調適我的距離

「教授！我已找到透鏡的焦點距離」

一九七一、十一、六

鞋子

常聽父親講述：
孩提時擁有一隻缺手斷脚
或沒眼珠的玩具狗熊的喜悅
和滿足

而父親一輩子就祇做個
補鞋匠
每天一針一線地縫補
一双双因了慾望而奔波穿了的
鞋子

是否生命就像鞋子一樣
補了又得補呢

常常我不敢要求
一些什麼 因爲
我怕連僅有的貧窮
也將失去

一九七二、一、十七

人造花

不曾爲我珍惜的一朶人造花
得意的 立在桌旁

啊，人造花
我恆厭棄——
沒有
可以蹂躪的貞節
沒有
可以玷辱的美
沒有
伊人髮際的芳香

某日
偶然捧起人造花
我無奈的哭泣
它——
沒有少女絕望的嘆息

黃世明

薔薇的血跡

郭成義

薔薇薔薇（寄拾虹）

我沒有想到我會這樣死去
因爲我沒有想到
我的血竟那麼美麗

我拈着自己的肉體
沒有人看見我在死去
我痛的感覺
一次一次地
跟隨我暢快的顫動
在最痛楚的一刹
突然嵌進我心窩　唉
美麗的血啊
美麗的血啊

我不是爲了要活着
但我的肉體是多麼眞實

我相信此刻一切纏綿
都是因爲我在死去而愛
而加促着

那麼就這樣死去吧
好在沒有人看見
我的肉體仍舊是眞實的
仍舊是一種倦怠的纏綿

我的血竟那麼美麗
使我沒有了痛覺
所以在我死去之前
讓我再照顧一次我的美麗吧
血啊　血啊
每一次顫觸
我的肉體便更眞實地
流着你
流着你

茶壺

我是有熱度的血
在早晨
我的心裡便開始滾燙着
一種難忘的等待

最難忘的等待就是我的血
就是我的悲哀
總有人知道怎樣從我的傷口竊取
一口飢渴地吞下

輪到我飢餓的時候
我只能情願地成爲一塊靜物
冰冷的看着
這殘餘的夜色
傾倒的杯子的屍體
還是那種飢渴的姿勢

我的悲哀就是我的血吧
永遠難忘地等待傷口發作

愛人

有什麼不可告人的事
我只能在沒有人的地方
看到你鮮紅的愛
像一滴堅實的血
淌進我的脊椎

愛要愛得那麼艱苦嗎
血要流得那麼孤獨嗎

沒有人的地方
才是我無辜地生存下去的地方
愛人 我熱烈地呼叫
我熱烈地呼叫
我只能從我的脊椎裡
聽出熱烈的回答

堅持生存也是不可告人的嗎
愛人的血
爬滿我全身的脊椎
如今只剩下一滴告訴我
還要生存得很鮮紅嗎

血跡

我是被遺棄的一個人
不知道世界的溫暖
只知道這樣默默的
爲我的後事而一分一秒地活着

我會消失的
在我辦完了後事之後
我仍將被我遺棄
我必須習慣被遺棄的生活

不知道什麼時候才會消失
辦完了後事
我才算眞正的被遺棄了
沒有一點痕跡

但是誰先遺棄了我呢
這世界這樣廣大
他好嗎
但願他還能記得
我初生時熱紅紅地啼哭

飛瀑

連水淼

爍人耳目的
痛擊着我的想望的
飛躍之聲

攀爬至某一高度
又想折回原來的位置
如一置身浮華的少女
回首淳樸的山色

讓登高者去攀行
讓低卑者去就下
山叠山　水容水
或立或臥
只要有站立的孤影
就有巍峩的存在

你用脚步將形體拉響
我只是一陣停停走走
　　走走停停的
雲。

人身植物及其他

凱若

人身植物

受了天空的誘惑而仰伸的脖子
突然感到酸痛着

一直信賴着天空而生長的我們
脚根却正不斷地伸進泥土裡去

愚笨的我們呵
終要讓天空也突然拒絕我們的時候
方會相信我們沒有領土

我們的生存是因爲我們的脚跟
溫馴地接受了殖民地惡毒的陰謀

而天空只是一面迷惑我們的
裝飾

身家調查

激烈的槍火
虛偽地停住

在殘垣下出生的嬰兒
被正好躲退在那兒的軍官
捂住了嘴巴

他連他母親的呻吟都沒聽過

因爲活着
他成爲一個人質

自言自語的時候
他總是提到逃亡的問題

終焉報告

由於無法忍受
在等待中體力逐漸衰竭的事實
那個戰士在命令仍未下達之前
就發狂般衝
了
出去

沒有遺言就死去的他
是發現自己在攻擊中
才滿意地結束自己的

詩兩首

林忠彥

淚珠兒

——給愛妻

淚珠兒在你的臉上好可愛
微笑是愛
淚珠兒的愛更深更真

金絲雀約會的那個黃昏
你傾出第一顆千言的無語
弄得我心動

並且蓋住我的心動
決定陪你走向漫長的路

淚珠兒串起來給兒女們做紀念
兒女們一定喜愛這故事
並且告訴他們
說你的淚珠兒是順流
我的淚珠兒是逆流
在那個日子流向相交
交出我們的幸福

看不到海

時常經過的中午或黃昏
時常靜靜看那片海
以及幾隻拆了半邊的船頭
以及對面小島上的防風林

船夫隨着漁船
漁船隨着海浪
那浪就是我的思潮
像我飄蕩的少年時光

水花們就是春天
不是春天我也能看到春天
浪聲就是音樂
音樂能教你動的姿態和歡呼
教你的細胞躺着溫柔

蹤使走過了五嶽三江
故鄉還是等着我歸來
看不到海
一級防洪區的故鄉看不到海

早臨的哀歌

楊傑美

有一天我們將走入世界寂黑的內部深處
安安靜靜地躺着
不夢也不想
只是一昧地固執着那種
滑稽透頂的遊戲——
用我們腐植質的鼻孔呼吸
風化後一片病鼠色的
天空

穿越過重重濃霧姍姍而來的月暈
陰暗的投影逐漸在擴大
包裹着滴滴靑濛苦澀的夜汁
植立在夜心的中央
我們是一群被狂雷暴雨移植在異鄉的
苦苓樹

這一輩子
是註定了要忍受這
沒有陽光沒有根莖沒有花葉沒有果實的
眞空生活

跨過斷橋之後
路向地平線的盡頭飛奔而去
不管你願不願意接受
苦難的日子終於來臨

此刻
讀着滿天惑人的象形文字
即使我們預知
前途將比來時的路還要泥濘
我們也將瘦弱得無力轉過身去
跨出已然命運的陷阱一步

一小串的聯想

元瑱

因爲過去尙未遠離我們，
所以有時，我們的目光仍照耀着它；
因爲我們不易淡忘，
所以回憶竟是萬分的深沉。

只可惜我們無法永遠在深山中吟詩，
否則我們可以更接近未來，
像高峯極近天頂般的；

或許我們可以攀上高峯，
自然，我們不應傲視下界，
我們可以閉目沉思，
也可以虔誠的仰望。
因爲在高處，
我們更可感到高處的偉大；
雖然立在高處，
但更高處仍遠離我們。

若我們欲高攀，
我們應選擇難行的路徑，
這樣我們可以不必老是爲路傍的野花分心；
也可以不爲回顧來路而延遲。

雖然汗水淋漓
但我們原本的雄心更被激至高處；
雖然汗水模糊了視線，
但遠景早已在我們腦海裡開展。

自然，愈高處是愈淒涼，且寒冷的。
所以當我們在更高處時。
我們已無法有安適的睡眠，
但那高空無比純潔的空氣會滋養我們。

雖然高處的淒涼更令我們懷念下界，
但高處的潔白會更吸引我們的此一信念
亦萬分堅强；
況且，愈高處愈接近太陽。

並非愈接近太陽就愈熱；
在下界，生物由於太陽的溫度而繁茂。
而在此，我們領受的日光，
是冷靜而明亮的，
所以這裡的一切都是穩定而循序漸進的，
雖然有些單調、冷漠，
但却遠比下界的要永恒的多了。

因爲愈接近太陽就愈高，
所以當我們到達頂峯時，

我們便要騰空而上，
我們可以穿過重雲，攀住太陽。
但到那時，
我們仍不應傲視下界，
因為在高處，我們更覺高處的偉大；
立在高處，更高處仍遠離我們。

蓮笑種種

給幼女美文

心　水

風情居然旋在小紅摺裙的波浪上迴蕩
　縱成天鵝
　舞姿不過是把美的定律醜化
誰能窺破蓮笑種種的寓意
尤其是眼睛的黑靈窗
盈盈獵你。
就說誘惑是停電的燭光
那微亮可以蝕心
　可以化骨

你竟然想變為一卷錄音帶
把眞純的哭笑無邪的童音
盡錄。
在蒼老的歲月把髮染白時
你的播放：是記憶的緣茵
　是重燃生命的青春

當八個白齒牙，喚你千聲爸爸爸爸
你遂嗅到尿味的亞摩尼阿
遂在擤去的鼻水裡甜甜你的心
左臉的吻痕你强說是屬于
　大叨的天氣反應（註）
而右臉該是種什麼樣的風
　什麼樣的愛
如此。
父性何其可笑的奶奶的便成道
好像兩點酒渦終日綻放蓮姿
盛開而成長的是朶不萎的白花
　蔭在烏髮之圓傘下
　任人感染芬芳
且展示的另一種羅列
　睡在
　靜中
睫上的詩句誰能朗誦
　又誰能展讀
屬于種種蓮笑種種的
幸福。
　民六一年元月于堤岸

註：大叨是南越高原的避暑勝地，氣溫很低。

前鎮

——港都什錦之一

莊金國

臨海這一帶
建築物們不規則底
巨幅伸展着
迫及港而引誘着海來
海去：花旗招浪飄響着
頭聚集的眼光擱淺了

那些等待解體的船
在我們看來依然傲岸的船
它們底船長哪里去了
碰高脚盃飲吧女的
　水手哪里去了
海風捲着藍色呼嘯
一片竹籬廢鐵場

祇有這邊聳峙的煙筒
冒着黑的濃的湧然的煙筒
前鎮的兒女早就呼吸着的
伊們底血汗流注了的
幻着金色夢打外鄉來的……

成長

廖立文

不要休息
那是另一個時間的

不要盼望那日　那月　那星
或者那一片天空
日是揮洒　月是剪貼　星是琢磨
至於那一片天空啊
是一種水腫

自從幕啓時
我們便存在
在燈光中
我們的影子向前，或者向後拉長
擺成一種彫塑的姿勢
我們的手孤零零地
向虛空探測

總是要長大，總是要長大
總是要長大
我們的時間裡
沒有休息這一種因素

六〇、八于虎尾

杯子・蘋果・蛋

德音

像您大方穩重的
那咖啡杯子
一天也未曾離過我身邊
尤其在如此冷冰冰的冬天
令我心身得溫暖
感謝您
雪中送我　您也需要的炭

這熟悉的蘋果
一看到那形體色澤
閃憶起赤崁樓花園裏
坐在石板椅上被迫且嚼且擠的那一顆
——濃朱、五爪、香、甜、脆、多汁
　確信是市上最高價格

相隔雖已多年
味道却不兩樣
如同摘自一棵樹上
就像您
純潔永恒　始終堅強
是否褒我保持永不壞的蛋
但願我倆都如此自勉

大理石並非只是大理石
平凡中非凡
哪怕路途崎嶇
斬除荊棘　齊步向前　向前

火災

洪錦章

該是死的時候了
喂
張着朦朧眸子的那只鐘
起來起來
不要裝做沒有聽到的繼續

要着一襲看得過去的衣服
最好也有一把拐杖
一隻奇形怪狀的煙斗
一根香煙一面照妖鏡以及放好的一支定時
進行曲

這一切够令人忙的
火勢愈來愈猛烈

該是死的時候了
喂喂
躲在牆角的那隻小蜘蛛
你也起來
不要裝做沒有聽到的繼續

詩兩題

楊惠男

祭屈原

只要一吟咏就想起它已乾涸
只要一低頭就看到它積滿
敗葉枯枝的河床。
還是不忍心告訴你
——唉，不忍心
汨羅江已不再源源而流了！

雪月裡，風吹花飄，故園已蕪
屈原，你立下的碑石猶在
而你的屍骨呢？
——花風月雪，雪風月花
而你的屍骨呢？

汨羅江已不再源源而流了
那麼，就讓肝腸包成粽子
化作詩句，祭你！

唸佛

——爲明村及其他苦難的人們

一聲彌陀是一句悲歌
一顆唸珠是一滴眼淚
罪惡染黃山頭
貧窮流滿河川
遍地的，哀號的，吶喊着的
血，掙扎地流着的血呵！
就讓我穿一串淚的唸珠吧
爲你唱那唱不完的悲歌！

尋求錄

趙天儀

尋求

已多年不見白頭翁的踪跡了
只有痲雀還在吱吱喳喳地啼唱

已多時不聞斑鳩的呼喚了
只有鴿子還在五線譜的電線上做白日夢

絕跡的鳥族們
像永遠逝去了的童年的遊伴

那樣令我繫念
那樣令我莫明的哀傷

玩具的旅行

玩具的飛機不會飛
在陸上前進
伴着光亮的火花閃爍

玩具的跑車不會彎
在地上躍進
奏着得得的機器交響

玩具的火車沒有軌道
在路上挺進
帶着嗚嗚的火車頭橫衝直闖

弟弟是不守秩序的過客
闖過了姊姊的交通標幟
於是一陣歡呼，一陣爭吵，又一陣哭泣……

涼水珠仔

一粒涼水珠仔
哽在瓶頸裡
聲音那麼清脆而響亮

童年時候
我也曾站着瞄準的姿勢
向着地面的另一粒

有一粒是透明的水色
有一粒是彩紋的牛奶色
還有一粒竟是水晶的楊桃

比手劃脚的遊戲
在沙地上
是球狀的一粒粒的涼水珠仔

一九七二年三月七日

兒童詩園

指導者：黃基博

啾啾啾

屏縣潮州國小三年 李淑㜊

小鳥兒沒有母親，
在樹上啾啾啾。
我要做牠的母親，
牠還是啾啾啾。
啾啾啾，
樹上的小鳥兒沒有母親。

夕陽

屏縣仙吉國小四甲 李翠玲

夕陽紅着臉，
向地平線逃匿，
像做錯事的孩子。
驚異中
它已在我臉上抹上了羞紅。

海

屏縣潮州國小四甲 張景瑞

海！
你這心胸廣大的，
可惜有人不學你。
海！
你這蘊藏豐富的，
奇怪，有人怕你！

夕陽

屏縣仙吉國小五甲 高愛涼

夕陽是一個愛喝酒的男人，
你看他又喝得滿臉通紅，
醉醺醺的走回家去。

壞習慣

屏縣仙吉國小五甲 黃淑卿

壞習慣像一棵樹苗，
枝葉往上長，
根兒往下紮，
長得高時，
就很難拔掉了。

雨

屏縣潮州國小六年 張慧娟

不敢回頭看母親的臉。
窗外的雨，
滴滴點點……
雨中有母親的臉，
兩眼瞪着不聽話的我，
滴着淚的雨。

信心

屏縣潮州國中一年 贈昭蓉

像剛落地的娃娃，沒有愁容；
像成功的凱旋，依稀傳來歡聲雷動；
像興奮劑，使人充滿幹勁。
是事業的原動力，

帶領着我們去開拓荆棘的道路。
啊！信心！

夕陽西下

屛縣潮州國小五年 張景瑞

面對燦爛的夕陽，
望着它漸漸西沉，
眩目的紅光中出現了老人的臉；
滿身的夕陽，
彷彿是祖父的慈光。

鏡子

屛縣仙吉國小五甲 林玉油

我愉快地拿起鏡子問它：
「我美不美？」
「你不美！」鏡子回答。
「哼！」我狠狠地把鏡子摔破了。
我再拿起摔破的鏡子問：
「我到底美不美？」
鏡子依然說：「你不美就是不美！」

校園

屛縣仙吉國小六丙 謝茜茹

樹木的枝葉在微風中不停地擺着，
像男老師的手熱情地召喚着我們。
花園是美麗的女老師，
玫瑰花是她的櫻唇，
夜來香是她的香水。
噴水池是小朋友的大眼睛，
大眼睛為何掉淚呢？
有美麗的荷花陪你，
有可愛的紅鯉魚伴你，
為什麼還會寂寞？
你驚呆了好多瞪大的眼睛啊！
為什麼？為什麼？
快告訴他們吧！
不然，他們走不開了！
涼亭是一把漂亮的遮陽傘，
傘下的微風好清爽！
偉大的校長，
您令人肅然起敬，
就像那尊孔的雕像。

有月亮的晚上

臺北南港國小五年 林安玲

月亮遠遠
圓圓的
貼在天上
像一面小鏡子

像一面小鏡子
照下來
飄着一匹匹的白紗
蒙住了我眼睛

（林煥彰提供）

中國新詩史料選輯之二

劉大白詩選

趙天儀編

I　簡介

劉大白（1880——1932），名靖裔，浙江紹興人，民國前三十二年生，民國二十年二月十三日逝世，享年五十二歲。前清舉人，曾任浙江省議會秘書、浙江大學校長、教育部次長等。先生爲舊詩詞極有修養的新詩人，且爲一教育家。著有詩集「舊夢」、「丁寧」、「再造」、「秋之淚」、「賣布謠」、「郵吻」、「相思子」、「桃花幾辮」、「白屋遺詩」等，詩話有「白屋詩話」、「舊詩新話」、「白屋說詩」，以及遺著「中國文學史」等。

II　詩選

自然底微笑

隱隱曙光一線，在黑沉沉的長夜裡，突然地破曉。要霎時烘成一抹錦也似的朝霞，彷彿沉睡初醒的孩兒，展開蘋果也似的雙頰，對着我微笑。

黃昏的一片淺藍天，一半被魚鱗似的白雲籠罩。冉冉地吐出一彎鉤也似的明月，彷彿含羞帶怯的新婦，只露出一些兒服角眉梢，對着我微笑。

鏡也似的平湖，映着胭脂也似的落照。忽然幾拂輕風，皴起紗也似的波紋，彷彿曲終舞罷的女郎，把面罩着半倦的臉兒，對着我微笑。

——相思子

挑花幾辮

虧煞東風作主，
春泥也分得桃花幾辮
春水也分得桃花幾辮

怎禁得流落江湖，
浪翻潮捲；
春水無情，
忍送得桃花遠！

看春泥手段，
把桃花爛了，
護住桃根，

等明年重爛漫！
替桃花埋怨東風，
何苦讓春水平分一半！
就一齊化作春泥
薄命也還情願！

——桃花幾瓣

郵吻

我不是不能用指頭兒撕，
我不是不能用剪刀兒剖
只是緩緩地
輕輕地
很仔細的桃開了紫色的信唇；
我知道這信吻裡面，
藏着她秘密的一吻。

從她底很鄭重的摺疊裡，
我把那粉紅色的信箋，
很鄭重地展開了。
我把她很鄭重地寫的，
一字字一行行，
一行行一字字地
很鄭重地讀了。

我不是愛那一角模糊的郵印，
我不是愛那滿幅精緻的花紋，
只是緩緩地
輕輕地
很仔細地揭起那綠色的郵花；
我知道這郵花背後，
藏着她秘密的一吻。

——郵吻

我願

我願把我金剛石地似的心兒，
琢成一百單八粒念珠，
用柔韌得精金也似的情絲串着，
掛在你雪白的頸上，
垂在你火熱的胸前，
我知道你將用你底右手掐着。

當你一心念我的時候，
念一聲我愛，
掐一粒念珠；
纏綿不絕地念着，
循環不斷地掐着，
我知道你將往生於我心裡的淨土。

——郵吻

秋晚的江上

歸巢的鳥兒，
儘管是倦了，
還馱着斜陽回去。

雙翅一翻，
把斜陽掉在江上；
頭白的蘆葦，
也妝成一瞬的紅顏了。

——鄭吻

春意

一隻沒篷的小船，
被暖溶溶的春水浮着：
一個短衣赤足的男子，
船梢上划着；
一個亂頭粗服的婦人，
船肚裏槳着；
一個紅衫綠褲的小孩，
被她底左手挽着。

他們一前一後地划着槳着，
嘈嘈雜雜地談着，
嘻嘻哈哈地笑着；
小孩左廻右顧地看着，
痴痴憨憨地聽着，
咿咿啞啞地唱着；
一隻沒篷的小船
從一划一槳一談一笑一唱中進行着。

這一船裏，
充滿了愛，
充滿了生趣；
不但這一船裏，
他們底愛，
他們底生趣，
更充滿了船外的天空水底：
這就是花柳也不如的春意！

黃昏

青山一髮，
斜陽一抹，
算值得憑欄一瞬，
這有限的斜陽，
一寸一寸地西褪。
一寸一寸地和黃昏近。

斜陽
你讓黃昏來占領了這世界；
我却又來占領了這黃昏。
這秘密的黃昏，
一霎時吞了斜陽，又一霎時吐了明月；
伊雖沒光明，
却彷彿懷着光明底妊。

明月還沒吐，
斜陽已經吞了；
就這一霎時秘密的黃昏，
却也值得無人獨自，一晌溫存。

詩曜場

郭亞天
傅敏
陳明台

陳鴻森的遼濶

郭亞天

詩是突然，也帶着意外性的超越。

「意外」的本身，並不限定突然，且含有異常的亢奮和痛楚的一瞬，卽使是宿命性的突然驚覺吧！意外應是在這無限具體地存在的事實上早已存在着這種等待蓋棺的現象，所以意外經常也是富於啓廸與驚覺性的，屬於被語言和意義所可相互認同的。

老天
因爲了無牽掛
所以能遼濶

每次見到天那種嘲弄意味
我便會浮起强烈的嫉妒
而加緊練習揮手和低聲說再見

在一次衆多的張望裡
我沒有解釋的
把自己高高挑起

但却被土地拉回來的我
這手知道自己永遠只是個
人

設使我們所謂「呼天搶地」的人一般來講都是因爲受了不可抗力的屈辱的話，我懷疑陳鴻森是不是企圖以自己倘被這世界拋落的那份無奈去否認或批判這宇宙象限所帶給於他不太願意承認的事實。

相信老天所拋落給於我們的第一個印象就是這遼濶。人是不可能了無牽掛的，我們改觀這世界與自己的關係之機會並不易存在，所以怎麼也遼濶不起來而終之望着天空不得不自慚穢小的陳鴻森，有著一種被土地扼殺的感覺。

那麼，既對天地包藏著難以解釋的恨意，而委託於自我嘲謔的曖昧性的這些拒絕之根本的動態幻象，該是邪惡的思想地攻擊吧！

以很接近新的物性的表現手法來標榜詩的irony因推翻了寫實領域的滯宕而抓出了全面「感動」因素的容貌，有著强烈而新鮮的痛快；但仍可以看出過份偏重新意識的領悟與挖掘，而在思考的實質裡面被逼出來的那種飛躍性語言之連綴活動的連繫力不够平衡還存在著；甚至是寧自陷在思考的傲慢裡，所能把握的也只看到一種死角的見解或感受量，如此地針對不濾所帶起的批判意味，恐怕將遭到不良的「極限」反應，成爲苛刻的交代，我感到了操之過急的憂患！

我們遼濶嗎？我們是不是一下子就到達那遼濶？

（二月廿九日）

小論陳鴻森詩集「期嚮」

傅　敏

衆所週知的晚唐最傑出詩人李商隱（義山），寫情最多，好用典故，常是無題，晦澀是其作品特色。施愼之的「中國文學史講話」一書，稱是「因爲他有過戀愛的事跡，而不忍明顯表露的緣故。」

李商隱的詩，雖然晦澀，却有特別炫人的異采。尤其「錦瑟」一詩，更是令人激賞。

錦瑟無端五十絃，
一絃一柱思華年。
莊生曉夢迷蝴蝶，
望帝春心託杜鵑。
滄海月明珠有淚，
藍田日暖玉生煙。
此情可待成追憶，
只是當時已惘然。

昔人說詩，好用，「祇可意會，不可言傳」四字。李商隱這首詩，亦當如是觀。而在「無題」一詩中：亦凝練着化不開的凄艷：

相見時難別亦難，
東風無力百花殘。
春蠶到死絲方盡，
蠟炬成灰淚始乾。
曉鏡但愁雲鬢改，
夜吟應覺月光寒。
蓬萊此去無多路，
青鳥殷勤爲探看。

葉嘉瑩在「迦陵談詩」一書，「從義山嫦娥詩談起」一文中，述及李商隱詩時，說：「從內在的意蘊方面而言；義山詩思致的深曲，感情的深厚，感覺的銳敏，觀察的細微，既都足以使人情移而心折；而從外在的辭藻方面而言：義山詩字的瑰麗，筆法的深鬱，色澤的淒艷，情調的迷離，更足以使人魂迷而目炫。」可謂持平之論。

在此文中，我不擬試解李商隱的「錦瑟」或「無題」，而是用來輕啓陳鴻森詩集「期响」中，一部份作品的感情的窗扉。

艾略特在「詩的三種聲音」（The Three Voices of Poetry）中說：「詩的第一聲音是詩人對着自己說話的聲音——換句話說不對其他任何人說話的聲音。第二種聲音是詩人對聽衆說話的聲音，不論聽衆的人數多少。第三種是詩人當他企圖創造出使用韻文說話的劇中人物時的聲音；亦即當詩人所說的，不是他本人想說的，只是他在一個想像上的人物對另一個想像上的人物說話的這個界限所能說的，這個時候的聲音。

李商隱的一些情詩，應當屬於那一種聲音呢？能不能有一個人祇對另一個人說話的聲音？像戀愛詩，難道不是一個人和另一個人之間的一種不考慮兩個人以上聽者的傳達形式？

艾略特又表示了他的意思：「優秀的戀愛詩，雖然可能是寫給一個人的，經常是意味着被第三者偷聽到而寫出來的。」我想，也因爲如此，我們才可能對李商隱的詩發生與趣。

陳鴻森詩集「期响」中的一部份作品，應當也是基於這種認識，才能浮現其價值的。在「期响」一首中：

誰是我的朝東之窗
誰又是曾潮汐過我眼底的那片蔚藍
在孱弱裡
我已忘却了所謂殷切的呼喚
以反在落日與遼敻之間
放置的一花瓶

一旦失去……
「我非孀婦，但生命確然和哭泣同來」
天空是張被懷念過的信箋
黯然了我之
期响

我們可以發現陳鴻森是位於何種感情位置，來捕捉詩想的。當然這首詩的聲音又異於「期响」中的另一些戀愛詩，而顯示了自我咀嚼的苦澀感覺。詩人對自己說話的聲音中，是隱約地連繫着感情位置中的陰影的。而這種陰影，和曾是迎接日出的光源（朝東之窗）以及青（那片蔚藍）對照出詩人感情位置的坐標。已經遠去的愛（殷切的呼喚）和緋紅感覺（落日與遼敻之間放置的一花瓶）屬於逝去的時間的。喪失着某種辛誦感的情境，領悟了生命根源的笑聲。抬頭仰望天空，那祇是被懷念過的信箋，期待着什麼音響的陰暗下來底天空。

情詩的本質上，是私的詩。雖然，艾略特解釋說那經常意味着被第三者偷聽到而寫出來的，可是它的感情對象當是傾聽如是語言的最適當底人。尤其是，這種詩的感情成份如果全然是俠義的愛情，更證明出它在傳達上的侷限。

「期响」中的詩作，充滿了這種色彩。幾乎可以說，這本詩集，就是從這種情緒出發，而逐漸演變成孤獨的人生感覺，以至客觀性地表現了世界的形相之意義。

因此，我們可以說，在這本詩集的一些作品中，我們祇是旁聽的人。當然，我們也能够感覺出詩的情趣、這種詩的情趣是當某一種愛的感情被適當地在一首詩裡，完成了它與身俱足的語言樣式時所迸發出來的。

前引李商隱「錦瑟」和「無題」兩首詩，各聯均自成情境。或以前句隱伏後句，或兩相對照倍覺動人。如：

錦瑟無端五十絃，
一絃一柱思華年。

春蠶到死絲方盡，
蠟炬成灰淚始乾

「期响」中的作品，亦頗具這種匠心。例如「初渡」中：

黃昏時分，老有那麼一種已響不起來的聲音，在我體內流着。倘若舊日的零落仍貼着犀利的眼睛，秋就該老去

再如「斜坡」中：

如果有手勢，在這位置裡看去，恰是一個執不開的惢——轉身已尋不着源頭。S·S·已尋不着源頭了。

不論是李商隱或是陳鴻森，這種抒情詩在詩人除了關心自己的問題以外，必須面對廣大的經驗世界底社會狀態

之今日，不免令人感到欠缺。這種只排泄了感情而達致詩目的的極端個人性的抒情詩，如以社會性責任這個天平去衡量時，就成爲奢侈品了。

詩的新地形是超越了以個人感情爲根據的領土而試圖在人性的廣汎基地裡建築起來的世界，遊戲化的審美性以及極端個人性的感情流露派均應是叛逆的對象。這種藝術和文學（詩）的命運，又關連着我們的空間。現代文明的諸種不幸的事實，使詩與現實的關係强烈起來。

「期响」中詩作，從極端個人的抒情詩，逐漸轉變到孤獨感的捕捉。陳鴻森有著小野十三郎「過於警戒散文，便產生不出純粹的詩；懼怕散文性的思想，便不能形成詩的思想。」的體認。

用散文性的思考來表現詩的世界，語言的結構往往隨之減弱。這時，較能把握的，是詩的意義性吧！陳鴻森在「期响」裡，一向用事件場面，企圖於戲劇的効果來補救散文性思考的結構鬆馳傾向的不足。

因此，「期响」中，有一部份詩作，是以戲劇場面演出的。而這種演出的原型思想，乃是對人生存在依據的質問以及一種幾近嘲謔的問答。

> [illegible]有一次，他用濃濃的墨在白壁上繪下自己，突然有種擺脫了自己的忻悅以後他就發現了一個秘密那麽的，終日在那片白壁上畫著自己。
>
> 而當那片白壁爲日子的黑所淹沒，他忽想起了：在這地平線上，這或就是何以會有白晝和黑夜的理由。
>
> ——晝——

或許，我們會記取詩人商禽和秀陶也有這種戲劇性傾向的散文詩。但陳鴻森的作品和他們是不同的。在「期响」中的散文詩，幾乎是單獨的一個人物演出戲劇的；而商禽和秀陶往往介入了與主要戲劇角色襯托的其他人物，因之表現略爲龐大的規模。

不祗是散文性思考的作品顯現出對戲劇性的喜愛，即使一般分行作品，陳鴻森也喜愛嘗試具有戲劇性的事件表現。因此，我們可以說，陳鴻森的作品，大部份是透過戲劇性，經由演出的。

這些[illegible]結構上缺乏緊張關係，但在意義上，却含有緊張[illegible]

陳鴻森[illegible]本身的孤獨位置後，進一步投影於存在的空間，顯現出對個人性情感流露底告別。像「傾斜的風景」

坦克那麽用勁的壓迫
兩旁的風景
便着迷的傾斜了

路不是琴絃
還能爬起來麽

已經找不到感動了
像一支流溢的歌
因沒人聽、
便只好焚去自己的雙眼

顯然，陳鴻森已透露出他對世界的關心，個人性的情感被按位於更廣大更深奧的社會同情裡。這種事實，使我們對「期响」中所吟詠的大部份SENTIMENTAL作品，給予對一個具有躍向詩人位置的感情豐富少年底關注，同時也提供了他「期响」後詩作底來龍去脈。

拜灯之蛾

陳明台

——試析論陳鴻森的詩

1.

一隻飛蛾所以不顧一切的撲向火光，無非是燃燒在內裡的熱情驅使罷了！類似這種狂熱就是創作催生的原始力量。因此，當提出為什麼初寫詩時，我們常常得到的回答是「為了自己而寫」。倘若，這只是最初的回答時，它是具有意義的。

為了自己而寫，僅僅為了自己而寫還是不够的，所謂個人的誠實只是個人的美德是不够的，它必須含有個人對社會的責任的積極觀念才行，也就是說，站在「人」的立場去思考、去觀照、去反省、去認識，經常意圖以新的方法從習慣中把睡熟的人的靈魂叫醒這才是成為詩人的可愛可貴處。

不可否認的，由於教化、體驗、境遇的不同，各個人養成了他的諦念，這種諦念的格律是極端個人的，所以，「為了自己而寫」的詩漸漸形成「自白的詩」的情形是顯而易見的，這種自白的詩在沒有過渡到「認識的詩」時就是自敍傳的形式。

湯瑪斯・曼在「哥德和托爾斯泰」一書中，對自敍傳曾有過如下的詮釋：『自敍傳經常和來自自我欺瞞的純粹詩性衝動不同，是以本有的精神與感受性為前提，所以，只要是生產性的就會引起世人的關心，由是自我愛是此種自敍傳的衝動的根源。』他又解釋『所謂自我愛是指素樸高貴的關心，它來自自己擁有之崇高優越性，實體的高貴性及危險選擇的神秘性，再者，自我愛是指一種欲望，這欲望乃指用神秘的體驗來實證天才如何成長，幸福與成就如何由恩寵之一致而不斷結合的企圖，它不僅產生了詩與眞實，還給大自敍傳注入了一股生氣。』換句話說，自敍傳是自我為了追求自由，以「精神」和「自然」對立所產生的傷。

2.

本來「自然」經常和人類是毫無關係地存在，唯有「人」自然才產生了意義；人，對着一望無際的自然，被迫採取防衛的手段，由此，才產生了「創傷」——人性自然化的傷以及自然人性化的傷，歷史就依此「傷」作為史料而產生了，同樣地，人的生命也在此種「精神」和「自然」的對立中產生了未來和過去，產生了希望和幻滅。

人人都希望沒有過去，人人也企求事先捉捕「過去的事務」(未來)，在事實上，這却是不可能的事。支持這個生活的，過去或未來只不過是回憶和希望的異名而已，在疊疊的傷痕之下，幸福畢竟是遙遠而不可企及的東西，也因此，在歷史的流裡，在生命的瞬間，「自然」無處假借人類之手去療養「傷」。

可是，就人而言，自由是精神的根源，是從自然的逃離，是對自然的反抗，縱使掙扎搏鬪得混身是「傷」，從自然及其束縛得到解脫仍是人類的最大努力，這種叛逆的抉擇，這種熱情就是人性吧！

　　我再也不會受到創傷　因為
　　受傷　只因如此　才有我底存在

這是一位詩人在他的詩作中，寫下的兩行精彩而自我警惕的句子。生活于現代的我們，內心所面對的各色各樣的課題確實是令人難以忍受，但是由于「受傷」而了解「我的存在」甚至「人的存在」而可以誠實的面對世界活下去是多麼有意義哪！

3.

陳鴻森在他的第一詩集『期响』的後記寫着：「如果被詩定要在如此困倦的手勢下，活着，我是拜燈之蛾。」這裡，我們看出了他對於自我諦念的執着以及掙扎於「生的創傷」之中的呼喊。

把陳鴻森的詩的特質歸諸於具有「自敍傳」的性質大概是不錯吧！在『期响』第一詩集裡，我們看到了作者對他自已生命中的片斷感受：愛情、生活、境遇的傷感式的告白；

「唉，夜是必然要來的，在這種季候，終也懶得立起脚尖，回首那不過是一個過程的小小的戀結」（初渡）

「於遼敻的枯葉舖就的路上，那曾不止一次在心底顫慄過的，一襲往事的血衣，突起了陣風，把我的根拖向夕陽盡處」。（我委實沾飲過）

這是第一輯中情詩的抽樣，雖然顯現了他濃郁而眞摯的感情，這一輯情詩是失敗的，它們于情緒的過分舖陳而流于概念的訴說，缺少清澄明澈的回味。

在其次的第二、三、四輯之中，執着於「我」的告白仍然很顯明的存在，也因此，貫串了沒有顯明不同的統一風貌。作者的企圖和表現也無非從自然的形形色色挖出他內在的「傷痕」反覆地以敍述的方式說出來；

「天空是張被懷念過的信箋
黯然了我之
期响」（期响）

「有時我會誤認為過了河的卒子的悲壯　乃是出於
酒後的清醒　但一臨鏡　便發覺我什麼也不是」（秋意）

「忽然，他立起把燈熄滅，噥道；難道此時時間也可能把我剪貼嗎？」（過程）

「愈飛愈高，終于迷失在被薰黑的天空裡，在茫然中只不斷的追問：翻面的那邊天空也如此嗎」（蝴蝶）

「生的迷惑落下成為
一朵委地的薔薇
而憧憬裡所謂清淨
像在風雨中　那是抗爭的
最後結果吧」（地的薔薇）

「已經找不到感動了
像一支流溢的歌
因沒人聽
便只好焚去自己的双眼」（傾斜的風景）

從上列的例子中，我們可以看出來，固守着自我，而又以相當雷同的方式表現作者生之哀傷的他第一詩集『期响』的特色。

雖然作為他的自敍傳的性質而產生他的詩，我們在第一集中却只能發現作者對于「自我愛」單純而狹窄的告白，也就是說「爲了自己而寫」的「自白的詩」仍然只止於個人的「自白的詩」，這是初期的陳鴻森詩作中的面貌和限制。

從「自白的詩」走入「認識的詩」在陳鴻森近期的創作之中才漸漸可以體會，這在他個人而言正是一種思考的開展，也就是自覺于詩人的責任的開端。當然這種漸進的覺悟和擴展還不算顯明；但是在四○期的笠詩刊發表的「日落」可以作一個例子：

一如傷口必須涵容疼痛
整片天空飢餓的注視
那倒在焦土上的你

已在冷去的手
緊抓着路而不放
然則永遠只有一條命好活的

生的驕傲
逐漸被逼向暗處的遙遠

這首詩雖然顯明的可以看出白萩的影響，但是，從自我的生推廣而及人底生的味道和氣氛都十分清楚了。笠四三期發表的「歸期」和「練習調」也可以看出作者的這一努力的傾向。尤其是「練習曲」中的「狗和花」「緘默」「沒了天」等作品都在形式上和內涵上有異於作者「統一化」和「型式化」的過去的詩作的表現，我主觀的以為，他值得朝着這種打破僵化的形式及脫離「告白」的「自述」的方向去探索。

4.

單單成為一隻容易焚化的拜燈之蛾是不够的。然而，陳鴻森的詩仍然在蛻化中，具備了「自敍傳」的特色，作者曾經努力的挖掘一己生命的創傷，把這種對自然的抵抗作為基礎，作者仍須要進一步發揮「自我愛」之中所含有的素樸高貴的關心，向人類更深層的內部挖掘下去，堅決的執行現代詩人的宿命，這也是我們最深的期待。

同仁消息

本社

△本社同仁非馬先生，係核子工程博士，旅居美國多年，民國六十年底携眷返國省親約三週，並前往香港探親。返台期間曾與本刊同仁相聚，北部、中部及南部，均有座談會。

△本社同仁吳建堂先生已榮獲日本熊本大學醫學博士學位，本社同仁特向其致祝賀之忱。

△本社同仁拾虹已於民國六十一年三月十七日與王菊小姐舉行婚禮，同仁前往祝賀者有陳秀喜、桓夫、黃荷生、李魁賢、趙天儀、傅敏、陳明台等，另外詩友林煥彰、林鋒雄、郭亞天等。拾虹將於五月間再度前往日本講習。

△本社同仁杜國清先生刻正於美國史坦福大學攻讀比較文學，除已完成第三詩集「雪崩」、翻譯艾略特的「詩的效用與批評的效用」以外，正着手翻譯波特萊爾的「惡之華」以及英、美的詩論，相信將給本刊帶來更豐富的作品。

△旅居日本的本社同仁葉笛先生，在日本半工半讀，正埋首研究日本現代詩及教育等。

△本社同仁白萩先生已遷回故鄉文化城臺中定居，並於某廣告公司工作。

笠下影

楚卿

—作品

扇子

當人類需要外力協助的時候，
你也出了頭；
然而——你未能鞠躬盡瘁；
——撕在孩子們手里，
碎在賣笑人底手里，
待不及九月的涼秋以後。
你仍是双重悲劇里底角色啊！
被玩笑的人再玩弄着你。

問

想起了沙漠就想起了水，
想起了愛情就想起你；
你摒棄我於現實，
却携我到夢里。

我自己是詩壇上的逃兵，但有什麽關係？正因爲舊有的葉片落了，新的葉片才有長得更盛的地方，只是，如同當前學生投資於升學一樣，我們這種做老師的也投資於碌碌生活之中，而養不起一種落葉護花的偉大精神，甚至有時還有自己這片舊葉是新葉擠落下來的不平和憤憤，確是難堪的事。

——「嗚咽的音符」底「序」

鳥因翅飛在天空，
魚因鰭浮在海里，
你底眼睛因何也飛起話語？
不見太遠了，
見了太逼近，
一串聽不見的心聲，
揚起，
又寧靜……。

稻穗之歌和我歌稻穗

不像年青的日子，搖擺髮絲；如今
對世界裏的一切都是肯定而不是否定。
讓輕風擦背而過，點着頭；
狂風來了，貼緊泥土，點着頭；
風雨交加的日子，仍點着頭，以出鞘的刀作誓。

曾張提着綠色的旗，招展清風。
以淺調低吟，唱開四月的田野；
而多柄的箭，抽鞘而出的，
不是刷向藍天，詛咒於世紀的凋零。
而是召喚多綵的蝶群，把怨息馱向七月底牆角。

仰視白雲，他曾有怒目而視的自負神情，
但平野裏有同樣的顏色頡頏於渺忽的長空，
證實這世界並非虛構，而是眞實；
那麼，不應該麼？——
年青時，挺胸而起，年長時低頭而思。

二

是稻穗的清歌來了，窗外的黃浪如海。
我記憶起那些日子，直挺着頸子有何用？
——除了未成熟的幼稚的頑強。

一切綠色只不過表示希冀，
表示喜悅，表示一個訊息；
但却並不止於此啊！
稻穗啊；願我能如你！
束劍挺胸高歌青雲的日子我曾有過，
青春之火燃起對世俗一切缺憾的，
憤怒的慨然之氣我曾有過；
但能低着頭，緊閉嘴臉，
以自己底果實給人，我還需要
今天的烤曬和明天的憂勞，或者
我將永付缺如了。

而你，以綠色的兒童的歡樂開頭，
以黃色的豐滿的成熟作尾；
不像我底結尾是慘白和血液凝聚。

床

人類有兩個墳墓，
一個在家里，
一個在野外，
一個接受着零星的透支，
一個必須整個地斷賣。

更能享樂的人們
却更與你接近。
——讓夜迷糊了黎明。

從第一聲哭泣，
到最後對人生底一瞬，
承當着何其多的——
人類底煎熬或是幸運。

雖然有時被捲帶在行囊里，
有時化作一堆草，
有時變作一片泥地，
依然爲長年的辛勤者，
用希望換取。

Ⅱ 詩的位置

當年綜合性文藝雜誌「野風」的出現，是頗爲風行一時的刋物；早期是由金文、師範、魯鈍、辛魚、黃楊等所創刋，中期經過田湜的獨力支持，而至後期綠蒂等的維持。詩在該刋也頗受重視；辛魚、鄧禹平、余光中、郭楓、葉笛、鄭愁予、田湜、碧果、方思、楓堤等相繼登台，在早期與中期之間，楚卿的出現却是頗惹人注視的一位，他以一種粗獷的筆觸，一種豪邁的風格，介於自由詩的形式與散文詩的風味之間，同時又加上了戲劇性的趣味，推出了他的「生之謳歌」（註1）。他從花蓮出發，那時的陳錦標、葉珊還是他的學生吧！詩人楚卿是來自洞庭湖濱，來自西水溪畔，來自大陸家鄉的泥土上，因此，他的「生之謳歌」，除了個人的抒懷與哲理的感悟之外，還充溢着鄉愁的歌詠與繫念。這正是播種時期詩壇的特色，那種憂時憂國的氣氛，加上他那一股豪放的熱忱，雖然表現得稍爲散文化了些，却也豎立了一種獨立的詩人底風味，也許我們可以把他歸入「自由詩的系譜」中獨立的詩人吧！

（註1）楚卿詩集「生之謳歌」，係其第一詩集，民國四十二年五月由文藝生活出版社出版。

Ⅲ 詩的特徵

楚卿的詩，是豪邁而粗獷的，散文化是他的特色，剛好跟鄧禹平的格律化，是一種强烈的對比。但散文化並非走上非詩的邊陲，可以說是語言上的散文化，正是針對語言上的格律化之一種對抗，一種開放。鄧禹平、余光中、夏菁等在當年的格律化之中，雖也產生了一些戀歌般的抒情詩，却沒有像楚卿這種散文化的傾向，更朝向了現代詩的精神。也許美國詩人惠特曼（Walt Whiteman 1819-1892）的自由詩的風格，曾經也帶來了一些啓示罷！楚卿那一系列的長詩，在散文化中，帶上一些戲劇性的氣氛，一些敍事性的成份；當然，也就沒有像他的短詩那樣詩質較爲濃郁，不過，過份追求所謂純粹化的結果，自然而然，也會失去了人間性的氣味。在這一點來說，詩的眞摯性才是詩人的測謊器，假所謂純粹經驗的表現，却處處在替詩的虛僞性辯護，固爲智者所不取，像「稻穗之歌和我歌稻穗」這種現代的田園詩，在整個詩的精神的運作上，却不是陶淵明、或王維的田園世界所可同日而語的，詩人的創作忘了自己双脚落地的泥土，正是中國現代詩人群中某些墮落的表現。而楚卿的詩，對於今日的詩壇而言，也許已不够時髦，然而，却是一種被遺忘了的詩風，一種被忽視了的詩質罷。

Ⅳ 結語

播種時期的詩人們，對於詩都有一股不可言喩的熱情，然而，有些改行寫小說，有些却停筆了。楚卿正是轉向小說的一個詩人，他也爲人師表，眼看着他的學生中也有人寫詩的那種感慨，雖然也會有不平和憤憤的感覺，但是，他畢竟瞭解「一種落葉護花的偉大精神」（註1），但更難堪的却是對年輕一代的霸道與籠斷；而楚卿畢竟瞭解了自己，戰勝了自己，這是一種愛詩的熱情所造成的結果罷。

（註1）參閱藍詩集「嗚咽的音符」楚卿的「序」，該集於民國五十八年五月由藍燈出版社出版。

清醒不清醒由你

陳芳明

編者按：本刊第四十七期刊出「中國現代詩建設的途徑」一輯以後，續有陳芳明先生來稿，陳先生立論有他自己的立場與看法，本刊雖未完全同意，但爲接納各方面各種不同角度的觀點，特予刊出，以饗讀者。

無論是從什麼角度來看，只要是關心詩壇的人，勢必都要承認，新詩發展到今天已經又產生新的一代了。至於誰是新生的一代，誰是舊有的一代，大可不必强行劃分。新，並不意味就是好的；舊，也並非就是越陳越香。詩壇誕生了新的一代，只是在證明一項事實，那就是：新詩必將能延續下去。

文學必須有世代，才能綿延成歷史。就這個意義而言，我們漸漸可以看出，在新詩延續的同時，似乎已開始舖下文學史的軌跡了。但是，文學史是不是能够具有意義，就必須看歷史的本身有沒有「變」？如果所謂新生的一代只是在年齡上比上一代輕了一點，在產量上比上一代多了一些，而作品的風格却還是因襲着舊路，那麼，這種文學史是停滯的，充其量也不過是在做無意義的延長而已。所以，從文學史的觀點來看，新舊之間的代溝是必須存在的，或者更確切的說，是必然存在的。這裡所指的代溝，並非如陳鴻森所說的「缺乏相互瞭解」，或「缺乏友情的諒解」。個人認爲，新舊兩代相互瞭解是需要的，而且是當然的，可是對文學史並不具任何意義；眞正要使文學史產生意義，就是新的一代在思想上，在作品的表現上要異於舊的一代，兩代之間的風格有了差距，自然能顯出其間的流變，然後才有文學史的意義可言。友情要求其同，作品則要求其異，因此像洛夫所說「代溝的問題是不存在的」，這幾乎是不可能的事，同時也是應該要避免的事。

試看年輕一代的創作者，已一天一天流露出他們的力量，這股力量究竟是從什麼時候開始的？確實很難追溯出一個固定的起點，不過，我們很清楚，這股力量將隨着時間的推移而逐漸明朗化。五年以後，保守一點來說，在十年以後，他們的作品當能和上一代並駕齊驅，甚至超越他們的前輩也未可知。今日年輕的作品已開始建立自己的風格，雖然還不很穩定，但多多少少可看出一些端倪，至少有一點我們可以看得很明白，年輕的作者在語言的表達方面已不像過去那樣拒人，這是轉變的一個重要關鍵。當初有些詩人所提出的口號，如：「不願創造出一件立刻被瞭解而又立刻被遺忘的作品。」又如：「我的詩不願大衆化」……等等，這些口號如今看起來已跡近神話。新的一代所要求的是從文字的迷宮解放出來，走向大衆；過去的畫地自限和今日的擴充領域，對照起來，確實有很大的不同。這種趨向與其說是跟上一代反抗，不如說是為下一代打基礎，我們很瞭解，臺灣二十年來的新詩不知驅逐了多少讀者，它在文學中的地位始終只獲得少數人的承認，對於這項過失，一些前輩詩人實不能自辭其咎。作者和讀者原該是近親，由於語言的隔閡，却造成了「塔裏塔外」的不幸，讀者在塔外漠視詩人的存在，詩人在塔內則不關心外界，所謂詩人的孤傲也不過是一種自給自足的安慰而已，今日這批新的創作者是當年少數讀者當中，經過不少的掙扎和挫折，所殘留下來的一些力量。他們親身體驗到，接近新詩的邊境畢竟要經歷一番辛苦的過程，要花費一番心血啊，這個慘痛的經驗無異是一枚苦果，一場噩夢。

固然，新的一代無意責備前輩詩人的過失，過去的努力和既有的成就是不能否認的，可是也不能否認在其成就的背後所挾帶而來的缺陷。年輕的一代正因為看清了這點，才毅然拋棄了文字的堆砌，以最直接最容易瞭解的語言，表達他們的思想。個人不敢說，他們寫出來的一定都是好詩，但有一點必須强調的是，他們對新詩所持的態度比起過去的一些詩人都來得「誠實」，憑這種對藝術的眞誠，他們可以毫無羞愧毫無掩飾地走向大衆，這不是應驗了孟子所說「自反而縮，雖千萬人，吾往矣」的話嗎？只要詩壇還有這麼一點良心存在，那麼，我們可以樂觀地預言，新詩和讀者之間的距離將可拉近不少。

問題是，新的一代在變的過程中，如何才能避免從前的缺陷呢？不錯，在這舊世代轉換的時候，正給予我們一個清醒的機會。過去的詩人曾經反抗傳統，如今新的一代則應對二十年來累積的新傳統加以反省，「反省」一詞大概比當年詩人所提「反抗」的字眼還要來得冷靜而清醒吧。假如寫詩的人一味矇蔽這幾年來的缺點，一味為自己的小有成就而沾沾自喜，則新詩將要走入死巷，似乎也可以預見了。

就個人的看法，年輕的一代應首先對寫詩的前輩予以適度的尊敬，只有保持尊敬的態度，方能吸取他們的經驗和長處。「文人相輕，自古而然。」這是指同輩之間而言，但是，文學發展到今天，似乎已不限於同輩了，而是前輩與後輩的相互蔑視，這種禍因實肇於民國以來的幾場學術論戰，風氣所及，寫詩的人也跟着效顰了。寫詩的幾位前輩對於五四文學就很少尊敬過，甚至對五四文學連提都不提，很少有人能像葉珊那樣予以尊重，予以討論。他們的錯覺，以為貶低五四文學的價值就等於抬高自己的價值，但是，也應該捫心自問，新文學開創以來，有誰能像徐志摩那樣，以一位詩人的身份而被當時的衆多社會人士所尊重？他的詩到處被人傳誦，甚至販夫走卒也知道他的詩（當然，販夫走卒在今日某些前輩詩人的眼中是最鄙視的）。然後再看看今日詩壇的冷落，以及自抬身價的現象，眞是令人折腕。是的，前輩詩人可以瞧不起新詩初期的作品，那麼，今日年輕的一代還應不應該學他們的榜樣呢？走錯的路我們不能再走，上一代做錯的事就應該由年輕的一代矯正過來，只有這樣才能維持文學一點尊嚴，也只有這樣方能吸收他們的優點。試看五四時代的純樸精神，在上一代的作品中究竟還遺留多少？我們很難找到的原因，是因為他們忽視了五四時代的作品，如果年輕一代對寫詩的前輩沒有尊敬的心理，則他們的創作技巧恐怕都要否定了，那麼年輕的一代將以什麼來做為追趕的目標呢？去年洛夫在「水星」發表的那封信恐怕不是他的原意，個人覺得水星的編者不該把私人之間的信件公佈出來，這是最大的錯誤（結果都沒有人承認），而後來笠詩刊的年輕詩人起來批評，訴諸情緒的成份也太大了些。這已都是事過境遷了，要提醒的是，洛夫的詩選縱然有不公正之處（其實，詩選要做得公正，幾乎是不可能的事，因爲詩選畢竟不是配給制度），他的作品却是蔑視不得的，他的技巧值得後輩學習的地方實在很多。固然在寫詩的領域可以不論輩份，但是他們以多年寫詩的經驗所累積出來的技巧和成果却是事實，只有抓住他們的技巧，才等於抓住他們的弱點，然後才能成爲他們的敵手。如果這些話沒有說錯，那麼年輕的一代應先從尊敬做起。當然，這裡的尊敬不是盲目，而是前面說過的，要「適度的尊敬」，年輕一代的眼睛應該是雪亮的。

其次，便是「大衆化」的問題，上一代對這問題不能覺悟，現在由第二代來覺悟還不至於太遲。談到大衆化的問題，前輩詩人的心理不是矛盾的，就是尷尬的。他們既希望自己的詩集暢銷，又害怕自己和讀者妥協，結果在心裡打一個結，談到大衆化則一一變色。事實上，這兩件事情是並行不悖的。固然像趙天儀所說：「市場的票房價值並不等於是詩的藝術價值。」（見「笠」四十七期「四種偶像之蔽」）可是，有時詩的藝術價值却等於票房價值，換句話說，一本詩集的暢銷並不因爲和讀者妥協才獲致的，相反的，詩集的讀者太少，則詩人的作品可能就有問題。詩的大衆化並非就是詩人向大衆低頭，今日臺灣比較受歡迎的詩人，如：紀弦、白萩、余光中、洛夫、葉珊、瘂弦，誰曾見過他們和讀者妥協？爲什麼寫詩的人不反問自己：「我的詩的價值夠不夠資格讓讀者接受？我的詩集值不值得讓大衆花錢來買？」把大衆看成販夫走卒也未免見識太小了，先尊敬讀者，然後才能獲得相等的尊敬。什麼叫做「大衆化」？就是詩人無論用怎樣的語言來寫詩，而能夠讓讀者瞭解的，就叫做「大衆化」。讀者進入詩的世界有兩個途徑，一是只要「意會」就能進入，一是要依賴「言傳」才能進入；前者就牽涉到「懂」與「不懂」的問題，（請別再說詩在感覺不在懂，好嗎？）後者則需要解說。讀者接近一首詩，首要的工作是先瞭解它，不瞭解就不懂，先瞭解以後，讀者才能感覺出其中的境界，譬如紀弦的「狼之獨步」，正因爲讀者知道它在描寫自己的獨立不群，表現他豪邁不羈的個性，讀者才能感覺出他寫「我乃曠野裏獨來獨往的一匹狼」的境界。又如碧果的「拜燈之物」，任憑讀者怎樣削尖自己的感覺神經，也不知道它在表現何物？很抱歉，實在不懂。據碧果的「知音」張默說：「『拜燈之物』令人讀後充滿一種白色的喜悅，我懂得你寫此詩的意味，這大概是你有關『性』的象徵性的作品最出色的一首。」（見「現代詩人書簡集」頁三三五）個坦白的說，雖然經過這樣的啓示（如果這啓示沒有錯）個人也往「性」的方面去聯想，但始終還是拉不上關係，這證明個人的努力是徒然的，那麼這一首詩就必須依賴解說才能使讀者進入他的感覺，（據說張默將有專文討論此詩，願拭目以待。）詩的解說是必需的，有人說：「詩是不能解釋的。」不知誰是這句話的始作俑者？詩人寫詩，有他的背景，他的時間，他的心理狀態，爲什麼不能解釋呢？如果詩人對自己所用的一字一句的來源都不清楚，足見他在欺騙讀者了。也許詩人要抗議：「詩的解釋會把詩的境界說破。」這是一種詭辯，王維的「鹿柴」：「空山不見人，但聞人語響。反景入森林，復照青苔上。」千年來，解說此詩的人不計其數，但是它的境界說破了嗎？因爲詩沒有境界才害怕被說破，李英豪的「簡釋紀弦的『阿富羅底之死』」（見「批評的視覺」），不僅沒破壞該詩的境界，而且使讀者瞭解紀弦的詩，道出了現代人的心聲。也許又有人要說了：「我的詩有無限的意義。」這句話不是誇言，就是謊言。詩人完成一首詩的意義可能是多重的，但必然是有限的，對自己的詩不能自圓其說，反而不着邊際地宣稱有無限的意義，恐怕是神話吧。解說固然對詩人的作品是一項考驗，對解說者的鑑賞力也是一項考驗，譬如有人解釋周夢蝶的作品「樹」，就解釋得面目全非，足見該解說者的鑑賞力還有待加强。不戴義乳的女人是不怕赤裸的，詩人的作品經得起解剖，才能顯出他的功力。當然，新的一代的作品所用的語言已漸漸不需解說了，正如桓夫說的：「樹就是樹，麵包就是麵包，」他們無需遮羞。要强調的是，寫詩者和讀者應該是不分家的，前面已說過，只要對得起藝術的良心，大衆是不是畏懼的，要使新詩入世，就必須先「大衆化」，一位詩人無論他如何地愛民族愛人類，尤其是要負起人類所有的悲劇，如果他的詩不能爲他的民族人類所接受，那麼他的「愛」恐怕只是一種單相思罷了。試看年輕一代的作品，如林煥彰、辛牧、喬林、傅敏、羅青，他們的詩就是「大衆化」的具體表現，只要他們繼續維持旺盛的創作生命力，不難爲詩壇開拓更廣濶的疆域。

最後要談的是理論和批評。上一代在這方面所遺留下來的腐化作風，第二代絕對遏止。據說，理論是要分派的，最顯明的是所謂「學院派」和「非學院派」之分，什麼叫做學院派呢？據非學院派的詩人不成文看法，「他是大學教授，他沒有睡過火車站，他信奉傳統信奉經典……，如此如此。」顯然，學院派是不知變通，安於受羈。而非學院派則是自由自在，毫無拘束，他們的生活面很廣濶。可是，仔細觀察非學院派的理論，却左一個波特萊爾，右一個艾略特，比學院派還碍手碍脚，這是令人驚奇的現象。理論原是誕生於作品之後，寫中國人的詩就應該寫中國人的理論，假如挾西方以自重，就充分暴露自身缺乏信心。今日年輕的一代中，專攻詩論的蕭蕭，雖然他的理論還不很成熟，但是他却爲我們恢復了不少的自信，試看他在「拜燈」双月刊第一號所寫的「論蘇紹連的春望」，就論得非常得體，見解很獨到，而且很誠懇，比過去許多隔靴搔癢的理論要踏實了許多，最令人詫異的是，看完整篇文章竟然找不到一個艾略特，更找不到一點主義之類的文字，這是一個重大的轉變，我們需要的就是這種聲音。

在批評方面，似乎還沒有建立一個很好的榜樣。批評原是主觀的活動，但是，這種活動應該是可以控制的，一些主知的詩人寫起批評文章却情緒泛濫，令人不忍卒讀。他們一動用感情，不是過份的標榜，就是過份的譭謗。於是「你是詩壇的阿爾卑斯山」，我是「詩壇的喜馬拉雅山」都出現在批評的文字裏，他們對這種阿諛的作風竟然樂而不疲，更甚的是，對「互封」的興趣更大，「這位是中國的康明思，那位是中國的里爾克」，這種風氣豈不應驗了洛夫的詩句：「必然掀起一陣大大的不朽之風，於是乎這邊一座銅像，那邊一座銅像。」（泡沫之外）詩人之間的相互推許原是很好的現象，可是太過份的結果，做假的味道太濃，使批評缺乏了眞誠的聲音。年輕一代的創作者應該很瞭解，「你掩護我前進」的時代已經過去了，詩如果寫不好，即使派遣再多的護航艦隊也是無補於事的，讓我們回頭看看，從前那些中國的康明思和里爾克，固然還有「創作」，他們的「封號」固然還在，但是他們的作品價值對讀者來說，已是寸心瞭然了。最近，笠詩刊所開闢的

「詩曜場」，開始以年輕一代的作品為中心，從事批評的工作，這個專欄的開闢，確實難能可貴。上一代在批評方面雖然不乏公正而誠懇的佳作，但所留下來的「毒瘤」還是很多，這項割除的工作就應該由年輕的一代來擔任，好就是好，壞就是壞，絕對不能碍於情面而投懷送抱；如果不懂一首詩，就應該虛心一點，多向方家請教，千萬不要亂評，這是批評者最基本的良心。

新的一代已經來臨了。新，就是要「反省」，就是要「去蕪存菁」，年輕一代應有「破除壞習慣，實行新生活」的自覺，在痛定思痛當中，才能使新詩走出窄巷。余光中在「後浪來了」一文中已表示出他對新詩的一代的承認，足見新世代的力量正日益堅强。但我們絕對不能躊躇自滿，前輩詩人的「變」的精神還有待我們去效法，像洛夫在思想上的轉變，余光中在風格上的轉變，白萩在語言上的轉變，他們不惜放棄過去努力所得來的成績，而以新的面貌出現，在某種意義上，他們的精神比新的一代還新，這是我們需要學習的地方。只要新的一代能看清過去的缺點，吸取過去的優點，抱着誠懇的態度來開創新局面，則未來的成就是樂觀的。否則，正如洛夫在「中國現代文學大系」的詩的序言所說，三十年內還不至於產生新的一代，這個預言或將不幸言中，這也是關心新詩的人所不忍看到的。在這新舊世代交錯的時候，只有一個希望：願清醒的讓他清醒，願沉醉的也讓他沉醉。（六十一年二月廿五日）

〔後記〕：我進入大學以後才接近新詩，計算起來還不到七年的時間，但是我對詩的熱愛却日益加深。在沒有人指導的情況下，在新詩最難懂的情況下，我還能保存這一點對詩的興趣，實在為自己慶幸。這篇文章很久以前就想寫的——一直哽在喉嚨，現在我把它寫出來，正可表達我對新詩的一份愛心。如果這篇文篇對前輩詩人有失誤或不當的地方，則不是我的心願，而且絲毫不減少我對他們的尊敬。最後，在詩壇喜歡分這派那派的風氣還沒有解除之前，我必聲明，這篇文章並不是代表龍族詩社的言論，此文完全是個人的看法。

蓋棺話葉珊

傅敏　陳鴻森　對談

時間：六一年元月廿八日
地點：鳳山傅敏宅

傅　敏：國內前輩詩人們對於批評似乎缺乏適當的容受力，在我看來，這種情形的造成，是由於他們安安隱隱的在詩壇上濶氣了太久的原故，這種現象並不是正常健康的，而且也牽連了幾種不容忽視的事實，它可能意味着老邁，也可能意味年青一代的不長進。革命是健康的，如果我們能够這樣的認定，那麼作爲年青一代的我們，實有必要經由批評，使詩的生命流遞活潑起來。在這期「純文學月刊」上看到葉珊更換筆名爲「楊牧」的消息，這對於一位活躍已久的詩人，必然是經過了重大的決定，而且也意味着重大的改革。

陳鴻森：由於最近年青世代新的創作風格和批評思想的冲激，有不少既成詩人，都跟着在動蕩裡。葉珊更換筆名的這個事實，至少包含着「自覺」和「否定」的這兩個層次，這種對「昨日意義」毅然切斷的意志，是不可低估的。不少詩人在經過了創作的熱情之後，便沉默了，成者卽使仍不斷地在寫，但那已是夕暉的色彩了。畢卡索自謂「永遠是個新人」，想也只有永遠抱持着年青的詩心，才可創作出優異的作品。

傅　敏：就此機會來談談葉珊的詩，想來不是沒有正當理由的。希望同時也是個學者的葉珊，能有較大的氣度，接受我們兩位名不經傳的後輩之驗身，那麼所謂「蓋棺」實也只是對於可劃分出來的一種歷程之審視。詩壇的批評風氣，如果能從「學院的」詩人率先提倡，也並非無意義的，況且我曾在「非渡集」的序文裡看到「我希望有人批評我」的話語，當然我也看到了「怕的是你不忍卒聽我這『非渡』的朗誦，急着到路上找棍子揍我」，葉珊的這種苦心是可被理解和必需維護的。

陳鴻森：更冷酷的說，葉珊卽是處在「渴望被批評」和「畏懼被批評」的兩極心理裡猶疑着，這正表示了他自信心的缺乏，而由於自信心的缺乏，自我批判便不可能產生。我們詩壇批評的貧瘠，似乎也可說是詩人們自我批判能力薄弱的一種反射。從自我創作的理念和經驗上，尋出一種定力，所謂批評，眞是只是在維護自已的作品吧。然而批評是後設於詩作的，我們是在不懂得「什麼是詩」的情況下開始寫詩的，而後才認識了詩的批評。

傅　敏：最不能忍受的否定，是建立在「忽視」之上的。我想今日年青一代所感受到的壓力，卽是這種前輩詩人對年青一代的作品視而不見的惡意上。但年青一代却得從審視過前輩詩人作品千百次的觀察裡，脫光已存在的各種事實。歷史的無情，也即是從這種假設中求出定理。欲以昨日之「我」否定今日之「我」，這是前輩詩人的最大過失；因爲若這事實能成立的話，歷史的「走向」必是倒行的。

這樣一再地在本題外繞圈子，實是有「不吐完苦衷無心進入主題」之故。

陳鴻森：我們詩壇這種對年青世代刻意忽視的事實，也就是鴕鳥被追逐時的作法。

可以說文學的發展史，乃是基於與上下位置的「比較」關係而成立的。因有了「年青一代」，「既成一代」的位置才能够鮮明起來。詩人大都在進入中年之後，便被自我創作的經驗習慣約束住了，大都接受了新生世代的刺激，才有了前進或求變的想法。

據說當年在倫敦，原是年青的龐德要向葉慈求教的，但似乎是葉慈轉而從龐德身上找到了新契機呢。

在談論既成詩人的作品時，我總會有種愉快和亢奮的感覺。

傅　敏：幾乎從我開始寫詩以來，便十分注意葉珊的作品和活動。

陳鴻森：是一種思慕吧。

傅　敏：我不否認，在我早期的暗自摸索過程，曾對諸多前輩有過這種私淑，我不但不以爲咎，反而覺得能逐漸的從本身的混亂無緒中，發現一條路途，是更爲可靠的，因此此次的對談也意味着「和昨日之我的對決」，我自己也能感覺到這種冷酷。

陳鴻森：我也常去追想是怎麼寫下第一首詩的，現已記不清楚了，大概是在寫給女孩信裡寫的吧。似乎大多數的詩人都是在那種年青的夢幻和青春的哀愁裡寫下第一首詩的；在起步的時候，也最容易被葉珊這種詩風所迷惑。

傅　敏：不避諱的說：葉珊也和鄭愁予有着姻親的關係，當然我們也能在藍星的脈博裡找到他躍動的聲息。

陳鴻森：誰都有臍帶的那段黑暗時候，但我覺得葉珊並不能比愁予更具流蕩瀟洒的韻緻，在音樂性的效果上也較爲軟弱。

今天的對談，對於葉珊早期的「水之湄」和「花季」這兩個集子的作品，在看法上要配合當時詩壇風氣來考慮，這樣才公正些。

傅　敏：其實所謂愁予風或藍星脈博，也可以從中國詩的抒情傳統來考慮，好像過世的學者陳世驤也曾經以着這樣的觀點，而對葉珊的詩，有甚高的評價。傳統的眞正意義，是過去、現在而未來分別在它適切位置所加予的連貫，異於傳統的今日之事實，在未來的眼光中，也是傳統的一部份。用這種眼光來考察中國詩的抒情傳統蔭護下的作品，也許能更爲眞實。

陳鴻森：傳統本身，並不具有多大的意義和價值，而是在於傳統被「有用」之後，它的價值才顯現出來。只惦念母親的乳房，並不表示孝心，創造能成爲傳統的今日，才是我們所願望的。

傅　敏：以往葉珊的詩，在我心目中所引出來的廻响，在今日已感到薄弱了，我想這是因我已發現了「詩與現實」、「詩與眞實」不可或缺的原故。詩的價值，如從這個角度去考察，無可避免的，這一定和葉珊現有的「定價」，有了極大的衝突。

陳鴻森：當年紀弦提倡「現代詩」與「藍星」的爭執，是紀弦對中國詩傳統抒情世界的狹窄感到不滿足而產生的吧，是據於「詩不僅僅是這個樣子」的信念而促成的。

事實上，一直到現在，詩的「魅力」常常仍被認爲「抒情性」的那種優柔感而已。詩和美是並行的，在機械吵雜、人心複雜的今天，美如果只予人以這種愉快感，我想是太淺薄了，今天我們必需再擴大美的意義。

葉珊一直在「嬌生慣養」的環境長大，或許是由於他的去美，受到現時英美詩壇的倍數衝入（不是走入）現實的方法所驚醒，才會這樣堅決的求變的吧。

不保留的說：今天談那些既成詩人的作品，我有着被時間賦予進行清掃的感覺，大多數的讀者都是盲目的，現在頑强的脫光了葉珊，看到那顯露出來的雪潤肌膚，眞令人有着憫憐的感覺。

傅　敏：美和抒情如果沒有紮根於現實，會淪爲嬌飾，葉珊的詩的危機，無疑是在這個深淵裡，我彷彿看到無數的假花，起起落落地，却難以感受到生命跳動的氣息。事實上，現實主義的文學裡，也有其另種抒情和美。

這種對現實的漠視，很容易構成一般對詩的非難，這是需要極大的論理和反省，才能究明的。如果我們是活在一個極樂世界，這種止於繁花爭妍的追求，也許會有某種程度的價值。但是處於這樣一個紛擾的世界，收集碎落的花瓣的虛浮之美，是很難雄辯出什麼來。

我想葉珊的詩，即是一般習慣裡的那種「像詩」的東西，一般人所謂的「詩意」的那些；然而優異的詩是破除這種習慣而產生的美學。我能從花裡想到血，也能從血裡想到花；却不能對從花裡想到花的那種玩意，感到詩的事實。

陳鴻森：他以新連結的語言去追求奮精神的這種運作方法，是知識的，而這種從知識去體會生活的方式，是與現實上以生命去體會生活的，有了甚大的距離存在。我相信葉珊必早已對自己美學裡所執着的「美」感到空虛，所以在脫離了「水之湄」和「花季」之後，經過了「燈船」，企望以「敍事」的方法，來彌補這種內容上的空虛。

傅　敏：不管是早期或近期的，即或葉珊意欲從敍事意味中去擴大他的詩領域，我覺得他的架構仍是十分象牙塔式的。

陳鴻森：以「知識」走向詩的世界，這只是一種手段，却不是目的。

傅　敏：美不能單獨從美來考慮，畢竟已存在的美之累積與變形，雖是透過知識，可以在擬設的美的範疇裡不斷溢出，但人生的事實或情態必然具有許多異數，這才是眞正的、新的美之所在。葉珊之用他的美之尺度，來衡量他的世界。（但這也非理想主義）因此從他一系列的作品裡，雖然可以感覺到他對語言韻味之把握，具有擬設詩意的才具，可是却未能在詩想本身，給出較爲深刻的層面。

陳鴻森：我在讀葉珊詩時，會對他詩感上的美，產生「似曾相識」的感覺。我想他詩的美，乃是從語言慣性上求得和加工的，在精神上除未具有深刻的底流外，也叫人感到缺乏創造的能耐。因此他對舊有抒情世界也只抱以驚悸和仰慕，却不能投入而給予延續。

最近加上他去美留學所處身的「異國社會形態」和「異國思考類型」的投影，致產生了「十二星象練習曲」前後的詩面貌。混血的「十二星象」在去除了典故之後，便發覺葉珊詩想的瘦骨稜稜。

傅　敏：剛才我提到的葉珊語言上之「詩意性」，也即是一般對於語言的一種錯覺，國內很少有嚴肅討論「語言」的文字出現，如從語言學的立場來看，詩的價值之一也決不是所謂「詩意化」這種習慣的辭語所能相加的。所謂「解放被禁錮的語言，使其復活」是建立在對於思考不斷磨練和推陳出新上。語言的指謂，才是語言的終極。

陳鴻森：詩人在驅策語言時，是同時存在着相對的兩種力量，一種是在「傳達」機能上，一種却在「破壞」的意義上。詩人意欲把感動的特殊狀態，藉語言表現出來時，一面依賴語言來思考和寫作，但一面却是處於對語言挑戰的立場上，也就是打破語言慣性上的能量，因新的結合而造成表現時的「無限意義」。

日本西脇順三郎的「可以預料的，非詩；不可預料的才是詩」，這雖是他站在其實踐超現實方法上的結論，但事實上這話也犀利的道破了那些「作」詩者的隱痛，和張開了詩人在發現「詩」的深奧歷程。在被語言帶着走向詩的世界的經驗之前，我們也都經過了那些悉心去以既成的詩語言來建築詩的時間。事實上詩的神秘性也就是這種語言的神秘。

傅　敏：當然詩語言和散文語言的極大差異，除了終極的指謂上具有程度的差別外，也在思考的方式上，有明顯的區別。詩人對語言的任務，並不是堆砌辭藻，而是給因爲實用而定型化的語言，注入新的生命，在鬆弛的習慣用語上構築不可毀滅的安定性。語言最大的魅力亦該在此。

陳鴻森：葉珊的語言，常僅止於「情緒」引發上的接觸，而未能更深入與知性溶合，因之他的詩的「意義性」，常也只是逗留在被他運用於一首詩的那些文字的表面意義世界上，而未能拉開語言被實用力量所掩蔽的機能，表現視覺之上的世界之艱奧。

傅　敏：我認爲：目前詩的最大危機，在於精神的貧血，因此很容易看出目前諸多詩作，或在淺薄的抒情性繞圈子，不然就是扭曲語言脖子而不知所事爲何，葉珊的詩，不會被劃在晦澀難懂的範圍裡，却被類於淺薄的地帶，這是使人擔心的事實。

陳鴻森：詩的價值是基於它予我的感動程度而言，批評並非審判。我們只是站在比較自由的地帶，說出心底所想說的話，然而最迫切的，還是希望早一日能見到楊牧的作品。

溪底的亂石

——「辭尚體要論碧果」讀後

岩上

一、前言

「辭尚體要論碧果」一文係蕭蕭先生發表於詩宗四號月之芒的大作。該文發表不久，筆者即與蕭氏的通信中，表示對該文論述有不同的看法，蕭氏亦回信要筆者闡述管見，但因筆者公私兩忙，旋又赴南部受訓，於是就把此擧擱下。事隔半年多，雖未再與蕭氏書信聯絡，但對該文所存之疑點，始終未被時間的流失而消磨。

筆者認爲詩是無可明知的世界，每個人均可任意去捕捉、發現，只要有所得，能令人共享，就是可喜，就値得稱讚。

對於取得共享這一點，十幾年前我無法看懂的詩，現在看來不但懂，而且沒什麼意味的實在不少；但對某一部分的作品，十幾年來，始終看不懂。請教了所有寫詩的朋友，也都無法分享原作者的愉悅。關於寫這種無人可懂的作品的作者，十幾年來有始有終繼續寫着，我們除了敬佩其恒心外，委實也無須去責難。可是青年詩論家蕭蕭先生却像發現了寶藏一樣的高興，以「獨具慧眼」的姿態，對這種始終無法令人看懂的作品，給與分析詮釋之餘，還來個「異人的語字用法及特出的詩思」的佳評，甚至認爲其「成就應該是無限而巨大的。」

關於這樣缺乏清醒的置評，本可視如「六十年代詩選」、「七十年代詩選」給他的讚辭一樣，置之一笑。但是凡人都有正義感，都有是非之心，爲了忠實於藝術，忠實於詩，吾人實不可永遠屈卑而做個麻木的人。

碧果的詩的成就是應該無限巨大呢？還是在一次眞正的清理中成爲籮篩外的廢物？我們且從蕭氏給他的詩論中找出答案吧！

二、省察

㈠關於引言的省察

蕭氏在其大作中，分「引言」、「本論」、「證詩」三部分。在第一部分引言裏抄錄了部分文心雕龍徵聖篇及部分注疏，未置任何詮釋，不知其用意何在？

原文照抄：

『文心雕龍徵聖第二：「易稱辨物正言，斷辭則備；

書云辭尚體要，不惟好異。故知正言所以立辨，體要所以成辭，辭成則無好異之尤，辨立則有斷辭之美（義）。雖精義曲隱，無傷其正言；微辭婉晦，不害其體要。體要與微辭偕通，正言共精義並用。」

尙書僞古文畢命：「政貴有恒，辭尚體要，不惟好異。」

孔穎達疏：「言辭尚其體實要約，當不惟好其奇異。」』

按常理來說，引用古人或今人的論述、話語，不外用來證實自己的論點，可是我們看了上述的引言對照碧果的詩，頗懷疑這引言的用意。

書畢命：「辭尚體要」。僞孔傳曰：「辭以體實爲要，故貴尚之，若異於先王，君子所不好。」舍人引申之爲「合乎道而切於事理」之義。孔穎達疏：「言辭尚其體實要約，當不惟好其奇異。」所以此語的意思應當是：文辭要注重合乎道而切於理，不在於好尚藻飾而異於常道。且「徵聖」上續「原道」下接「宗經」，綜觀該篇全文要旨，乃謂取聖人之遺文，以徵驗凡文皆應本乎道。實則整部文心雕龍就是傳統的「文必明道」思想的代表。然則現代詩自五四以降，對傳統文學本是一種抗拒與衝擊。且筆者省察碧果所有的作品，並無半點聖人之遺文，或先王之道，有的僅是亂七八糟的，怪誕奇異的辭藻的羅列，既不合乎道也不切於理。

由此我們不能不對蕭氏理解文心的程度有了懷疑，但蕭氏是中文系出身的，且正在中文研究所攻讀，其國文程度自無問題。誠然如此，那麼蕭氏的引言是用來作爲他自己論述的反證嗎？

㈡關於切題的省察

蕭氏認爲詩的生長過程，有兩種相異的路徑，第一謂之「切題」；第二稱之爲「迂迴」。

詩的生長過程，如果劃分爲兩種相異的路徑，相對於「切題」而言，應該是「不切題」才對，爲何稱之爲「迂迴」呢？實則切題與不切題並非詩生長過程的問題，那是詩的內容與詩題之間的關係問題。所謂迂迴式的詩思乃就詩想動向的型態而言，根本不能與切題相提對稱。而詩的生長過程所形成的迂迴的詩思，也絕非詩想獨一無二的路徑。

詩想的動向當應因人因詩而異，形成多樣性的風貌。關於這一點拙文「詩的貝殼」（發表於笠四十七期）曾提到：「因詩想的動向力所形成的詩的內在組織，必然形成繁複的詩型：有的成輻射型；有的成輻輳型；有的如海浪的起伏聯綿；有的如鳥翼的頡頏……」，不管採用何種型態，實不能對抗「切題」。

切題的詩可能採用迂迴的詩想，而迂迴式的詩想也可能切題，兩者並不衝突。硬把兩者視爲相異的對立，實對詩的生長過程缺乏正確的認識。

㈢關於語言的省察

蕭氏對「迂迴」與「切題」的問題，除了用字眼解釋說明外，還畫了兩個圖，並且在解釋切題詩的圖樣時說：「詩思先語字而存在」。於迂迴詩的圖型說明之後，接着說：「對於碧果來說，詩思從未在他的語字架築竣工以前成形，也就是說，他一方面斟字酌句，一方面尋求他的詩思……。」

按蕭氏這樣的說法，切題的詩就是「詩思先語字而存在」；而迂迴的詩是「一方面斟字酌句，一方面尋求詩思」，且這種迂迴的詩就是碧果所以異於他人而具有「巨大成就」的了?!

可是凡對心理學稍有研讀的人，都知道人類的思想與語言的關係，幾乎是不可分離的。思想的表達常常要依靠語言，就是不表達出來的思想也要依靠語言的。中國人用中國話思想，外國人用外國話思想，不懂外國語文的人，絕對不可能用外國話來思想，可見思想與語言之密切關係。

那麼人類的思想是絕對依靠語言的嗎?不!人有時會有一套想法，但找不出適當的字眼來說明。但這種找不出適當的字眼來說明的思想，必定是一種飄忽迷離的幻想。而文學的思想不在起飄忽迷離的幻想，而在使情感思想凝定於語言。在這凝定中實質與形式同時成就。所有文學創作者，並非先把思想調配妥當，再費一番工夫去調配語文。而是思想與語言同時併發使用。也就是說語言是思想最穩當而不可分離的依靠。文學的思想是與語言同時並存的，詩當然不例外，故「詩思先語字而存在」的說法，顯然是謬誤。基此「對於碧果來說……一方面斟字酌句，一方面尋求詩思」，顯然就無絲毫特定的意義，焉能成為碧果詩的特色?

(四)關於詩思的省察

凡由謬誤所指陳者必歸於謬誤。且看蕭文：

『迂迴的詩並無特定的詩思，它的詩思循語字而有，並且常常存於語字之外，如碧果的「碧果作品」和洛夫的「石室之死亡」更形乾脆地揚棄題目，實為迂迴的詩之另一種風貌。』

現今一些所謂詩評論家，喜歡把不相干的詩人或詩作相提並論，殊不知並列必須有其共同處。把「石室之死亡」與「碧果作品」相提並論，就是不相干的一個好例子。

所謂迂迴的詩不能相對切題而言，已如上述。迂迴的詩，不管切題或不切題，它必須形成迂迴狀態的發展，始可稱之。既然我們能窺視這種形態的發展，必須在那首詩的思路上有脈絡可尋；也就是我們能藉語言的力量尋得詩想的動向，否則我們不知其迂迴。可是筆者綜觀碧果的詩，不但無任何脈絡可尋，簡直是不知所云。其語言的亂用如溪底的亂石，無任何秩序可言，有的僅是一些文字的死屍，我們既然無法從文字語言上獲知其意指，怎能知道它形成何種型式的發展?關於這一點蕭文雖然例舉很多碧果的作品加以解說，結果都是牽强附會，無實證可言。

關於「石室之死亡」的價值如何，非本文所述範圍，不贅。但筆者要指出「石」詩的詩想動向絕對不是迂迴式的型態。

「石」詩共六十四節，每一節之間無語意上的關聯，在詩想發展過程中亦無橫的聯屬，而成各組別的發展(這可由「石」詩原作者曾加以刪改節錄與另立詩題可得證)。如果我們硬要指出這六十四節相互間有什麼關係的話，那必在於「原始之存在」的精神的共同基層上，無論如何也看不出它有什麼迂迴狀態。實則「石」詩的詩想動向就是典型的輻射式的詩型呀!

(五)關於碧果作品的省察

通過了上述四項省察之後，我們必須正視碧果作品，因為作品是最有力的證詞。

在蕭文裏列舉碧果的詩，主要部分有八處：

(1)第一部分是列舉收錄在六十年代詩選的「鈕扣」。關於「鈕扣」部分的省察，桓夫在「笠」四十七期已有詳細的駁斥，所見與筆者同，為省篇幅，不另贅言。實則這樣的詩根本不值再三去討論。

(2)第二部分是列舉發表在創世紀22期的「碧果作品」。

『乃
旋。乃
旋之黑之旋
乃
一握之
我之
芽
乃

最後一個「乃」字的留存，我們以爲有兩個理由，第一是前面所說使讀者有「意猶未盡」的感覺，保留空間給讀者發想像，讓讀者也參與詩創作的「樂趣」，第二是故意截斷，刺激讀者從「文字障」中醒覺。……當讀者在「乃旋乃一握之芽乃黑之芽黑之旋」之中迷亂時，突然一個無依的「乃」字擺在眼前，似在迫使他去考慮應該如何續作，因而跳出「文字障」而見到「詩思」。』

看了右列的詩和詩論，筆者要問：

A這首詩既「意猶未盡」，必有其「意」，而「意」何在?「未盡」處何指?什麼空間要讀者去想像?詩的「趣」何在?

B這首詩給出了什麼東西要來「刺激讀者」?

C蕭氏既然「見到詩思」，而其詩思爲何?怎不指明?

這些問題不僅蕭氏沒有明指，就是原作者恐怕也不能作肯切的答覆吧!至於「似在迫使他去考慮……」的「似」欠明確，「他」不知指誰，尤爲餘事。

(3)第三部分所列舉者，蕭氏認爲爲以「碧果作品」爲題的詩中，最爲優異的一首。

我之非花之我之非我之　花乃
旋。乃
旋之黑之旋之黑之　旋

蕭氏認爲這樣的詩「似乎（注意似乎）是一把螺旋鑽，愈鑽愈深，到了某一程度，又轉向而鑽，仍然是往深處挖去，所以整首詩看來，這兩處是非常傑出地顯現立體的感。而且「我之非花之我之非我之花」的句子似乎（又是似乎）是脫胎於莊子。

這種詩經蕭氏分析說明之後，使我們更加迷糊。我們委實看不出這種詩，「最優異的詩」到底和螺旋鑽有何相干，是否碧果運用了幾個「旋」字?那麼我與花，花與我，旋與我或與花，黑與我或與花又有何特定關聯?怎樣看也看不出有什麼「非常傑出的立體感覺」!莫非是對着一張白紙幻想是一幅名畫?

且說脫胎於莊子，更是不倫不類。

既然句子是脫胎於莊子（明白一點說是抄襲的），爲何說「碧果之所以爲碧果，却在於形式表現的堅持」?難道堅持抄襲的句子就是「最優異的詩」嗎?既然碧果的詩有脫胎於莊子者，爲何取文心的「徵聖」作爲引言?蓋老莊的思想對儒家的思想是一種反動，這一點無論就碧果文學創作的精神或蕭氏詩論的理論基點而言，是一個自取泯滅的矛盾。而且就事實而言，莊子齊物論的意旨，實在生不出碧果這樣迷離的詩句。

(4)第三部分列舉「碧果作品」中的「柔柔的睡　如風

」。

那穿着光的
那穿着光的
那穿着光的
那穿着光的
有人說
是戰後與戰前的
距離
且屬於　白。

對這首詩蕭氏說明如下：「這就是一種對「風花雪月」的疑似和否定之後，將萬象百體給予廓清，而存留下來的就是「光」就是「白」，雖然這還不能說是「無是無非」的妙境，但已離此不遠。」

就這首詩的語意而言，就是「那穿着光的是戰後與戰前的距離，屬於白」，那麼它要表現什麼?無任何意象可言，僅是一個極迷濛的概念。至於什麼「疑似」、「否定」、「廓清」，恐怕又是評論家的補充想像吧?

以上依次省察了三個部分，其謬誤與偏頗之處，明眼人必能了解個中底細。以下的部分，為免浪費筆墨不再繼續考察。

三、感語

一個眞正藝術批評家，必須給藝術品的評價之前，先建立美學的先決假定（Aesthetic assumptions），蕭文在「引文」裏就是這種假定吧?!但綜觀「本論」却屢次提到「無是無非的境界」，似乎「無是無非」就是碧果刻意昇階的理想境界，據此蕭氏似又把批評的標準建立在超越主義的先決假定（The Transcendentalist assumption）之上。姑且不論把詩的標準建立在無是無非的超越的基準上是否合理，就碧果的詩本身而言，是否眞正表現了超越現象界的無是無非的境界，由以上的省察我們知道這是頗令人懷疑的。

批評家馬修・阿諾德（Matthew Arnold）說：「批評家必須就對象的本身看清它究竟眞正是什麼。」這一點姑不論蕭文中論述之牽强附會有多可笑，就屢次使用「似乎」而缺乏明確的字眼來下斷語，其評論的價值有多少就可想而知了。

王爾德（Oscar Wilde）說：「做是一回事，而議論又是另外一回事。」一個評論家，他本身必須同時具備超越於一般人之欣賞、解釋與評價的才能，否則信口開河，亂下斷語，自屬自欺欺人。

叔本華認為女人不能成聖人，因為女人缺乏客觀性。要表達理想必須服從客觀，人之所畏，不可不畏。碧果如想眞正成為一個詩人，最起碼對其作品要先令人有共享的機會。如果僅僅以這種曖昧、迷離、怪誕的語彙，如溪底亂石一般地排列來嚇唬人是行不通的。我們實在不能瞎認，凡是存在的即為傑出的。

使用「樹以西之我於樹之中」，「一品深綠」，「一格娼妓」的怪句，都無濟於詩的。使用通順的語言就可捕獲詩的，何必故弄玄虛。實則詩的重要性還是在於精神的煥發與語言的凝定。碧果的詩的最大致命傷就是在語言這一點上。

碧果的病，病在使用文字寫詩，而非使用語言。蓋文字是死的，語言是活的；文字是堆砌的，語言是流動的；文字是沉滯的，語言是飛躍的。——關於這一點可由碧果經常使用文言句可窺見全豹——用文字寫詩的弊病在於必須讀者從文字中喚醒語言的力量，始可獲得詩的要眇。可是碧果的詩就是令人喚不起來，只能令人瞎猜，這也就是他的詩的精神不能在語言上凝定。

對於古詩而言我們常由韻律吟哦中去喚醒語言消遁了的力量，對現代詩而言，這却是一種障礙，無法越過的障礙。因此，現代詩人以現代的語言直接去捕捉詩。

由於大家的沉默，那些僞詩的作者，却似乎受了一種默認與鼓勵一般，沾沾自喜；而對詩的本質根本缺乏眞正認識的人，也大評其詩。

文學是無情的，文學史應該是公正的，但綜觀現在詩壇，大多以施捨友情來建立相互間的地位，並企圖蒙蔽事實而携手跨進歷史。爲了藝術的良心，對現今存在的事實的眞僞，必須重新加以估價。

惡之華

波特萊爾著
杜國清譯

LES

FLEURS DU MAL

PAR

CHARLES BAUDELAIRE

On dit qu'il faut couler les exécrables choses
Dans le puits de l'oubli et au sépulchre encloses,
Et que par les escrits le mal ressuscité
Infectera les mœurs de la postérité,
Mais le vice n'a point pour mère la science,
Et la vertu n'est pas fille de l'ignorance

(Théodore Agrippa d'Aubigné *Les Tragiques*, liv. II)

PARIS
POULET-MALASSIS ET DE BROISE
LIBRAIRES-ÉDITEURS
4, rue de Buci.

1857.

寫在翻譯「惡之華」之前

杜國清

我在大學裡修了兩年的法文，還不足以完全直接了解原文的意思。這次我所以膽敢越權來翻譯法文詩，一是因爲我對波特萊爾的興趣，二是因爲我有日文和英文的翻譯本可供參考。我相信自己對日文和英文的理解能力足以幫助我了解原文；此外我相信自己的人性中也含有一些「魔性」。因此，我也就不管將來到天堂或地獄，把此生此世的一部分時間獻給我所喜愛的「惡魔」詩人。由於功夫還不到家，難免也有了着魔或是栽跟斗的地方，懇切地希望讀者指正。

譯者一九七一、九、廿四

「惡之華」（Les Fleurs du Mal ）初版是在一八五七年（再版一八六一，第三版一八六八年），距離現在一百一十四年。在這一百多年之中，這本不足三百頁的詩集被翻成各國語言，不知震撼了多少人的心靈。波特萊爾（Charles Pierre Baudelaire 1821-1867）因這本書而被判入地獄；卽使在地獄，他的名字仍然立於「光榮的絕頂」（梵樂希 Paul Valery 「波特萊爾之位置」一文），在人類的文學史上永遠放着磷火似的光芒。

我第一次眞正感到所謂「心靈的戰慄」，是在到了日本從日譯本中讀到這本書的時候。以後每當我重讀一次，我的心靈就受到一次的衝擊。也許我已經中了「惡」毒，從波特萊爾的作品中，我感到許多從來沒有過的滿足。此外，從西脇順三郎的「詩學」中，我知道了波特萊爾的詩論具有相當的價值；尤其是認爲「超自然」（transcendantal）與「諷刺」（ironie）是詩的本質這種基本的理論。他的詩絕不是單純地反映生活的作品；無寧說他的作品是一個機械裝置（machanism），而他的生活只是構成這個機械裝置的零件或要素。換句話說，他的作品不是生活中自然流露的產物，而是以生活爲材料，有意識地創造出來的藝術的世界。他的作品中所有關於罪惡的字眼，只是他的表現手段而不是目的。在作品中使用那些可怕的字眼，並不是爲了表現這些字眼所代表的內容，只是爲了達到「超自然」與「諷刺」的藝術目的，藉以造成强烈的表現效果的一個障眼法的技巧而已。詩的題材和詩的主題並沒有必然的關係；妓女可以是詩的題材，但是詩的主題並不因此必然是勸讀者去找妓女。波特萊爾的詩在主題上絕不是那麼卑俗；事實上「卑俗之徒」是他所深惡痛絕的。他的趣味也絕不是在於表現罪惡；他說：「人們將我所說的一切罪惡都推到我身上。」從這一句話中也可知道他心中的委屈。從他的作品中，讀者不難感到波特萊爾做個詩人的心情。

「惡之華」的價值，經過了一百多年的考驗，絕不是以「惡魔」或「頹廢」兩個字所能抹殺的。大部份的歐洲語言都有翻譯本，在日本目前在書店裡可以買到的至少就有六種以上！（譯者爲鈴木信太郎、村上菊一郎、堀口大學、福永武彥、佐藤朔、粟津則雄等）咱們中國人在過去一百年中，就我所知道，戴望舒翻了二十三首（見「惡之華綴英」），胡品清譯了十二首（見「胡品清譯詩及新詩選」）；此外，在覃子豪著的「世界名詩欣賞」中，也翻譯了三首。戴譯和胡譯，大意不差，可是覃譯，則大有問題。

在「世界名詩欣賞」中，作者說：「象徵派的詩很難理解，尤以波特萊爾詩爲甚……。」（一二八頁）這句話附在他所翻譯的詩後面，對讀者的確具有說服力。但是事實怎樣呢？且引用其中一首再說：

交感

自然是住有醉者的宮殿
時時發出朦朧的語言；
人們經過象徵之森林
用熟悉的眼光察看
如從遠方混合的悠長的回聲
出自深沉的單純與黑暗，
廣濶如光明和夜春，
香氣，色彩，音調的反應。
新鮮的氣息如兒童的身體，
柔和如笛音，綠色似牧場，
還有敗壞，財富與勝利，
無限的萬物滋長，
如琥珀、麝香，安息香與阿拉伯香薰
它歌唱官能與精神的熱情。

誰說這不是一首難懂的詩呢？如果原詩眞的是這樣莫名其妙的東西，而居然被翻譯成世界各國的語言，那些翻譯家及其讀者豈不都是着了魔？其他兩首「猫」也是「異曲同工」。譯者說：「這三首詩的譯成，除了根據原作，並參考了兩種日譯：即村上菊一郎所譯的「惡之花」與鈴木信太郎的波特萊爾詩選。」（一二八頁）如果這句話是眞的，我非常懷疑譯者眞的看懂日文，更不用說法文了。因爲那兩種日譯本，儘管有風格上的差異，可說都譯得相當準確，換句話說，並沒有將原詩的意思譯走了樣。不知道爲什麼覃先生的翻譯會變成那樣，然後再歸咎於「象徵派的詩很難理解」。這首詩，我也「除了根據原作，並參考了兩種日譯」，試再翻譯如下：

萬物照應

「自然」是一座神殿，那兒生命之柱
時常發出曖昧朦朧的語言；
人，從那兒經過，穿過象徵的林間，
森林，以親近的眼光，對着人注視。
像那些悠長的回聲，交響於遠方
於幽暗而深奧的冥合之中，
像黑夜也像光明那樣廣漠寛宏，
芳香、彩色和聲音在互相應響。
有的芳香，像幼兒的肌膚那樣涼爽，
像木笛那樣柔和，像牧場那樣綠色，
——而其他，腐敗的、豐富的、得意的芳香，
具有無限之事物的擴張力，
像龍涎香、麝香、安息與薰香，
高唱着精神與官能交感的欣喜如狂。

惡之華

(Les Fleurs du Mal)

波特萊爾著
杜國清譯

給完璧無瑕的詩人
法國文學上完美的魔術師
我親愛而且敬畏的
老師暨朋友
提奧菲爾・戈蒂耶
以最深的
謙虛之意
我獻上
這些病弱的花朵
C. B.

給讀者 Au Lecteur

愚蠢、罪孽、吝嗇、過失，
虐待我們的肉體，佔據我們的精神，
而我們滋養我們那可愛的悔恨，
像乞丐們飼養他們的臭虱。

頑固的是我們的罪根，放縱的是我們的後悔；
我們假裝付出肥厚的告白和悔悟，
却高高興興地回到那泥濘的道路，
想以廉價的眼淚洗淨我們所有的汚穢。

在惡之枕上，那是「大魔王」特里斯魔傑斯塔①
他將我們着魔的靈魂，往睡鄉慢慢搖入，
而我們的意志這種貴金屬，
在這位博學的化學家手中全部蒸發。

那是「惡魔」，握住操縱着我們的牽線！
在令人厭惡的事物中我們感到魅力；
每天我們一步一步地墮落，向着「地獄」，
一無畏懼，横過發出惡臭的黑暗陰間。

就像一個沒錢的蕩子，舔着咬着
老娼婦殉教般被虐待的乳房；
我們盜竊秘密的歡樂一路放蕩，
像擠吸乾癟的橘子，我們用力擠着。

擁擠、蠕動、有如千千萬萬的蛔蟲，
成群的「惡魔」在我們的腦裡痛飲狂舞；
在我們的肺裡，當我們一吸一呼，「死」，
那看不見的大河，以鈍重的呻吟往下流動。

假如毒藥、匕首、放火、强姦，
再不能以其滑稽可笑的構圖，
修飾我們那可憐的命運之庸俗的畫布，
那是因爲我們的靈魂，唉！不够大胆冒險。

可是在那些豺狼、豹與山犬
猴子、蠍子、兀鷹與蟒蛇，以及
在我們的惡德這個卑穢無恥的動物園裡
狂吠、嗥叫、咆哮、躍立的那些怪物之間，

有一四獸更醜惡、更汚穢、更兇險！
雖然牠不做出誇大的擧動也不大聲狂語，
牠却樂意將大地化成廢墟，
而在一個哈欠之中將世界吞噬；

牠就是「倦怠」！──眼裡充滿着，不由自主的淚，
牠抽着水煙筒，夢見斷頭台。
讀者喲，各位認識牠，這匹難以侍候的妖怪，
──僞善的讀者，──我的同類，──我的兄弟喲！

譯註：①特里斯魔傑斯塔（Trismégiste）：即埃及的藝術學問之神 Thôt；希臘人以此名稱之。「三倍偉大」之意。

憂鬱與理想　Spleen et Idéa

1. 祝禱　Bénédiction

當，由於具有最高權力的神之命令，
「詩人」在這個倦怠的世界上出現，
他的母親感到恐怖而且充滿對神的不敬，
握緊她的拳頭向着對她抱着同情的神：

——《啊！我爲什麼沒生下結成一團的蝮蛇，
與其養育這個受嘲弄的種子！
該咀咒的是，那夜短暫的歡樂，
使我的腹中懷了這麼一個贖罪之子！

既然神在所有女人之中把我選出，
使我那鬱鬱不樂的丈夫對我感到厭惡；
既然我不能將這矮小的怪物，
拋棄在火中，像扔一封情書，

我要把壓在我身上的神的憎恨
反擊到表示神之惡意的這個該咒的樂器①上，
而且我將狠狠地把這棵可憐的樹擰遍，
使它那傳染瘟疫的新芽不再能够滋長！

如此她再嚥下她那怨恨的唾沫，
對於永遠的上天的意圖並不明白，
在「格黑納地獄」之谷的深處，她親手
築起用以處刑母性之罪的火刑台。

然而，由於看不見的「天使」的保護，
這個被剝奪繼承權的兒子陶醉於陽光，
他所喝的一切以及他所吃的一切，無不
變成長不老的神饌與朱色的玉液瓊漿。

他和雲交談，跟風遊戲，
而且唱着「十字架之路」而感到陶醉；
而「聖靈」在後面跟隨他的這個巡禮，
看到他快活得像林中的小鳥，不禁落淚。

所有他想愛的人都以害怕注視着他，
或者由於他的溫和文靜而更加放肆，
看誰能使他發出哀鳴各個都在想盡辦法，
而且在他身上試驗着他們的殘忍度。

麵包和葡萄酒照理該是他的口糧，
他們却用灰和汚穢的痰給混攪在一起；
他們以僞善將他所碰過的東西都拋光，
且責備他們的脚踩到了他的足跡。

他的女人走到各個廣場上大聲叫嚷：
——既然他發現我的美足够使他崇拜愛慕，
我就擔任起古代偶像的職業，一如那些偶像
讓他給我塗上金泥，時時把我粧飾；

我將吃膩那些甘松香、葡萄酒，
以及肉類、焚香、沒藥和跪拜，
為了知道在讚美我的心中，我是否能够
一笑之下將他對神的敬仰簒奪過來！

而且，當我厭倦於這些瀆神的玩笑，
我將我那纖細而有力的手放在他的胸部；
而我的指甲，就像荒鷹的爪，
相信直到他的心臟能够挖出一條道路。

像剛孵出的雛鳥感到心跳和顫抖，
我從他的胸中挖出他那鮮紅的心臟，
而為了滿足我所喜愛的猫或狗，
我以蔑視將它扔在地上！

向着「天」，那兒他的眼睛看見輝煌的寶座，
清純的「詩人」將虔敬的双臂高高擧起，
而他那清晰的精神發出的光芒無限遼濶，
甚至將狂怒的衆民的身影也都隱匿：

——受祝福吧，我的神啊，您給與的苦惱
像靈藥，洗淨我們的齷齪；
像香精，極為純粹且是無比的好；
它能够使强者享受到那神聖的逸樂②！

在天國聖軍團多福的行列裡，
我知道您保留着「詩人」的一個席位；
您邀請他參加與「王位」、「德行」、「統御」
這三階級③天使之永遠的宴會。

我知道苦惱是唯一無二的高貴，
絕不是現世或地獄所能够咬損侵蝕；
而且為了編織頭上神秘的王冠，他得
向所有時間和所有世界徵收貢物。

然而古代帕麥拉都城④失落了的寶石
，未為世人所知的金屬，海裡的眞珠，
卽使經過您親手鑲嵌也都不足
媲美這個美麗明亮的王冠之耀眼奪目；

因為作成這頂王冠的盡是純粹的光，
那是汲取自太初之光明的神聖的爐子，
而所有人類的眼睛，不論怎麼明亮，
只不過是黯淡而且充滿哀怨的鏡子！

譯註：

①「樂器」：指詩人。

②「神聖的逸樂」：指肉慾的快樂。

③根據基督教的分類，天使分為九個階級，其最低階級者卽為安琪兒（Anges），代表其他階級。此處「王座」（Tronês）「德行」（Vertus）「統御」（Dominations）各代表天使中的階級。

④「帕麥拉都城」（Palmyre）：所羅門所建的敍利亞的古代都市，極其富裕榮華；廢墟於十八世紀被發現。

2. 信天翁 L'albatros

經常，為了取樂，船上的水手們，
捕捉那些巨大的海鳥，信天翁；
這些懶散的航海旅伴跟在船後面；
船，在苦鹹的深淵上航行滑動。

好容易牠們才被拉到了甲板，
這些蒼空的王者，拙笨且感到蒙羞，
可憐地讓牠們那巨大的白翅膀，
像兩支划槳，拖展在兩側。

這個長着翅膀的旅人，多麼拙笨和萎弱！
他，剛才那麼美，現在多麼滑稽和醜惡！
一個水手用短煙斗在牠的嘴上戳一戳，
另一個以跛行摹倣這個翔天的殘廢者！

「詩人」就像這個雲霄的君主，
經常往來於暴風雨中且嗤笑弓手；
一旦在這地上的叫罵聲中被驅逐，
他那巨大的翅膀妨碍了他的行走。

3. 高翔 Élévation

越過池塘，越過谿谷，
在山上、樹林上，在雲上和海上，
越過太空的灝氣，越過太陽，
越過佈滿星星的天體的盡處。

我的心靈啊，你輕快地在飛移，
像個沉醉在浪間的游泳選手，
以說不出來的男性的歡樂，
你欣然在深袤的無限中划出航跡。

飛吧，遠離那些致病的瘴氣，
到那最高的大氣中將身體淨化，
且喝那充溢着澄空的明火吧，
像喝一種至醇的瓊漿玉液。

將倦怠以及廣漠的悲哀拋在後面
——這些以其重壓加在多霧的生存之上，
幸福的是，能够鼓動有力的翅膀，
一飛沖向光輝清朗之境界的人！

幸福的人，他的思維像雲雀，在清晨
向着天空，自由奔放地飛起，
——他在人生之上翺翔，能够毫不費力
了解百花與無聲之萬物的語言！

4. 萬物照應 Correspondances

「自然」是一座神殿，那兒生命之柱
時常發出曖昧朦朧的語言；
人，從那兒經過，穿過象徵的林間，
森林，以親近的眼光，對着人注視。

像那些悠長的回聲，交響於遠方
於幽暗而深奧的冥合之中，
像黑夜也像光明那樣廣漠寬宏，
芳香，色彩和聲音在互相應響。

有的芳香，像幼兒的肌膚那樣涼爽①，
像木笛那樣柔和②，像牧場那樣綠色③，
——而其他，腐敗的，豐富的，得意的芳香

具有無限之事物的擴張力，
像龍涎香、麝香、安息香與薰香，
高唱着精神與官能交感的欣喜如狂。

譯註：
①嗅覺、觸覺交感。
②嗅覺、聽覺交感。
③嗅覺與視覺交感。

編輯室報告

本社

本社同仁杜國清先生所譯波特萊爾詩集「惡之華」(Les Fleurs du Mal)全譯，將從本期開始連載，此為杜國清先生繼「艾略特文學評論集」（艾略特著）、「詩學」（西脇順三郎著）及「詩的效用與批評的效用」（艾略特著）以後的精心譯作，相信對國內詩壇為一大喜訊。

波特萊爾詩集「惡之華」，在中國現代詩壇，大陸時期有戴望舒的選譯本「惡之華綴英」。近十多年來，紀弦、覃子豪、胡品清、施穎洲等，雖亦有介紹與翻譯，但多半是零星的介紹，茲為加深認識波特萊爾的「惡之華」起見，本刊特以「舊書重刊」的方式，重新選戴望舒的「惡之華綴英」，包括譯詩及梵樂希作「波特萊爾的位置」，以饗讀者。

按戴望舒譯「波特萊爾的位置」一文，係由青年詩友陳坤崙先生手抄提供，特此誌謝。另外戴望舒所譯的詩作係由本社同仁趙天儀先生所提供者，如果手抄有錯誤，當以原譯本為準。

惡之華

選自「惡之華綴英」

波特萊爾著
戴望舒譯

信天翁

時常地，爲了戲耍，船上的人員
捕捉信天翁，那種海上的巨禽——
這些無罣礙的旅伴，追隨海船，
跟着牠在苦澀的漩渦上航行。

當他們一把牠們放在船板上，
這些青天的王者，羞恥而笨拙，
就可憐地垂倒他們的身旁
牠們潔白的巨翼，像一双槳棹

這振翅的旅客，多麼呆拙委頹！
往事那麼美麗，而今醜陋滑稽！
這個用着煙斗戲弄牠尖嘴，
那個學這飛翔的殘廢者拐躄！

詩人恰似那天雲之間的王君，
牠出入風波間又笑傲弓弩手；
一旦墮落在塵世，笑罵儘由人，
牠巨人般的翼翅妨礙牠行走。

高舉

在池塘的上面，在谿谷的上面，
臨駕於高山，樹林，天雲和海洋，
超越過那灝氣，超越過那太陽，
超越過那綴星的天球的界限，

我的心靈啊；你在敏捷地飛翔，
恰如善泳的人沉迷在波浪中，
你欣然犂着深深的廣袤無窮，
懷着雄糾糾的狂歡，難以言講。

遠遠地從這疾病的瘴氣飛脫，
到崇高的大氣中去把你洗淨，
像一種清醇神明的美酒，你飲
滂渤瀰漫在空間的光明的火。

那煩鬱和無邊的憂傷的沉重
沉甸甸壓住籠着霧靄的人世，
幸福的唯有能够高舉起健翅，
從牠們後面飛向明朗的天空！

幸福的唯有思想如雲雀悠閑，
在早晨衝飛到長空，沒有罣礙，
——翱翔在人世之上，輕易地了解
那花枝和無語的萬物底語言！

應和

自然是一廟堂，那裏活的柱石
不時地傳出糢糊隱約的語音：
人穿過象徵的林從那裏經行
樹林望着他，投以熟稔的凝視。

正如悠長的回聲遙遙地合併，
歸入一個幽黑而淵深的和協——
廣大有如光明，浩漫有如黑夜——
香味，顏色和聲響都互相呼應。

有的香味新鮮如兒童的肌膚，
柔和有如洞簫，翠綠有如牧場，
——別的香味呢，腐爛，軒昂而豐富，

具有着無極限的物底擴張，
如琥珀香，麝香，安息香，篆煙香，
那樣歌唱性靈和官感的歡狂。

人和海

無羈束的人，你將永遠愛海洋！
海是你的鏡子；你照鑑着靈魂
在牠的波浪的無窮盡的奔騰，
而你心靈是深淵，苦澀也相仿。

你喜歡泊沒到你影子的心胸：
你用眼和臂擁牠，而你的心
有時以牠自已的煩囂來遣興，
在那難馴而蠻獷的呻吟聲中。

你們一般都是陰森而無牽羈：
人啊，無人測過你深淵底深量；
海啊，無人知道你內蘊的富藏，
你們都爭相保持你們的秘密！

然而無數世紀以來到此際，

你們無情又無悔地相互爭强，
你們那麼地愛好殺戮和死亡，
哦永恆的鬪士，哦深仇的兄弟！

美

哦，世人，我美麗有如石頭的夢，
我的使每個人輪流斲喪的胸
生來使詩人感興起一種無窮
而緘默的愛情，正和元素相同。

如難解的斯芬克斯，我御碧霄；
我將雪的心融於天鵝的皓皓；
我憎惡動勢，因爲牠移動線條，
我永遠也不哭，我永遠也不笑，

詩人們，在我偉大的姿態之前
（我似乎倣之於最高傲的故跡）
將把歲月銷磨於莊嚴的鑽研；

因爲要叫馴服的情郎們眩迷，
我有着使萬象更美麗的純鏡：
我的眼睛，我光明不滅的眼睛！

異國的芬芳

秋天暖和的晚間，當我閉了眼
呼吸着你炙熱的胸膛的香味，
我就看見展開了幸福的海湄，
炫照着一片單調太陽的火燄；

一個閑懶的島，那裏「自然」產生，
奇異的樹和甘美可口的菓子；
產生身體苗條壯健的小夥子
和眼睛坦白叫人驚異的女人。

被你的香領向那些迷人地方，
我看見一個港，滿是風帆桅檣，
都還顯着大海的風波的勞色，

同時那綠色的羅望子的芬芳——
在空中浮動又在我鼻孔充塞，
在我心靈中和入水手的歌唱。

贈你這幾行詩

贈你這幾行詩，爲了我的姓名
如果僥倖傳到那遼遠的後代，
一晚叫世人的頭腦做夢來，
有如船兒給大北風順勢推行，

像漂渺的傳說一樣，你的追憶
正如那銅絃琴，叫讀書人煩厭，
由於一種友愛而神秘的鎖鏈，
依存於我高傲的韻，有如懸擊；

受咒詛的人，從深淵直到天頂，
除我以外，什麼也對你不同應！
——哦，你啊，像一個影子，蹤跡飄忽，

你用輕盈的脚和澄澈的凝視，
踐踏批評你苦澀的塵世蠢物，
黑玉眼的雕像，銅額的大天使！

黃昏的和諧

現在時候到了，在莖上震顫，
每朵花氤氳浮動，像一爐香篆；
音和香味在黃昏的空中廻轉；
憂鬱的圓舞曲和懶散的昏眩。

每朵花氤氳浮動，像一爐香篆；
提琴顫動，恰似心兒受了傷殘；
憂鬱的圓舞曲和懶散的昏眩！
天悲哀而美麗，像一個大祭壇。

提琴顫動，恰似心兒受了傷殘，
一顆柔心，牠恨虛無底黑漫漫！
天悲哀而美麗，像一個大祭壇；
太陽在牠自己的凝血中沉湎……

一顆柔心（牠恨虛無的黑漫漫）
收拾起光輝昔日底全部餘殘！
太陽在牠自己的凝血中沉湎……
我心頭你的記憶「發光」般明燦！

邀旅

孩子啊，妹妹，
想想多甜美
到那邊去一起生活！
逍遙地相戀
相戀又長眠
在和你相似的家國！
濕太陽高懸
在雲翳的天
在我的心靈裏橫生
神秘的嬌媚
却如隔眼淚
耀着你精靈的眼睛。

那裏，一切祇是整齊和美，
豪侈，平靜和那歡樂迷醉。

陳設盡輝煌
給年歲研光
裝飾着我們的臥房；
珍奇的花卉
把牠們香味
和入依微的琥珀香
華麗的藻井，
深湛的明鏡，
東方的那璀燦豪華，
一切向心靈
秘密訴陳
他們溫柔的家鄉話。

那裏，一切祇是整齊和美，
豪侈，平靜和那歡樂迷醉。

看，在運河內
船舶在沉睡——
他們的情形愛流浪；
為了要使你
百事都如意，
牠們才從海角來航。
西下夕陽明，
把朱玉黃金
籠罩住運河和田隴，
和整個城鎮；
世界睡沉沉
在一片暖熱的光中。

那裏，一切祇是整齊和美，
豪侈，平靜和那歡樂迷醉。

秋歌

一、

不久我們將沉入寒冷的幽暗，
再會，我們太短的夏日的輝煌！
我已經聽到，帶着陰森的震撼，
薪木在庭院的石上聲聲應響。

整個冬日將回到我心頭：憤怒，
憎恨，戰慄，恐怖，和强迫的勞苦，
正如太陽做北極地獄的囚徒，
我的心將是紅冷的一塊頑物。

我戰慄着聽塊塊墜下的柴木；
築刑架也沒有更沉着的回響。
我心靈好似個堡壘，終於屈服，
受了沉重不倦的撞角的擊撞。

為這單調的震撼所搖，我好像
什麼地方有人匆忙把棺材釘……
給誰？——昨天是夏；現在秋已臨降！
這神秘的聲響好像催促登程。

二、

我愛你長睛碧輝，溫柔的美人，
可是我今朝覺得事事盡堪傷，
你的愛情和妝室，和爐火溫存，
看來都不及海上輝煌的太陽。

然而愛我，溫柔的心！做個慈母，
縱然為對刁兒，縱然是對逆子；
戀人，或妹妹，請你做光耀的秋，
或殘陽底溫柔，由牠短暫如此。

短工作！墳墓在等；牠貪心無厭！
啊！容我把我的頭靠在你膝上，
悵惜着那酷熱的白色的夏天，
去嘗味那殘秋的溫柔的黃光。

梟鳥

上有黑水松做遮障，
梟鳥們並排地棲止，
好像是奇異的神祇，
紅眼射光。牠們默想。

牠們站着一動不動
一直到憂鬱的時光；
那時候，推開了斜陽，
黑暗將把江山一統。

牠們的態度教智者
在世上應畏如蛇蝎；
那芸芸衆生和活動；

對過影醉心的人類。
永遠地要受罰深重——
爲了他曾想換地位。

音樂

音樂時常飄我去，如在大海中！
　向我蒼白的星
在濃霧蔭下或浩漫的太空，
　我揚帆望前進；
胸膛向前挺，又鼓起我的兩肺，
　好像張滿布帆，
我攀登重波積浪的高高的背——
　黑夜裏分辨難。
我感到苦難的船的一切熱情
　在我心頭震顫；
順風，暴風和臨着巨渦的時辰，
　牠起來的痙攣
搖撫我。——有時，波平有如大明鏡。
　照我絕望孤影！

快樂的死者

在一片沃土中，那裏滿是蝸牛，
我要親自動手掘一個深坑洞，
容我悠閑地攤開我的老骨頭，
而睡在遺忘裏，如鯊魚在水中。

我恨那些遺囑，又恨那些墳墓；
與其求世人把一滴眼淚拋撇，
我寧願在生時邀請那些飢鳥
來啄我的殘體，讓週身都流血。

蟲豸啊！無耳目的黑色同伴人，
看自在快樂的死者來陪你們；
會享樂的哲學家，腐爛的兒子，

請毫不懊悔地穿過我臭皮囊，
向我說，對於這沒靈魂的陳屍，
死在死者間，還有甚酷刑難當！

裂鐘

又苦又甜的是在冬天的夜裏，
對着閃爍又冒煙的爐火融融，
聽遼遠的記憶慢騰騰的昇起，
應着在霧中歌唱的和鳴的鐘。

幸福的是那口大鐘，嗓子洪亮，
牠雖然年老，却矍鑠而又遒勁，
虔信地把牠宗教的呼聲高放，
正如那在營帳下守夜的老兵。

我呢，靈魂開了裂，而當牠煩悶
想把夜的寒氣佈滿牠的歌聲，
牠的嗓子就往往會低沉衰軟，
像被遺忘的傷者的沉沉殘喘——
他在血湖邊，在大堆死屍下底，
一動也不動，在大努力中垂斃。

煩悶

我記憶無盡，好像活了一千歲，

抽屜裝得滿鼓鼓的一口大櫃——
內有清單，詩稿，情書，訴狀，曲詞，
和卷在收據裏的沉重的髮絲——
藏着秘密比我可憐的腦還少。
那是一個金字塔，一個大地窖，
收容死者多得義塚都難比。
我是一片月亮所憎厭的墓地，
那裏，有如懺恨，爬着長長的蟲，
老是向我最親密的死者猛攻。
我是舊粧室，充滿了凋謝薔薇，
一大堆過時的時裝狼藉紛披，
祇有悲哀的粉畫，蒼白的蒲逐
呼吸着開塞的香水瓶的香味。
當陰鬱的不聞問的果實煩厭，
在雪歲沉重的六出飛花下面，
拉得像永恆不朽一般的模樣，
什麼都比不上跛脚的日子長，
從今後，活的物質啊，你祇是
圍在可怕的波浪中的花崗石，
瞌睡在朧霧的沙哈拉的深處，
是老斯芬克斯，浮世不加關注，
被遺忘在地圖上——陰鬱的心懷
祇向着落日的光輝清歌一快！

二、

當沉重的低天像一個蓋子般
壓在困於長悶的呻吟的心上，
當牠圍抱着天涯的整個周圍
向我們瀉下比夜更愁的黑光；

當大地已變成了潮濕的土牢——
在那裡，那「願望」像一般蝙蝠般，
用牠畏怯的翅去把墻壁打敲，
又用頭撞着那朽腐的天花板；

當雨水舖排着牠無盡的絲條，
把一個大牢獄的鐵柵來模倣，
當一大群沉默的醜蜘蛛來到，
我們的腦子底裏佈牠們的網，

那些大鐘突然暴怒地跳起來，
向高天放出一片可怕的長嗥，
正如一些無家的飄泊的靈怪，
開始頑强固執地呻吟而叫號。

——而長列的棺材，無鼓也無音樂，
慢慢地在我靈魂中遊行；「希望」，
屈服了，哭着，殘酷專制的「苦惱」
把牠的黑旗揷在我垂頭之上。

風景

爲要純潔地寫我牧歌，我願
躺在天旁邊，像占星家們一般，
和那些鐘樓爲鄰，夢沉沉諦聽，
牠們爲風飄去的莊嚴頌歌聲。
兩手托腮，在我最高的頂樓上，
我將看見那吟歌冗語的工場；
煙囪，鐘樓，都會的這些桅檣，
和使人夢想永恆無邊昊蒼。

溫柔的是隔着那些霧靄望見
星星生自碧空，燈火生自窗前，
煙煤的江河高高地昇到蒼穹
月亮傾瀉出牠的蒼白的迷夢。
我將看見那春天，夏天和秋天，
而當單調白雪的冬天來到眼前，
我就要到處關上窗扉，關上門，
在黑暗中建築我仙境的宮廷。

那時我將夢到微青色的天邊，
花園，在純白之中泣訴的噴泉，
親吻，鳥兒（牠們從早到晚地啼）
和田園詩所有最雅氣的一切。
亂民徒然在我窗前興波無休，
不會叫我從小桌抬起我的頭；
因爲我將要沉湎於逸樂狂歡，
可以隨心任意地召喚同春天，
可以從我心頭取出一片太陽，
又造成溫雱，用我炙熱的思想。

盲人們

看他們，我的靈魂；他們眞醜陋！
像木頭人兒一樣，微茫地滑稽；
像夢遊病人一樣地可怕，奇異，
不知向何處瞪着無光的眼球。

他們的眼（神明的火花已全消）
好似望着遠處似地，抬向着天；
人們永遠看不見他們向地面；

夢想般把他們沉重的頭垂倒。

他們這樣地穿越無限的暗黑——
這永恆的寂靜底兄弟。哦，都會！
當你在我們週遭笑，狂叫，唱歌，

竟至於殘暴，儘在歡樂中沉醉，
你看我也徃途僕僕，但更痲痺，
我說；「這些盲人在天上找什麼？」

我沒有忘記

我沒有忘記，離城市不多遠近，
我們的白色家屋，雖小却恬靜；
牠石膏的菓神和老舊的愛神
在小樹叢裏藏着她們的赤身；
還有那太陽，在傍晚，晶瑩華豔，
在折斷牠的光芒的玻璃窗前，
彷彿在好奇的天上睜目不閃，
凝望着我們悠長靜默的進膳，
把牠巨蠟般美麗的反照廣佈
在樸素的枱布和嗶嘰的簾幙。

那赤心的女僕

那赤心的女僕，當年你妬忌她，
現在她睡眠在卑微的草地下，
我們也應該帶幾朵花去供奉。
死者，可憐的死者，都有大痛苦；
當十月這老樹的伐枝人嘘吹
牠的悲風，圍繞着他們的墓碑，
他們一定覺得活人眞沒良心，
那麼安睡着，暖暖地擁着棉衾，
他們却被黑暗的夢想所煎熬，
既沒有共枕人，也沒有閑說笑，
老骨頭冰凍，給蟲豸蛀到骨髓，
他們感覺冬天的雪在滲乾水，
感覺世紀在消逝，又無友無家
去換掛在他們墓欄上的殘花。

假如爐薪嘯歌的時候，在晚間，
我看見她得到圈椅上，很安閑，
假如在十二月的青色的寒宵，
我發現她綣縮在房間的一角，
神情嚴肅，從她永恆的床出來，
用慈眼貪看着她長大的小孩；
看見她凸陷的眼睛墜淚滾滾，
我怎樣來回答這虔誠的靈魂？

亞伯和該隱

亞伯的種，你吃，喝，睡
上帝向你微笑親切。

該隱的種，在汚泥水
爬着，又可憐的絕滅。

亞伯的種，你的供應

叫大天神聞到喜歡！

該隱的種，你的苦刑
可是永遠沒有盡完？

亞伯的種，你的播秧
和牲畜，瞧，都有豐收；

該隱的種，你的五臟
在號飢，像一隻老狗。

亞伯的種，族長爐畔，
你敞開你的肚子烘；

該隱的種，你却寒戰，
可憐的豺狼，在窟洞！

該隱的種，心懷燃熾，
這大胃口你得當心。

亞伯的種，臭蟲一樣
你在那裏滋生，呑刮！

該隱的種，在大路上，
牽曳你途窮的一家。

二、

亞伯的種，你的腐屍
會壅肥了你的良田！

該隱的種，你的大事
還沒有充分做完全：

亞伯的種，看你多羞：
鐵劍却爲白梃所敗！

該隱的種，昇到天宙，
把上帝扔到地上來！

窮人們的死亡

這是「死」，給人安慰，哎！使人生活
這是生之目的，這是唯一希望——
像瓊漿一樣，使我們沉醉，振作；
使我們有勇氣一直走到晚上；

透過飛雪，凝霜，和那暴風雨，
這是我們黑天涯的顫顫光明；
這是記在簿錄上的著名逆旅，
那裏可以坐坐，吃吃，又睡一頓：

這是一位天使，在磁力的指間，
握着出神的夢之賜予和睡眠
又替赤裸的窮人把床來重舖；

這是神祇的光榮，是神秘的倉，
是窮人的錢囊和他的老家鄉，
是通到那陌生的天庭的廊廡！

入定

乖一點，我的沉哀，你得更安靜，
你吵着要黃昏，牠來啦，你瞧瞧。
一片幽暗的大氣籠罩住全城，
與此帶來寧謐，與彼帶來了煩腦。

當那凡人們的卑賤庸俗之群，
受着無情劊子手「逸樂」的鞭打，
要到奴性的歡慶中採擷悔恨，
沉哀啊，伸手給我，朝這邊來吧，

避開他們。你看那逝去的年光，
穿着過時衣衫，憑着天的畫廊，
看那微笑的悵恨從水底浮露，

看睡在涵洞下的垂死的太陽，
我的愛，再聽溫柔的夜在走路，
就好像一條長殮布曳向東方。

聲音

我的搖籃靠着書庫——這陰森森
巴貝爾塔，有小說，科學，詞話，
一切，拉丁的灰燼和希臘的塵，
都混和着。我像對開本似高大。
兩個聲音對我說話。狡獪，肯定，
一個說：「世界是一個糕，蜜蜜甜，
我可以（那時你的快樂就無盡）
使得你的胃口那麼大，那麼健」。
別一個說：「來吧！到夢裡來旅行，
超越過那可能，超越那已知！」
於是他歌唱，像沙灘上的風聲，
啼喚的幽靈，也不知從何而至，
聲聲都悅耳，却也使耳朵驚却。
我回答了你：「是的！柔和的聲音！」
從此後就來了，哎！那可以稱做
我的傷和宿命。在浩漫的生存
佈景後，在深淵最黑暗所在，
我清楚地看見那些奇異世界，
於是，受了我出神的明眼的害，
我曳着一些蛇——牠們咬我的鞋。
於是從那個時候起，好像先知，
我那麼多情地愛着沙漠和海；
我在哀悼中歡笑，歡慶中淚涇，
又在最苦的酒裏找到美味來；
我慣常把事實當作虛謊衒空
眼睛向着天，我墜落到窟窿裏。
聲音却安慰我說：「保留你的夢：
哲人還沒有狂人那樣的美麗！」

波特萊爾的位置

——選自「惡之華綴英」

梵樂希作
戴望舒譯

波特萊爾是到了光榮的頂點。

這本還不到三百頁的小書惡之華，在文士的評價中，是和那些最著名和最廣闊的作品等量齊觀的。牠被翻譯成大部份的歐洲語言：這是一個我要來談一談的事實，因為我相信，在法國文學史上，這是前無古人的。

一般說來，法國的詩人總是很少為國外所認識，所欣賞。人們比較容易承認我們的散文的長處，但是我們的詩的能力，人們認可的時候可就吝嗇而勉强了。那從十七世紀以來在我們的語文中支配着的秩序和正確性，我們的特殊的抑揚，我們的嚴格的格律，我們的對於簡單和直截明瞭的好尚，我們的對於誇大和貽笑的擔心，一種在表現之中的顧慮，以及我們的氣質的抽象傾向，這些都給我們造成了一種和他國頗不相同，又往往為他國所不能捉摸的詩。在外國人看來，拉封丹（La Fontaine）是索然無味。拉辛（Racine）對於他們是不可接近的。他的和諧是太微妙了，他的圖構是太純粹了，他的辭句是太優雅而太濃淡有致了，以致那些對於我國的語言沒有一種親切而根本的認識的人們，是不能感領的。

就是維克多・雨果（Victor Hugo）也祇由於他的小說而傳播到法國之外去。

但是，有了波特萊爾，法國的詩歌終於走出了國境。牠使全世界的人都讀牠；牠使人不得不視之為現代性的詩歌本身；牠產生模倣，牠使許多心靈豐饒。像史溫彭（Swinburne），加勃列萊，達農丘（Gabriele D' Annunzio），斯代方・葛奧爾格（Stefan George）等人那樣，都卓絕地證實了波特萊爾在國外的影響。

所以我可以說，在我國的詩人們之間，比波特萊爾更偉大以及稟賦更高的詩人們固然是有的，可是比他更重要的，却絕對沒有。

這種奇特的重要性是在於何處呢？像波特萊爾那樣的一個那麼特殊，那麼和常人遠離的人，怎樣能醞釀成一個那麼廣闊的運動呢？

這種身後之大為人愛寵，這種精神的繁殖力，這種達到了最高點的光榮，應該不僅依繫於他作為詩人的固有價值，而且還依繫於一些例外的狀況。這些例外狀況之一，便是那和詩的效能結合在一起的批判的智力。波特萊爾從這罕有的結合中得到一個主要的發現。他是生來富於官感而明確的；他是富於敏感的，而這敏感的要求便導領他去作形式的最精妙的探討；但是，如果他並沒有由於心靈的好奇，無愧於在愛德加・坡（Edgar Poe）的作品中發現一個新的精神世界的機會，那麼這些天賦無疑祇會使他成爲戈諦艾（Gautier）的一個敵手，或是巴拿斯派的一個高手藝術家而已。明銳的魔鬼，分析的精靈，論理與想像神秘性與籌算的最新鮮最迷人的配合的發明者，深鑽並利用藝術的一切方法的文學技師，他覺得這都在愛德加・坡身上顯現出來，而使他驚異。這樣許多的獨特見解和異常的預期都使他迷醉。他的才能因而變形了，他的定命因而燦然改變了。

我等一下要再來說說這兩個心靈的幻異的接觸所生的效果。

但是現在，我應該考察一下波特萊爾之薰陶的第二個可注意的狀況。

在他達到成人的年齡的時候，浪漫主義正是全盛期；一代的才華佔領着文學的王國：拉馬丁（Lamartine），雨果，繆賽（Musset），維尼（Vigny），就是當時的諸大師。

讓我們置身於一個在一八四〇年達到了寫作年齡的青年的地位吧。他是受着那些他的本能所橫强地命令他廢棄的人們的滋育。偶然他們所誘導，滋養，他們的榮譽所激起，他們的作品所決定的他的文學生存，却必然地繫附於這些人的否定，推翻，代替——在他看來，這些人似乎塞滿了名譽的整個空間，而且一個人使他絕了形式的世界的路；另一個人使他絕了感情的世界的路；另一個人使他絕了畫境的路；另一個人使他絕了深度的路。

問題是在於要在這爲偶然所例外地聚於一代；又都是才思流溢的大詩人們全體之中，竭盡能力把自己顯揚出來。

波特萊爾的命題因此可能——因此應該——這樣地提出的：『做一個大詩人，却不是做拉馬丁，也不是做雨果，也不是做繆賽。』我並不說這個決心是有意識的，但是牠却必然存在於波特萊爾的心理，——而且甚至本質地是波特萊爾。這是他的「國是」。在那也是驕傲的領域的創造的領域之中，那顯揚自己的必要是和生存本身不能分開的。波特萊爾在他的惡之華的計劃的序言中寫着：『大名鼎鼎的詩人們長久以來分配着詩的領域的最精彩的省份，……因此我要做些別的事……』

總之，由於他的心靈狀態以及種種論據，他便勢必至於，便逼不得已，日益明顯地去反對那人們稱爲「浪漫主義」的系統，或無系統。

我並不要給這個名詞下定義。如果要作這種嘗試，就非得失去任何嚴格的情緒不可吧。這裏，我祇從事於把當我們的詩人和他的時代的文學對照的時候，那在「初生狀態」中的他的最可能的反應和直覺恢復原狀。波特萊爾所受到的某一種印象，是我們可以，而且是相當容易，重新組織起來的。的確，靠了時間的順序和文學事件的後來的發展，——甚至還靠了波特萊爾，和他的作品以及這作品的幸運——我們擁有一種簡單而穩當方法，來約略確定我們的必然空泛，有時是接受來，有時是完全專斷的，對於浪漫主義的觀念。這方法是在於觀察那承繼浪漫主義的東西，即來加之以改變，加之以矯正和反駁，而終於取而代之的東西。祇要考察一下那些在牠之後產生，反對牠的那些運動和作品就是了，因爲這些都不可避免地，自然而然地是牠的本來面目的確切的答案。這樣觀察之下的浪漫主義，因此就是自然主義所反擊，巴拿斯派所群起而攻的東西；而這也正就是決定了波特萊爾的特殊態度的東西。牠就是那差不多同時惹起完義的意志來反對自己的東西，—

「為藝術而藝術」的神秘主義，——萬物底觀察和無個性的固定的要求；總而言之，一種更堅固的質地和一種更精巧更純粹的形式的願望。關於那些浪漫主義作家，除了他們的後繼者們的綱領和傾向之總體以外，什麼都不能給我們更清楚的指示了。

也許浪漫主義的缺點祇是那和自信的不可分離的過份吧？……新奇的青春時期是誇大的。智慧，籌算，以及總之一句話，完美，是祇在精力之節省的時期才顯現出來的。

不論如何，精密的紀元是在波特萊爾的青年時代光景開始的。戈謫艾已經對於形式的條件的鬆懈，語言的貧乏或不確當加以抗議和反對了。不久，聖特．勃夫（Sainte Peuv），弗羅倍爾（Flaubert），勒龔特．德．李爾（Leconte de Lisle）的各方面的努力都將起來反對熱情的輕易，作風的無恆，愚蠢和古怪的泛溢……巴拿斯派和寫實主義者都將同意在表面的强度，豐富，辭鋒上有所損失，因爲他們在深刻，眞實，技術和智力的品質上已有所獲得了。

我要總括地說，這種種不同的『派別』之代替了浪漫主義，是可以作爲熟思的行爲之代替了自生的行爲觀之的。

一般地說來，浪漫派的作品是不大經得起一個苛刻而精練的讀者底緩慢而處處有抵抗的閱讀的。

波特萊爾就是這種讀者。波特萊爾有着最大的利害關係，——一種存亡的利害關係，——來察出，證實並過份重視，那他在他的最偉大的人物的作品和本身之中貼近地觀察到的，浪漫主義的弱點和缺陷。他那時可能心裡想：浪漫主義已到了牠的全盛期，因此牠是要死的；他那時可能用了達萊朗（Talleyrand）和麥代爾尼赫（Metternich）在一八〇七年左右用以奇異地注視那世界的主宰的目光，來觀察當時的神和半神……

波特萊爾注視着維克多．雨果；推測他對於雨果的思想並不是不可能的事。雨果統治着；由於一種無限地更有力更精確的質地，他佔了拉馬丁的上風。他的字眼廣大的記錄，他的韻律的繁複，他的意象的充溢，壓倒了一切敵手的詩。但是他的作品有時却遷就俗流，迷失在預言式的宏詞和無窮盡的呼喚聲中。他向群衆作媚態，他和上帝對話。他的哲學的簡單，種種發揮的不向稱和不統一，瑣節的神奇和藉詞的脆弱，以及整體的無定見之間的常有的對照，還有那能使一個年輕而不留情的觀察者感到不舒服，因而使他得到教益而指點出他將來個人藝術的路的一切，波特萊爾大概都會將他們記在心頭，並且從雨果的奇才所使他不得不發生的景仰中，分辨出他作品中的駁雜，輕率，可議之處，——這就是說，一位那麼偉大的藝術家所容人採擷的，生存的可能性和光榮的機會。

如果我們放一點惡意和些微過度的智巧進去，那麼便太誘人去把維克多．雨果的詩和波特萊爾的詩作一個對比，存心要表彰出後者的確是前者的補足。我不想多說下去。我們已足够看出，波特萊爾曾經探索過維克多．雨果所未曾做到的；看出他避開維克多．雨果所獨擅勝場的一切效果；看出他又回到一種較不自由而又小心地遠離開散文的格律；看出他追求着而且又差不多總追上那賡續不斷的魅力的產生，那就是某幾首詩的難以估價而又好像是超絕的品質，——但是在維克多．雨果的浩漫的作品中，這種品質是很少碰得到的，而所碰到的少數也是難得純粹的。

再說，波特萊爾沒有認識，或僅認識一點點，最後的雨果，那絕端的錯誤和無上的美麗的雨果。世紀的傳說是在惡之華出版之後兩年出版的。至於雨果後來的作品，那是在波特萊爾死後長久才出版的。我認爲這些後來的作品，有着一種比雨果一切其餘的詩高到萬倍的技術上的重要性。這裏不是適宜的地方，而我也沒有時間，來發揮這個意見。我祇要略略說一說一段可能的枝節吧。在維克多·雨果身上，那使我吃驚的便是一種無可倫比的生命力。生命力，那就是說配合在一起的長命和工作能力；爲工作能力所乘的長命。在六十餘年之中，這個異乎尋常的人每天從五時工作到中午！他不斷地激起語言的配合，要牠們，等牠們，聽牠們回答他。他寫了十萬或是二十萬行詩句，而從這無間斷的練習得到了一種奇特的思想方式——這奇特的思想方式是那些膚淺的批評家所免强地加以判斷的。可是，在這長長的生涯之中，雨果努力不倦地在他的藝術中完成自己而堅强自己；無疑地，他愈來愈在選擇上犯毛病，愈來愈失去勻稱的感覺，他用了那些模稜，空泛而眩暈的字眼使他的詩句膠着，而且他又那麼多那麼輕易地把「深淵」，「無限」，「絕對」放進他的詩句中去，竟致這些巨大的字眼連習慣賦與牠們的那種深奧的外表也都失去了。然而，在他的生活的最後一個階段，那樣神奇的詩句他不曾寫過啊！那些詩句，在廣闊方面，在內部組織方面，在共鳴方面，在充實方面，是任何詩句都不能比擬的。在銅絃中，在上帝中，在撒旦之末日中，在悼戈諦艾之死的詩篇中，這位看見了自己一切敵手的死亡，這位可能看見一整系代的詩人從自己那裏產生，而且甚至還可能利用弟子可能給與大師的可貴的教益（如果大師還活下去）的七十歲的藝術家，這位盛名一世的老人，達到了詩的能力和琢句巨匠的崇高之學的最高點。

雨果沒有停止以實踐來學習；那壽命僅及雨果的一半的波特萊爾，却以一種完全不同的方式來發展。我們可以說，他可以生活的這短短的時間底可能的短促和預覺的不足，他應得以我方才說過的那種批判智力的應用去補償。他祇能有二十年光景的期限來達到他自己的完美之點，來視察他個人的領域，並且來確定那將來建立並保存他的姓名的（註一）特殊的形式和態度。他沒有時間，他將沒有時間，用大量的試驗和多數的作品的方法，悠閑地去追求文學意志的那些美好的對象。應該取最短的路，着眼於摸索的節省，避免重說的話和分歧的企圖：因此要由分析的路去尋求自己是怎樣的人，能够做什麼，意欲什麼，並且在自己心裏把一位批評家的銳敏，懷疑，注意力和推理力，集合於一位詩人的自發能力。

就因爲這個原故，那雖則出身於浪漫派，而且甚至在趣味上也是浪漫派的波特萊爾，有時可能顯着古典主義者的面貌。給古典主義者下定義，或以爲下定義，是有無窮的樣式的。我們現在採用下面的這一種：古典主義者是一位在自己心頭帶着一位批評家，而且又把他和自己的工作密切地聯繫着的作家。拉辛心頭有一個布阿羅（Boileau），或是一個布阿羅的影子。

說來說去，如果不以路易十四時期的人對付十六世紀的作家的辨法去對付十九世紀初葉的作家，那麼在浪漫主義中選擇，在其中分辨善和惡，眞和僞，弱點和優點，其意何在呢？任何古典主義必有一個浪漫主義的前身。人們所歸於一種「古典的」藝術的一切長處，以及對於牠的一切非議，都是和這個公理有關聯的。古典主義的本質是後來。秩序必先有某一種爲牠所恢復的無秩序。結構是技巧，牠承繼着直覺和自然發展的原始混沌。純粹是對於語言的無盡的實驗的結果，而那對於形式的關心，也祇是表現方法的經過考慮的重組。因此，[illegible]主義者連帶着那依照了人和藝術的明白而合理的觀念，修改一種「自然的」產生的，有意而經過思考的行為。但是，正如我們由於科學所看得見的，我們祇能靠了一種慣例的總體去做合理的作品而依次構造。古典主義藝術可以從這些慣例的存在，明晰，專橫辨認出來；不論是關於三一律，格律的則例，或是用字眼的限制，這些表面專斷的規則造成了牠的力量和牠的弱點。這些規則雖則在今日不大為人了解，而且變成難以擁護，差不多無法遵守，但牠們仍不失是從無混雜的精神享樂的諸條件的古舊，精微而深刻的理解出來的。

在浪漫主義的中間，波特萊爾使人想到古典主義者，但是他祇不過使人想到而已。他死的時候年紀還輕，再說，他是在帝政時代的舊古典主義的可憐的殘存所給與他同代的人們的可憎的印象之中過了一生的。問題絕對不在於使那完全死去的復活，但也許是在於從其他的道路找到那已不復存在於那屍體中的精神。

浪漫主義者們把那有點艱苦的注意和持續所要求於理想的東西完全忽略了，或差不多完全忽略了。他們尋求突擊，牽引和對照的效果。節制，嚴格和深刻都並不使他們過份操心。他們憎厭抽象的思索和推論，而且不僅是在他們的作品中，却還在他們的作品的預備中，——這就無限地更嚴重了。我們竟可以說，那時的法國人竟把他們的分析的稟賦都忘記了。我們這裡應該說明，浪漫主義者們之反對十八世紀，是比反對十七世紀更利害得多，而且他們輕易指斥別人淺薄，而實際上別人却是無限地更有學問，更對於事實和觀念好奇，更關切於正確和思想，其程度遠非他們自己所能及。

在一個科學正將有異常的發展的時代，浪漫主義却顯露出一種反科學的精神狀況。熱情和靈感自信牠們祇需要牠們自己就够了。

但是，在一個完全不同的天空之下，在一個專注於自己物質的發展，還漠不關心於過去，正在組織自己的未來，把全部自由給與各種經驗的民族之間，有一個人，在差不多同一個時候，用着清晰、銳敏、洞明（在一個有詩的創造稟賦的頭腦中，這些是從來沒有遇見達到這樣的程度的），來考察性靈的事物，以及其間的文學產物。一直到愛德加．坡為止，文學的命題從來沒有被人在牠的前題中檢驗過，被人縮成為心理學的命題過，被人用那其中斷然使用效果之理論和技術的分析的方法去接觸過。作品和讀者的關係第一次被闡明而作為藝術的實證基礎。這種分析，——而這便是以自己的價值向我們保證的一種情境——，在文學產品的一切領域中，也都清晰地可以應用並且證明。同樣的觀察，同樣的辨別，同樣的分量標誌，同樣的導線思想，也適合於那些用以對於感覺強力而粗暴地起作用的，用以征服愛好強烈的情感和奇異的故事的大衆的作品，正如牠們之支配那些最精練的樣式和詩人的創造的精微的組織一樣。

說這種分析像在詩的範疇中一樣，在短篇故事的範疇中也有效，說牠像適用於想像和幻想之製作一樣，也適用於逼眞之還原和文學表現，那就是說牠是以牠的普遍性顯著的。眞正普遍的東西的特長便是有繁殖力的。達到那可以俯瞰一個活動的全界之點，那就是必然地瞥見一些可能：未曾開拓過的領域，須待劃定的路線，須待開墾的土地，須待建設的城市，須待建立的關係，須待擴張的方策。所以這並不是驚奇的事：那擁有一種那麼強力又那麼穩當的方法的坡，做了好些樣式的發明者，提供了科學的短篇故事，近代開天闢地的詩，刑事訴訟小說，文學中心理病態的輸入等的最初最動人的例子，以及他的全部作品都在每一頁上表顯出那使任何其他文學生涯中所未曾達到如此地步的一種智力和智力的意志。

這位偉大的人物，如果波特萊爾沒有盡力將他介紹到歐洲文學中來，那麼也許會被人完全忘記了。我們這裏不要忘記注意：愛特加・坡的普遍的光榮祇在他的本國和英國是微弱或受到異議。這位盎格魯撒克遜的詩人，是奇異地不為自己人所瞭解的。

另一個注意點：波特萊爾、愛德加・坡交換着價值。他們每人把自己所有的給與另一個人；每個人接受自己所沒有的。後者把整個新穎而深刻的思想體系交給前者。他啓發他，使他豐饒，在種種題材上決定他的意見：結構的哲學，技巧的理論，對於現代的理解和斥責，例外性和某種奇異性的重要，貴族的態度，神秘性，對於優美和準確的嗜尙，甚至政治……整個波特萊爾都受到浸染，興感，深造。

但是，作為這些財產的交換，波特萊爾却把一種無限的廣袤給與坡的思想。他將牠提供給未來。這種在馬拉美（Mallarme）的名句（註二）中把詩人變作他自身的廣袤，便是波特萊爾的行為，翻譯，序文——這些都為可憐的坡的英靈打開了那廣袤並為他確保着。

我不打算來把文學界從這非常的發明者的影響所承受到的一切加以考察。不論說到茹爾・維爾納（Jules Verne）以及他的競爭者們，說到加波留（Gaboriau）以及他的同類們，或是在更高得多的樣式中，不論提起維列・德・里爾亞當（Villiers de L'Lsle-Adam）的產品，或從陀斯托也夫斯基（Dostoievski）的產品，我們總是很容易看出，戈登・平的奇遇，莫格路的神秘，里吉亞，洩示的心曾是他們的屢次模倣過，深深研究過，從未超越過的範本。

我祇想問一句，波特萊爾的詩，以及更廣泛一點說法國的詩，從愛德加・坡的作品的發現中能承受到什麼。

惡之華中的有幾首詩從坡的詩中取出牠們的情緒和質料。有幾首包含着完全是移置的詩句；可是這些特殊引借，我却不想多說，因為其重要性可以說是局部的。

我祇要抓住那主要的一點，那就是坡對於詩的觀念。他在各種論文中陳說過的觀念，便是波特萊爾之思想與藝術之更變的主因。波特萊爾心中的這種結構理論的醞釀，他從而演繹出來的教益，這理論自其精神的後嗣所接受到的發展，——而特別是牠的本身的大價值，——都使我們不得不停下一會兒來加以考察。

我不想隱瞞，坡的思想根底是從他自己造成的某種形而上學而來的。但是這種形而上學，雖則操縱，主宰並暗示那些有關的理論，却並不深入進去。牠產生牠們並解釋其生殖；牠並構成牠們。

愛德加・坡對於詩的觀念是表白在幾篇論文之中，其中最重要的一篇（又是最少論及英國詩的技術的一篇）題名為：詩的原理（The Poetic Principle）。

波特萊爾是那麼深切地為這篇文章所感動，他從而接受到一種那麼强烈的印象，竟至把牠的內容，而且不僅內容，就連形式本身也在內，也都當作他自己的東西。

一個人對於那他覺得如此確實地為他自己而做，而他又不由自主地視為由他所做的東西，總不能不據為己有：…他禁不住要把那如此密切地適合於他個人的東西侵佔過來；而在財產的名義之下，語言也把那適合於某人又完全使他滿足的東西的觀念，和這某人的自己的所有物的觀念混雜不分了……

波特萊爾呢，雖則他被詩的原理之研究所啓發，所迷住，——或者還不如說，正因爲他被牠所啓發，所迷住，——却並沒有把這篇論文的翻譯入愛德加·坡的作品中去；但是他把其中的最有意思的部份，差不多沒有改頭換面並顚倒詞句，引用到他的奇異的故事的譯本的序文中去。如果抄襲者不像我們在下面可以見到的那樣自已告發出來，那麼這種抄襲還可以有得辯：在一篇關於奧費爾·戈諦艾的論文（註三）中，他把我所說的這段文章完全重錄出來，而上面又加了這幾行太明顯又太使人吃驚的話：「我認爲，我們可以引用自已的話以免多費筆墨。所以我再說一遍……」接着就是那段借用的文章。

那麼愛德加·坡對於詩的見解是怎樣的呢？

我要把他的觀念用幾句話簡括地說出來。他分析一首詩的心理條件。在這些條件之中，他把那依繫於詩作之篇幅長短的條件放在第一位。他把一種特殊的重要性給與那對於牠們的長度的觀察。在另一方面，他考查這些作品的質地。他便容易地證實，有許多詩裝載着那散文很足夠容載的概念。歷史、科學、教訓等，用靈魂的語言去陳述並不更好。教訓時，歷史詩或倫理詩，雖則因那些最偉大的詩人而得名垂久遠，却把推理的或經驗的知識之論據，和內心的創造以及情緒的力量混合在一起。

坡明白近代詩應該合那看見活動的方式和領域日益明顯地分判的時代的傾向，他明白詩可能期待實現牠自已的目的，並且多少在純粹的狀態中產生。

這樣就是詩的極樂的諸條件的分析，絕對詩的經過排洩的定義。——坡指出了一條道路，他傳授一種很誘人又很嚴格的學說，在這學說中，一種數學和一種神秘是聯在一起的……

如果我們現在看一看惡之華的全部，如果我們小心把這個集子和同時代的其他詩集比較，那麼我們就會毫不驚奇地發現，波特萊爾的作品是非常和坡的教條相符合，因而便是非常和浪漫派的作品相異的。惡之華既不包含歷史詩，也不包含傳說；絕不以一個故事爲依傍。我們在那裏看不到哲學的長篇大論。政見也絕對不在那裡出現。那裡描寫很少，而且總是有涵義的。但是那裏一切都是魅力，音樂，强力而抽象的官感……豪侈，形式和極樂。

在波特萊爾的最好的詩句中，有一種靈和肉的配合，一種莊嚴，熱烈和苦味，永恒和親切的混和，一種意志和和諧的極罕有的聯結，這些都使他的詩句和浪漫派的詩句判然有別，一如使牠們和巴拿斯派的詩句判然有別一樣。巴拿斯派對於波特萊爾是並不過份柔和。勒龔特·德·李爾非難他詩才枯竭。他忘記了一位詩人眞正的豐饒並不在於詩句的數目上，却在於牠們的效果的廣濶中。祇能在時過境遷之後方能加以判斷。我們現在看見，經過了六十多年，波特萊爾的這部篇幅很少的唯一的作品的反響，還充塞着整個詩的範圍，還在人心靈之中，無法忽略，爲許多作品所加强——這許多作品都是從牠那裏支分出來的，並不是模倣，却是成果，因此，爲公正起見，爲我們似乎應該把許多第一流的著作，以及詩所從未着手過的最深刻最精細的一整批探討，都歸除到惡之華這本薄薄的集子中去。古代的詩和蠻夷的詩的影響是沒有這樣繁複，這樣廣濶。

然而我們也應該承認，上述的影響如果及於波特萊爾，那麼也許會勸他不寫或不保留他集中所碰到的某一些很鬆懈的詩句。在入定那首商籟體——集中最可愛的諸詩之一——的十四句詩之中，我總感到驚異，算算有五、六句確實有弱點。但是這首詩的最初幾句和最後幾句却有着那樣大的魔力，竟使中間一段不覺得拙劣，而且容易被當作虛無而不存在。必需一位極偉大的詩人，才能有這一類的奇蹟。

我剛才說過魅力的產力，而現在我又剛說出了奇蹟這個名詞；當然，這些名詞，爲了牠們意義的力量和牠們的用法的便利，是應該謹愼地使用的；但是我祇能用一篇分析來代替牠們；那分析是那麼長，而且也許是那麼可議，所以我要告罪，讓要做這分析的人免做，也讓要硬着頭皮聽這分析的人免聽。我將留在空泛之中，祇限於暗示出牠可能是什麼。我們應該指示出，語言包含着一些和牠的實用而直接有涵意的特長相混的情感的資源。詩人的責任，工作，職務是把那在日用語言中和日常表面生活的傳達符號及工具相混的，這些抑揚頓挫和魔法的力量，這些感情生活和精神敏感的興奮劑，都顯明出來，發動起來。所以，詩人致力並鞠躬盡瘁於在語言之中確定並建設一種語言；而這語言的實驗——牠是久長，困難，微妙，牠需要心靈最繁複的特長，牠永遠不會完成，正如牠從未曾確實可能——傾向於構成比任何實有人在思想中更純粹，更有力而更深刻，在生活中更强烈，在語言中更優美而美滿的人物的詞章。這種異乎尋常的語言，可以從那支持着牠的韻律和和諧爲人所知而爲人所辨出來；那韻律和和諧一定是那麼密切地，而且又甚至是那麼神秘地聯繫於牠的生殖，竟至於音和意不再能分開，而且在記憂中無限地互答和應了。

波特萊爾的詩的垂久和至今不衰的勢力，是從他的音響之充實和奇特的清晰而來的。這個聲音有時退居於辯才之下，正如那一個時代的詩人們所屢見不鮮的那樣；但是牠差不多永遠保持着又開展着那使牠與一切散文有別的，一種可佩地純粹的旋律線條和一種完善地持續着的鳴響。

由於如此，波特萊爾很成功地反抗着那自從十七世紀中葉以來在法國詩中可以看到的散文風度的傾向。可以注意的是，這位使我們的詩得以回返到牠的本質去的人，也就是熱烈地關心於那本義的音樂的最初法作家之一。我之所以提起這由於論唐霍艾塞爾（Tannhauser）以及洛漢格林（Lohengrin）的著名的論文而表顯出來的好尚，是爲了音樂對於文學的影響的後來的發展……『那被命名爲象徵主義的東西，可以很簡單地總括在好幾族詩人想從音樂收回他們的財產的那個共同的意向中……』

爲了要使這對於波特萊爾的現實重要性的解釋的試圖更不模糊一點又更不欠缺一點，我現在應該提起一下。他作爲繪畫批評者是怎樣的。他認識德拉克洛亞(Delacroix）和馬奈（Manet）。他曾試着把安格爾（Ingres）和他的對敵的相互長處權衡，正如他能把古爾倍（Courbet）的作品和馬奈的作品在他們極不相同的「寫實主義」中比較一樣。他對於那偉大的陀密（Daumier）有一種後代也有此同見的敬佩。也許他把龔斯當丹．季（Constantin Guys）的價值誇大了一點……但是，在整個上，他的那些總是有根據而且附有對於繪畫的最精到最堅實的見解的批判，總仍舊還是藝術批評這極其容易因而是極其煩難的樣式的模範。

但是波特萊爾的最大的光榮，正如我在這次演說的開端所使諸君預感到的那樣，無疑就是他產生了幾位十分偉太的詩人。魏爾蘭（Verlaine）、馬拉美、韓波（Rimbaud）等，如果未在有決定性的年齡讀了惡之華。那麼他們也許不會有這樣的成就。在這個集子中，我們可以很容易地指出一些詩來，這些詩的形成和興感，都預示出魏爾蘭、馬拉美或韓波的某幾首詩來。但是這種應和是那麼地明顯，而諸君注意的時間也就要終結，所以我也不細說了。我祇想向諸君指出，魏爾蘭作品中所發展着的親切的感覺，以及神秘情緒緒官感熱烈的有力而騷亂的混和；使韓波的簡短而猛烈作品變成那麼有力又那麼有生氣的，那種登程的熱狂，那種爲宇宙所激起的性急的動作，那對於感覺及其和諧的共鳴的深深的覺識，這些在波特萊爾的作品中都清楚地在着而可以辨認出來。

至於馬拉美呢，他的最初的詩句是可能和惡之華的最美最濃厚的詩句相混的，他在愛德加・坡和波特萊爾的最精微的結果中繼續作那些形式和技術的探討，因爲愛德加・坡的分析和波特萊的論文以及解釋傳授了這種探討的熱情，又指示了他的重要性。魏爾蘭和韓波在情感和感覺方面繼續了波特萊爾、馬拉美却在完美和詩的純粹的領域中延長了他。

註一：贈你這幾行詩，爲了我的姓名如果僥倖傳到那遼遠的後代……

註二：却似永恒終於將他變作自身……

註三：收入浪漫派藝術中。

黑人詩選

第二部美洲（續）

李魁賢譯

George Campell（牙買加）

連禱

我把陽光捧在手中
感謝有這麼壯麗的日子。
我感謝你，生命啊。
陽光有如一把扇從我手中展開
陽光有如Poinsettia 樹汁般的紫
陽光有如山扁豆樹汁般的黃
陽光有如純淨的水
陽光碧綠有如仙人掌
陽光有如閃爍的海潔白的馬
陽光有如被烤焦的天空
陽光有如熱帶的山崗
陽光有如一件聖物在我手中
阿門。

Andrew Salkey（牙買加）

鼓樂

鼓上，鼓上揚起音樂的旋律，
眼神，華美而烱烱的眼神，
洋溢着猛圖舞之力的情熱，
啊，黑檀木之敲擊！
啊，進步之精靈！

我在京斯敦長大
守望着新的日子
在心中爲它的誕生而激動。
我在風的陣痛中出發
而在昏睡的棕櫚葉下沒有找到隱匿的眼睛。

我出發，港風在背後
怪異地咆哮。
我踩過了歷史
如像一位巨人踏碎了乾枯的葫蘆。

我漫步走過王街
這裡舞伶的短裙圍着笨拙的軀體廻轉，
這裡對話零落地在淺笑的小徑上蜿蜒，
這裡竊笑着，爲昨日的舞會
爲一本新書引起的事件
爲最後戀情的變卦
竊笑復竊笑不已
爲從未發生過的意外
竊笑復竊笑不已，
這裡手臂被推擠如像出售的芒果，

且復竊笑不已，
沒有眼睛能夠隱藏，
可是幽魂像是電影廣告强力地吸引住
學生、牛奶販、金髮女郎、主婦、乞丐、情人和小偷，
而四肢和身體
不受時間的拘束，
一位橄欖膚色的少女
扭動着大理石圓球腿股上的臀部
露齒而笑並立即迅速選擇了週末夜晚的伴侶
——以一種閃光的加速度
扭轉她的脖子
彈指作響
以豐富的旋律，
表演輕柔的手舞足蹈，
而以擊鼓的堅實聲
邁開她穩重的步伐
正當在她下方
一條走道又一條走道地逐一滑過
在不知不覺中，如像來到一條走道，
有一位神祇踩在她的上面。

一九五一年颱風

我還知道是夜裡，
黑暗中隨着潑刺的暴雨，
强勁的雨點敲打如鼓槌，
敲打着前進後退，
有目的地敲打着
如像擊打在被槌擊的肌膚，
槌擊的肌膚放置在製鞋砧上
槌擊的肌膚，肌膚被槌擊着，
擊碎的玻璃，玻璃被粉碎了，
槌擊的肌膚，以及碎片擊碎了黑夜。

我還知道是夜裡
啊，繼續振翼的鳳凰
我們不會遺忘，我們如何在瓦礫中挖掘，
心靈磨碎了，幾乎無能由灰燼中再建，
啊，重建，重建

啊，鳳凰
鼓翼中重振起由我們城市降下的塵埃。

啊，鳳凰，
開始施力，從沼澤中扒出泥濘，
開始了新的面貌，

啊，鳳凰，
我還知道，橋樑斷折如竹桿
於强風之呼哨與停頓之間
於椰子樹之歡呼與呻吟之間

我還知道，衆口如何狂呼祈禱，
衆口忙碌一如蜜蜂砍伐木材血堆。

（倉庫的側壁塌了！圍籬缺口了！
京斯敦的商業區垮了！）

而所有妖魔悽厲的聲響
縈廻在我們恐懼的耳中，還有
尤其是還有，從火山口呵欠出的教堂
疏鬆的砌石和灰泥在後院畢剝响
有如斷齒，有如拆散的字；
教堂匍匐如像孤單的基督迎向
赤裸而火紅的黎明，當如此等待
像是要來一次算帳，
像是要算帳。

Jacques Roumain（海地）

當鼙鼙鼓聲響起

你的心在陰影中震顫如像一張臉
　照映在渾濁的水面。
從夜幕中伸出一幅古畫，
你追尋昔日可愛的幻術：
一條河流載你遠離河岸，
載你到祖先的風景裡，
傾聽那聲音。他們吟唱着愛情的悲嘆
而在清晨時分，聽！鼙鼙鼓聲
有如敲打在黑姑娘的心胸。

你的心靈是潺潺流水中的畫像，
　你的父親在此水上俯下黝黑的臉龐。
隱匿的運動把你溶化入巨浪澎湃
而把你塗繪成黑白雜種的白人，只是
一陣小泡沫，吐向岸上的唾涎。

幾內亞

這是前往幾內亞的漫漫長途——
死亡引導你。
那邊是枝柯，是樹木，是叢林。
傾聽他永夜編成的髮束內之風蕭蕭。

這是前往幾內亞的漫漫長途——
你父老們耐心地等候你
在路旁，他們閒談，
他們等待。
這正是溪流湍急如骨骼編成玫瑰花圈的時節。

這是前往幾內亞的漫漫長途——
在黑色大地上的黑色人種
不會對你等閒款待：
在煙霧瀰漫的天空下，被鳥鳴戳穿，
四周是沼澤的流水
樹木的睫毛張設在衰微的光線之上，
在那邊水湄有一靜靜的村莊在等候你，
你父老們的茅屋以及家石，在那上方，你的
頭額終能獲得歇息。

Louis Borno（海地）

月光

靜嫻的女神君臨她的柱上。
我心房被她棕色之美所占領。
有溫柔的大眼睛，黝黑如無星的天空。
有黝黑的大眼睛，溫柔如月光，
恒是朦朧，溫柔不渝。有如
黑月的光芒。

René Depestre（海地）

給雷蒙汀的小詩

一首詩的價值
不若自由。
一首詩不能在你斗室的天花板
描繪出藍天。
一首詩不會在空手裡
產生溫暖，
也不能在鴿群裡
鼓起勇氣。

可是一首詩却能承載一切
航向開放的心靈
航向希望的遼濶海洋。
它的生命力
贏得過一大隊警衞。

但願我這首詩
在你的牢獄上空盤旋
以百萬夥件的吼聲
爲你的獲釋高唱。

Roussan Camille（海地）

我們的歌聲

在達荷美，
靠剛果，
沿奈及河
我的歌聲是柔情蜜意的
緩慢節奏，
有善緣神論之
川流不息的甜美
和露水浸潤下之競生，
而逐漸興起的驕傲。

由南方的島嶼
傳到尼羅河，
我的歌聲
有如水晶之巨流。
可是三百年之久了
黑船以銳利的龍骨
割過了我顫聲的
全部領海。

被毒害的願望，
愛情的屍體，
夢想的骷髏
以及灰塵與污泥
裝滿了黑船
擾亂了巨流的航線
那巨流迄今懷着鄉愁和驚恐
由大西洋的島嶼
流向密西西必河。
也流向無盡的憂患。

Carmen Colón Pellot（波多黎各）

忌妒的混血女

我忌妒你，
白雲啊！
你在風的懷抱裡受寵。
你只和
高山上的
雄壯喬木交往，
他們歌詠你貞節和美麗。

無人對我歌唱。
奴役我的是規律，
是基督教義。

天空衝着你笑。
巨大的空間照料你看護你
你可隨心所欲
獻身於太陽
盡情放浪而且在
熾熱蜜吻與虹彩柔情之間
把持不住。

我褐色的微笑找不到對象。

雖然我的杯子裡有果汁
湧出而且溫暖。
你的色澤是白雪。
我的遺傳是棕褐。
當我在泥濘裡打滾，
你在晨曦中飄揚，
蔑視水潭攀升到
世界的上方。
在靜謐的夜裡
螢火蟲繞着你流轉。

你賣俏地迎上
一位完全陌生的人
要求他做你的情人
　翩翩起舞。

當我看到你如此自由自在，
當我看到自己如此被奴役，
不禁興起淒寒的悲哀。
而我就是如此忌妒你，
白雲啊！

Guy Tirolien（瓜德盧普）

黑少年的祈禱

主啊，我倦極了。
我厭倦於來到這世間
打從天明鷄唱起我已跑了很遠
而上學的路是多麼陡峭。
主啊，我不想再上祢的學校，
請容我不必再去吧。
我要跟父親到陰冷的幽谷去，
守着黑夜搖擺穿過魔幻的林間
精靈滑過的地方，直到天亮。
我要赤足走過通紅的小徑，
烤着炎午的艷陽
然後躺在芒果樹下酣睡
要到白人的汽笛猛響
我才醒來，
這時候，工廠
甘蔗海中的一艘船，
瞄準着把黑人勞工
向陸地上發射……。
主啊，我不想再上祢的學校，
請容我不必再去吧。
祢的確說過，小黑人必須上學
他才能够變成
和城市裡的老爺一樣，
才能變成正直的人。
可是我，我根本不想變成
一位城市裡的老爺，或者像他們稱呼的，
一位正直人。
我喜歡沿甘蔗堆逍遙閒蕩，
那邊堆着鼓脹的包袋
裝着褐色的糖，褐得和我的皮膚一樣。

我喜歡傾聽，當月亮
在椰子樹的耳邊柔情細語，
一直吸煙不停的老頭，在夜裡
以斷續的聲音述說
森巴和兎大爺
以及很多書本上讀不到的故事。
主啊，祢知道，黑人已經做過很多很多的工
爲什麼還要讀書
學習這裡所沒有的喧嘩事故？
然則；祢的學校委實是悲哀
悲哀得正如城市裡的老爺們
那些正直的人，
他們再也不能在夜晚的月光下舞蹈，
他們再也不能赤足走路，
他們再也不能說故事，
在夜裡圍火談天說地。
啊，主啊，我不想再上祢的學校。

J. G. A. Koenders（蓋亞納）

非洲媽媽呼喚她的兒女

他們大家都到哪裡去啦
安巴，克哇彌和柯袞？
遠離了家鄉，遠走彼岸
睜大着眼睛，尋找他們的陸地。
慓悍的强盜把他們剝奪精光
把他們當做鯡魚綑紮
置放在幽暗的船艙，把他們刼持過海，
日日夜夜，到處跋涉，歷經苦難。
濃密的叢林和參天的樹幹，
喬必須砍伐樹木做軌枕。
强盜們富了，克哇彌從小河裡
挖出泥漿——運出了蘇里南原始林。
亞朱巴收刈着甘蔗，
屢次弄得肌膚和耳根奇癢。
但不是由於生癬；主人的警衞
用皮鞭結實鞭笞他們來取樂。
咖啡，水桶
是阿飛和阿古巴的份。
洗呀！可是食僅半飽
飯桶空了，啊，誰能不作工。
糖、咖啡和棉布
不停的操勞，永無歇息。
那邊停泊的運糖船不是爲你，
而是爲貪財泯滅良心的賈安老大。
別急，啊，賈安老大
總有一天也有你的份。
也變成了奴隸。由比你更强的人
克哇西巴和克哇西懲罰你，瞧吧！

Ivan Van Sertima（蓋亞納）

火　山

當我此刻開口說話
我的聲音裡無滿腔怨恨
無火紅的蒸氣自我的唇上升起
我不噴吐熔漿；
但我確是一座火山
沸騰的肉身衝起的一尊白熱巨柱
在我存在的噴火口
黑色硫磺閃出熊熊光芒。

當我此刻開口說話
無人聽見我的聲音
雷响在極深的幽處
為着浩刼的爆發：
我的熱情
僅能在此刻追憶：
我的吼聲
是久已忘情的白髮老翁：
我以被禁錮的優悠自在啞默地立着
時間把深厚的雪堆積在我病痛的腰窩
試圖脅迫我移動。

但我正確瞭解：
我依然是火山
我可否認我的本質，我維蘇威的血液
有如我祖先咯拉卡淘火山
把他的拳頭隱匿在地下一世紀之久
直到他似乎充滿了憤怒才開始蠕動
而他死去為了搖醒世界。

因此要正確瞭解我
祈求我的沉默可延長我的憤怒
因為熔岩又湧到我的嘴唇
然後駐留在我腰部的老教條
會被我憤怒的融熔岩漿
從上滾過而加以掩埋。

獸　苑

我住在一所獸苑裡
那邊獸都戴起人的面具
於長年的懺悔節佳日
舉行精彩的動物舞會
在獸檻的柵欄上翩翩起舞
儼然文明的嘉年華會。

我穿梭於穿鞋的蹄和戴手套的爪之間
理過毛髮的皮和絲布遮蔽的生殖器官
那邊大象狩獵了一個城市
以小貓的溫柔嫵媚
而野熊用天鵝絨墊着頸部
為了說話溫馴，活像動物園遊客。

我在那邊散步，猿猴直立行走如梁杖

且所做所爲彷彿不受他們四足的拘束
還展露出他們光亮無尾的臀部
當其附屬愈來愈不顯著
且愈來愈不可分之時。

Candelario Obeso（哥倫比亞）

搖船之歌

夜，多麼憂愁，
空前的憂愁；
天上無星——
　搖呀！……搖呀！

我心中的黑姑娘，
我爲她流汗疲命
且與汪洋爭鬪——
　她呢？……她呢？

她也許正滿懷悲傷
想念在此海上的我，
也許已把我遺忘……
　哀哉！……哀哉！

在邪惡的世界上
所有的女人都一樣；
人們用魔術捕魚
　爲錢！……爲錢！

人們用魔術打鐵，
用魔術打擊惡婦。
生命滿佈着憂懼——
　剩啥？……剩啥？

夜，多麼暗澹，
空前的暗澹；
而暗澹的是遠方——
　搖呀！……搖呀！

Adalberto Ortiz（厄瓜多爾）

熱帶歌聲

棕櫚之上
一隻樹懶。
棕櫚之下
一曲黑人之歌。

所有女人
洗滌且絞乾了
她們自己的影子。

所有男人
收割棗椰子且飲盡
黃銅的陽光。

橡樹體內蘊藏
黑人血液和痛苦

在香蕉園裡
有成千的鐵丸
他們以自己的力量
砍斷和鏟除了
他們的黑生命。
而且藉他們的雙手
漂流熱帶叢林
挨着無數的歲月。

川流之上
水波漩渦着。
川流之下
礫石咆哮着。

Solano Trindade（巴西）

飢餓的人民

由列奧波廸納開出的骯髒火車
奔馳，奔馳，奔馳
似乎在訴說着：
飢餓的人民
飢餓的人民
飢餓的人民
畢——！
凱沙斯站
然後又再奔馳，
又再訴說：
飢餓的人民
飢餓的人民
飢餓的人民
茅亞站，卡洛·查加斯，
蓬·蘇西索，拉摩斯、俄拉里亞，
邊和站，邊和市區
盧卡斯站，總站。

多少憂愁的臉孔，
好多憂愁的臉孔，
欲達某種命運的歸宿，
欲達某終點。

由列奧波廸納開出的骯髒火車
奔馳，奔馳，奔馳
似乎在訴說着：
飢餓的人民
飢餓的人民
飢餓的人民
只有到了車站，
要停車的時候，
徐緩地，徐緩地
開始說出：
當人民飢餓時
給他們吃……。
當人民飢餓時

給他們吃……

但是氣剎車
却怒氣沖沖地
吆喝着火車別出聲
噓——！

Langston Hughes（美國）

迴轉木馬

這迴轉木馬上
黑人的座位在哪裡？
主呀，我願和你同騎。
在南方的家鄉
有色人種
不許坐在白人的身旁。

在南方，火車有一種
黑人專用的車廂。
巴士上我們坐後面。
但迴轉木馬
實在分不出前後
給黑人小孩騎的
小馬在哪裡？

黃銅痰盂

把痰盂洗乾淨，克爾！
　在底特律，
芝加哥，
大西洋城，
　棕櫚灘。
把痰盂洗乾淨
旅社廚房的燻氣，
旅社客廳的烟霧，
旅社痰盂的痰液
是我生活的一部份。
　喂，克爾！
五分，
一毛，
一塊，
一天兩塊錢。
喂，克爾！
五分，
一毛
一塊，
兩塊錢
且買鞋子給寶貝
付房租。
星期天上教堂。
　天呀！
寶貝和教堂
還有女人和星期天
全部混拌着一毛輔幣和
一元銀幣且清洗痰盂
且付房租。

喂，克爾！

閃閃發光的黃銅外表令神滿足。
擦得璨亮輝煌有如
大衞王宮女們的打簧琴，
有如所羅門王的酒杯。
　喂，克爾！

一只乾淨痰盂在主的祭壇上。
一只乾淨痰盂，擦得璨亮輝煌——
至少我可把它呈獻。
　過來，克爾！

Tom Dent（美國）

愁眉苦臉的黑人

黑人，爲什麼那樣愁眉苦臉？
爲什麼那樣沮喪，那樣暴躁？
你們也有街道，
你們也有房子，
你們也有暖氣，
你們也有陽光，
你們也有魚市場
和斑馬線。
　爲什麼？

黑人爲甚麼那樣怨恨？
你們的學校不妥當嗎？
你們的巴士不準時嗎？
地下鐵路不在你們那裡設站嗎？
你們的燒酒不便宜嗎？
你們的孩子沒有
受教育的機會嗎？
　那麼爲甚麼？

聽着，黑人，要是你不收斂起
那樣愁眉苦臉，
我們就不對你客氣啦，
不讓你到鬧街上來
毀壞我們的店舖，
糟塌我們的海灘，
吃我們的食物，
粉刷我們的住宅，
和擦拭我們的書桌。
知道嗎，黑人？

詩人簡介：

Nicolás Guillén 一九〇二年生。在卡瑪圭（Camagüey）和哈瓦納（Havanna）受教育。從事過印刷業、新聞記者。參加西班牙內戰。居留巴黎很久。一九六〇年返古巴。

Basil McFarlane 一九二二年生。牙買加學院和卡拉巴學院畢業。一九四四年—四六年間參加皇家空軍。退役後當公務員。電影和藝術評論家。

George Campell，一九一八年生。學校畢業後當記者。一九四六年起住在紐約。

Andrew Salkey，一九二八年生於巴拿馬。一九三〇年隨双親返牙買加。在牙買加和英國受教育。教過英文和拉丁文，爲英國廣播公司撰稿。一九五五年獲 Thomas-Helmore 詩獎，一九六〇年榮獲古根漢（Guggenheim）獎學金。居留倫敦。

Jacques Roumain，一九〇七年生。留學瑞士。遊歷法國、英國、西班牙。一九二七年在海地創刊 Revue Indigéne，擔任內政部司長。後因政治關係被捕。然後前往法國。返海地後，出任駐墨西哥公使，一九四四年死於任所。

Louis Borno，一八六五年生。法律專科學校教授。一九〇八年和一九一四—一五年，兩度出任外交部長，後改任最高法院法官，一九一八—一九年再度入閣任財經部長。一九二二—三〇年擔任海地共和國總統。一九四二年去逝。

René Depestre，一九二六年生。創辦 La Ruche 報，於一九四六年被禁。亡命法國，一九五八年返海地。然後又轉往古巴，現在巴西經營出版業。

Rousson Camille，一九一年生。駐巴黎公使館秘書，駐紐約副領事。文化部司長。「海地新聞」報社長。

Carmen Colón Pellot，一九一一年生於波多黎各。

Guy Tirolien 一九一七年生於瓜德盧普（Guadelupe）。當過行政長官。現在尼日（Niger）當官。

J. G. A. Koenders，一八九六年生於蘇里南（Surinam 荷屬蓋亞納）。專攻蘇里南語。一九四六年起經營 Foetoebōi 報紙。一九五九年去逝。

Ivan Van Sertima，一九三五年生於英屬蓋亞納的喬治鎮。一九五七—五九年擔任政府新聞局官員。一九五九年前往英國，就職於中央新聞處。

Candelario Obeso，一八四九年生。自修苦學成功。

Adalberto Ortiz，一九一四年生。作家，外交官。一九四七年擔任出席聯合國文教組織第四屆大會厄瓜多爾代表團秘書，一九四八—四九，任駐巴拿馬代辦。文學刊物 Cuadernos del Guagas 的發行人。一九五五年旅遊歐洲。

Solano Trindade，一九〇八年生。詩人，演員。

Langston Hughes，一九〇二年生。在克利弗蘭（Cleveland）受教育，一九二〇年在墨西哥當英文教師。一九二一年在哥倫比亞大學執教。航海兩年，遍遊非洲，歐洲、法國、意大利、西班牙。一九二九年獲博士學位。住在紐約，當自由作家。榮獲多種文學獎。

Tom Oent，一九三二年生。在紐奧良（New Orleans），波基普西（Poughkeepsie）和亞特蘭塔（Atlanta）就學。畢業於施萊古斯（Syracuse）大學。住在紐約。

詩人的備忘錄

錦連 譯

詩產生於與自己毫不相關的對象之關係中。換言之，造出與無關係的事物之關係時，詩卽告誕生。詩乃存在於其關係之中。

其關係並非感動，感動成爲詩的源泉這種緣因，已成過去。同時，絢爛的夢想或凄慘的幻想之類也早已屬於非詩的了。

詩已經不是詩人的夢想或幻想的摹寫，而是與摹寫無關，並且與夢想或幻想也毫無關係的「詩性實體」。

今日的詩人「不作夢」。「想作夢」却「不作夢」。作夢的詩人已經離去，而把詩成立於不作夢的地帶之詩人，以今日詩人的姿態出現了。

詩不是夢，它是一個確然的實在。

今日的詩已拒絕爲存在於詩以外的場所之美的表現或美的感動之說明。今日的詩乾脆與這些（美的夢想或幻想的美之摹寫）斷緣了。本身自成一個存在的詩的造型，已成爲今日詩人的工作。

詩的難懂是什麼?

一般而論，當現代詩拒絕爲上述的摹寫之時，卽發生難懂性。倒過來說，這便是如果你了解它，卽一點也不難懂的意思。因爲對詩求其摹寫上的說明，其難懂當然是難免的。

今天對抽象繪畫敢說難懂的人，恐怕祇限於對繪畫相當無知的一少數人吧。但是對於詩，很遺憾地無知却還很普遍。在現代，還常常聽到「現代詩難懂」的責難之聲，便是一個最好的證明。

然而，語言與色彩不同，有着它的意味。因而也會產生與繪畫不同的難懂性。一如畫家的天禀出現於色彩，而詩人的禀質出現於語言的發見，因此難懂性將是有增無減的。但正因爲這樣，讀詩的樂趣和冒險的喜悅也將較爲强烈。

猶如畫家發現自己所酷愛的色彩而固執於它，詩人也會洗掉沾上語言的手油而熱衷於自己的語言。對此，儘管有人仍指責其多義性和曖昧性，但灌注於語言的詩人的熱情，終將不會不傳到讀者的。

韓國現代詩選譯

陳千武譯

烟

李仁石

烟飛散了
向高空
向窗外　或
向鬱悶的天花板
毫無依戀地飛散了

確曾在何處看過的烟　現在
從我的內心湧出來的烟
是燒過友人屍體的烟
以及死去的蛇
蘇醒過來的烟

巡歷地獄一周　回歸的男人
邊抽着烟
泛着虛無的微笑
成爲一輩子甚麼也沒看過的呆子
甚麼也想不出來的
儍子
橫臥在密室　任意地
把烟向上噴出

天空就裂開　天花板塌下來
從三十年代的抵抗
經過四十年代的戰爭
到五十年代的內亂
那烟　時常飛回來

揮起理想之劍　那天那時
理想
已不知去向
腦袋和心臟也消逝了的現在
願意在活着的橫膈膜下
昏醉下去。官能……
神和權威和正義
那天一起被燒毀了
終於沒蘇醒過來
而且
小石般滾來滾去的小孩子們
在風裡任性地長大了
地獄和悲劇都飛逝了
烟也飛散了
然而確實
那是曾經看過的烟

從我內裡湧上來的烟……

（李仁石）一九一七年生於黃海道海州，出版詩集「愛」等，曾任韓國藝術文化總聯會事務局長。

你

李炯基

(1)

不論怎樣造成語言
確實講不盡
仍奮手握手
互相溫暖我們的體溫……

紋刺在我的手掌
有一陣悲哀的時候
像潤澤曠野的河水
更無法想像的深長悲哀
而更加了溫暖的你

(2)

在毫釐之差的距離
我喊你
你又喊我

無法疏離
也無法接近
在這確鑿的愛的距離之前
哭泣的我底淚珠
等於是懺悔

(3)

像在除夕點燃的蠟燭
只我一個人
被冠上恍惚
而願消逝

寂寞就是
我 給你
你給 我
互相把背脊和背脊
推擠着
却無可塡滿的心

（李炯基）一九三一年生於慶南晋州，詩集「寂寞江山」外有文學評論。服務於報社。

屏風

金洙暎

屏風推開一切
遮斷我
不加理睬的臉
被死迷住的人般
孤寂地站立着
屏風面對甚麼
也不關懷
像death mask　你的臉上

有瀑布　有落日
首先必須截斷的悲哀
說屏風
把飛瀑放在比虛僞更高的地方點綴幽島
放在更險峻的地方
屏風佇立在我的面前
以死遮斷死
我望着屏風
月亮却不照我的背脊而照着
屏風的主人六七翁海士的落款

　註：六七翁海士爲繪屏風的畫家

（**金洙暎**）一九二一年生於漢城，出版詩集「月的遊戲」等，獲第一屆韓國詩人協會獎。

花・天上的樂器・豹

金鳳健

一雙黑豹的脚印橫跨過
下雪的廣場
你是那樣從我出發
像滿弦月般膨脹的慾望
你撒播極美的殺氣
飛走了　黑黑的一點
我投入規劃一切的　你。

此後
我看過你幾次
你常常連耳朵也笑
在窗子塌落的戰爭巷子裡也是
每一次
石塊都開花了
沙灘也產生
花園了

或還擊死也說不定
晃眼的戀愛
像日光爲了支配地球的時間
你天上的樂器
在燃燒的黑暗裡
——奏起死。

我知道
（開在天空的花）那樣
會在所有的人們眸子裡
產生　可是
啊　像年輕的豹
在燃燒的黑暗裡　永恒
永恒走着的　你。

（**金鳳健**）一九二八年生於平安南道安洲，出版詩集「愛的循環」，詩論集「詩的探求」等，詩刊「現代詩學」主編。

馬來西亞詩人

拉笛夫詩選譯

子凡 譯

拉浪艸之舞

「拉浪艸」乃馬來西亞文里 lalang 的音譯；即茅艸。

在貧脊的土地上
忽然還來
所有的蝗虫
自所有的田園
沒有季節
在最後的跳躍之前
在最後的心跳之前
從石子到石子
從灰塵到灰塵
所有的蝗虫
來自所有的田園
忽然起舞
拉浪艸之舞
沒有遲疑

Kotabahru 69

你不會了解

你不會了解
那升起的黎明
在水牛的脚間
冷冽且矮小
黑色的稻田水
幾個世紀
在祖母的瞳里閃光
你不會了解
一隻夢的影子
擱在小茅屋的梯級上
失去的希望
在天邊
你不會了解
汗水和爛泥
沾濕了鐮刀
和鋤頭
在拉浪艸中
苦味久長

1964 Barlin

如果你要

如果你要
就有另一種藍天
就有另一種白的白雲

就有另一種方式凝視盈月
在第五個季節里發紫的太陽
另一種光的早晨
特別漆黑的夜晚
閉起你的眼睛一會兒
我們生存在這兒沒有日曆
記取第一次帶笑的啼哭
啓口時的甜蜜和苦痛
我將寄出一隻蝴蝶
自那不曾被光芒侵透的區域
或者盈掌的藍色粉末
自那用指爪和歌挖掘的洞穴
我眞的會寄給你
如果你要
一隻沒有數字和時間的小舟
起來吧不上千的朋友們
有另一種藍色的藍島嶼，

Hong Kong 69

湄公河

湄公河
我擇愛你的名字
因我這般孤獨
我要將我的胸膛
深埋入你的河床
我的右脚，向月
我的左脚，去向太陽
我的心，將隨你的流水
一起流去
我的名字，向海洋
我的聲音，去向群山
。
湄公河
你的呼吸如此平和
你的步態如此自在
在你的岸上
有位母親，哀乞尋覓
她愛兒失去的聲音
當她的臉，壓在
你的臉
你仍會悠然微笑
。
湄公河
停止你日間微波的舞蹈
在你的河床
我看到了滴血的花蕾
受傷的石頭
今夜
風暴將來自北方
你的兩岸將崩裂
你的河水將染紅
而你的激流，將比
尼雅加拉瀑布更加狂亂

永珍 66

出版消息

本社

Ⅰ詩刊

※「龍族詩刊」第五期，龍族詩社主編，林白出版社出版，定價12元。本期增加英譯小集。

※「葡萄園」詩季刊第三十九期，已由葡萄園詩社出版。

※「山水詩刊」第四、五期，已由山水詩社出版。

※「詩宗季刊」第五期，已由詩宗詩社出版，羊令野先生爲執行編輯。

※「暴風雨詩刊」第五期，已由暴風雨詩社出版。

※「水星詩刊」第八期，已由水星詩社出版，本期有「方思作品回顧特展」。

※「拜燈」詩双月刊，已由嘉義一些青年詩人所創辦，創刊號亦已出版。

※「中外文學」月刊定於六月一日創刊，發行人爲臺大文學院院長朱立民教授，社長爲臺大外文系系主任顏先叔教授，主編爲臺大外文系客座副教授胡耀恒先生，相信該刊將以嶄新而堅強的陣容出現，且讓我們拭目以待。

※「主流」第三期，已由主流詩社出版，定價七元。

※「桂冠」第七期，已由桂冠詩社出版，定價八元。

※「臺北短歌集」第一輯已出版，爲民國六十年度歌集，由臺北短歌集編委會編輯。

※「純文學」月刊於民國六十一年二月號（第十一卷第十二期）出版時「痛苦的宣佈」暫時休刊，此爲文壇一大損失。該期有杜國清的『評「華麗島詩集」』，以及超現實小說之頁（下）。

※「海洋」詩刊第九卷第二期，已由國立臺灣大學海洋詩社出版。

※「長江詩苑」第二輯，由長江編輯委員會主編，已由中元出版社印行，定價五元。

※「現代文學」第46期，已由現代文學社出版，本期有「現代詩回顧專號」，定價十八元。

Ⅱ詩集

△蕭呈昌詩集「少年情」，列入明明叢書，由明明出版社出版，定價十二元。本集有張曉風、李文卿等的序，瀟亭等的後記。

△沈臨彬著「泰瑪手記」，係詩、散文及札記的合集，列入普天文庫，由普天出版社出版，定價十八元。

Ⅲ選集

※「中國現代文學大系」八大册；包括小說四册、散文兩册、詩兩册，由中國現代文學大系編委會編輯，詩的部份編輯委員有白萩、余光中、洛夫及瘂弦。有余光中的「總序」、洛夫的「序」。該大系已由巨人出版社精印出版，定價每册七十元。

※張默編選的「心靈札記」，列入藍燈文叢，由藍燈出版社出版，定價二十元。

※張默、管管主編的「從深淵出發」（日記・隨筆・詩話）、「從變調出發」（現代詩批評）、「從眞摯出發」等書，列入普天文庫，由普天出版社出版，定價均爲十八元。

四評論及其他

※林鍾隆著「現代詩的解說與評論」，列入現代潮叢書，由現代潮出版社出版，定價二十元。

※蘇其康著「中國文學新詮」，列入讀書叢刊，由讀書出版社出版，定價十五元。

※李魁賢著「心靈的側影」，列入紅葉文叢，由新風出版社出版，定價精裝本二十五元。共分「側影」、「浮雕」、「片論」三輯。

※趙天儀著「美學與批評」，列入有志文庫，由有志圖書出版公司出版，定價二十八元。共分兩輯；一是「心理學的美學底意義與功能」，二是「現代詩的批評及其他。」

※衞姆塞特（William K. Wimsatt, JR.）與布魯克斯（Cleanth Brooks）合著，顏元叔譯「西洋文學批評史」（Literary Criticism: A Short History），例入新潮大學叢書出版，定價一百元。

※艾略特（T. S. Eliot）著，杜國清譯「詩的效用與批評的效用」（The Use of Poetry and the Use of Criticism），例入純文學叢書，定價二十元。

※桑塔耶那（Georye Santayana）著，杜若洲譯「美感」（The Sense of Beauty），例入向日葵新刊，已由晨鐘出版社出版，定價四十元。

中國現代文學大系
詩 第一輯
巨人出版社印行

中國現代文學大系
詩 第二輯
巨人出版社印行

中國現代文學大系
小說 第一輯
巨人出版社印行

中國現代文學大系
散文 第一輯
巨人出版社印行

笠詩雙月刊第[illegible]字第二〇九〇號 中華郵政臺字第[illegible]號執照登記爲第一類新聞紙定價十二元

笠詩双月刊 第四十八期

民國五十三年六月十五日創刊

民國六十一年四月十五日出版

出版者：笠詩刊社

發行人：黃騰輝

社長：陳秀喜

社址：臺北市松江路三六二巷七八弄十一號

（電話：五五〇〇八三）

資料室：彰化市華陽里南郭路一巷10號

編輯部：臺北市基隆路三段二二一巷四弄二｜二號

經理部：臺中縣豐原鎭三村路九十號

每册新臺幣 十二元

定價：日幣一百二十元 港幣二元

非幣 二元 美金四角

全年六期新臺幣六十元

半年三期新臺幣三十元

●郵政劃撥中字第二一九七六號

陳武雄帳戶（小額郵票通用）